सुरंग में सुबह

(उपन्यास)

सुरंग में सुबह

मिथिलेश्वर

वाणी प्रकाशन ग्रुप
भारतीय ज्ञानपीठ
वाणी प्रकाशन : भारतीय ज्ञानपीठ की पुस्तकों के एकमात्र प्रकाशक एवं वितरक
Email : sales@vaniprakashan.in

सजिल्द पहला संस्करण : 2003
सजिल्द दूसरा संस्करण : 2006
सजिल्द तीसरा संस्करण : 2024

लोकोदय ग्रन्थमाला : ग्रन्थांक 709

प्रकाशक
वाणी प्रकाशन ग्रुप
4695, 21-ए, दरियागंज, नयी दिल्ली-110 002
फ़ोन : 011-23273167, 23275710
ईमेल : sales@vaniprakashan.in

ISBN : 978-93-5775-882-6 (N)
81-263-0837-0 (O)

सुरंग में सुबह
(उपन्यास)
मिथिलेश्वर

Surang Mein Subaha
(Novel)
by Mithileshwar

मुद्रक : आर. टेक ऑफ़सेट प्रिंटर्स, दिल्ली-110 032

आवरण : अशोक भौमिक

Price : INR. 850

डॉ. रामाधार शर्मा
एवं
डॉ. विजय लक्ष्मी शर्मा
को
सप्रेम!

जनार्दन को उसके पिता जब राव मानवेन्द्र बाबू के यहाँ ले जा रहे थे तब उसका मन कड़वाहट से भरता जा रहा था। वह उसकी किशोर अवस्था थी। उसकी उम्र चौदह-पन्द्रह के आसपास की रही होगी। अपने गाँव के मित्रों और अपने अभिन्न गँवई परिवेश से अलग पिता द्वारा शहर ले जाना उसे तनिक भी नहीं भा रहा था। पर वह विवश था। उसके पिता रास्ते-भर उसे वह घटना सुनाते जा रहे थे जिसे सुनते-सुनते वह ऊब चुका था—"तो बुझले बबुआ...। मैं सिंगही में नहीं कूदता तो का होता? नाव पर खड़े नेता और अमले-फमले खाली हाँव-हाँव कर रहे थे। बाढ़ में कूदने का कलेजा उन चिकने नेताओं को कहाँ...?"

घर पर भी पिता अपनी उस महान घटना का जिक्र इतनी बार कर चुके थे कि अब और वह सुनना नहीं चाहता था। लेकिन पिता थे कि उसकी इच्छा का ख्याल किए बगैर जबरन झोंके जा रहे थे—"सिंगही में अबहीं थोड़ही दूर नाव पहुँची थी। स्वामी टीला अबहीं दूर था। बस, अचके में राव मानवेन्द्र बाबू की बीमारी जो उपट गयी। नाव के किनारे ऊँचे गद्दे पर निफिकिर होके बइठे थे। उनको अइसा चक्कर आया कि उनके अमले-आदमी जान तक न सके। देखते-ही-देखते एके घुलटिये में सिंगही के पेट में समा गये...। नाव के नेता सब काँव-काँव, हाँव-हाँव करने लगे...। पकड़ने और बचाने की मुहलत किसी को नहीं दी राव मानवेन्द्र बाबू ने। हम किनारे मछली पकड़ रहे थे। हमको ऐसा बुझाया कि कोई कह रहा हो—'कूद जो तिरबेनिया...बचा ले नेताजी को...। जस कमा ले।'...फेरू तो हाथ में आइल रेहू फेंक के छपाक् से हम सिंगही में कूद पड़े। तीन-चार बुडुकिया के सरपट चाल में पहुँचिये गये राव मानवेन्द्र बाबू के नगिच। ऊ आपन भारी देह लिए सिंगही के पेंदी में जा बइठे थे। अपना जान बचावे खातिर हमको अइसा कटकटा कर पकड़े

कि अपने ही साथ हमको भी डुबो लिए। उनके वजनी शरीर की लपेट में हम भी दब गये। कोई अबर-कमजोर मछुआरा होता तो राव मानवेन्द्र बाबू की देह से जता के साथ ही डूब मरता। बाकिर ओह बखत हमरी जवानी का जोर था। खेला-खाया शरीर आ ऊखमंजल मन। बस, पानी के नीचे राव मानवेन्द्र बाबू के पेट में माथा घुसा के ऐसा हुमाचा मारा कि उनको लिए-दिए पानी के ऊपर आ छताया। अब फुर्ती से नाव पर उनको खींचकर लिटाया गया...। ऊ काफी पानी पी गये थे। उनका होशो-हवास गुम था। जल्दी-जल्दी कुम्हार के चाक पर ले जाकर खूब घुमरी लगवायी। बस, मुँह खुल गया। लगे पानी फेंकने—भभऽ...भभऽ...भभऽ...। पेट का फिजूल पानी फेंककर जब ऊ अहथिर (स्थिर) हुए आ हमारे बारे में जाने त दउड़ के हमरा से लिपट गये। अपना गर्दन से सोना के भारी चेन निकाल ऊ उसी बखत हमको पहनाने लगे। आज के हिसाब से ऊ चेन लाख रुपेया से कम का नहीं! बाकिर हम भी कच्चा गोईंया नहीं...। साफ झटक दिया—'चेन लेबे खातिर हम आपको नहीं बचाया...।' "

तब ऊ गिड़गिड़ाने लगे—"तो का लोगे? जवन इच्छा हो बोल दो। तुम जो माँगोगे हम वही देंगे...। तुम्हारे लिए कुछ भी माँग हमारे लिए कम ही होगी...!"

यह सुन अपने मन की बात झट से कह दिया—"हम तो मछेरा बन के जियत-खात हैं बाकिर हमारे छोरे को नौकरी लगवा दीजिएगा। हमें आउर कुछ जरूरत नहीं। उसको नौकरी भेंट जाएगी, तो हम समझेंगे कि हमें सब-कुछ मिल गया।"

इस पर ऊ तपाक् से बोल उठे—"कहाँ है तुम्हारा छोरा?"

"तो बचवा, तू ओहिजे खड़ा था। ओह घरी चार-पाँच साल का बुतरू था। तेरी बाँह खींच के राव मानवेन्द्र बाबू के सोझा कर दिया था। बस, तुझे देखते ही तेरी पीठ पर हाथ फिराते हुए उन्होंने कहा था—यह तो अभी बच्चा है, मगर यह जब भी मैट्रिक कर जाता है मेरे पास लेते आना। मैं तुम्हारे इस पूरे गाँव के सामने वचन देता हूँ कि इसे अच्छी नौकरी दिलवा दूँगा...। यह तो तूने कुछ नहीं माँगा...। यह कोई मुश्किल काम नहीं...। इसे नौकरी लगा कर तो मुझे हार्दिक खुशी होगी। तुम्हारा ऋण तब भी मैं नहीं चुका पाऊँगा। तुमने मेरे लिए जो किया, उसका बदला मैं नहीं चुका सकता...!"

"तो समझ ले बबुआ...आज तक तेरे मैट्रिक करने की राह ही ताक रहा था। राव मानवेन्द्र बाबू अपनी बात से पलटने वाले नेता नहीं। अब जान ले कि तेरा भाग खुल गया...! माई-बाबू और गाँव-घर का मोह छोड़ दे...! जब तू कमासुत साहेब बनकर आएगा तब जानूँगा कि लायक़ बेटा पैदा किया। अपने जइसा फटेहाल मछेरा तुझे नहीं बनाऊँगा...।"

अपने पिता के साथ जनार्दन दिन के चौथे पहर राव मानवेन्द्र बाबू की कोठी पहुँचा। शाम होने में अभी कुछ देर थी। अपने छोटे ग्रामीण स्टेशन से राजधानी वाले इस बड़े शहर में वे सीधे आ पहुँचे थे। किशोरवय की अपनी समझ और उम्र के अनुसार जनार्दन राव मानवेन्द्र बाबू की उतनी बड़ी कोठी देख हैरत में पड़ गया। किसी एक आदमी का घर इतना बड़ा हो सकता है, उस वक्त यह कल्पना उसके लिए असम्भव थी। उसने अपने पिता से पूछा—"यह इतना बड़ा घर अपने नेताजी का है...?"

उस वक्त अपने गाँव के अन्य लोगों की तरह राव मानवेन्द्र बाबू को वह नेताजी ही कहता था। उसके गाँव के अधिकांश लोग राव मानवेन्द्र बाबू को पीठ-पीछे और सामने दोनों ही रूपों में नेताजी ही कहते थे। उसके पिता जैसे लोग गाँव में कम ही थे जो पीठ-पीछे राव मानवेन्द्र बाबू को राव मानवेन्द्र बाबू, लेकिन सामने नेताजी सम्बोधित करते थे। उसके इस अचरज भरे प्रश्न पर पिता ने बताया—"तो तू का समझता था कि राव मानवेन्द्र बाबू हमारे-तोरे जइसा साधारण आदमी हैं। जिसका इतना बड़ा घर है ऊ कितना बड़ा आदमी है समझ ले। ऊ चाहें तो चुटकी बजा कर तुझे कहाँ से कहाँ पहुँचा दें...। तू उनके मन में मिल कर रहना। अब तेरी तकदीर उनके हाथ में...।"

उस वक्त तक जनार्दन सिर्फ दो बार शहर आ पाया था। एक बार अपने पिता के साथ सर्कस देखने तथा दूसरी बार अपनी बीमार माँ का अस्पताल में इलाज कराने। तब बड़े-से रेलवे स्टेशन को देखकर बाल सुलभ जिज्ञासा में उसने पिता से पूछा था—"यह इतना बड़ा दालान किसका है?"

जवाब में उसके पिता ने झट से बताया था—"सरकार का।"

राव मानवेन्द्र बाबू की कोठी देख वह बात उसे याद आ गयी थी। जब सरकार का दालान उतना बड़ा था तो सरकारी आदमी राव मानवेन्द्र बाबू की कोठी इतनी बड़ी क्यों न हो? राव मानवेन्द्र बाबू की कोठी के मुख्य द्वार पर पहुँच उसके पिता ने आदेशपाल से अपने दोनों के आने की सूचना भिजवायी तो राव मानवेन्द्र बाबू ने उन्हें बुलाने में तनिक भी देर नहीं की। आदेशपाल उन दोनों पिता-पुत्र को तत्क्षण लेकर चल पड़ा। मुख्य फाटक से चल कर कई गलियारों को पार करते हुए जनार्दन जब अपने पिता के साथ राव मानवेन्द्र बाबू के बैठके में पहुँचा तो उसे लगा कि किसी दूसरी दुनिया में वह पहुँच गया है, जो उसके गाँव-घर और देखी-जानी दुनिया से बिल्कुल पृथक है। उसके गाँव के रामायणी रामकथा बाँचते हुए जिस स्वर्ग का वर्णन करते थे और उसकी माँ की कथाओं के राजा-रानी और परियों का जो लोक होता था, राव मानवेन्द्र बाबू का बैठका भी वैसा ही था। अपने बैठके में सोफे पर आराम से बैठे राव मानवेन्द्र बाबू दूर से ही झलक रहे थे। गौरांग शरीर। चौड़ा

ललाट। घुँघराले बाल। कलफ किया एकदम सफेद झक् कुर्ता-धोती। ललाट पर रोली का गोल टीका। सर पर गाँधी टोपी। वे किसी देवदूत की तरह जान पड़ते थे। आसपास की कुर्सियों पर उनके सहयोगी, शागिर्द और मित्र विराजमान थे। अपने गाँव में भी उसने राव मानवेन्द्र बाबू को इसी रूप में देखा था। लेकिन यहाँ अपने घर में वे जैसा दिख रहे थे, उसके गाँव में वैसा नहीं लगते थे। उसने अपनी पाठ्य पुस्तक के किसी पाठ में पढ़ा था कि छोटे गन्दे तालाबों में हंस की शोभा नहीं होती। मानसरोवर में पहुँचकर ही हंस अपना मूल रूप पाता है। सम्भवतः राव मानवेन्द्र बाबू अपने मानसरोवर में विराजमान थे, इसीलिए ऐसे लग रहे थे।

राव मानवेन्द्र बाबू के निकट पहुँचते ही उसके पिता के मुँह से बोल फूटने लगे थे–"जय हो नेताजी...! जय हो नेताजी...!"

उस वक्त तक जनार्दन यह जान चुका था कि उसके पिता ऐसा कहकर ही नेताजी का अभिवादन करते थे। नेताजी के अभिवादन का उनका यह अपना तरीका था। लेकिन नेताजी ने उसके पिता को अधिक जयकारी नहीं लगाने दी। उस पिता-पुत्र पर नजर पड़ते ही अभयदान की मुद्रा में सोफे से अपने दोनों हाथ उठाकर बोल पड़े–"बहुत अच्छा तिरबेनी...! बहुत खूब! बेटा मैट्रिक कर गया। ठीक समय पर लेते आये। मैं तो तुम्हारी प्रतीक्षा कर ही रहा था...!"

राव मानवेन्द्र बाबू की बात सुन दोनों पिता-पुत्र सुखद आश्चर्य से हतप्रभ रह गये। जनार्दन के पिता ने सोच रखा था कि राव मानवेन्द्र बाबू को उसे सारी बात बतानी पड़ेगी। नेता आदमी हैं। अपने व्यस्त जीवन में सब कुछ भूल चुके होंगे। उनको डूबने से बचाने की घटना और उसके बेटे को समय पर नौकरी लगाने के उनके वायदे की याद उसे ताज़ा करनी पड़ेगी। लेकिन राव मानवेन्द्र बाबू तो अगमजानी निकले। बेटे के साथ उसे आते देखकर ही उन्हें सब कुछ स्मरण आ गया। ये तो हीरा आदमी हैं।

इधर जनार्दन भी यह सोचता आ रहा था कि पिता जिस घटना का उल्लेख करते हुए जिसके पास उसे ले जा रहे हैं, वह बड़ा नेता इतने समय बाद उसके पिता को पहचानेगा भी या नहीं? गाँव के कुछ लोगों ने उसे चेताया भी था–"किसी नेता की बात पर मत जाना...। नेताओं की कथनी और करनी में आसमान-जमीन का फर्क होता है। गरज और मुसीबत में चतुर नेता सब-कुछ गछ लेते हैं। बाकिर फरीछ (इत्मीनान) होने के बाद किसी को पहचानते तक नहीं...! कौन बचाने वाला? कैसा वादा?"

पर जनार्दन अनुभव कर रहा था कि उसके गाँव के लोगों के कथन और उस कथन से बनी उसकी धारणा के विपरीत नेताजी ने पिता के साथ-साथ उसे भी पहचान लिया था और यह भी जान लिया था कि उसने मैट्रिक पास कर लिया है!

उसकी छोटी समझ के अनुसार नेताजी उसे विलक्षण आदमी लगे।

राव मानवेन्द्र बाबू के करीब पहुँच उसके पिता ने उसे उत्साहित करते हुए-से कहा—"अब नेताजी का पायलागन (चरण-स्पर्श) कर जनार्दन! आज से समझ ले कि अब यही तेरे माई-बाबू हैं...!"

क्षण-भर के लिए जनार्दन ठिठक गया। इससे पहले कि जनार्दन नेताजी का पायलागन करे, उसके पिता ने अब दुबारा आदेश देते हुए जोरदार शब्दों में कहा—"जल्दी पायलागन कर जनार्दन...! बस, यही बूझ ले, अब तेरा भाग सँवर गया...।"

लेकिन राव मानवेन्द्र बाबू ने झुकते हुए जनार्दन को पकड़ लिया—"हो गया...हो गया...। इसकी जरूरत नहीं...।" और जनार्दन की बाँह पकड़कर उसे निहारते हुए उसके पिता से बोले—"यह तो सयाना हो गया तिरबेनी। एकदम तुम्हारे ऊपर गया है। तुम्हारी तरह नदी में तैर लेता है? मछली पकड़ना जानता है?"

नेताजी की इस बात पर सफाई देते हुए-से तिरबेनी ने कहा—"सब जानता है नेताजी...! इसकी जोड़ का छोरा पूरे गाँव में नहीं। बाकिर हम इसे अपने जइसा मछेरा नहीं बनाना चाहता।"

नेताजी ने तिरबेनी की बात के अन्तिम हिस्से को पकड़ते हुए कहा—"इसका सवाल ही पैदा नहीं होता है तिरबेनी...। मैं तो जानकारी के लिए पूछ रहा था। यह मैट्रिक पास कर मेरे यहाँ आ गया, अब यह मछेरा नहीं रह सकता है...!"

इसके बाद नेताजी ने जनार्दन की ओर मुखातिब होते हुए पूछा—"कब पास किया मैट्रिक?"

जवाब में जनार्दन ने तत्क्षण अपनी जेब से बिहार विद्यालय परीक्षा समिति का अंक पत्र निकालकर उन्हें थमा दिया। उसके मन में इस बात का खटका था कि यह पूछे जाने के बाद कि कब मैट्रिक किया वे अवश्य यह भी पूछेंगे कि किस डिवीजन से पास किया? तब झेंपते हुए उसे थर्ड डिवीजन कहना पड़ेगा। इस स्थिति से बचने के लिए उसने मन-ही-मन तैयारी कर ली थी, इसीलिए मैट्रिक करने का जिक्र आते ही सीधे अंक-पत्र सौंप दिया...।

राव मानवेन्द्र बाबू ने उसके अंक-पत्र को सरसरी नजर से देखकर उसे दे दिया—"ठीक है...! ठीक है...!"

अब बगल खड़े एक आदेशपाल को राव मानवेन्द्र बाबू ने कुछ संकेत किया। उस आदेशपाल ने दोनों पिता-पुत्र को बगल के बैठके में पहुँचा दिया—"आप लोग यहीं बैठें। साहब वहाँ कुछ जरूरी बातचीत के लिए पार्टी के लोगों को बुलाए हैं। वे यहीं आकर आप लोगों से मिलेंगे...!"

तिरबेनी और जनार्दन उस दूसरे बैठके की खाली कुर्सियों पर जम गये। अभी तो सिर्फ नेताजी से दुआ-सलाम भर ही हुआ है। काम की बात तो अभी बाकी

ही है। देखें, नेताजी कैसी नौकरी लगवाते हैं? कहाँ लगवाते हैं?

तिरबेनी और जनार्दन ने देखा कि इस दूसरे बैठके में उनकी तरह ही गाँव-देहात के और पाँच-छः लोग मौजूद थे। शायद उनकी तरह ही अपना कोई काम लेकर आये थे। यह दूसरा बैठका भी भव्य था। पहले की ही भाँति सुसज्जित। तिरबेनी और जनार्दन देख रहे थे, इस दूसरे बैठके से सटे कुछ अन्य बैठके भी नजर आ रहे थे। अब उन्हें यह समझते देर नहीं लगी कि आनेवाले आगन्तुकों के अनुसार ही नेताजी के बैठके बने हैं। बड़े आदमी के बड़े बैठके! अब यहाँ सहज ही यह बात भी उन्हें स्मरण आ गयी कि अभी जिस बैठके से वे राव मानवेन्द्र बाबू से मिल कर आये थे उसमें बैठे सारे लोग नेता जैसे ही लग रहे थे। शायद वह नेताओं का बैठका था और यह जनता का बैठका है।

अब वह आदेशपाल उन दोनों पिता-पुत्र के हाथों में चाय की प्यालियाँ थमा गया। वहाँ पहले से मौजूद आगन्तुक शायद चाय पी चुके थे। उनके सामने की मेजों पर चाय की खाली प्यालियाँ पड़ी थीं।

तिरबेनी और जनार्दन को यहाँ देर तक प्रतीक्षा नहीं करनी पड़ी। राव मानवेन्द्र बाबू जल्दी ही यहाँ आ पहुँचे। इस बैठके में अपने आसन पर उनके विराजमान होते ही वह आदेशपाल अब फिर सक्रिय हो गया। जो जैसा आया था उसे वैसे ही राव मानवेन्द्र बाबू के सामने प्रस्तुत करने लगा। पहले आनेवालों की बारी पहले थी। इस क्षण तिरबेनी और जनार्दन ध्यानमग्न हो देखते रहे। वे यह जान चुके थे कि वे आगन्तुक भी उनकी तरह ही याचक बनकर आये थे, इसीलिए उनकी याचना पर राव मानवेन्द्र बाबू के अनुग्रह की जानकारी के लिए वे भी जिज्ञासु हो उठे थे।

उन आगन्तुकों में से दो अपने सम्बन्धियों के अनुकूल स्थानान्तरण के लिए अर्जियाँ लेकर आये थे। उनके सम्बन्धी सरकारी सेवाओं में थे। लेकिन मनचाहे स्थानों पर नहीं थे। राव मानवेन्द्र बाबू ने उन अर्जियों पर कुछ लिखकर उन्हें अपने पास रख लिया तथा आगन्तुकों को आश्वस्त किया—"ठीक है...। मैं कोशिश करूँगा। काम हो जाना चाहिए...।"

उनके बाद का एक आगन्तुक अपने ऊपर बढ़ते सहकारिता कर्ज को माफ कराने आया था। उसके आवेदन को भी राव मानवेन्द्र बाबू ने रख लिया और उसे भी निश्चिन्त किया—"मैं प्रबन्धक से बात करूँगा। गरीब किसानों का कर्ज माफ होना चाहिए...!"

उसके बाद के तीन आगन्तुक जो कद-काठी से मजबूत तथा लठैत जान पड़ते थे और एक साथ आये थे, वे गन (बन्दूक) पास कराने के लिए राव मानवेन्द्र बाबू से सिफारिश चाहते थे। राव मानवेन्द्र बाबू ने उन्हें भी आश्वस्त किया तथा किसी पुलिस अधिकारी के नाम एक चिट लिखकर उन्हें वहाँ पैठा दिया...।

अब बारी के अनुसार तिरबेनी अपने बेटे जनार्दन के साथ राव मानवेन्द्र बाबू के सामने खड़ा था। इस बार राव मानवेन्द्र बाबू अन्य आगन्तुकों की अपेक्षा अधिक आत्मीयता से पेश आये—"हाँ तो तिरबेनी इसे किस नौकरी में लगा दूँ...?"

राव मानवेन्द्र बाबू के व्यवहार से तिरबेनी को ऐसा लगा, वह आम आगन्तुक नहीं। राव मानवेन्द्र बाबू नेकी को गुणनेवाले आदमी हैं। उसने गद्‌गद होते हुए जवाब दिया—"हाँ नेताजी! बस, यही उपकार कर दीजिए...!"

राव मानवेन्द्र बाबू अब जनार्दन की ओर मुखातिब हुए—"क्या नाम है तुम्हारा?"

जनार्दन ने सधे शब्दों में जवाब दिया—"जनार्दन सिंह।"

राव मानवेन्द्र बाबू ने इस बार गौर से जनार्दन को निहारा। फिर क्षण-भर मौन हो कुछ विचार करने लगे। इस बीच तिरबेनी और जनार्दन मन-ही-मन पुलकित होते रहे कि राव मानवेन्द्र बाबू किसी अनुकूल नौकरी के बारे में विचार कर रहे हैं। लेकिन राव मानवेन्द्र बाबू ने मौन को तोड़ते हुए एक दूसरी ही स्थिति सामने रख दी—"मैं जनार्दन को नौकरी पर लगा दूँगा तिरबेनी, पर इतनी पढ़ाई पर अच्छी नौकरी नहीं लगेगी...। अगर यह बी. ए. तक कर लेता है तो इसे मनोनुकूल नौकरी दिला दूँगा। अभी इस योग्यता पर यह किसी दफ्तर में चपरासी की नौकरी पा सकता है। और यह मुझे ठीक नहीं जान पड़ रहा है...।"

राव मानवेन्द्र बाबू की बात सुन दोनों बाप-बेटे सन्न रह गये। यह क्या कहा राव मानवेन्द्र बाबू ने? तो क्या उन्हें बैरंग लौट जाना पड़ेगा? क्या अब फिर जनार्दन को बी. ए. तक पढ़ना पड़ेगा? मैट्रिक तक उसे पढ़ाने में ही तिरबेनी की हालत खराब थी। बी. ए. तक वह कैसे पढ़ा पाएगा? पढ़ाई से भागते जनार्दन को फिर खूँटे पर वह कैसे बाँध सकेगा? ऐसा कहकर राव मानवेन्द्र बाबू कहीं उसे टरका तो नहीं रहे! उस वक्त तो मैट्रिक पास करके ही लाने को कहा था। अब बी. ए. पास की बात क्यों कहने लगे?

राव मानवेन्द्र बाबू जैसे पारखी नेता ने तिरबेनी की चुप्पी ताड़ ली। फिर तत्क्षण कहा—"तिरबेनी, मैं यह नहीं कहता कि जनार्दन को ले जाकर तुम बी. ए. तक पढ़ाओ। जनार्दन अब यहीं रहेगा। अब इसे बी. ए. तक पढ़ाने और नौकरी लगाने का जिम्मा मेरा है। तुमने मैट्रिक तक करा दिया, बहुत किया...। मेरी बेटी नन्दिता इससे एक क्लास आगे है। वह इसे पढ़ाएगी। मैं इसका नाम लिखा दूँगा। यह मेरे ही घर रहेगा। तुम्हारा लड़का है। तुम्हारा संस्कार इसमें है। मेरे यहाँ इसे किसी बात की कठिनाई नहीं होगी...।"

तिरबेनी और जनार्दन इस नये प्रस्ताव के लिए तैयार नहीं थे, इसीलिए सोचने लगे कि क्या कहें? नेताजी का यह सुझाव मान जाएँ या किसी भी तरह की नौकरी

की जिद पर अड़े रहें! उनका असमंजस लक्ष्य कर वहाँ से जाते हुए राव मानवेन्द्र बाबू ने कहा–"दोनों बाप-बेटे इत्मीनान से सोच लो। मैं तुम्हारे भले के लिए ही कह रहा हूँ...। कुछ विभागीय अफसर आये हैं। मैं उनसे बातचीत कर रहा हूँ। तब तक सोच कर मुझे बताओ...।"

तिरबेनी ने एकान्त पाकर जनार्दन से पूछा–"बोल का कहता है?"

जनार्दन ने सपाट उत्तर दिया–"अब आगे नहीं पढ़ना।"

तिरबेनी ने अब मौन होकर अपने मन से पूछा–"का करें?"

उसके मन ने जवाब दिया–"जनार्दन अभी समझदार नहीं...। इसकी बात नहीं मानना। राव मानवेन्द्र बाबू का कहना जायज है। जनार्दन को उनके यहाँ छोड़ दे। साथ रखकर पढ़ाएँगे तो माया-मोह मिल जाएगा। तब बढ़िया नौकरी भी लगा देंगे। जनार्दन को भर नजर निहारने के बाद ही राव मानवेन्द्र बाबू ने उसे साथ रख कर पढ़ाने का निर्णय किया है। जनार्दन का भाग अच्छा है। राव मानवेन्द्र बाबू को यह जँच गया है। अभी से ही इसे चपरासी बना देना ठीक नहीं होगा...!"

इस बार राव मानवेन्द्र बाबू के आते ही तिरबेनी ने अपने मन का निर्णय उन्हें बता दिया। उसके निर्णय से अवगत हो राव मानवेन्द्र बाबू प्रसन्न हो उठे–"तुम समझदार आदमी निकले तिरबेनी। तुमने अच्छा फैसला किया...। तुम नहीं मानते तो तुम्हारे बेटे को किसी दफ्तर में चपरासी बनवा देता। अब इसे पढ़ा-लिखाकर अच्छा काम दूँगा...! तब तुम भी कहोगे कि नेताजी ने कुछ किया...!"

इसके बाद राव मानवेन्द्र बाबू ने अपनी बेटी नन्दिता को आवाज लगायी–"नन्दो...! नन्दो...!"

प्रत्युत्तर में स्वर्गलोक की किसी अप्सरा की भाँति नयी तरुणाई की एक लड़की अवतरित हो गयी, जैसे आकाश मार्ग से उड़ते हुए धरती पर आ टपकी हो। राव मानवेन्द्र बाबू ने तिरबेनी और जनार्दन से उसे परिचित कराते हुए कहा–"यह तिरबेनी है नन्दिता...। इसी ने नदी में कूद कर मेरी जान बचायी थी और यह जनार्दन, तिरबेनी का बेटा है। अब यहीं रहकर तुम्हारे साथ पढ़ेगा। इसकी पढ़ाई-लिखाई और देख-रेख का जिम्मा तुम्हारा। तुम्हें भी एक सहयोगी की जरूरत थी। तिरबेनी का बेटा है तो तिरबेनी से कम नहीं होगा...!"

नन्दिता रंग-रूप और अपने लिबास में विलक्षण थी। तिरबेनी और जनार्दन उसे देखते रह गये। साँझ के घिरते झुटपुटे में उजाला बनकर आयी थी। चाँदनी जैसी एकदम धवल। घने बादलों जैसे खुले केश! ऐसा सुघड़ और दमकता मुखड़ा जैसे गाँव की रामलीला में मंच पर सीताजी आ गयी हों या दशहरे के पण्डाल में दुर्गाजी विहँस रही हों...या कुहासे भरे मौसम में एकदम टहकार दिन निकल आया हो...! अपनी उपस्थिति से नन्दिता ने क्षण भर में ही मौसम बदल दिया था। इस

खुशनुमा मौसम में जहाँ एक ओर तिरबेनी को शीतलता का अनुभव हो रहा था वहीं दूसरी ओर जनार्दन पवन की सवारी करता जान पड़ रहा था। उसका मन मतंग हो गया था। नेताजी के यहाँ उसे रखकर पढ़ाने के अपने पिता का निर्णय अब उसे माकूल लगने लगा था।

राव मानवेन्द्र बाबू और नन्दिता के हवाले जनार्दन को छोड़ तिरबेनी उसी रात लौट चला। हालाँकि राव मानवेन्द्र बाबू ने तिरबेनी को भी बेटे के साथ एक रात रहकर अगली सुबह जाने को कहा। पर जनार्दन के बारे में निर्णय हो चुकने के बाद अब तिरबेनी बिलमने वाला नहीं था। उसके लिए क्या रात और क्या दिन? रातवाली गाड़ी से दस बजते-बजते वह अपने गाँव छविपुर पहुँच गया। उस वक्त तक सारा गाँव सो गया था। लेकिन उसकी पत्नी जगी थी। तिरबेनी जानता था, जिस स्त्री का पति और बेटा दोनों घर से बाहर गये हों वह स्त्री जल्दी सो नहीं पाती है। उसकी पत्नी अभी खा भी नहीं सकी थी। अब वह अपने खाने के लिए मछली-भात परस रही थी कि तिरबेनी आ गया था। बेटे को एक सही ठिकाने लगाने की खुशी में अब दोनों ने साथ-साथ मछली-भात खाया। वैसे अक्सर तिरबेनी पहले खाता था। बाद में उसी थाली में पत्नी खाती थी। लेकिन शादी के प्रारम्भिक दिनों की भाँति पत्नी की बाँह पकड़कर एक ही साथ और एक ही थाली में तिरबेनी ने उसे खिलाया। फिर सारी रात किसी उड़न खटोले पर बैठकर दुनिया-जहान के सैर की अनुभूति उन्हें होती रही। उनका बेटा जनार्दन अब साहब बनकर लौटेगा... । अपनी इस सुखद और विलक्षण अनुभूति से वे दोनों एक-दूसरे को अवगत भी करते रहे...! सारी रात उन्होंने ख्वाबों में बिता दी!...

2

राव मानवेन्द्र बाबू की बैठकों की ही भाँति उनकी कोठी की चहारदीवारी के अन्दर एक किनारे कई कमरे बने थे जो 'आउटर रूम' कहे जाते थे। उनमें से एक कमरे में खानसामा रहता था, दूसरे में चौका-बर्तन करनेवाली एक बूढ़ी दाई, तीसरे में फूल-पत्तियों और बागवानी का माली, चौथे और पाँचवें कमरे में सुरक्षा गार्ड, छठे में राव मानवेन्द्र बाबू का वह आदेशपाल। उसी क्रम के सातवें कमरे में जनार्दन को व्यवस्थित किया गया। कमरा अच्छा था। जनार्दन के अपने घर के कमरे से

तो लाख दर्जे बेहतर...।

दूसरी सुबह नन्दिता की खूबसूरत कार में उसके साथ जनार्दन भी कॉलेज चल पड़ा। कॉलेज प्रागंण में नन्दिता के साथ जब कार से वह उतरा तो विभिन्न परिधानों में इधर-उधर बिखरे छात्र-छात्राओं की निगाहें बरबस उस पर चली आयीं। नेताजी की सुपुत्री के साथ यह कौन आ गया?

कार से उतरकर नन्दिता ने जनार्दन को ड्राइवर के जिम्मे लगा दिया। और वह शोख और अल्हड़ युवती की तरह बालकनी की सीढ़ियाँ चढ़ती हुई अपनी कक्षा की ओर चली गयी। जनार्दन पर टिकी छात्रों की निगाहें अब नन्दिता के साथ सीढ़ियों पर फिसलने लगी थीं। इधर नन्दिता के आदेशानुसार ड्राइवर जनार्दन के नामांकन में लग गया। जनार्दन नेताजी का स्पष्ट प्रभाव कॉलेज में भी देख रहा था। प्राचार्य से लेकर कार्यालय के बड़े बाबू तक ने उसे नेताजी का खास आदमी जान विशेष सुविधा प्रदान की। वह अपने गाँव से सिर्फ मैट्रिक का अंक-पत्र ही ले आया था। कॉलेज में नामांकन के लिए अंक-पत्र के साथ-साथ मैट्रिक परीक्षा का एडमिट कार्ड और विद्यालय परित्याग प्रमाण पत्र की भी जरूरत थी। लेकिन सिर्फ अंक-पत्र पर ही उसका नामांकन कर लिया गया। नामांकन रसीद पर लिख दिया गया कि अन्य प्रमाण-पत्र बाद में जमा कर देना है।

नामांकन के बाद प्राचार्य ने कॉलेज के एक चपरासी के साथ जनार्दन को वर्ग में भेज दिया। उस वर्ग में नये नामांकन वाले ही लड़के थे। जनार्दन ने उन लड़कों से पाठ्य-पुस्तकों का नाम तथा रुटीन लिख लिया। उस पहले दिन एक पीरियड के बाद ही वह वापस आ गया। राव मानवेन्द्र बाबू की कोठी, कॉलेज से अधिक दूर नहीं थी। वह पैदल ही चला आया। नन्दिता ने ड्राइवर को दोपहर में आने को कहा था। जनार्दन ने उसी वक्त सोच लिया था, उसे ड्राइवर और गाड़ी के लिए नहीं रुकना। कॉलेज देख लिया, अब क्या था? अपनी मर्जी के अनुसार आता-जाता रहेगा...।

दोपहर अपने निर्धारित समय पर ड्राइवर जाकर नन्दिता को ले आया। जनार्दन उससे पहले ही आ गया था। पर उसका ध्यान नन्दिता की ओर ही लगा हुआ था। नन्दिता के व्यक्तित्व के सम्मोहन में वह अपने को घिरा अनुभव कर रहा था। अपने कमरे से ही जनार्दन कार में सवार नन्दिता का आना और कार से उतर कर कोठी में प्रवेश करना देखता रहा।

दोपहर खाना खाने के बाद जब नन्दिता ने अपने कमरे में उसे बुलाया तो वह तत्क्षण जा पहुँचा, जैसे इसी की प्रतीक्षा में हो! उसने पाया कि नन्दिता का कमरा भी उसके रंग-रूप की तरह ही सम्मोहक और सुसज्जित था। परियों की रानी का अनुपम बसेरा! नन्दिता के उस सुसज्जित कमरे से ताजे गुलाबों की बेशुमार खुशबू

आ रही थी। पता नहीं, यह खुशबू गुलदस्तों की थी या नन्दिता की, जनार्दन तो इस अपूर्व अनुभव की खुमारी में डूबता-उतराता रहा...।

नन्दिता ने पुस्तकों की अपनी रैक से निकालकर कई पुस्तकें उसे दीं। जनार्दन ने पाया कि अपने वर्ग सहपाठियों से जिन पाठ्य-पुस्तकों का नाम वह लिख लाया था उनमें से ही अधिकांश पुस्तकें थीं। शायद नन्दिता की पढ़ी हुई पुस्तकें। उसे अपने वर्ग के छात्रों से ज्ञात हुआ था कि पुराना सिलेबस नहीं बदला है। पुराने सिलेबस की ही पुस्तकें हैं। उसे पुस्तकों के साथ विदा करते हुए नन्दिता ने कहा—"कोई पाठ समझ न आये तो मुझसे पूछ लेना...और जब मैं बुलाऊँ तो आ जाना...!"

जनार्दन, नन्दिता की पुस्तकों के साथ अपने कमरे में वापस आ गया। नन्दिता के कमरे की कुछ खुशबू उसकी पुस्तकों में लिपटी उसके कमरे तक आ गयी थी। अपने कमरे में नन्दिता की पुस्तकों के आने के बाद अब उसे अपना कमरा भरा-भरा और खुशगवार लगने लगा। नन्दिता से पहले किसी लड़की के प्रति ऐसा तीव्र आकर्षण जनार्दन ने महसूस नहीं किया था। उसके गाँव और पड़ोस में अनेक लड़कियाँ थीं। लेकिन उनके नजदीक पहुँचने पर हर बार उसे कभी मछली की गन्ध आती, तो कभी घास की, तो कभी खेतों की मिट्टी की, तो कभी हल्दी और लहसुन की...। फूलों की गन्धवाली तो यह पहली लड़की थी...। इससे पहले कि नन्दिता के बारे में अभी वह और कुछ सोचता, अपने कमरे की खिड़की से नन्दिता ने आवाज लगायी—"जनार्दन ...!"

नन्दिता की मीठी आवाज सुन उसके कान खड़े हो गये। उसकी पूरी चेतना जैसे झंकृत हो गयी। नन्दिता ने उसे आवाज दी है। उसने देखा, अपने कमरे की खिड़की पर खड़ी नन्दिता उसे बुला रही थी—"जरा इधर आना...!"

बस, उसी क्षण वह नन्दिता के पास जा पहुँचा। नन्दिता ने कुछ पत्र उसे थमाते हुए कहा—"इन्हें ले जाकर लेटर बॉक्स में डाल देना। डाकघर देख रहे हो न? सामने की सड़क के आगे पूरब के मोड़ पर है। यहाँ से नजदीक ही है। किसी से पूछ लेना! और सुनो! इन पत्रों को किसी को मत दिखाना। छिपाकर ले जाना और चुपचाप लेटरबॉक्स में डाल कर आ जाना। मेरे डैडी, तुम्हारे पिता की बहुत तारीफ करते हैं। तुम्हें गाँव का विश्वासी जान कर ही मेरे जिम्मे लगाया है। तुम्हें किसी चीज की जरूरत हो तो सीधे मुझसे कहना...!"

नन्दिता की इच्छा के अनुसार पत्रों को लेकर जनार्दन चल पड़ा। एक पुरानी पत्रिका के बीच पत्रों को छिपाकर नन्दिता ने उसे दिया था। जनार्दन पूरी गोपनीयता के साथ उसे लेकर चल पड़ा। बाहर के फाटक पर दो नेपाली दरबान तैनात थे। उनमें से एक ने पूछा—"कहाँ जा रहे हो?"

उसने जवाब दिया—"कुमारी मेम साहब ने भेजा है।"

जनार्दन अनुभव कर रहा था कि राव मानवेन्द्र बाबू की कोठी के परिजन उनकी पत्नी को मालकिन मेम साहब तथा नन्दिता को कुमारी मेम साहब कहते थे, इसीलिए उसने भी कुमारी मेम साहब ही कहा था...। इस पर दूसरे दरबान ने पहले दरबान को बता दिया—"गाँव का लड़का है। इसे कुमारी मेम साहब के लिए साहब ने बुलवाया है...। इसके आने-जाने पर रोक नहीं...!"

जनार्दन फाटक से बाहर निकल गया। उसे किसी से पूछना नहीं पड़ा। नन्दिता के बताए अनुसार डाकघर तक वह स्वयं पहुँच गया। नन्दिता ने जिन पत्रों को छिपाकर उसे दिया था, उन्हें जानने की जिज्ञासा रास्ते भर उसे मथती रही थी। लेटरबॉक्स के समीप पहुँच उसने इधर-उधर देखा, कोई नहीं था। बस, डालने से पूर्व पत्रों के पते वह बाँच गया। एक पत्र रागिनी के नाम था, दूसरा दीपा के नाम, तीसरा शिल्पी के नाम। उसे लग गया, ये लड़कियों के नाम हैं। सम्भवतः नन्दिता की सहेलियाँ हों...। पर दो पत्र राजेश और पंकज नामक दो लड़कों के नाम थे। वह सोचने लगा, ये लड़के कौन हैं? फिर उसे लगा, शायद ये भी नन्दिता के दोस्त हों। यहाँ सहज ही यह विचार उसके मन में आया कि लड़कों के साथ यह कैसी दोस्ती? उसके गाँव में तो लड़कियों के साथ लड़कों की दोस्ती कभी अच्छी नहीं मानी जाती। शायद यहाँ शहर में अच्छी मानी जाती हो। फिर उसे लगा कि अगर अच्छी ही मानी जाती तो नन्दिता पत्रों को छिपाकर ले जाने की बात क्यों कहती? सारे पत्र इस शहर के ही थे। नन्दिता के पास फोन भी तो हैं। लेकिन फोन से न कह कर पत्रों को भेजा। शायद फोन पर कहनेवाली बात न हो...। जो हो, उसने अधिक सोच-विचार करना उचित नहीं समझा। वह जिसके पास जहाँ पत्र भेजे उसे क्या? पत्र डाल कर वह वापस आ गया। नन्दिता के आदेशानुसार उसे जानकारी भी दे दी। अब अपने कमरे में आकर बैठ गया। पहले दिन ही अब वह जान गया कि नेताजी ने पढ़ाई के नाम पर उसे नन्दिता का सेवक नियुक्त किया है...। नन्दिता की जगह किसी और की चाकरी करनी होती तो शायद उसी दिन सलाम बजाकर वह लौट जाता। पर इस मीठी चाकरी को छोड़कर जाना उसे अच्छा नहीं लगा। यह उसकी नयी उम्र की माँग थी या कोई अव्यक्त आकर्षण, वह समझ नहीं सका। उसे तो खुशी ही हुई कि नन्दिता के साथ उसे रहना है।

जनार्दन देख रहा था, नन्दिता के कमरे की खिड़की बिल्कुल उसके कमरे के सामने ही थी। पहले उसे लगा था कि जो कमरा खाली था उसके हवाले कर दिया गया, पर अब साफ महसूस हो रहा था कि नन्दिता की खिड़की के सामने का कमरा जानबूझकर उसे दिया गया ताकि अपनी आवश्यकता पर वह उसे आवाज दे सके...!

उस पहले दिन के बाद नन्दिता अब उसे बराबर बुलाने लगी। कभी पत्र

डालने, तो कभी अपनी निजी जरूरत की कोई चीज मँगाने, तो कभी अपने कमरे को व्यवस्थित कराने, तो कभी उसे साथ लेकर अपनी किसी सहेली या अपने किसी वर्ग सहपाठी से मिलने। वह अनुभव करता था, घर से बाहर निकलने के लिए किसी आड़ या बहाने के रूप में ही नन्दिता उसे साथ ले जाती थी। पर अपनी जिस सहेली या जिस सहपाठी के यहाँ उसे लेकर पहुँचती, उसके दरवाजे पर ही उसे बैठा देती—"यहीं बैठकर मेरा इन्तजार करो...। कहीं इधर-उधर मत जाना...! मैं आऊँगी तो साथ चलना है...।"

उसके आदेश के मुताबिक वह तब तक वहीं जमा रहता, जब तक नन्दिता आ नहीं जाती। इस अवधि में जनार्दन यह जान तक नहीं पाता कि अपनी उस सहेली या सहपाठी के साथ नन्दिता क्या कर रही है? उसने क्या बातचीत की? वह तो उसके सम्मोहक आदेश पर बुत बना बैठा रहता। फिर नन्दिता जैसे ही वापस आती, उसके पीछे लग जाता। उस वक्त नन्दिता के साथ आना-जाना उसे बहुत सुखकर और प्रीतिकर लगता। रास्ते भर नन्दिता की खुशबू की खुमारी में उन्मत्त बना रहता...। नन्दिता के रूप-लावण्य ने उसे मोहित-सा कर रखा था...।

जिस बात का एहसास जनार्दन को पहले ही दिन हुआ था, बाद के दिनों में उसकी स्पष्ट प्रतीति भी उसे हो गयी थी कि उसे रख कर बी. ए. तक पढ़ाने और नौकरी लगाने का राव मानवेन्द्र बाबू का प्रस्ताव उसके पिता को छलने का एक माकूल बहाना था। अपनी राजनीति से देश और समाज को वश में करनेवाले नेता के लिए उसके पिता जैसे निश्छल ग्रामीण को भोराना कोई बड़ी बात नहीं थी। अपनी इकलौती लाडली के लिए उन्हें एक विश्वस्त नौकर की जरूरत थी। उसके पिता की निश्छलता और ईमानदारी का पुत्र में अनुमान कर इस कार्य के लिए उसे रख लिया था। जनार्दन अनुभव कर रहा था कि उसे रखने के बाद कुछ समय तक उन्होंने यह जानने की कोशिश भी नहीं की कि उसका एडमिशन कैसे हुआ? कब हुआ? उसकी पढ़ाई कैसी चल रही है? उसे क्या जरूरत है? नन्दिता के हवाले उसे करने के बाद कभी पलटकर भी उसकी खोज-खबर नहीं ली। उसकी ओर से तो वे बिल्कुल मुक्त और निश्चिन्त थे...। वह पा रहा था कि नन्दिता की पकड़ लगातार उस पर बढ़ती जा रही थी। अब वह बिना किसी जरूरत के भी उसे अपने कमरे में बुला लेती—"जरा आना जनार्दन...!"

फिर जब वह पहुँचता तो कभी कहती—"उस कोने में बैठकर मेरी फटी पुस्तकों को गोंद से साटो...मैं यहीं पढ़ रही हूँ...।"

जनार्दन उसके कमरे में बैठकर उसकी पुस्तकें साटने लगता। इस बीच पलंग पर लेटकर पढ़ रही नन्दिता को वह देखता भी रहता। नन्दिता के पास होने की अनुभूति उसके युवा मन प्राणों को उल्लसित बनाये रहती। अभी वह एक-दो पुस्तकें

ही साट पाता कि वह फिर कहती—“किचन में जाकर खानसामा से बोल दो, मेरे लिए कॉफी बना कर दे जाए। अपने लिए भी कह देना...!”

कभी नन्दिता की इच्छा पढ़ने, टी. वी. देखने या टेप सुनने की नहीं होती तो उसे पास बैठाकर उससे बातचीत करने लगती—“तुम्हारे गाँव में तो आलू होते होंगे जनार्दन?”

वह बताता—“हाँ, खूब होते हैं।”

इस पर वह पूछती—“आलू के पेड़ तो बहुत बड़े-बड़े होते होंगे?”

नन्दिता की इस नासमझी पर वह हँसते हुए जवाब देता—“नहीं, कुमारी मेमसाहब...। आलू के पेड़ नहीं होते। छोटी-छोटी गाछें होती हैं?”

इस पर वह चौंकते हुए पूछती—“उन छोटी-छोटी गाछों पर इत्ते बड़े-बड़े आलू कैसे लटकते रहते हैं?”

जनार्दन फिर उसकी अज्ञानता पर हँसते हुए बताता—“आलू गाछों से नहीं लटकते। जमीन के भीतर होते हैं। गाछों की जड़ों में फलते हैं...!”

“तब फिर उन गाछों में और क्या फलते हैं?”

“उन गाछों में कुछ नहीं फलते? वे सिर्फ हरे पौधे की तरह बढ़ते रहते हैं...! उनकी बढ़त देखकर ही लोग जान पाते हैं कि उनकी जड़ों में आलू तैयार हो गए?”

यह सुन नन्दिता का मुँह आश्चर्य से खुला रह जाता। जनार्दन भी उसे हैरत से देखता रहता। उसके गाँव में छोटे-छोटे बच्चे भी जानते हैं कि आलू कैसे पैदा होते हैं? पर यह इतनी बड़ी लड़की नहीं जानती...!

वह जनार्दन से कहती—“पापा ने हेलीकॉप्टर से तुम्हारे गाँवों को दिखाया था...। उस वक्त खेतों में पीली-पीली फसलें लगी थीं। पूछने पर बताया था कि चावल का एरिया है...। तो क्या सफेद चावल की फसलें पीली होती हैं?”

जनार्दन फिर मुस्कराता—“नहीं कुमारी मेम साहब! चावल की फसलें नहीं होतीं! धान की फसलें होती हैं...!”

“फिर चावल कहाँ से आते हैं?”

“धान के पेट से।”

“कैसे?”

“धान को ढेंके में कूट कर या मिल में छाँटकर चावल बनाया जाता है...!”

धान की पीली फसलों से चावल के सफेद दाने...। नन्दिता की आँखें फिर आश्चर्य से बड़ी-बड़ी हो जातीं। जनार्दन का कौतुक भी बढ़ जाता। यह कैसी लड़की है जो आलू और चावल की खेती नहीं जानती? खाने में रोज ही आलू की सब्जी और चावल का भात खाती है। लेकिन उनकी उपज से अनभिज्ञ है।

दशहरे के बाद स्टेशन मोड़ से जनार्दन अपने लिए एक ईख खरीद लाया।

ईख देखते ही उसे चूसने के लिए उसका ग्रामीण मन मचल उठा था...जब वह गाँव में रहता था तो ईख के दिनों में ऐसा कोई दिन नहीं होता था जब वह एक-दो ईख नहीं चूसता। ईख लायक उसकी अपनी खेती नहीं थी। इस स्थिति में अन्य ग्रामीण बालकों की तरह नजर बचाकर दूसरे के खेत से एक-दो ईख उखाड़ लेता। यहाँ शहर में खरीद कर लाया ईख जब वह चूसने लगा तो अपनी खिड़की से आश्चर्य से देख रही नन्दिता ने उसे पास बुलाया—"यह क्या चबा रहे हो जनार्दन?"

"ईख है। इसके भीतर मीठा रस होता है।"

नन्दिता ने ईख का नाम सुना था, पर उसे चूसते हुए किसी को नजदीक से नहीं देखा था। उसके पाँच सितारा जीवन में ऐसे निम्नस्तरीय दृश्य कहाँ? क्षण भर उस ईख को निहारने के बाद अपनी जानकारी के अनुसार उसने फिर पूछा—"खेतों में सूख कर यही ईख गुड़ बन जाता होगा?"

जनार्दन को फिर हँसी आ गयी—"नहीं मेम साहब...। खेतों में सूख कर ईख गुड़ नहीं बनता। मशीन में पेर कर इसका रस निकाला जाता है। फिर एक बड़े कड़ाह में उस रस को खौलाया जाता है...। वही रस खौलते-खौलते गुड़ बनता है...!"

नन्दिता के चेहरे पर फिर अचरज की रेखाएँ उभर आईं। अपने पिता के साथ राज्य के एक बड़े चीनी मिल को उसने देखा था। पर ईख से गुड़ का बनना वह नहीं जानती थी। ईख से गुड़ के बनने की बात कहते हुए जनार्दन को बरबस ही ताजे गर्म गुड़ की याद आ गयी। गर्म गुड़ के मीठे स्वाद की याद से उसके मुँह में पानी भर आया। किसी की भी 'कल्हुआड़' में पता चलते ही कि गर्म गुड़ तैयार हो रहा है, वह जा पहुँचता। फिर वहाँ उपस्थित अन्य लोगों की तरह आम या महुए के पत्ते पर चखने भर गर्म गुड़ उसे भी मिल ही जाता था...।

अपने उपयोग में निरन्तर जनार्दन को अपने पास रखनेवाली नन्दिता ने अपनी रुचि के अनुसार उसका हुलिया भी बदल दिया था—"अपना यह गँवई लिबास रख दो। यहाँ इस रूप में नहीं चलेगा...!"

जनार्दन के लिए उसने दो जोड़े अच्छे पैंट-शर्ट बनवा दिए थे—"अब देखो, कैसे लगते हो? कोई कहेगा ही नहीं कि वही जनार्दन है!"

दाँतुअन की जगह पर उसे ब्रश-मंजन से दाँत साफ करने की हिदायत उसने दी थी—"तुम्हारे दाँत मैले हैं जनार्दन! ब्रश से अच्छी तरह साफ किया करो....।"

स्नान के लिए उसे अपनी ओर से खुशबूदार साबुन देती—"माथे पर तेल चुपड़ लिया और दो लोटा पानी डाल लिया, यह कैसा नहाना? बदन की मैल बदन में ही। साबुन से खूब रगड़-रगड़ कर नहाओ...!"

इस बदले रंग-रूप में जनार्दन को अपने पास बैठाते हुए अब वह तनिक भी

नहीं झिझकती—"अब तू वह गाँव वाला जनार्दन नहीं रहा। मेरे मन लायक जनार्दन हो गया है।"

जनार्दन अनुभव कर रहा था, नन्दिता सिर्फ सुन्दर ही नहीं, चतुर भी थी। जनार्दन को यह नहीं लगे कि उसे वह सिर्फ सेवक ही समझ रही है, इसीलिए कभी-कभार अपने पास बैठा कर उसे पढ़ाती भी—"ला तो, देखें—पढ़ता भी है कि मेरी आँख बचाकर खाली सोता है...!"

उस क्षण उसे पढ़ाते वक्त नन्दिता स्नेह जताते हुए कभी उसके गाल पर हल्की चपत लगाती, तो कभी उसकी बाँह पकड़ लेती, तो कभी उससे सटकर बैठ जाती, तो कभी उसके गलत प्रश्नोत्तर पर हँसते-हँसते उसकी देह पर गिर जाती। इस दौरान जनार्दन अपूर्व और अनिर्वचनीय आनन्द की अनुभूति में खोया रहता। नन्दिता के सान्निध्य में जाने ऐसा क्या था कि उस वक्त अपना गाँव-घर, माई-बाबू और लोग-बाग सब उसके जेहन से विस्मृत हो जाते...। सिर्फ नन्दिता के रूप-लावण्य और उसकी मोहक अदाओं के बीच ही वह अपने को घिरा पाता।

नन्दिता की जब सहेलियाँ आतीं तो वह जनार्दन को खूब खटातीं—"यह ले आओ जनार्दन! वह ले आओ...।" लेकिन उसका यह खटाना भी उसे तनिक नहीं अखरता। उसकी सभी सहेलियाँ उसके जैसे ही बड़े बापों की बेटियाँ थीं। नन्दिता जैसी ही बहार बनकर आतीं और खुशबू बिखेरती हुई जातीं। उनमें से प्रायः सभी जनार्दन की भूरि-भूरि प्रशंसा करतीं—"तेरा यह जनार्दन बहुत अच्छा है नन्दो...! बहुत मासूम...! बहुत प्यारा...!"

उसमें से कोई तो जनार्दन की बाँह पकड़ उसे बिल्कुल अपने से सटाकर पूछती—"नन्दों के यहाँ तेरा मन लग रहा है? हमारे यहाँ नहीं चलेगा?"

उस वक्त जनार्दन सिर्फ मुस्कराकर रह जाता। कोई जवाब नहीं दे पाता। इस क्षण उसे अपने गाँव की महिलाओं की बातें याद आ जातीं। गाँव की गलियों में उसे खेलते देख पड़ोस की औरतें कहतीं—"यह तिरबेनी का छोरा गजब का सुन्दर है....। 'हरही की कोख में सोरही की औलाद!'...।"

नन्दिता की एक मोटी सहेली तो एकान्त पाते ही उसे बाँहों में भर लेती और उसके गालों को चूमते हुए कहती—"तू बड़ा प्यारा है रे...बड़ा अच्छा...!"

तब जनार्दन अपने पूरे बदन में एक अजीब तरह की सुरसुरी का अनुभव करता। उस क्षण वह अपने को हवा में उड़ते पाता। धरती और आसमान के बीच फूल की पत्तियों के संग वसन्ती बयार में डोलते हुए...! जिस घटना ने सम्मोहन और आनन्द के चरम क्षणों में जनार्दन को पहुँचा दिया था, उसे उसने एक सामान्य घटना-भर समझा था। लेकिन वह उसके जीवन की एक यादगार घटना थी—सर्वथा विलक्षण और स्वर्गिक अनुभव की जनक! उस घटना को जनार्दन चाहते हुए भी

कभी भूल नहीं पाता...।

वह मंगलवार की एक सर्द शाम थी। महावीरजी की पूजा और प्रसाद-वितरण का दिन था। राव मानवेन्द्र बाबू के आवासीय परिसर में महावीरजी का एक छोटा किन्तु खूबसूरत मन्दिर था। उस मन्दिर के लिए एक बूढ़े पुजारी नियुक्त थे। उनका काम दोनों जून पूजा-अर्चना था। मन्दिर के साथवाली कोठरी में वह रहते थे। राव मानवेन्द्र बाबू की इच्छा के अनुसार मंगलवार को वह विशेष पूजा करते थे, जिसमें हनुमान चालीसा और हनुमान बाहुक के साथ सम्पूर्ण सुन्दर काण्ड का पाठ भी सम्मिलित होता था। फिर शाम को आरती के बाद वे प्रसाद-वितरण करते थे। उस वक्त राव मानवेन्द्र बाबू की हवेली के परिजन, सेवक और सहायक सब वहाँ उपस्थित होकर श्रद्धापूर्वक प्रसाद ग्रहण करते। राव मानवेन्द्र बाबू की कोठी परिसर के बाहर के चन्द धार्मिक स्त्री-पुरुष भी आकर प्रसाद ले जाते। जनार्दन यहाँ जब से आया था, यह क्रम देख रहा था। पर उसने अपने को ऐसी किसी नियमबद्धता में नहीं बाँधा था। किसी लीक पर चलने की अपेक्षा स्वतन्त्र आचरण में उसका मन ज्यादा रमता था। उसके घर पर भी पूजा-पाठ की कोई व्यवस्था या नियमितता नहीं थी, इसीलिए प्रत्येक मंगलवार को वह प्रसाद लेने नहीं जाता था। जिस किसी मंगलवार को इच्छा होती, जाकर प्रसाद ले लेता, नहीं तो अपने कमरे में बैठकर चुपचाप देखता रहता। महावीर मन्दिर के वृद्ध पुजारी से उसने सुन रखा था कि राव मानवेन्द्र बाबू पर महावीरजी की असीम कृपा है। खुद नन्दिता ने भी उससे कहा था—"जानते हो जनार्दन, मेरे पापा पर महावीरजी सदैव सहाय रहते हैं...। राजनीति में उनके इतने दुश्मन भरे हैं लेकिन महावीरजी के चलते कोई उनका कुछ नहीं बिगाड़ पाता है...। लगातार चार-चार बार केन्द्रीय मन्त्री बने रहना महावीरजी की कृपा से ही सम्भव हुआ है...। तू भी महावीरजी को सुमिरते रहना...। कहते हैं, कलयुग के साक्षात् देवता यही हैं...।"

जनार्दन ने देखा था, राव मानवेन्द्र बाबू अपने राजनीतिक दौरों पर जब भी निकलते थे, महावीरजी के पास पहुँचकर दण्डवत् अवश्य करते थे। राव मानवेन्द्र बाबू की पत्नी अपने पति के कार्यों की सिद्धि और सफलता के लिए अक्सर महावीरजी की मनौतियाँ मनाती थीं। फिर पति की सफलता या कार्यसिद्धि के बाद उन मनौतियों की पूर्ति में लग जाती थीं। उनकी मनौतियों में सवा मन लड्डू से कम का प्रसाद कभी नहीं होता था। वे कहतीं—"इतना सब-कुछ महावीरजी ने ही दिया है। इससे कम प्रसाद मैं उन्हें नहीं चढ़ा सकती...।"

तब हवेली के अन्य सेवकों एवं सहयोगियों के साथ जनार्दन भी खूब छककर लड्डू खाता...। राव मानवेन्द्र बाबू की पत्नी के जिम्मे उसे कोई काम नजर नहीं आता। हवेली के अन्दर सोफे पर पसरी वे सेवक-सेविकाओं को सिर्फ आदेश देती

रहतीं। उनकी अपनी सक्रियता तो तभी देखने को मिलती थी जब महावीरजी की किसी मनौती को वे पूरा कर रही होती थीं...!

उस मंगलवार को भी मन्दिर जाकर प्रसाद लेने की जनार्दन की इच्छा नहीं थी, इसीलिए अपने कमरे की चौकी पर इत्मीनान से बैठा वह सब-कुछ देख रहा था। नन्दिता की सहेलियों के साथ आज उसे भी खूब मिठाइयाँ खाने को मिली थीं। थोड़ी ही देर पहले वह नन्दिता के कमरे से लौटा था। शिक्षकेतर कर्मचारियों की हड़ताल के चलते कॉलेज बन्द था। दिन भर नन्दिता अपने कमरे में ही थी, इसीलिए गाहे-ब-गाहे उसे बुलाती रही थी–

"जनार्दन, ले आ। अँग्रेजी का एक पाठ तुझे पढ़ा दूँ...।"

"जनार्दन! कैसेट चलाकर अपनी रुचि का एक गीत तो सुना...। जरा देखूँ, तेरी रुचि कितनी बदली है?"

"जनार्दन! लूडो लेकर इधर आ। तेरे साथ एक हाथ हो जाए। देखती हूँ कि आज भी तू मुझे हराता है कि रोज की माफिक हार ही जाता है...। जिस दिन तू मुझे हरा देगा तो बस समझ लूँगी कि खेलने लायक खिलाड़ी तू हो गया!"

नन्दिता ने जनार्दन को टेप-टी.वी. चलाना तथा लूडो-शतरंज खेलना सब सिखा दिया था...। नन्दिता के साथ लूडो का उसका दाँव अभी चल ही रहा था कि अकस्मात् उसकी तीन सहेलियाँ आ धमकीं! फिर तो नन्दिता उनकी खातिरदारी में लग गयी। जनार्दन को चौक दौड़ाकर शहर की मशहूर रसमलाई और क्रीमचाप मँगवाया। लेकिन उसकी जैसी ही मनभरू उसकी सहेलियों ने एकाध पीस से अधिक नहीं लिया। वे तो सारे समय बात-बात पर खिलखिलाती और गप्पें लड़ाती रहीं। उनके जाने के बाद बची हुई रसमलाइयाँ और क्रीमचाप जनार्दन के हिस्से में आया। उसने जी भर कर खाया। वैसी ही उम्दा मिठाइयाँ खाने के बाद अब लड्डू के प्रसाद में उसका कोई आकर्षण नहीं था।

जनार्दन अपने कमरे की चौकी पर इत्मीनान से बैठा था। नन्दिता के पास से वह जब भी लौटकर आता था, एक अज्ञात मिठास से उसका पोर-पोर तर होता था। आज तो नन्दिता की मिठास के साथ उसके पेट में स्वादिष्ट मिठाइयाँ भी थीं, फिर उसका क्या कहना था...! फूल-पत्तियों से घिरे महावीर मन्दिर को सरस भाव से निहारता रहा। हवेली के सेवकों एवं सहायकों का प्रसाद के लिए जाना देखता रहा। महावीर मन्दिर की हरियाली उसे भाती रही। शाम घिरने से पहले ही हवेली परिसर के ट्यूब लाइटों की दूधिया रोशनी में फूल-पत्तियों की छटा और निराली हो गयी थी। मन्दिर के द्वार के पास तुलसी के खूब घने पौधे लगे थे। एक साथ तुलसी के इतने घने पौधे उसने पहले कहीं नहीं देखे थे। बहुतायत में पैदा की गयी तुलसी-गाछों की गन्ध जनार्दन अपने कमरे तक महसूस करता था। मन्दिर के आगे

की तुलसी गाछों की ही भाँति मन्दिर के पीछे और दोनों किनारों पर भी खूब फूल-पत्तियाँ लगायी गयी थीं...। एक बार माली से उसने पूछा था—"इसमें कौन-कौन फूल हैं...?"

तब माली ने दर्जनों फूलों के नाम गिना दिए थे। लेकिन गेंदा, गुलाब, गुलदावदी, जूही और चमेली के अतिरिक्त उसे और नाम याद नहीं रहे थे...। अपने गाँव में जिन फूलों को वह जानता था, उनके वही नाम स्मरण रख सका था। माली फूलों का जानकार और मेहनती था। राव मानवेन्द्र बाबू की परिष्कृत रुचि के अनुसार उसने महावीर मन्दिर के अतिरिक्त पूरी हवेली परिसर में बेशुमार फूल-पत्तियाँ उगायी थीं। राव मानवेन्द्र बाबू की हवेली के सामने एक बड़े से गोल घेरे के अन्दर उसने खूब नर्म दूब भी जमायी थी। उस घेरे के चारों ओर लम्बी गाछ के फूल-पौधे लगाये थे। उन फूल-पत्तों से घिरा दूब का वह घेरा ऐसा लगता था जैसे फूल-पत्तियों का हृदय-स्थल हो। फूल पत्तियों के हृदय-स्थल की वह दूब ऐसी नरम थी कि उस पर पाँव रखते हुए ऐसा लगता, जैसे मखमल के गलीचे पर चल रहे हों...। घेरे की उन दूबों पर चलने की इजाजत सेवक और सेविकाओं को नहीं थी। राव मानवेन्द्र बाबू के परिवारजन या विशिष्ट अतिथि ही उन दूबों पर चलने या बैठने के अधिकारी थे। राव मानवेन्द्र बाबू के जब खास अतिथि आते थे तो उन दूबों पर ही कुर्सियाँ बिछती थीं। उन्हें दूर से देखते हुए जनार्दन को ऐसा लगता था, जैसे फूलों की वाटिका में कुछ लोग बैठे हों...। तब जाने-अनजाने उन लोगों के प्रति अपने अन्दर ईर्ष्या का उगता उन्मेष वह अनुभव करता था।

जनार्दन ने देखा, शाम के अपने नियत समय पर हवेली के मुख्य द्वार से खादी के सफेद परिधान में राव मानवेन्द्र बाबू किसी अवतारी पुरुष की तरह दूब के अपने घेरे में आ रहे थे। जनार्दन जानता था, यह राव मानवेन्द्र बाबू का प्रायः रोज का नियम था। सुबह-शाम दूब के अपने इसी घेरे में वे टहलते थे...। जनार्दन को यह जानकारी भी हो गयी थी कि राव मानवेन्द्र बाबू जैसे बड़े लोग सड़कों और सार्वजनिक पार्कों में नहीं टहलते। वैसी जगहों पर उनकी सुरक्षा का इन्तजाम नहीं होता। अपनी कोठी या बँगले के परिसर में टहलना ही उनके लिए निरापद रहता है। अपनी इसी आवश्यकता के तहत अपनी कोठी या बँगले के परिसर में ही टहलने लायक खूबसूरत मैदान बनवा लेते हैं...। राव मानवेन्द्र बाबू का सुन्दर-सलोना और भरा-पूरा बदन देख जनार्दन अपने कृशकाय ग्रामवासियों की तुलना में उन्हें खूब स्वस्थ और सुखी समझता था। उनकी सम्पन्नता और अच्छे खानपान का इसे प्रभाव मानता था। लेकिन यह सुनकर वह आश्चर्यचकित रह गया था कि उस सलोने रूप और भरे पूरे बदन के भीतर कई घातक बीमारियों ने अपना स्थान बना लिया था। वे शुगर, ब्लडप्रेशर और हृदयरोग के गम्भीर मरीज थे। मीठा और नमकीन दोनों

खाद्य पदार्थ उन्हें मना थे। घी और तेल तो डॉक्टर उनके लिए जहर मानते थे। सारी सम्पन्नता के बावजूद सूखी रोटियाँ और हरी सब्जी ही उन्हें दी जाती थी। चाय की आवश्यकता पर बिना चीनी की फीकी चाय। चिकित्सकों ने सुबह-शाम टहलना उनके लिए नितान्त आवश्यक बताया था। सम्भवतः उसी आवश्यकता के तहत वे टहलते थे। हालाँकि नन्दिता अपने पिता की बीमारी की भयावहता को कम बताने के लिए उन बीमारियों को 'राजरोग' कहती थी। अधिकांश बड़े लोगों को होनेवाले रोग। नन्दिता की बात जनार्दन को सही लगती थी। उनके यहाँ आनेवाले कई मन्त्रियों और उच्चाधिकारियों के लिए बिना चीनी की फीकी चाय बनती थी। वे जब खाने पर आमन्त्रित होते थे तो उन्हें घी-तेल से अलग सूखी रोटियाँ और सादी सब्जी दी जाती थी। इस सम्बन्ध में माली ने उससे कहा था—"जास्ती सुख-सुविधा और आराम का यह परिणाम है। खाना पचाने-भर शारीरिक श्रम नहीं करने से यही सब होता है...! बस, इतना जान ले बच्चू कि जितना खा, उससे अधिक खट, फिर तेरे पँजरे कोई बीमारी आनेवाली नहीं...!"

जनार्दन को माली की बात जँचती। अपने गाँव में इस बीमारी से किसी को ग्रस्त उसने नहीं सुना था। शायद खाने के मुकाबले अधिक खटने का ही यह परिणाम हो।

उस शाम भी राव मानवेन्द्र बाबू दूब के अपने मैदान में प्रवेश कर टहलने लगे थे। अपने दोनों हाथ भाँजते हुए वे इस छोर से उस छोर तक पहुँचते। फिर उस छोर से इस छोर तक...। इधर फाटक से पड़ोस के उनके दो-चार आत्मीय जन प्रसाद के लिए आने लगे थे। यहाँ रहते-रहते जनार्दन कोठी के अन्दर आनेवाले हर चेहरे को पहचानने लगा था। अचानक इसी दौरान दो नये आगन्तुकों को फाटक से प्रवेश करते हुए उसने देखा। उसने लक्ष्य किया, दरबानों ने भी उन दोनों को देखा। लेकिन कोई रोक-टोक और पूछताछ नहीं की। किसी नये आगन्तुक को बगैर राव मानवेन्द्र बाबू की अनुमति के फाटक के अन्दर प्रवेश नहीं करने देने के लिए उन्हें सख्त हिदायत थी। फिर भी उन दोनों को उन्होंने अन्दर आने दिया था। शायद प्रसाद लेने की धार्मिक भावना के तहत उन्हें छोड़ दिया हो। उस क्षण राव मानवेन्द्र बाबू के सुरक्षाकर्मी बाहर की चौकी पर आराम से बैठकर बीड़ी पी रहे थे। जनार्दन जानता था, वे सबसे आखिर में प्रसाद लेने जाते थे। उसके कमरे और सुरक्षाकर्मियों की उस चौकी से मुख्य फाटक नजदीक ही था। जनार्दन की भाँति सुरक्षाकर्मियों ने भी उन दोनों को आते देखा था। लेकिन उन्होंने भी कोई पूछताछ नहीं की। जनार्दन को लगा, सम्भव है इन नये आगन्तुकों से वह अपरिचित हो, पर दरबान और सुरक्षाकर्मी परिचित हों। ये यहाँ यदा-कदा आनेवालों में से हों...! लेकिन उन आगन्तुकों की चाल-ढाल ने उसके मन में संशय पैदा कर दिया। अपने चेहरों से

वे युवा जान पड़ते थे, पर लिबास एवं चाल से वृद्ध दिखने का प्रयास कर रहे थे। अपने बदन पर पुरानी, मटमैली चादरें उन दोनों ने डाल रखी थीं, जिससे उनके चेहरे के अतिरिक्त अन्य भाग छिपे हुए थे...। मन्दिर की ओर उनके बढ़ते कदम अचानक फूलों की एक सघन झाड़ी के पास ठिठक गये। फिर चोर-दृष्टि से इधर-उधर देखते हुए वे दोनों झाड़ी के पीछे छिपकर बैठ गये। जनार्दन का मन अब आशंकित हो गया। इस रूप में उन अजनबियों की उपस्थिति ने उसे बेचैन-सा कर दिया...। अब उसने दरबानों, सुरक्षाकर्मियों और राव मानवेन्द्र बाबू को फिर-फिर देखा। दरबान पूर्ववत् अपनी ड्यूटी पर तैनात थे, सुरक्षाकर्मी अपनी चौकी पर उसी तरह बीड़ियाँ फूँक रहे थे तथा राव मानवेन्द्र बाबू का टहलना भी निर्बाध गति से जारी था...।

जनार्दन को हवेली के लोगों से यह पता चल गया था कि राजनीति में राव मानवेन्द्र बाबू के कई जानी दुश्मन हैं। नन्दिता ने भी उससे कहा था—"मेरे पापा इतने सीधे हैं। कभी किसी से लड़ाई-झगड़ा नहीं करते। फिर भी लगातार उनके केन्द्रीय मन्त्री बने रहने से कइयों की छाती फटती रहती है। अकारण ही इनके कई दुश्मन बने रहते हैं...!"

जनार्दन को अब साफ लग गया कि राव मानवेन्द्र बाबू के उन्हीं किसी दुश्मन ने अपनी दुश्मनी साधने के लिए इन आगन्तुकों को भेजा है। अवश्य ये भाड़े के हत्यारे हैं। चोर-उचक्के होते तो ऐसे नहीं आते। बड़े साहबों के यहाँ चोरी और छीना-झपटी की घटनाएँ कहाँ घटती हैं? वह तो जब से इस राजधानी शहर में आया था, बराबर हत्याओं की ही सूचनाएँ पा रहा था...।

जनार्दन की बेचैनी बढ़ती जा रही थी। फूलों के बीच छिपे ये कातिल जाने क्या गुल खिलाएँगे? उस क्षण नन्दिता के सम्मोहन की खुमारी भी उस पर कायम नहीं रह सकी। सामने उपस्थित आतंक और दुश्चिन्ता की स्थितियों ने उसे अतिरिक्त रूप से चौकन्ना बना दिया। अचानक उसके अन्दर जैसे सदियों की समझ समा गयी। अवश्य इन कातिलों को कोठी की गतिविधियों की पक्की जानकारी है, तभी इन्होंने मंगलवार की सन्ध्या का चुनाव किया है। बाहर से प्रसाद लेने के नाम पर इन्हें आया जान कोई इन पर शक नहीं करेगा। इन्हें पता है कि राव मानवेन्द्र बाबू टहलने के बाद कोठी में प्रवेश करने से पहले महावीरजी को दण्डवत् करने अवश्य पहुँचेंगे। सम्भवतः उसी वक्त उन पर प्रहार करने की इनकी योजना है, इसीलिए महावीर मन्दिर के रास्ते की झाड़ी के पीछे ही छिपे हैं। अवश्य दरबानों और सुरक्षाकर्मियों को इन्होंने मिला लिया है, क्योंकि दरबान और सुरक्षाकर्मी इन दोनों की उपस्थिति से अपने को अनभिज्ञ बनाए हुए हैं, जबकि जनार्दन स्पष्ट महसूस कर रहा था कि उसकी भाँति वे भी वस्तुस्थिति से अवगत थे।

राव मानवेन्द्र बाबू अपनी निर्धारित दिनचर्या के अनुसार टहलने के बाद जब

अपनी कोठी की ओर न मुड़ महावीरजी की ओर मुड़ गये तो जनार्दन अपने को रोक नहीं सका। अब और देर तक उसे तमाशबीन नहीं रहना है। राव मानवेन्द्र बाबू हैं तभी वह इस कोठी में है। उसकी आकांक्षाएँ और सपने भी राव मानवेन्द्र बाबू पर ही निर्भर हैं। उसके लिए राव मानवेन्द्र बाबू का जीवित रहना नितान्त आवश्यक है...! उनके बाद फिर यहाँ कौन उसे पूछेगा? क्यों पूछेगा? राव मानवेंन्द्र बाबू पर अपनी निर्भरता के साथ इस बात ने भी उसे प्रेरित किया कि राव मानवेन्द्र बाबू का नमक खाकर उनके साथ होनेवाले विश्वासघात को उसे नहीं देखना। उम्र के जिस नाजुक मोड़ पर वह पहुँचा था वहाँ 'नमक का सरियत' देने की अपनी ग्रामीण धारणा का पक्का हिमायती था। इस स्थिति में अब और विलम्ब न कर अपने कमरे से निकल लगभग भागते हुए वह राव मानवेन्द्र बाबू के पास जा पहुँचा। सामने से आ रहे राव मानवेन्द्र बाबू का रास्ता रोकते हुए खड़ा हो गया–"नेताजी! अभी मन्दिर की ओर एकदम मत जाइए...। वहाँ फूलों की झाड़ी में दो आदमी बाहर से आकर छिपे हैं...। हमको ऊ दोनों आदमी ठीक नहीं लग रहे हैं! उनका इरादा खराब बुझाता है...।"

जनार्दन ने जल्दबाजी में हकलाते हुए-से कहा। पर उसकी बात सुनते ही नेताजी का चेहरा क्षण-भर में ही जर्द हो गया। ऐसे अवसरों के प्रति विशेष सतर्क और सचेष्ट रहनेवाले राव मानवेन्द्र बाबू के कदम ठिठक गये! उनके मुँह से भययुक्त अचम्भे की ध्वनि भी निकल उठी–"तो यह बात है...!"

अब उनकी आँखें चौकन्नी हो गयीं। कान सावधानी में खड़े हो गये। उन्होंने देखा, दरबान पूर्ववत् अपनी ड्यूटी पर तैनात थे। सुरक्षाकर्मी भी इस बीच उन्हें आते देख तत्परता से खड़े हो गये थे। बीड़ियाँ फेंक वे सावधान की मुद्रा में थे।

राव मानवेन्द्र बाबू की टोही निगाहों ने फूलों की उस झाड़ी की ओर भी मुआयना किया। जनार्दन के कथनानुसार सचमुच झाड़ी के पीछे छिपे दो व्यक्तियों का आभास उन्हें हुआ। अब उन्होंने सुरक्षाकर्मियों को आवाज लगायी–"बैजू! नाथू...!"

जवाब में अपने बूट पटकते हुए वे ऐसे आ धमके जैसे क्षण भर में ही शत्रुओं का सफाया कर देंगे...।–"जी हुजूर! क्या आदेश है सर...!"

उनके नाम क्रमशः बैजू और नाथू थे। वे काफी समय से राव मानवेन्द्र बाबू की सुरक्षा में तैनात थे, इसीलिए उनके नामों से ही राव मानवेन्द्र बाबू उन्हें पुकारते थे। अपने करीब उनकी उपस्थिति पर उनकी ड्यूटी की याद दिलाते हुए उन्होंने पूछा–"आप लोगों के रहते वहाँ फूलों की झाड़ी में कौन आकर छिपे हैं...?"

इस पर उन्होंने तत्क्षण जवाब दिया–"हमारे जानते तो वहाँ कोई नहीं है हुजूर...! बाहर से आये लोग प्रसाद लेकर चले गये सर!"

यह सुन राव मानवेन्द्र बाबू ने अब आदेश देते हुए-से कहा–"अभी वहं जाकर देखिए...! हम भी वहीं आ रहे हैं...!"

जवाब में उधर पलटकर बढ़ते हुए तेज आवाज में वे बोल उठे–"अभी देखते हैं हुजूर! किसकी हिम्मत है सर जो यहाँ आकर छिपे...?"

उस क्षण राव मानवेन्द्र बाबू के साथ जनार्दन ने भी अनुभव किया कि सुरक्षाकर्मियों की वह तेज आवाज उन दोनों तक पहुँच गयी थी और उनकी हरकत से फूलों की वह झाड़ी अब हिलने लगी थी...। इससे पहले कि अपनी बन्दूकों के साथ सुरक्षाकर्मी वहाँ पहुँचें, वे दोनों झाड़ी से निकल, आसमान में फायर करते हुए मुख्य फाटक से भाग चले–"धाँय! धाँय!"

पल भर में ही उनकी फायरिंग से पूरी कोठी दहल उठी...। बारूदी धुएँ का गुबार पूरे परिसर में फैल गया। शायद अत्याधुनिक हथियारों से वे लैस थे। फायरिंग की आवाज सामान्य आवाज नहीं थी। इस दौरान सुरक्षाकर्मी भी जवाबी फायरिंग करते हुए बेतहाशा चिल्ला उठे–"धाँय...धाँय! धरो! पकड़ो! मारो!"

उन हमलावरों और इन सुरक्षाकर्मियों की सम्मिलित फायरिंग की आवाज कोठी के जर्रे-जर्रे में व्याप गयी। कोठी परिसर के पंछी पंख फड़फड़ाते हुए उड़ चले। बारूदी धुएँ से पूरी कोठी आच्छादित हो गयी। क्षण-भर के लिए अँधेरा जैसा घिर गया। अचानक हुई फायरिंग की इस आवाज और बारूदी गन्ध ने राव मानवेन्द्र बाबू की पत्नी और बेटी को विह्वल-बेचैन कर दिया..। राव मानवेन्द्र बाबू कोठी के अन्दर नहीं बाहर हैं, इस चिन्ता ने उन्हें और अधिक आशंकित और आतंकित बना दिया था। अब बदहवास स्थिति में कोठी के दरवाजे पर पहुँच वे चिल्ला उठीं–

"कहाँ हैं नन्दो के पापा?..."

"डैडी आप कहाँ हैं?"

कोठी परिसर के सभी अमले-आदमी और कर्मचारी अधिकारी भी उनकी ओर दौड़ पड़े। इस वक्त भयभीत राव मानवेन्द्र बाबू ने जनार्दन को अपनी बाँहों में कसकर भींच रखा था, जैसे डूबते हुए को तिनके का सहारा मिल गया हो। वर्षों पहले जनार्दन के पिता तिरबेनी को भी उन्होंने ऐसे ही भींचा था, जब नदी में डूबते हुए मृत्यु के करीब पहुँचे थे। फायरिंग की तेज आवाज उन्हें बर्दाश्त नहीं होती थी। ऐसे अवसरों से बचने के लिए उनके चिकित्सकों ने भी उन्हें हिदायत दी थी। जनार्दन साफ-साफ अनुभव कर रहा था, इस क्षण राव मानवेन्द्र बाबू के हृदय की धड़कनें बहुत बढ़ गयी थीं, उन धड़कनों की आवाज वह स्पष्ट सुन रहा था...। उधर उनकी पत्नी और बेटी की पुकार भी उसे सुनाई पड़ रही थी। इससे पहले कि राव मानवेन्द्र बाबू या जनार्दन के होठों से बोल फूटे, सुरक्षाकर्मियों ने तेज आवाज में तत्क्षण जवाब दे दिया–"साहब यहाँ सुरक्षित हैं...मेम साहब! हम उनके पास हैं...। आप लोग

निश्चिन्त रहें...। हमारे रहते किसकी हिम्मत जो साहब की ओर आँख उठाकर देखे...!''

नन्दिता ने अपनी माँ से पहले ही जर्नादन से लिपटकर खड़े अपने पिता को देख लिया था। बस, तत्क्षण वह दौड़कर उनके पास पहुँच गयी। पीछे से गिरती-पड़ती उसकी माँ भी आ गयीं। हवेली के प्रायः सभी कर्मचारी-पदाधिकारी और दास-दासी वहाँ जुट चले थे। उस वक्त राव मानवेन्द्र बाबू लगभग काँप रहे थे। अपने लोगों की उपस्थिति से उन्हें बल मिला। इस दौरान उन दोनों सुरक्षाकर्मियों में से एक, जो ज्यादा वाचाल था, लोगों को बताता जा रहा था—''हमलावर सिर्फ दो थे। महावीरजी का प्रसाद लेने के बहाने घुस आये थे...। महावीरजी का दिन मंगल नहीं होता तो फाटक के भीतर घुसने की उनकी हिम्मत नहीं होती...। उनकी भनक लगते ही अब हम उन्हें मार गिराते, बाकिर जल्दी से भाग गये...। अब सालों को दुबारा देखते ही भून देंगे...!''

राव मानवेन्द्र बाबू ने वहाँ अपनी प्रतिक्रिया व्यक्त नहीं की। सेवक-सेविकाओं के बीच वे क्या कहें? अपनी पत्नी और बेटी के साथ कोठी के अन्दर आ गये। जनार्दन को भी उन्होंने अपने पास ही रखा। उसकी भूमिका ने उसके प्रति उनके मन में अच्छी जगह बना दी थी। क्षण-भर में ही जनार्दन अब उनका प्रिय पात्र था। कोठी के अन्दर पहुँचते ही अपनी पत्नी और बेटी को उन्होंने सब-कुछ बता दिया, जैसा घटित हुआ था। जनार्दन की सराहना हृदय से करते हुए उसकी भूरि-भूरि प्रशंसा की—''यह तो अपने पिता तिरबेनी से भी बढ़कर निकला। यह नहीं होता तो आज मैं नहीं बचता...। मुझे मौत के मुँह में जाने से इसने ही खींच लिया...। अवश्य मेरी रक्षा के लिए महावीरजी ने इसे हमारे यहाँ भेजा है...।''

राव मानवेन्द्र बाबू की यह बात सुन उनकी पत्नी दोनों हाथ उठाकर महावीर जी को गोहराने लगीं—''हे बजरंगबली, हे हनुमान जी! बराबर असहीं सहाय रहना...! दुश्मनों-मुदइयों का बाण न लगने देना...!''

अब जनार्दन की प्रशंसा में नन्दिता के बोल भी फूट पड़े—''तुम बहुत अच्छे हो जनार्दन! बहुत प्यारे! तुमने पापा की जान बचायी! बहुत बड़ा काम कर दिया! तुम्हारे लिए हम अब कुछ भी उठा नहीं रखेंगे...। तुमसे बढ़कर हमारे लिए अब कोई नहीं।''—और ऐसा कहती हुई नन्दिता, जनार्दन के बिल्कुल करीब पहुँच गयी। जनार्दन के प्रति उसकी आँखों में आत्मीयता के सघन भाव लबलबा उठे थे। जनार्दन अब फिर दूसरी दुनिया में पहुँचने लगा था। नन्दिता की उपस्थिति, उसके फूल-जैसे होठों से फूटे प्रशंसा के बोल तथा सुनहरी आँखों में गहराई आत्मीयता ने उसे फिर सम्मोहन के मधुर संसार में ला पहुँचाया। क्षण-भर पहले के आतंक का माहौल भी अब उसके मन से जाता रहा...।

अपने कक्ष में पहुँच राव मानवेन्द्र बाबू ने मोर्चा सँभाल लिया। हाथ में फोन का चोंगा थामे अपनी कार्रवाई प्रारम्भ कर दी। इधर कोठी के अधिकारी भी लगातार फोन डायल करते जा रहे थे—एक जगह के बाद दूसरी जगह, फिर तीसरी जगह। राव मानवेन्द्र बाबू की कोठी परिसर में घटी यह असाधारण घटना थी। एक महत्वपूर्ण केंद्रीय नेता के आवास पर उनकी हत्या की योजना। इस सूचना ने क्षण-भर में ही राजधानी के प्रशासन को सक्रिय कर दिया। देखते ही देखते राव मानवेन्द्र बाबू के कोठी-परिसर में हॉर्न और सायरन बजाती लाल बत्ती वाली गाड़ियों का ताँता लग गया। मंत्रियों, पदाधिकारियों, चिकित्सकों एवं सुरक्षाकर्मियों की ऐसी भीड़ जनार्दन ने इससे पहले नहीं देखी थी। सबसे पहले चिकित्सकों ने राव मानवेन्द्र बाबू की जाँच-पड़ताल की और कहा—"आकस्मिक तनाव से ब्लड प्रेशर कुछ बढ़ गया है...। और सब नॉर्मल है...। घबड़ाने और चिन्ता की बात नहीं है।"

उक्त अवसर पर उपस्थित पुलिस महानिदेश के निर्देश पर अब एस. पी. और डी. एस. पी. रैंक के कई अधिकारियों ने अनेक सुरक्षाकर्मियों के साथ संपूर्ण कोठी-परिसर का निरीक्षण प्रारंभ कर दिया। इस दौरान प्रायः सभी मंत्रियों और अधिकारियों के साथ राव मानवेन्द्र बाबू भी कोठी से बाहर परिसर में आ गए थे। कब, कैसे और कहाँ घटना घटी, राव मानवेन्द्र बाबू ने आँखों देखा हाल स्वयं पुलिस महानिदेशक से बयान किया। जनार्दन से भी पुलिस महानिदेशक और मंत्रियों ने घटना का यथातथ्य वर्णन सुना। फाटक के दरबानों और सुरक्षाकर्मियों के बयान भी लिए गए। दरबानों और सुरक्षाकर्मियों ने उन दोनों हमलावरों को अन्य धार्मिक आगन्तुकों की भाँति महावीर जी के प्रसाद के नाम पर घुस आया बताया। वे दोनों फूलों की जिस झाड़ी में छिपे थे, उस झाड़ी का मुआयना भी किया गया।

राव मानवेन्द्र बाबू की कोठी और पूरे परिसर की अच्छी तरह छानबीन कर और घटना की जानकारी के अब सभी लोग सम्मेलन कक्ष में एकत्रित हो गए। प्लेटों में भुने हुए काजू और चाय की चुस्कियों के साथ उक्त घटना पर गहन विचार-विमर्श शुरू हो गया। बड़े नेताओं एवं मंत्रियों की सुरक्षा-व्यवस्था की समीक्षा की गयी। राव मानवेन्द्र बाबू की कोठी की इस घटना में दरबानों और सुरक्षाकर्मियों की संलिप्तता का अनुमान प्रायः सभी सदस्यों ने लगाया। उन्हें तत्काल प्रभाव से बर्खास्त करने तथा पूछताछ के लिए हिरासत में लेने का फैसला भी कर लिया। ईमानदार तथा विश्वस्त दरबानों और सुरक्षाकर्मियों को तत्काल नियुक्त करने की व्यवस्था कर दी गयी। राव मानवेन्द्र बाबू की सुरक्षा-व्यवस्था और तगड़ी की गयी। कमाण्डो फोर्स की एक विशेष टुकड़ी अलग से तैनात की गयी। इस आपात् बैठक में जनार्दन की काफी सराहना हुई। बैठक के बाद सारे लोगों ने उसे बुलाकर फिर-फिर देखा तथा उसकी साहसिक भूमिका की तारीफ की। राव मानवेन्द्र बाबू ने सभी के समक्ष उसे

अपना व्यक्तिगत अंगरक्षक नियुक्त किया। अध्ययन के साथ-साथ अब उसे राव मानवेन्द्र बाबू की देखरेख भी करनी थी। कोठी से बाहर राव मानवेन्द्र बाबू के जाने पर उनके साथ साए की तरह अब उसे ही आना-जाना था।

रात लगभग बारह बजे बैठक समाप्त हुई। चूँकि राजधानी की सारी प्रशासनिक मशीनरी लगी हुई थी, इसीलिए बैठक के निर्णय के अनुसार कोठी की व्यवस्था रातोंरात बदल दी गयी। नये दरबान, नये सुरक्षाकर्मी और कमाण्डो फोर्स की एक विशेष टुकड़ी ने अपना कार्य सँभाल लिया। जनार्दन का कमरा भी उसी रात बदल दिया गया। राव मानवेन्द्र बाबू के शयन-कक्ष से सटे कमरे में उसके रहने-सोने की व्यवस्था कर दी गयी। राव मानवेन्द्र बाबू अब अपने शयन-कक्ष से ही उसे बुला सकते थे। जनार्दन भी अब निकट से उनकी देखरेख कर सकता था। जनार्दन का इस कमरे में आना नन्दिता को और अच्छा लगा। उसका कमरा भी जनार्दन के इस कमरे से सटा हुआ ही था। उस रात राव मानवेन्द्र बाबू और नन्दिता ने अपने ही साथ डाइनिंग टेबल पर उसे खिलाया। इससे पहले हवेली के सेवकों एवं कर्मचारियों के लिए चलनेवाले मेस में वह खाता था। पर उस रात राव मानवेन्द्र बाबू ने अपने और नन्दिता के बीच उसे बैठा कर खिलाया। खाते हुए उन्होंने नन्दिता से कहा भी—"जनार्दन को और रसमलाई दो नंदो...।"

इस पर कुछ सकुचाते हुए जनार्दन ने कहा—"अब नहीं नेताजी, बहुत हो गया...।"

जवाब में नन्दिता बोल उठी—"कुछ अधिक नहीं हुआ...। यह एक मेरी ओर से...!"

नन्दिता के इस मधुर आग्रह को वह रोक नहीं सका। वह समझ नहीं पा रहा था कि यह अचानक क्या हो गया? वह कहाँ-से-कहाँ पहुँच आया? खाना खाकर अपने कमरे में जाते हुए उसके पाँव जमीन पर पड़ ही नहीं रहे थे। उसके इस नये कमरे में उसे छोड़ने पहुँची नन्दिता ने जैसे उसे एक नयी दुनिया में पहुँचा दिया था—"आज से तू मेरा सबसे प्यारा हो गया। तेरे लिए अब यहाँ कुछ भी दुर्लभ नहीं। तूने पापा की जान बचाई है। तुझे कुछ भी दूँगी तो वह कम ही होगा...!"

उस रात उस नयी दुनिया के नये एहसासों ने उसे सारी रात जगाए रखा। नन्दिता उसे सब-कुछ देने को तैयार है...!

दूसरी सुबह राव मानवेन्द्र बाबू की कोठी में लोगों का ताँता लग गया। इस हादसे की सूचना पर राव मानवेन्द्र बाबू के हित-मित्र, परिचित-सम्बन्धी और नगर के विशिष्ट जन उमड़ आये। राव मानवेन्द्र बाबू दोनों पति-पत्नी को शायद इसका भान था, इसीलिए सुबह तैयार होकर, दास-दासियों के साथ वे वी.आयी.पी. वाले अपने बैठके में ही विराजमान थे। इस 'मातमपुर्सी' के लिए आज के अन्य कार्य

उन्होंने स्थगित कर रखे थे। आनेवाला हर व्यक्ति घटना के विवरण से अवगत होकर ही आता था। सुबह के समाचारपत्र में भी घटना की विस्तृत जानकारी छपी थी। फिर भी प्रायः हर आगन्तुक राव मानवेन्द्र बाबू से यह पूछने से अपने को रोक नहीं पाता—"यह तो गजब हो गया नेताजी! मैंने तो सपने में भी नहीं सोचा था कि कभी आपके साथ भी ऐसा हो सकता है? आप जैसे सन्त आदमी के साथ ऐसी वारदात! यह तो घोर अनर्थ है। इसका मुकाबला हम सबको करना है। अब पानी सिर से ऊपर बहने लगा है। यह सब अचानक कैसे हो गया? कब हुआ? कहाँ हुआ?"

राव मानवेन्द्र बाबू जानते थे, ऐसे अनेक लोगों के सवालों का जवाब वे नहीं दे सकेंगे, इसीलिए अपने चतुर सचिव को भी पास बैठा रखा था। वह सचिव ऐसे प्रश्नकर्त्ताओं के जवाब में राव मानवेन्द्र बाबू की ओर से उनके निर्देशानुसार घटना का विवरण प्रस्तुत कर देता। इस दौरान अन्य दास-दासियाँ चाय-नाश्ते से आगन्तुकों की खातिरदारी निभाते रहते...।

इधर नन्दिता की सहेलियों और सहपाठियों की जमघट भी उसके कमरे में लगनी शुरू हो गयी थी। जनार्दन की ड्यूटी वहीं पर थी। नन्दिता की सहेलियों एवं सहपाठियों की समुचित खातिरदारी का दायित्व भी उसी पर था। नन्दिता के सहपाठी और सहेलियाँ इस घटना पर अपना दुःख व्यक्त करती हुई जनार्दन को सुखद आश्चर्य से अवश्य सम्बोधित करतीं—"यही है जनार्दन! इसने तो कमाल कर दिया...। बहादुर लड़का है यह...। इसे अब अपने यहाँ से मत जाने देना नन्दिता! अब इसकी सुरक्षा का भी ध्यान रखवाना...। हमलावरों ने इसे जरूर पहचान लिया होगा...। वे पक्के टोही होते हैं...!"

यह सुन जनार्दन तपाक् से बोल उठता—"मैं उनसे नहीं डरता...। वे मेरा कुछ नहीं बिगाड़ सकते...। उस बखत मेरे पास भी हथियार होते तो मैं उन्हें बता देता...!"

उसकी यह बात सुन नन्दिता की सहेलियों के मुँह आश्चर्य से खुल जाते—"बाप रे! यह तो शेर की औलाद है...!"

इस पर नन्दिता सुरक्षा कवच बन जाती—"अब जनार्दन हमारी विशेष हिफाजत में है। इसका वह पहलेवाला कमरा बदलवा दिया गया है। अब यह मेरे पापा के साथ रहता है...। इस तक पहुँचना अब किसी हमलावर के वश में नहीं...। अब यह हमारा अभिन्न अंग है...!"—इसके साथ ही नन्दिता जनार्दन की तारीफ में भी बोलती जाती—"इससे हमारा सम्बन्ध आज का नहीं है। इसके पिता तिरबेनी जी ने नदी में कूदकर मेरे पापा को बचाया था। वीर बाप का यह वीर लड़का है...। अब हमारी कोठी का सिंह है...।"

नन्दिता तथा उसकी सहेलियों और सहपाठियों के मुँह से अपनी इतनी प्रशंसा

सुनकर जनार्दन कुछ झेंप जरूर जाता, लेकिन अपनी उम्र के अनुसार महावीरजी की तरह अन्दर-ही-अन्दर फूलता भी जा रहा था। ये शहरी लोग कितने भीरु हैं? उसने तो कुछ किया नहीं। सिर्फ नेताजी को बता दिया। इसी छोटे कार्य के लिए इतनी बड़ाई! अगर वास्तव में नेताजी के दुश्मनों का वह सफाया कर देता तब तो ये उसे आसमान में उठा लेते। वह मन-ही-मन अपने को इस बात के लिए बुलन्द करने लगा कि अब ऐसी स्थिति आएगी तो सिर्फ नेताजी को आगाह भर नहीं करेगा, हमलावरों को मार गिराएगा। पिछली रात नेताजी ने गोपनीय रूप से जो विदेशी रिवाल्वर उसे सौंपा था, उसे चलाने की विधि भी बता दी थी। अब नेताजी के कातिलों की भनक पाते ही वह उन्हें खत्म कर देगा...।

दोपहर होते-होते राव मानवेन्द्र बाबू के यहाँ लगा मजमा खत्म हो चला। सारे आगन्तुक चतुर और समझदार थे। राव मानवेन्द्र बाबू के खाने और आराम करने से पहले के समय का अन्दाज करके ही चले थे। अब बारी-बारी से सबने विदा ले ली। नन्दिता के सहपाठी और सहेलियाँ भी चली गयी। नन्दिता की दिनचर्या से उसकी मित्र-मण्डली भी अवगत थी। दरबानों को आदेश दे दिया गया—''मिलने के लिए अब कोई आये तो कह देना, साहब अस्वस्थ हैं...। दवा खाकर सोए हैं...। सन्ध्या सात बजे से पहले नहीं मिल सकते...।''

जनार्दन भी खाना खाकर अपने कमरे में आराम करने लगा। इस पूरे घटनाक्रम ने उसे सोचने के लिए बाध्य कर दिया था। बगैर कोई अप्रिय घटना घटे सिर्फ उसकी भनक पर ही इन मन्त्रियों, अफसरों और नेताओं ने ऐसा बवाल मचा रखा है? अगर वास्तव में ऐसा कुछ घट जाता तब ये क्या करते? यहाँ अपने बाबू (पिता) की बात उसे याद आ गयी, तब वे कुछ नहीं करते...! जब नदी में डूब रहे थे नेताजी तो नाव पर सवार ये मन्त्री और अफसर खाली काँव-काँव, हाँव-हाँव कर रहे थे। नेताजी को बचाने के लिए नदी में कूदने की हिम्मत किसी की नहीं थी। गरजनेवाले बादल बरसते नहीं। घटना के बाद ही कुछ करना होता तो घटना की भनक पर ऐसा हाय-तौबा नहीं मचाते...। यह सब दिखावा भर है! नेताजी की नजर में अपने को विश्वस्त जताना!

यहाँ जनार्दन को अब नन्दिता की याद भी नये सिरे से आने लगी। रात के खाने पर नन्दिता ने उसे अपनी ओर से एक और रसमलाई खिलायी। उसे छोड़ने के लिए उसके नये कमरे तक आयी। सुबह अपने सहपाठियों एवं सहेलियों के बीच उसकी तारीफ करती रही तथा अपनापन भरी निगाहों से उसे निहारती रही। नन्दिता के इस स्मरण के बाद अब पिछली सारी बातें उसके दिमाग में गौण होती चली गयीं और नन्दिता प्रमुखता के साथ उस पर छाती चली गयी। उसकी यादों के प्रवाह में वह बहता रहा कि अचानक नन्दिता की आवाज ने जैसे सोने में सुहागा भर

दिया—"जरा सुनना जनार्दन...!"

इस मधुर आवाज के आमन्त्रण पर वह तत्क्षण नन्दिता के कमरे में चल पड़ा...। उसकी स्थिति तो अब ऐसी हो गयी थी कि नन्दिता की आवाज की वह प्रतीक्षा किया करता था। उसके सान्निध्य की आन्तरिक चाह का प्रबल आवेग अपने अन्दर महसूस करता रहता था। नन्दिता के पास होना उसे बेहद मनोरम और खुशगवार क्षणों के बीच होना लगता था...!

नन्दिता के पास पहुँचकर उसने देखा, अपने कमरे में वह अकेली थी। इस समय वह अकेली ही होती थी। अपने कमरे में उसके आराम करते और पढ़ते वक्त किसी को वहाँ जाने की अनुमति नहीं होती थी। जनार्दन को भी अगर आवाज देकर वह नहीं बुलाती तो उसे नहीं जाना था। लेकिन उसने तो स्वयं पुकारा था...। जनार्दन ने पाया, नन्दिता अपने पलंग पर चित लेटी थी। उसके खुले बाल तकिये पर बिखरे थे। उसका चेहरा अन्य दिनों की अपेक्षा ज्यादा प्रफुल्लित और विहँसता जान पड़ रहा था! उसके बदन पर हल्के कपड़े थे—खुले गले और खुली बाँहों के स्लीपिंग ड्रेस। आराम के वक्त वह ऐसे ही कपड़ों में होती थी! ऐसे कपड़ों में नन्दिता की फूटती गोराई और अधिक खिलती जान पड़ती थी, जैसे वस्त्र के भीतर से उसके बदन की संगमरमरी आभा अपना उजास फेंक रही हो...। तब उसे वह अपनी माँ की परीकथाओं की नायिका जान पड़ती। चढ़ती जवानी की अनिन्द्य सुन्दरी...! परियों की कोई रानी। शायद उसने लेटे-लेटे ही उसे आवाज दी थी, इसीलिए उसके उपस्थित होते ही उठकर बैठ गयी—"आ जनार्दन...। अकेले बोर हो रही थी...! सोचा, तुझे बुला लूँ...!"

जनार्दन उसकी इच्छा के अनुसार पास की कुर्सी पर बैठ गया। नन्दिता अब उसकी ओर मुखातिब हो गयी—"अभी तू क्या कर रहा था?"

जनार्दन ने अपनी अनभिज्ञता प्रकट की—"कुछ भी नहीं...!"

"झूठ बोल रहा है...।"

"नहीं कुमारी मेम साहब...!"

"तो तू मेरे बारे में अभी नहीं सोच रहा था...?"

यह सुन जनार्दन कुछ झेंप-सा गया। नन्दिता से ऐसे प्रश्न की उसे उम्मीद नहीं थी। उसे तो लग रहा था कि कहीं नन्दिता उस पर कोई आरोप लगाने तो नहीं जा रही। लेकिन उसने तो उसके मन की मधुर तार छेड़ दी थी, जिससे उसका पूरा व्यक्तित्व झनझना उठा। उसने देखा, ऐसा पूछते हुए नन्दिता के चेहरे पर भी एक अजीब लुनाई आ गयी थी। उसकी आँखों में हल्की लाली लहरा उठी थी। नन्दिता की इस भंगिमा से वह अब तक अपरिचित था। जाने उसकी इस भंगिमा में ऐसा क्या था कि चुम्बकीय खिंचाव के तहत उसकी आँखें नन्दिता के चेहरे पर

अपलक टिक गयीं। उसे ऐसा लगा, जैसे जादू चलाकर नन्दिता ने उसे अपने वश में कर लिया हो...। अब नन्दिता ने अपना और अधिक स्नेह उँड़ेलते हुए पूछा—"सच-सच बताना जनार्दन, छिपाना नहीं, तू मुझको याद कर रहा था न?"

जनार्दन नन्दिता के जादू की गिरफ्त में पूरी तरह आ गया था। उसके गाँव के कथक्कड़ बटोही काका गाँव से कमाने के लिए शहर जानवाले लड़कों से अक्सर कहा करते थे कि 'कौरू-कमख्छा' में ऐसी नैना जोगिनें होती हैं जो बाहर से पहुँचे युवकों पर अपना जादू चला उन्हें वश में कर लेती हैं और फिर उनके मन की बात उगलवा लेती हैं। शायद वह भी किसी ऐसी ही नैना-जोगिन के वश में आ गया था। अब स्वतः उसके बोल फूट उठे—"हाँ!"

प्रत्युत्तर में नन्दिता के चेहरे की लुनाई और बढ़ गयी—"मुझे साफ लग रहा था कि तू मुझे याद कर रहा है। बस, तुझे बुला लिया...।"

जनार्दन को नन्दिता की इस विलक्षणता पर मधुर आश्चर्य भी हुआ। यह तो अपने पिता से भी अधिक तेजस्वी है। शायद तीसरी दृष्टि है इसके पास! उसने यह भी सुन रखा था कि विलक्षण लोगों के पास तीसरी दृष्टि होती है जिससे दूसरों के मन की बात वे सहज ही ताड़ लेते हैं। अब तक नन्दिता के रूप और कमनीय अवस्था पर ही वह मोहित था, अब उसकी बुद्धि, विलक्षणता का असर भी अपने ऊपर महसूस करने लगा था।

नन्दिता ने अब कहा—"तुम्हारी सजगता से कल कितना बड़ा हादसा टल गया। चलो, आज इस खुशी में तुम्हारे साथ एक हाथ लूडो हो जाए...!"

जनार्दन अलमारी से लूडो लेकर आ गया। नन्दिता के कमरे के रख-रखाव और आदेश से वह परिचित था। उसके पलंग पर लूडो बिछा अपनी कुर्सी भी करीब खींच ली...! लेकिन नन्दिता ने उसे कुर्सी पर नहीं बैठने दिया। उसकी बाँह खींच कर अपने साथ पलंग पर ही बैठा लिया—"दूर रहकर खेलने में मजा नहीं...जनार्दन! तू भी यहीं पलंग पर बैठ...। तू अब अपने को दूर न समझ। तूने डैडी की जान बचाकर हमारे लिए क्या नहीं किया है। तुझसे अब कोई दूरी नहीं...! तूने तो इनाम में कुछ माँगा भी नहीं! बोल, क्या लेगा...?"—और नन्दिता ने जिस लहजे में और जिस अदा से जनार्दन से ऐसा कहा कि अपने तन-मन में अपूर्व मिठास की उठती लहर उसने महसूस की। नन्दिता के खुशबूदार और गद्देदार पलंग के स्पर्श ने उसकी लहर को और अधिक तरंगित कर दिया...।

लूडो का खेल शुरू हो गया था। नन्दिता की चाल के बाद जनार्दन ने अपनी चाल चली। हालाँकि खेल में उसका मन तनिक भी रम नहीं रहा था। उसके हाथ सिर्फ यन्त्रवत् चल भर रहे थे। नन्दिता की निकटता और उसकी बढ़ती आत्मीयता ने उसे प्रकृतिस्थ नहीं रहने दिया था। नन्दिता ने उसके अन्दर जो प्रबल खुमारी

पैदा कर दी थी! उस पर लूडो जैसे किसी खेल का रंग चढ़नेवाला नहीं था...।

कुछ क्षण बाद नन्दिता ने चहकते हुए खुशी का इजहार किया, "आज तो तू जीत गया जनार्दन...!" तो सहसा, उसका ध्यान लूडो की ओर आया। सचमुच वह जीत गया था। लेकिन यह उसके लिए अचम्भे जैसा ही था। अक्सर जब पूरे मन से वह खेलता था तब भी हार जाता था और आज तो वह तनिक भी इच्छा से नहीं खेल रहा था। फिर भी जीत गया था। उसे लगा, जरूर नन्दिता ने अपनी चाल बिगाड़कर उसे विजयी बनाया है। उसकी इस विजय के पीछे भी नन्दिता ही है...।

नन्दिता की झरने जैसी चहक अब जनार्दन पर फूट चली थी—"आज मैं तुझ पर बहुत खुश हूँ जनार्दन। आज तू जीत गया। आज मेरे मन लायक बन गया...।" और ऐसा कहते हुए नन्दिता ने जनार्दन के बिल्कुल पास होकर उसके मुखड़े को अपने हाथों में भर उसके गालों को चूम लिया—"तेरे जीतने की खुशी में यह...!"

फिर दूसरा चुम्बन—"तूने डैडी की जान बचाई यह इसके लिए...!"

फिर तीसरा चुम्बन—"तू मुझे बहुत अच्छा लगता है, यह इसके लिए...!"

अब जनार्दन अपने को रोक नहीं सका। नन्दिता के तीन मादक चुम्बनों ने जैसे तीन प्रक्रियाओं का पाठ पढ़ाते हुए उसके मन को तीन अवस्थाओं से परिचित करा दिया...। अब वह और रुकने और प्रतीक्षा करने की स्थिति में नहीं था। उसने तत्क्षण नन्दिता को अपनी बाँहों में भरकर उसके चेहरे पर अपने उत्तप्त चुम्बनों की वर्षा कर दी...। इस क्षण नन्दिता ने मधुर व्यग्रता में कहा—"पहले दरवाजा बन्द कर दो जनार्दन...। अन्दर से चिटकिनी लगा दो...!"

नन्दिता के इस कथन में उसे ऐसा तीव्र सन्देश जान पड़ा जिसने ऐसे अवसरों की सम्पूर्ण समझ से उसे अवगत कर दिया। उसके गाँव में उसकी उम्र के होते-होते लड़कों की शादियाँ हो जाती थीं। पर इस मामले में उसके पिता अपवाद थे। शायद नेताजी के वादे के अनुसार उसे अच्छी नौकरी दिलाकर ही उसकी शादी करना चाहते थे। जनार्दन शादी होनेवाले अपनी उम्र के लड़कों की बातें कुतूहल और जिज्ञासा से सुना करता था। शादीशुदा उसके दोस्त 'सुहागरात' को अपनी पत्नी के पास जाने से पहले अपने शादीशुदा दोस्तों से सलाह-मशविरा अवश्य करते थे। उन सबकी राय का सम्मिलित निष्कर्ष यह होता था कि अनुभवी व्यक्ति से जानकारी लिए बगैर जाने पर कुछ भी हाथ नहीं लगता है। अनाड़ी बनकर लौटना होता है। लेकिन उनका निष्कर्ष उसके जिज्ञासु मन को कभी रास नहीं आता। कीट-मकोट, पशु-पक्षी और विभिन्न जानवरों में नर-मादा की नैसर्गिक क्रिया वह अक्सर देखता आ रहा था। ऐसे अवसरों पर उसके अन्तर्मन में बरबस ही यह सवाल उठ खड़ा होता कि इन्हें किसने सिखाया? किसने बताया? नन्दिता के इस कथन पर भी कि पहले दरवाजा

बन्द कर दो जनार्दन, अब उसे कुछ बताने और सिखाने की जरूरत नहीं थी। सदियों की आदिम समझ जैसे एकाएक उसके अन्दर आ समायी थी। अब उसने विद्युत की फुर्ती के साथ अन्दर से दरवाजा बन्द कर दिया और उसी फुर्ती से पलंग पर पहुँच नन्दिता को अपनी बाँहों में भींच लिया...। नन्दिता उसके नेताजी की लाड़ली बेटी कुमारी मेम साहब है और वह उसका सेवक, यह भाव भी उस क्षण उसके मन से जाता रहा। अपने उफनते मन और ठाठें मारते रक्त-प्रवाह के तहत अब कोई भी कसर उसने बाकी नहीं छोड़ी। लेकिन जिसे वह अपनी बेमुरौव्वती समझ रहा था, वह नन्दिता के लिए उसकी प्यारी हरकत थी। उसकी इस बेमुरौव्वती पर तो वह और अधिक खुश थी, और अधिक तुष्ट...!

जनार्दन जब अपने कमरे में आया, शाम ढल रही थी। लेकिन यह उसके जीवन की सबसे मधुर शाम थी। उसकी अनुभूतियों की अनुपम, यादगार शाम। जिस नये अनुभव से गुजरकर वह आया था, उसकी जिन्दगी का वह सर्वाधिक सुखद और प्रिय अनुभव था। जिस रहस्यलोक की कल्पना में उसके गाँव के अनुभवी साथी उसे भरमाते थे, उस रहस्यलोक का पता अब वह पा गया था। दुनिया इतनी खुशगवार हो सकती है, इस सच का अब वह जानकार था। उसके पिता, नेताजी के यहाँ उसे ला रहे थे तो वह मन-ही-मन कुढ़ रहा था। लेकिन अब अपने पिता का वह निर्णय उसे सही और माकूल जान पड़ रहा था। वह मन-ही-मन अपने पिता के उस निर्णय की सराहना करने लगा। नेताजी अब चाहे उसकी नौकरी लगाएँ या न लगाएँ, इसकी ख्वाहिश उसे नहीं। उसे जो मिल गया, उससे बढ़कर कोई नौकरी नहीं हो सकती! नन्दिता के पास वह बना रहे तो फिर कभी किसी नौकरी की चाह नहीं करेगा...! नन्दिता के छिटपुट झाँकते जिस संगमरमरी जिस्म का वह दीवाना था, जो जिस्म उसके लिए दुर्लभ था, जिसे छूने मात्र की कामना से ही वह बावला हो उठता था, उसके बदन की लय पर नन्दिता का वह पूरा जिस्म थिरकता हुआ उसकी बाँहों में था। उस जिस्म के चप्पे-चप्पे पर उसने अपनी चाहत की मुहर लगायी थी...! क्या कुछ नहीं पा लिया था उसने। पूरी दुनिया अब उसे अपनी मुट्ठी में जान पड़ने लगी थी।

उस रात जनार्दन अन्दर से अपने को इतना उत्फुल्ल और भरा-भरा महसूस कर रहा था कि रात का खाना भी उससे ठीक से नहीं खाया जा सका। सिर्फ मुँह जूठा कर रह गया...। अन्दर से गले तक मिठास भरी हो तो फिर कैसे कोई कुछ खा सकता है...! उस रात सारी रात उसे नींद भी नहीं आयी। पूरी दुनिया उसे बदल गयी जान पड़ रही थी। रात-भर मानसिक धरातल पर उस पाठ को वह फिर-फिर दुहराता और उस अप्रतिम अनुभूति को फिर-फिर जीता रहा...! किसी रंक को जैसे अचानक राजपाट मिल गया हो, कुछ वैसी ही प्रतीति उसे हो रही थी।

अगली सुबह एकदम तड़के ही उठकर वह तैयार हो गया। उसका ख्याल था, नन्दिता भी उठ गयी होगी। उसकी तरह उसे भी विलक्षण अनुभूतियों ने सोने नहीं दिया होगा। लेकिन आहट लेने पर उसने पाया कि नन्दिता हमेशा की तरह अभी सोयी ही थी। उस पर शायद वैसा असर नहीं था, जैसा जनार्दन पर था...! तो क्या उसका वह पहला अनुभव नहीं था? क्या उस क्षण को वह पहले भी जी चुकी थी? शायद हाँ!...शायद नहीं...!

तैयार होकर जनार्दन प्रतीक्षा में बैठ गया कि अपने किसी कार्य के लिए नन्दिता उसे बुलाये। अब नन्दिता के समक्ष दुबारा जाने के लिए उसका मन मचल रहा था। दीवारों के टूटने और दूरियों के मिटने के बाद अब कैसी दिखेगी नन्दिता? क्या कुछ कहेगी उससे? कैसा बर्ताव करेगी उसके साथ? जनार्दन मन-ही-मन खीझ भी रहा था कि आज नन्दिता उसे जल्दी बुला क्यों नहीं रही? कभी तो उसकी इच्छा हो रही थी कि बगैर उसके बुलाये उसके पास जा धमके। अब उसके लिए क्या रोक-टोक, पर अपने को जब्त किए रहा। अन्ततः उसकी यह उत्कट प्रतीक्षा निरर्थक ही चली गयी। नन्दिता ने उसे नहीं पुकारा। नन्दिता का दर्शन तो उसे तब हुआ जब अपने ड्राइवर की आवाज पर कॉलेज जाने के लिए वह कोठी से बाहर निकली। अपनी पसन्द के हरे सलवार-सूट में वह थी। माथे पर हरी बिन्दी तथा पाँवों में हरा सैण्डिल...। अपनी चिर-परिचित अदा और ताजगी के साथ दिख रही थी। जनार्दन पर नजर पड़ते ही मालकिन और सेवक वाली दृष्टि का 'वह भाव' उसकी आँखों में उदित हो गया। जनार्दन ने अनुभव किया, कल की घटना का उसके चेहरे पर लेशमात्र भी प्रभाव नहीं। झिझक और संकोच की कहीं कोई रेखा नहीं। अपना मालिकाना अधिकार जताते हुए उसने जनार्दन को आदेश भी दिया—"आज कॉलेज मत जाना जनार्दन। डैडी अभी थोड़ी देर बाद तुझे बुलाएँगे..। उनके एक कार्यक्रम में तुझे साथ जाना है...!"

जनार्दन का मानसिक ख्वाब नन्दिता के एक आदेश में ही ध्वस्त हो गया। उसने जनार्दन की ग्रामीण सोच का रुपहला संसार क्षण-भर में ही उलट दिया। जनार्दन ने तो सोच रखा था कि उसकी बाँहों में मचली-कुचली नन्दिता अब पहले जैसी उससे आँखें नहीं मिला पाएगी। उस पर नजर पड़ते ही नारी सुलभ लज्जा से गड़ जाएगी। उसे देखेगी भी तो सहमी-सिकुड़ी नजरों से। उसे बोलते हुए भी मालिकाना रोब में कोई आदेश नहीं फरमाएगी। पर यह तो बिल्कुल उल्टी बात हो गयी! नन्दिता पर उस घटना का कोई प्रभाव नहीं! तो क्या अपने तन-मन से उस घटना को इसने इतनी जल्दी रफा-दफा कर दिया...! जनार्दन ठगा-ठगा देखता रह गया। अपनी सैण्डिल बजाती ड्राइवर के पीछे-पीछे मारुति में वह जा बैठी। जनार्दन चाहते हुए भी उसकी तरह उस क्षण से अपने को मुक्त नहीं कर सका...। नन्दिता

के कॉलेज चले जाने के कुछ समय बाद तक उसके इस अनपेक्षित व्यवहार के गुँजलक में मार्ग तलाशता रहा! जैसा कि नन्दिता ने कहा था, जनार्दन ने वैसा ही अनुभव किया। थोड़ी देर बाद ही नेताजी का बुलावा-सन्देश लेकर उनका आदेशपाल आ गया—"जनार्दन जी! साहब ने आपको याद किया है...। वहाँ बैठक में मौजूद हैं...।"

जनार्दन तो जैसे प्रतीक्षा में ही था। आदेशपाल के साथ चल पड़ा। उसने पहुँचकर देखा, उसके आगमन के उस पहले दिन की ही तरह नेताजी हंस की भाँति कलफ किए एकदम सफेद झक कपड़ों में अपने मानसरोवर में विराजमान थे। दो-तीन अफसर दिखनेवाले और कुछ छुटभैये नेता जान पड़े लोग सामने की कुर्सियों पर आसीन थे। उसके पहुँचते ही नेताजी वहाँ उपस्थित अपने सहकर्मियों से उसका परिचय देने के लिए मुखातिब हो गये। लेकिन उनकी भंगिमा ताड़कर एक चतुर पदाधिकारी पहले ही बोल उठा—"यही है जनार्दन! बहादुर लड़का है!"

इस नहले पर नेताजी को अपना विश्वस्त साबित करने के लिए एक छुटभैये नेता ने दहला फेंका—"इसने बहुत दिलेरी का काम किया है। इसके साहस की जितनी भी प्रशंसा की जाए, कम ही होगी...।"

जनार्दन समझ गया कि मंगलवार की उस घटना के दिन उससे परिचित हो चुके लोग हैं। लेकिन वह इन्हें एक-एक कर नहीं पहचानता कि कौन क्या है? वह पहचानना भी नहीं चाहता। उसे नेताजी ने बुलाया था। नेताजी के आदेश का उसे पालन करना था। जिसे जब जानना होगा, जान जाएगा। सबसे परिचित होने की अभी कोई जल्दबाजी नहीं...।

अब उसे लेकर नेताजी अपने गोपनीय कक्ष में चले गये। उस बैठके में ही उनका वह गोपनीय कक्ष था। बैठके में उनके आसन के पास ही उस कक्ष का दरवाजा था। जिससे कोई गोपनीय या प्राइवेट बात करनी होती थी, नेताजी उसे लेकर उस कक्ष में चले जाते थे। फिर जल्दी ही बातचीत कर बैठके में आ विराजते थे। वह कक्ष छोटा था। पर नेताजी के बैठने और बातचीत करने की सुविधाओं के अनुरूप बिल्कुल उपयुक्त और खूबसूरत। उस कक्ष में जनार्दन को अपने सामने बैठाकर नेताजी ने अपने मन की संचित आत्मीयता उँड़ेलनी शुरू कर दी—"चलो बेटा...। अब आज से तू मेरे साथ चलेगा। अब मेरे हर दौरों पर तू मेरे साथ होगा...। मेरे आगे-पीछे जो इतनी बड़ी फौज तुम देख रहे हो उसमें किसी पर अब मुझे भरोसा नहीं। सब दरमाहा पानेवाले नौकर हैं...। मेरी जिन्दगी से उन्हें कोई हमदर्दी नहीं...। उस दिन भी तो वे सारे नौकर अपनी ड्यूटी बजा रहे थे। तू आगाह नहीं करता तो वे मुझे समाप्त हो जाने देते...। दरमाहा वालों का क्या, मुझसे अधिक दरमाहे का प्रलोभन मेरे किसी दुश्मन ने दे दिया कि बस वे उसके साथ हो गये...।

तुझसे मेरा सम्बन्ध किसी दरमाहे का नहीं है। तेरे पिता तिरबेनी ने किसी दरमाहे के लिए मेरी जान नहीं बचायी थी...। तू बस मेरे साथ चौकस रहना और सब-कुछ भाँपते रहना...। कहीं कोई खटका, अन्देशा लगे तो बस मुझे तत्क्षण सूचित कर देना...। वैसे मेरी प्रशासनिक फौज मेरे साथ रहेगी। लेकिन असली निगरानी अब तुझे ही रखनी है। नन्दिता और मालकिन को भी तुझी पर भरोसा है...। तू यह मत सोचना कि तेरी पढ़ाई बर्बाद होगी...। वैसी पढ़ाई और उस पढ़ाई से मिलनेवाली नौकरी से लाख गुना अव्वल पद मैं तुझे दूँगा। इस बीच तेरी पढ़ाई भी चलती रहेगी। ग्रेजुएशन तक की डिग्री भी तुझे दिला दूँगा...। नन्दिता मेरी अकेली बेटी है। मेरा कोई बेटा नहीं। समझ ले अब तू मेरा बेटा है...। तू जानता है नन्दिता राजनीति में आना नहीं चाहती। अब राजनीति में मैं तुझे अपना उत्तराधिकारी बनाऊँगा। तुझे वहाँ पहुँचा दूँगा कि तेरे पिता और गाँववालों ने सपने में भी नहीं सोचा होगा...। तू जैसी नौकरी के बारे में सोच रहा है, वैसी नौकरीवाले तेरे आगे-पीछे दुम हिलाएँगे। बस, तू आधे घण्टे में तैयार होकर आ जा...। राँची चलना है। 'वाटर इण्डिया' के कर्मचारियों ने हड़ताल की है। उनका मामला सलटा कर लौटेंगे...। अपना अच्छावाला कपड़ा पहन लेना और आते वक्त मालकिन से भी मिल लेना...!"

कच्ची उम्र के जनार्दन पर नेताजी के इस आत्मीय कथन का वैसा ही असर हुआ जैसा नन्दिता के रूप और जवानी का हुआ था। हालाँकि वह सुरूर कुछ दूसरा था और यह आत्मीयता दूसरी, दोनों के भाव अलग-अलग अवश्य थे। लेकिन उन भाव धाराओं की रफ्तार एक जैसी ही थी। अब नेताजी के प्रति पूर्ण समर्पण की भावना उसके गले तक छलकने लगी। ये तो उसके पिता से भी बढ़कर हैं। उसके सच्चे हितैषी। परम आत्मीय। इतना विश्वास तो उसके पिता ने भी उस पर कभी नहीं किया। ऐसा प्यार और स्नेह तो उसे कभी दिया ही नहीं...। ऐसे नेताजी के लिए तो उसे अपनी जान भी गँवानी पड़े तो वह पीछे नहीं हटेगा। जहाँ नेताजी का पसीना गिरेगा, वहाँ अपना खून गिराकर दिखाएगा। मरकर भी नेताजी की हिफाजत में कोई कसर नहीं छोड़ेगा...।

नेताजी का आदेश पाते ही जनार्दन तत्क्षण तैयार होने चल पड़ा। नन्दिता ने शायद ऐसे ही अवसरों के लिए उसे अच्छे कपड़े बनवाये थे। तैयार होकर जब उसने आईना देखा तो इस बेहतर लिबास में अपनी आकृति उसे खुद बदली-बदली जान पड़ी। उसे ऐसा लगा, जैसे अब वह गाँव से आया कोई लड़का नहीं, सयाना युवक है। अपने चेहरे-मोहरे पर उसने युवाओं जैसी सख्ती का अनुभव भी किया। नन्दिता के बदन के संग-साथ और नेताजी द्वारा प्रदत्त उत्तरदायित्व ने अचानक उसे सयानेपन से लबरेज कर दिया था। सीना तान कर और अपनी भुजाओं को फैलाकर उसने अनुभव किया, अब किसकी मजाल जो उसके नेताजी को कुछ कर सके...।

अपने कमरे से तैयार होकर जनार्दन बाहर आया। नेताजी के आदेशानुसार कोठी में मालकिन से मिलकर उसे आना था। पर मालकिन तो कोठी के दरवाजे पर ही खड़ी थीं, जैसे उसी की प्रतीक्षा कर रही थीं। जनार्दन को इस नये लिबास में देखते ही उनकी आँखें विहँसने लगीं–"तू तो पहचान में ही नहीं आ रहा...। एकदम सयाना हो गया है। यह कपड़ा भी तुझ पर अच्छा आ रहा है...।"

उन्होंने दरवाजे पर ही जनार्दन का मुँह मीठा करवाया। शायद महावीरजी के प्रसाद का स्पेशल लड्डू था। काजू-किशमिश और इलायची के दानों से भरा। एक ही लड्डू में उसका मन तर हो गया। ऐसा एक लड्डू नन्दिता ने भी उसे खिलाया था। शायद अपने परिवार के लिए मालकिन यह स्पेशल लड्डू बनाती थीं। उन्होंने जनार्दन की पीठ ठोंक कर उसे विदा करते हुए कहा–"जा, अब उनके साथ तत्पर रहना। तेरे जिम्मे ही उन्हें सौंप रही हूँ। महावीरजी तेरी पीठ में कभी धूल न लगने दें। एक बार तेरे पिता ने मेरा सुहाग बचाया था। दूसरी बार तूने। अब उनकी पूरी हिफाजत तेरे ही ऊपर है। तू मेरे बेटे से कम नहीं...। उनकी चेत और ख्याल रखना। पहरेदारों की बातों पर मत जाना। अपने से जाँचते-परखते रहना...।"

जनार्दन को नेताजी की ही तरह मालकिन भी एकदम देवी मइया जैसी सहाय जान पड़ीं। अपनी इस भूमिका में उसकी माँ से भी अधिक ममतामयी जँचने लगीं। उनका आशीर्वाद ले नेताजी के पास चलते हुए अपनी पाठ्य-पुस्तक की कहानी 'उसने कहा था' उसे याद आ गयी। लाम पर जाते लहना सिंह को भी सूबेदार हजारा सिंह की पत्नी ने ऐसे ही कहा था कि मेरे पति और बेटे की रक्षा करना...। हालाँकि वह प्रसंग दूसरा था, यह प्रसंग दूसरा। पर आशय लगभग एक ही था...।

नेताजी के काफिले के साथ पहले वह हवाई अड्डे पहुँचा। फिर उनके चन्द सुरक्षाकर्मियों और विभागीय अधिकारियों के साथ शीघ्र राँची पहुँचने के लिए जहाज में सवार हो गया। नेताजी के निकट बैठने का गौरव उसे ही प्राप्त हुआ। उसे तो सब-कुछ नया और अजूबा लगता रहा। सुखद आश्चर्य से वह पल-पल अभिभूत होता रहा। यह उसकी पहली जहाज-यात्रा थी। अभी हाल तक अपने गाँव के ऊपर से उड़ते जहाज की आवाज सुनते ही गाँव के अन्य लड़कों की भाँति वह भी गली में आ जाता था। तब अन्य लड़कों की भाँति उसकी अँगुलियाँ भी जहाज की ओर उठ जाती थीं–"वह जा रहा...। वह जा रहा...।" तब वह जहाज उसके सपनों का जहाज होता था। अपने सपनों के उसी जहाज पर अब वह विराजमान था। इस स्थिति ने उसके पूरे व्यक्तित्व को क्षण भर के लिए अस्वाभाविक बना दिया था। जब जहाज ने उड़ान ली तो अपने अन्दर एक अजीब सुरसुरी उसने महसूस की। वह सिर से पाँव तक रोमांचित हो गया। जब नेताजी ने कहा–"अपनी कुर्सी पकड़े रहना जनार्दन।" तब वह प्रकृतिस्थ हुआ। हालाँकि जहाज खुलने से पहले एक एयर

होस्टेस ने भी ऐसा कहा था। लेकिन उसके कहने और नेताजी के कहने में बहुत फर्क था...।

जनार्दन अब यह बात शिद्दत से महसूस कर रहा था कि अपने गाँव से नेताजी के यहाँ आने के बाद तो जैसे उसकी काया पलट ही हो गयी थी। अपनी परिधि अब उसे असीमित जान पड़ने लगी थी। संसार के अथाह सागर में लंगर डालने की क्षमता का उदय अब वह अपने अन्दर महसूस करने लगा था। नेताजी अगर इसी तरह सहाय रहें तो फिर उसके लिए कुछ भी दुर्लभ नहीं...।

राँची के राजभवन में नेताजी के साथ वह ठहरा। वाटर इण्डिया के कर्मचारियों की हड़ताल वहाँ चरम पर थी। सरकार के निजीकरण के फैसले के खिलाफ अपने कार्यालयों को उन्होंने काफी समय से बन्द कर रखा था। उन्होंने सोचा था कि उनके कार्यालयों की बन्दी से जन-जीवन प्रभावित होगा और सरकार चरमरा जाएगी। अन्ततः सरकार को उनकी माँगें माननी पड़ेंगी। लेकिन उनके विपरीत सरकार के कानों पर जूँ तक नहीं रेंगी...। फलतः वे सड़कों पर उतर आये थे। जगह-जगह यातायात अवरुद्ध करने और विभिन्न सरकारी कार्यालयों के कार्य बाधित करने लगे थे। काफी संख्या में उनके लोगों की गिरफ्तारियाँ भी हो चुकी थीं। सरकार ने उनकी बर्खास्तगी के आदेश भी निर्गत कर दिए थे। उनकी जगह दूसरे कर्मचारियों की बहाली की प्रक्रिया भी शुरू हो गयी थी। फिर भी वे झुकने को तैयार नहीं थे। गिरफ्तार कर्मचारियों की पत्नियाँ और बच्चे तथा अशक्त माँ-बाप भी अब सड़कों पर उतर आये थे। उनके लिए यह जीवन-मरण का संघर्ष था। आधी उम्र तक सरकारी सेवक का सुख भोगने के बाद निजीकरण की भावी असुरक्षा उन्हें कदापि मान्य नहीं थी। अनेक निजी संस्थानों के कर्मचारियों की तंगहाली और भुखमरी वे देख चुके थे...। इस बिन्दु पर राज्य सरकार के साथ कई दौरों की उनकी समझौता वार्ता निष्फल साबित हुई थी। इस स्थिति में केन्द्र की ओर से केन्द्रीय हस्ती राव मानवेन्द्र बाबू को आना पड़ा...।

हड़ताल के विभिन्न पक्षों पर स्थानीय पदाधिकारियों और अपनी पार्टी के सरगनाओं से विचार-विमर्श के बाद नेताजी ने रात के वक्त राजभवन के कक्ष में कर्मचारी संगठन के पदाधिकारियों से बातचीत शुरू की। यह अन्तिम दौर की वार्ता घोषित की गयी और कर्मचारी संगठन के अधिकारियों को आगाह किया गया कि इस वार्ता के बाद कोई निष्कर्ष नहीं निकलेगा तो सरकार फिर वार्ता नहीं करेगी...।

जनार्दन अनुभव कर रहा था अपनी निरर्थक होती लम्बी हड़ताल से कर्मचारी संगठन के पदाधिकारी भी आजिज आ गये थे। सरकार के दमनात्मक रवैये से वे अलग त्रस्त थे। समझौता-वार्ता के लिए तो वे अन्दर से बेचैन थे। वार्ता प्रारम्भ होते ही उनमें से एक ने नेताजी से गिड़गिड़ाते हुए कहा—"हम आप ही की राह

देख रहे थे नेताजी। किसी तरह हमें उबार लीजिए। आपके सिवा अब हमारा कोई नहीं। अब हम और हड़ताल आगे नहीं खींचना चाहते...। हम जैसे अब तक सरकारी सेवक बने हुए थे, हमें बस वैसे ही बने रहने दिया जाए। हम और किसी इजाफे की माँग नहीं करेंगे...!''

इस पर नेताजी ने गुरु गम्भीर आवाज में कहा—''आप लोगों की पिछली माँग से पी. एम. नाराज थे। आपके विभाग पर अब और सरकारी व्यय सम्भव नहीं...।''

इस बीच जनार्दन उक्त कर्मचारियों की पिछली माँग और पी. एम. की नाराजगी की बात से अवगत हो चुका था। नेताजी के साथ आये अधिकारियों की आपसी बातचीत उसने सुनी थी। कुछ समय पहले इस संगठन के कर्मचारियों ने वेतन-वृद्धि, प्रोन्नति और अतिरिक्त बोनस की माँग करते हुए जोरदार हड़ताल की थी। तब सरकार के इस आश्वासन पर उन्होंने हड़ताल वापस ली थी कि अगले वित्तीय बजट में उनकी माँग पर सहानुभूति से विचार किया जाएगा! पर अगले वित्तीय बजट से पहले ही सरकार ने उनके विभाग के निजीकरण का फैसला ले लिया था। अब सूद को छोड़कर मूल बचाने के लिए वे हड़ताल पर आ गये थे। नेताजी की बात पर संगठन के एक दूसरे पदाधिकारी ने सफाई पेश की—''हम पिछली माँग को दुबारा सामने नहीं लाएँगे...। हम जिस हाल में थे उसी हाल में हमें छोड़ दिया जाए। सिर्फ निजीकरण का फैसला हम पर लागू न किया जाए...।''

संगठन के उस पदाधिकारी की बात पर जनार्दन को बिच्छू के डंक का ग्रामीण उपचार याद आ गया। एक बार उसके दायें पैर के अँगूठे में बिच्छू ने डंक मार दिया था। दर्द और टीस से वह जोर-जोर से चिल्लाने लगा था। टोला-पड़ोस के अधिकांश लोग उसके दरवाजे पर जुट आये थे। तब अन्य ग्रामीणों के सहयोग से उसके पिता ने उसे पकड़कर लिटाया था। फिर गाँव के मशहूर 'गुणी' रामबदन महतो ने उसकी दोनों आँखों में खैनी का रस चुआ दिया था। गाँवों में बिच्छू के डंक का यह प्रचलित उपचार था। लेकिन खैनी का रस पड़ते ही दोनों आँखों में ऐसी तेज जलन हुई और दर्द उठा कि लगा जैसे दोनों आँखें फूटकर बह जाएँगी...। इस इलाज से बिच्छू के डंक का एहसास जाता रहा था। पर दूसरे दर्द से उसकी जान निकलने लगी थी। उसे लगा कि इन कर्मचारियों का सरकार ने भी उसी ग्रामीण-पद्धति से इलाज किया है। अब वेतन-वृद्धि, प्रोन्नति और बोनस की इन्हें कोई माँग नहीं। वे जैसे थे वैसे ही बने रहें, यही माँग अब सर्वोपरि थी।

जनार्दन को उस वक्त रामबदन महतो का यह उपचार पसन्द नहीं आया था। इस कष्टकर उपचार से तो बिच्छू के डंक का वह दर्द ही भला था। एक दर्द को घटाने के लिए उससे बड़ा दूसरा दर्द दे देना, यह कैसा उपचार है? इन कर्मचारियों के साथ सरकार का यह उपचार भी उसे नहीं भाया। जाने-अनजाने उसकी सहानुभूति

कर्मचारी संगठन के नेताओं के प्रति पैदा हो गयी। इसीलिए अपने नेताजी की बात वह गौर से सुनने लगा...। उसके नेताजी कर्मचारी संगठन के पदाधिकारियों को अपने विश्वास में लेते हुए मीठे लहजे में समझा रहे थे—"सरकार अपना फैसला वापस नहीं ले सकती। अनेक संस्थाओं का वित्तीय भार अब सरकार झेलने की स्थिति में नहीं है। आप लोग निजीकरण को कोई दण्ड न मानें...। विकसित देशों में सरकारी संस्थाओं की अपेक्षा निजी संस्थाओं की आय और कार्यकुशलता अच्छी होती है। आप लोग सरकारी फैसले का विरोध न करें, उसे मान लें...! इसी में आप लोगों की भलाई है...।"

जवाब में संगठन के नेताओं का सरगना जैसे आरजू-मिन्नत पर उतर आया—"आप ऐसा न कहें नेताजी। आप चाहें तो क्या नहीं हो जाएगा? हमारे लिए सरकार आप ही हैं! हम भी विवश हैं। इस माँग को छोड़कर पीछे नहीं लौट सकते। इसके अतिरिक्त हम कभी कुछ नहीं माँगेंगे। सिर्फ निजीकरण का आदेश वापस करा दीजिए...!"

इस पर नेताजी ने अपने प्रति उनकी भक्ति लक्ष्य कर तथा उन्हें अपने नियन्त्रण में जान बीच का मार्ग निकालते हुए कहा, "आप लोगों के प्रति मेरी विशेष हमदर्दी है। आपके संगठन ने सदैव मेरा समर्थन किया है। फिलहाल आदेश तो बिल्कुल वापस नहीं हो सकता है...। आप लोगों के लिए मैं इतना अवश्य करा दूँगा कि यह आदेश तीन साल के लिए स्थगित हो जाए! तीन साल की अवधि कम नहीं होती है। उस वक्त किसकी सरकार रहेगी, क्या स्थिति होगी, देखी जाएगी। अगर फिर हमारी सरकार कायम हो गयी तो इसे समाप्त कराने का भी मैं प्रयास करूँगा।"

संगठन के नेता विवश थे। इस मुद्दे पर उन्हें समझौता करना पड़ा। इसके अतिरिक्त अब कोई दूसरा मार्ग था ही नहीं...। बस, नेताजी की जय-जयकार शुरू हो गयी—"मानवेन्द्र बाबू!"

"जिन्दाबाद...जिन्दाबाद।"

"हमारा नेता कैसा हो?"

"राव मानवेन्द्र बाबू जैसा हो!"

एक बड़े संगठन की हड़ताल को राव मानवेन्द्र बाबू ने काबू में कर लिया था। राँची से लौटते हुए हवाई अड्डे पर नेताजी की पार्टी के लोगों तथा राज्य सरकार के मन्त्रियों और अधिकारियों ने उन्हें फूल-मालाओं से लाद दिया। लेकिन जनार्दन तय नहीं कर पा रहा था कि नेताजी का यह कार्य सराहनीय है या निन्दनीय? मन के धरातल पर अन्तर्द्वन्द्वों के बीच वह घिरा था। वह अनुभव कर रहा था—नेताजी के प्रति उसके मन की यह पहली वाली श्रद्धा डगमगा रही है।

राँची दौरे की इस वापसी के बाद दूसरे ही दिन फिर नेताजी के साथ बनारस

के दौरे पर वह चल पड़ा। वाटर इण्डिया की हड़ताल को अपनी शर्तों पर समाप्त कराने में उनकी भूमिका से प्रसन्न केन्द्र ने अब बनारस की साम्प्रदायिक हिंसा रोकने के लिए भी उन्हें ही पठाया था...। केन्द्र की नजर में इस कार्य लिए भी वे ही उपयुक्त थे। हिन्दू और मुस्लिम दोनों समुदायों के बीच वे समान रूप से लोकप्रिय थे। इन दौरों से पूर्व भी उनके प्रशासनिक और राजनीतिक दौरे होते रहे थे। लेकिन जनार्दन के लिए तो यह सब-कुछ अज्ञात रहस्यों का अनावरण था। उसकी विकसित होती चेतना का विस्तार...।

शिव की नगरी काशी के सर्किट हाउस में नेताजी के साथ वह ठहरा। इस बीच नेताजी के काफिले में उसके अतिरिक्त अन्य अनेक चेहरे थे। वाटर इण्डिया वाली वह टीम नहीं थी। शायद हड़ताली कर्मचारियों के लिए केन्द्र की अलग टीम थी और साम्प्रदायिक दंगों के लिए अलग। इस टीम में मन्त्रियों और पदाधिकारियों की अपेक्षा राजनेताओं की संख्या ज्यादा थी। जनार्दन को तो प्रायः सभी जानते थे जो नहीं जानते थे उन्हें जानकार बता देते थे कि नेताजी का सर्वाधिक विश्वासी युवक है, उनका व्यक्तिगत अंगरक्षक और आन्तरिक सहायक...।

काशी पहुँचकर जनार्दन ने देखा, सचमुच वहाँ की साम्प्रदायिक हिंसा ने जन-जीवन को तबाह कर दिया था। सड़कों पर सेना के जवान फ्लैग मार्च कर रहे थे। दूकानें बन्द थीं तथा गलियाँ और मुहल्ले वीरान। उसने सुन रखा था कि धार्मिक सांस्कृतिक नगरी काशी बराबर गुलजार रहती थी। अपनी पाठ्य-पुस्तक में काशी पर भारतेन्दु हरिश्चन्द्र की कविता ने उसके मन में काशी की रौनक की विशिष्ट छवि कायम की थी। पर उस छवि के विपरीत वह यहाँ तो जंगल की खामोशी और श्मशानी सन्नाटे का अनुभव कर रहा था। कर्फ्यू में सिर्फ दो घण्टे की ढील दी जाती ताकि अपने जीवन की अनिवार्य सामग्री लोग खरीद सकें। लेकिन अधिकांश भयातुर, त्रस्त, पीड़ित और आतंकित लोग इस ढील में भी अपने घरों से नहीं निकलते...। राव मानवेन्द्र बाबू से पहले विभिन्न पार्टियों के स्थानीय नेताओं ने बीच-बचाव का प्रयास किया था। लेकिन वे सफल नहीं हुए थे। एक समुदाय ने उन्हें दूसरे समुदाय का पक्षधर बताकर उनसे दूरी बना ली थी। इस सम्बन्ध में सचमुच राव मानवेन्द्र बाबू काशीवासियों के लिए अलग और विलक्षण साबित हुए।

काशी पहुँचने के बाद राव मानवेन्द्र बाबू ने सबसे पहले दोनों सम्प्रदाय के धर्म-गुरुओं (धार्मिक नेताओं) से मुलाकात की। वे धर्म-गुरु नेताजी के पद, प्रभाव और नाम से वाकिफ थे। इतने बड़े नेता उनके पास आये थे, इस बात ने उन्हें विगलित कर दिया था। वे तो जैसे नेताजी के सामने बिछ से गये थे—''आप आ गये यह बहुत अच्छा हुआ...। यह हिंसा अब रुकनी चाहिए...। अपनी काशी को हमें अब और बर्बाद नहीं होने देना है...!''

नेताजी के एक संकेत पर ही वे धर्मगुरु उनके साथ प्रभावित मुहल्लों में चल पड़े। मुहल्लेवासियों की हालत देख जनार्दन का मन भर आया। ऐसा तो उसने कभी देखा ही नहीं था। साम्प्रदायिक दंगों की खबरें वह सुनता था। पर वे दंगे इतने त्रासद और हृदयविदारक हो सकते हैं, इस साक्षात्कार ने उसके पूरे वजूद को हिला दिया था। दंगे से प्रभावित कई घरों में सप्ताह-भर से चूल्हे नहीं जले थे। जो मारे गये थे उनके घरवालों के चेहरे की व्यथा और बदहवासी दर्शनार्थियों को भी अपनी गिरफ्त में ले लेती थी...। उजड़ी और सूनी आँखों के सवाल अन्दर तक नश्तर लगाते जान पड़ते थे। एक बुढ़िया की हालत विक्षिप्त थी। दर्शनार्थियों की टुकड़ी देखते ही अपने हाथों में रोड़े उठा चिल्लाने लगी—"धर-धर! ...मार...मार!...तुझे जीवित नहीं छोडूँगी...। तेरी जान लूँगी...!"

उसके कपड़े गन्दे और बेतरतीब थे। माथे के सफेद बाल भूत-प्रेतों की तरह बिखरे थे। चेहरे पर वज्र जैसी सख्ती और खौफनाक क्रूरता उतर आयी थी। पड़ोस के लोगों ने उसे पकड़ रखा था। उसके बेटा-पतोह दोनों मारे गये थे। उसका इकलौता बेटा कानपुर से अपनी पत्नी को 'गौना' करा कर ला रहा था। बनारस स्टेशन से उतर उसने एक टैम्पू पकड़ ली थी। उसी दिन दंगे की शुरुआत हुई थी। उसे दंगे की कोई जानकारी नहीं थी। वह सीधा-सपाट लड़का था। कभी किसी से उसकी लड़ाई नहीं हुई थी। दंगाइयों ने बीच रास्ते में ही टैम्पू रोक लिया था। टैम्पू चालक फुर्तीबाज और चालाक था। दंगाइयों को सामने से आते देख टैम्पू छोड़कर भाग गया था। दंगाइयों ने टैम्पू पर सवार उसके बेटा पतोहू को खींच कर सड़क पर पटक दिया था। उन दोनों ने बहुत आरजू-मिन्नत की थी। अपने को बेकसूर बताया था। लेकिन दंगाइयों ने कोई रहम नहीं किया था। वहीं सड़क पर ही उन दोनों को अपने घातक हथियारों से खोभ-खोभ कर मार दिया था।

एक वृद्ध सज्जन खंजर की मार से घायल अपने दरवाजे पर कराह रहे थे—"आह! आह!"

वे हृदयरोग के मरीज थे। घर में किसी के नहीं होने के चलते आवश्यक दवाएँ खरीदने निकले थे। दंगाइयों ने नजर पड़ते ही खंजर फेंककर उन पर वार किया था। खंजर से घायल होते ही वे गिर पड़े थे। अब दंगाई उनकी हत्या के लिए आगे बढ़े थे। संयोग से पुलिस का गश्ती दल आ गया था और दंगाई भाग खड़े हुए थे। इलाज के अभाव में उनका वही जख्म अब नासूर बन गया था। अपने दरवाजे के दोमुँहे में बिस्तरे पर दर्द से तड़प रहे थे। नेताजी की टीम में स्थानीय चिकित्सक भी थे। तत्क्षण उनकी मरहम-पट्टी हुई। उन्हें आवश्यक दवाएँ प्रदान की गयीं। वे नेताजी के नाम से परिचित थे—"धन्य है राव साहब! आपकी जय हो...! जय हो...!"

किसी की गोद का बच्चा भगदड़ में गिरकर मर गया था, तो किसी का पति मारा गया था, तो किसी का भाई। किसी पर उसके घर में घुस कर हमला हुआ था, तो किसी पर गली में, किसी का घर जला दिया गया था, तो किसी की गुमटी उजाड़ दी गयी थी...। पुरुषों की अपेक्षा युवा महिलाओं के साथ अधिक ज्यादती और बदसलूकी की गयी थी...। हत्या से पहले उनके साथ अनिवार्य बलात्कार! हमलावर एक घर पर हमला बोलकर उस घर की एक युवा लड़की को उठा ले गये थे। घर में और दो बूढ़ी महिलाएँ थीं, उन्हें जख्मी करके छोड़ दिया था। घर के पुरुषों को उन महिलाओं ने दंगे की भनक लगते ही भगा दिया था। उस युवा लड़की को वे हमलावर मुहल्ले के एक खँडहर में ले गये थे। फिर हैवानों और वहशियों की तरह उस पर टूट पड़े थे। बलात्कार के दौरान ही उस मासूम के प्राण-पखेरू उड़ गये थे। सड़क के किनारे पड़ी उसकी नग्न लाश से बलात्कार की जघन्यता का पता सबको चल गया था...।

दंगा पीड़ित कई मुहल्लों में घूमने, लोगों को सान्त्वना देने और अनुग्रह के आशीर्वाद बाँटने के बाद शाम को नेताजी सर्किट हाउस पहुँचे थे। दंगाइयों की तेजी अंजाम की वीभत्सता देख अब स्वतः किनारा करना चाहती थी। इस स्थिति में नेताजी वहाँ पहुँचकर किनारा बन गये थे। उन्हें श्रेय मिलना था, मिल गया। सर्किट हाउस के कक्ष में ही दोनों धर्म के नेताओं के हाथ एक-दूसरे से मिलवा दिए और दोनों ओर से संयुक्त वक्तव्य अपने साक्ष्य के साथ प्रस्तुत करा दिया...। अब क्या था! राव मानवेन्द्र बाबू के संकेत पर जिला प्रशासन की सरकारी जीपें सड़कों पर दौड़ने लगी थीं और माइक से सन्देशों का प्रसारण शुरू हो गया था—"अब यहाँ कोई दंगा नहीं...। दोनों धर्मावलम्बियों ने एक दूसरे को गले से लगा लिया है...। केन्द्रीय नेता राव मानवेन्द्र बाबू ने सबको समझा दिया। यहाँ का माहौल अब शान्त है। कहीं दंगा-फसाद नहीं। डरने और यहाँ से भागने की अब कोई जरूरत नहीं। इसमें चन्द असामाजिक तत्त्वों का हाथ था। उग्रवादी तत्त्वों की पहचान के लिए एक जाँच समिति गठित की गयी है। शरारती तत्त्वों और उग्रवादियों को जल्द ही कानून के शिकंजे में ले लिया जाएगा...।"

राव मानवेन्द्र बाबू के बनारस आने और दंगा प्रभावित मुहल्लों में उनके भ्रमण के बाद से ही यहाँ के हताश-निराश लोगों को ठौर मिलने का आभास हो गया था। उन्हें लगा था कि शायद अब यहाँ का उपद्रव थम जाएगा। राव मानवेन्द्र बाबू जैसे बड़े नेता का प्रभाव यहाँ कम नहीं था। इसीलिए जिला प्रशासन की घोषणाओं के बाद सबने राहत की साँस ली। संकट में फँसे शहर की जान में जान आ गयी थी। सर्किट हाउस की खिड़की से जनार्दन स्पष्ट देख रहा था, जिला प्रशासन की भागती जीपों और उद्घोषणाओं के बाद घरों की बन्द खिड़कियाँ और दरवाजे खुलने लगे

थे। स्त्री-पुरुष और बच्चे कुछ विस्मित पर सुखद चेहरों के साथ झाँकने लगे थे। मुर्दा होते नगर में अब जिन्दगी लौटने लगी थी।

इधर दूसरी तरफ सर्किट हाउस में स्थानीय नेताओं ने राव मानवेन्द्र बाबू की जयकार शुरू कर दी थी। उन्हें बधाई देने के लिए शहर के दोनों तबकों के गणमान्य व्यक्तियों का ताँता लगने लगा था। बधाई-सन्देशों से फोन की घण्टियाँ अलग घनघनाने लगी थीं। राजधानी से स्वयं पी.एम. ने फोन पर नेताजी को बधाई दी...। जनार्दन भी अपने नेताजी की इस सफलता पर खुश था और चकित था। सचमुच उसके नेताजी किसी चमत्कारिक पुरुष से कम नहीं। यहाँ आते ही एक बड़े उपद्रव को शान्त करा दिया...। लेकिन गहराती रात में जिस तथ्य से वह अवगत हुआ उससे उसका मन गहरे अवसाद से भर गया। पर्दे के पीछे का सच कुछ दूसरा था। नेताजी की सफलता का घिनौना रहस्य...!

जनार्दन देख रहा था—राव मानवेन्द्र बाबू की जयकारी और बधाइयों के बाद एकत्रित भीड़ वापस हो गयी थी। लेकिन उनकी पार्टी के तीन स्थानीय नेता अब भी सर्किट हाउस में जमे हुए थे। रात गहराती जान वे जश्न मना रहे थे। भुने हुए मुर्गे और कबाब के साथ जाम का दौर शुरू हो गया था। नेताजी अल्पाहारी थे। ड्रिंक की भी उन्हें मनाही थी। फिर भी इस खुशी में यहाँ के अपने दोस्तों एवं सहयोगियों का वे साथ दे रहे थे। यहाँ की सफलता पर वे स्वयं अभिभूत थे। जनार्दन को उन्होंने कह दिया था कि वह जाकर सोए। ऐसे माहौल में जनार्दन को शरीक रखना उन्होंने मुनासिब नहीं समझा। अपने साथ आये अधिकारियों एवं सुरक्षाकर्मियों को भी उन्होंने सोने की इजाजत दे दी। सुबह राजधानी लौट चलने की बात तय हो गयी...। जनार्दन खाना खा चुका था। नेताजी के आदेश के बाद अब उनके साथवाले कमरे में जाकर लेट गया।

जश्न के बाद वे तीनों स्थानीय नेता राव मानवेन्द्र बाबू के कमरे में उनसे गुफ्तगू करने लगे। जनार्दन को उनकी बातें साफ सुनाई पड़ रही थीं। नेताजी के कमरे से लगे जिस कमरे में वह था, बड़े नेताओं, मन्त्रियों और अधिकारियों के साथ आनेवाले परिवारजनों के लिए ही वह 'साथ का कमरा' था। जनार्दन नेताजी के लिए वैसा ही था, इसीलिए उसे उस कमरे में ही ठहराया गया था। राव मानवेन्द्र बाबू और स्थानीय नेताओं का अनुमान था कि जनार्दन सो गया होगा। वैसे भी जनार्दन से राव मानवेन्द्र बाबू को कोई खास आशंका नहीं थी। अपने उन स्थानीय सहकर्मियों को उन्होंने बता दिया था कि यह लड़का उनका परम विश्वासी है। जनार्दन को तो राँची दौरे के वक्त ही उन्होंने समझा दिया था कि उनके साथ की कोई बात उसे कभी किसी से नहीं कहनी। अपने अन्दर ही जज्ब कर लेनी है...। जनार्दन ने उन्हें आश्वस्त भी कर दिया था—"ऐसा ही होगा।"

वह सुन रहा था, एक स्थानीय नेता कह रहा था–"चुनाव से जस्ट पहले यह बहुत अच्छा हुआ...।"

इस पर एक दूसरे स्थानीय नेता ने उस बात को विस्तार दिया–"इस शहर में पार्टी की साख कमजोर हो गयी थी। ऐसा कुछ नहीं होता तो यहाँ से हमारा जनाधार समाप्त हो जाता। इस घटना के बाद अब फिर यहाँ हमारा रुतबा कायम हो गया है।"

यह सुन तीसरे स्थानीय नेता ने कुछ गुरु-गम्भीर वाणी में कहा, "आपके संकेत पर हमने खूब सोच-समझ कर काम कर दिया नेताजी! ऐसा गुल खिलाया कि सारे विरोधी चित हो गये। आपके नाम का और पार्टी का डंका इस पूरे शहर में बजवा दिया!"

अब राव मानवेन्द्र बाबू ने उन्हें आगाह करते हुए पूछा–"किसी को इसकी भनक तो नहीं लगी?"

जवाब में एक स्थानीय नेता ने कहा–"हम कच्चे गोइंया नहीं मन्त्री जी...। क्या मजाल कि कोई लख ले। प्रतिमा विसर्जन की लड़ाई और मस्जिद के नमाजियों पर हमले को ही सब कारण मानते हैं...।"

राव मानवेन्द्र बाबू इस पर प्रसन्न होते हुए बोले–"अब क्या ख्याल है आप लोगों का? इस बार के चुनाव में तो यहाँ से हमें भारी सफलता मिलनी चाहिए...!"

यह सुन उनके बीच के स्थानीय नेता ने उन्हें आश्वस्त किया–"अब यहाँ हमारी दसों अँगुलियाँ घी में हैं। यहाँ हमारी पार्टी के विजय को अब कोई रोक नहीं सकता।"

राव मानवेन्द्र बाबू ने अब उन स्थानीय नेताओं को भी भरोसा दिया–"आप लोगों को इसका बेहतर पुरस्कार मिलेगा। राजधानी पहुँचकर मैं पार्टी प्रमुख से बात करूँगा...।"

वे स्थानीय नेता तो राव मानवेन्द्र बाबू के मुँह से इस आश्वासन की ही प्रतीक्षा में थे–"हम तीनों को इस क्षेत्र की मनपसन्द सीटों के लिए पार्टी का टिकट मिलना चाहिए...!"

"मिलेगा। इसके लिए मैं पूरा प्रयास करूँगा...!"

"प्रयास की बात हम नहीं सुनना चाहते नेताजी...। हमने जोखिम उठाकर पार्टी के हित में यह इतना बड़ा काम किया है...। इस बार हमें टिकट मिलनी ही चाहिए।"

"मेरे प्रयास का अर्थ अनिवार्य ही होता है दोस्तो...।"

इसके बाद तो फिर उनकी खिलखिलाहट की समवेत ध्वनि गूँज उठी। जनार्दन के कान खड़े हो गये। उसकी पूरी चेतना हठात् खोजी और पारखी बन गयी। अभी

कुछ ही समय पहले सर्किट हाउस के खानसामों की आपसी बातचीत उसने सुनी थी। किचन की बगल से गुजरते हुए उसके पाँव थम गये थे। सर्किट हाउस का बह पुराना खानसामा अपने साथ के नये खानसामे को समझा रहा था—"तू अभी नया है। धीरे-धीरे सब समझ जाएगा। मैं इस सर्किट हाउस में तीस वर्षों से हूँ। नेताओं और मन्त्रियों की रग-रग पहचानता हूँ। यह सब दंगा-फसाद यहाँ के नेताओं की कारगुजारी है। मैं बनारस के लोगों को खूब जानता हूँ। वे कभी आपस में लड़ना-भिड़ना नहीं चाहते। बाकिर ये नेता उन्हें शान्ति से रहने नहीं दे सकते? जब चाहा, बवाल और फसाद कायम करा दिया। अब मन्त्रीजी के आते ही शान्ति बहाल करवा दी...।"

उस क्षण उस बूढ़े खानसामे की बात का निहितार्थ जनार्दन नहीं जान सका था। पर अब उसका अर्थ अपनी पूरी व्यापकता और भयावहता के साथ उसके समक्ष उभर आया था। शाम में एकत्रित पत्रकारों के बीच से एक युवा पत्रकार ने नेताजी पर आरोप लगाते हुए पूछा भी था—"मन्त्री जी, ऐसी चर्चा है कि आपकी पार्टी के शरारती तत्त्वों ने ही इस फसाद को अंजाम दिया है। इस पर आपका क्या कहना है?"

इससे पहले कि नेताजी कोई जवाब देते, उनकी बगल में बैठे दो उम्रदराज पत्रकारों ने उस नौसिखिए युवा पत्रकार की बात पहले ही रोक ली थी। एक ने कहा था—"ऐसा काम मन्त्री जी जैसी बड़ी पार्टी का नहीं हो सकता है। यह चर्चा निराधार है।"

उसके साथ के दूसरे पत्रकार ने भी अपने मित्र पत्रकार की बात को और साफ कर दिया था—"हमारे समाचारपत्र की टीम ने मुआयना किया है। शहर के अपराधियों और असामाजिक तत्त्वों की यह करतूत है। वैसे लोग अपने बचाव में किसी भी पार्टी का नाम ले सकते हैं। बगैर उनका राजनीतिक आधार जाने उन्हें किसी पार्टी का सदस्य नहीं माना जा सकता। अपराधियों और असामाजिक तत्त्वों की अलग जमात होती है। राजनीतिक पार्टियों का नाम बेचकर तो वे लोगों को छलते और धोखा देते हैं...।"

उस युवा पत्रकार को उन अनुभवी और दबंग पत्रकारों ने क्षण भर में ही चुप करा दिया था। वे नेताजी के पूर्व परिचित और सरोकारियों में से थे। नेताजी पर कई-कई लेख लिख चुके थे तथा उनके दर्जनों साक्षात्कार प्रकाशित करा चुके थे। राजधानी से नेताजी के यहाँ पहुँचते ही वे उनके पास आ धमके थे। शायद अपने आगमन की सूचना नेताजी ने उन्हें फोन से दे रखी थी। पर अब उस युवा पत्रकार के सवाल की सत्यता का प्रखर एहसास जनार्दन कर रहा था। अपने दिमाग पर जोर डालने पर अब वे तीनों स्थानीय नेता जनार्दन को देखे-सुने जान पड़ने लगे

थे। नेताजी के आवास पर वे अक्सर आते थे। नेताजी के बैठके में उन तीनों की उपस्थिति उसने कई बार देखी थी। पर तब ऐसे आगन्तुकों पर वह ध्यान नहीं देता था। नेताजी के मुँह से बनारस में पार्टी की गिरती साख की चर्चा उसने भी सुनी थी। उस समय ऐसी चर्चा में उसकी कोई रुचि नहीं थी। अब शहर सिखाये कोतवाल की तरह वे सारी बातें एक दूसरी से गुँथी हुई अपने यथार्थ स्वरूप का भान उसे कराने लगी थीं। अवश्य नेताजी के आवास पर ही इस दंगे की योजना बनायी गयी होगी। नेताजी के परामर्श पर ही इन स्थानीय नेताओं ने उसे अंजाम दिया होगा। दशहरे के अवसर पर दुर्गाजी की प्रतिमा-विसर्जन के मार्ग में पैदा हुई अड़चन तथा मस्जिद में सामूहिक नमाज के वक्त वहाँ हथगोले का प्रहार इनकी ही शातिर योजना होगी। अगर ऐसा नहीं होता तो नेताजी के यहाँ आते ही सब कुछ थम कैसे जाता...?

राँची में वाटर इण्डिया के कर्मचारियों की हड़ताल पर नेताजी की जिस भूमिका ने उसके मन की श्रद्धा को डावाँडोल कर दिया था, यहाँ की घटना ने उसे उखाड़ कर फेंक दिया। यह आदमी तो नायक की शक्ल में खलनायक है। हंस के चोले में खूँखार गिद्ध...!

बनारस से लौटने के बाद फिर तत्काल नेताजी को किसी दौरे पर नहीं जाना था। जनार्दन भी अब पूर्ववत् कॉलेज आने-जाने तथा नन्दिता की पुकार की प्रतीक्षा करने लगा था। इस दौरान राँची और बनारस की घटनाओं का असर भी उस पर कम नहीं था। तो यही है नेताजी की राजनीति। इसी राजनीति ने उन्हें शिखर तक पहुँचाया है। इससे पहले तो वह राजनीति को समाज और देश-सेवा का माध्यम जानता था। राजनीतिक समझ से वह अपने को शून्य ही समझता था। वहाँ गाँव में और यहाँ शहर में भी लोग राजनीति की बात करते थे तो वह हट जाता था। ऐसी चर्चा योग्य अपने को नहीं समझता था। पर अब उसी राजनीति ने उसे बेतरह जिज्ञासु बना दिया था। क्या सारे राजनीतिज्ञ ऐसे ही होते हैं? क्या इसी के लिए जनता का वोट माँगते और चुनाव लड़कर गद्दी प्राप्त करते हैं...?

राव मानवेन्द्र बाबू की कोठी पर रहते हुए राजनीति का यह फितूर जनार्दन के मस्तिष्क पर देर तक ठहर भी नहीं पाता था। नन्दिता की वह घटना उसे फिर-फिर आमन्त्रण देती प्रतीत होती थी। नन्दिता की पुकार पर वह दौड़ा-दौड़ा पहुँचता। तब वह उसे कभी अपने पत्र डालने भेज देती, तो कभी अपनी किसी खरीदारी के लिए पठा देती, तो कभी अपनी किसी सहेली की खातिरदारी में भिड़ा देती। जनार्दन अब हर क्षण उसकी आँखों का वह भाव पढ़ना चाहता था, जिसके तहत वह उससे एकाकार हुई थी...। लेकिन नन्दिता अब इसका अवसर ही नहीं दे रही थी। जनार्दन की बेताब आँखें उस पर जैसे ही टिकतीं, कोई आदेश फरमाकर

वह उसका ध्यान दूसरी ओर उन्मुख कर देती...।

अन्ततः एक दिन जनार्दन के धैर्य ने जवाब दे दिया। वह एक खुशनुमा दोपहरी थी। कई दिनों के बाद दिन खुला था। कोठी के फूल विहँस रहे थे। शायद फूलों के खिलने का मौसम था। जाने कहाँ से रंग-बिरंगी तितलियाँ फूलों के सम्मोहन में आ धमकी थीं। फूलों के ऊपर उड़ती वे तितलियाँ ऐसी जान पड़ती थीं जैसे फूलों की ही पंखुड़ियाँ हों! जैसे फूलों ने ही हवा में अपनी पत्तियाँ उछाल दी हों! उस वक्त नन्दिता स्नान कर वाटिका में ही टहलते हुए अपने बाल सुखा रही थी। ताजे स्नान से निवृत्त खुले बालों वाली नन्दिता का आकर्षण जनार्दन की व्यग्रता को परवान चढ़ाता जा रहा था। जनार्दन को फूलों और तितलियों से अधिक सुषमा की प्रतीति वाटिका में नन्दिता की उपस्थिति से हो रही थी। वह प्रतीक्षा कर रहा था कि नन्दिता बुलाये। अपने कमरे से बाहर वाटिका में अकेली टहलते हुए नन्दिता को उसे बुलाना भी था। नेताजी के आदेशानुसार अपनी सुरक्षा के तहत कमरे से बाहर उसे अकेले नहीं रहना था। लेकिन वह तो फूलों और तितलियों के नैसर्गिक सौन्दर्य में मगन थी। उस सौन्दर्य में वह ऐसी खोयी थी कि अपनी सुरक्षा का चेत भी उसे नहीं था।

जनार्दन को लगा, उसे हर बार नन्दिता के आदेश की प्रतीक्षा नहीं करनी चाहिए। खासकर ऐसे अवसर पर तो एकदम नहीं। उसके आदेश के तहत पहुँचने पर तो नन्दिता किसी-न-किसी काम में उसे लगा देगी। फिर 'उस अवसर' को जीने का सुयोग जाता रहेगा। वैसे अवसरों के लिए तो बगैर बुलाये उसे पहुँचना है। गाँव के उसके अनुभवी दोस्त अपनी गोपनीय चर्चाओं में अक्सर कहते थे कि अपने स्वभाव से संकोची और भीरु लड़कियाँ बार-बार इजहार नहीं करतीं। एक बार शुरुआत के बाद तो आगे पहल लड़के को ही करनी होती है।...

जनार्दन अब अपने को रोक नहीं सका। तत्क्षण नन्दिता के पास वाटिका में पहुँच गया। लेकिन उसे देखते ही नन्दिता पूछ उठी—"क्या है जनार्दन?"

नन्दिता के उस पूछने में ऐसी ध्वनि निहित थी जैसे बिना बुलाये जनार्दन के आने पर वह प्रश्नचिह्न लगा रही हो? एक पल के लिए तो जैसे जनार्दन की बोलती बन्द हो गयी। फिर कहा—"कमरे के बाहर आपको अकेले नहीं होने देने के लिए नेताजी ने कहा था...।"

यह सुन वह बोल उठी—"अच्छा! तो यह बात है। तू हमारी इतनी चेत रखता है! धन्यवाद। लेकिन अपनी पढ़ाई पर भी चेत रखा करो...। मैं तो सोच रही थी कि तुम पढ़ रहे होगे...!"

जनार्दन को समझ में नहीं आया कि नन्दिता की इस बात का अब वह क्या जवाब दे? उसकी चुप्पी लक्ष्य कर नन्दिता अब मौसम की बात करने लगी—"दिन

खुलने से आज कितना अच्छा-अच्छा लग रहा है...। फूल-पत्तियों की रौनक भी बढ़ गयी है...।''

जनार्दन को भी अब वार्ता का अवसर सूझ गया—''इस कोठी की वाटिका जैसे फूल-पौधे किसी भी मन्त्री और नेता के आवास पर नहीं। नेताजी के साथ कई मन्त्रियों के यहाँ मैं हो आया हूँ। अपने यहाँ की यह छटा निराली है...।''

इस पर नन्दिता ने उसे बताया—''डैडी को फूल-पत्तियों का बेहद शौक है। कई फूल तो विदेशी हैं। कुछ गाछ तो ऐसे हैं जो पहली बार हमारी बागवानी के लिए ही तैयार किए गये हैं। किस फूल को कौन-सी मिट्टी चाहिए, डैडी ने माली को बता दिया है...। तू जो इतने गमले देख रहा है, सबमें एक जैसी मिट्टी नहीं है। किसी में काली मिट्टी, तो किसी में गोरी मिट्टी, तो किसी में बलुआही मिट्टी!''

बागवानी से होती हुई नन्दिता अपने कमरे की ओर चल पड़ी। उसके बाल सूख गये थे। उसने आगे बढ़ते हुए ही पीछे से आ रहे जनार्दन को कह दिया—''अब तुम भी जाकर पढ़ो...।''

अपने कमरे में प्रवेश करते हुए नन्दिता ने जाना था कि जनार्दन चला गया होगा। पर जनार्दन तो उसके पीछे-पीछे कमरे में घुस आया था। शहद के पीछे भागती मधुमक्खी की मानसिकता उसकी हो गयी थी। जब नन्दिता की नजर उस पर पड़ी तो पलटकर वह उसकी ओर मुखातिब हो गयी—''तुम अभी तक गये नहीं जनार्दन। जाओ। पढ़ो। फिलहाल मुझे कोई जरूरत नहीं...!''

इस पर जनार्दन ने अपनी इच्छा का इजहार करते हुए-से कहा—''आज पढ़ने की इच्छा नहीं कुमारी मेम साहब!'' और विह्वलता में नन्दिता को अपनी बाँहों में भींच लिया—''अब और बर्दाश्त नहीं होता मेम साहब!'' और नन्दिता को उठाकर पलंग पर लिटाने लगा। उस दिन का पूरा पाठ उसे स्मरण था। लेकिन नन्दिता को तो जैसे बिच्छू का डंक लग गया हो! उसकी इस अप्रत्याशित हरकत पर क्रुद्ध होते हुए वह चीख उठी—''यह क्या कर रहा है जनार्दन? पागल हो गया है क्या?''

उसकी उस चीख में ऐसी सख्ती और मनाही थी कि जनार्दन के तूफानी मन का वेग अचानक थम गया। नन्दिता पर उसकी बाँहों की पकड़ ढीली पड़ गयी...। इस स्थिति से लाभ उठाती नन्दिता ने अब एक झटके के साथ जनार्दन से अपने को अलग कर लिया—''तू होश में नहीं है क्या...? तेरा माथा फिर तो नहीं गया?''

उसके इस परिवर्तित आचरण पर जनार्दन भौचक हो उसका मुँह ताकता रह गया। वह उसी सख्ती में बोलती चली गयी—''अपनी सीमा में रहना सीखो जनार्दन! सीमा से बाहर नहीं। हम तुम्हें मानते हैं तो इसका यह अर्थ नहीं कि हमारे सिर पर चढ़ जाओ...। अब सीधे अपने कमरे में जाकर पढ़ो...। आइन्दा से फिर कभी ऐसी हरकत मत करना...!''

जनार्दन समझ नहीं पा रहा था कि यह कौन-सी नन्दिता है और वह कौन-सी नन्दिता थी? ग्लानि और पश्चात्ताप में भरकर वह अपने कमरे में लौट आया। उसकी हालत हारे हुए जुआरी जैसी हो गयी थी। हाथ से डाल छूटे बन्दर की तरह वह जमीन पर गिर गया था। नन्दिता के इस परिवर्तित व्यवहार का रहस्य चाहते हुए भी वह नहीं जान पा रहा था। अगर नन्दिता को यही करना था तो उस दिन वैसा क्यों किया था? यह तो अपनी शर्तों पर जीना हुआ। उसने चाहा तो वह ठीक था। अब उसने नहीं चाहा, तो यह ठीक नहीं...। कहीं उसके पिता को बचाने के एवज में पुत्री की ओर से वह पुरस्कार अदायगी भर तो नहीं था...। लेकिन नहीं, वह पुरस्कार अदायगी भर नहीं हो सकता। उस दिन नन्दिता की तल्ख जिस्मानी जरूरत का एहसास उसने किया था। सम्भव है, नन्दिता इस वक्त उसके लिए तैयार न हो। सम्भव है, वह किसी कार्य की जल्दी में हो। उसकी इच्छा का ख्याल किए बगैर उसे औचक प्रयास नहीं करना चाहिए था। पर उसका मन था कि एक डाल पर नहीं ठहर पाता था। बैताल की तरह कभी इस डाल पर तो कभी उस डाल पर झूलने लगता था...।

उस रात बैताल बना जनार्दन सारी रात अपने ख्यालों के पेड़ पर चढ़ता-उतरता रहा। उसके मन को सही जवाब जानने के लिए जिस विक्रम की प्रतीक्षा थी वह नहीं आया। विक्रम की अनुपस्थिति ने उसकी जिज्ञासाओं को चरम पर पहुँचा दिया। नेताजी को उसने जैसा समझा था, उनके साथ की यात्राओं में उनका असली चेहरा उसके विपरीत पाया था। नन्दिता के रूप में जो आकर्षण था, उसके प्रति जो सहज समर्पण था, वह एक भुलावा मात्र था...। उसके द्वारा टट्टी की आड़ में पक्षी फँसाना...। लेकिन कैसी टट्टी? कैसा पक्षी? वह जब चाहे इस घर को छोड़कर जा सकता है। यह बन्धन उसे नहीं बाँध सकेगा...। राजनीति के नाम पर नेताजी की कमाई तथा अपनी अवस्था की माँग पर भी भारी पड़ता नन्दिता का निर्णय, अब उसके लिए एक रहस्यलोक जैसा था। यह घर अब जनार्दन के लिए पहले जैसा नहीं रह गया था।

जनार्दन की चेतना पर अब यह प्रश्न भी दस्तक देने लगा था कि जो नेता अपने महत्त्व और अपनी पार्टी की साख के लिए लोगों को उल्लू बनाता और छलता हो वह उसे क्या नौकरी दिलाएगा? और क्यों उसकी नौकरी लगाएगा? जिस नेता-पुत्री को उसने अपना सबसे बड़ा प्राप्य माना था, वह तो रेत की नदी थी, जिस तक पहुँचने में सिर्फ धँसते ही जाना था, कहीं ठौर नहीं पाना था...। लेकिन इस सबके बावजूद रहस्यों के अनावरण में जो कौतूहल था, वह उसे अनुभव-सम्पन्न भी करता जा रहा था। नेताजी की इस कोठी में अल्पावधि में ही वह जितना जान-समझ चुका था उतना किसी स्कूल-कॉलेज में सारा जीवन बिताकर भी नहीं जान पाता!...

पहले नेता-मन्त्री और देश की राजनीति की बातों पर एक आम ग्रामवासी की तरह वह श्रद्धावान श्रोता होता था। पर अब वह अधिकार सहित बता सकता था कि राव मानवेन्द्र बाबू जैसे नेता कैसे होते हैं और उनकी पार्टी की राजनीति क्या होती है? कि नेता-मन्त्री जैसे बड़े घरानों की सुन्दर कन्याएँ कैसी होती हैं? क्या करती हैं? क्या चाहती हैं? कि वे यह नहीं बता सकतीं कि आलू जमीन के भीतर पैदा होते हैं या पेड़ पर? पर अपने तन की स्वाभाविक माँग को भी तिजारत के निर्णय से संचालित कर सकती हैं।...उसे नौकरी मिलनी होगी तो अपने कर्म और प्रयास से मिलेगी। यहाँ के प्रलोभन में उसे नहीं बँधना...। उसने निर्णय करने की कोशिश की कि यहाँ से लौट चले। लेकिन इसके बावजूद यहाँ के अज्ञात आकर्षणों ने उसे जाने की इजाजत नहीं दी। उसने तय किया—चाहे उसे जैसा अनुभव हो, जो कुछ देखना पड़े, उसे यहाँ बने रहना है।...इस बीच होली, दीवाली और दशहरे की छुट्टियों पर वह अपने गाँव जाता रहा। उसके पहनावे और बात-विचार से गाँव के लोग प्रभावित होते रहे। उनकी नजर में क्या से क्या हो गया था वह! उसके हम-उम्र दोस्त तो गाँव में उसके पहुँचते ही उसकी शागिर्दी में जुट जाते। किसी भी विषय पर उसकी राय को अब निर्णायक मानते। उसे अपने साथ शहर ले चलने के लिए अपनी दबी हुई इच्छा भी व्यक्त करते। पर जनार्दन उनको समझा देता, वक्त अनुकूल होने पर उन्हें ले जाएगा।...जनार्दन के माँ-बाप तो उसके व्यक्तित्व का यह परिवर्तन देख फूले नहीं समाते। उसके पिता तिरबेनी अब तन कर चलने लगे थे तथा गाँव के लोगों से अपनी खुशी का इजहार भी करते थे—"यहाँ रहकर जनार्दन कुछ नहीं बन पाता। गाँव के अन्य छोरों की तरह 'लखैरई' करता।...बाकिर नेताजी ने तो इसे भलमानस बना दिया। कइसा काबिल और समझदार हो गया है! देश-विदेश की कौन-सी बात नहीं जानता।...नेताजी एकदम पारस हैं, पारस! कोई भी लोहा छुआ दो, सोना बना देंगे...!"

जनार्दन अपने पिता की इस सुखद धारणा को चाहते हुए भी ध्वस्त नहीं कर पाता। जाने कब उसे नौकरी मिलेगी और उसके पिता के चेहरे पर कब ऐसी खुशी लौटेगी। उसने मन-ही-मन तय कर लिया था, यह खुशी चाहे जैसी हो, अपने पिता के चेहरे से उसे नहीं छीननी...!

3

तेज धूप और हहासी लू से पूरा शहर त्रस्त था। पिछले कई वर्षों के बाद ऐसी भयंकर गर्मी पड़ रही थी। सुबह के दस बजते-बजते धूप और लू की प्रचण्ड तपिश पर लोग अपने-अपने घरों में बन्द हो जाते। स्कूल-कॉलेज और कार्यालयों के लिए यह सरकारी आदेश निर्गत हो गया था कि प्रातः पाँच बजे से दस बजे के अन्दर ही अपनी कार्य अवधि समेट लें...। समाचार-पत्रों में लू से मरनेवाले लोगों और लू से झुलसकर सड़कों पर ढेर हुए आश्रयहीन पक्षियों और पशुओं की खबरों से मौसम की आक्रामकता और बढ़ती जान पड़ती। वैज्ञानिकों के अनुसार प्रदूषण के बढ़ते दबाव से ओजोन लेयर में छिद्र हो गया था जिसने धरती की तपिश को और बढ़ा दिया था। वैज्ञानिकों का मानना था कि अब हर वर्ष इस तपिश को बढ़ते ही जाना है। इस बढ़ती प्राकृतिक आपदा से बचने के लिए लोगों को सतर्क रहना है।

मगर लोग कहाँ और कैसे सतर्क होकर रहें, इसका जवाब प्रशासन के पास नहीं था। पर आम लोगों से अलग इस सतर्कता के तहत राव मानवेन्द्र बाबू की कोठी परिसर में जो इन्तजाम किया गया था, उसने तो इस प्राकृतिक आपदा की चुनौती को हास्यास्पद बना दिया था। बाहर की समा चाहे जैसी हो, कोठी परिसर के अन्दर तो लू का कोई प्रभाव नहीं, तपिश की कोई मार नहीं।

राव मानवेन्द्र बाबू की हवेली तो एयर कण्डीशण्ड थी ही, उनके सभी बैठकों और आवासीय कार्यालयों को भी एयर कण्डीशण्ड कर दिया गया था। जहाँ खेत-खलिहानों और बाग-बगीचों के पौधे सूखकर मुर्झा गये थे, वहीं राव मानवेन्द्र बाबू की कोठी की वाटिका पूर्ववत् लहलहा रही थी। सुबह, दोपहर, शाम तीनों समय कोठी परिसर की फूल-पत्तियों की सिंचाई जारी थी। कोठी परिसर के फव्वारे और झरने अब चौबीसों घण्टे अपना जल उलीचते रहते...। कोठी परिसर की तरावट और नमी क्षण-भर के लिए भी सूखने नहीं दी जाती। किसी आवश्यक कार्यवश जनार्दन कोठी से बाहर जाता तो कुछ ही देर में उसे लगता कि मानो उसके बदन में आग लग गयी हो! बाहर की दुनिया उसे जलती-तड़पती जान पड़ती। पर कोठी परिसर में घुसते ही शीतलता, स्निग्धता और सरसता की बहार! लगता ही नहीं कि कोठी परिसर के अन्दर का मौसम तनिक भी बदला हो...!

ऐसी ही तपिश में एक ढलती दोपहरी के वक्त दरबान ने आकर उसे बताया—"बाबू! नेताजी से मिलने के लिए दो आदमी आया है...दूर देश से आया बता रहा है...। साहब के क्षेत्र का होना बोलता है। बेवक्त साहब नहीं मिलता...। समझाने पर भी नहीं मानता। अभी मिलना माँगता है...।"

उस वक्त जनार्दन नेताजी के निजी कार्यालय में उनके नाम आयी डाक को

छाँट रहा था। अब वह नेताजी के कार्यालय में बैठने लगा था। नेताजी ने अपने निजी कार्यालय की भूमिका से उसे अवगत करा दिया था। बिना समय निर्धारित किए अचानक पहुँचने वाले लोगों से निपटने का दायित्व भी उसे ही सौंपा गया था...। उस नेपाली दरबान की बात सुन, क्षणभर उसने विचार किया। फिर तत्क्षण उसके साथ आगन्तुकों के पास चल पड़ा। जाने इस तपिश में कौन आ गये? अवश्य पीड़ित और फरियादी लोग ही होंगे। वैसे ही लोग समय-कुसमय का ख्याल नहीं करते...।

फाटक के निकट पहुँचकर जनार्दन ने देखा, तपिश से सूखते होठ और मुर्झाये चेहरों के साथ दो बुजुर्ग बाहर खड़े थे। अपने रंग-रूप और पहनावे से वे सभ्य तथा सम्पन्न जान पड़ते थे। लेकिन उनके चेहरों पर हताशा, निराशा और दुःख के सघन भाव थे...। जनार्दन ने दरबानों से कहा—"इन्हें अन्दर आने दो...!"

फाटक खोलकर दरबान किनारे खड़े हो गये।

अब वे दोनों सज्जन अन्दर आ गये। फाटक के भीतर आते ही मौसम-परिवर्तन की अनुभूति से उनके मुँह से सुखद उच्छ्वास की ध्वनि निकल गयी—"हे प्रभु...! यहाँ तो तनिक भी गर्मी नहीं...!"

जनार्दन ने अब उन्हें इत्मीनान से समझाया—"नेताजी अभी सो रहे हैं। यह उनके मिलने का समय नहीं है। इस तपिश में शाम सात बजे से पहले किसी से नहीं मिलते...!"

इस पर उनमें से एक ने कहा—"हम दूर से आये हैं। सीधे नेताजी के पास चले आये। वे हमारे परिचित हैं। परेशानी-बेचैनी में समय-कुसमय का चेत हमें नहीं रहा...। हम यहीं उनकी प्रतीक्षा कर लेंगे...!"

इस पर जनार्दन ने जानकारी के लिए पूछा—"क्या काम है?"

नेताजी का ऐसा हुक्म था कि मिलनेवालों का कार्य पूछ कर ही उन्हें बैठाया जाए...। यह सुन अब दूसरे सज्जन फट पड़े—"हम लुट गये हैं, बर्बाद हो गये हैं! कहीं के नहीं रहे हैं! अब नेताजी के सिवाय कोई आसरा नहीं है। सब जगह हार-थक कर हम यहाँ पहुँचे हैं...। आप नेताजी के कौन हैं? उनसे हमें जल्दी मिलवा दीजिए। आपकी बड़ी कृपा होगी। हम आपके भी एहसानमन्द रहेंगे...!"

जनार्दन ने अपने बारे में उन्हें बता दिया तथा उनके बारे में भी अपेक्षित जानकारी प्राप्त कर ली। उनकी अवस्था, पीड़ा और शराफत की वाणी ने उनके प्रति उसके मन में सहानुभूति पैदा कर दी थी। अब वह उन्हें साथ लेकर चल पड़ा। बाहरी आगन्तुकों के बैठके में उन्हें ले जाकर कहा—"आप लोग यहीं बैठकर प्रतीक्षा कीजिए। नेताजी के उठते ही मैं उन्हें खबर दे दूँगा...!"

उन दोनों व्यक्तियों से प्राप्त जानकारी के अनुसार जनार्दन यह जान गया था

कि वे बिहार के एक छोटे शहर से आये थे। वे उस शहर के सम्भ्रान्त व्यक्तियों में से थे। अपने परिवार के प्रसिद्ध चिकित्सक डॉ. जयकान्त के अपहरण की घटना से आहत-त्रस्त यहाँ पहुँचे थे। डॉक्टर जयकान्त बिहार के एक मशहूर चिकित्सक थे। विशिष्ट चिकित्सा सेवा के लिए राष्ट्रपति ने उन्हें पुरस्कृत भी किया था। अभी कुछ ही दिन पहले उनका अपहरण हो गया था। आगन्तुकों में से एक सज्जन डॉ. जयकान्त के पिता थे। डॉ. जयकान्त उनकी एकमात्र औलाद थे। दूसरे सज्जन डॉ. जयकान्त के ससुर थे। उनकी पुत्री भी उनकी अकेली सन्तान ही थी, जिसे जयकान्त से उन्होंने ब्याहा था। दोनों सज्जन डॉ. जयकान्त के अपहरण से समान रूप से दुखी थी। डॉ. जयकान्त उनके लिए सब-कुछ थे। उनके घर के चिराग वही थे। जनार्दन ने नेताजी की पार्टी के क्षेत्रीय कार्यकर्त्ताओं से डॉ. जयकान्त का नाम दो-तीन बार सुना था। बेहिसाब सम्पत्ति अर्जित करनेवाले के रूप में ही नेताजी की पार्टी के क्षेत्रीय कार्यकर्त्ताओं ने उन्हें चिह्नित किया था। उनकी प्रैक्टिस चरम पर थी। उनकी आय हजार आदमियों के मुकाबले भी अधिक थी। उनके पास मरीजों की भीड़ लगी रहती थी। दूसरे जिलों एवं राज्यों के मरीज भी उनके पास जाते थे। लोगों के अनुसार उनके हाथ में यश था और इलाज में चमत्कार। उनकी क्लिनिक में पानी की तरह पैसा बरसता था। अपनी प्रैक्टिस की सफलता और दबाव के तहत उन्होंने सरकारी अस्पताल से इस्तीफा दे दिया था। उनके निजी क्लिनिक की तुलना में सरकारी अस्पताल कुछ भी नहीं था। अब तो अपनी इफरात आय से वह अपना बड़ा प्राइवेट अस्पताल बनवा रहे थे। लेकिन इसी दौरान उनका अपहरण हो गया था।

बैठके में उन्हें बैठाने के बाद जनार्दन ने एक आदेशपाल से कहा–"इन्हें जलपान आदि कराओ...ये धूप से आये हैं...।"

लेकिन उन्होंने मना कर दिया–"हम कुछ नहीं लेंगे...। हमसे कुछ लिया ही नहीं जाएगा...। बस, नेताजी से हमें मिलवा दीजिए...!"

जनार्दन उनकी व्यथा समझ रहा था। इससे पहले भी अपहरण की फरियाद लेकर आये लोगों की व्यथा वह देख चुका था। डॉ. जयकान्त के अपहरण की विस्तृत खबर अखबारों में भी वह पढ़ चुका था। प्रायः सभी अखबार नेताजी के यहाँ आते थे। लेकिन इन 'सज्जनों' का कथन उस खबर को और अधिक भयावह बना रहा था। जनार्दन को नेताजी का निकटतम और निजी व्यक्ति समझ उन्होंने कुछ भी नहीं छिपाया था...।

उनके कथन के अनुसार उस रोज डॉ. जयकान्त रात दस बजे के करीब जिस अन्तिम मरीज को देख रहे थे वह मरीज और उसके साथ के लोग ही अपहर्त्ता थे। क्षण भर में ही अपने लबादे फेंक घातक हथियारों से लैस उन अपहर्त्ताओं ने डॉक्टर को अपने कब्जे में ले लिया। प्रतिरोध करनेवाले उनकी क्लिनिक के कर्मचारियों को

जख्मी और आतंकित कर तटस्थ बना दिया। फिर इत्मीनान से डॉक्टर की मारुति में उन्हें बैठाकर चम्पत हो गये...। उसके बाद से लगातार फोन पर और पत्रों के माध्यम से वे फिरौती की माँग कर रहे थे। डॉ. जयकान्त की लिखावट में अपनी माँग से सम्बन्धित एक पत्र भी उन्होंने भिजवाया था। प्रारम्भ में उन्होंने साठ लाख रुपयों की माँग की थी। अब पचास लाख पर आकर रुक गये थे। इतने बड़े डॉक्टर की मुक्ति इससे कम रकम पर उन्हें नहीं करनी थी। हित-मित्रों के परामर्श और सहयोग पर डॉक्टर के पिता एवं ससुर ने तत्काल एफ. आई. आर. दर्ज करा दिया था। एस. पी. आई. जी. और गृह आयुक्त से भी वे स्वयं मिल चुके थे। राज्य सरकार के दो-तीन विधायकों और मन्त्रियों से भी सम्पर्क कर चुके थे। लेकिन किसी ने भी उनके डॉ. जयकान्त को हासिल नहीं कराया था। अब अपने क्षेत्र के चहेते केन्द्रीय मन्त्री के पास राजधानी आये थे। कई लोगों ने उन्हें सुझाया था कि राव साहब अवश्य कोई राह निकाल देंगे। उनके अनुसार राव साहब सामान्य नेता-मन्त्री नहीं, असाधारण क्षमता के नेता मन्त्री हैं।

अपने प्रति जनार्दन की सहानुभूति लक्ष्य कर उन्होंने जनार्दन को यह भी बता दिया कि डॉ. जयकान्त के अपहरण के सदमे से उनकी पत्नी और दोनों बच्चों की हालत अलग खराब है। डॉ. जयकान्त के मित्रों ने उन्हें किसी तरह सँभाल रखा है...।

बैठके में उन्हें प्रतीक्षारत छोड़ जनार्दन अब अपने कार्यालय में चला आया। वह जानता था, राव मानवेन्द्र बाबू का निदान भी कम महँगा नहीं होता, पर उस बड़ी फिरौती जितना फिर भी नहीं होता। उसका मन अन्दर से तिक्त और क्षुब्ध हो गया था। ऐसी घटनाओं पर उसे हर बार लगता था कि राजनीति के इस पूरे तिकड़म को बेनकाब करने की जरूरत है। इस पूरी राजनीतिक प्रक्रिया को बदलकर ही समाज में बेहतरी बहाल की जा सकती है...। लेकिन वह समझ नहीं पाता कि यह कैसे और कहाँ से सम्भव हो सकता है? नीचे से ऊपर तक तिकड़मों का सघन जाल वह अनुभव कर रहा था। इस बीच अब अपने को वह इस वैचारिक क्षमता से युक्त पाता था कि स्थितियों का सही आकलन और विश्लेषण कर सके। राज्य-सत्ता अगर पूरे मन से चाह ले तो दंगा-फसाद, हत्या और अपहरण जैसे कुकृत्य समाज में रह ही नहीं सकते। इतिहास की पुस्तकों से वह जान चुका था कि राज्य-सत्ता की शक्ति के समक्ष कोई बाहरी फुटकर शक्ति टिक नहीं सकती...। लेकिन यहाँ तो अपनी गद्दी और ऐशो-आराम की सुरक्षा में इन घटनाओं को ही राज्य-शक्ति ने अपना कवच बना लिया है...। कभी उसे अवसर मिला तो वह बता देगा कि प्रशासन क्या होता है? नेताजी उसे अपना उत्तराधिकारी बनाने की बात कहते हैं। तब वे भी जान जाएँगे कि वह कैसा उत्तराधिकारी होगा—राजनीति के

छल-छद्मों का या जनता की आकांक्षाओं का? अपने गँवई युवा मन को वह हर बार जन भावनाओं के निकट महसूस करता था।

राव मानवेन्द्र बाबू के उठते ही जनार्दन ने आगन्तुक सज्जनों के आने और उनकी परेशानी की सारी बात बयान कर दी। अपनी ओर से उनकी व्यथा का समर्थन भी कर दिया—"वे तो मेरे बाप-दादों की उम्र के हैं...। उनका दुःख देखा नहीं जाता...।"

जवाब में अक्सर की तरह नेताजी ने उसे समझाया—"अधिक सेण्टीमेण्टल न बनो जनार्दन...। राजनीति और प्रशासन में सेण्टीमेण्टल बनकर नहीं रहा जा सकता...!"

जनार्दन नेताजी से बहस करना नहीं चाहता। वह जान चुका था कि इन पर अब दूसरा रंग चढ़ने वाला नहीं। उसे तो बस उनकी गतिविधियों को देखते जाना और उनकी बातें सुनते रहना है...।

शाम हो रही थी। नेताजी का दरबार लगने लगा था। लोकसभा का चुनाव निकट आते देख अब हर शाम उनके दरबारी जमने लगे थे। अकबर के दरबार की तरह उनके दरबार में भी नवरत्नों की कमी नहीं थी। वे नवरत्न चुनाव से पहले जाने कहाँ छिपे होते थे? चुनाव का मौसम आते ही बरसाती मेढकों की तरह आ पहुँचते थे। भले ही निर्माण का कोई सूत्र उनके पास न हो, विध्वंस के तो सारे सूत्र उन्होंने ईजाद कर लिए थे कि जब जिस क्षेत्र में चाहें, दंगा, फसाद, अपहरण और नरसंहारों को अंजाम दे दें। जिस क्षेत्र को जलाना चाहें, उसमें आग लगा दें। जिस क्षेत्र को शान्त बनाना चाहें, वहाँ फुहारों की वर्षा करा दें...। शायद चुनाव से पहले इन कार्यों की सिद्धि में ही लगे होते थे। सम्भवतः चुनाव के अवसर पर राजदरबारों में इसके मुआवजे के लिए ही एकत्रित होते थे...।

अपने दरबार में नेताजी के पहुँचने और विराजमान होने के बाद आदेशपाल उन दोनों सज्जनों को जनता के बैठकखाने से लेकर नेताजी के बैठके में चल पड़ा। नेताजी का दरबार उस वक्त राजनीतिक कार्यकर्त्ताओं के बैठकखाने में लगा था...। जनार्दन वहाँ पहुँच चुका था। वैसे इस दरबार में उसके होने की कोई अनिवार्यता नहीं थी। यह नेताजी के विश्वस्तों का दरबार था। इस दरबार की सुरक्षा व्यवस्था भी सख्त थी। फिर भी अपनी जिज्ञासाओं के तहत कभी-कभी वह आ ही जाता था। उन दोनों आगन्तुकों की पीड़ा के तहत ही वह पहुँचा था। उनके इस संकट पर नेताजी का समाधान जानना चाहता था...।

जनार्दन ने देखा, नेताजी के समक्ष पहुँचते ही वे दोनों सज्जन रोने लगे। अचानक उनकी वाणी जैसे अवरुद्ध हो गयी! जैसे अपने सर्वाधिक बड़े सहायक और सर्वाधिक प्रिय व्यक्ति के मिलने पर होता है, वैसी ही स्थिति उनकी हो गयी! एक

क्षण तक तो वे फूट-फूट कर रोते रहे। जनार्दन यहाँ फिर सेण्टीमेण्टल हो आया। उसकी आँखें भी भर आयीं। लेकिन नेताजी सहज बने रहे। उन्होंने इत्मीनान से उन लोगों से कहा—''आप लोग चुप हो जाइए...! कहाँ से आये हैं? क्या बात है? हम कोशिश करेंगे कि आपकी समस्या का समाधान हो जाए...!''

इस पर उनमें से एक ने कहा—''आप हमें भूल गये नेताजी...! हमें नहीं पहचाना? हम जोरपुर के डॉ. जयन्त के पिता और ससुर हैं। आप हमारे यहाँ दो-तीन मर्तबा आ चुके हैं। हमारे साथ घण्टों आपकी बातचीत हुई है...। हमने अपनी कविताओं की एक पुस्तक भी आपको दी थी...!''

जनार्दन ने अनुभव किया था, अपनी चुनाव-यात्रा के दौरान नेताजी जिस आत्मीयता से लोगों से मिलते थे उससे लोग जानने लगते थे कि वे उनके परिचित हो गये...। लेकिन वे किसी को नहीं जानते होते थे। उनका वह परिचय उस यात्रा जैसा ही मौसमी और अल्पजीवी होता था। फिर भी वैसे लोगों की उस धारणा को वे कायम रखते थे। अब उनकी उस धारणा को बरकरार रखते हुए उन्होंने कहा—''अच्छा तो आप लोग डॉ. जयन्त के पिता और ससुर हैं...। बहुत खूब...? आप लोग तो मेरे अपने हैं...। बैठिए-बैठिए...। बताइए क्या बात है? मैं आप लोगों की क्या सेवा कर सकता हूँ...?''

नेताजी के इस व्यवहार से वे दोनों सज्जन आर्द्र हो उठे। उनके मुरझाये चेहरे पर आशा की लकीरें उभरने लगीं। पास ही की खाली कुर्सियों पर बैठ अब वे अपनी व्यथा उँड़ेलने लगे। जनार्दन से जिन शब्दों में उन्होंने अपनी पीड़ा व्यक्त की थी उससे कहीं अधिक मार्मिक और गहरे शब्दों में अब वे अपने को निचोड़ रहे थे। इस दौरान एक से जो बात छूट जाती उसे दूसरा उसी तल्खी से व्यक्त कर देता। जनार्दन ने नेताजी को सब-कुछ बता दिया था। फिर भी उन सज्जनों के मुँह से वे सुन रहे थे, ताकि अपने दरबारियों को उन्हें अलग से बताना न पड़े। सारे दरबारी भी प्रसंग से स्वतः अवगत हो जाएँ...!

उनकी बात सुनने के बाद नेताजी ने अब उन्हें आश्वस्त किया—''आप लोग तनिक भी न घबराएँ...! हम अभी पता करते हैं...। देखते हैं, क्या हो सकता है?''—और वे पूरी तत्परता के साथ क्रियाशील हो गये। लगातार कई जगहों पर उन्होंने फोन से सम्पर्क किया। फोन पर ही किसी को डाँटा, किसी को आदेश दिया, किसी से परामर्श किया। उनकी बातचीत से साफ लग रहा था कि राज्य के पुलिस महानिदेशक, आला अफसरों, मन्त्रियों और अपनी पार्टी के पदाधिकारियों से वे बातचीत कर रहे हैं। इस बातचीत के बाद अब वे उन सज्जनों की ओर मुखातिब हो गये—''हमने पूरी राज्य मशीनरी को सक्रिय कर दिया है...। अब हम लग गये हैं...। डॉक्टर साहब का सुराग जल्द ही मिल जाएगा...। आप लोग निश्चिन्त रहें!

डॉक्टर साहब को कुछ हुआ नहीं है। उन्हें कुछ हुआ रहता तो मुझे पता चल जाता...!''

इसके बाद दरबार में उपस्थित जहूर नामक एक व्यक्ति को उन्होंने आदेश किया—''तुम इन लोगों को ले जाकर 'जान' से बातचीत करो...। ये हमारे बिल्कुल अपने लोग हैं। इनका काम होना चाहिए!''

जनार्दन जहूर नामक उस व्यक्ति को पहचानने लगा था। ऐसे मामलों के लिए नेताजी के दरबार का वह विशेषज्ञ था। अपने डील-डौल और कद-काठी से जनार्दन को वह स्वयं एक खूँखार अपहर्त्ता लगता था। नेताजी के सम्पर्क में दाढ़ी-मूँछ बनाकर वह खादी पहनने लगा था। लेकिन उसके चेहरे की सख्ती और आँखों का वहशीपन छिप नहीं पाता था। नेताजी ने अपनी कृपा के तहत उसे किसी कॉरपोरेशन का चेयरमैन बनवा दिया था। अब उस पद ने उसकी सारी हैवानियत छिपा ली थी...। वह नेताजी के अनुचरों जैसा ही था। उनके आदेश और संकेत की भाषा अच्छी तरह समझता था। नेताजी के आदेश पर वह तत्क्षण सक्रिय हो गया, जैसे इसी की प्रतीक्षा में यहाँ आया हो! उन सज्जनों को लेकर अब वह चल पड़ा। उसके साथ जाने से पूर्व उन सज्जनों ने एक बार फिर याचक की भाँति नेताजी को देखा जवाब में नेताजी ने उनकी याचना का समाधान कर दिया—''आप लोग 'जहूर' को नहीं जानते। ये मेरे सबसे विश्वासी व्यक्ति हैं। इनकी क्षमता का पता आप लोगों को तब चलेगा जब आपका कार्य हो जाएगा...!''

नेताजी के इस आश्वासन के बाद जहूर के साथ वे चल पड़े। जनार्दन उन्हें जाते हुए देखता रहा। उसे पता था, ऐसे लोगों को लेकर जहूर किसी होटल में जाएगा। पहले नेताजी की महानता का खूब बखान करेगा। फिर उनके साथ सौदेबाजी पर उतर आएगा। लेकिन सौदेबाजी भी मधुर लहजे में इस कथन के साथ कि यह कोई फिरौती नहीं, छुड़ानेवाले कार्यकर्त्ताओं को बक्शीशनामे के तौर पर है। वह बताएगा कि अपने कार्यकर्त्ताओं को खुश करके ही वे ऐसे जटिल काम करा पाते हैं, आदि आदि।

नेताजी ने जिस 'जान' से बात करने के लिए कहा था, वैसे 'जान', 'मान', 'शान' नाम के कई व्यक्ति नेताजी की टीम में थे, जिन्हें जनार्दन अब जानने लगा था। वे विभिन्न क्षेत्रों से आते थे। उनके वास्तविक नाम कुछ और होते थे, लेकिन इन्हीं कोड नामों से नेताजी और उनका वह विश्वासी दरबारी 'जहूर' उन्हें सम्बोधित करता था। वे अपने-अपने क्षेत्र के महारथी होते थे...। नेताजी के पास पहुँचे आगन्तुक अब चाहे कम दें या अधिक, उनका काम कर दिया जाता था। हालाँकि इस मामले में उनका वह विश्वस्त दरबारी 'जहूर' बहुत चतुर था। आगन्तुकों की स्थिति के अनुसार सहयोग राशि उनसे वसूल कर ही लेता था...।

जनार्दन से नेताजी ऐसे कार्य भरसक छिपाते थे। नहीं चाहते थे कि वह इसकी तह तक पहुँचे। लेकिन उसका खोजी मन पहुँच ही जाता था। वैसे नेताजी उसे समझाते हुए दूसरे शब्दों में ऐसे कार्यों के औचित्य को सही भी साबित करते थे–"ये लोग बड़े कुटिल होते हैं जनार्दन...। पैसा कमाने के लिए निरीह जनता को लूटते हैं। ये डॉक्टर, मरीज की नब्ज टटोलने से पहले उसकी गाँठ टटोलते हैं...। मरीजों की जिन्दगी से खिलवाड़ करते हैं...। जिसे किसी ऑपरेशन की जरूरत नहीं होती, पैसे के लिए उसका पेट भी खोल देते हैं...। मोटी रकम थाम कर पोस्टमार्टम रिपोर्ट बदल देते हैं। मरीजों को लूट-लूट कर अपनी आलीशान हवेली और प्राइवेट अस्पताल बनाते हैं...। किसी सामाजिक कार्य के लिए, पार्टी के कल्याण कोष के लिए, देश और समाज के विकास के लिए, कभी स्वेच्छा से चन्दा नहीं देते हैं। जब किन्हीं अपहर्त्ताओं के चक्कर में फँसते हैं तब हमें याद करते हैं...। देखते नहीं हो, कोई डॉक्टर, इंजीनियर, सेठ, उद्योगपति, दो नम्बर की आय वाले पदाधिकारी कभी यह इच्छा लेकर आते हैं कि अपनी पूँजी वे समाजसेवा या देशसेवा में लगाना चाहते हैं। सब अपनी व्यक्तिगत अट्टालिका खड़ी करने में लगे होते हैं। सब निरीह जनता का ही दोहन करते हैं...। जब तक इनकी अपनी गर्दन नहीं फँसती...इन्हें जनता के नेता याद नहीं आते...।"

नेताजी के इस ढुलमुल और अनैतिक तर्क पर जनार्दन कोई जवाब नहीं देता। लेकिन उसका मन अन्दर-ही-अन्दर सुलगता रहता। अपहरण और लूट-खसोट को सही साबित करने का इसे अराजक और स्वेच्छाचारी तर्क मानता...।

जनार्दन अब और देर तक वहाँ बैठा नहीं रह सका। उन सज्जनों के जाते ही दरबार से उठकर चला आया। वह अपने मन को समझाता रहा कि इसमें कहीं से भी वह भागीदार नहीं। यहाँ बने रहना और यह सब देखना उसकी मजबूरी है। इसके बावजूद उसका खोजी और जिज्ञासु मन इन स्थितियों के पार मार्ग तलाशता रहा...।

जैसे-जैसे जनार्दन नेताजी का निकटस्थ होता और उनकी गतिविधियों का जानकार बनता जा रहा था, वैसे-वैसे वे उसे समझाते जा रहे थे। वे नहीं चाहते थे कि उनके प्रति जनार्दन का विश्वास खण्डित हो, इसीलिए अपने गलत लगने वाले कार्यों का औचित्य उसके समक्ष साबित करते...।

प्रायः रोज ही छोटे-बड़े अनेक कार्यों के सिलसिले में विभिन्न लोग नेताजी से मिलते थे। पर वे कभी किसी को निराश नहीं करते थे। मधुर वचनों और स्नेहिल आश्वासनों से सबका परितोष कर उन्हें वापस करते थे, जबकि जनार्दन जानता था, ऐसे लोगों में किसी का काम वह नहीं करते थे। वह कार्य तो उन्हीं का करते थे जो कार्य के एवज में उन्हें तृप्त करते थे तथा उनके लिए उपयोगी होते थे...। इस

सम्बन्ध में वे जनार्दन को समझाते—"अपने देशवासियों के अधिकांश मर्ज मानसिक होते हैं जनार्दन। उनके मन का इलाज कर दो तो वे ठीक हो जाते हैं...। अपने कार्य से अधिक उस कार्य के होने-न-होने की चिन्ता ही उन्हें परेशान बनाये होती है। उनकी पहली आवश्यकता मीठे वचनों और आश्वासनों से उनकी तृप्ति होती है। उनकी आधी समस्याओं का निदान इसी से हो जाता है...। उनके बहुत सारे कार्य समय के अनुसार स्वतः पूरे होते हैं। जो कार्य पूरे नहीं होते, बीतते समय के अनुसार उसके दबाव से भी वे मुक्त हो जाते हैं...। बस, समझ लो, राजनीति में किसी को सीधे 'ना' नहीं कहा जाता...। इस एक मन्त्र से अपने सम्पर्क की जनता को साधे रखा जा सकता है...।"

जनार्दन देख रहा था, अपने चुनाव दौरों में भी नेताजी ऐसे आश्वासनों की वर्षा करते रहते थे। हर खेत को पानी और हर हाथ को काम उनका आर्ष वाक्य होता था। गरीबी दूर करने, गाँवों को स्वर्ग बनाने, सड़कों का निर्माण, स्कूल और अस्पताल खोलने की घोषणा, क्या-कुछ वादा वे नहीं करते थे। पर कभी किसी क्षेत्र के वादे की पूर्ति में जनार्दन ने उन्हें सक्रिय नहीं देखा था। अपने आचरण के इस औचित्य को कुछ दूसरे शब्दों में भी वे जनार्दन से व्यक्त करते—"सरकार के पास जादू की कोई छड़ी नहीं होती जनार्दन कि लोगों की हर माँग पूरी कर दे। अपने सीमित साधनों में हमारी सरकार जितना कर रही है, वह बहुत है। हमारे लोग लालची कम नहीं हैं। उनकी एक माँग पूरी कर दो कि बस दूसरी माँग लेकर पहुँच जाते हैं। उनकी माँग बनी रहे, तभी तक हमारा महत्त्व भी बना रहता है...। राजनीति समझने की चीज होती है जनार्दन! जो राजनीति की समझ नहीं रखते वे जनता के लिए अपना खजाना लुटा कर भी जनता के नेता नहीं बन पाते...। शासन की बागडोर सम्भालना कोई आसान काम नहीं...।"

नेताजी की इन बातों से अपने प्रति भी जनार्दन के मन में यह धारणा कायम होने लगी थी कि कहीं अन्य लोगों की भाँति राजनीति में उसे अपना उत्तराधिकारी बनाने या राजनीति के माध्यम से एक प्रभावशाली पद देने के नाम पर नेताजी उसे भी तो छल नहीं रहे? जो सारे लोगों को छलता हो उस पर विश्वास क्या करना? सम्भवतः पारखी नेताजी उसके मन की यह बात भी ताड़ जाते थे, इसीलिए उसे फिर-फिर आश्वस्त करते रहते—"तुम अभी राजनीति की दुनिया के लिए नये हो जनार्दन, इसीलिए तुम्हें समझा देता हूँ कि और लोगों के साथ मेरा व्यवहार देख तुम कहीं यह न समझ लेना कि तुम्हारे साथ भी ऐसा ही कुछ होगा। बस, यह समझ लो कि अपनी जान से बढ़कर प्यारी चीज किसी के पास दूसरी नहीं होती। अपनी जान के बाद ही सारी दुनिया होती है। मेरी इस जान को तूने और तेरे पिता तिरबेनी ने बचाया है। तू मेरी जान का रक्षक है। बस—समझ ले, तेरे लिए जो भी कहता

हूँ, वह करके दिखाऊँगा...। तू तो देख ही रहा है, नन्दिता की राजनीति में तनिक भी रुचि नहीं...। पहले वह डॉक्टर बनना चाहती थी...। अब उसके ऊपर प्रोफेसर बनने की धुन सवार हो गयी है। राजनीति में तो अपना असली उत्तराधिकारी मुझे तुझे ही बनाना है...! तेरी रगों में तिरबेनी का खून है...। तू पलटने वाला नहीं। तुझे राजनीति में जहाँ खड़ा कर दूँगा वहाँ तू खूँटे की तरह अड़ा रहेगा। तेरी निष्ठा और क्षमता से मैं परिचित हूँ। राजनीति में तेरे आने से मुझे बहुत बल मिला है...!"

नेताजी की कोठी पर जैसे समय को पंख लग गया था। जनार्दन के गाँव-घर की तरह यहाँ समय ठहरता नहीं था। देखते-देखते वह बी. ए. के अन्तिम वर्ष में पहुँच गया था। नेताजी के यहाँ यह उसका पाँचवाँ वर्ष चल रहा था। दो वर्ष आई. ए., तीसरा वर्ष बी. ए. पार्ट वन, चौथा वर्ष बी. ए. पार्ट टू और यह पाँचवाँ वर्ष बी. ए. फाइनल था। इस परीक्षा के बाद अब नेताजी उसे कार्य-क्षेत्र में उतारने और पदासीन करनेवाले थे। हालाँकि इस बीच अपने निजी कार्यालय के सचिव के रूप में वे उसे एक नियत दरमाह भी देने लगे थे। अपने कॉलेज और नन्दिता की फुटकर आवश्यकताओं के बाद अब वह उनके निजी कार्यालय में ही ज्यादा समय देता था। नेताजी उसे जो दरमाहा देते थे, वह सीधे अपने पिता के पास भेज देता था। यहाँ रहने, खाने और ओढ़ने-पहनने की सारी व्यवस्था थी ही। यहाँ उस दरमाहे की उसे कोई आवश्यकता नहीं थी। वहाँ गाँव पर उसके उस छोटे दरमाहे से ही उसके पिता निहाल हो उठे थे। गाँव जाने पर वह पाता था कि उसके द्वारा भेजे उस दरमाहे को संचित कर उसके पिता कभी घर की मरम्मत कराते, तो कभी दरवाजे पर कोई दुधारू धेनु (गाय) ला बाँधते। पूरे गाँव में यह चर्चा फैल गयी थी कि तिरबेनी का पासा पलट गया है, भाग्योदय हो गया है! गाँव के लोग उसे भी कमासुत और लायक बेटा मानने लगे थे...।

जनार्दन ने कॉलेज की अपनी पढ़ाई में भी नेताजी का सीधा प्रभाव लक्ष्य किया था। प्रोफेसर, विभागाध्यक्ष, प्राचार्य, रजिस्ट्रार, कुलपति कौन उनके दरबार में नहीं आता था। वह नियमित कॉलेज नहीं जा पाता था। फिर भी कम उपस्थिति के नाम पर उसे कभी किसी परीक्षा में बैठने से रोका नहीं गया। नेताजी के दरबार में पहुँचने वाले प्रोफेसर और विश्वविद्यालय पदाधिकारी उसे नेताजी का आत्मीय और स्नेहभाजन जान स्वयं पहल करते—"किस ईयर की परीक्षा दे रहे हो...?"

जवाब में शुरू में वह फर्स्ट ईयर कहता था, बाद में सेकेण्ड ईयर, फिर थर्ड ईयर...! इस पर वे चट बोल उठते—"अच्छा...। बस, अपना रोल नम्बर लिखकर दे दो...।"

फिर परिणाम घोषणा से पहले ही उसका रिजल्ट लेकर वे उपस्थित हो जाते। वह चकित रह जाता। बगैर नेताजी के कहे सिर्फ उनके सान्निध्य का यह प्रभाव था। अगर वे स्वयं कह देते तो जाने उसके कॉलेज शिक्षक और विश्वविद्यालय पदाधिकारी क्या करते? लेकिन इस भरोसे अपनी पढ़ाई के प्रति अपनी पकड़ उसने कभी ढीली नहीं की। अपने पिता को वह धोखा देना नहीं चाहता था। यह अपनी उस पढ़ाई की समझ का ही असर मानता था कि नेताजी के यहाँ से संचालित राष्ट्रीय राजनीति को वह समझने लगा था...। एक कील की धुरी पर चक्कर काटती धरती का रहस्य अब जानने लगा था।

उस दिन भी जनार्दन नेताजी के निजी कार्यालय में रोज की तरह बैठा था। अचानक हॉर्न के साथ फाटक के अन्दर घुसती लाल रंग की उस खूबसूरत कार की ओर उसकी निगाह चली गयी। वह उस कार और कार सवार को जानता था। वह प्रोफेसर बनर्जी की कार थी। इधर कुछ दिनों से वे नन्दिता को पढ़ाने आ जाते थे। तपिश के इस मौसम में उन्होंने शाम का यही समय निर्धारित किया था। घण्टे-डेढ़-घण्टे तक नन्दिता को पढ़ाने के बाद वे चले जाते थे। अपने विषय के वे विद्वान शिक्षक थे। छात्रों के बीच उनकी अद्‌भुत लोकप्रियता थी। ट्यूशन की बेहिसाब आय ने ही उन्हें राजधानी का एक मशहूर प्रोफेसर बना दिया था। उनके यहाँ सुबह से लेकर रात दस बजे तक छात्रों की बैचें लगती थीं। वे किसी छात्र को पढ़ाने के लिए उसके घर नहीं जाते थे। यह नेताजी का पहला घर था, जहाँ वह नन्दिता को पढ़ाने आते थे। शायद नेताजी के प्रभाव का ही यह असर था।

नन्दिता के बारे में नेताजी के कथन को भी जनार्दन यहाँ सही पा रहा था। बी. एस-सी. करने तक वह डॉक्टर बनना चाहती थी। अब एम. एस-सी. के अन्तिम वर्ष में पहुँचते ही प्रोफेसर बनने का उसने निर्णय कर लिया था। अपने विषय के विशेषज्ञ डॉ. बनर्जी से इसी उद्देश्य के तहत पढ़ने लगी थी। डॉ. बनर्जी की तरह ही वह लोकप्रिय प्रोफेसर बनना चाहती थी। इस सम्बन्ध में उसने जनार्दन से भी कहा था—"डॉक्टरी के नीरस पेशे में कुछ नहीं रखा है जनार्दन! मजा है तो बस प्रोफेसरी में...। जिधर चलो उधर 'प्रणाम सर!' 'प्रणाम सर' की आवाजें। गुरु बन कर जीने का सुख!"

प्रोफेसर बनर्जी ने हमेशा की तरह कोठी परिसर के लान में अपनी गाड़ी खड़ी कर दी। फिर किसी राजकुमार की तरह गाड़ी से उतरकर वह नन्दिता के स्टडीरूम की ओर चल पड़े। भगवान ने उन्हें गजब का रूप दिया था। पचास की अवस्था के बाद भी उनकी कद-काठी और जवानी यथावत् कायम थी। कॉलेज के छात्र-छात्राओं के बीच एक सुन्दर और सजीले प्रोफेसर के रूप में भी उनकी जोड़ का कोई दूसरा नहीं था। उनके बारे में यह चर्चा थी कि सुबह तीन बजे ही वे उठ जाते थे। फिर

नित्यक्रिया से निबट घण्टे-भर तक आसन-प्राणायाम करते थे। उसके बाद अपने कार्य में लगते थे। शायद यह उनके आसन-प्राणायाम और नियमित-अनुशासित दिनचर्या का ही परिणाम था...। वह कॉलेज में भी छात्रों से कहा करते थे—''साउण्ड माइण्ड लिव्स इन साउण्ड बॉडी। (स्वस्थ शरीर में ही स्वस्थ दिमाग का वास होता है)।''

प्रोफेसर बनर्जी के आगमन का समय लक्ष्य कर नन्दिता अपने स्टडी रूम के दरवाजे पर ही उपस्थित थी। उसने नजदीक आते प्रोफेसर बनर्जी का मुस्कराते हुए आगे बढ़कर स्वागत किया—''प्रणाम सर! आइए सर! मैं आपकी ही राह ताक रही थी...!''

प्रोफेसर बनर्जी नन्दिता के साथ उसके स्टडी रूम के अन्दर चले गये...। इधर दो-चार दिनों से जनार्दन अनुभव कर रहा था, ऊपर से तो नन्दिता प्रोफेसर बनर्जी को 'प्रणाम सर' अवश्य कहती थी, पर व्यवहार अपने किसी चहेते दोस्त की भाँति ही करती थी। प्रोफेसर बनर्जी की गम्भीरता को भी उसने खण्डित होते अनुभव किया था। नन्दिता के साथ हँसते-मुस्कराते और रस ले-लेकर बात करते हुए उन्हें देख कर लगता ही नहीं था कि कॉलेज वाले ये वही प्रोफेसर बनर्जी हैं...।

''जनार्दन, जरा इधर आना'' की नन्दिता की पुकार पर वह निजी कार्यालय से निकल चल पड़ा। अवश्य नन्दिता बाहर से कुछ मँगाने के लिए उसे पुकार रही है। उसका अनुमान सही था। नन्दिता ने उसे देखते ही फरमाइश की—''गर्म समोसे और गुलाब जामुन लेकर जल्दी से आ जाओ जनार्दन...। उस मोड़ वाली दुकान से ही लेना जो बढ़िया बनाता है। बोल देना कि नेताजी के यहाँ जा रहा है। आज सर के साथ समोसे और गुलाब जामुन खाने की इच्छा है। तुम अपने लिए भी ले लेना...।''

जनार्दन ने लक्ष्य किया, नन्दिता आज चहक रही थी। अन्य दिनों की अपेक्षा ज्यादा उल्लसित और खुली-खुली दिख रही थी। उसके चेहरे पर विशेष चमक आ गयी थी और आँखों में हल्की लाली लहरा रही थी। जनार्दन की आँखों में सहसा ही उस दिन की उसकी वह छवि कौंध गयी। उस दिन भी नन्दिता के चेहरे पर ऐसा ही उल्लास फूट रहा था और आँखों में ऐसी ही लालिमा लहरा रही थी। जनार्दन को अपनी ओर ताकते देख नन्दिता कुछ असहज हो गयी। वह नहीं चाहती थी कि जनार्दन उसका यह परिवर्तित रूप लख पाये, इसीलिए उसने जल्दबाजी प्रकट करते हुए कहा—''जल्दी करो जनार्दन। सर का समय बहुत महत्त्वपूर्ण है। देर न करो...!''

जनार्दन चल पड़ा। इस दौरान उसने महसूस किया, नन्दिता की परिवर्तित अदा के साथ प्रोफेसर बनर्जी के चेहरे की चपलता भी बढ़ गयी थी। उन्होंने नन्दिता की बात का समर्थन करते हुए कहा—''जल्दी लाना जनार्दन। तेजी से जाना और

तेजी से आ जाना। मैं अधिक देर नहीं रुक सकता...!"

जनार्दन का मन आशंकित हो गया। गुरु के साथ नन्दिता का यह रवैया...! उम्र का फासला! शिष्या का सम्बन्ध...! फिर भी ऐसा मित्रवत् व्यवहार...! लेकिन अपनी इस आशंका को जनार्दन ने यहीं लगाम दे दी। उसका यह अनुमान वहम भी तो हो सकता है। सम्भव है, यह नन्दिता के खुले व्यवहार का तकाजा हो। बड़े घराने की पुत्री का विकसित आचरण। गुरु को खिलाना-पिलाना और प्रेम से मिलना कोई गलत बात तो नहीं। गुरु-शिष्य के बीच हर वक्त गम्भीरता कायम रहे, कोई जरूरी नहीं। इसके बावजूद जनार्दन के मन के किसी-न-किसी कोने से यह आवाज आ रही थी कि नन्दिता के चेहरे की परिवर्तित भंगिमा और प्रोफेसर बनर्जी की अतिरिक्त चपलता सिर्फ व्यवहार की माँग भर नहीं हो सकती...!

गरम समोसे और गुलाब जामुन ले जनार्दन वापस चल पड़ा। मोड़ का वह दुकानदार उसे पहचानने लगा था। अपना माल खपाने के लिए अन्य ग्राहकों को बासी भी दे देता था। लेकिन कोठी के नाम पर जनार्दन को कभी बासी नहीं देता था। ताजा उपलब्ध न होने पर कह देता था—"अभी तैयार नहीं। थोड़ी देर बाद आकर ले जाइएगा।"

नेताजी के घर के नाम पर उसकी यह ईमानदारी देख जनार्दन चकित रह जाता था। उसके जानते नेताजी ने कभी उसकी मदद की हो, या कोटे से चीनी आदि ही दिलवा दी हो, ऐसा भी नहीं था। वह जो मिठाइयाँ और नमकीन देता था, उसकी कीमत भी अन्य ग्राहकों से अधिक नहीं लेता था। फिर भी नेताजी के घर के नाम पर वह वफादार और सजग सचेत बना रहता था। शायद यह नेताजी के प्रभाव का ही असर था। पर जनार्दन के अनुसार यह उसकी अविकसित समझ की खिदमतदारी...! सत्तासीन व्यक्ति के समक्ष अनुचर बनकर जीने की लोक-परम्परा का रूप। उसके लिए तो सभी ग्राहक समान होने चाहिए थे। उसकी दुकानदारी का बेहतर मापदण्ड यही होता। लेकिन सदियों से जनता को सामान्य और नेता को विशिष्ट समझने की अपनी धारणा वह नहीं झटक सका था। जनार्दन अनुभव कर रहा था कि जिस देश में पढ़े-लिखे और शिक्षित-विकसित लोग इससे मुक्त नहीं हो पाये हों, वहाँ उस जैसे एक सामान्य दुकानदार का इससे मुक्त हो पाना कहाँ सम्भव था...!

नन्दिता के स्टडी रूम में पहुँचते हुए जनार्दन ने पाया कि प्रोफेसर बनर्जी के साथ वह खिलखिला रही थी। शायद किसी दिलचस्प प्रसंग पर उनकी बातचीत चल रही थी। जनार्दन की उपस्थिति से उस बातचीत में खलल अनुभव कर नन्दिता ने जल्दी से एक प्लेट में दो समोसे और दो गुलाब जामुन निकालकर जनार्दन की ओर बढ़ाया—"इसे लो जनार्दन और अपने कार्यालय में जाकर खा लो...। हमें अब और किसी चीज की जरूरत नहीं...!"

जनार्दन लेना नहीं चाहता था। उसने कहा—"अभी नाश्ते की मेरी इच्छा नहीं मेम साहब! आप लोग खाएँ...!"

इस पर नन्दिता ने अब आदेश जैसा दिया—"जब इच्छा हो, तभी खाना। यह तुम्हारा हिस्सा है। इसे ले जाकर अपने कमरे में रख दो...!"

जनार्दन को न चाहते हुए भी अब प्लेट थामनी पड़ी। अपने कमरे में आने के बाद भी नन्दिता की इस जल्दबाजी ने उसे सहज नहीं होने दिया। एक साहित्यिक पत्रिका का नया अंक आया था। वह पढ़ने लगा। अपने ध्यान को इस अनावश्यक प्रसंग से हटाकर वह दूसरी ओर केन्द्रित करना चाहता था। पर उसके मन को चोर था कि हर बार नन्दिता के स्टडीरूम के दरवाजे जा लगता था। नन्दिता के स्टडी रूम से आती परिवर्तित ध्वनि से उसके कान खड़े होते जा रहे थे। अचानक नन्दिता की मीठी आवाज़ उसे सुनाई पड़ी—"पहले दरवाजा बन्द कर लीजिए सर...!"

फिर दरवाजे पर प्रोफेसर बनर्जी के हाथ उसे नजर आये। प्रोफेसर बनर्जी ने फुर्ती से दरवाजा बन्द किया। यहाँ हठात् जनार्दन के कानों में अपने साथ नन्दिता की वह पहली आवाज भी गूँज गयी—"पहले दरवाजा बन्द कर दो जनार्दन...!" उसका पूरा वजूद अब झनझना उठा। हालाँकि यह झनझनाहट उस दिन वाले आकर्षण और उत्तेजना की उपज नहीं थी, खीझ और आवेश की चरम परिणति थी।

जनार्दन की आशंका सही साबित हुई। नन्दिता के स्टडीरूम का दरवाजा जब खुला प्रोफेसर बनर्जी और नन्दिता दोनों अपने को सहज-सामान्य बनाते नजर आये। जनार्दन के निकट के इस कमरे से नन्दिता के खुले दरवाजे का दृश्य गोपन नहीं रह पाया था...। प्रोफेसर बनर्जी जब अपने को ठीक-ठाक कर नन्दिता से विदा ले चल पड़े तो जनार्दन रास्ते पर आ डटा। इस बार प्रोफेसर बनर्जी को छोड़ने नन्दिता अपने स्टडीरूम से बाहर नहीं निकली। कमरे के अन्दर से ही उन्हें विदा कर दिया। शायद इस अवस्था में बाहर तक आना उसने मुनासिब नहीं समझा। जनार्दन अब पूरी उद्दण्डता के साथ प्रोफेसर बनर्जी के रास्ते पर खड़ा था। गुरु के प्रति उसके मन का सारा राग जैसे बह गया था। अपनी आँखों की हिकारत को प्रोफेसर बनर्जी की आँखों में वह उतार देना चाहता था। पर उस्ताद बनर्जी ने इसका अवसर ही उसे नहीं दिया। बगैर उससे आँख मिलाये कतराकर निकल गया। अपनी कार में बैठकर उसका जाना जनार्दन देखता रहा...!

अब वह नन्दिता की ओर पलट गया। चाहते हुए भी अपने को रोक नहीं सका। उस वक्त अपने को सहज बनाती नन्दिता सोफे पर बैठी थी। दरवाजे पर खड़े जनार्दन की आँखें अंगारे बरसा रही थीं। अपनी आँखों के अंगारों से ही जनार्दन उसे जला डालना चाहता था। उसकी यह मुद्रा देख नन्दिता का तुष्ट-तृप्त चेहरा तत्क्षण सख्त हो आया। अपने अधिकार का इस्तेमाल करते हुए उसने पूछा—"क्या

है जनार्दन? इस तरह क्या देख रहा है?"

जवाब में उसने किंचित् आवेश के साथ कहा—"अपने से पूछिए क्या देख रहा हूँ?"

यह सुन नन्दिता आगबबूला हो उठी—"खबरदार जनार्दन! मैं देख रही हूँ, इधर तेरी शरारत बढ़ती जा रही है...!"

जनार्दन भी अपने को जब्त नहीं कर सका—"प्रोफेसर बनर्जी ने स्टडीरूम का दरवाजा बन्द क्यों किया था?"

अब नन्दिता के बदन में तो जैसे आग लग गयी—"क्या हो गया अगर दरवाजा बन्द कर दिया था तो? तुम होते कौन हो पूछनेवाले? तुमने ऐसी हिम्मत कैसे की?"—क्रोध में बिफरती जा रही थी नन्दिता—"मैं तुमसे पूछती हूँ जनार्दन, तुमने ऐसी हिम्मत कैसे की? तुम कौन होते हो पूछनेवाले?"

नन्दिता का यह उग्र रूप देख जनार्दन का आवेश स्वतः खत्म हो गया। नन्दिता ठीक ही तो कह रही थी वह कौन होता है पूछने वाला? उसका क्या अधिकार? जंगल के उन्मुक्त शेर की उसकी मानसिकता क्षण भर में ही सर्कस के कैदी शेर की बन गयी, जहाँ रिंग मास्टर के आदेश पर उसका आचरण निर्भर था...। अपने कार्यालय में आकर ऐसी अन्यमनस्कता के बीच वह घिर गया कि समय का चेत भी उसे नहीं रहा! जब परिसर के मेस-महाराज ने रात के खाने के लिए उसे बुलाया, तब उसे अपना ख्याल आया। इतनी देर तक तो वह कार्यालय में कभी नहीं बैठता था। उसकी इच्छा खाने की भी नहीं थी। पर जानता था, नहीं खाने पर किस-किस को जवाब देगा—"क्यों नहीं खाया? क्या हुआ है? कैसी तबीयत है?" वह बात का बतंगड़ बनने देना नहीं चाहता था, इसीलिए अनिच्छा से ही सही, खाने चल पड़ा।

खाने के नाम पर एकाध चपातियों से ही रस्म-अदायगी कर जब जनार्दन लौटने लगा तो मेस के महाराज ने कहा—"कुमारी मेम साहब ने आपको बुलाया है। कहा है कि जनार्दन खाकर लौटने लगे तो भेज देना!"

महाराज की बात सुन जनार्दन फिर अन्यमनस्क हो उठा। अब क्यों बुला रही है नन्दिता? क्या चाहती है? अनिच्छा के बावजूद उसका आदेश वह नहीं ठुकरा सका। कोठी के अन्दर चल पड़ा। नन्दिता कोठी के आन्तरिक बैठके में थी। उसकी माँ रात के अपने पूजे पर थीं। अपने पति पर उस हमले की साजिश के बाद से ही वे दोनों समय पूजा पर बैठने लगी थीं। उन दोनों ने अभी रात का खाना भी नहीं खाया था। नेताजी का दरबार अभी समाप्त नहीं हुआ था। नेताजी के आने के बाद ही उन्हें साथ-साथ खाना था।

जनार्दन ने अनुभव किया, नन्दिता उसकी प्रतीक्षा में ही थी। उसे देखते ही

अपनी 'इजी चेयर' से उठकर उसके समीप आ गयी—"तू मुझसे नाराज हो गया है जनार्दन?" उसकी मधुर आवाज जनार्दन के कानों में बज उठी। एक क्षण के लिए तो उसे अपने कानों पर विश्वास नहीं हुआ। उसने गौर से देखा, नन्दिता का सहज, शान्त और स्निग्ध चेहरा अपनी शीतलता बिखेरता जान पड़ रहा था। उसे अपनी ओर उन्मुख पा नन्दिता अब और आत्मीय लहजे में बोल उठी—"सचमुच तू बहुत नाराज हो गया है। मैंने तुझे डाँट दिया है!"

अब वह गम्भीर हो गया—"नहीं मेम साहब! आपने तो कुछ भी नहीं कहा...। वह तो आपका अधिकार था...।"

इस पर नन्दिता और आर्द्र हो उठी—"मुझे बहुत अफसोस है जनार्दन। मैं नहीं चाहती हूँ कि तुम्हें तनिक भी तकलीफ हो, पर तू कभी-कभी ऐसी ऊटपटाँग हरकत करने लगता है कि न चाहते हुए भी बोलना पड़ जाता है...।"

इसके बाद जनार्दन के और करीब होकर उसके माथे पर प्यार से अपने हाथ फिराते हुए उसने कहा—"अच्छा, तो अब तो खुश हो जा...! तू तो मेरा प्यारा जनार्दन है...! प्यारा दोस्त!"

जनार्दन उसके इस व्यवहार पर भी पूर्ववत् बना रहा। अब उसका अन्तर नन्दिता के इस परिवर्तित आचरण से नहीं पसीज सका। इस पर अब नन्दिता ने अपने अन्तिम अस्त्र के रूप में शोखी से मचलते उसके गालों में चुटकी ले ली। फिर स्नेह से उसकी पीठ थपथपाते हुए कहा—"जा सो रह...! मैं तुझसे नाराज नहीं हूँ...। मैं तुझसे नाराज नहीं हो सकती!"

जनार्दन अपने कमरे में चला आया। पहले ज़ख्म, फिर मरहमपट्टी! नेताजी की यह पुत्री उसे निरा गँवई ही समझती है। अपने रूप और जवानी को अपना अमोघ अस्त्र मानती है। उस क्षण इसका रूप दूसरा था, अब दूसरा हो गया था। जनार्दन उस रात भी सारी रात उसके चरित्र का विश्लेषण करता रहा। वंशगत चेतना के पीढ़ीगत संचरण की बात उसने सुनी थी। अब इसे देख भी रहा था। जैसा पिता, वैसी पुत्री...। पिता के खेल का मैदान राजनीति था, पुत्री के खेल का मैदान दैहिक सम्बन्धों का अखाड़ा। जनार्दन अनुभव कर रहा था कि अपने-अपने मैदान के दोनों मँजे हुए खिलाड़ी थे, दाँव-पेंच में माहिर और उस्ताद...। अपनी जानकारियों में जनार्दन निरन्तर इजाफा महसूस करता जा रहा था। उसने लोगों के अन्दर तीसरी दृष्टि विकसित होने की बात सुनी थी। अब अपने खुद के अन्दर वह इसका उदय पा रहा था। उसके पिता उसे यहाँ नहीं लाये होते तो इस विलक्षण अनुभव-संसार से वह वंचित ही रह जाता...।

इस घटना के दो सप्ताह बाद ही एक और ऐसी घटना घट गयी जो जनार्दन के लिए अनहोनी ही साबित हुई। हालाँकि वह घटना घटी नहीं, घटा दी गयी थी।

उस घटायी घटना की परिणति ने ही जनार्दन को इस भावभूमि में पहुँचा दिया, जिसका आभास उसकी तीसरी दृष्टि को भी नहीं था। उसके अन्दर ऐसा सख्त परिवर्तन हो जएगा, इसका अनुमान स्वयं उसने भी नहीं किया था।

वह रविवार का एक खुला दिन था। मौसम के लिए उपयुक्त और बेहतर। हालाँकि कोठी परिसर का हर दिन ही मौसम के लिए संगत बनकर आता था। राजनीति में नेताजी के नियन्त्रण की ही भाँति कोठी परिसर का नियन्त्रण भी मौसम पर कायम था। बरसात की कीचकाच और गलाजत, गर्मी की जलन और त्रास, जाड़े की कड़कड़ाती ठण्ड और सर्द रातें, किसी की भी उपद्रवी भूमिका यहाँ नहीं। अपने गाँव पर हर मौसम में जनार्दन ने अपने ग्रामवासियों को परेशान और उद्विग्न अनुभव किया था। एक मौसम के जाने और दूसरे के आने से सब राहत की साँस लेते थे। पर दूसरे मौसम की प्रखरता की चपेट में फिर त्रस्त हो उठते थे। लेकिन कोठी परिसर में रहते हुए किसी मौसम की विभीषिका को तो उसने जाना ही नहीं था। यहाँ का सदाबहार मौसम प्राकृतिक परिवर्तनों की पकड़ से भी बाहर था।

रविवार का चुनाव इसीलिए किया गया था कि वह घोषित छुट्टी का दिन था। अपनी सख्त दिनचर्या में जीने वाले लोगों के लिए भी उन्मुक्त होकर जीने का दिन...। अपने यहाँ किसी कार्यक्रम का आयोजन कर दूसरों को बुलाने का दिन। नये सम्बन्धों के बनने और बनाने का दिन! इसी दिन नेताजी के यहाँ आर. अण्डमान को निमन्त्रित किया गया था...। आर. अण्डमान राजनीति में राव मानवेन्द्र बाबू की तरह ही शिखर पुरुष था। उसके साथ पार्टी के जितने विजयी उम्मीदवार थे उससे पार्टी पर उसका दबदबा सबसे अधिक था। उसके इस दबदबे से पार्टी के कई सीनियर नेता आतंकित थे। राव मानवेन्द्र बाबू का तो वह पक्का विरोधी था। पार्टी में उसके विरोध के चलते ही राव मानवेन्द्र बाबू प्रधानमन्त्री होते-होते रह जाते थे। उसके विरोधी बने रहने तक राव मानवेन्द्र बाबू आगे बढ़नेवाले नहीं थे। उनके राजनीतिक कैरियर में वह एक बैरियर था। वह तो इस फिराक में भी था कि केन्द्रीय मन्त्री के पद से भी उन्हें हटवा सके...।

जनार्दन ने नेताजी के साथ विभिन्न अवसरों और आयोजनों पर आर. अण्डमान को देखा था। अपनी जानकारी के तहत उसे वैसा कुरूप और बीभत्स आदमी कोई दूसरा नहीं जान पड़ता था। वह नर-गैंडे का ही एक रूप था। गैंडे की तरह ही थुलथुला और चकत्तेदार शरीर। नाक की बेडौल आकृति। नाक का अगला भाग काफी बड़ा तथा लट्टू के साइज का गोलाकार। उस पर काले रंग का जख्मनुमा दाग। आँखों के नीचे की मांसपेशियाँ एकदम लटकती हुई। मुँह का साइज सामान्य इनसान से काफी बड़ा। चेहरा वनमानुष जैसा। दाँत खुरपे की तरह चौड़े, छितनार और गन्दे...। माथे के बाल साफ। पीछे के हिस्से में बैताल की तरह उसकी गर्दन

पर झूलती कुछ बेतरतीब लटें...। अगर यह आदमी राजनीति का सफल खिलाड़ी नहीं होता तो सामाजिक जीवन में अस्पृश्य माना जाता। इसे अपने सम्पर्क में रखना कोई पसन्द नहीं करता...। लेकिन राजनीति ने तो इसे चन्दन बना दिया था। मंचों और सभाओं में उसका महत्व जनार्दन ने देखा था। उससे निकटता प्राप्त करने के लिए पार्टी कार्यकर्ता और छुटभैये नेता उसे मालाओं से लाद देते...। उसके स्वागत में आगे बिछ-बिछ जाते। प्रारम्भ में जनार्दन ने अपने मन को समझाया था, बाहरी रंग-रूप से कुछ नहीं होता। सम्भव है, यह आदमी अन्दर से योग्य और काबिल हो। अपने क्षेत्र की जनता का पसन्दीदा हो! अपने क्षेत्र में इसकी भूमिका उल्लेखनीय हो...। पर इस जानकारी ने उसके अनुमान की कौंध बुझा दी थी कि राजनीति में भी उसने स्वयं अपनी जमीन नहीं बनायी थी। उसके पिता अपने क्षेत्र के प्रसिद्ध राजनीतिज्ञ थे। इस धराधाम से विदा लेते हुए उन्होंने अपने एक योग्य उत्तराधिकारी के रूप में आर. अण्डमान को राजनीति में स्थापित कर दिया था...।

जनार्दन ने महसूस किया था, उस आर. अण्डमान का खौफ राव मानवेन्द्र बाबू के यहाँ माथे पर लटकती तलवार से कम नहीं था। स्वयं राव मानवेन्द्र बाबू उससे बे-इंतहा आक्रान्त थे। हर वक्त उसकी चाल की काट तलाशते रहते थे। अपने दरबारियों के बीच भी उसकी चाल की काट का विमर्श जारी रखते थे—"बाहरी विरोधियों से अधिक जरूरी अपनी पार्टी के इस अण्डमान को रास्ते पर लाना है...। हमारी प्रगति और विकास के रास्ते में यह अजगर की तरह कुण्डली मारकर बैठा है।"

उनकी पत्नी की पूजा की मनौती की एक बड़ी माँग आर. अण्डमान के वैर-विरोध की शान्ति और समाप्ति ही थी। वे अक्सर महावीरजी को गोहराती रहती थीं—"हे महावीर जी, उस दुष्ट की कोई चाल मेरे पति पर न लहे...। उसकी दुश्मनी धरी की धरी रह जाय...। वह जइसा हमारा बिगाड़ना चाहता है वइसा उसका खुद बिगड़ जाय...। उसकी कभी बढ़ती न हो...।"

नन्दिता की चिन्ता भी कम नहीं थी। जनार्दन से अपनी चिन्ता का इजहार उसने भी किया था—"मेरे डैडी किसी का विरोध नहीं करते जनार्दन! किसी को तकलीफ पहुँचाना नहीं चाहते। वे तो कहते हैं कि अपनी रेखा ही इतनी बड़ी बना लो कि सामने की रेखा छोटी पड़ जाए...। पर यह आर. अण्डमान तो उनके पीछे पानी पीकर पड़ा है। डैडी की उन्नति उससे देखी नहीं जाती। जाने किस जनम की दुश्मनी का बदला साध रहा है...!"

राव मानवेन्द्र बाबू के यहाँ रहते-रहते जनार्दन जान गया था कि राजनीति में विरोधियों से निपटने के दो रास्ते प्रचलित थे। पहला रास्ता विरोधी के सफाये का था—सदा के लिए उसे खत्म कर देना। दूसरा रास्ता उसे अपने पक्ष में मिला लेना

था, जिससे वह विरोधी न रहकर सहयोगी और सत्ता सुख का सहभागी बन जाए...। राजनीति के नये और उन्मादी खिलाड़ी पहले रास्ते को ही ज्यादा पसन्द करते थे। फटाफट उसे अंजाम दे देते थे। लेकिन तात्कालिक सफलता के बाद वह मार्ग स्थायी निदान का नहीं होता था। उसकी परिणति निरापद और सुखद नहीं साबित होती थी। अपने प्रतिद्वन्द्वियों की हत्याओं वाले नेताओं का अन्त भी किसी बर्बर हत्या से ही होता था। अपने जानते लठैतों और सरगनाओं की सेना के बीच वे रहते थे। पर मारे गये लोगों के परिजन उन्हें अपना शिकार बना ही लेते थे।

राव मानवेन्द्र बाबू जैसे नेता ने अपनी रुचि और प्रकृति के अनुसार राजनीति के दूसरे मार्ग को अंगीकार किया था, जहाँ प्रतिद्वन्द्वी का सफाया नहीं, उसे दोस्त बना लेना था...। अपनी इसी योजना के तहत आर. अण्डमान को अपने पक्ष में ले लेने की उनकी मुहिम जारी थी। इससे पहले भी कई अवसरों पर उन्होंने प्रयास किया था। पर घाघ और धूर्त्त आर. अण्डमान ने कभी उसकी दाल न गलने दी थी। राव मानवेन्द्र बाबू की ओर से अपनी पीठ पर हाथ आते ही ऐसे बिदक उठता जैसे बिच्छू का डंक लग गया हो...। राव मानवेन्द्र बाबू की उसी मुहिम के तहत उस रविवार को आर. अण्डमान को निमन्त्रित किया गया था। पार्टी अध्यक्ष के चुनाव को ध्यान में रखकर यह विशेष आयोजन हुआ था। जनार्दन से कुछ भी गोपन नहीं था। इस आयोजन का एकमात्र उद्देश्य आर. अण्डमान को अपने यहाँ बुलाना और उसे सम्मानित करना था।

अगर कोई राजनीतिक आयोजन होता तो चतुर आर. अण्डमान नहीं आता। राव मानवेन्द्र बाबू के पारिवारिक आयोजनों में भी वह नहीं आता था। अपनी शुभकामनाएँ और उपहार भिजवा देता। नन्दिता के बर्थ डे पर उसे बुलाने की पूरी कोशिश की गयी थी। लेकिन अस्वस्थ होने की उसकी खबर के साथ उसका सन्देशवाहक गिफ्ट पैकेट दे गया था। वह रात के आयोजनों में जल्दी कहीं नहीं जाता था। अपनी राजनीतिक चाल खूब ठोंक-पीट कर चलता था। लेकिन राव मानवेन्द्र बाबू के यहाँ साहित्यिक गोष्ठी के नाम पर तैयार हो गया था। यह कोई राजनीतिक और राव मानवेन्द्र बाबू के यहाँ का पारिवारिक आयोजन नहीं था...। उसकी रुचि के अनुसार आयोजन का समय भी सुबह नौ बजे से रखा गया था...। कभी अपनी तरुणाई के दिनों में उसने कुछ कविताएँ की थीं। उसके उसी सृजन को ध्यान में रखकर पार्टी की राजनीति में उसे साहित्य का महारथी समझा जाता था। साहित्यिक आयोजनों एवं गोष्ठियों के उद्घाटन और अध्यक्षता के लिए वही जाता था। पार्टी का साहित्यिक विंग वही संचालित करता था। उसके उसी रुझान को लक्ष्य कर राव मानवेन्द्र बाबू ने अपने यहाँ काव्य-गोष्ठी का आयोजन किया था। इसी गोष्ठी की अध्यक्षता के लिए उसने अपनी स्वीकृति दे दी थी...।

इससे पहले जनार्दन ने राव मानवेन्द्र बाबू के यहाँ कभी कोई साहित्यिक आयोजन होते नहीं देखा था। उसकी जानकारी के तहत उस घर से और वहाँ के क्रिया-कलापों से साहित्य का कोई सम्बन्ध नहीं था। वैसे साहित्य और राजनीति से सम्बन्धित अधिकांश पत्र-पत्रिकाएँ वहाँ आती थीं। राजनीति और समाचारों की पत्रिकाएँ तो वहाँ खूब पढ़ी जाती थीं। उन पर चर्चाएँ और बहसें भी होती थीं। पर साहित्यिक पत्रिकाएँ तो विभिन्न बैठकों की मेजों पर आगन्तुकों की प्रतीक्षा में पड़ी रहतीं। लेकिन जनार्दन की रुचि उन साहित्यिक पत्रिकाओं में पैदा हो गयी थी। उन्हें पढ़ने के बाद ही अपनी समझ और चिन्तन में उसने इजाफा महसूस किया था। कॉलेज में साहित्यिक रुचि के अपने मित्रों के साथ उसकी चर्चा भी किया करता था। उसे लगने लगा था कि स्थितियों और चीजों को जानने का पारखी नजरिया उसके अन्दर साहित्य से ही विकसित हो रहा है। राव मानवेन्द्र बाबू की बैठक में पड़ी पुरानी साहित्यिक पत्रिकाओं को वह सहेजकर अपने कमरे में रखता। वह जान गया था कि उससे पहले वे साहित्यिक पत्रिकाएँ वजन के हिसाब से कबाड़ियों के हाथों बेच दी जाती थीं। पर जनार्दन उनका महत्त्व समझ गया था। अपने कमरे में उनकी उपस्थिति और संग साथ का स्पष्ट प्रभाव अनुभव कर रहा था। उन्हें फिर-फिर पढ़ते हुए हर बार नयी अनुभूतियों और चिन्तन के नये सरोकारों से जुड़ता जाता। उन पत्रिकाओं में आर. अण्डमान की चर्चा उसने कहीं नहीं देखी थी। साहित्य की मुख्य धारा में संचरित आर. अण्डमान जैसा नाम उसे कभी नहीं मिला था। उसने सोचा था, शायद आर. अण्डमान सार्वजनिक साहित्य के निजीकरण का गोपन खिलाड़ी हो! अब वह यह जानना चाहता था कि आर. अण्डमान नामक यह गोपन खिलाड़ी क्या लिखता है? सर्जना के किस पक्ष से वास्ता रखता है?

उस साहित्यिक आयोजन में आर. अण्डमान को निमन्त्रित करने और उसकी स्वीकृति पाने के लिए नन्दिता के साथ वही गया था। राव मानवेन्द्र बाबू को आशंका थी कि उनकी ओर से या किसी अन्य की ओर से निमन्त्रित करने पर वह नहीं आएगा, इसीलिए अपनी रूपसी बेटी नन्दिता को उन्होंने पठाया था...। उसके सहयोगी और अंगरक्षक के रूप में जनार्दन को भी साथ लगा दिया था।

जनार्दन के साथ तैयार होकर जब नन्दिता चली थी तो किसी अप्सरा से कम प्रतीत नहीं हो रही थी। अपनी ताजगी और पहनावे में वह असाधारण सुन्दरी बन गयी थी। उसके रूप का निखार और अदाओं का बाँकपन जनार्दन ने लक्षित किया था। अपनी बैठक में उपस्थित आर. अण्डमान तो सुखद आश्चर्य से नन्दिता को देखता रह गया था—"तू राव भाई की बेटी है? इतनी बड़ी हो गयी! कभी राव ने बताया नहीं। मिलेगा तो डाँटूँगा। अब तक क्यों छिपाया था ऐसी गुड़िया को? तू तो बहुत प्यारी है। बहुत अच्छी...!"

जनार्दन राजनीति के इन दुश्मनों को समझ नहीं पाता था। एक-दूसरे से मिलते थे तो मित्रों की तरह। एक-दूसरे के परिचितों के समक्ष अपनापन भरा दोस्ताना व्यवहार भी प्रकट करते थे। लेकिन अन्दर से एक-दूसरे की जड़ काट रहे होते थे। यह जानकर आर. अण्डमान तो और खुश हो उठा था कि नन्दिता साहित्य-सृजन से जुड़ी है—"अच्छा, तो तू कविताएँ लिखती है। राव तो खूसट आदमी है। साहित्य से उसे कोई मतलब नहीं। चलो, बाप ने न सही, बेटी ने तो साहित्य को अपनाया...। मुझे तो कविताओं में जो रस मिलता है राजनीति में कभी नहीं मिलता। राजनीति की दुनिया से जब भी मन उचटता और ऊबता-खीझता है तो राहत और आनन्द के लिए कविताओं की दुनिया में ही लौट जाता हूँ...।"

जनार्दन देख रहा था, नन्दिता की उपस्थिति से आर. अण्डमान अतिरिक्त रूप से उत्साहित हो गया था और उसमें रुचि ले रहा था। जनार्दन तो बगल की एक कुर्सी पर बैठा था। पर नन्दिता को आर. अण्डमान ने अपने बिल्कुल निकट सोफे पर बैठा रखा था। नन्दिता के ना ना कहने के बावजूद छेना पाइस की कटोरी उसके हाथों में थमा दी थी—"तू पहली बार आयी है, बिना मुँह मीठा कराये नहीं जाने दूँगा...।"

बिना अधिक सोच-विचार के आर. अण्डमान ने अपनी स्वीकृति दे दी थी—"कोई और आयोजन होता और राव भी आता तो नहीं जाता। पर अपनी प्यारी बिटिया के इस साहित्यिक आयोजन में तो मुझे चलना ही है...।"—और ऐसा कहते हुए आर. अण्डमान ने प्रेम से नन्दिता के कन्धों को थपथपाते हुए उसकी पीठ सहलायी थी। जवाब में नन्दिता ने शोखी और बाँकपन से आर. अण्डमान को निहारते हुए कहा था—"हम प्रतीक्षा करेंगे अंकल! आपकी दिनचर्या को ध्यान में रखकर ही हमने सुबह नौ बजे का समय निर्धारित किया है। नौ से बारह तक हमारी गोष्ठी चलेगी...। हमारे लिए इतना समय तो आपको देना ही है...।"

इससे पहले कि आर. अण्डमान कुछ और कहता, नन्दिता उठ खड़ी हुई थी। उसके संकेत पर जनार्दन भी खड़ा हो गया था। आर. अण्डमान से विदा लेती हुई नन्दिता ने उसके दायें हाथ को उठाकर चूम लिया था—"अब हम चलते हैं अंकल! गुड बाय। प्रतीक्षा करेंगे...।"

जनार्दन ने अनुभव किया आर. अण्डमान पर नन्दिता का जादू चल चुका था। अब वह सम्मोहित था। नन्दिता पर टिकी उसकी व्यग्र बेचैन आँखें बता रही थीं कि वह अवश्य आएगा...।

वह साहित्यिक आयोजन बहुत छोटा था, पर तैयारी बड़े आयोजनों से कम विशिष्ट नहीं थी। मुख्य फाटक से लेकर गोष्ठी के कक्ष तक के रास्ते को विशेष रूप से सजाया गया था। फाटक से कक्ष तक आर. अण्डमान के पहुँचने के लिए

कारपेट बिछा दिया गया था। गुलाब और चमेली के खुशबूदार फूलों की मालाएँ तैयार हुई थीं। गोष्ठी में जलपान की उत्तम व्यवस्था थी–ताजे फल, सूखे मेवे, बेहतर मिठाइयाँ और गर्म पकौड़ियाँ। हर आधे घण्टे पर नमकीन के साथ गर्म और ठण्डे पेय। इच्छा के अनुसार चाहे लस्सी लें या कोल्ड ड्रिंक्स या चाय-कॉफी...!

इस साहित्यिक गोष्ठी के लिए नन्दिता ने सिर्फ अपने दो-तीन सहपाठियों और चार-पाँच सहेलियों को ही निमन्त्रित किया था, जो साहित्यिक रुचि के थे। भीड़-भाड़ से अलग अपनों की छोटी साहित्यिक गोष्ठी। गोष्ठी स्थल पर नयी साहित्यिक कृतियों एवं पत्रिकाओं की नुमाइश लगायी गयी थी। जनार्दन के साथ बुकस्टालों पर जाकर स्वयं नन्दिता ने खरीदारी की थी। जनार्दन ने जिन पत्रिकाओं को सँजोकर रखा था इस अवसर के लिए वे भी उपयोगी साबित हुई थीं। नन्दिता ने उसकी काफी तारीफ की थी–"तू बहुत दूरदर्शी है जनार्दन। इन्हें एकत्रित करके नहीं रखता तो बाजार में इन पत्रिकाओं के पिछले साहित्य विशेषांक नहीं मिलते। हमारे यहाँ इन्हें बेच दिया जाता था। तूने अच्छा मार्ग सुझा दिया है। अब मैं भी इन्हें नहीं बेचने दूँगी...।"

आर. अण्डमान की अगवानी में नन्दिता की साहित्यिक टोली के साथ राव मानवेन्द्र बाबू और उनकी पत्नी फाटक पर उपस्थित थे। अपनी कार से आर. अण्डमान के उतरते ही नन्दिता की साहित्यिक टोली ने फूल-मालाओं से उसे लाद दिया–"कविवर आर. अण्डमान।"

"स्वागत है!...स्वागत है!..."

"साहित्यमर्मज्ञ आर. अण्डमान!"

"धन्य हैं...! धन्य हैं...!"

जनार्दन ने अनुभव किया उक्त माल्यार्पण के बाद खुशबूदार फूलों की सुगन्ध से एक अजीब समा बँध गया था। किसी साहित्य गोष्ठी में किसी अतिथि के स्वागत का यह तरीका भी उसे अजीब लगा। इससे पहले ऐसे नारों से किसी साहित्यकार का स्वागत होते उसने नहीं देखा था।

आर. अण्डमान के साथ उसके दो अंगरक्षक और दो सहयोगी थे। वे सिर्फ साथ आने-जाने भर के लिए आये थे। किसी साहित्यिक आयोजन से उन्हें कोई खास वास्ता नहीं था। अपनी पुत्री और उसकी युवा टोली के स्वागत के बाद तत्क्षण राव मानवेन्द्र बाबू ने आर. अण्डमान को गले से लगा लिया। आर. अण्डमान भी पीछे का गिला-शिकवा भूल उनसे ऐसे लिपट गया जैसे वह उनका बिछुड़ा हुआ यार हो। उसने उलाहना भी दिया–"तू तो एकदम घाघ निकला राव! अब तक बिटिया के साहित्य से हमें अनभिज्ञ ही रखा था...।"

राव मानवेन्द्र बाबू ने हँसते हुए सफाई दी–"सोचा था, तू स्वयं जान जाएगा।

एक साहित्यकार को दूसरे साहित्यकार की भनक जो लग जाती है। तेरी कविताओं की तो यह दीवानी है। मुझे भी तेरी कई कविताएँ सुना चुकी है...।''

पास ही खड़ी नन्दिता ने अपने पिता की बात का जोरदार समर्थन किया—''आप क्या कमाल की कविताएँ लिखते हैं अंकल...! आज के कवि क्या खाक लिखेंगे? मानवीय संवेदना...विकसित विचारधारा...जीवन्तता, लालित्य क्या नहीं है?''

आर. अण्डमान ने वर्षों पहले अपने स्वयं के खर्चे से अपनी जो कविता-पुस्तक छपवायी थी वही उसकी पहली और आखिरी पुस्तक थी। उसकी प्रतियाँ अनुपलब्ध थीं। आर. अण्डमान ने भेंटस्वरूप जिन्हें दी थीं उनमें से अधिकांश लोगों ने उसे सँजोकर रखने लायक नहीं समझा था। राव मानवेन्द्र बाबू के यहाँ भी उसकी प्रति थी जो कूड़े की भेंट चढ़ गयी थी। नन्दिता और राव मानवेन्द्र बाबू की इच्छा पर अब जनार्दन ने ही उस पुस्तक की एक प्रति उपलब्ध की थी। उसके कॉलेज के एक सहपाठी के घर से वह प्रति मिली थी, जिसकी पुरानी रिश्तेदारी आर. अण्डमान के यहाँ थी। नन्दिता उसी प्रति के आधार पर बोल रही थी।

आर. अण्डमान अब राव मानवेन्द्र बाबू को छोड़कर नन्दिता की ओर उन्मुख हो गया—''कितनी अच्छी समीक्षा कर रही है। इसी को कहते हैं कविता की समझ। वाकई यह तेज और होनहार लड़की है। तुम भाग्यशाली हो राव! बहुत भाग्यशाली...!''

फाटक से आर. अण्डमान को गोष्ठी के कक्ष तक वैसे लाया गया जैसे किसी दूल्हे को जनवासे से शादी के मण्डप तक लाया जाता है...। अपने विशिष्ट स्थान पर आर. अण्डमान के बैठते ही नन्दिता ने कवि-गोष्ठी का कार्यक्रम प्रारम्भ कर दिया। आर. अण्डमान की इच्छा के अनुसार तनिक भी उसे विलम्ब नहीं करना था। कविता लिखनेवाली अपनी एक सहेली से नन्दिता ने आर. अण्डमान की प्रशस्ति में एक कविता लिखवायी थी। उस कवि-गोष्ठी का प्रारम्भ उस कविता पाठ से ही हुआ...। उस पहली कविता ने ही आर. अण्डमान को भावविभोर कर दिया। कवियों और साहित्यकारों की मण्डली उसे कितना महत्त्वपूर्ण, आदर्श और बड़ा साहित्यकार समझती है...। आत्मगौरव की अनुभूति और गरिमा के एहसास की आभा उसके चेहरे पर फूटने लगी। यहाँ आने के अपने निर्णय से सम्भवतः भरपूर आश्वस्ति भी उसे मिली। यहाँ नहीं आता तो इस सुख और आनन्द से वंचित ही रह जाता...।

नन्दिता स्वयं मंच का संचालन कर रही थी। कॉलेज की वाद-विवाद प्रतियोगिताओं में भाग लेने तथा कॉलेज के मंचों से बोलने के चलते मंचीय झिझक से वह मुक्त थी। एक-एक कर अपने सहपाठियों और सहेलियों को वह कविता-पाठ के लिए बुलाती, इस मधुर आग्रह के साथ, 'अपनी कोई एक बेहतरीन कविता प्रस्तुत कीजिए। हमें विस्तार से कवि-अंकल को सुनना है।'

साथ ही हर कवि के आमन्त्रण पर उत्कृष्ट कविता के नमूने के रूप में आर.

अण्डमान की कुछ काव्य-पंक्तियाँ भी अवश्य उद्धृत करती—"वसन्त आता नहीं। बुलाया जाता है। वसन्त के आगमन की प्रतीक्षा में मत बैठो, यारो। उसे बुलाने में लग जाओ...!"

नन्दिता का यह काव्यमय संचालन आर. अण्डमान को बहुत पसन्द आ रहा था। उसके चेहरे पर निरन्तर लौटती खुशी से इसका स्पष्ट इजहार हो रहा था। आर. अण्डमान की इच्छा पर संचालन के बीच में ही नन्दिता ने अपनी एक कविता सुनायी। उसकी कविता सुनकर तो आर. अण्डमान अभिभूत हो गया! अध्यक्ष के आसन से उठकर उसने नन्दिता की पीठ थपथपायी—"शाबाश नन्दिता! तूने तो कमाल कर दिया। अपने अंकल से भी आगे निकल गयी...। वाह खूब! क्या कविता सुनायी है। जैसी कविता, उससे भी अच्छी सुनाने की अदा, उससे भी अच्छी सुनाने-वाली...!"

इस दौरान वहाँ उपस्थित नन्दिता की सहेलियों और सहपाठियों ने भी जोरदार तालियों से इस दृश्य का अभिनन्दन किया...। कवि-गोष्ठी अब अपनी उफान पर थी। लेकिन जनार्दन समझ नहीं पा रहा था कि नन्दिता ने स्वयं की लिखी अपनी कोई कविता सुनायी है या किसी अन्य की! अगर नन्दिता कविताएँ लिखती है तो अब तक उससे छिपाये क्यों है? उसने तो सुना है कि कवि राह चलते लोगों को पकड़कर भी अपनी कविताएँ सुनाते हैं। फिर अपना यह कवि-कर्म उसने उससे छिपाया क्यों है? उसने तो रचनाकारों के सृजनात्मक पक्ष पर ऐसे दो लेख पढ़े थे कि लिखना स्वयं में अपने आसपास और समाज से जुड़ना होता है। यह कर्म गोपन रह ही नहीं सकता...!

नन्दिता ने अपनी सहेलियों और सहपाठियों के बाद जनार्दन को भी आमन्त्रित किया—"अब नवोदित रचनाकार जनार्दन या तो स्वरचित अपनी कोई कविता सुनाएँगे या किसी महत्त्वपूर्ण कवि की किसी प्रिय कविता का पाठ करेंगे...! जनार्दन। बी. ए. अन्तिम वर्ष के तेजस्वी छात्र!"

नन्दिता जानती थी, जनार्दन कविताएँ नहीं लिखता, इसीलिए उसका संकेत आर. अण्डमान की किसी कविता के पाठ की ओर ही था। इस गोष्ठी के लिए आर. अण्डमान की दो-तीन कविताएँ वह जनार्दन को लिखा भी चुकी थी। मंच से उसके इस प्रस्ताव पर जनार्दन पल-भर के लिए विचलित-सा हो गया। काव्य-गोष्ठी के इस भोंड़े, सतही और बाजारू आयोजन के खिलाफ अन्दर-ही-अन्दर वह सुलग रहा था। कॉलेज के अपने साहित्यिक मित्र घनश्याम के साथ कुछ साहित्यिक सम्मेलनों और काव्य-गोष्ठियों में वह जा चुका था। घनश्याम साहित्य की अच्छी समझ रखता था। उसके साथ साहित्य के विभिन्न मुद्दों पर जनार्दन की घण्टों बातचीत होती थी। उसकी इच्छा हो रही थी कि एक श्रोता के रूप में अपनी तल्ख प्रतिक्रिया से इस

काव्य-मण्डली को वह अवगत करा दे और इन कवियों की उनकी असली औकात बता दे। पर नन्दिता और राव मानवेन्द्र बाबू की 'बरजती' निगाहों का एहसास कर वह ऐसा नहीं कर सका। नन्दिता की हिदायत के अनुसार आर. अण्डमान की लिखी कविताओं को स्मरण करने लगा। पर ऐने वक्त वे जैसे भूल गयीं! उसके होठों पर तो जाने-अनजाने अरुण कमल की एक कविता आ गयी—''सारा लोहा उन लोगों का। अपनी केवल धार।''

जनार्दन के मुँह से यह अनपेक्षित कविता सुन क्षण-भर के लिए नन्दिता के चेहरे पर आवेश के भाव उभर आये। पर जल्द ही नन्दिता ने अपने उस आवेश को संयमित कर लिया। सम्भवतः जनार्दन के अतिरिक्त किसी और ने इसे लक्षित भी नहीं किया।

अब नन्दिता ने कवि शिरोमणि आर. अण्डमान को प्रस्तुत कविताओं पर अपने आशीर्वचन देने और अपनी कुछ चुनी हुई कविताएँ सुनाने के लिए सादर आमन्त्रित किया—''हमारे अंकल आर. अण्डमान! हिन्दी के शिखर कवि! साहित्य मर्मज्ञ! कविता के आकाश में देदीप्यमान नक्षत्र! अपने प्रभाव से राजनीति में भी साहित्य का संचार करनेवाले ऋषि व्यक्तित्व...। अब आपके सामने आ रहे हैं...कवि शिरोमणि श्री आर. अण्डमान जी!''

नन्दिता के इस आमन्त्रण पर कवि-मण्डली ने पूरे उत्साह से तालियाँ बजायीं। आर. अण्डमान गद्गद होकर उठे। कवि-मण्डली की भूरि-भूरि प्रशंसा की। नन्दिता की तारीफ में तो जैसे उनके बोल थम ही नहीं रहे थे—''क्या बेजोड़ प्रस्तुति की नन्दिता ने। अपनी कविता भी उच्चकोटि की सुनायी। मेरे मित्र राव मानवेन्द्र की बेटी है न! बाप से भी आगे निकल गयी!''

इसके बाद अपनी कविताएँ सुनाने के प्रश्न पर उसने अपनी स्थिति स्पष्ट की—''मैं तो सिर्फ सुनने के उद्देश्य से आया हूँ। साथ में अपनी कोई कविता भी नहीं लाया, अन्यथा आप लोगों को अवश्य सुनाता। ऐसी अच्छी कवि-मण्डली कहाँ मिलती है? काफी पहले मेरा जो काव्य-संग्रह छपा था, उसकी प्रति भी मेरे पास नहीं है। अब उसका दूसरा संस्करण छपवाऊँगा...। आपकी माँग फिर कभी किसी दूसरी गोष्ठी में पूरी करूँगा...!''

पर तत्क्षण नन्दिता बोल उठी—''नहीं अंकल! हम आपको छोड़ने वाले नहीं...। आपकी वह कविता पुस्तक हमारे पास है...। यह दुर्लभ काव्य पुस्तक तो हमारी अनमोल धरोहर है...।'' और उसने आर. अण्डमान का वह काव्य संकलन उन्हें थमा दिया। खूबसूरत जिल्दसाजी में अपना वह पुराना संकलन देख आर. अण्डमान बेहद प्रसन्न हो उठा। अपनी उस काव्य पुस्तक को सँजोकर रखने की नन्दिता की निष्ठा ने उसे फिर अभिभूत कर दिया। क्षण-भर प्यार से नन्दिता को निहारता रहा। अब

क्या कहना था! अपनी उस पुस्तक में से अपनी पसन्द की चुनी कविताएँ एक-एक कर सुनाने लगा। उसकी कविताओं पर वाहवाही और तालियों की जो समा नन्दिता और उसके दोस्तों ने बाँधी कि आर. अण्डमान खुशी में उन्मत्त बनता चला गया। बीच-बीच में राव मानवेन्द्र बाबू भी अपनी गर्मजोशी व्यक्त करते जा रहे थे—"लाजवाब अण्डमान! बेमिसाल! बहुत अच्छा! तूने तो कमाल कर दिया...!"

जनार्दन का तो जैसे दम घुट रहा था। वह चाह रहा था कि यह कवि-गोष्ठी जल्द-से-जल्द खत्म हो जाए तो अच्छा। शायद उसकी यह आन्तरिक कामना सुन ली गयी थी। काव्य-सुख की तृप्ति और आह्लाद के चरम पर पहुँचकर आर. अण्डमान ने विराम ले लिया। राव मानवेन्द्र बाबू ने दौड़कर उसे गले से लगा लिया। नन्दिता की टीम ने करतल ध्वनि के साथ उसे घेर लिया। जनार्दन जानता था, नन्दिता की सहेलियाँ और सहपाठी उसके मित्र होते हुए भी उसके अनुचर जैसे ही थे। मित्रता के आवरण में उसके प्रति उनकी भक्ति छिप नहीं पाती थी। उसकी हैसियत और प्रभाव के तहत उसके मातहतों जैसा ही आचरण करते थे। स्वतन्त्र व्यक्तित्व और पृथक् अस्मिता वाले लड़के-लड़कियों से नन्दिता की दोस्ती होती ही नहीं थी। उसे तो खुशामदी और जी-हजूरी वाले मित्र ही पसन्द थे। वह संकेत करे तो खड़े हो जाएँ और संकेत करे तो बैठ जाएँ...।

समय से गोष्ठी समाप्त हो गयी। चाय-नाश्ते के अल्पाहार के बाद अपनी कवि-मण्डली को नन्दिता ने उसी वक्त विदा कर दिया। इस दौरान आर. अण्डमान को उसके पिता ने बातों में रोक रखा था। अब आर. अण्डमान भी चलने के लिए तत्पर हो गया। पर हुलसती हुई नन्दिता ने आगे बढ़कर शोखी से उसे रोक लिया—"अभी नहीं अंकल। अभी नहीं जाने दूँगी...। इधर की अपनी लिखी कविताएँ तो अभी आपको दिखा ही नहीं सकी। जाने ऐसा मौका फिर कब मिले? मेरी ताजी कविताएँ देखकर ही आपको जाना है!"

अपना यह प्रस्ताव नन्दिता ने जिस अदा और इसरार से किया कि आर. अण्डमान उसे ना नहीं कर सका। काव्य-सुख ने जिस रस का उसके अन्दर संचार कर दिया था, उसे प्रवहमान बनाती नन्दिता की इच्छा को वह नहीं ठुकरा सका...। इस अवसर का लाभ उठाते हुए राव मानवेन्द्र बाबू ने भी अब नहले पर दहला फेंक दिया—"हमारे साथ दिन का खाना खाकर ही अब तुम्हें जाना है...।"

इससे पहले कि आर. अण्डमान कुछ फैसला करता, नन्दिता तत्क्षण बीच में कूद गयी—"हाँ अंकल! आज तो हम आप ही के साथ खाएँगे...!"

जनार्दन लख रहा था, नन्दिता का आकर्षण आर. अण्डमान पर छाता जा रहा था। उस आकर्षण से वह परिचित था। उसका सीधा असर आर. अण्डमान पर अब देख रहा था। आर. अण्डमान तो यह भूल गया था कि यह उसके विरोधी का घर

है और नन्दिता उसके विरोधी की पुत्री। दिन के खाने पर भी वह राजी हो गया। अपने घर फोन भी कर दिया कि अब खाना खा कर ही आएगा। नन्दिता अब उसे लेकर अपने कमरे की ओर चल पड़ी। राव मानवेन्द्र बाबू ने आर. अण्डमान से कुछ समय की मुहलत ले ली–''तुम जब तक नन्दिता की कविताएँ देखोगे तब तक अपने कार्यालय के कुछ जरूरी कार्य मैं निपटा लेता हूँ। कार्य निपटाकर बस, तुम दोनों की प्रतीक्षा करूँगा...।''

इधर दूसरी ओर राव मानवेन्द्र बाबू की पत्नी दिन के खाने के विशिष्ट आयोजन में भिड़ गयी। लम्बी प्रतीक्षा के बाद आर. अण्डमान उनके यहाँ खाने के लिए तैयार हुआ था। उन्हें कोई कमी नहीं छोड़नी थी!

आर. अण्डमान के अंगरक्षकों और सहयोगियों को उसकी प्रतीक्षा के लिए एक जगह बैठा दिया गया। चाय-नाश्ता वे कर चुके थे। उनके भोजन के लिए भी मेस के महाराज को बोल दिया गया। राव मानवेन्द्र बाबू के लान की बेंचों पर पसर कर वे आराम फरमाने लगे।

जनार्दन देख रहा था, जिस स्वागत के साथ नन्दिता; प्रोफेसर बनर्जी को अपने कमरे में ले जाती थी उससे कहीं अधिक स्वागत के साथ आर. अण्डमान को ले जा रही थी। उसने जनार्दन को हिदायत भी दे दी–''अंकल की खोज के लिए कोई इधर आना चाहे तो रोक देना...। काव्य-पाठ के बीच खलल बर्दाश्त नहीं होता...!''

जनार्दन का मन यहाँ फिर आशंकित हो गया। काव्य-गोष्ठी की ऐसी परिणति के बारे में तो उसने सोचा भी नहीं था। कहाँ थी उसकी तीसरी दृष्टि? कहाँ सो गयी थी उसकी खोजी क्षमता? इस अनपेक्षित घटना की आशंका ने अपनी चौकी पर उसे जमा दिया। उसका ध्यान अब पूरी तरह नन्दिता के कमरे की ओर था। पुस्तकों की अपनी अलमारी से नन्दिता द्वारा एक खूबसूरत डायरी का निकाला जाना उसने देखा। दरवाजे के सामने ही उसकी वह अलमारी थी। उसके बाद के दृश्य जनार्दन को नजर नहीं आ रहे थे। हाँ, नन्दिता की मधुर वाणी में कविताओं के पारायण की सरस ध्वनि आ रही थी। शायद आर. अण्डमान को वह अपनी कविताएँ सुना रही थी। जाने वे किसकी कविताएँ थीं? कहाँ की कविताएँ थीं। अपनी वह डायरी तो उसने जनार्दन को कभी दिखाई ही नहीं थी। अपने इस काव्य पक्ष को उससे अनभिज्ञ ही रखा था। जनार्दन समझता था कि नन्दिता और उसके इस घर का कुछ भी उससे गोपन नहीं। लेकिन वह मुगालते में था। नन्दिता के इस काव्य-सृजन ने उसे हैरत में डाल दिया था...।

अचानक नन्दिता के उस कमरे के दरवाजे पर आर. अण्डमान के हाथ जनार्दन को नजर आये। अब जनार्दन की पूरी चेतना झनझना उठी। फिर तत्क्षण नन्दिता की मधुर आवाज भी सुनायी पड़ी–''पहले दरवाजा बन्द कर दीजिए अंकल...!''

जनार्दन के कानों में नन्दिता की वह पहली ध्वनि भी उसी पल गूँज उठी—"पहले दरवाजा बन्द कर दो जनार्दन...!"

फिर दूसरी ध्वनि—"पहले दरवाजा बन्द कर लीजिए सर...!"

जनार्दन अब और कुछ भी देखना-सुनना नहीं चाहता था। अचानक उसे ऐसा लगा जैसे उसका पूरा कमरा सड़ाँध से भर गया हो! एक अव्यक्त दुर्गन्ध से उसे उबकाई आने लगी। ऐसा प्रतीत होने लगा जैसे किसी ने अत्यन्त वीभत्स खबर देकर उसके अन्तस को तिक्त और कसैला कर दिया हो...! वह अपना दम घुटता हुआ महसूस करने लगा। अपने अन्दर ऐसी बढ़ती बदहवासी का अनुभव उसने पहले कभी नहीं किया था। अपने अन्दर काँटों की पसरती लतर और लहूलुहान होते अपने जिगर की पीड़ा से त्रस्त कमरे से निकल वह चल पड़ा। नेताजी और मालकिन मेमसाहब को भी नहीं बताया कि कहाँ जा रहा है? फाटक से बाहर निकल सड़क के किनारे अनायास दौड़ने लगा, जैसे अपने फेफड़ों में शुद्ध हवा भर लेना चाहता हो...। वह ऐसी रफ्तार से दौड़ रहा था जैसे पूरी पृथ्वी नाप लेगा। दौड़ते हुए ही अपने गाँव जा पहुँचेगा...। लेकिन सरपट भागते हुए वह यह भूल ही गया था कि गोल पृथ्वी की भाँति सड़क भी गोलाकार घूमती हुई फिर नेताजी की कोठी के फाटक पर ही आ गयी थी। पूरा एक चक्कर लगाकर वह थक गया था। अब पस्त और निचुड़ा हुआ अनुभव कर रहा था। उसे चेत आया कि एक बड़े मेहमान की उपस्थिति के वक्त उसे नहीं हटना चाहिए था। इस घर में रहते हुए यहाँ के उसूलों के खिलाफ नहीं जाना है...। बस, वह वापस हो गया।

कोठी परिसर में पहुँचकर जनार्दन ने राहत की साँस ली। उसे अधिक देर नहीं हुई थी। आर. अण्डमान को अब नन्दिता और नेताजी खाने के लिए डाइनिंग टेबल के पास सादर ले जा रहे थे। वैसे तो हवेली के अन्दर का चतुर रसोइया पाकशास्त्र में निपुण होने के साथ-साथ व्यंजनों को परोसने की कला में भी माहिर था। पर अपने खास मेहमान के लिए मालकिन भी लग गयी थी। डाइनिंग टेबल के पास पहुँच नन्दिता भी अपनी माँ के साथ भिड़ गयी। रसोइये की उस कला की अन्तिम परिणति को अपने हाथों के स्पर्श से वे माँ-बेटी आगन्तुक मेहमान को यह भाव प्रदान करने लगीं कि उनके लिए वे स्वयं खाना परस रही हैं...। इस दौरान जनार्दन को भी वहाँ उपस्थित रहना था ताकि किसी जरूरत के तहत नेताजी उसे आदेश दे सकें...।

जनार्दन देख रहा था, अपनी अल्हड़ता का प्रदर्शन करती हुई नन्दिता मचलती हुई आर. अण्डमान की बगल में आ जमी—"आज अंकल के साथ मैं बैठूँगी डैडी...! आप मम्मी के साथ बैठें...!"

आर. अण्डमान तो जैसे अनपेक्षित खुशियों के हिंडोले पर झूलता नजर आ

रहा था। उसके चेहरे की तृप्ति और ताजगी तथा अन्दर से फूटती उल्लास की आभा दूर से ही महसूस हो रही थी। ऐसा लग रहा था जैसे उसके पाँव धरती पर पड़ ही नहीं रहे हों। उसका नकारात्मक व्यक्तित्व ऐसा सकारात्मक बन गया था कि राव मानवेन्द्र बाबू के यहाँ का सब-कुछ अब उसे सिर्फ अच्छा ही लग रहा था। शुरुआत उसने व्यंजन की तारीफ से की–"भाभीजी ने क्या जायकेदार व्यंजन बनाया है राव? खूब स्वादिष्ट। खूब रुचिकर। ऐसा लजीज खाना तो इधर मैंने खाया ही नहीं था...!"

फिर दूसरी तारीफ–"तुम्हारा घर भी बहुत अच्छा है राव। बहुत पहले आया था तो ऐसा नहीं था। तुमने तो इसे वाकई राजमहल बना दिया है...!"

फिर तीसरी तारीफ–"यह नन्दिता तो तेरे इस घर की खुशबू है। बहुत विलक्षण लड़की है यह। तेरे इस घर को तो इसने स्वर्ग बना दिया है। तू बहुत भाग्यशाली है राव...!"

इस दौरान मालकिन, नेताजी और नन्दिता आर. अण्डमान की इन सुखद अनुभूतियों को परवान चढ़ाते जा रहे थे। मालकिन ने अपनी तारीफ पर कहा–"यह तो मैंने कुछ भी नहीं बनाया देवर बाबू। जल्दीबाजी में कहाँ कुछ बना सकी। हम जानती कि आप खाने पर आ रहे हैं तब कुछ और व्यंजन बनाकर रखती...!"

अपनी प्रशंसा पर नेताजी ने कहा–"तुम आते ही कहाँ हो अण्डमान? हम तो प्रतीक्षा में रहते हैं कि तुम्हारी गाड़ी कब इस ओर आये। तुम तो हमारे लिए दूज के चाँद बने रहते हो...!"

अपने माँ-बाप का अनुसरण करते हुए अपनी तारीफ पर नन्दिता भी बोल उठी–"अब आपको बराबर आना है अंकल...। अब जहाँ देर हुई तो मैं आपको लेने आ जाऊँगी...।"

आर. अण्डमान अब और अपने को रोक नहीं सका। राजनीति में फूँक-फूँक कर अपनी चाल चलनेवाला आर. अण्डमान जैविक सुख में अब ढह गया था। उसके मन का सारा गिला-शिकवा तो जैसे समाप्त हो गया था। वहीं डाइनिंग टेबल पर ही खाना खाने के बाद अपने उद्‌गार व्यक्त कर उठा–"राव! अध्यक्ष के लिए अपने समर्थकों के हस्ताक्षर वाली जो सूची बना रहे हो, जरा मुझे भी तो दिखाना...।"

आर. अण्डमान के मुँह से यह बात सुनते ही राव खुशी में उछल पड़े। उन्होंने तत्क्षण जनार्दन को अपने निजी कार्यालय में दौड़ा दिया। उनकी पूरी चेतना सजग हो उठी थी। उनके भाग्योदय का समय शायद आ गया था। जनार्दन को पता था, पार्टी अध्यक्ष का चुनाव होने जा रहा था। राव मानवेन्द्र बाबू के अतिरिक्त दो और उम्मीदवार मैदान में थे। तीनों अपने-अपने समर्थकों के हस्ताक्षर अभियान में जुटे थे। अपने समर्थकों के हस्ताक्षर की सूची जारी करके ही अध्यक्ष की कुर्सी पाना

था। मतदान से इस प्रक्रिया को ही पार्टी ने बेहतर माना था।

राव मानवेन्द्र बाबू के तीव्र और तत्पर आदेश के अनुसार जनार्दन ने न जाने में देर की और न आने में। तत्क्षण उक्त सूची लेकर हाजिर हो गया। आर. अण्डमान ने क्षण-भर के लिए उस सूची पर नजर दौड़ाई। फिर मुस्कराते हुए कहा–"तूने मुझे कभी अपने साथ गिनकर नहीं देखा राव। तेरे जैसे खूसट से मैं भी नहीं जुड़ता। पर भाभीजी और इस नन्दिता को छोड़कर अब मैं अलग नहीं हो सकता।"–और आर. अण्डमान ने अपनी जेब से सोने वाली अपनी कलम निकाली। फिर सूची की अगली संख्या में अपना हस्ताक्षर दर्ज कर दिया–"अब तू समझ ले राव, आज से अध्यक्ष बन गया। मेरे समर्थकों को दिखा देना। सब हस्ताक्षर कर देंगे। मैं सबको आज शाम फोन पर बता दूँगा...।"

राव मानवेन्द्र बाबू को तो ऐसा लगा, जैसे उनके घर पर आकर अण्डमान ने उन्हें राजपाट दे दिया। पार्टी अध्यक्ष का मतलब पार्टी का नेता चुना जाना। फिर पार्टी की सरकार में प्रधानमन्त्री की कुर्सी पाना। वे खुशी में एकदम बावले-से हो उठे! आर. अण्डमान के दोनों हाथों को पकड़कर बेतहाशा चूमने लगे। आर. अण्डमान ने खाना खाने के बाद अपने हाथ अभी अच्छी तरह नहीं धोये थे। उसकी अँगुलियों में दाल के कुछ कण चिपके थे जो चूमते हुए राव मानवेन्द्र बाबू के होठों से जा लगे। जनार्दन का मन यहाँ फिर तिक्त और कसैला हो गया। वह फिर ऊब और खीझ से भर गया। अन्दर से मितली जैसा अनुभव करने लगा। अच्छा हुआ कि आर. अण्डमान अब और देर तक नहीं रुका। राव मानवेन्द्र बाबू, मालकिन और नन्दिता के साथ उसे कार तक छोड़ने जनार्दन को भी जाना पड़ा। आर. अण्डमान को विदा कर लौटते हुए नन्दिता ने उससे कहा–"आज मेस में मत खाना जनार्दन। काफी खाना बचा है। अन्दर आकर खा लेना...!"

लेकिन जनार्दन ने सुनकर भी नन्दिता की इस बात को अनसुना कर दिया...। वह सीधे मेस में जाकर खाने लगा, जो उसकी निर्धारित जगह थी। यह पहला अवसर था जब नन्दिता की आज्ञा का उसने उल्लंघन किया। उसकी इच्छा के खिलाफ कदम उठाया। नन्दिता तो अपनी अप्रत्याशित सफलता से खुशी के अतिरेक में खो गयी थी। बाद के क्षणों में उसे इसका ख्याल ही नहीं रहा कि जनार्दन को उसने कहाँ खाने के लिए कहा था और उसने कहाँ खाया था?

जनार्दन अब लगातार साहित्यिक पत्रिकाओं को पलटता जा रहा था। कहाँ कुछ था जो उसकी पकड़ से छूट रहा था? उसकी अपनी जगह कहाँ थी? हवा के रुख के मुड़ने और स्थितियों के पलटने की आहट वह कैसे पा सकता है? अब वह यह भी जानना चाहता था कि संसार का सर्वोत्तम सुख क्या है और सर्वोत्तम दुःख क्या? सम्बन्धों की सीमा कहाँ जाकर असीमित हो जाती है? मनुष्य का प्राप्य क्या

कुछ में समाहित है? विज्ञान और वैभव की बेहतर उपयोगिता क्या हो सकती है? अपने होने, पाने और खोने का अर्थ क्या है? लेकिन साहित्य में भी वह जल्द कुछ नहीं पा रहा था। यह तो अनन्त की यात्रा थी। यहाँ तो धीरे-धीरे जानना और पाना था। साहित्य की तात्कालिक विशेषता तो उसने बस इतना भर ही अनुभव किया था कि किसी किले पर हुई बमबारी और वज्रपात के बावजूद वह सुरक्षित बच गया था। बिखराव के मुहाने पर पहुँचकर भी बिखरने नहीं पाया था। साहित्य ने तत्काल उसे सर्वज्ञाता तो नहीं बनाया था, पर उसके पाँवों के नीचे मजबूत जमीन कायम करनी शुरू कर दी थी।

राव मानवेन्द्र बाबू के यहाँ खुशियाँ तो जैसे उछाल ले रही थीं। समुद्र की तरंगों से भी वे बाजी मार लेना चाहती थीं...। राव मानवेन्द्र बाबू को राजनीति का अपना मुकाम मिलना तय हो गया था। मालकिन अपनी पूजा सफल और सार्थक हो गयी समझने लगी थीं। नन्दिता ने अपनी अवस्था और रूप का चमत्कार देख लिया था। अपनी अदाओं पर अब उसे पक्का विश्वास हो गया था...। सफलता की कुंजी और कामना का राजमार्ग वह पा गयी थी। सप्ताह-भर तक अपनी खुशी की मदहोशी में वह बौरायी-सी रही। कोठी की हर सुबह अब प्रसन्नता की लहरों पर सवार होकर आती और हर शाम आनन्द के दरिया में विश्राम करती। इस दौरान नन्दिता ने दो-तीन बार जनार्दन को भी बुलाया। कभी अपनी सहेलियों के लिए कुछ मँगवाने हेतु, तो कभी किसी और काम के तहत! पर जनार्दन ने पहले की तरह माथा उठाकर उसे नहीं देखा। सिर्फ उसके आदेश का पालन-भर किया। वह जब भी उससे रू-ब-रू होना चाहता, गलाजत और हिकारत के जलते भाव उसकी आँखों में उतर आते! अपनी प्रसन्नता के चरमोत्कर्ष में नन्दिता ने प्रारम्भ में इसे लक्षित नहीं किया। लेकिन जब लक्षित किया तो बोल उठी—"जनार्दन! इधर तू फिर नाराज हो गया है क्या? देख रही हूँ कि पहले जैसा मुझसे तू हँसता-बोलता नहीं...!"

जनार्दन ने अपना शुष्क और सपाट उत्तर दिया—"नहीं, तो....!"

नन्दिता इस सपाट उत्तर से उसे छोड़नेवाली नहीं थी—"तेरा अन्तर मुझसे छिपा नहीं रह पाता है जनार्दन। तू लाख छिपाये, मैं जान जाती हूँ। जरूर उस दिन की कवि-गोष्ठी से ही तू नाराज है...। पर तेरी नाराजी का कारण क्या है, मैं समझ नहीं पाती हूँ...?"

जनार्दन ने अपना वही उत्तर पुनः दुहराया—"नहीं कुमारी मेमसाहब मैं नाराज नहीं...!"

पर उस दिन नन्दिता ने जैसे उसकी नाराजगी को पकड़ने और उसे दूर करने की ठान ली थी। वह एक खुशनुमा दिन था। नन्दिता पूरे इत्मीनान में थी। जनार्दन की अन्यमनस्कता शायद उसे विशेष खटक रही थी। जनार्दन की उपयोगिता को

ध्यान में रखकर वह बोल उठी—"अब कितना अच्छा हो गया है जनार्दन। डैडी का रास्ता बिल्कुल साफ हो गया। अब पी. एम. बनने से उन्हें कोई रोक नहीं सकता। तुझे तो डैडी विशेष मानते हैं। पी. एम. होते ही अब किसी बड़े पद पर तुझे भी बैठा देंगे।"

लेकिन जनार्दन उसकी बात को जिस तटस्थता और अनासक्ति से सुन रहा था, उससे साफ लग रहा था कि उस बात का उस पर कोई खास असर नहीं। नन्दिता भी कम पारखी नहीं थी। जनार्दन की अन्यमनस्कता का भूत उस पर से उतारे बगैर उसे भी चैन नहीं था! राजनीति की भागती और आपाधापी की दुनिया में जनार्दन जैसा विश्वासी कहाँ मिलनेवाला? उसने कहा, "चलो जनार्दन, लूडो लाओ। तेरे साथ आज फिर एक हाथ हो जाए। इधर बहुत दिनों से तेरे साथ नहीं खेल सकी...!"

जनार्दन ने निवेदन किया—"मेमसाहब! मैं अपनी परीक्षा के नोट्स तैयार करने जा रहा हूँ...।"

इस पर नन्दिता ने कुछ ज्यादा ही मचलते हुए इसरार किया—"फिर बाद में तैयार कर लेना नोट्स। अभी तो चल मेरे साथ। लड़कियों की तरह बहानेबाजी करना न सीख...!"

नन्दिता की इस अदा से परिचित था जनार्दन। उसके इस आदेश को अब दुबारा नहीं ठुकरा सका। लूडो लाकर नन्दिता के साथ बैठ गया। पर नन्दिता के साथ लूडो की चाल चलते उसके हाथ निर्जीव बने रहे। सिर्फ खेल की रस्म अदायगी-भर वह करता रहा। नन्दिता के पलंग के समीप कुर्सी पर ऐसे जमा रहा, जैसे कोई बुत हो। नन्दिता ने खेल के दौरान ही मीठी चुटकी लेते हुए उस दिन की वह बात भी उसे याद दिलायी—"जानता है जनार्दन, उस दिन तुझ पर क्यों बिगड़ी थी? नहीं जानता न! बुद्धू कहीं का! तुम लड़कों जैसे लड़कियाँ हर वक्त तैयार नहीं होती...! तुझे क्या पता, उस समय मेरी क्या स्थिति थी...?"

नन्दिता को अन्दाज था कि उसके इस मधुर खुलासे पर जनार्दन का चेहरा विहँस उठेगा। उसकी सारी उदासी और मायूसी खत्म हो जाएगी। पर जनार्दन यथावत् बना रहा। उसके व्यवहार की इस चुनौती पर नन्दिता ने अपने अन्तिम अस्त्र का भी उपयोग कर दिया। उस दिन पहले की भाँति अपनी चाल बिगाड़कर उसने जनार्दन को विजयी कर दिया। फिर चहककर उसके चेहरे को अपने नाजुक हाथों में भर लिया—"आज तू फिर जीत गया जनार्दन। तुझ पर आज फिर मैं बहुत खुश हूँ...। तेरी जीत की खुशी में यह पहला चुम्बन...!"

फिर तत्क्षण दूसरा चुम्बन—"यह डैडी की सफलता की खुशी में!"

फिर तीसरा चुम्बन—"यह मेरी ओर से तेरे लिए...।"

नन्दिता को उम्मीद थी कि अब जनार्दन रुक नहीं पाएगा। किसी खीझ, ऊब और अन्यमनस्कता को अब कतई आड़े नहीं आने देगा। ऐसे क्षण पर जनार्दन के प्रबल आवेग और तत्परता-मुस्तैदी से वह अवगत थी। लेकिन जनार्दन पत्थर की तरह जड़ बना रहा। नन्दिता की इस मादक और उत्तेजक हरकत पर भी उसके अन्दर कोई स्पन्दन नहीं हुई, कोई हलचल नहीं! जनार्दन की यह तटस्थता देख नन्दिता भी भौचक रह गयी। उसका अचूक वार भी निष्फल रहा। अब बौखलायी हुई सिंहनी की भाँति उसने जनार्दन को झिंझोड़ते हुए पूछा—''तुम्हें क्या हो गया है जनार्दन? क्या हो गया है तुम्हें?''

पर जनार्दन ने कोई जवाब नहीं दिया। वह खुद नहीं समझ पा रहा था कि सचमुच उसे क्या हो गया है? उसकी सर्द खामोशी अब नन्दिता के अन्दर भी उतरने लगी थी। जनार्दन की उपस्थिति अब उसे डँसने लगी थी। उसने कुछ बिफरते हुए से कहा—''तू अपने कमरे में जा जनार्दन। अभी मुझे अकेला छोड़ दे...। तेरी तबीयत ठीक नहीं...! तुझे जरूर कुछ हो गया है... 1''

जनार्दन तो जैसे इसी की प्रतीक्षा में था। वह उसी क्षण अपने कमरे में वापस आ गया। लेकिन वापस आने के बाद वह स्वयं असमंजस में घिरा रहा! क्या सचमुच उसे कुछ हो गया है? नन्दिता के जिस संगमरमरी जिस्म के पीछे वह दीवाना था, जिस नन्दिता को इस घर में अपना सबसे बड़ा प्राप्य मानने लगा था, जिस नन्दिता तक अपनी पहुँच को ही अपनी सर्वोत्तम उपलब्धि समझ रखा था, उस नन्दिता के प्रति अब अपने अन्दर ऐसे सख्त ठण्डेपन का अनुभव कैसे कर रहा था? यह ठीक है कि प्रोफेसर बनर्जी और आर. अण्डमान के साथ के उसके सम्बन्धों को उसकी चेतना ने स्वीकार नहीं किया था। पर दैहिक स्तर पर उसकी ऐसी निकटता और समर्पण पर भी उसका युवा तन जड़वत बना रहेगा, ऐसा तो उसने भी नहीं सोचा था। तो क्या वास्तव में वह अस्वस्थ है...? उसे कुछ हो गया है?

अगली सुबह जनार्दन इस बात को लेकर भी पसोपेश में था कि नन्दिता के समक्ष रू-ब-रू होने पर अब क्या होगा? क्या उसका ठण्डापन खत्म हो सकेगा? क्या नन्दिता अब उसे पूर्ववत् झेल सकेगी? अपने गाँव के उम्रदराज साथियों से उसने सुना था कि अतृप्त और अपमानित स्त्री नागिन बन जाती है और पलटकर डँसने से नहीं चूकती...। लेकिन नन्दिता के समक्ष उपस्थित होने पर उसे ऐसा कुछ भी महसूस नहीं हुआ। बराबर की तरह अपने चिर परिचित लहजे में ही नन्दिता ने उसे पुकारा था। फिर उसके हाथ में अपनी एक कॉपी थमाकर प्रोफेसर बनर्जी के यहाँ भेज़ते हुए कहा—''यह मेरे नोट्स की कॉपी है। इसे अभी ले जाकर सर को दे दो। उनका फोन आया था। इसे जाँचने के लिए उन्होंने अभी माँगा है...?''

जनार्दन ने नन्दिता के चेहरे पर देखा, कल की घटना का कोई गिला-शिकवा

वहाँ नहीं था। खीझ, नाराजी और आक्रोश का कोई भाव भी नहीं। वह दंग रह गया। यह तो गजब की लड़की है! जनार्दन जब चलने लगा तो शान्त-सहज लहजे में ही नन्दिता ने उसे अपना आत्मीय सुझाव दिया—"इधर तुम्हारी तबीयत ठीक नहीं रह रही है जनार्दन...! अपने स्वास्थ्य का भी ख्याल रखा करो!"

उसकी इस बात पर जनार्दन स्वयं झेंप गया। फिर जल्दी ही उसने अपने को इस झेंप से मुक्त भी कर लिया। उसे लगा, नन्दिता ने अभी हथियार नहीं डाले। पर अपने अन्दर नन्दिता के प्रति उद्दाम आकर्षण का सूत्र तो वह कहीं खो गया था। जो डोरी नन्दिता की ओर उसे खींच रही थी वह बीच में ही टूट गयी थी। वह समझ नहीं पा रहा था कि क्या डोरी के उन टूटे छोरों को वह फिर थाम सकेगा? क्या नन्दिता आगे बढ़कर उसमें फिर गाँठ दे सकेगी? भविष्य जाने कौन-सा रंग दिखाये, इस बिन्दु पर तो अपनी तीसरी दृष्टि को भी वह अक्षम पा रहा था...!

4

इधर राव मानवेन्द्र बाबू की बढ़ती व्यस्तताओं एवं यात्राओं के साथ जनार्दन की व्यस्तताएँ एवं यात्राएँ भी बढ़ती जा रही थीं...। अब रोज ही उनके साथ किसी-न-किसी दौरे पर वह जाने लगा था...। पार्टी अध्यक्ष का चुनाव, हस्ताक्षर की सूची से ही उन्होंने जीत लिया था। अब न सिर्फ पार्टी में उनका रुतबा बढ़ा था, उनकी व्यस्तता और कार्य-प्रणाली में भी तेजी आ गयी थी। उनको लेकर पार्टी की अपेक्षाओं और दायित्व ने भी विस्तार ले लिया था। लेकिन अपने इस बढ़े दायित्व से राव मानवेन्द्र बाबू कहीं से भी बोझिल और थके-हारे नहीं जान पड़ते। राजनीति के किसी नये रंगरूट की तरह तत्पर, सक्रिय और गतिशील दिखते। राजनीति के एक मँजे खिलाड़ी के रूप में अब वे जान पड़ने लगे थे। प्रधानमन्त्री की कुर्सी को निकट आते महसूस कर प्रसन्नता और उत्साह से वे फूटते रहते। अपनी राजनीतिक यात्राओं पर चलने के लिए अब वे तनिक भी विलम्ब नहीं करते। एक जगह से लौटकर अभी सुस्ताने भी नहीं पाते कि किसी दूसरी जगह की जरूरत पर वहाँ चलने को तत्पर हो जाते...।

वह वैसी ही एक यात्रा थी। शुक्रवार की सुबह, बिहार के टेम्सपुर नामक गाँव में तत्काल पहुँचने की सख्त जरूरत आ गयी थी। किसी उग्रवादी संगठन ने टेम्सपुर गाँव के दर्जनों लोगों को मौत के घाट उतार दिया था। भीषण और जघन्य नरसंहार!

मारे गये लोगों की लाशों को घेरकर उनके परिजन, ग्रामवासी तथा इलाके के लोग आक्रोशित थे। राज्य सरकार के मन्त्रियों के पहुँचते ही भीड़ आक्रामक हो उठती थी। उन्हें जान लेकर भागना पड़ता था। राज्य का पुलिस प्रशासन भी उस आवेशित और क्रुद्ध भीड़ को नियन्त्रित करने में अक्षम होता जा रहा था। एक-एक पल की रिपोर्ट केन्द्र में पहुँच रही थी। ग्रामवासियों की माँग केन्द्रीय मन्त्री राव मानवेन्द्र बाबू की थी। उन्होंने ऐलान कर रखा था—"बिना अपने नेताजी के आये हम एक भी लाश उठने नहीं देंगे...। इलाके में खून की नदी बहा देंगे...!"

सरकार की नजर में भी राव मानवेन्द्र बाबू ही एक ऐसे केन्द्रीय नेता थे जो वहाँ पहुँचकर बिगड़ते हालात को काबू में कर सकते थे...।

राव मानवेन्द्र बाबू ने अपनी जनता की इस माँग की पूर्ति में तनिक भी देर नहीं की। अपनी टीम के साथ तत्क्षण चल पड़े। ऐसे वाक्यों के लिए उनकी टीम तैयार रहती थी। उनकी इस टीम में तीन अनुभवी सुरक्षा गार्ड, दो मशहूर चिकित्सक, एक अनुभवी सहयोगी, दो वरिष्ठ नौकरशाह, एक चहेता पत्रकार तथा जनार्दन शामिल रहता था। राव मानवेन्द्र बाबू को लेकर ग्यारह की संख्या की टीम।

ऐसी अन्य यात्राओं की भाँति उस दिन भी दो कारों में सवार हो यह टीम सीधे हवाई अड्डे पहुँची। उनकी प्रतीक्षा में तैयार राजकीय विमान ने उनके सवार होते ही उड़ान भर ली...। पटना हवाई अड्डे पर राव मानवेन्द्र बाबू के उतरते ही पार्टी के नेता और राज्य सरकार के मन्त्री तथा आला अफसर उनकी अगवानी एवं स्वागत में टूट पड़े। पर नेताजी ने समय जाया न कर अपनी टीम के साथ तत्क्षण घटना-स्थल की ओर प्रस्थान कर दिया। हवाई जहाज से उतरने के बाद यहाँ पुनः उनकी टीम दो कारों में सवार थी। पहली कार में राव मानवेन्द्र बाबू, उनके तीनों सुरक्षाकर्मी और जनार्दन तथा दूसरी कार में टीम के अन्य छः सदस्य...। हालाँकि राज्य सरकार ने राव मानवेन्द्र बाबू का प्रभाव लक्षित कर इन दोनों कारों के आगे-पीछे राज्य पुलिस और विभागीय मन्त्रियों की कई कारें दौड़वा दी थीं...। नेताजी की पार्टी की कारें तो अलग से थीं ही...।

कारों का यह काफिला ग्रामीण क्षेत्र की उस तराई में जाकर रुक गया जहाँ सड़क का मार्ग समाप्त हो जाता था। अब खेतों, गड्ढों, झाड़ियों और अनगढ़ नालों के रास्ते पैदल चलना पड़ता था। राज्य सरकार के वरिष्ठ पुलिस अधिकारी ने नेताजी को बताया—"सर! यहाँ से टेम्सपुर पहुँचने के लिए सवारी जाने का कोई मार्ग नहीं। हमें पैदल चलना होगा...।"

यह सुन पार्टी की राज्य इकाई का एक छुटभैया नेता अब तत्क्षण सामने आ गया—"बगल के गाँव से नेताजी के लिए अभी हम एक पालकी ले आते हैं। हम सब बोलते-बतियाते साथ-साथ चलेंगे...। नेताजी के लिए तो पालकी जरूरी है...।"

इस पर राव मानवेन्द्र बाबू ने अपनी ज़नवादिता का परिचय देते हुए कहा—"अपने ग्रामवासियों के पास हम पैदल चलेंगे...। हमारी यह जनता जिस रास्ते रोज पैदल आती-जाती है, उस रास्ते हम पैदल क्यों नहीं चल सकते...? जनता और नेता का यह फासला तो मिटना ही चाहिए...। हम अपने पैरों से चलकर उनके घर तक पहुँचेंगे...!"

नेताजी के इस पहले कथन ने ही एकत्रित समुदाय की श्रद्धा हासिल कर ली। पालकी का जिक्र करनेवाला वह छुटभैया नेता अब अपने को रोक नहीं सका। उसने उसी पल नेताजी की जयकारी शुरू कर दी—'राव मानवेन्द्र बाबू...! जिन्दाबाद...जिन्दाबाद...!', 'हमारा नेता कैसा हो?—राव मानवेन्द्र बाबू जैसा हो!'

राव मानवेन्द्र बाबू ने उस नेता को रोक दिया—"यह अवसर जयकारी का नहीं...। मेरा विश्वास नाम की अपेक्षा काम में है...।" और यह कहते हुए राव मानवेन्द्र बाबू ने खेत की आड़ी-तिरछी और ऊबड़-खाबड़ पगडण्डियों पर अपने पाँव बढ़ा दिए। अब क्या था, सारे लोग उनके पीछे हो लिए। सुरक्षाकर्मी दौड़ते हुए उनके अगल-बगल चलने लगे। यहाँ जनार्दन के होठों पर सहसा एक कविता की कुछ पंक्तियाँ उभर आयीं—'चल पड़े जिधर दो डग मग में। चल पड़े कोटि पग उसी ओर। गड़ गयी जिधर भी एक दृष्टि। गड़ गये कोटि दृग उसी ओर...!'

फिर उसे लगा, उस कविता के लिए यह सन्दर्भ उचित नहीं। वहाँ वह अर्थ सापेक्ष थी, यहाँ तो व्यंग्य सापेक्ष है...। वह देख रहा था, नेताजी खेत की अनगढ़ पगडण्डियों पर सँभल-सँभलकर चल रहे थे। उनके सुरक्षागार्ड और पार्टी सहयोगी जगह-जगह उन्हें सँभाल रहे थे। कहाँ अपनी कोठी के समतल लॉन की नर्म दूब पर चलना, कहाँ गाँव-गँवई के इस ऊबड़-खाबड़ रुक्ष रास्ते की यात्रा। भले ही मुँह से वे कुछ नहीं कह रहे थे, लेकिन दुष्कर रास्ते पर चलने की परेशानी रह-रह कर उनके चेहरे पर आ जाती थी, जिसे अपने राजनीतिक कौशल से वे छिपा लेते थे। राजधानी से आये उच्चाधिकारी और चिकित्सक तथा राज्य सरकार के मन्त्री और पदाधिकारी सभी इस पैदल मार्ग से खिन्न और दुखी थे। राजधानी के एक पदाधिकारी के मुँह से अब स्वतः उच्छ्वासपूर्ण यह बात निकल भी गयी—"यह तो बहुत इण्टीरियर एरिया है सर! यहाँ आना-जाना भी एक समस्या ही है...!"

यह सुन नेताजी चट बोल उठे—"अपनी ग्रामीण जनता की इस समस्या को भी हमें दूर करना है...। इस बार के बजट में इस समस्या को मैंने प्रमुख स्थान दिलवाया है...। सड़कविहीन गाँवों को मुख्य मार्ग से जोड़ने की योजना पर काम शुरू हो गया है...। अब वह दिन दूर नहीं जब इन गाँवों तक सीधे आप अपनी गाड़ी से पहुँचेंगे...।"

नेती की यह बात सुन भौचक्क रह गया जनार्दन। तो क्या सचमुच नेताजी

के यहाँ ऐसी किसी योजना पर कार्य चल रहा है? गाँव की सड़कों के निर्माण के किसी भी प्रस्ताव की चर्चा उसने तो नेताजी के यहाँ और उनकी बैठकों में कभी नहीं सुनी थी...। उसने अपने मन को आश्वस्त किया, सम्भव है, मन्त्रालय की फाइलों और बैठकों में ऐसा हुआ हो...। यहाँ जनार्दन को नेताजी के इस विलक्षण पक्ष की भी जानकारी हुई कि आम जनता में अपना जो आदर्श स्वरूप वह निरूपित करते थे अपने अधिकारियों, मातहतों, छोटे मन्त्रियों और पार्टी के सामान्य कार्यकर्ताओं के बीच भी उसी को सामने रखते थे। वैसे उनके निजी लोग तो बहुत कम थे जिनके बीच अपने असली रूप में वे होते थे। लेकिन जनार्दन, नेताजी के वैसे चन्द लोगों को भी जान गया था। वे चन्द लोग ही नेताजी की आधार भूमि थे। उनकी मन्त्रणा, तैयारी, कारगुजारी और सफलता के जनक! वैसे लोगों की भागीदारी नेताजी के आम दौरों और कार्यक्रमों में आवश्यक नहीं थी। वे तो नियन्ता थे। दुर्ग के रचयिता अपने नायक को सफलता के शिखर तक पहुँचानेवाले नकाबधारी सूरमा...!

आसमान में ऊपर उठता सूरज अब तपने लगा था। चानुल शहरवासियों के मस्तक अगिया उठे थे। जलते सूरज के बीच खुले खेतों की पैदल यात्रा! राव मानवेन्द्र बाबू के माथे पर भी पसीने की बूँदें चुहचुहा आयी थीं। अपनी जेब से रूमाल निकाल वे पसीना पोंछने लगे थे। अन्य अधिकारियों और मन्त्रियों के हाथों में भी उनके रूमाल आ गये थे। पर जनार्दन अपने इस चिरपरिचित माहौल की जलन और त्रास से कतई परेशान नहीं था। वह तो आन्तरिक तोष और आह्लाद का अनुभव कर रहा था। वह जब-जब गाँवों की अपनी इस चिरपरिचित जमीन पर आता था, उसका ग्रामवासी मन कुलाँचे भरने लगता था। खेतों के जाने-पहचाने आर-पगार। मिट्टी की सोंधी गन्ध। अपनी ओर बुलाते पेड़-पौधे। जंगली झाड़ियाँ और काँट-कूस...। खेतों के बीच के प्राकृतिक जलाशय (आहर-पोखर)...। जनार्दन की इच्छा होती कि अपने बचपन की तरह वह छलाँग लगा दे। दौड़कर इस टीम से निकल जाय। उछलकर किसी पेड़ पर चढ़ जाय। किसी झाड़ी से तोड़कर वन बैर खा ले। किसी जलाशय में कूदकर तैरने लगे...। पर अब ऐसा कुछ भी नहीं कर सका वह। मन के धरातल पर ही बचपन के अपने गाँव को जीता रहा।

टेम्सपुर के सिवान पर पहुँचते-पहुँचते रुदन-क्रन्दन की चीखें सुनाई पड़ने लगी थीं। नेताजी के साथ के लोग अब सजग-सतर्क हो गये। राज्य सरकार की पुलिस टुकड़ियाँ गाँव के बाहर से ही मिलने लगीं। उन पुलिस टुकड़ियों के प्रधान अब पूरी तत्परता और मुस्तैदी से नेताजी और उनकी टीम को घटना-स्थल की ओर ले चले। टेम्सपुर गाँव के दक्षिणी छोर पर वह वारदात हुई थी। वहाँ पहुँचकर सब हतप्रभ रह गये। वहाँ के दृश्य रोंगटे खड़े कर रहे थे और होश उड़ा रहे थे। अखबार की खबरों और सच्चाइयों के बीच का अन्तर जनार्दन शिद्दत से महसूस कर रहा था।

औरत, मर्द और बच्चों की बिखरी, बेतरतीब तथा विकृत लाशें! आततायियों ने जिसको जिस रूप में मारा था, उसकी लाशें उसी रूप में पड़ी थीं। उनके परिजनों और ग्रामवासियों ने किसी को छूने तक नहीं दिया था। गाँव के पोखरे के किनारे धनहर खेतों का वह स्थल था। लोगों की लाशों से उस स्थल पर लगे धान के पौधे बेतरह मचले-कुचले जा चुके थे। शायद हत्यारों ने उस जमीन पर ही जोर-आजमाइश की थी और मारे गये लोग वहीं तड़पे-छटपटाये थे...। वहाँ की जमीन खून से रंग गयी थी। अपने परिजनों की उन लाशों के पास छाती पीट-पीट कर तेज आवाज में रुदन करती औरतें दौड़-दौड़कर उन लाशों पर जा गिरतीं—''अरे कहँवा गइल हो बबुआ के बाबू...। मुदइया गउँआ सून कइले स रे रमवाँ...। अब हम कइसे जिअब रे दइबा...!''

गाँव के लोग उन्हें फिर-फिर पकड़कर उन लाशों से अलग करते और चुप कराते...। इधर बच्चों की चीखें आसमान को छेद रही होतीं—''बाबू हो बाबू...! कहवा गलिस रे माई!...भइया हो भइया...!''

इनसे अलग मर्दों की चिल्लाहट दिशाएँ कँपा रही थीं—''असल के जनमल होखब जा त अब बता देब जा...। खून के बदला खून। दोसर कवनो कानून ना...। सबके अपना माई के किरिया कि अब कफन बान्ह के तइयारना हो जाय... अब जियला के धिक्कार बा...। ओहनी के तड़पा-तड़पा के मारे के बा...। एक-एक लाश के बदले दस-दस लाश गिरावे के बा...।''

खौफ और बदहवासी में वहाँ का पूरा वातावरण घिरा था। भीषण जनसंहार की बर्बर अमानवीय परिणति! जनार्दन ने इससे पहले ऐसा क्रूर नरसंहार नहीं देखा था।

राव मानवेन्द्र बाबू पर नजर पड़ते ही मृतकों के परिजन जैसे एक साथ कई की संख्या में उन पर टूट पड़े—''अब तक कहँवा थे नेताजी! हई देख लीजिए, का किया है दुश्मनों ने...? अब मत कहिएगा कि हम खूनी हो गये...। उन हरामियों को मारकर ही अब लाश उठाने देंगे...! हमें उजाड़ दिया जल्लादों ने...। औरतों और बच्चों तक को नहीं बख्शा...।''

पके बालों, मैले कपड़ों और बदहवास चेहरेवाली एक बुढ़िया ने तो झपटकर नेताजी को पकड़ लिया—''नेतऊ हो नेतऊ! अब आके का करब ए नेतऊ...। सउँसे गऊँआ के बलि दिआ गइल हो नेतऊ...। अगिया लागो तोहरा राजपाट में ए नेतऊ...!''

उस बुढ़िया को पकड़कर सुरक्षाकर्मियों ने किसी तरह नेताजी से उसे अलग किया। नेताजी की आवाज तो जैसे कहीं खो गयी थी। चाहते हुए भी वे तत्क्षण कुछ बोल नहीं पा रहे थे। बस, सिर्फ रोये जा रहे थे। उनकी आँखों से बहते आँसू

उनके गालों पर ढरक रहे थे। जनार्दन ने लक्ष्य किया, ये राजनीति के आँसू नहीं थे। उसकी आँखें भी बरस रही थीं। उसने मुड़कर देखा, सभी अधिकारियों, मन्त्रियों और कार्यकर्ताओं की आँखें नम हो आयी थीं तथा चेहरे गमगीन हो उठे थे...। उसने कहीं पढ़ा था कि अपने स्वाभाविक रूप में मनुष्य हिंसा-विरोधी होता है...।

एक चार-पाँच साल के नंग-धड़ंग साँवले बच्चे को गाँव की औरतें ब-मुश्किल अपनी बाँहों में सँभाले हुए थीं। उस बच्चे के माँ-बाप दोनों मारे जा चुके थे। अपने माँ-बाप की लाशों के पास जाने के लिए वह तड़प-छटपटा रहा था—"माई भीरी जाइब...! बाबू भीरी जाइब...!"

उससे नजदीक ही सख्त चेहरे और मजबूत कदकाठी वाली एक लड़की को कुछ लोग पकड़े हुए थे। अपने हाथों में देशी कट्टा लिए वह दहाड़ रही थी—"छोड़ द स! ओहनी के मारब! ओहनी के खून पिअब...!"

उसका चेहरा आक्रामक और खूँखार लग रहा था। उसकी आँखों में हिंसा उतर आयी थी। लोगों से पता चला, उसका अकेला युवा भाई मारा गया था, जो उसके घर का कर्णधार था। जनार्दन ने फूलन देवी का बनना सुना था। अब किसी फूलन देवी के बनने की प्रक्रिया वह देख रहा था।

उससे कुछ ही दूरी पर नयी उम्र की एक ब्याहता बहू बेसुध पड़ी थी। इस गाँव में बहू बनकर उसे आये अभी सिर्फ छह माह ही हुए थे। उसके पति को कातिलों ने घर से खींचकर मारा था। रोती-पड़ती घटना-स्थल पर वह पहुँची थी। लेकिन पति की लाश देखते ही बेहोश हो गयी थी। तब से उसे सुध नहीं थी। उसके महावर लगे पाँव और मेहँदी रचे हाथ निर्जीव पड़े थे। उसके उघड़े बदन को पास की औरतें ढँक रही थीं और उसे होश में लाने के उपचार में लगी थीं।

लेकिन जिस व्यक्ति की ओर सबका ध्यान सहसा चला जाता था, वह एक पहलवान बूढ़ा था। उसे एक मजबूत रस्से में बाँधकर कई ग्रामीण पकड़े हुए थे। अपने ऊँचे डील-डौल के अनुसार उसका चेहरा भी बड़ा और खुरदरा था। उसके दो बेटे इस नरसंहार में मारे गये थे। घटनास्थल पर पहुँचते ही वह एकदम उग्र हो गया था। जाने कहाँ का भूत उस पर सवार हो गया था। एक स्थानीय कार्यकर्ता का उसने माथा फोड़ दिया था। एक पुलिसकर्मी की उसने बाँह तोड़ दी थी। अन्ततः कई लोगों ने उसे पकड़कर काबू में किया था...। अब वह सर्कस के कैदी बाघ की तरह सिर्फ हुंकार रहा था—"छोड़ द सऽ...हट सऽ...हूँऽ...हूँऽ...!"

नेताजी और उनकी टीम के लोग समझ नहीं पा रहे थे कि सचमुच इस स्थिति को कैसे नियन्त्रित किया जाय? सभी पीड़ित लोग नेताजी से अपनी-अपनी बात कह रहे थे। उस कुहराम और मिश्रित ध्वनि में किसी की कोई बात स्पष्ट सुनाई भी नहीं पड़ रही थी। फिर भी उनका आशय समझ में आ रहा था। वे सब नेताजी

से समाधान माँग रहे थे। अपनी अपूरणीय क्षति की भरपाई खोज रहे थे...। इस सम्बन्ध में नेताजी अभी किसी एक को समझा-बुझाकर शान्त करना चाहते कि दूसरा अपनी व्यथा और आक्रोश के साथ बीच में कूद जाता...! सभी नेताजी की ओर ही उन्मुख थे और उन्हीं से संवादरत होना चाहते थे। यहाँ बुरे फँस गये थे नेताजी। उनके लिए किसी गहरी नदी के चकोह से यह कम नहीं था। जनार्दन उनकी उलझन महसूस कर रहा था। वे समझ नहीं पा रहे थे कि क्या करें? ऐसी व्यथित-पीड़ित भीड़ पर बल-प्रयोग न करने की सख्त हिदायत भी वे पुलिस को दे चुके थे। पुलिस के जवान नरसंहार पीड़ितों के बीच घिरे तबाह-परेशान नेताजी को अब सिर्फ देख भर रहे थे। उनकी क्रियाशीलता आदेशों से बँधी थी। लेकिन इस विषम अवसर पर रास्ते में नेताजी की जयकारी लगानेवाला वह छुटभैया नेता बेहद उपयोगी साबित हो गया। भीड़ को चीरकर त्रस्त-बेहाल नेताजी के समीप वह आ गया। फिर अपनी मजबूत बाँहों के घेरे में उन्हें लेकर पोखरे के कगार की ओर चल पड़ा। ऐसा करते हुए चिल्लाकर वह लोगों की 'बुझारत' भी करता रहा—"आप लोग शान्त हो जाइए...। नेताजी आप ही लोगों के लिए आये हैं। आपका दुःख दूर करने आये हैं...। अाप लोग शान्त होकर उनकी बात सुन लीजिए...। उन्हें कहने का मौका दीजिए...। आपके इस दुःख में वे भागीदार बनने आये हैं...!"

वह छुटभैया नेता अपनी कद-काठी और डील-डौल में जितना मजबूत था उसकी आवाज भी उतनी ही बुलन्द थी। नेताजी को लेकर पोखरे के ऊँचे कगार पर वह चला आया। अब क्या था! जैसे सारे लोगों को उसने मार्ग सुझा दिया हो...। सभी अधिकारी, मन्त्री और सुरक्षाकर्मी अब नेताजी के समीप मौजूद हो गये। नरसंहार की लाशें और पीड़ित लोग नीचे रह गये। यह वक्ता और श्रोता का फासला था। मंच के नेता और जमीन की जनता का निर्धारण उस छुटभैये नेता ने क्षण-भर में ही कर दिया था। उस छुटभैये नेता का यह करिश्मा देख जनार्दन दंग रह गया...। नेताजी भी उससे कम प्रभावित नहीं हुए। पोखरे की मेड़ पर उसे अपनी बाँहों में भर लिया। अपने सीने से लगाकर उसे शाबाशी दी—"आपने बहुत अच्छा किया! मैं तो संकट में फँस गया था कि इन लोगों के बीच अपनी बात कैसे कहूँ...? आपने रास्ता निकाल दिया...। बहुत-बहुत धन्यवाद!"

जनार्दन अनुभव कर रहा था, पूरे रास्ते में नेताजी उस छुटभैये नेता के प्रति इतने स्नेहिल और उदार नहीं हुए थे जितना अब हो उठे थे। अन्य सभी पदाधिकारियों, मन्त्रियों और नेताओं का ध्यान भी उसकी ओर चला गया था। अपनी समझ एवं साहित्यिक चेतना के तहत जनार्दन ऐसे छुटभैये नेताओं को हिकारत की दृष्टि से देखता था। पर अब पुनर्मूल्यांकन के लिए वह बाध्य था। ऐसे अवांछित, अवसरवादी और अनावश्यक व्यक्ति भी लोकतन्त्र में कम उपयोगी नहीं होते। हमारी लोकतान्त्रिक

व्यवस्था में कई अवसरों के दिग्गज और अपराजेय सूरमा तो ऐसे ही व्यक्ति होते हैं।

नेताजी का कथन अब जारी हो गया था। ऐसे अवसरों की शब्दावली का उपयुक्त और सटीक प्रयोग वे कर रहे थे—"मैं आप लोगों से कम दुखी नहीं हूँ। इस गाँव का हर मृतक मेरी अपनी औलाद से तनिक भी घट कर नहीं। अगर हृदय फाड़कर दिखाना होता तो मैं आप लोगों को दिखा देता कि जितने लोग मारे गये हैं मेरे जिगर के उतने टुकड़े हो गये हैं...। मेरी आत्मा रो रही है। मुझसे बोला तक नहीं जा रहा...!"—और नेताजी फिर रोने लगे थे। लेकिन जनार्दन की आँखें धोखा नहीं खा सकीं। उनके इस बार के ये आँसू राजनीति के आँसू थे। पहले आँसुओं जैसे स्वतःस्फूर्त और सच्चे नहीं। नेताजी ने अपने आँसुओं को जबरन थामते हुए गला साफ कर अपना कथन जारी रखा—"जिन लोगों ने यह अनर्थ किया है...जो इस नरसंहार में कातिल बनकर आये थे...उनमें से किसी को भी बख्शा नहीं जाएगा...! हम उन्हें किसी भी हालत में साबुत नहीं रहने देंगे...! हर अपराधी को कठोर से कठोर दण्ड दिया जाएगा। इस पूरे मामले की जाँच मैं सी. बी. आई. से कराने जा रहा हूँ। किसी भी मुजरिम को भागने-छिपने का अवसर नहीं मिलेगा...!"

नेताजी की इस आश्वस्ति ने अब पीड़ितों को अपनी गिरफ्त में ले लिया। उनका कोलाहल थम गया। व्यथा-पीड़ा के चरम उद्वेग के बावजूद अब वे शान्त हो गये। नेताजी उनके मन की बात कह रहे थे। उनकी माँग की पूर्ति में कहीं से भी पीछे नहीं थे...। उनकी शान्त, किन्तु याचकों की भाँति आतुर स्थिति को लक्ष्य कर नेताजी अब अपने कथन के अन्तिम हिस्से पर थे जो सर्वाधिक प्रभावकारी हिस्सा था—"ऐसे हादसे का कोई मुआवजा नहीं हो सकता...। किसी की जान की कीमत रुपयों और सुविधाओं से नहीं आँकी जा सकती...। ऐसे बड़े अनर्थ की भरपाई नहीं होती...। बस, आपके दुःख में शरीक होने...आपका हाथ बँटाने आया हूँ...। आपको कुछ सहारा हो सके, उसका बगैर इन्तजाम किए मैं नहीं जा सकता...।"

इसके बाद क्षण भर विराम लेकर नेताजी ने लोगों की जिज्ञासाओं को परवान चढ़ा दिया। अब नये तेवर के साथ उनके परम हितचिन्तक की आवाज में वे बोल उठे—"इस विषम घड़ी में आप लोगों की सहायता के लिए जो घोषणा मैं करने जा रहा हूँ, वह अन्य नेताओं की तरह ढपोरशंखी घोषणा नहीं है। मैं आप सबके सामने यह वचन देता हूँ कि एक सप्ताह के अन्दर हर मृतक परिवार को पाँच लाख रुपये की अनुग्रह राशि दी जाएगी तथा हर मृतक के परिवार के एक सदस्य को सरकारी सेवा में बहाल किया जाएगा...। यह हमारी अटल घोषणा है। इसके अनुपालन में कोई देर नहीं की जाएगी। मैं जानता हूँ, आप लोगों की इस बर्बादी पर यह कुछ नहीं है। लेकिन फिलहाल इसके अतिरिक्त मैं कर भी क्या सकता हूँ...?"

नेताजी के कथन के इस अन्तिम अंश ने पीड़ितों को एक हद तक अपने नियन्त्रण में ले लिया और विगलित कर दिया। उनकी तनी हुई नजरें झुक गयीं। उनके अन्दर उमड़ते-घुमड़ते बादल अब थम गये। उनकी मुद्रा नेताजी के अनुचरों जैसी हो गयी। इस अवसर का लाभ उठाते हुए उन्होंने कहा—"अब आप लोग इन लाशों को न रोकें...। पोस्टमार्टम के लिए ले जाने दें...। इनके दाह-संस्कार की व्यवस्था करें...। मैं आप लोगों के लिए कुछ भी उठा नहीं रखूँगा...। बस, आप लोगों का सहयोग और समर्थन मिलता रहे...!"

पीड़ितों का प्रतिकार अब खत्म हो गया था और घेरेबन्दी टूट गयी थी। इस अवसर के लिए प्रशिक्षित पुलिसकर्मी लाश ढोनेवाले स्ट्रेचरों के साथ मौजूद थे। अवसर अनुकूल होते ही अब वे तत्पर-सक्रिय हो गये। वे स्ट्रेचर पर लाशों को लाद-लाद कर चल पड़े। सड़क पर खड़ी गाड़ियों तक इन लाशों को उन्हें पैदल ही ढोना था। फिर वहाँ से मुर्दागाड़ी में उन्हें रख राजकीय अस्पताल पहुँचाना था...। मृतकों के परिजन भी अब उन लाशों के साथ दौड़ने लगे। पोस्टमार्टम के बाद अब उन लाशों को उन्हें दुबारा गाँव नहीं लाना था। वहीं शहर के पास गंगा किनारे दफ़ना देना था...।

जनार्दन इस पूरे घटनाक्रम को देखता रह गया। लोगों के रुदन-क्रन्दन, प्रतिकार-आक्रोश और फिर अनुचर की परिवर्तित स्थिति ने उसे सोचने के लिए बाध्य कर दिया था...। नेताजी की टीम भी अपने उद्देश्य को अंजाम देकर अब वापसी पर थी। यह टोली लाश ढोनेवाली टुकड़ी से कुछ ही फासले पर चल रही थी। नेताजी के अगल-बगल उनके सुरक्षा गार्ड पूर्ववत् तैनात थे। उनके आगे-पीछे अन्य पदाधिकारी, कार्यकर्ता और मातहत चल रहे थे। जनार्दन नेताजी के सुरक्षा गार्डों के पीछे था...। उधर से आने में भी उसका यही क्रम था और इधर से वापसी में भी उसने अपना यही क्रम पकड़ लिया था...।

सूर्य की यात्रा अब ढलान पर थी। चढ़ते सूरज की उफान की तपिश अवसान के वक्त कम हो गयी थी। पर्वत की चढ़ाई में जो जोर लगता है, उतराई में वैसी शक्ति खर्च नहीं होती। दिन समाप्ति पर था। घर से बाहर जाने का रास्ता कठिन और जटिल लगता है, पर घर वापसी में वही सुखद मार्ग बन जाता है। जनार्दन अनुभव कर रहा था कि वापसी में टोली के सारे यात्रियों के चेहरे पर आश्वस्ति और सुकून के भाव थे। अपने उद्देश्य की सफलता में सब नेताजी के साथ के अपने आगमन को सार्थक समझ रहे थे। नरसंहार के दृश्य से सबके मन आहत और पीड़ित जरूर हुए थे। पर मामला सलटाने के एहसास ने उस पीड़ा को अब कम कर दिया था। अपने जिस महानायक राव मानवेन्द्र बाबू के राजनीतिक व्यक्तित्व का चमत्कार उन्होंने देखा था, अब वापसी में उसका गुणगान प्रारम्भ हो गया था। शुरुआत

जयकारी वाले उस छुटभैये नेता ने ही की—"हमारी नेताजी को छोड़कर स्वयं प्रधानमन्त्री भी इस स्थल पर आते तो लोग शान्त नहीं होते... । लोगों ने तो ऐलान कर रखा था कि जब तक राव साहब नहीं आएँगे तब तक वे किसी की बात नहीं सुनेंगे... । हमारे नेताजी को इस क्षेत्र की जनता अपने दिलोजान से चाहती है... । नेताजी कह दें तो यहाँ के लोग एक पैर पर खड़े हो जायँ... । इसी को कहते हैं सच्चे नेता के साथ उसकी जनता का जुड़ाव... । वास्तविक जनाधार...! सदन में अपने हवाई जनाधार का परचम कई फर्जी नेता फहराते हैं। वे यहाँ आकर देखते तब उन्हें पता चलता कि असली जनाधार क्या होता है?"

जनार्दन ने महसूस किया, इस वापसी में उस छुटभैये नेता की बात अब पूरी टीम गम्भीरता और विश्वास से सुन रही थी। घटना-स्थल पर नेताजी एवं टीम के अन्य लोगों को अपने विलक्षण व्यक्तित्व से वह परिचित करा चुका था। उसके प्रति शायद लोगों की धारणा अब बदल चुकी थी। लोकतान्त्रिक व्यवस्था की एक सशक्त कड़ी के रूप में अपनी उपयोगिता उसने प्रमाणित कर दी थी। नेताजी भी अब उसकी बात मौन भाव से ग्राह्य कर रहे थे। शायद उसके प्रति नेताजी के मन में भी अब विशिष्ट जगह बन गयी थी। इस वापसी में अपनी सफलता पर नेताजी स्वयं अभिभूत जान पड़ते थे... । अपनी प्रशस्ति को मौन भाव से सुनना और उनके चेहरे पर प्रसन्नता की लकीरों का उभरना इसका सूचक था... । उनकी इस सुखद ग्राह्यता को लक्ष्य कर अब एक पदाधिकारी ने उस छुटभैये नेता के कथन में कुछ इजाफा करते हुए कहा—"हमारे नेताजी के समर्थक और प्रशंसक लोग ऐसे ही नहीं बने हैं। इस क्षेत्र की जनता के लिए इन्होंने क्या नहीं किया है...? इनका दरवाजा यहाँ के लोगों के लिए चौबीसों घण्टे खुला रहता है...! सदन में यहाँ की जनता की माँग को ये उठाते रहते हैं... । एक अधिकारी के रूप में मैंने कई सरकारों को देखा है। लेकिन अपनी जमीन की राजनीति में नेताजी सबसे विशिष्ट और विलक्षण व्यक्ति हैं...!"

यह सुन अब दूसरा पदाधिकारी अपने को रोक नहीं सका। इस पहले अधिकारी से आगे बढ़ते हुए अपने उद्गार उसने व्यक्त किये—"गाँधी और सुभाष का युग हमने नहीं देखा है। कहते हैं, लोग आँख मूँदकर उनका अनुयायी बन जाते थे। उनके प्रभाव को हमने सिर्फ सुना भर है। पर अपने नेताजी के साथ अब उसका अनुभव भी कर रहे हैं... । सचमुच हमारे युग में नेताजी का होना एक बड़ी बात है। ऐसी महान हस्तियों से ही कोई युग उल्लेखनीय बनता है...!"

जनार्दन भारतीय प्रशासनिक सेवा के इन दोनों पदाधिकारियों को जानता था। नेताजी के दरबारियों और विश्वस्त आदेशपालकों में इनकी भूमिका मुख्य थी। ये दोनों जिलाधिकारी थे। अपनी प्रशासनिक सेवा के असीमित अधिकार और सर्वसुख

सम्पन्न पद के भोक्ता...। लेकिन पिछले चुनाव में चुनाव आयोग ने इनकी सन्देहास्पद भूमिका को लक्ष्य कर जिलाधिकारी के पद से उन्हें हटा दिया था। ये सचिवालय में पदस्थापित कर दिये गये थे। बाद में नेताजी ने अपने विभाग में इन्हें बुला लिया। इन दोनों को पुनः जिलाधिकारी बनाकर भेजने की बात नेताजी कह चुके हैं। अपने इन भक्त अधिकारियों पर उनका वरदहस्त था...।

जनार्दन को उस छुटभैये नेता और इन अधिकारियों की बातों से अधिक नेताजी की चुप्पी खल रही थी। अक्सर ऐसी बेलगाम प्रशंसाओं पर वे बोल उठते थे—"अब बस कीजिए, बहुत हो गया...। मैं वैसा महान नहीं हूँ भाई जैसा आप लोग मानते हैं...! यह तो आप लोगों का बड़प्पन है कि आप लोग मेरे बारे में ऐसा सोचते हैं...! मैं तो अभी भी अपने को एक जनसेवक मानता हूँ...पार्टी का एक आम कार्यकर्ता...!"

लेकिन जब ऐसा वे नहीं कहते थे और चापलूसों की स्तुति चुपचाप सुनते जाते थे तो उसकी नजर में वे और अधिक सन्देहास्पद और कुटिल जान पड़ते थे। अपने साहित्यिक अध्ययन की चेतना से उसने जाना था कि अपनी उपस्थिति में अपनी स्तुति का श्रवण निन्दा से कम निकृष्ट नहीं होता...!

खेतों की आधी यात्रा पूरी हो गयी थी। अब और आधी रह गयी थी जिसके बाद सड़क के उद्गम पर उन्हें पहुँचना था, जहाँ उनकी गाड़ियाँ प्रतीक्षा कर रही थीं। उसके बाद वाहनों की तेज रफ्तार और आरामदायक यात्रा...।

वे ईख के खेत की बगलवाली पगडण्डी से चल रहे थे। उस ओर से भी इसी पगडण्डी से ही आये थे। ईख के खेतों की हरियाली और मिठास ने उस ओर से भी जनार्दन को अपनी ओर खींचा था...। उसकी इच्छा हुई थी कि बचपन की तरह एक 'डाँड़' ईख तोड़कर रास्ते में चूसते चले। मन तर हो जाएगा। मजा आ जाएगा।...लेकिन नेताजी की टीम का एक सदस्य होने के नाते ऐसा नहीं कर सका। इस वापसी में भी अपनी वह ग्रामीण चाह उसके अन्दर जाग गयी थी। वह पुनः अपनी इच्छा दबाकर चलने लगा था। लेकिन यह क्या...? अचानक ईख के खेत से धाँय! धाँय! धड़ाक! धड़ाक! की तेज आवाजें आने लगीं...! धुएँ का गुबार उठने लगा! ऐसा लगा, जैसे बारूद के जखीरे पर टिके उस ईख के खेत में विस्फोट हो गया हो...! इससे पहले कि जनार्दन उस औचक विस्फोट को समझे, नेताजी धराशायी हो गये थे। उनके अगल-बगल चलनेवाले दोनों सुरक्षागार्ड भी गिरकर छटपटा रहे थे। अब जनार्दन ने तत्क्षण लक्ष्य कर लिया, विस्फोट के केन्द्र ईख के खेत थे तथा उसका निशाना सीधे नेताजी अपने सुरक्षा गार्डों के साथ उनके धराशायी होने के बावजूद उन पर धाँय-धाँय के हमले जारी थे। अन्य लोगों की ओर विस्फोट केन्द्र मुखातिब नहीं था...।

नेताजी की उस पूरी टोली में अब भगदड़ मच गयी! लोग इधर-उधर खेतों में दौड़ चले! खेतों में जहाँ-तहाँ वृक्ष खड़े थे उनकी आड़ में लोग छिपने लगे! इस मैदानी जंग में बचने-छिपने के और उपाय कहाँ? कुछ चतुर लोग मोटी पगडण्डियों के नीचे खेतों में भी पेट के बल लेटने लगे। अब तक नेताजी के आगे-पीछे चलनेवाले पुलिस के जवानों और प्रशिक्षित सुरक्षाकर्मियों ने भी जवाबी मोर्चा सँभाल लिया...। नरसंहार की घटना पर पुलिस की कई टुकड़ियाँ यहाँ पहुँची थीं। नेताजी की टोली के आगे-पीछे की पुलिस टुकड़ियाँ तो थी हीं, निकट के फासले पर लाशों के साथ चल रही पुलिस टुकड़ियाँ भी घटना-ए-वारदात पर तत्क्षण जुट आयीं। अब सारी प्रशासनिक बन्दूकें उस ईख के खेत की ओर मुड़ गयीं—"धाँय! धाँय! धड़ाक! धड़ाक! धाँय! धाँय...!"

जनार्दन इस दौरान अविचल खड़ा रहा। क्षण भर भौचक रहने के बाद अब वह सजग-सतर्क हो गया था। नेताजी के साथ के अन्य लोगों की तरह उसने कहीं भागने-छिपने की कोशिश नहीं की। जिस नेताजी की सुरक्षा-निगरानी में वह आया था, उस नेताजी को गिरते देख कैसे भाग सकता था...? राज्य सरकार की जवाबी कार्रवाई से विस्फोट केन्द्र का संचालन ध्वस्त होते ही वह नेताजी के समीप आ गया। विस्फोट केन्द्र की ओर से आनेवाले धमाके अब बन्द हो गये थे। राज्य शक्ति के जोरदार और शक्तिशाली हमलों ने देखते-ही-देखते उस पर काबू पा लिया था। जनार्दन ने लहूलुहान पड़े नेताजी को सँभालते हुए सम्बोधित किया—"नेताजी...! नेताजी...!"

लेकिन नेताजी तो उसकी बाँहों में ही ढेर हो गये थे। उनके बदन पर ज़ख्म के कई गहरे निशान थे जिनसे ज़ारी रक्त-प्रवाह अभी बन्द नहीं हुआ था। जनार्दन ने उन्हें झिंझोड़ते हुए फिर-फिर आवाज लगायी—"नेताजी...! नेताजी...!"

पर उनमें कोई हरकत नहीं हुई। जनार्दन को लगा, नेताजी अब नहीं रहे। क्षण-भर में ही ईख के खेत में छिपे आततायियों ने उन्हें मार डाला था। उसका अन्तर अब हाहाकार कर उठा। नेताजी की सुरक्षा-निगरानी में ही वह आया था। नेताजी के भरोसे ही वह बँधा था। अब मालकिन और नन्दिता को क्या जवाब देगा? यह ठीक है कि नेताजी की गतिविधियों को देखते हुए उनके प्रति उसके मन से सच्ची श्रद्धा जाती रही थी। लेकिन जिस लौकिक व्यवहार के आचरण में वह उनसे बँधा था, उसकी पीड़ा भी कम नहीं थी। उस गहन पीड़ा और चरम अवसाद ने अब उसे व्यथित कर दिया। अन्दर-ही-अन्दर वह रो उठा।

इधर राज्य शक्ति की संहारक कार्रवाई ने उस ईख के खेत के परखचे उड़ा दिये। चारों तरफ से मोर्चाबन्द पुलिस टुकड़ियों के बारूदी धमाकों ने उस ईख के खेत को मरुभूमि का रूप दे दिया। ईख के पौधे जगह-जगह टूटकर बिखर गये।

पूरा खेत जलकर खाक हो गया। किसी के छिपाने लायक आवरण वहाँ नहीं रह गया। विस्फोट केन्द्र के संचालक सूरमा अब खेत के बीचोंबीच मृत पड़े थे। वे अब साफ नजर आ रहे थे। उनकी संख्या तीन थी। बनैले दाढ़ी-मूँछों और मजबूत कद-काठी के वे युवक थे। शक्तिशाली प्रहारों ने उनके बदन को छलनी कर दिया था...। उनके हथियार और आग्नेयास्त्र भी उनके आसपास ही बिखरे थे।

पुलिस प्रमुख ने घोषणा की–"सारे उग्रवादी मारे गये...! अब किसी को भी डरने-छिपने और घबराने की जरूरत नहीं....!"

पुलिस की इस घोषणा के बाद छिपे लोग अब घटनास्थल पर जुटने लगे। लेकिन इस अप्रत्याशित वारदात से सब काफी भयभीत और आतंकित थे। सब लोग जैसे काँप-से रहे थे। सबके चेहरे स्याह पड़ गये थे। आँखों में खौफ के बादल तैर रहे थे। होठ सूख कर जर्द हो गये थे। लोगों के कण्ठ और तालू तक की तरावट सूख गयी थी। चाहते हुए भी उनके मुँह से कोई बोल फूट नहीं रहे थे। इस विषम घड़ी में उस छुटभैये नेता ने ही पुनः नेतृत्व की बागडोर सम्भाली–"डॉक्टर लोग कहाँ हैं? अरे भाई जल्दी से नेताजी को कोई देखे...! जल्दी से कुछ करे...! फौरन अस्पताल लेकर चले...!"

उस नेता की इस सक्रियता पर प्रशासनिक सेवा के वे दोनों पदाधिकारी भी अब तत्पर और क्रियाशील हो गये–"नेताजी के उपचार में अब तनिक भी देर उचित नहीं...। शीघ्रता बरती जाय। तत्काल इन्हें इमरजेंसी चिकित्सा में ले चला जाय...!"

उस टोली में उपस्थित राजधानी से आये नेताजी की टीम के चिकित्सकों और राज्य सरकार के चिकित्सकों ने अब संयुक्त रूप से उनका परीक्षण किया। उन चिकित्सकों के चेहरों के भावों से जनार्दन को अपने अनुमान की पुष्टि हो रही थी। पर वे चतुर चिकित्सक थे। कोई निर्णायक घोषणा उन्होंने नहीं की। शायद किसी बड़े नेता की मृत्यु की तात्कालिक घोषणा उन्हें उचित नहीं जान पड़ी। उन्होंने बस इतना ही कहा–"इन्हें जल्द-से-जल्द किसी बड़े अस्पताल में पहुँचाने की जरूरत है...। 'एम्स' में ले चलना ही ठीक रहेगा...।"

अब तत्क्षण नेताजी को स्ट्रेचर पर लादकर दो पुलिस धावक दौड़ चले। जनार्दन भी उनके पीछे लग गया। पुलिस के अन्य जवान और शेष लोग भी दौड़ उठे...। सड़क पर तैयार गाड़ियाँ प्रतीक्षारत थीं। नेताजी के लदते ही वे भाग चलीं। वायरलेस और सेल फोन से यह आपात् सूचना सभी सम्बन्धित जगहों पर तत्क्षण भेज दी गयी। हवाई अड्डे पर एयर इण्डिया का विमान भी तैयार मिला! नेताजी के लदते ही उसने उड़ान भर ली। काफी लोग नेताजी के साथ हो गये। जो शेष बचे थे वे पीछे के वाहनों पर जा चढ़े। विमान पर सवार लोगों की चिन्तातुर बातचीत जनार्दन सुन रहा था। वे इस बात की छानबीन कर रहे थे कि वे उग्रवादी कौन

थे? उन मारे गये उग्रवादियों की लाशें भी पोस्टमार्टम के लिए पीछे से आ रही थीं। नेताजी के सुरक्षा गार्डों के शव भी एक अलग वाहन में आ रहे थे। विमान पर सवार पुलिस अधिकारियों के अनुसार सम्भवतः वे उग्रवादी उसी आतंकवादी गिरोह के सदस्य थे, जिन्होंने टेम्सपुर में नरसंहार किया था। लेकिन उस छुटभैये नेता और प्रशासनिक सेवा के अधिकारियों के अनुसार वे दूसरे गिरोह के आतंकी थे। इस सम्बन्ध में विमान में उपस्थित शेष लोगों की राय क्रमशः तीसरे और चौथे गिरोह के बारे में थी। जनार्दन ने अनुभव किया, इस संहारक स्थिति में भी लोग अपने दुश्मन गिरोहों की शक्ल तलाशते हुए मारे गये इन उग्रवादियों पर चस्पाँ कर देना चाहते थे। लेकिन जनार्दन को तो वे एक जैसे लगे थे। उसने कई गिरोहों और संगठनों के मारे गये उग्रवादियों को देखा था। मरने के बाद सब एक जैसे प्रतीत हुए थे—रुक्ष, सख्त और बनैले! सबकी आकृतियाँ लगभग एक जैसी ही थीं—कसी हुई मांसपेशियाँ! तगड़ी कदकाठी! युवा अवस्था! विभिन्न जाति और जमात के होकर भी हत्या की वृत्ति में वे सब एक हो गये जान पड़ते थे...। उनकी उस स्थिति ने ही जनार्दन के अन्दर यह धारणा कायम कर दी थी कि हत्यारे, आतंकी और उग्रवादी किसी जाति और जमात के नहीं होते, उनकी जाति 'हत्यारे' की होती और जमात हत्या की। अपने उद्देश्य और वर्चस्व के लिए दूसरों पर हमले की भाँति अपनी जाति और जमात के लोगों को भी वे नहीं बख्शते...। पहले जनार्दन भी हर हत्यारे को उनकी अलग पहचान के साथ जानना चाहता था। पर अपनी साहित्यिक चेतना में अब उन्हें छिनगा कर नहीं देख पाता था...।

हत्या के इस पक्ष ने भी जनार्दन का ध्यान अपनी ओर खींचा था कि चाहते हुए भी नेताजी बच नहीं सके। उन्हें बचाया नहीं जा सका...। उन पर कितनी सावधानी बरती जा रही थी। इस मामले में वे स्वयं कितने सजग-सतर्क रहते थे! उनके निवास पर, मंचों पर, विमान में, बुलेट प्रूफ कारों में हर जगह सुरक्षा का पुख्ता इन्तजाम होता था। मेटल-डिटेक्टर से विस्फोटक पदार्थों की जानकारी लेकर ही उन्हें मंचों पर जाने दिया जाता था तथा विमानों और कारों में बैठाया जाता था। बड़े नेताओं और मन्त्रियों की हत्याओंवाली घटनाओं को ध्यान में रखकर वैसे स्थलों पर विशेष चौकसी बरती जाती थी। लेकिन उनकी हत्या के लिए हत्यारों ने यह नया मार्ग ईजाद कर दिया था। किसी का भी ध्यान इस ओर नहीं गया था कि खुले मैदान के ईख के खेत में दिन के वक्त भी हत्यारे हो सकते हैं। ऐसा तो कहीं हुआ ही नहीं था। पर इस असम्भव को ही हत्यारों ने सम्भव बना दिया था। इन स्थितियों के चिन्तन-मनन से जनार्दन को साफ लगा था कि राजनीति की जिस संरचना पर नेताजी की सफलता टिकी थी उसकी यह परिणति होनी ही थी...। फिर उसके समक्ष यह प्रतिप्रश्न खड़ा हुआ कि चतुर नेताजी का ध्यान इस ओर क्यों नहीं जाता था?

इसका जवाब भी उसे सहज ही सूझ गया। जिस पद पर वे आसीन थे उसकी शक्ति, सुविधा और प्रभाव ने जड़ों की ओर झाँकने का उन्हें अवसर ही नहीं दिया। दूसरों का मरना सब देखते हैं, पर अपने मरने की बात शोचनीय नहीं मानते...।

लोगों के बीच हत्यारों की इस आत्मघाती कार्रवाई को लेकर भी चर्चा थी। एक तरह के वे आत्मघाती ही थे। नरसंहार वाले गाँव के रास्ते में भारी पुलिस बन्दोबस्त के बावजूद उन्होंने ऐसा किया! क्या वे नहीं जानते थे कि ईख के खेत में नेताजी के साथ की पुलिस टुकड़ियों से वे नहीं बच सकते? वे सब जानते थे। नेताजी पर हमले के बाद ईख के खेत से भागने का भी उन्होंने कोई प्रयास नहीं किया। अपने विस्फोट केन्द्र के पास ही वे ढेर हो गये...।

नेताजी की लहूलुहान देह और उनकी टीम के साथ जनार्दन जब 'एम्स' पहुँचा मालकिन और नन्दिता बदहवास स्थिति में अस्पताल के फाटक पर ही मिलीं...। वे नेताजी को देखने और उनसे लिपटने के लिए टूट पड़ीं। पर सुरक्षाकर्मियों और चिकित्सकों ने उन्हें रोक दिया। तत्क्षण एम्स के डॉक्टर और कर्मचारी स्ट्रेचर पर लदे नेताजी को लेकर गहन आपात् चिकित्सा कक्ष की ओर भागे। अब मालकिन और नन्दिता की नजर जनार्दन पर पड़ी। मालकिन ने तो दौड़कर उसे पकड़ लिया—"वे कैसे हैं जनार्दन! तू सच-सच बता...? अब कुछ भी न छिपा। देर न कर...!"

लेकिन जनार्दन की तो जैसे बोलती ही बन्द हो गयी थी। जिस स्थिति का सामना करने से वह घबराता आ रहा था, वह स्थिति आ गयी थी। मायूसी में घिरा वह चुपचाप खड़ा रहा। अब नन्दिता ने भी उसे झकझोरा—"तू बोलता क्यों नहीं जनार्दन..। डैडी ठीक तो हैं न? जल्दी बोल...जनार्दन! जल्दी बता...!"

पर जनार्दन नहीं बोल सका, नहीं बता सका। वह समझ नहीं पा रहा था कि क्या बताये? कैसे बताये? वह जिस विकट असमंजस में फँस गया था उससे अपना दम घुटते हुए महसूस कर रहा था। पर उसका यह असमंजस देर तक कायम नहीं रह सका। कुछ ही क्षण बाद एम्स के डॉक्टरों ने आकर सूचित कर दिया—"नेताजी अब नहीं रहे...!"

यह सूचना मालकिन और नन्दिता पर वज्रपात जैसी थी। वे एक ही साथ चिल्ला पड़ीं—"नहीं...! नहीं...!"

इसके बाद वहीं बेहोश होकर गिर पड़ीं। साथ के लोगों ने उन्हें सँभाला...। लेकिन वे तत्काल होश में नहीं आयीं। अगर लोगों ने उन्हें थाम नहीं लिया होता तो धड़ाम से गिरकर वे जख्मी हो जातीं...।

पूरे माहौल में मातमी छा गयी। प्रधानमन्त्री से लेकर सारे मन्त्री और विशिष्ट पदों के अधिकारी एकत्रित होने लगे। मालकिन और नन्दिता के चेहरों पर पानी

का छींटा देकर लोगों ने उन्हें होश में किया। उनके होश में आते ही स्वयं प्रधानमन्त्री ने उन्हें सान्त्वना दी—"वे कातिल तो मारे गये। हम उनके पूरे संगठन को ध्वस्त कर देंगे। आप लोग अपना नियन्त्रण न खोयें। उनकी कमी का तनिक भी एहसास हम आपको नहीं होने देंगे...! आप जैसे उनकी उपस्थिति में थीं, वैसे ही अब भी रहेंगी। उनके अधूरे कार्यों को हम पूरा करेंगे। हमें बस यह मानकर ही सन्तोष कर लेना चाहिए कि वे इतने दिनों तक के लिए ही थे...!"

देखते-ही-देखते दावानल की तरह यह खबर पूरी राजधानी में फैल गयी। मालकिन और नन्दिता को ढाढस तथा दिलासा देनेवाले उनके परिचितों, शुभचिन्तकों तथा रिश्तेदारों का ताँता उस अस्पताल में ही लग गया। प्रायः हर आगन्तुक के पास जीवन की क्षणभंगुरता, संसार की नश्वरता और आत्मा की अमरता का कोई-न-कोई तर्क था। कोई गीता के किसी श्लोक के साथ उन्हें समझाता, तो कोई उपनिषद् के किसी मन्त्र से, तो कोई कबीर की किसी साखी से...। जनार्दन देखता रहा।

नेताजी की लाश अस्पताल परिसर से पार्टी मुख्यालय के हाल में लायी गयी। ऐसे अवसरों के लिए अभ्यस्त कार्यकर्ताओं ने क्षणभर में ही उनकी लाश को इस रूप में तैयार कर दिया कि उनका सारा शरीर कफन से ढँक गया तथा सिर्फ चेहरा बाहर रह गया। विस्फोट से विकृत उनके बदन को अब कोई देख नहीं पा रहा था। चेहरे के जख्मों को भी उन कार्यकर्ताओं ने कुछ हद तक ठीक कर दिया था। ऐसा लगता था, जैसे नेताजी सोये हों। अब दर्शनार्थियों के लिए फाटक खोल दिया गया। उन्हें देखने, माल्यार्पण करने तथा उनकी अन्त्येष्टि को विभिन्न चैनलों से प्रसारित करनेवाले मीडियाकर्मियों की भीड़ टूट पड़ी।

इस दौरान पूरे राजकीय सम्मान के साथ नेताजी की अन्त्येष्टि की सरकारी प्रक्रिया शुरू हो गयी थी। मालकिन और नन्दिता तो किसी गहरी खामोशी में चली गयी थीं। अपने परिजनों के सहयोग से वे सिर्फ देख भर रही थीं। जनार्दन की भी यही स्थिति थी। वह भी मूक बना निर्निमेष दृष्टि से ताक भर रहा था। किसी को कुछ करने की जरूरत नहीं थी। विशिष्ट सरकारी इन्तजाम के तहत सब-कुछ हो रहा था।

नेताजी अपने खानदान के अकेले थे। लेकिन उनके ससुराल का परिवार भरा-पूरा था। उनकी पत्नी के भाई-भौजाई और भतीजी-भतीजे तत्काल आ धमके थे। उन्होंने आते ही नन्दिता और मालकिन को अपनी हिफाजत में ले लिया था। मालकिन के तीन भाई थे। नेताजी ने अपने प्रभाव से उन्हें विभिन्न शहरों के विशिष्ट पदों पर पदस्थापित कराया था। वे अपने विभागों के उच्चाधिकारी थे। पर्याप्त समृद्ध और भरेपूरे। समय-समय पर नेताजी के यहाँ उनके आगमन से जनार्दन परिचित

था। नन्दिता के जन्म-दिवस तथा नेताजी के वैवाहिक वर्षगाँठ पर तो वे अवश्य पधारते थे...। वैसे फोन पर प्रायः रोज ही मालकिन के साथ उनकी बातचीत होती थी।

जनार्दन जानता था नेताजी केन्द्रीय सरकार की एक बड़ी हस्ती थे तथा समकालीन राजनीति की एक मजबूत धुरी। अपनी उस जानकारी का मूर्त रूप अब वह देख रहा था। नेताजी की अन्त्येष्टि के सम्पूर्ण राजकीय आयोजन को दूरदर्शन के राष्ट्रीय चैनल से सीधे प्रसारित किया जा रहा था ताकि जनता देश के किसी भी हिस्से से अपने प्रिय नेता की अन्तिम क्रिया देख सके और उन्हें अन्तिम विदाई दे सके...। तिरंगे में लिपटे नेताजी के शव पर हुए माल्यार्पण से फूलमालाओं का ढेर लग गया था। उनके शव से हटाकर एक जगह रखी जा रही वे मालाएँ टाल बन गयी थीं। नेताजी के शव के साथ अपने हथियार उलटकर सेना की टुकड़ी ने फ्लैग मार्च किया। मातमी धुन बज उठी। झण्डे झुका दिये गये। पूरे सात दिनों के राजकीय शोक की घोषणा की गयी!...

नेताजी की उस विशिष्ट अन्त्येष्टि और सरकार की गहरी भागीदारी से ऐसा लग रहा था कि नेताजी और उनके परिवार के साथ सरकार का अविच्छिन्न सम्बन्ध है। नेताजी के रहने न रहने से उनके परिवार की सुख-सुविधा, शान-शौकत और सुरक्षा-निगरानी में कोई फर्क पड़नेवाला नहीं। जिसकी अन्त्येष्टि में पूरा सरकारी तन्त्र लगा हो फिर उसके परिवार के बारे में क्या सोचना? पर जनार्दन यहीं झटका खा गया। एक बड़े नेता के अन्त का वह अन्तिम बड़ा आयोजन भर था। उसके बाद फिर कभी उस तन्त्र ने उनके परिवार को अपने सुख में भागीदार नहीं बनाया। नेताजी का पद जिसे मिला था, सारी सुविधाएँ उस तक सिमट गयी थीं। राजनीति की बागडोर जिसके हाथ में आ गयी थी, सारी भीड़ उसी की ओर उन्मुख थी। नेताजी के निवास पर तो चन्द औपचारिक सुरक्षागार्डों को छोड़कर सारी सुविधा उठा ली गयी। किसी उजड़े मेले की वीरानी वहाँ कायम हो गयी...। लगता ही नहीं कि यह वही कोठी है जहाँ का मौसम कभी नहीं बदलता था। कोठी के कर्मचारी-पदाधिकारी, सेवक, दरबान, आदेशपाल, खानसामा, महाराज, माली सब एक-एक कर चले गये। वे सरकारी सेवक थे। नेताजी ने उन्हें अपने यहाँ प्रतिनियुक्त किया था। अब उनकी प्रतिनियुक्ति दूसरी जगहों पर हो गयी थी। अब वहाँ एक भी आदमी रखना अपनी ओर से उसकी सेवा-शर्तों का भुगतान करना था...। लेकिन नन्दिता के मामाओं का ध्यान फिलहाल इस ओर नहीं था। वे तो अपनी बहन और भगिनी को सहज-सामान्य बनाने में लगे थे...। परिणामतः कोठी के फूल-पौधे, लता-गुल्म और

लान की हरियाली सूखने लगी। मालकिन और नन्दिता भी अब इस ओर उन्मुख नहीं थीं। वे तो पाला मारी फसल की तरह मुरझा गयी थीं। किसी वृक्ष पर पसरी लता-गुल्म की भाँति वृक्ष के कटते ही स्तत्वविहीन हो गयी थीं...। लोकतान्त्रिक व्यवस्था में एक शीर्ष नेता के अवसान ने भी जनार्दन को बहुत-कुछ सोचने के लिए बाध्य कर दिया था।

जनार्दन की अपनी स्थिति भी अब पूरी तरह बदल गयी थी। जिस सूत्र में वह बँधा था, उसका सूत्रधार गायब था। अब उसे किसी की निगरानी नहीं करनी थी। अब उसे कोई नौकरी लगाने और पढ़ानेवाला नहीं था। जिसके साथ उसका 'देहज' (व्यक्तिगत) सम्बन्ध था उसके साथ ही वह सम्बन्ध समाप्त हो गया था। इस घटना से उसके पिता तिरबेनी भी बहुत आहत हुए थे। उनकी सारी आशाओं पर भी पानी फिर गया था। वे आकर जनार्दन से मिल चुके थे। मालकिन और नन्दिता से भी मिलना चाहते थे। लेकिन मामाओं ने उन्हें रोक दिया—"अभी उनकी हालत ठीक नहीं...। उन्हें किसी से मिलने-जुलने नहीं दिया जा रहा...। उन्हें छेड़ना उचित नहीं...!"

इस बीच मालकिन और नन्दिता ने जनार्दन को भी कोई आदेश नहीं दिया। अब शायद उसे कोई आदेश देने की आवश्यकता वे महसूस नहीं करती थीं। उसने जब भी मालकिन या नन्दिता के समक्ष पहुँच उनकी इच्छा जानने की कोशिश की, मामाओं ने या उनके युवा पुत्रों ने उसे बैरंग वापस कर दिया—"यहाँ क्यों खड़ा है? क्या देख रहा है? जाओ अपना काम करो...। बिना बुलाये न आया करो...!"

मामाओं के परिवार ने मालकिन और नन्दिता को पूरी तरह छोप लिया था। उन्हें पता हो गया था कि जनार्दन वहाँ क्यों है और किस उद्देश्य से है, इसीलिए वे उसे फुटा देना चाहते थे। उनके लिए वहाँ जनार्दन की उपस्थिति अब अवांछित, अनावश्यक और फिजूल थी...। वे अपने दायरे में उसे अवरोध समझने लगे थे। उसे हर वक्त सन्देह की दृष्टि से देखते तथा उपेक्षा और तिरस्कार के भाव प्रकट करते रहते...।

कोठी का मेस राव मानवेन्द्र बाबू के निधन के साथ ही बन्द हो गया था। मेस बन्द होने के बाद से जनार्दन सड़क के साधारण होटलों में जाकर खाने लगा था। कोठी के अपने कमरे में तो अब सिर्फ रहने भर से ही उसका वास्ता था। मालकिन और नन्दिता ने कभी आग्रह नहीं किया कि अन्दर आकर वह खा लिया करे। उनके इस आग्रह की उसे अब उम्मीद भी नहीं थी। मामा परिवार के निर्णय के बढ़ते दायरे को वह महसूस कर रहा था। अब तो वह इतना भर ही चाहता था कि बी. ए. अन्तिम वर्ष की परीक्षा तक उसका ठहराव यहाँ बना रहे। बी. ए. की अन्तिम वर्ष की परीक्षा छोड़कर जाना उसे उचित नहीं जान पड़ रहा था। राजधानी

के इस महँगे शहर में अलग डेरा ले सकने की स्थिति भी उसकी नहीं थी। पर मामा परिवार ने उसकी इस विवशता का भी ख्याल नहीं किया। एक दिन एक मामा ने सारी सरहदों को तोड़ दिया—"अब तुम कहीं दूसरी जगह डेरा ले लो...। यहाँ अब सम्भव नहीं। यहाँ हम दूसरे कारोबार शुरू करेंगे...। हम सोचते थे कि तुम स्वयं चले जाओगे...पर आजिज आकर तुमसे कहना ही पड़ा...।"

जनार्दन के लिए यह विषवाणी थी। वह ऐसा गिरा-गुजरा इन्सान नहीं। उसे अफसोस हुआ कि यहाँ का 'हवा-पानी' बदलते ही वह यहाँ से क्यों नहीं हटा? अब उसने क्षण भर के लिए भी विलम्ब नहीं किया। उसके स्वाभिमानी मन को तो जैसे बिच्छू का डंक मार गया था। अपने सारे सामान समेट वह उसी क्षण चल पड़ा। जाने से पहले इजाजत के लिए मालकिन और नन्दिता से मिल लेना उसने आवश्यक समझा। मालकिन ने उसे विदा करते हुए कहा—"जाओ जनार्दन...। अब तुम्हें यहाँ रखकर तुम्हारा जीवन हम बर्बाद करना नहीं चाहते...। तुम बी. ए. में पहुँच गये हो। अपने लायक कोई काम ढूँढ़ लो। वे होते जरूर तुम्हें कोई अच्छी नौकरी दिलवा देते...। अब तो हमारी अपनी ही दुनिया उजड़ गयी है...। तुम्हारे लिए अब हम क्या कर सकते हैं...?"

नन्दिता ने तो सिर्फ इतना ही कहा—"कभी बुलाएँगे तो आ जाना। तुम्हारे गाँव का पता हमारी डायरी में दर्ज है...!"

हालाँकि नन्दिता ने जिस भाव से ऐसा कहा, वह निर्लिप्त भाव था। कोई आग्रह, कोई लगाव उसमें नहीं था। जैसे उसे कुछ कहना था, इसीलिए कह दिया था...।

जनार्दन उसी दिन अपने गाँव लौट आया। आने से पूर्व कॉलेज के अपने साहित्यिक मित्र घनश्याम से उसने सलाह-मशविरा कर लिया था। तय हुआ था कि जनार्दन गाँव पर ही रहेगा। सिर्फ परीक्षा के वक्त यहाँ आकर परीक्षा दे देगा। उस अवधि में वह घनश्याम के यहाँ ही ठहरेगा। घनश्याम ने जोर देकर उससे कहा था—"मेरे घर को तू अपना ही घर समझ। राव मानवेन्द्र बाबू की कोठी में तू रहता था तो मैंने तुझे चेताया था कि वह तुम्हारी जगह नहीं है। हमें अपनी जगह से अपनी लड़ाई लड़नी है...। राव मानवेन्द्र बाबू जैसे बड़े नेताओं के आसरे नहीं रहना है खैर...। देर से ही सही, तू अपनी जमीन पर वापस आ गया!"

घनश्याम की बात से जनार्दन को बल मिला था। उसके आहत और क्षुब्ध मन को घनश्याम का यह सहारा बहुत था। क्लास लगभग समाप्त हो गये थे। अब तो सिर्फ परीक्षा के लिए समय की प्रतीक्षा करनी थी...।

जनार्दन ने अपने पिता को समझा दिया—"मेरे लिए अपने मन की चिन्ता अब निकाल दो बाबू...। मैं काम लायक पढ़ गया। नेताजी के यहाँ रहकर दुनिया

भी देख ली। अपने लायक काम मैं ढूँढ़ लूँगा...।''

अपने पिता को जनार्दन दुखी नहीं करना चाहता था, इसीलिए उसने वही बात कही जो उनके मन को आश्वस्त कर सकती थी, जबकि सच्चाई उसके साथ कुछ दूसरी थी। अब वह किसी नौकरी में नहीं जाना चाहता था। लोकतन्त्र की आड़ में उसकी जिस दुनिया को राजनीतिक नेताओं ने लूटा और बर्बाद किया था उसे वह फिर से आबाद करना चाहता था। यह कार्य किसी नौकरी से ज्यादा बड़ा और महत्वपूर्ण था। इस कार्य में उसके जैसे असंख्य परिवारों का भविष्य निहित था। युवाओं को उनका हक मिलना था। तब किसी नौकरी के लिए किसी नेता का पिछलग्गू नहीं होना था। बर्बादी के कारणों को उसने निकट से देखा था। आबादी और नवनिर्माण के कार्य उसे वहीं से शुरू करने थे...। अब इस कार्य के लिए उसका युवा मन तत्पर और बेचैन था। अपनी पढ़ाई, साहित्यिक समझ और राजनीतिक अनुभव की सार्थकता भी अब उसे इसी बिन्दु पर जान पड़ती थी। राव मानवेन्द्र बाबू ने राजनीति की जो डगर उसे दिखाई थी उसके पार का सच अब उसे साफ-साफ नजर आ रहा था...।

घनश्याम के यहाँ शहर आते-जाते जनार्दन बी. ए. कर गया। इस दौरान जाने-अनजाने उसके कदम उसे दो-तीन बार राव मानवेन्द्र बाबू की कोठी के फाटक के पास ला खड़े किये थे, इस जिज्ञासा के साथ कि कहीं मालकिन और नन्दिता को उसकी जरूरत तो नहीं पड़ गयी? इस क्रम में पहली बार उसे फाटक के सामने कोठी के लान में बैडमिण्टन खेलते मामा के दो युवा पुत्र दिख गये। जनार्दन जानता था, उसकी उपस्थिति उन दोनों को ग्राह्य नहीं, इसलिए वह वहीं से लौट गया। उसने पाया कि कोठी परिसर अब हरियाली से भरा कोई लान नहीं रह गया था, एक बंजर समतल मैदान बन गया था। धूल उड़ाता वह मैदान अब फुटबाल या बैडमिण्टन के खेल के ही योग्य था।

दूसरी बार जब वह पहुँचा तो फाटक में एक बड़ा-सा ताला लटक रहा था। कोठी परिसर से सूनेपन की आहट आ रही थी। उसने बगल की पान-गुमटी से पूछा तो पता चला कि मालकिन और नन्दिता मामा के यहाँ गयी हैं। कोठी की रखवाली के लिए रात में एक दरबान सोता है। मामा ने एक वृद्ध दरबान रखा है। वही ताला बन्द कर गया है।

तीसरी बार जब वह पहुँचा तो फाटक के अन्दर से एक मामा ने उसे देख लिया। फिर उसकी ओर वह इस तरह बढ़ा जैसे गेट पर खड़े किसी षड्यन्त्रकारी से निपटने आ रहा हो। जनार्दन नहीं चाहता था कि इस कोठी के फाटक पर किसी से उसकी बकझक हो, इसीलिए उसके पहुँचने से पहले ही वह चल पड़ा। उसके बाद फिर उसके पाँव उसे कभी वहाँ नहीं ले गये। अपने उद्देश्य में जनार्दन अपने

गाँव की जमीन में ही गहरे उतरता चला गया। गाँव की जमीन में ही अपने देश का भविष्य अब उसे नजर आ रहा था...।

5

बी. ए. करके अपने गाँव आने और गाँव को ही अपना कार्यक्षेत्र बनाने के बाद जनार्दन को अब अपना गाँव और पूरा ग्रामीण इलाका बेहद प्यारा लगने लगा था। शहरी जीवन के छल-छद्म और तिक्तता से अब भी उसका गाँव बचा हुआ था। उसने अनुभव किया—गाँव के युवाओं को उसकी प्रतीक्षा थी। गाँव के निश्छल युवाओं ने सहज ही उसे अपना लिया था। शुरुआत उसने गाँव के पुस्तकालय के जीर्णोद्धार से की। वर्षों पहले उसके गाँव में पुस्तकालय की स्थापना की गयी थी। शायद वह स्वतन्त्रता संग्राम के उत्साह का परिणाम था। गाँव के किनारे स्थित मौनिया साधु के कमरे को पुस्तकालय के लिए उपयुक्त समझा गया था। जनार्दन के गाँव छविपुर के इतिहास के अनुसार वर्षों पहले कोई मौनिया साधु कहीं से आकर उसके गाँव में ठहर गये थे। वे किसी से कुछ माँगते और बोलते नहीं थे। चुपचाप एक जगह पड़े रहते थे। उस वक्त के गाँव की धार्मिक जनता ने उन्हें कोई सिद्ध पुरुष समझ लिया था। अपने गाँव में उनके आगमन को वरदान मान छविपुर के ग्रामवासियों ने आपस में चन्दे एकत्रित कर गाँव के किनारे की गैर मजरुआ जमीन में उनके लिए एक कमरा बना दिया था। मौनिया साधु जब तक जीवित रहे, उसी कमरे में पड़े रहे। गाँव के लोग उन्हें खिलाते और उनकी सेवा करते रहे। उनके निधन के बाद वह कमरा वीरान गया था। उस कमरे में एक साधु की आत्मा का वास जान अब कोई व्यक्तिगत तौर पर उसका उपयोग करना नहीं चाहता था। अन्ततः पुस्तकालय के नाम पर लोगों ने हिम्मत की। ज्ञानी मौनिया साधु के कमरे में ज्ञान की स्रोत पुस्तकों को रखने में कोई भय नहीं। गाँव के लिए सार्वजनिक मौनिया बाबा की तरह वह पुस्तकालय भी सार्वजनिक था। उस वक्त वह पुस्तकालय ही उस गाँव का सूचना केन्द्र बन गया था। एक समाचारपत्र भी मँगाया जाने लगा था, जिसे पढ़ने के लिए लोगों के बीच होड़ लग जाती थी। गाँव के इतिहास के स्मरणीय क्षणों के अनुसार कभी इस रास्ते से गुजरते हुए गाँधी बाबा ने भी उस पुस्तकालय का अवलोकन किया था। लेकिन बाद के दिनों में लोगों का उत्साह ठण्डा

पड़ता गया। जनार्दन के चिन्तन में इस विषय पर भी अनुसन्धान जारी था कि स्वतन्त्रता के दौरान कायम लोगों के उमंग-उत्साह में स्वतन्त्रता के बाद इस तरह क्षरण क्यों होता गया? पुस्तकालय के प्रति लोगों की सक्रियता-तत्परता धीरे-धीरे कम होती चली गयी। अब लोगों का ध्यान दूसरी ओर केन्द्रित होता गया। सामूहिक पुस्तकालय की अपेक्षा सुख-सुविधा और अपने व्यक्तिगत विकास के कार्य उन्हें ज्यादा पसन्द आने लगे। पुस्तकालय की निगरानी के लिए जो समिति बनी थी, वह पुस्तकालय के प्रति उदासीन होती चली गयी। जिसे पुस्तकालयाध्यक्ष बनाया गया था, उसने पुस्तकालय आना बन्द कर दिया। किताबें और पत्र-पत्रिकाएँ गायब होने लगीं। उचक्कों में बची-खुची पुस्तकें भी चुराकर वजन के हिसाब से बेच दीं। पुस्तकालय का वह गुलजार कमरा अब फिर वीरान हो गया था। मौनिया साधु की मृत्यु के बाद का सन्नाटा अब वहाँ फिर पसर गया था।

जनार्दन ने उस मृत पुस्तकालय को फिर से पुनर्जीवित किया। बिल्कुल नये निर्माण की अपेक्षा इस पारम्परिक निर्माण में उसे लोगों का पूरा सहयोग मिला। कई लोग इस कार्य को चाहते थे, लेकिन नेतृत्व के अभाव में कर नहीं पाते थे। वे सब लोग जनार्दन के साथ हो गये। इस कार्य में शहर के अपने साहित्यिक मित्र घनश्याम का भी पर्याप्त सहयोग उसे मिला। पुस्तकालय के लिए उसने अनेक पत्रिकाएँ और पुस्तकें दीं। शहर के अन्य कई साहित्यकारों से दिलवायीं। गाँव के लोगों से न्यूनतम चन्दे एकत्रित कर जनार्दन ने पुनः एक समाचारपत्र मँगाना शुरू कर दिया। गाँव के बिखरे युवकों को एक जगह एकत्रित करने की उसे जरूरत थी। इसके लिए पुस्तकालय और समाचारपत्र को उसने आवश्यक समझा...। अपनी इस समझ का अब वह चमत्कार भी देखने लगा। गाँव की गलियों में मटरगश्ती करने, गाँव की लड़कियों को घूरने-छेड़ने और गाँव के बाहर के बगीचों में छिपकर दारू-ताड़ी पीने और ताश-जुए खेलनेवाले लड़के अब पुस्तकालय में जुटने लगे। जो पुस्तकें पढ़ना नहीं चाहते थे वे अखबार पढ़ते। सरस रुचि के लड़के प्रेम-साहित्य लेकर बैठ जाते। लड़कियों को घूरने-छेड़ने से यह उन्हें बेहतर रोमांस जान पड़ता। समाचारपत्र के अभाव में गाँव के शिक्षित लड़के नौकरियों के लिए समय से अर्जियाँ नहीं दे पाते थे। वे यह मानकर चलते थे कि बगैर पैरवी और पैसे के नौकरियाँ मिलनेवाली नहीं। जनार्दन ने उनकी इस धारणा को भी ध्वस्त किया—“मैं आप लोगों की बातों से सहमत नहीं! बिल्कुल ऐसा नहीं है कि बगैर पैरवी और घूस के कुछ होता ही न हो। मैंने राजधानी में रहकर नजदीक से देखा है। पैरवी और पैसेवाले पिछले दरवाजे से अवश्य सफल हो जाते हैं। पर मेधावी और मेहनती लड़के भी नहीं छूटते...। मेरे साथ पढ़नेवाले कई लड़के बी. ए. में पढ़ते हुए ही सहायक के पदों के लिए प्रतियोगिता परीक्षाएँ दे-देकर नौकरियाँ पाते गये। वे पैरवी और पैसेवाले घरों के नहीं

थे...। इसके पीछे उनकी नियमितता और सक्रियता थी। एक लड़का तो दस बार असफल होने के बाद ग्यारहवीं बार रेलवे में ए. एस. एम. के पद पर चुना गया। आदमी चाहे और पूरे मन से लग जाय तो फिर अपने अभीष्ट को क्यों नहीं प्राप्त कर ले...?''

जनार्दन की इस बात का असर गाँव के लड़कों पर पड़ा। यह कथन किसी और का होता तो शायद गाँव के लड़के नहीं मानते। पर राजधानी से लौटे और जानकार-समझदार हो चुके जनार्दन के कथन पर वे जल्दी अविश्वास भी नहीं कर सकते थे...। उनकी तत्परता-सक्रियता अब कायम हो गयी। समाचारपत्र के विज्ञापनों के आलोक में अब वे अर्जियाँ देने लगे...। उन लड़कों के मन में इस बात को लेकर शंका पैदा न हो कि उन्हें नौकरियों के लिए उत्साहित करनेवाला जनार्दन स्वयं कोई नौकरी क्यों नहीं प्राप्त कर सका, जबकि इसी उद्देश्य से उसके पिता ने उसे शहर भेजा था, इसीलिए प्रारम्भ में ही उसने अपनी स्थिति स्पष्ट कर दी थी—''मुझे किसी नौकरी में जाना होता तो अब तक मैं चला गया होता...। मैंने तय कर लिया है, किसी नौकरी में नहीं, राजनीति में मुझे रहना है। राव मानवेन्द्र बाबू के साथ मैंने राजनीति को अच्छी तरह देखा है। दुनिया का बनना-बिगड़ना जाना है। राजनीति में मुझे ले आने की बात राव मानवेन्द्र बाबू भी करते थे। पर मैं उनकी तरह की राजनीति करना नहीं चाहता...। अपने लोगों को सच्ची राजनीति करके दिखाऊँगा...। अभी इस देश में जनता की राजनीति नहीं हुई...। जनता की राजनीति के बाद जनता की यह बदहाली रह ही नहीं सकती...!''

जनार्दन की यह बात उन युवकों के माध्यम से पूरे गाँव में फैल गयी थी। उसके पिता तिरबेनी भी उसके इस पक्ष से अवगत हो गये थे। लेकिन इस बार वे दुखी नहीं हुए। उनका बेटा गाँव के लड़कों का सरदार बन गया था। सब उसके पीछे चलने लगे थे। जनार्दन का यह निर्णय अब उन्हें भी भाने लगा था। इलाके के गाँवों में जो-जो नेता बने और राजनीति में घुसे, उन्होंने क्या कुछ हासिल नहीं किया? उनके सामने किसी नौकरीवाले की क्या औकात? पड़ोस के मुकुल सिंह ने सिर्फ एक मर्तबा मन्त्री बनकर कई पुश्तों के लिए कमाई कर दी। अब उने वंशज मजे मारते और गुलछर्रे उड़ाते हैं...। जनार्दन अपने पिता को कोई मानसिक आघात पहुँचाना नहीं चाहता था, इसीलिए चाह कर भी तत्काल यह नहीं बता पाया कि वह वैसी राजनीति नहीं करने जा रहा जैसी मुकुल सिंह ने की। उसकी राजनीति तो वैसी राजनीति के विरोध में होगी। उसने सोच लिया कि समयानुसार पिता उसकी भूमिका से स्वयं अवगत हो जाएँगे। अपने पिता के बारे में वह जानता था, वे लोगों के कथनों एवं आश्वासनों पर नहीं, प्रयोगों और अंजामों पर जाते थे। उसके पिता की तरह उसके गाँव में अनेक लोग थे। सबको अपने कार्यों और परिणामों से ही

उसे बदलना था। इस सम्बन्ध में गाँव के बुजुर्गों ने उसके बारे में अपनी धारणा भी व्यक्त कर दी थी—"राव मानवेन्द्र बाबू ने जनार्दन को अपने रंग में रंग ही दिया...। बड़े और पहुँचे हुए नेता थे। तुलसी गाछ के नीचे की माटी भी गमक उठती है, राव मानवेन्द्र बाबू का असर इस पर क्यों न हो!... तिरबेनी ने नौकरी के लिए भेजा था, अब नेता बनकर आ गया...!"

जनार्दन के गाँव छविपुर में बड़ी और छोटी दोनों जातियों के लोग थे। पहले यहाँ बड़ी जातियों की संख्या अधिक थी। छोटी जाति के लोग यहाँ अल्पसंख्यक थे। बाद में गाँवों के अराजक और असुविधाजनक होते जाने के चलते बड़ी जातियों के सम्पन्न लोग गाँव से भागते गये। छोटी जातियों के बड़े होते जोतदार उनके खेत खरीदते चले गये। अब इस गाँव की स्थिति बदल गयी थी। छोटी जाति के लोग ही यहाँ बहुसंख्यक थे। बड़ी जाति के लोग अब अल्पसंख्यक रह गये थे...।

अपनी मुहिम में जनार्दन ने बड़ी और छोटी, दोनों जातियों के युवकों को सम्मिलित करने की कोशिश की—"भाइयो, जो राजनीति जाति के आधार पर हमें एक-दूसरे से अलग करती है वह जनता की राजनीति नहीं हो सकती है। अपने इस गाँव में कोई भेद बनाकर हमें नहीं जीना है हमें एक साथ चलना और संघर्ष करना है...। जो जाति के रूप में हमारे बीच फासले बनाना चाहते हैं उनकी नीयत समझने की जरूरत है। वे हम सबके दुश्मन हैं...! अपने उल्लू सीधा करने के लिए वे ऐसा करते हैं अपनी संगठित समझ से उनकी चाल को हमें नाकाम करना है!"

जनार्दन की इन बातों के प्रभाव में उसकी छोटी जाति के युवकों की भाँति बड़ी जाति के भी कुछ युवक उसके साथ हो गये। जातिवाद की पीड़ा से ये त्रस्त युवक थे। पर रूढ़ धारणाओं से ग्रस्त कुछ युवक दूरी बनाये ही रहे।

अपने गाँव के युवाओं से अधिक ग्रन्थियाँ जनार्दन बुजुर्गों में पा रहा था। उनके अन्दर सिर्फ जाति की ही धारणाएँ नहीं थीं। अपनी जीवन-शैली, अपना रूढ़ आचरण और अपने परम्परित विश्वासों को बदलने के लिए वे कतई तैयार नहीं थे। उनकी प्रतिक्रियाओं से भी जनार्दन अवगत था—"यह चार दिन का लौंडा हमें सिखाने चला है...। एक-से-एक लोग दुनिया बदलते-बदलते खुद बदल गये...। अब इस पर यह भूत सवार हुआ है...!"

जनार्दन को पता था, सदियों से जड़ जमायी धारणाएँ जल्दी नहीं बदलतीं, पर लगातार के प्रयास से वे टिकी भी नहीं रह पातीं...! पुस्तकालय की बैठकों में परिवर्तन के सकारात्मक पक्ष उभरकर आने लगे थे। हर शाम वहाँ एकत्रित युवक विचार-विमर्श करते। जिसने जो पढ़ा या अनुभव हासिल किया होता, उस पर चर्चा होती। जनार्दन यह देखकर अचम्भित था कि वैचारिक बहसों में कई युवक उसे पीछे छोड़ते जान पड़ते थे। माहौल और अवसर के अभाव में वे कुन्द पड़े थे। कई मसलों

पर तो उनके निर्णय जनार्दन को अपने निर्णय से भी ज्यादा माकूल प्रतीत होते...। समाचारपत्रों और पुस्तकों की जानकारियों के आलोक में अब वे देश-दुनिया और अपने ग्रामीण समाज को भी कसने लगते। इस बिन्दु पर जनार्दन को साफ लगता कि उसके गाँव की इस सीमित साक्षरता की तरह यहाँ की बहुसंख्य निरक्षरता भी अगर दूर हो जाए तो यहाँ की स्थिति एकदम बदल जाय। यहाँ की मूल समस्या अज्ञान और अन्धकार है...। स्वयं जान-समझकर ही लोग अपना सही पक्ष निर्धारित कर पाते हैं, किसी को सुनने या किसी के बताने-समझाने से नहीं...। इसीलिए साक्षरता को जनार्दन ने अपने अभियान की मुख्य योजना में रखा। वह अपने मित्रों से कहता—"किसी को रुपयों या अनाज से मदद करने की अपेक्षा उसे 'अँखफोर' (साक्षर) बनाना उसकी सच्ची मदद होती है। सबसे पहले अपने यहाँ के लोगों को शिक्षित और जागरूक बनाना है। जब लोग स्वयं पढ़ने-लिखने लगेंगे, जानने-समझने लायक हो जाएँगे तो फिर किसी से भी ठगे-छले नहीं जा सकेंगे...! हमारे यहाँ की राजनीति लोगों को सिर्फ अपना अनुयायी बनाना चाहती है। अब समय की माँग है कि लोगों को अपना अनुयायी न बना 'अँखफोर' (शिक्षित) बनाया जाय! यही उनके पक्ष में होगा...। राजनीति की बेहतरी और सच्चे बदलाव का यही निमित्त बनेगा...।"

घनश्याम के साथ शहर की साहित्यिक बैठकों में पुस्तकालयों की जर्जर होती स्थिति बन्द होती साहित्यिक पत्रिकाएँ तथा घटती पाठकीयता की जोरदार चर्चा जनार्दन ने सुनी थी। इलेक्ट्रॉनिक मीडिया के बढ़ते प्रभाव से कई साहित्यकार आतंकित थे...। प्रसिद्ध कवि रघु बाबू ने तो स्पष्ट शब्दों में कहा था—"युग जिस तेजी से बदल रहा है...विज्ञान ने जो करिश्मा पैदा कर दिया है, उसने ज्ञान के परम्परित माध्यमों को भी साबुत नहीं रहने दिया है...। टी. वी., कम्प्यूटर, इण्टरनेट और सी. डी. रोम जैसे कारगर माध्यमों ने ज्ञानार्जन और मनोरंजन की सारी परिपाटी ही बदल दी है। जहाँ बटन दबाते ही पर्दे पर सारी चीजें मुहैया हों वहाँ अब पुस्तकें खरीदनें और उनमें मगजमारी करने की जहमत कौन मोल ले? मुद्रित साहित्य का अब वह भविष्य नहीं जो पहले था। पाठकीयता अब पहले जैसी फिर बहाल नहीं हो सकती...!"

रघु बाबू की बातों से जनार्दन चिन्तित हो गया था। उस वक्त तक पुस्तकों और पत्रिकाओं के प्रति उसका लगाव बढ़ गया था। राव मानवेन्द्र बाबू के यहाँ जो पत्रिकाएँ और पुस्तकें कबाड़ियों के हाथों बेच दी जाती थीं उन्हें सँजोकर रखने और उनके संग-साथ की ऊर्जा में जीने का सुख वह जान गया था। अपने उसी लगाव पर वज्रपात का अनुभव कर वह आहत हो उठा था। पर कथाकार शेखर जी ने उसकी पीड़ा दूर कर दी थी। रघु बाबू की सम्भावनाओं का विरोध करते हुए उन्होंने

कहा था—"यह कदापि सम्भव नहीं...। मुद्रित शब्दों का अस्तित्व कभी समाप्त नहीं हो सकता...। विज्ञान के इन माध्यमों का तात्कालिक प्रभाव देख हमें विचलित नहीं होना है...। अपने आगमन के वक्त दूरदर्शन ने जिस तीव्रता से लोगों को आकर्षित किया था, उसका वह आकर्षण अब जाता रहा है...। दूरदर्शन सै लोगों ने ऊबना शुरू कर दिया है। अन्य माध्यम भी अपनी उफान के बाद सतह पर आ रहे हैं। पुस्तकों की दुनिया फिर-फिर कायम रहेगी...। लिखना-पढ़ना फिर-फिर जारी रहेगा...।"

घनश्याम जैसे युवा रचनाकारों ने शेखरजी की बात का समर्थन किया था। शेखरजी की इस बात पर जनार्दन की स्वतःस्फूर्त जोरदार तालियाँ गूँज उठी थीं। शेखरजी ने उसके मन की बात कही थी। अपने ग्रामीण पुस्तकालय के जीर्णोद्धार के बाद शेखरजी की उस बात की सत्यता का प्रत्यक्ष अनुभव भी अब जनार्दन कर रहा था। कम्प्यूटर, इण्टरनेट, सी. डी. रोम जैसे माध्यम शहरों में भी चन्द आभिजात्य जनों को छोड़कर आम जनता के पास उपलब्ध नहीं। यहाँ गाँवों में उनकी उपलब्धता का तो प्रश्न ही नहीं...। विकसित देशों और विकसित लोगों में भी ये माध्यम सब जगह और सबको प्राप्त नहीं...। इसके बावजूद विज्ञान के इन माध्यमों को भी आधार के रूप में पुस्तकों के बगैर काम नहीं चल सकता। किसी पुस्तक की प्रस्तुति के लिए आधार रूप में उसका होना उनके यहाँ जरूरी है...। साथ ही सभी पुस्तकों की प्रस्तुति के अवसर भी ये नहीं दे सकते...। चन्द लोगों तक इनकी उपलब्धता के बाद चन्द कृतियों की प्रस्तुति तक ही ये सीमित बने रहेंगे...। अपनी प्रस्तुति में वे वैसी सुविधाएँ भी ये मुहैया नहीं करा सकते जैसी पुस्तकें कराती आ रही हैं...।

जनार्दन देख रहा था, पुस्तकालय में कोई बैठकर पुस्तकें पढ़ना चाहता, तो कोई पुस्तकालय की चौकी पर लेटकर। रविरंजन तो अपने नाम पर पुस्तकें 'इशू' कराकर किसी वृक्ष के नीचे आराम से पढ़ता। गाँव के लड़के अब कहीं यात्राओं में जाते वक्त दो-चार किताबें 'इशू' कराकर साथ लेते जाते। यात्राओं में पढ़ना उन्हें अच्छा लगता। यात्राओं के समय की बोझिलता का एहसास उन्हें नहीं होता और अपनी पसन्दीदा पुस्तक का पढ़ना भी हो जाता।

युवाओं की भाँति बड़ी उम्र के लोग भी पढ़ने के लिए पुस्तकें ले जाने लगे। तपेश्वर राय तो अब अक्सर पुस्तकालय में आकर पढ़ी पुस्तकें लौटा जाते और दूसरी पुस्तकें ले जाते। जनार्दन से अपनी रुचि का इजहार भी उन्होंने किया—"अब तूने मन जगा दिया और मजा चखा दिया तो नयी-नयी किताबें मँगा...। अब रात में एक-दो घण्टे नहीं पढ़ता तो नींद ही नहीं आती?"

तपेश्वर राय अपने जमाने के आई. ए. पास थे। माँ-बाप के अकेले होने और सम्पन्न खेतिहर परिवार से आने के चलते किसी नौकरी में नहीं गये। अपनी खेती-गृहस्थी में ही लगे रहे। उस खेती-गृहस्थी में आई. ए. तक की उनकी पढ़ाई

ऐसे दब गयी थी कि उनसे मिलने और बातचीत करनेवाला यह जान तक नहीं पाता था कि वे पुराने जमाने के आई. ए. हैं। अब पुस्तकों के सम्पर्क में उनकी वह पढ़ाई फिर जाग गयी थी। अपनी खुराक माँगने लगी थी। अपनी जानकारी में इजाफा चाह रही थी। पुस्तकालय में नयी पुस्तकों की खरीद के लिए आगे बढ़कर सबसे अधिक चन्दा उन्होंने ही दिया—"अच्छी किताबों की खरीद में कोताही नहीं होनी चाहिए जनार्दन!"

उनकी इच्छा पर जनार्दन ने तत्क्षण कई पुस्तकें मँगा दीं। वैसे जनार्दन जान चुका था कि पुस्तकें पुरानी नहीं होतीं। तपेश्वर राय ने जिन पुस्तकों को नहीं पढ़ा था वे सब उनके लिए नयी ही थीं, इसीलिए पुरानी पुस्तकों को पढ़कर भी वे कह उठते थे—"यह तो गजब की पुस्तक है...। ऐसी कथा तो मैंने पढ़ी ही नहीं थी...!"

अपने छोटे गँवई पुस्तकालय के सीमित प्रसार को देखते हुए जनार्दन 'साक्षरता' के साथ-साथ अपना दूसरा चरण कस्बों, गाँवों एवं टोलों तक में पुस्तकालयों एवं वाचनालयों की स्थापना को मानने लगा था। साक्षर लोग फिर निरर्थक और नासमझ न हो जाएँ इसके लिए शब्दों की दुनिया में उनका बने रहना आवश्यक था। वह यह जान गया था कि अपनी कूपमण्डूकता में जी रहे लोगों को सिर्फ शब्द ही बचा सकते हैं। सिर्फ शब्द ही उन्हें उबार सकते हैं।

शहरों की तरह गाँवों की सूचनाएँ तीव्र विस्तार नहीं पाती थीं। जहाँ विकसित संचार-माध्यमों के चलते शहरवासी तत्क्षण यह जान जाते थे कि कहाँ क्या हुआ, वहीं ग्रामवासियों के लिए इसके माध्यम पृथक और कुछ धीमी गति के थे। एक गाँव की खबर दूसरे गाँव और इलाके में तभी विस्तार पाती थी, जब कोई फेरीवाला उस गाँव में आता था या उस गाँव का रिश्तेदार कोई आनगाँववासी वहाँ पहुँचता था या हाट-बाजार में लोग एक-दूसरे से मिलते थे या अपने खेत-खलिहानों से गुजरते राहगीरों से बतियाते थे...। जैसे भी हो, खबरें दबती नहीं थीं और एक बार प्रचारित होने के बाद कुछ रंग-मसालों के साथ विस्तार पाती जाती थीं, जितने मुँह उतनी बातें होती थीं। जनार्दन के इस पुस्तकालय की खबर भी वैसी ही थी। पूरे इलाके में यह चर्चा फैल गयी थी कि तिरबेनी का बेटा जनार्दन शहर से गाँव आकर गाँव को बदल देना चाहता है। जाने गाँव के लड़कों को क्या पढ़ा-सिखा दिया है कि सब उसके पीछे दीवाने हो गये हैं। पुस्तकालय के बहाने गाँव के नवहियों की जुटान करता और देर रात तक मजमे लगाता है...। पता नहीं, इलाके में क्या गुल खिलाएगा? चार अक्षर शहर से पढ़कर क्या लौटा, 'सरग' (स्वर्ग) में सीढ़ी लगाने की बात करने लगा है...।

जनार्दन की खबर को इलाकेवासियों ने अपनी-अपनी तरह से लिया। विभिन्न गाँवों में सक्रिय राजनीतिक संगठनों का ध्यान भी इस खबर की ओर आकृष्ट हुआ।

ऐसे ही एक संगठन ने अपने सदस्यता वृद्धि अभियान के तहत अपनी एक कुशल टुकड़ी छविपुर गाँव के लिए रवाना की। उस टुकड़ी में विभिन्न वय के पाँच सदस्य थे। जनार्दन से पुस्तकालय के कमरे में ही वे मिले। वे जनार्दन से अकेले में बतियाना चाहते थे। पर जनार्दन तैयार नहीं हुआ। इस शुरुआत पर ही उसके किसी ग्रामीण दोस्त के मन में सन्देह हो, यह वह नहीं चाहता था। राजनीतिक सदस्यता के लिए आनेवाले लोगों से कैसी गोपनीय बातचीत?

वह शाम का समय था। अँधेरा घिर रहा था। शायद उस टुकड़ी को ज्ञात था कि जनार्दन से शाम में ही इत्मीनान से मुलाकात हो सकेगी। उस वक्त तक जनार्दन और उसके अधिकांश दोस्त पुस्तकालय के कमरे में जुट आये थे। लालटेन की रोशनी में इत्मीनान से बैठकर वे अपनी बात शुरू कर रहे थे। राजू बैंक असिस्टेंट की परीक्षा देकर जयपुर से लौटा था। उसकी जयपुर-यात्रा और सम्बन्धित परीक्षा का अनुभव सब सुनना चाह रहे थे। राजू ने बताना भी शुरू कर दिया था—''श्रमजीवी एक्सप्रेस बहुत लेट थी। हमें यहीं पर विलम्ब हो गया... ।''—राजू अभी इतना ही कह पाया था कि वे आ धमके। दरवाजे पर खड़ी उनकी टुकड़ी में से बुजुर्ग लगनेवाले एक व्यक्ति ने पूछा—''जनार्दन जी हैं क्या?''

जवाब में जनार्दन ने तत्क्षण कहा—''हाँ, क्या बात है?''—और ऐसा कहते हुए वह अपनी जगह से उठकर दरवाजे पर आ गया। उसके अन्य साथी भी इन नये आगन्तुकों को लेकर जिज्ञासु हो उठे। अब उस बुजुर्ग दिखनेवाले व्यक्ति ने जनार्दन को पहचान-भरी निगाह से देखने के बाद कहा—''अच्छा तो आप ही हैं जनार्दन?''

जनार्दन को लगा, वह व्यक्ति और उसके साथ के लोग शायद उसे पहचानते हैं। लेकिन वह तो इन्हें नहीं पहचानता। सम्भव है, गाँव से उसे शहर आते-जाते या हाट-बाजार पहुँचते हुए इन्होंने उसे देखा हो! सम्भव है, उससे भी पहले राव मानवेन्द्र बाबू के साथ मंचों पर उसकी उपस्थिति के ये द्रष्टा हों... । इससे पहले कि जनार्दन उनका परिचय और आने का कारण पूछता, वह व्यक्ति स्वयं बोल उठा—''हम 'जनदेश' पार्टी के सदस्य हैं... । आपसे और आपके साथियों से मिलने आये हैं। जोगीपुर के अपने कार्यालय से हम सीधे आ रहे हैं...!''

'जनदेश' पार्टी को जनार्दन जानता था। राज्य में एक सशक्त विपक्षी पार्टी के रूप में उसने अपनी अलग पहचान कायम की थी। जोगीपुर उस इलाके का सबसे बड़ा कस्बा था। जनार्दन को मालूम था, 'जनदेश' पार्टी का क्षेत्रीय कार्यालय जोगीपुर में ही है... । अब वह यह भी जान गया कि उससे बात करनेवाला यह व्यक्ति ही इस टुकड़ी का प्रमुख है। अपनी ग्रामीण परम्परा के अनुसार जनार्दन ने अब उन्हें सादर अन्दर बैठाया। जनार्दन के साथियों ने इधर-उधर सिमटकर उन आगन्तुकों

के लिए जगह बना दी। अब वे सभी पुस्तकालय-कक्ष में बैठ गये। वह टुकड़ी प्रमुख अब कह उठा—"हम जनदेश पार्टी की सदस्यतावृद्धि-अभियान में चले हैं...। आप लोगों को सजगता-सक्रियता की चर्चा हमें यहाँ खींच लायी है...।"

उसकी यह बात सुनते ही जनार्दन और उसके साथियों की उछाल खाती जिज्ञासा शान्त हो गयी। तो यह बात है! उन्होंने तो सोचा था कि किसी और वजह से ये लोग आये होंगे। अब उस प्रमुख ने बिना कोई देर किये जनार्दन को सम्बोधित कर अपना कथन जारी कर दिया—"आपकी भूमिका से हमारी पार्टी बहुत खुश है...। आज गाँवों को आप जैसे युवाओं की जरूरत है...। हमारी पार्टी के भी वही मूल्य हैं जिन्हें लेकर आप चल रहे हैं...। आप जैसे युवाओं का हमारी पार्टी में स्वागत है...। हम आपको आपके साथियों के साथ अपनी पार्टी में सम्मिलित करने आये हैं!"

उस प्रमुख की बात सुन तत्काल जनार्दन ने कोई जवाब नहीं दिया। एकाएक कोई पार्टी उसे और उसके मित्रों को अपने साथ सम्मिलित करने आ जाएगी, उसने सोचा भी नहीं था। हालाँकि अपनी भूमिका को एक बड़े फलक पर अंजाम देने के लिए किसी पार्टी की अनिवार्यता अब वह महसूस कर रहा था। अपने साथियों से भी वह कह चुका था—"अकेला चना भाड़ नहीं फोड़ता...। अपनी व्यक्तिगत और फुटकर लड़ाई को एक बड़े संगठन का रूप देकर ही हम अपने उद्देश्य को सही मुकाम तक पहुँचा सकते हैं...। एकता और संगठन की असीमित शक्ति के समक्ष कोई व्यक्तिगत और फुटकर शक्ति नहीं टिकती। परिवर्तन की बेहतरी के राजनीतिक कार्य अकेले नहीं किए जा सकते...!"

जनार्दन की उस बात से उसके साथी भी सहमत थे। अपने अल्प संगठन का प्रभाव वे देख रहे थे। उस परिप्रेक्ष्य में बड़े संगठन की बड़ी भूमिका के व्यापक परिणाम का अन्दाज लगाकर उस तरफ सोचने लगे थे। लेकिन अभी वे तय नहीं कर पाये थे कि किस बड़े संगठन से जुड़ें? किस राजनीतिक पार्टी को अपनाएँ? विभिन्न राजनीतिक पार्टियों की अवसरवादी, कुटिल और जनविरोधी भूमिका को देखते हुए अधिकांश राजनीतिक पार्टियों के प्रति उनके मन में क्षोभ और आक्रोश के भाव थे।

उस अनुभवी पार्टी-प्रमुख ने शायद जनार्दन और उसके साथियों के मनोभावों को ताड़ लिया था। अपनी पार्टी में सम्मिलित होने के उसके प्रस्ताव पर जनार्दन और उसके साथियों की चुप्पी ने उसे सब-कुछ समझा दिया था। अब उसने अपनी पार्टी की पृथक् भूमिका और सही महत्त्व को उजागर करते हुए कहा—"हमारी पार्टी वैसी राजनीतिक पार्टी नहीं है जो छल-छद्मों पर टिकी हो। जमीनी सच्चाई की पार्टी है हमारी! हवामहल बनाने और सब्जबाग दिखाने में हमारी पार्टी का विश्वास नहीं।

हमारी पार्टी जन-समस्याओं से जूझने और उसके निदान के लिए संघर्ष जारी रखने में विश्वास करती है...। आप लोगों ने महसूस किया होगा, सत्तासीन पार्टी की गलत नीतियों को हमारी पार्टी शुरू से ही बेनकाब करती रही है...। कई विपक्षी पार्टियों को सौदेबाजी के तहत सत्ताधारियों ने खरीद लिया है पर हमारी पार्टी पर उसकी दाल गलने नहीं पायी है...। अपनी गद्दी बरकरार रखने के लिए सत्ताधारियों ने साम्प्रदायिकता, जात-पाँत और भ्रष्टाचार के कभी न सुलझनेवाले मुद्दों के बीच सारे देश को झोंक दिया है...। हमारी पार्टी चरणबद्ध रूप से सत्तापक्ष के एक-एक छद्म को लेकर जनता के बीच जा रही है...!"

जनार्दन ने अब उस प्रमुख की बात यहीं रोकते हुए कहा—"अपनी भूमिका में विपक्ष को ईमानदार होना ही होता है। यही लोकतन्त्र का तकाजा है...। लोकतन्त्र में किसी भी विपक्षी पार्टी की बुनियाद यथार्थ और खरी अभिव्यक्ति पर ही टिकी होती है। सच्चाई, ईमानदारी, देशसेवा, जनता की खुशहाली तथा समाज के सर्वांगीण विकास के अव्वल पक्ष प्रस्तुत करना विपक्ष की नियति है। स्वतन्त्रता के बाद अपने यहाँ शासन में पहुँची कई पार्टियों का नेतृत्व हम देख चुके हैं...। अब तक के हमारे शासन का यही इतिहास रहा है कि शासकीय पार्टी को अपनी इच्छाओं के अनुरूप न पाकर यहाँ की जनता उन्हें उखाड़ फेंकती है तथा विपक्षी पार्टी को सत्तासीन बनाती है। लेकिन शासन में आकर असीमित अधिकार और अनन्त सुविधाओं का स्वामी होते ही वह विपक्षी पार्टी भी शोषकीय और सामन्ती चरित्र अपना लेती है। इसके विपरीत शासकीय चरित्र में भ्रष्ट साबित हुई पार्टी जब विपक्ष की बेंच पर आती है तो न्याय, ईमानदारी और जन कल्याण की बात करने लगती है। दरअसल, यह विशेषता विपक्ष की नहीं, लोकतन्त्र की है। इस विशेषता के चलते ही तमाम अराजकताओं के बावजूद हमारा लोकतन्त्र टिका हुआ है। लोकतन्त्र में विपक्ष की भूमिका ही जनता को फिर-फिर नयी सरकारों के निर्माण के लिए उकसाती है...। विपक्ष का पक्ष में बदलते जाने और पक्ष का विपक्ष होने की धारणा भी इसी पर अवलम्बित है...। इसीलिए विपक्ष के रूप में किसी पार्टी की प्रखर भूमिका से ही उसका मूल्यांकन नहीं हो जाता। सत्ता में उसकी भागीदारी की शर्तों तथा सत्ता-प्राप्ति के बाद उसकी भूमिका के क्रियान्वयन में ही उसका महत्त्व निहित होता है...।"

जनार्दन के इस पहले कथन ने ही उस टुकड़ी प्रमुख को निरुत्तर कर दिया। अपनी पार्टी के चिन्तकों और प्रवक्ताओं में से वह एक था। जनार्दन के इस प्रहार ने उसे किंचित् असमंजस में डाल दिया। पर वह हार माननेवाला नहीं था। अखाड़े में गिरे किसी पहलवान की तरह अपनी पीठ से धूल झाड़ते हुए उसने पैंतरा बदला—"हमारी पार्टी ऐसी नहीं है...। हमारी पार्टी ऐसी हो ही नहीं सकती है...। हम जो कहते हैं उसे जीते हैं...। हमारी पार्टी चाहे विपक्ष में रहे या सत्ता में, वह

अपने उसूल नहीं छोड़ सकती...।''

इस पर जनार्दन ने उसे फिर धर दबोचा—''कोई भी पार्टी ऐसी नहीं होती जो अपने उसूल छोड़ने की बात कहती हो। किसी भी पार्टी के संविधान में ऐसी कमी नहीं होती...। पार्टियाँ तो लोगों से बनती हैं। वे चाहे जैसा बना दें। नेहरू जी के समय में कांग्रेस पार्टी का जो रूप था इन्दिराजी के समय में वह नहीं रह गया। बाद के दिनों में तो और बदलता चला गया। इसीलिए किसी पार्टी का महत्त्व उसमें शरीक सदस्यों पर निर्भर करता है। मैंने पार्टियों के बड़े नेताओं और पदाधिकारियों को नजदीक से देखा है। राजनीति में लोगों का आना अब कैरियर बनाना और धन कमाना हो गया है। नेता-मन्त्री बनते ही अपनी कई पीढ़ियों के लिए वे धन-उगाही शुरू कर देते हैं...! उन्होंने इस तथ्य को गलत करार दे दिया है कि यह मार्ग सेवा का है। अपने व्यक्तिगत उपार्जन में हमारे नेताओं ने इसे अद्भुत और अद्वितीय साबित कर दिया है। इसके समक्ष अब दूसरे क्षेत्र की कमाई कुछ भी नहीं...। राजतन्त्र की तानाशाही और शासन की स्वेच्छाचारिता की प्रतिक्रिया में ही लोकतन्त्र का जन्म हुआ है। राज्य राजा के प्रति नहीं, लोक के प्रति समर्पित हो, लोक से संचालित हो, सिद्धान्त रूप में लोकतन्त्र के इस पक्ष को हाथी के दिखानेवाले दाँत की भाँति सभी राजनीतिज्ञ सामने रखते हैं, लेकिन व्यवहार में सत्ता सँभालते ही राजा की ही भाँति आचरण करते हैं। वे अपने को राजा से कम नहीं समझते। शान-शौकत, ऐशो-आराम और अधिकार-सुविधाओं के मामले में वे किसी राजा से कम नहीं होते...। इसीलिए जनपक्षधर पार्टियों की पहली जरूरत अपने संगठन में वैसे लोगों को शामिल करने की है जिनके लिए राजनीति पाने का जरिया नहीं, देने तथा अपने को सेवा में लगाने का माध्यम हो...। वैसे जीवनदानी और मिशनवाले लोगों को ही इसमें सम्मिलित किया जाना चाहिए...!''

जनार्दन के इस दूसरे कथन ने भी उस टुकड़ी-प्रमुख और टुकड़ी के अन्य सदस्यों को हतप्रभ कर दिया। वे जिसे अपनी पार्टी का नया रंगरूट बनाने आये हैं, वह तो पहले से ही पारंगत है। यह किसी पार्टी की गिरफ्त में जल्द आनेवाला नहीं। पर हथियार डालना तो उन्होंने भी सीखा नहीं था। अब उस प्रमुख ने जनार्दन को अपने विश्वास में लेकर समझाना शुरू किया—''हम आपकी बातों से शत-प्रतिशत सहमत हैं। आप तो बिल्कुल वही बात कह रहे हैं जो हमारी पार्टी के मेनिफेस्टो में है...। हमारी पार्टी समर्पित और सेवा-भाववाले व्यक्तियों को ही स्वीकार करती है...। अपनी जमीन के सच्चे आदमी पर ही हमारी पार्टी का दारोमदार है...। इस छविपुर में ही हम पहले किसी को सदस्य बनाने नहीं आये थे। आपको और आपके साथियों को अपनी जमीन का और अपने उसूलों का युवक समझकर ही हम आये हैं। आपके कार्य ही हमें यहाँ खींच लाये हैं!''

जनार्दन इस जनदेश पार्टी को जानता था। इसकी भूमिकाओं से परिचित था। राव मानवेन्द्र बाबू और उनकी पार्टी के लोग इस क्षेत्रीय पार्टी को अपना सबसे बड़ा दुश्मन मानते थे। लेकिन इस पार्टी की भूमिकाओं को देखते हुए जनार्दन जाने-अनजाने अपने को इसके निकट अनुभव करता था। अब उसने उस टुकड़ी को आश्वस्त करते हुए कहा—"मैं जनदेश पार्टी की आलोचना नहीं कर रहा हूँ...। मेरे मन में भी जनदेश के लिए अच्छी जगह है। लोकतन्त्र की विकृतियों की आँधी में भी इसका तम्बू नहीं उखड़ सका है, यह कम नहीं है। मैं तो मूल्यों की बात कर रहा था...। जहाँ तक जनदेश की सदस्यता की बात है...हम खुद चाहते हैं कि एक बड़े संगठन के दायरे में ही हम काम करें...। हमारी बस एक ही शर्त है कि पार्टी की नीतियों और कार्यों में पारदर्शिता होनी चाहिए। पार्टी के किसी भी सदस्य या पदाधिकारी पर शंका उठाने तथा पार्टी के किसी भी मसले पर खुली बहस का हमें अधिकार होना चाहिए। हम किसी भी पार्टी के अन्ध समर्थक और अनुचर-अनुयायी नहीं हो सकते...। लोकतान्त्रिक व्यवस्था में यह उचित और वाजिब भी नहीं है...।"

जनार्दन की शर्त उस टुकड़ी प्रमुख ने बिना किसी हील-हुज्जत के स्वीकार कर ली—"हमें आपकी बात मंजूर है...। हमारी पार्टी आप जैसे युवाओं के लिए ही है...। आप जैसे लोगों को ढूँढकर हम अपनी पार्टी में लाते हैं...। जिस पार्टी में सदस्यों के जनविरोधी आचरण पर प्रश्नचिह्न न लगाया जाय और मुद्दों पर खुली बहसें न हों, वह तो फिर जनतान्त्रिक पार्टी हो ही नहीं सकती है। हमारे विरोध का एक मुद्दा पार्टियों के अन्दर की ऐसी जड़ता भी है...!"

अब क्या था! जनार्दन तैयार हो गया। अपनी शर्तों की सहमति के बाद वह पीछे हटनेवाला नहीं था। उस टुकड़ी की सदस्यताबही में उसने उसी वक्त अपने हस्ताक्षर कर दिए। उसके साथियों ने भी उसका सहर्ष अनुसरण किया। उस टुकड़ी प्रमुख के साथ जनार्दन की बातचीत वे सुन रहे थे। अगर वे कहीं असहमत हुए रहते या जनार्दन से अपना कोई पक्ष उन्हें छूटता जान पड़ता तो वे बीच में अवश्य कूदते। पर वे पूरी तरह सहमत थे। राजू ने तो जनदेश पार्टी से अपनी टीम की सम्बद्धता पर कहा भी—"यह बहुत अच्छा हो गया। अब हम और मजबूत हो गये...। हमारी टीम के लिए यह जरूरी था...!"

पुस्तकालय के उस कमरे में अब स्टोव जल उठा। चाय की केतली चढ़ा दी गयी। जनार्दन और उसके दोस्तों ने चाय आदि के लिए अपने किसी साथी के यहाँ सम्मिलित रूप से पहुँचकर उसके परिवार को परेशान करना उचित न जान पुस्तकालय के कमरे में ही चाय का इन्तजाम कर रखा था। यह कोई अधिक खर्चीला आयोजन भी नहीं था और न इसमें अधिक तुल-तपाट ही था। सामान्य आपसी चन्दें से ही उन्होंने यह नयी व्यवस्था कायम की थी।

उस टुकड़ी को छोड़ने के लिए जनार्दन और उसके मित्र गाँव के सिवान तक गये। विदा के वक्त सब ने एक-दूसरे से फिर-फिर हाथ मिलाये। इसके बाद टुकड़ी के सदस्य जोगीपुर की ओर चल पड़े तथा जनार्दन और उसके मित्र अपने गाँव में वापस...। दोनों ओर साथ होने की नयी गरमाहटें थीं। एक ओर अपनी सफलता में वह टुकड़ी बाजी मार लेने की सुखद अनुभूति में मस्त थी। जनार्दन जैसे तेज-तर्रार और कर्मठ-सक्रिय युवक अपने साथियों के साथ उसकी पार्टी में आ गये। पार्टी कार्यालय में यह महत्त्वपूर्ण सूचना देकर अपने प्रभाव से वे सबको चमत्कृत कर देंगे...। जहाँ छविपुर में उसकी पार्टी का खाता भी नहीं खुला था—वहीं पूरे छविपुर को अपने पक्ष में बनाकर वे लौट रहे थे। छविपुर के ये सक्रिय युवक अब छविपुर के मतों को बहकने नहीं देंगे। दूसरी ओर जनार्दन और उसके मित्रों को भी अपना क्षितिज बढ़ गया जान पड़ रहा था...। अब उनकी पीठ पर एक ताकतवर पार्टी है। अब उनके कार्यों को स्थानीय कहकर कोई नहीं झटक सकता। छविपुर के कुछ लोग कहने लगे थे—''शहर की हवा खाकर खूब उछल रहा है जनार्दन!...यह क्या करेगा? मियाँ की दौड़ मस्जिद तक...। रँगा सियार बना हुआ है। छविपुर के कुछ लड़कों को गोलबन्द करके बूझ रहा है कि पूरी दुनिया हथिया लिया। जब मुँह के बल गिरेगा तब इसे पता चलेगा कि दुनिया बहुत बड़ी है...।''

लेकिन उस बड़ी दुनिया का प्रवेश-द्वार पाने और उससे जुड़ने का साफ-साफ अनुभव जनार्दन और उसके मित्र अब कर रहे थे...।

जनदेश पार्टी से जुड़ने के बाद जनार्दन की व्यस्तताएँ बढ़ चली थीं। उसके मित्रों पर तो पार्टी ने अधिक दायित्व नहीं सौंपा था। उन्हें पार्टी के युवा कार्यकर्ताओं के रूप में बस बने रहना था। समय-समय पर होनेवाली पार्टी की सभाओं और जुलूसों में भाग लेना था। पार्टी के अभियान को स्थानीय स्तर पर सफल बनाये रखना था। लेकिन जनार्दन को तो पार्टी ने अपनी कई कमेटियों में डाल दिया था। राजनीति की उसकी पैनी समझ के लिए पार्टी ने उसे अपने हाथों पर ले लिया था। अब अक्सर ही छविपुर से उसे दूर जाना पड़ता। पार्टी अपनी आवश्यकताओं के अनुसार कभी इलाके के इस छोर का कोई काम उसे सौंपती, तो कभी उस छोर का, तो कभी अपने कार्यक्रमों के तहत उसे शहर पठा देती...। पार्टी ने प्रारम्भ से ही उसे आम कार्यकर्ता से ऊपर का दर्जा दे दिया था, इसीलिए आम कार्यकर्ता कभी-कभी उसे नेताजी कह उठते। पर 'नेताजी' का सम्बोधन उसे बेतरह खटकता। राव मानवेन्द्र बाबू के सम्बन्ध में 'नेताजी' शब्द की अर्थहीनता और विकृति देखकर इस शब्द के प्रति उसका मन शंकालु हो गया था। कभी सुभाषचन्द्र बोस से जुड़कर इस

शब्द की महत्ता कितनी बढ़ गयी थी। आज भी उनके सम्बन्ध में यह शब्द कितना गरिमापूर्ण हो उठता है! लेकिन उसने तो राव मानवेन्द्र बाबू और आर. अण्डमान जैसे नेताओं के साथ इस शब्द का विकृत रूप भी देखा है। इस स्थिति में 'नेताजी' का सम्बोधन उसे अपनी राजनीतिक निष्ठा का उपहास जान पड़ता। यह सम्बोधन सुनते ही वह तत्क्षण रोक देता—"मैं कोई नेता नहीं...आप लोग मुझे नेता न कहें। मैं तो 'जनदेश' का एक कार्यकर्ता हूँ...। आप लोगों के साथ कन्धे से कन्धा भिड़ाकर चलनेवाला आपका भाई...। आप मुझे भाई ही समझें...!"

जनदेश पार्टी में अपनी बढ़ती गतिविधियों के बावजूद जनार्दन ने अपने घर-परिवार और अपने ग्रामीण मित्रों के लिए भी समय निकालना बन्द नहीं किया। वह इस सिद्धान्त में विश्वास करता था कि जड़ और बुनियाद से कटकर कोई पौधा आसमान में नहीं लहलहा सकता...। वह अपनी जड़ें अपने परिवार और गाँव में ही महसूस करता था। उसकी खेती छोटी थी, पर अपने पिता की बढ़ती अवस्था को देखते हुए कृषि के हर अनिवार्य अवसर पर भी वह आ भिड़ता। मछुआरे के कार्य से जीविकोपार्जन न होने के चलते ही उसके पिता अपनी छोटी खेती पर निर्भर थे। वे उसे कृषि-कार्य से अलग रखने की कोशिश करते। कहते—"छोड़ दो जनार्दन...। अइसी 'हलुक-पातर' खेती के लिए तो हम अकेले काफी हैं। ई दो-चार बीघे की खेती को हम का बूझते हैं? तू अपनी पार्टी देख...। मन से उसमें लगा रह। कोई नौकरी नहीं भेंटायी तो का हुआ? अब राव मानवेन्द्र बाबू जइसा नेता बनकर सऊँसे गाँव को दिखा दे बेटा! भगा दे दुःख-दलिद्दर...!"

अपने पिता की इस बात पर वह मन-ही-मन मुस्कराकर रह जाता। कुछ कहकर पिता को निराश करना नहीं चाहता। पुस्तकालय के अपने दोस्तों के साथ भी वह रविवार की शाम अवश्य बिताता। सप्ताह-भर चाहे वह जहाँ रहे, रविवार की सन्ध्या होते-होते पुस्तकालय के उस कमरे में अवश्य आ धमकता। फिर सप्ताह-भर की पार्टी-गतिविधियों की सूचनाओं से अपने ग्रामीण दोस्तों को अवगत कराता। ऐसा करके अपने दोस्तों को वह पार्टी की मुख्य धारा से जोड़े रहता। उसके दोस्त सिर्फ पार्टी के अनुयायी या सामान्य कार्यकर्ता भर न रहें, इसके लिए विभिन्न मुद्दों पर उनकी राय भी वह पहले ही की तरह लेता। उसके उन्हीं दोस्तों में से उमेश ने आपत्ति व्यक्त की थी—"जागा की सरकार को हमरी पार्टी का समर्थन नहीं मिलना चाहिए था...। पार्टी का यह निर्णय हमें नहीं जँचा है...!"

इस पर जनार्दन ने उमेश और सभी दोस्तों को समझाया था—"पार्टी की इस भूल का एहसास मुझको भी है। अपने स्तर से मैंने भी इसका विरोध किया है। पार्टी अब खुद अपनी यह भूल स्वीकारती है। भविष्य में इसकी पुनरावृत्ति नहीं होने देने के लिए पार्टी वचनबद्ध है...।"

और सचमुच जनार्दन ने पार्टी के इस निर्णय का विरोध किया था। अभी हाल ही में पिछली सरकार के साझीदार अपने स्वार्थों की टकराहट पर जब अलग हुए तो सरकार अल्पमत में आकर गिर गयी। बस, चूहे की फिराक में बिल्ली की चौकसी के साथ बैठे प्रमुख विपक्षी पार्टी के नेता जागा ने उछलकर नयी सरकार बनाने का दावा ठोंक दिया। वह जोड़-तोड़ की राजनीति में माहिर था। उसके इस दावे के पीछे जनदेश पार्टी के समर्थन का भी हाथ था...।

जनार्दन जानता था, जनदेश से जागा की पार्टी का कोई मेल नहीं...। जनदेश जागा की पार्टी को भी अवसरवादी, सत्तालोलुप और भ्रष्ट पार्टी समझती थी। समानता सिर्फ इसी बिन्दु पर थी कि सत्तासीन पार्टी के दमनात्मक रवैये से जनदेश पार्टी जितना क्षुब्ध और कुपित थी, उससे अधिक क्षुब्ध और कुपित जागा की पार्टी थी। जागा की पार्टी का एकसूत्री वादा था कि सरकार सँभालते ही पिछली सत्तासीन पार्टी को वह सख्त सजा देगी...। जनता के सामने उसकी लूट-खसोट और भ्रष्टाचार की ऐसी कलई खोल देगी कि फिर कभी राजनीति की बागडोर सँभालने लायक वह नहीं रह जाएगी...। उस पार्टी के एक-एक मन्त्री को हवालात की हवा खिलाएगी। जनदेश पार्टी जानती थी, स्वयं सरकार बनाने की स्थिति उसकी नहीं। जागा की सरकार से भी उसे उम्मीद नहीं थी। लेकिन सत्तासीन सरकार ने 'जनदेश' के साथ जो ज्यादतियाँ की थीं उसकी प्रतिक्रिया में जागा की पार्टी को समर्थन देने का उसने निर्णय किया कि जागा की पार्टी उसे सबक सिखाएगी। उस सत्तासीन पार्टी ने जनदेश के कुछ सदस्यों को भी मन्त्री बनाने के प्रलोभनों के तहत फोड़ लिया था। 'जनदेश' को अपने घर में सत्तासीन पार्टी की इस घुसपैठ ने अधिक बेचैन और परेशान किया था जिसके तहत जागा से उसने हाथ मिलाया था। जागा का समर्थन सिर्फ सत्तारूढ़ पार्टी को धूल चटाना-भर था, उसकी नीतियों का कोई समर्थन नहीं था। लेकिन जनार्दन ने अपने क्षेत्रीय कार्यालय जोगीपुर में इसका सख्त विरोध किया था—"जिस वजह से भी हो, पार्टी का यह कदम उचित नहीं है। किसी भी तरह के प्रतिशोध में हमें सिद्धान्तों से समझौता नहीं करना चाहिए...। ऐसा करने से पहले पार्टी को अपने क्षेत्रीय कार्यालयों से भी राय लेनी चाहिए थी...। मुझे पार्टी का यह निर्णय मान्य नहीं है!"

जनार्दन के इस मुखर प्रतिवाद पर जोगीपुर कार्यालय के वरिष्ठ पार्टी सदस्यों ने उसे समझाया था—"हाई कमान के इस निर्णय पर ऐसी प्रतिक्रिया ठीक नहीं। हाई कमान ने कुछ सोचकर ही ऐसा किया है। पार्टी अनुशासन को हमें इस तरह नहीं झटकना है...।"

लेकिन चन्द रोज के बाद ही जागा सरकार के रवैये से त्रस्त और आहत जनदेश पार्टी को अब अपनी भूल का एहसास होने लगा था। पार्टी के राष्ट्रीय

अधिवेशन में पार्टी ने अपनी यह भूल स्वीकार भी की थी—"अपना समर्थन देकर हमने अच्छा नहीं किया...। यह तो पिछली सरकार से भी अधिक निकम्मी, धूर्त और भ्रष्टाचारी है...। इसका रवैया भी हमारे साथ वैसा ही है...। हमें अब इसे भी उखाड़ फेंकना है...!"

जनार्दन के जोगीपुर कार्यालय के उन वरिष्ठ साथियों ने भी अब उसकी बात का समर्थन किया था जिन्होंने पार्टी अनुशासन के नाम पर उस वक्त उसे चुप कराया था—"तुम्हारी राय सही थी जनार्दन...। तुमने लक्ष्य कर लिया था...। तुम अक्सर विरोध में बोलते हो, इसीलिए हमने तुम्हें रोका था। पर तुम्हारा विरोध जायज था...।"

जनार्दन अपने उन वरिष्ठ सदस्यों की इस बात से भी सहमत नहीं था कि वह बराबर विरोध में ही बोलता है...। अभी कुछ ही दिन पहले 'मार्टिन फैक्ट्री' के कर्मचारियों की हड़ताल पर अपनी पार्टी की सीमाओं से भी आगे जाकर उसने समर्थन किया था। मार्टिन नामक एक अँग्रेज प्रशासक ने उसके राज्य के एक छोटे शहर में उस सीमेण्ट फैक्ट्री की स्थापना की थी। स्वतन्त्रता प्राप्ति के बाद उस फैक्ट्री का स्वामित्व अपने देश की सरकार के हाथों में आ गया था। वह फैक्ट्री अपनी नियत रफ्तार के साथ उसी समय से चलती आ रही थी। पर वर्तमान सरकार का रवैया उसके प्रति नकारात्मक हो गया था। उस फैक्ट्री को अपने ऊपर बोझ मानते और उसके घाटे को बढ़ा-चढ़ा कर दिखाते हुए सरकार ने अपने एक फैसले के तहत उसे अचानक बन्द कर दिया था। प्रतिक्रिया में उस फैक्ट्री के कर्मचारी सड़कों पर उतर आये थे। विपक्ष और समाचारपत्रों ने सरकार की इस कार्रवाई की निन्दा की थी तथा इसके पीछे सरकार की राजनीतिक चाल बतायी थी। यह सच भी था। उस फैक्ट्री की यूनियन अलिखित रूप में एक खास राजनीतिक पार्टी से सम्बद्ध और संचालित थी जो पार्टी सत्तासीन पार्टी की सबसे बड़ी दुश्मन थी। बस, घाटे में चल रही उस फैक्ट्री को बन्द कर उसने एक तीर से दो शिकार किया था...। जनार्दन की पार्टी ने पीड़ितों के प्रति अपनी पक्षधरता के तहत मार्टिन कर्मचारियों की हड़ताल का समर्थन किया था। पर जनार्दन तो इस सामान्य समर्थन से आगे बढ़कर उनके विरोध प्रदर्शनों में शरीक हो गया था। राँची में 'वाटर इण्डिया' की हड़ताल पर राव मानवेन्द्र बाबू की सरकार का दमनात्मक रवैया उसने देखा था। तब उसकी सहानुभूति सहज ही 'वाटर इण्डिया' के कर्मचारियों के साथ हो गयी थी। पर वह राजनीति की दुनिया के लिए उस वक्त नया था। राव मानवेन्द्र बाबू का आश्रित था। सिर्फ देखने-सुनने तक ही उसकी भूमिका सीमित थी। अब उसकी वैसी स्थिति नहीं थी। वह पूरे मन से दहाड़ उठा था—"सरकार का यह कदम घोर अलोकतान्त्रिक और जनविरोधी है....। सरकार ने अपने राजनीतिक विरोध के तहत यह तानाशाही

दिखाई है...। सरकार की इस तानाशाही के खिलाफ हमें अविराम जंग जारी रखना है। मार्टिन फैक्ट्री के सैकड़ों कर्मचारी अब कहाँ जाएँगे...? उनके परिवार की रोटी छीनने और उन्हें बेघरबार करने के सत्तारूढ़ पार्टी के मंसूबों को हम सफल नहीं होने देंगे। मार्टिन फैक्ट्री को सरकार या तो पुनः चालू करे या मार्टिन कर्मचारियों को कहीं व्यवस्थित करे...। लोकतन्त्र में सत्तारूढ़ पार्टी की यह निरंकुशता बर्दाश्त नहीं की जाएगी। हम ईंट से ईंट बजा देंगे...। इस जघन्य अन्याय के खिलाफ हमारी पार्टी मार्टिन फैक्ट्री के कर्मचारियों के साथ कदम-से-कदम मिलाकर चलेगी...। उन्हें उनका हक दिलाकर रहेगी!"

उसने मार्टिन फैक्ट्री के कर्मचारियों को ललकारा था—"बस इसी तरह डटे रहना है भाइयो! अन्तिम साँस तक लड़ते रहने के संकल्प के साथ भिड़े रहना है...। इस ज्यादती का प्रतिकार पूरी चेतना से करना है...!"

मार्टिन फैक्ट्री के कर्मचारी तो जीवन-मरण के संघर्ष पर उतर ही आये थे। जनार्दन की सक्रिय भागीदारी ने उनके इस आन्दोलन में आग में घी का काम किया था...। वैसे तो प्रायः अधिकांश विपक्षी पार्टियों ने उनके प्रति अपना मौखिक समर्थन व्यक्त किया था। पर जनार्दन के सक्रिय समर्थन में ऐसा कुछ था कि वे जाने-अनजाने उसे अपना नेता समझने लगे थे...। नेताओं की कार्रवाइयों और भाषणों के इस अवमूल्यन के दौर में भी जनार्दन ने उन्हें बाँध रखा था। शायद उसकी कार्रवाई और बातें किसी राजनीति से प्रेरित नहीं, अपनी आत्मा से संचालित थीं, जिसे पहचानते मार्टिन फैक्ट्री के कर्मचारियों को देर नहीं लगी थी। अपने आन्दोलन और विरोध के चरणबद्ध कार्यक्रमों में उन्होंने न सिर्फ उसे शामिल रखा, बल्कि उसके नेतृत्व के प्रति श्रद्धावनत् बने रहे...। उनकी यूनियन के नेता एक घिसीपिटी पार्टी से संचालित रहते हुए ऐसे ठस्स हो गये थे कि उनकी उपस्थिति और आह्वान में कोई ऊर्जा ही नहीं थी...। इस मझधार में अब जनार्दन ही उन्हें अपनी नाव का खिवैया जान पड़ता था। उनकी इस आस्था और श्रद्धा के बाद तो जनार्दन के अन्दर से जैसे चिनगारियाँ फूटने लगी थीं—"अपना हक पाएँगे या संघर्ष करते-करते मरेंगे...। बीच में अब कहीं नहीं रुकेंगे...! हमें हमारा हक दो नहीं तो हमारी शहादत लो।"

जनार्दन के जोगीपुर कार्यालय के कुछ सहयोगी तो उसके साथ थे ही, उसके गाँव के राजू, उमेश आदि मित्र भी उसकी इस भागीदारी में सम्मिलित हो गये थे। ऐसे ही वक्त इलाज के अभाव में मार्टिन फैक्ट्री के एक कर्मचारी की मृत्यु ने आन्दोलन को परवान चढ़ा दिया था। जनार्दन की व्यथित और आक्रोशित आवाज गूँज उठी थी—"जुल्मी सरकार ने एक की बलि ले ली। अब पूरी फैक्ट्री अपनी बलि देने के लिए तैयार है...!"

जनार्दन के नेतृत्व में मार्टिन फैक्ट्री के कर्मचारियों ने उस मृत कर्मचारी की

लाश को फैक्ट्री के सामने के मुख्य मार्ग पर रखकर न सिर्फ यातायात अवरुद्ध कर दिया, बल्कि पुलिस को पोस्टमार्टम के लिए लाश भी नहीं ले जाने दी—"यह लाश अब अकेली नहीं जाएगी...। इस लाश के साथ अब सभी कर्मचारियों की लाशें जाएँगी! सबने कफन बाँध लिया है...। अब इस अकेली लाश को कोई नहीं ले जा सकता...!"

अब तक मार्टिन फैक्ट्री के आन्दोलन की खबरें सामान्य खबरें थीं। पर अब यह एक बड़ी खबर बन गयी थी। अखबार चिल्ला उठे थे। सोते हुए लोग जाग गये थे। राजनीतिक प्रतिद्वन्द्विता में किया अपना यह निर्णय सत्तारूढ़ पार्टी को अब भारी पड़ने लगा था...। समूचे विपक्ष ने इस घटना को गर्मजोशी से लिया। सत्तारूढ़ पार्टी की नींव हिलाने के लिए इस घटना का इस्तेमाल सब अपनी-अपनी तरह से करने लगे। इसी अवसर पर पहली बार अखबारों ने जनार्दन को हाईलाइट किया—'युवा नेता जनार्दन की सार्थक पहलकदमी'। 'जनार्दन के प्रयास से मार्टिन आन्दोलन का निर्णायक संघर्ष', 'जनार्दन की जनचेतना' आदि शीर्षकों से अखबारों ने कई रपटें प्रकाशित कीं। जनार्दन जानता था, उसके बारे में लोग उतना नहीं जानते होंगे। लेकिन पत्रकारों ने तो उसका राई-रक्स उजागर कर दिया था। उनकी रपटें पढ़कर जनार्दन हैरत में था। उसे पिता द्वारा राव मानवेन्द्र बाबू के यहाँ नौकरी के लिए उसे ले जाना, राव मानवेन्द्र बाबू के यहाँ रहकर ही राजनीतिक गतिविधियों का पाठ पढ़ना, राव मानवेन्द्र बाबू की हत्या के बाद अपने ग्रामीण युवकों का संगठन बनाना, अपने गाँव के पुस्तकालय का जीर्णोद्धार, फिर समाज सेवा की भूमिका में सक्रिय भागीदारी...! अखबारों ने अब तक के उसके क्रिया-कलापों का खुलासा कर दिया था। पर उन खबरों से जनार्दन और उसके मित्रों ने अनुभव किया कि उसकी भूमिका को अखबारों ने सही रूप में समझते हुए भी उसकी पार्टी जनदेश को इस श्रेय से वंचित रखा। अखबारों के अनुसार जनार्दन के व्यक्तित्व का वह व्यक्तिगत करिश्मा था, जनदेश पार्टी के अभियान की कार्रवाई नहीं। जनार्दन ने अपने मित्रों को समझाया—"मैं पत्रकारों को अच्छी तरह जानता हूँ। उनकी बातों से हमें विचलित नहीं होना है। पत्रकार भी अब किसी-न-किसी पार्टी से जुड़े होते हैं। हमारे इस संघर्ष में हमारी पार्टी की भूमिका को अपने राजनैतिक कारणों से ही उन्होंने नजरअन्दाज किया है। हमारी पार्टी का बड़ा होता कद वे नहीं देख सकते...। पर उनकी इस साजिश से कुछ होनेवाला नहीं। हम अपनी पार्टी के पर्याय हैं। हमारी शक्ति हमारी पार्टी ही है!"

हालाँकि जनार्दन जानता था, अखबारों द्वारा ऐसा करने के पीछे उनकी ओर से उसे अघोषित प्रलोभन भी था। उसे स्वतन्त्र समाज-सेवी घोषित कर विभिन्न पार्टियों द्वारा उसकी खरीद को वे उकसा रहे थे। शायद उस खरीद-भावना का ही

यह परिणाम था कि कई बड़ी पार्टियों के नामी नेताओं ने उसकी इस भूमिका पर अपना अखबारी धन्यवाद प्रेषित किया। धन्यवाद देनेवाले उन्हीं नेताओं में आर. अण्डमान का नाम भी जनार्दन ने पढ़ा। क्षण-भर के लिए उसका मन तिक्त हो गया। पर उस तिक्तता को अन्दर-ही-अन्दर उसने जज्ब कर लिया। किसी को धन्यवाद देने से वह रोक तो नहीं सकता...। किसी के धन्यवाद देने से वह बिक भी नहीं सकता। धन्यवादों की व्यावसायिकता अब वह समझने लगा था।

मार्टिन फैक्ट्री के शहादती जत्थे ने जनार्दन के नेतृत्व में अन्ततः अपना हक पा लिया। सत्तारूढ़ पार्टी ने मार्टिन फैक्ट्री को फिर चालू तो नहीं किया। अपने पूर्व के फैसले को बिल्कुल निरस्त कर देना राजनीतिक जुए में अपना सब-कुछ हारना था। अपनी जड़ कमजोर करनेवाला ऐसा निर्णय उसे नहीं करना था। जनार्दन द्वारा प्रस्तावित दूसरे विकल्प के अनुसार राज्य सरकार ने अपने अनुदान से संचालित विभिन्न संस्थानों में मार्टिन फैक्ट्री के कर्मचारियों को उनकी पूर्व की सेवा-शर्तों के अनुसार ही बहाल कर लेने का ऐलान किया था। कर्मचारियों के पक्ष में यह इतना बड़ा फैसला था कि कर्मचारियों ने खुल कर जनार्दन की पार्टी के प्रति अपना आन्तरिक समर्थन भी व्यक्त किया–"हमारे यूनियनबाज नेताओं ने अब तक हमें छल रखा था। जो पार्टी और तिकड़मों और जोड़-तोड़ पर ही आश्रित हो उसके अनुयायी और कर ही क्या सकते हैं? हमारी आँखों पर भी उन्होंने पट्टी बाँध रखी थी...। हमने तो देख लिया, हमारे लिए जनदेश से बढ़कर कोई पार्टी नहीं। अब हम चाहे जहाँ रहे, जिस संस्थान की ड्यूटी बजायें, जनदेश को अब नहीं छोड़ सकते...!"

सरकार के निर्णय के बाद मार्टिन फैक्ट्री की यूनियन का अस्तित्व भी समाप्त हो गया था। किसी एक संस्थान में नहीं, विभिन्न संस्थानों में अपने पद एवं योग्यता के अनुसार उनके जाने का रास्ता खुल गया था। इस स्थिति में पूर्व की यूनियन को ध्वस्त होना ही था। वैसे भी किसी पार्टी के संकेतों पर संचालित अपनी यूनियन से मार्टिन फैक्ट्री के अधिकांश कर्मचारी सहमत नहीं थे। लेकिन विभिन्न तिकड़मों से फैक्ट्री यूनियन का चुनाव जीतकर वे उन पर हावी बने रहते थे। अब अपनी अगली यात्रा के लिए जनदेश पार्टी को उन्होंने स्वीकार कर लिया था। यूनियनबाजों के चंगुल से अब वे मुक्त थे...।

जोगीपुर कार्यालय में पार्टी की इस सफलता और नये लोगों के बीच उसकी लोकप्रियता के लिए जनार्दन की सबने सराहना की। राजधानी से पार्टी सुप्रीमो ने सीधे जनार्दन के पास फोन कर उसकी हौसलाअफजाई की–"हमें तुम पर गर्व है। तुमने पार्टी के हक में यह बड़ा काम किया है। अनपेक्षित लोगों के बीच पार्टी की लोकप्रियता बहाल की है। तुम्हारी इस भूमिका को हमने दर्ज किया है...। जोगीपुर

कार्यालय के क्षेत्र की निगरानी अब तुम्हारे ऊपर है...। तुमने पार्टी का रुतबा बढ़ाया है। अपनी आवश्यकताएँ हमें बताते रहना। तुम्हारे फोन पर हम उपलब्ध रहेंगे...!''

इससे पहले जनार्दन पार्टी सुप्रीमो से सीधे फोन पर बातचीत नहीं कर पाया था। जोगीपुर कार्यालय के दूसरे लोगों को भी यह अधिकार प्राप्त नहीं था। अब अचानक पार्टी कार्यालय में उसका कद बड़ा हो गया था। पार्टी सुप्रीमो ने फोन पर सीधे उसकी सराहना कर पार्टी में उसकी हैसियत का इजहार कर दिया था। पर इस घटना के तीन माह के बाद ही पार्टी सुप्रीमो सकते में आ गया। जनार्दन वैसा साबित नहीं हुआ, जैसा उसने सोचा था। यह तो दूसरे ढंग का युवक था...।

यह वाकया जंगी डकैत को लेकर था। लम्बे समय तक पुलिस को चकमे देता और बच निकलता जंगी एक मुठभेड़ में मारा गया था। अब तक जंगी के बच निकलने के पीछे किसी राजनीतिक पार्टी का उस पर वरदहस्त माना जाता था। लेकिन वह कौन सी राजनीतिक पार्टी थी इसका खुलासा नहीं हुआ था। अधिकांश लोग सत्तारूढ़ पार्टी का ही वरदहस्त उस पर मानते थे। साथ ही घूसखोर पुलिसकर्मियों को पटाने में भी वह माहिर था। अपने बचाव में नोटों की गड्डियाँ फेंकते उसे देर नहीं लगती थी। पर उसके गिरोह का सुखमन डकैत ही पुलिस का मुखबिर बन गया था। शायद जंगी ने किसी लूट में उसका पूरा हिस्सा नहीं दिया था। कुछ लोगों के अनुसार उनके बीच एक औरत थी जो सुखमन को चाहती थी, लेकिन उसके रूप पर रीझा जंगी उसे जबरन अपनी रखैल बनाये हुए था। जो हो, जंगी को पकड़वाने और घटना-स्थल पर ही मरवा देने का निमित्त सुखमन ही बना था।

वह रविवार की शाम थी। जनार्दन अपने ग्रामीण दोस्तों के साथ अपने गाँव के पुस्तकालय में था। अपने मित्रों से पिछले सप्ताह की घटनाओं पर उसका विचार-विमर्श चल रहा था। इसी वक्त जोगीपुर कार्यालय से दो सन्देशवाहक हाँफते हुए आये। उन्होंने आते ही कहा—''पार्टी कार्यालय में अभी इसी वक्त आपका बुलावा है। यहाँ के सभी सदस्यों को लेकर चलिए...। दिल्ली मुख्यालय से फोन आया है...।''

''किसलिए? क्या बात है?''

''जंगी जी मारे गये हैं। पुलिस ने मुठभेड़ के नाम पर उन्हें इनकाउण्टर किया है...!''

''तो?''

''पार्टी की ओर से हमें विरोध-प्रदर्शन करना है। जंगीजी की लाश थाने में है। हम थाने का घेराव करेंगे और थानेदार के खिलाफ जुलूस निकालेंगे...!''

''जंगी के लिए?''

"हाँ।"

"किसने यह निर्णय किया?"

"दिल्ली मुख्यालय से फोन पर यह अर्जेण्ट मैसेज आया है...।"

जनार्दन के चेहरे पर क्षण-भर में ही कई भाव उभर आये। सन्देशवाहकों की इस सूचना पर वह स्तब्ध और विस्मित था। पुस्तकालय के उसके मित्र भी इस खबर से हैरत में थे। जनार्दन ने तत्क्षण उन सन्देशवाहकों को वापस कर दिया—"आप लोग चलें...। हम अभी आ रहे हैं...।"

अब उसने अपने मित्रों को देखा। उसके सभी मित्रों की आँखें प्रश्न बनकर उसके चेहरे पर आ टिकी थीं। उसने साफ-साफ शब्दों में अपनी राय जाहिर कर दी—"पार्टी का यह निर्णय गलत है। पार्टी की इस गलत कार्रवाई के हम साथ नहीं...। हम इसका पुरजोर विरोध करेंगे...। ऐसा नहीं होने देंगे...।"

उसके साथियों ने भी जोरदार शब्दों में अपनी सहमति जतायी—"बिल्कुल ठीक। हम यही करेंगे...।"

"एकदम खरा निर्णय।"

"हम किसी पार्टी के बँधुआ मजदूर नहीं...।"

"पार्टी के गलत कार्यों का समर्थन हम हरगिज नहीं करेंगे...।"

अपने साथियों की बातों से जनार्दन का इरादा और मजबूत हो गया। इस लुटेरे के नाम पर इस पार्टी-कार्रवाई का उन्हें कदापि समर्थन नहीं करना है। अपनी सामर्थ्य-भर इसका प्रतिकार करना है। उसके ग्रामीण मित्र उसके साथ हैं। पार्टी को इस रास्ते पर नहीं जाने देना है। अन्य विपक्षी पार्टियों से जनदेश की नीतियों और सिद्धान्तों को पृथक जानकर तथा उन सिद्धान्तों को जीते हुए पार्टी कार्यकर्त्ताओं को देखकर ही उन्होंने जनदेश को अपनाया है। अगर यह पार्टी भी उन्हीं पार्टियों जैसा रास्ता अख्तियार करेगी तो फिर वे क्यों इसमें बने रहेंगे? अपनी चेतना और आस्था के साथ समझौता नहीं करेंगे। अपनी जिस चेतना के विकास और विस्तार के लिए उन्होंने पार्टी ज्वाइन की है, उस चेतना का हनन उनके लिए असह्य है...!

जनार्दन अपने दो-तीन मित्रों के साथ अब तत्क्षण जोगीपुर कार्यालय चल पड़ा। पुस्तकालय के अपने सभी मित्रों को उसने साथ नहीं लिया। जो अपनी सुविधा के अनुसार तैयार हुए वही इस आकस्मिक अवसर के सहयात्री बने। किसी की भी जबरन भागीदारी के वह पक्ष में नहीं था। अपनी दिनचर्या और आवश्यकता के तहत जीने का अधिकार सबको था। किसी भी पार्टी की सम्बद्धता इस अधिकार से ऊपर नहीं थी। नोबेल पुरस्कार विजेता उस महिला के कथन से उसकी यह धारणा और बलवती हो गयी थी, जब उस महिला ने नोबेल पुरस्कार की सूचना देने के लिए पहुँचे लोगों को दरवाजे से ही विदा कर दिया था—"यह मेरे बच्चों के सोने का समय

है। किसी भी पुरस्कार की खबर हमारी इस नियत दिनचर्या से बड़ी नहीं....।''

जनार्दन और उसके साथियों से जंगी की करतूत छिपी नहीं थी। वह उसके इलाके का ही अपराधी था। जनार्दन और उसके मित्रों ने कई बार उसे देखा था। उनके गाँव छविपुर में लहठन नाम का उसका एक साथी रहता था। वह भी छविपुर का नामी डकैत था। जंगी उससे मिलने के लिए अक्सर छविपुर आता था। लेकिन वर्षों पहले डकैती के एक स्थल पर ही ग्रामीणों की जवाबी कार्रवाई में लहठन मारा गया था। तब से जंगी का छविपुर आना बन्द था। लेकिन छविपुर वासियों के लिए जंगी कतई गोपनीय नहीं था। लूट, हत्या, बलात्कार और अपहरण के उसके कई किस्से छविपुर की फिजाँ में मौजूद थे।

गहरे साँवले रंग और लम्बी काठी का जंगी साक्षात् काल सदृश था। बचपन में उसे पहली बार देखकर जनार्दन डर गया था। बड़ी-बड़ी भयावनी आँखें! घनी और सीधे आगे की ओर तनी मूँछें। चेहरा काले पत्थर के किसी अनगढ़ टुकड़े की तरह सख्त और खुरदरा...। किसी पर भी वह ऐसे ताकता जैसे उसकी शामत आ गयी हो...। चेहरे पर क्रूरता और हैवानियत के स्थायी भाव...। एक बार जेल से छूट आने के बाद फिर दुबारा पुलिस की पकड़ में कभी नहीं आया था। चर्चा थी कि किसी राजनीतिक पार्टी का शागिर्द बन गया है जंगी। वही पार्टी उसे संरक्षण प्रदान करती है। लेकिन उस पार्टी का नाम खुलकर कभी सामने नहीं आता था। कभी किसी पार्टी का नाम आता तो कभी किसी पार्टी का? अपनी आवश्यकताओं के दौरान कभी किसी पार्टी को वह आड़ बनाता था तो कभी कोई पार्टी ही उसे आड़ बनाती थी, इसीलिए किसी पार्टी के प्रति उसकी सम्बद्धता घोषित, लिखित और स्पष्ट नहीं थी। इस बिन्दु पर यह जानकर जनार्दन और उसके मित्रों को आघात लगा कि 'जनदेश' पार्टी उसे अपना रही थी। इससे पहले पार्टी की गतिविधियों में उसका नाम उसने नहीं सुना था। पार्टी कार्रवाई में कभी उसकी पहलकदमी नहीं देखी थी। फिर पार्टी ने अचानक एक दुर्दान्त अपराधी को शहीद बनाने का निर्णय क्यों कर लिया?

जनार्दन और उसके दोस्तों के जोगीपुर कार्यालय पहुँचने तक थाने के घेराव और जुलूस के लिए काफी लोग एकत्रित हो गये थे। सब उसकी ही प्रतीक्षा कर रहे थे। मार्टिन फैक्ट्री के संघर्ष में उसकी सफलता के बाद उसे छोड़कर वे कोई नया काम नहीं करना चाहते थे। पर वहाँ पहुँचते ही अपने एक विश्वस्त मित्र से उसे पता चल गया कि पार्टी मुख्यालय के एक पदाधिकारी का जंगी रिश्तेदार था। मुख्यालय के पार्टी फण्ड में उसने काफी चन्दा दिया था। अब वह समझ गया, यह आयोजन क्यों था? पर गलत को पचाना और आँख मूँदकर भागीदार बनना तो उसने जाना ही नहीं था। उसने सबको रोकते हुए कहा—''यह आप लोग क्या कर रहे

हैं? जंगी क्या था जिसके लिए इतनी बड़ी तैयारी कर ली गयी है? पूरा इलाका जानता है कि वह अपराधी था। पुलिस के हाथों मारा जाना उसकी नियति थी। उसके नाम पर अपनी पार्टी का इस्तेमाल हमें नहीं होने देना है...। ऐसा करने से हमारी पार्टी की साख कमजोर हो जाएगी...!''

जनार्दन की यह अनपेक्षित बात सुन जोगीपुर कार्यालय का वह वरिष्ठ सदस्य कपिल, जिसने मुख्यालय के फोन पर यह जुटान जुटायी थी, बीच में कूद गया—अब चुप भी रहो जनार्दन! पूरी बात समझे बिना बीच में अड़ंगा न डालो...। पार्टी में कौन कहाँ से और किस रूप में जुड़ा है तुम्हें पता नहीं। तुम यहाँ हो ही कितने दिनों से? मुख्यालय ने ऐसे ही आदेश नहीं दिया। हर बात में मीनमेख निकालना छोड़ दो। अब बस हमें मार्च करना है पार्टी मुख्यालय का आदेश मानना है....!''

पर जनार्दन शान्त नहीं हुआ—''मैं मुख्यालय से स्वयं बात करता हूँ...। मुख्यालय ने क्यों ऐसा आदेश दिया? यहाँ की स्थितियों और लोगों के बीच हम काम करते हैं। हमारी भी जवाबदेही बनती है...।''

इस पर कपिल ने अपनी नाराजगी जाहिर की—''तो मेरी बात पर तुम्हें विश्वास नहीं...?''

जनार्दन ने भी अब दृढ़ता से जवाब दिया—''यह सामान्य बात नहीं है...। ऐसे विवादास्पद मसलों पर हमें कई बार राय लेनी चाहिए...।''

अब दिल्ली मुख्यालय में तत्क्षण फोन लगाया गया। 'हलो' की आवाज से ही जनार्दन पहचान गया, पार्टी सुप्रीमो थे। उसने कुछ रुखाई से पूछा—''जंगी को लेकर यह कैसा आदेश दिया गया है?''

सुप्रीमो ने सधे हुए शब्दों में जवाब दिया—''ऐसा हमने सोच-समझकर किया है। तुम्हें अपनी शक्ति से इसे सफल बनाना है...।''

जनार्दन ने प्रतिवाद किया—''जंगी के बारे में यहाँ सब जानते हैं। पार्टी की साख गिर जाएगी...!''

सुप्रीमो ने पुनः समझाया—''जंगी के बहाने यह हमारी दूरगामी राजनीतिक चाल है। तुम नहीं समझोगे...। बाद में तुम्हें सब पता चल जाएगा...।''

अब जनार्दन ने अपनी प्रतिक्रिया तीखेपन के साथ व्यक्त की—''नहीं...! यह हमारी भूल है। मैं और मेरे साथी इससे सहमत नहीं। इस आदेश ने पार्टी के प्रति समर्पित कई लोगों को आहत किया है...।''

सुप्रीमो ने पैंतरा बदलते हुए कहा—''जंगी ने पार्टी फण्ड में काफी चन्दा दिया है!''

जनार्दन का तेवर अब उग्र हो उठा—''उसके चन्दे देने से उसके अपराध की भागीदार पार्टी नहीं बन जाएगी...।''

सुप्रीमो ने जनार्दन का निर्णय जानना चाहा—"तो तुम चाहते क्या हो?"

जनार्दन ने दृढ़ शब्दों में जवाब दिया—"मैं लोगों को रोक देता हूँ। एक ज्ञात अपराधी के लिए थाने का घेराव और जुलूस ठीक नहीं। इस इलाके में यह पार्टी की शक्ति का दुरुपयोग होगा...। इस क्षेत्र की जनता का रुख भी इसके अनुकूल नहीं है!"

सुप्रीमो ने अब सरेण्डर करते हुए कहा—"तो तुम जैसा उचित समझो...।"

जनार्दन का अन्तिम उत्तर था—"ठीक है...!"

पार्टी मुख्यालय से जनार्दन की बातचीत वहाँ सभी लोग सुन रहे थे। अधिकांश लोग सकते में थे कि जनार्दन पार्टी मुख्यालय के किसी अधिकारी से भी ऐसे बात कर सकता है। उस वरिष्ठ सदस्य कपिल के चेहरे पर तो पसीने की बूँदें उभर आयी थीं, जिसने मुख्यालय के आदेश पर जुटान जुटायी थी। सम्भवतः मुख्यालय के उस अधिकारी का कपिल प्रिय पात्र था जो जंगी का रिश्तेदार था। मुख्यालय से आनेवाली आवाज तो वहाँ उपस्थित लोगों ने नहीं सुनी। पर जनार्दन की बातों से ही सबको पता चल गया कि घेराव का कार्यक्रम स्थगित हो गया। जनार्दन के इस पक्ष से अधिकांश लोग सहमत थे। इससे पहले पार्टी के स्थानीय कार्यालय या मुख्यालय के निर्णयों को उन्होंने सिर्फ शिरोधार्य करना ही जाना था, उन निर्णयों पर सही-गलत का हस्तक्षेप करना नहीं...। उनकी नजर में भी जंगी अपराधी था, लेकिन वे पार्टी-अनुशासन में बँधे थे। अब उस पार्टी-अनुशासन को जनार्दन ने विस्तार दे दिया था, इसीलिए वे प्रसन्न और उत्साहित थे...। दूसरी ओर कपिल और उसके कुछ निकट के सदस्य नाराज थे...। पर यह अल्पसंख्यक नाराजगी बहुसंख्यक की खुशी के समक्ष गौण थी...।

जनार्दन उसी रात अपने ग्रामीण मित्रों के साथ छविपुर लौट आया। बाद में जोगीपुर कार्यालय के अपने मित्रों से उसे पता चला कि पार्टी सुप्रीमो उसके इस हस्तक्षेप से खुश नहीं...। इस सम्बन्ध में पार्टी सुप्रीमो की बात भी उस तक पहुँच ही गयी—"हम तो समझते थे कि यह जनार्दन हमारी अपेक्षाओं पर खरा उतरेगा...पर यह वैसा नहीं। पार्टी के लिए यह उपयोगी बहुत है। क्षेत्रीय स्तर पर पार्टी को कामयाब बना सकता है, मगर कुछ सिरफिरा है। इसे रास्ते पर लाना है...!"

6

वह सोमवार का दिन था। जनार्दन अपनी पार्टी टुकड़ी के साथ जब राधेगाँव पहुँचा। शाम गहरा रही थी। गाँवों की नियत दिनचर्या के अनुसार दरवाजों पर लालटेनें जल चुकी थीं। कहीं-कहीं लालटेनों के पास घर के बच्चे पढ़ रहे थे। अधिकांश दरवाजों पर गाय-भैंस जैसी धेनें या तो सानी खा रही थीं या उन्हें खा चुका जान उनके मउआर उन्हें घरों के अन्दर बाँध रहे थे। जनार्दन जानता था, अब गाँवों में दरवाजों पर माल-मवेशियों को कोई नहीं छोड़ता था। मवेशियों की चोरियाँ गाँवों के लिए अब आम बात हो गयी थी। अपने मवेशियों की निगरानी के प्रति मवेशी मालिक को स्वयं सतर्क रहना था। बैल दरवाजों पर इक्के-दुक्के ही नजर आते थे। ट्रैक्टर की खेती ने बैलों की उपयोगिता कम कर दी थी। बैल खरीदने और उन्हें पालने-पोसने की जहमत से भाड़े पर ट्रैक्टर की जुताई ही लोग ठीक समझने लगे थे। जनार्दन अनुभव कर रहा था कि उसके इलाके के ये सारे गाँव लगभग एक जैसे ही थे। इस गाँव का नाम अगर राधेगाँव नहीं होता तो उसे ऐसा जान पड़ता कि अपने गाँव छविपुर की ही किसी गली से वह आगे बढ़ रहा है।

जोगीपुर पार्टी कार्यालय से यह राधेगाँव नजदीक ही था। शायद इस नजदीकी के चलते ही राधेगाँव के गिरधारी ने आकर फरियाद की थी। उनके पट्टीदार भाई उनके साथ ज्यादती कर रहे थे। उन्हें जान से मार देने की धमकी दी थी। अपने भाइयों के आतंक से वे परेशान और घबराये हुए थे। अपने अकेले होने की पीड़ा का बार-बार इजहार कर रहे थे। पार्टी की अविलम्ब सहायता चाह रहे थे। लेकिन पार्टी ने अपनी दिलचस्पी नहीं दिखाई थी। पार्टी सचिव ने कहा था–"आपके साथ आपके भाइयों के बीच का यह पारिवारिक मामला है। पार्टी इसमें कुछ नहीं कर सकेगी। गाँव में पंचायत कीजिए। उससे भी बात न बने तो थाने और अदालत की शरण लीजिए। यह मसला हमारी पार्टी लायक नहीं...!"

पार्टी में आने के बाद जनार्दन ने महसूस किया था, ऐसे व्यक्तिगत मसले पार्टी नहीं उठाती थी। उसके लिए बड़े और सामाजिक मसले ही उपयोगी थे। पर जनार्दन ने तर्क दिया–"यह किसी का व्यक्तिगत मसला अवश्य है, मगर पार्टी की पहलकदमी से सारे लोगों का ध्यान इस ओर जाएगा। राधेगाँव को अभी तक हम अपनी पार्टी से नहीं जोड़ सके हैं। सत्तारूढ़ पार्टी का ही वहाँ वर्चस्व कायम है। यह अवसर है कि उनके गढ़ में हम घुस सकते हैं। अपनी पैठ बना सकते हैं। मैं जानता हूँ, गिरधारी की सहायता से पूरा गाँव लाभान्वित नहीं होगा। लेकिन अन्याय के प्रतिकार और पीड़ित के प्रति हमारी पक्षधरता से वे प्रभावित जरूर होंगे...! ऐसे मसलों को लोग तमाशबीन की तरह अवश्य देखते हैं। लेकिन उनका यह देखना

ही भविष्य में उनके पक्ष का निर्धारण भी करता है। ऐसी घटनाओं पर हमारा ध्यान भविष्य के उस पक्ष पर ही होना चाहिए...।''

जनार्दन की इस पहलकदमी पर पार्टी ने उसे ही अधिकृत कर दिया—''तुम्हें लगता है कि ऐसा करके राधेगाँव को हम अपने पक्ष में कर लेंगे तो एक टुकड़ी लेकर तुम वहाँ जाओ...।''

बस, जनार्दन एक छोटी टुकड़ी लेकर वहाँ चल पड़ा था। ऐसे व्यक्तिगत मसलों के समाधान का कोई अनुभव उसे भी नहीं था। फिर भी वह इस अभियान में कूद गया था। उसने तय कर लिया था, समस्याएँ चाहे व्यक्तिगत हों या सामूहिक, वे समस्याएँ होती हैं और निदान सिर्फ निदान। अन्याय की खिलाफत और पीड़ितों की सहायता का मन्त्र सिर्फ सामूहिक समस्याओं का ही मन्त्र नहीं होता! व्यक्ति से ही समूह बना है। व्यक्तिगत समस्याओं ने ही सामूहिक समस्याओं का रूप लिया है। व्यक्तिगत स्तर पर लोगों का समाधान करके ही सामूहिक समाधान से हम उन्हें जोड़ सकते हैं। यह कार्य कतई दुष्कर नहीं...!

जनार्दन अगले दिन सुबह या दोपहर में इत्मीनान से राधेगाँव पहुँचता। पर गिरधारी की आवाज में कलप थी—''ऊ आज राते में चढ़ बैठेंगे...। दू दिनन से हम सूतल नहीं हैं...। कब मार दें...कवनो ठीक नहीं...! सउँसे गाँव उन बरिआरन (मजबूत लोगों) के साथ है, हमरा अबरुआ (कमजोर व्यक्ति) के साथ कोई नहीं...!''

गिरधारी की इस कलप ने रात में ही जनार्दन को वहाँ चलने के लिए बाध्य कर दिया...! सचमुच अगर गिरधारी को वे मार देंगे तो वह इत्मीनान से वहाँ पहुँचकर ही क्या करेगा...? अब गाँवों में किसी का मारा जाना कोई जटिल और असुविधाजनक कार्य तो रहा नहीं। हत्या की जितनी खबरें आती हैं उसकी बड़ी संख्या गाँवों में मारे जाने वाले लोगों की ही होती है। किसी की मृत्यु के बाद बावेला मचाने से पहले उसे मृत्यु के मुख में जाने से बचाना ही ज्यादा बेहतर हो सकता है। हालाँकि बहुधा यह बचाना किसी के वश में नहीं होता। पर प्रयास तो किया ही जा सकता है।

अपनी टुकड़ी के साथ गिरधारी के दरवाजे पहुँच जनार्दन ने अनुभव किया, सचमुच वहाँ एक सर्द सन्नाटा पसरा था। जहाँ अधिकांश दरवाजों पर लालटेन की रोशनी और घरवइयों (घर के लोगों) की चहल-पहल थी वहाँ यह दरवाजा अँधेरे में वीरान और खामोश पड़ा था, जैसे किसी अनिष्ट की आशंका पर कछुये अपनी खोल में दुबककर जड़ बन जाते हैं।

जनार्दन ने दरवाजे पर दस्तक दी। पर अन्दर से कोई आवाज नहीं आयी। आतंकित और भयभीत गिरधारी की यह चुप्पी वह समझ रहा था। उसने दस्तक की आवाज और तेज की। फिर भी अन्दर का सन्नाटा नहीं टूटा। जनार्दन को लगा,

कहीं गिरधारी डरकर अपने परिवार के साथ गाँव छोड़कर भाग तो नहीं गये। लेकिन बाहर कहीं कोई ताला नहीं लगा था। अन्दर से ही दरवाजा बन्द था। अब जनार्दन ने आवाज लगायी—"गिरधारी काका! गिरधारी काका! हम जनदेश के सदस्य हैं। जोगीपुर कार्यालय से आये हैं...!"

गिरधारी की वयोवृद्ध अवस्था को ध्यान में रखकर जनार्दन ने उन्हें 'काका' से ही सम्बोधित करना उचित समझा। वे उसके बाप-काका की ही उम्र के थे। इस बार दरवाजे से अलग ऊपर की दीवार में बनी एक खिड़की खुली। जनार्दन जानता था, अन्दर से बाँस की सीढ़ियों के सहारे ही ऊपर की ऐसी खिड़कियों तक पहुँचकर उन्हें खोला और बन्द किया जाता है। शहर के घरों की तरह आदमी की सहज पहुँच तक ये ऊपर की खिड़कियाँ नहीं होतीं! वैसे अब गाँव में भी नये मकान बनानेवाले शहर की तरह हाथों की पहुँचवाली खिड़कियाँ लगवाने लगे हैं। पर गिरधारी का वह मकान पुराना था। उसकी बनावट और लोने से झड़ती दीवारें उसकी पुरातनता की कथा कह रही थीं। शायद गिरधारी का वह पुराना मकान था। अपने मकानों को अधिक गोपनीय रखने और सुरक्षा-कारणों से ही तब के लोग दीवार में ऊपर खिड़कियाँ लगवाते थे। वे खिड़कियाँ पूरे मकान में एक-दो से अधिक नहीं होती थीं। शायद घर में ऑक्सीजन आने और आपात् स्थिति में बाहर का मुआयना करने के लिए ही वे होती थीं।

उसी आपात् खिड़की से टार्च की रोशनी फेंककर किसी ने जनार्दन और उसकी टुकड़ी का मुआयना किया। फिर क्षण भर बाद दरवाजा खुला। जनार्दन और उसके साथ के लोगों ने देखा, लालटेन की रोशनी में वृद्ध गिरधारी, अपनी पत्नी तथा पुत्री के साथ काँपते हुए-से खड़े थे। जनार्दन को लग गया, यही गिरधारी का परिवार है। अपने को अकसरूआ (अकेला) और अपने परिवार के सीमित होने की बात पार्टी कार्यालय में वे कह चुके थे...। अपनी पत्नी और पुत्री के उनके इस सीमित परिवार को देखकर उस बात की प्रतीति भी जनार्दन को हो गयी...।

गिरधारी ने जनार्दन तथा उसके साथियों पर नजर पड़ते ही पहचान लिया। अब अपनी व्यथा उजागर करते हुए बोल उठे—"देख लो भाई लोगन...हमनी के का हालत है...। हम इहँवा कइसे जिअत हैं...? एह बुढ़ौती में हमरे साथ अइसा जुलुम...! आप लोग किवाड़ खटखटाये तो हम डेरा गये...। कहीं ऊ हरामी आ तो नहीं धमके...। बाकिर आप लोगन के देख के मन कड़ा हुआ...!"

जनार्दन ने अब अपने मजबूत शब्दों का उन्हें दिलासा दिया—"हम आ गये काका...। किसी की हिम्मत नहीं कि अब आप पर कोई जुल्म करे...। आपको और पहले हमारी पार्टी कार्यालय में आना चाहिए था...। चुनाव के वक्त सारी पार्टियाँ आपका मत माँगने आती हैं...तो फिर किस दिन के लिए अपनी समस्याओं पर आप

उन्हें नहीं पकड़ते हैं? बदलैन माँगने का यही अवसर होता है...। बिना पार्टियों को पकड़े आप कैसे जानियेगा कि आपकी समस्याओं के वक्त कौन पार्टी सहायक है?''

जनार्दन ने अनुभव किया, उसके इस पहले आश्वासन से ही उस आतंकित वृद्ध गिरधारी के चेहरे की झुर्रियों में जिन्दगी झाँकने लगी थी। उनकी वृद्ध पत्नी के चेहरे पर भी आशा की किरणें कौंध उठी थीं। लेकिन उनकी युवा पुत्री की खुशी तो इन दोनों से कहीं अधिक थी। उसके कुम्हलाये चेहरे पर फूल उग आये थे। उसकी आँखों की चपलता बढ़ गयी थी तथा सुखद आश्चर्य से वे बड़ी-बड़ी हो चली थीं! अचानक विपत्ति में पहुँचे जनार्दन और उसके साथ के लोगों को देवदूत समझ स्नेह से वह निहारती जा रही थी। जनार्दन पर उसकी निगाहें तो जैसे टिक-सी जा रही थीं। शायद वह जान गयी थी कि यह युवक ही उस टोली का प्रमुख है। शायद यह जनार्दन के शब्दों के आश्वासन का प्रभाव था। अब गिरधारी ने कहा—''इन लोगन को बइठाओ अंजलि! ये हमारे मेहमान हैं...हमरी विपत्ति में मदद का वास्ते पहुँचे हैं...!''

अपने पिता की यह बात सुन वह लड़की अंजलि तो जैसे असाधारण गति से सक्रिय हो गयी। जनार्दन और उसके मित्रों को उसने अन्दर बुला लिया। फिर अन्दर निकसार के उस कमरे में ही खड़ी चारपाइयों को गिरा दिया। वह बड़ा-सा कमरा था। गिरधारी के घर का वह दुमुँहा था। घर से बाहर आने-जाने का द्वार उस कमरे से होकर ही था। सम्भवतः गिरधारी के उस ग्रामीण घर का बैठका भी वही था। वैसे घर के बाहर दरवाजे के पास भी एक ओसारा (बरामदा) बना था। लेकिन वह माल-मवेशियों को खिलाने का स्थान था। उस ओसारे में नाद-चरण बँधे थे, पर उझंख (वीरान) और खाली थे। शायद अकसरूआ (अकेला) होने के चलते गिरधारी ने कोई मवेशी नहीं पाला था। निकसार के उस कमरे से आँगन के किनारे के कमरे भी दिख रहे थे। गिरधारी का वह घर जनार्दन को अपने घर की तरह लगा।

जनार्दन और उसके साथी निकसार की चारपाइयों पर बैठ गये। उनकी कुल संख्या छः थी। ऐसे व्यक्तिगत मसलों के लिए इससे अधिक की संख्या के साथ चलना उन्होंने वाजिब नहीं समझा था। इस छोटी संख्या में जनार्दन ने अपने ऐसे साथियों को रखा था जो किसी बड़ी संख्या से भी मुकाबला करने की हिम्मत रखते थे...।

गिरधारी अब पूरी बात समझाने के लिए जनार्दन के पास की ही एक चारपाई पर बैठ गये। उनकी पत्नी और पुत्री अंजलि भी वहीं जमीन पर बैठ गयी। जनार्दन और उसके साथियों ने चाहा कि गिरधारी की पत्नी और अंजलि भी साथ की चारपाइयों पर बैठ जाएँ। इसके लिए जनार्दन के साथी दो चारपाइयों पर ही सिमट

गये। एक चारपाई उन्होंने खाली छोड़ दी। लेकिन आगतों के सत्कार की अपनी ग्रामीण परम्परा को उन माँ-बेटी ने नहीं छोड़ा। अंजलि ने जनार्दन को आश्वस्त भी किया—''हम यहीं ठीक हैं। जमीन पर बैठना हमें अच्छा लगता है।''

जनार्दन ने अनुभव किया, अंजलि अपने माँ-बाप की तरह भोजपुरी बहुल हिन्दी की अपेक्षा अच्छी हिन्दी बोल रही थी, जो उसके शिक्षित होने का सूचक था। बाद में जनार्दन को इस सूचना की सत्यता भी ज्ञात हो गयी। वह अच्छे अंकों से मैट्रिक पास थी। गाँव में इससे आगे की पढ़ाई नहीं होने के चलते वह आगे नहीं पढ़ सकी थी।

गिरधारी अपनी बात कहते जा रहे थे। मदद के लिए पहुँची जनदेश पार्टी से अब वह कोई भी बात छिपाना नहीं चाहते थे। इस क्रम में उनसे जो बात छूटती उनकी पत्नी तत्क्षण पूरा कर देती। इस दौरान अंजलि भी चौकस बनी रही। उसके माँ-बाप से जो बात साफ नहीं होती, उसे वह अच्छी तरह साफ कर देती। साथ ही उनकी अभिव्यक्ति में कोई बात अर्थ से अनर्थ होती प्रतीत होती तो उसे बीच में ही लपक लेती और खुलासा कर देती। अपने शिक्षित होने को वह परिभाषित कर रही थी। जनार्दन और उसके मित्रों को यह समझते देर नहीं लगी कि अपने वृद्ध माँ-बाप की जुबान अंजलि ही है। उसके बयान से जनार्दन और उसके साथी वस्तुस्थिति से अवगत हो गये। यथार्थ उनके समक्ष उजागर हो गया...।

उस यथार्थ के अनुसार गिरधारी तीन भाई थे—कँवलधारी, गिरधारी और शिवधारी! भाइयों में गिरधारी का स्थान दूसरा था। उनकी तुलना में उनके दोनों भाइयों का परिवार बड़ा था। अपनी ग्रामीण परम्परा के अनुसार उनके दोनों भाई अपने बड़े परिवार को ध्यान में रखकर अपने को भाग्यशाली मानते थे कि वे सिर्फ बेटों के ही बाप हैं। उनके खाते में बेटियाँ नहीं थीं। बड़े भाई कँवलधारी के चार बेटे तथा छोटे भाई शिवधारी के छः बेटे! लेकिन गिरधारी के जिम्मे यह अकेली बेटी अंजलि—जो तत्कालीन ग्रामीण मानसिकता के अनुसार गिरधारी की कमजोर स्थिति की सूचक है। गिरधारी के भाइयों की पीठ पर उनके युवा बेटों की लाठियाँ थीं—''किसकी हिम्मत है जो हमें खोंरब दे...। हमारे बेटे उसकी हड्डी-पसली एक कर देंगे...!''

पर गिरधारी की पीठ पर ऐसी कोई लाठी नहीं। युवा होती अपनी बेटी को लक्ष्य कर तो गिरधारी अपने को और अधिक असुरक्षित महसूस कर रहे थे। इस मामले में गाँव के लोगों का कहना भी था—''घर में जवान बेटी को रखकर यह किसी से क्या लड़ेगा? अपनी आबरू बचाता रहे, यही बहुत है...!''

प्रारम्भ में गिरधारी की खेती अपने भाइयों के साथ संयुक्त थी। वे एक बड़े संयुक्त परिवार के सदस्य थे। उनके भाई नहीं चाहते थे कि गिरधारी उनसे अलग

हों। उन्हें साथ रखने के बहाने उनके हिस्से की खेती का भरपूर लाभ वे उठाते थे। लेकिन अंजलि के प्रति अपने भाइयों और उनकी पत्नियों के बदलते रवैयों ने उन्हें अलग रहने के लिए बाध्य किया था। उनके भाई और उनके परिवारजन नहीं चाहते थे कि घर के बेटों की तरह अंजलि आगे पढ़े। उन्होंने स्पष्ट कहा था—"अब यह चिट्ठी-पत्री लिखना-बाँचना जान गयी, अब इसे आगे क्या पढ़ाना...? जहाँ जाएगी घर-गृहस्थी संभालेगी। बेटों की तरह इसे नौकरी में तो जाना है नहीं...!"

पर गिरधारी और उनकी पत्नी ने बात नहीं मानी। अंजलि की इच्छा के अनुसार उसका नाम गाँव के हाईस्कूल में लिखा दिया...।

उनके भाई के परिवारजनों को बेटों की तुलना में अंजलि का पढ़ना-लिखना और अच्छा ओढ़ना-पहनना अखरता रहा। वे अक्सर टिप्पणियाँ करते रहे—"छोरियों की शौकीनी और चटोरपन ठीक नहीं...। शादी के बाद ससुराल में ऐसी आदतों से गुजर नहीं होगा!"

अपने भाई-परिवारों की यह टिप्पणियाँ उन दोनों को नागवार लगती रहीं। अपनी अकेली लाड़ली को उन्हें किसी अभाव में नहीं रखना था। अपने हिस्से की हैसियत का ख्याल उन्हें था। अपनी इच्छा के विरुद्ध अंजलि की उपेक्षा वे सहने को तैयार नहीं थे।

उनके भाई और परिवारजन अपने अन्तिम अस्त्र के रूप में अंजलि से उनका मोहभंग कराना चाह रहे थे। अब टिप्पणियाँ इसी उद्देश्य से प्रेरित होने लगी थीं—"लड़कियों से ऐसी आसक्ति उचित नहीं। वे तो परायी थाती होती हैं। शादी के बाद उन्हें चले जाना है...। बेटे और भतीजे ही दुर्दिन के साथी बनते हैं...। उन्हीं की बहुएँ सेवा-शुश्रूषा करती हैं। मरने पर बेटों और भतीजों द्वारा दी गयी मुखाग्नि से ही मुक्ति मिलती है...।"

लेकिन इन टिप्पणियों के बावजूद गिरधारी और उनकी पत्नी ने अपना सहज-स्वाभाविक लगाव अपनी बेटी को छोड़कर भाइयों के बेटों के साथ कभी महसूस नहीं किया। भाइयों और उनके परिवारजनों के दृष्टिकोण ने तो उन्हें दुश्चिन्ताओं से घेर रखा था। उनकी उपस्थिति में उनकी बेटी के प्रति भाइयों का यह रवैया है तो उनके नहीं रहने पर वे क्या करेंगे? सम्भव है, उनकी बेटी को उसके हिस्से की जायदाद से भी वंचित कर दें! इस दुश्चिन्ता ने ही गिरधारी के मन में बँटवारे की पृष्ठभूमि तैयार की, जिस पर वे अड़े रह गये। भाइयों की कोई भी दलील उन्होंने नहीं सुनी। अन्ततः न चाहते हुए भी उनके भाइयों को पंचनामा लिखकर उनके खेत अलग करने पड़े। हालाँकि इस बँटवारे के बाद भी उन्होंने उन पर अपना नियन्त्रण जारी रखा। वे यह मानकर चलते थे कि अंजलि की शादी के बाद गिरधारी के खेत उन्हें मिलने ही हैं। गाँव में कृषि आधारित संयुक्त परिवारों में ऐसे कई मामले

घटित हो चुके थे जब पुत्रियों के पिता के निधन के बाद भाई के बेटों ने उसकी जमीनं-जायदाद का स्वामित्व प्राप्त किया था। ऐसी स्वामित्व प्राप्ति में गाँव का सहयोग भी उन्हें मिला था। दूसरे गाँवों के जमाई सिर्फ पुत्रियोंवाले पिता के खेतों के स्वामी बन जाएँ, गाँव को यह पसन्द नहीं था...। सम्भवतः इसी भावना के तहत ही गिरधारी के भाई बँटवारे के बाद भी गिरधारी को सुरक्षा प्रदान करते रहे। उनकी खेती की बर्बादी और चोरी के प्रति भी उनके साथ अपनी गोलबन्दी कायम रखे। लेकिन गिरधारी ने अपनी गिरती अवस्था और अंजलि की शादी की अपनी योजना के तहत अपने सारे खेत अंजलि के नाम कर देने का निश्चय कर लिया था। शादी के बाद दामाद के नाम खेतों का स्वामित्व न सौंप अंजलि को पहले ही स्वामित्व प्रदान कर देना उन्होंने वाजिब समझा था। पर इसकी भनक लगते ही उनके भाइयों को अपने पैर के नीचे की जमीन खिसकती जान पड़ी। अब वे जहरीले नागों की तरह फन काढ़कर आगे बढ़ आये। ऐसा होने से पहले ही गिरधारी के सीमित परिवार के सफाये की योजना उन्होंने बना ली। न रहेगा बाँस और न बजेगी बाँसुरी...। उनके इतने बड़े परिवार के होते हुए क्या मजाल कि गिरधारी अपने हिस्से के पुश्तैनी खेतों का वारिस अपनी बेटी को बनाये? बेटी के नाम का यह स्वामित्व शादी के बाद बाहर से आये दामाद का स्वामित्व बनना था, जिसे रोकने के लिए वे कृतसंकल्प थे। अघोषित रूप से गाँव उनकी इस मानसिकता के साथ था। गाँव के अलिखित और अघोषित संविधान के अनुसार यह बात नाजायज नहीं थी।

जनार्दन की निगाहें क्षण-भर के लिए गिरधारी और उनकी पत्नी पर जा टिकीं। इससे पहले उसने उन्हें सामान्य ग्रामीण भर समझा था—सीधा, समस्याओं का मारा और कुछ-कुछ नासमझ। लेकिन अपनी पुत्री के प्रति उनके प्रगतिशील कदम ने उसकी नजरों में उन्हें ऊपर उठा दिया था। उसने खुले शब्दों में उनकी सराहना की—"आपने बहुत अच्छा किया काका। आपके इस कार्य को हमारा हार्दिक समर्थन है...। अपनी औलाद बेटी हुई तो जायदाद का स्वामी उसे न बना भाई के बेटों को क्यों बनायें? इस जड़ और रूढ़ मानसिकता को हमें बदलना है...। शहरों में अब यह नहीं के बराबर है...। गाँवों में ही यह जड़ता टिकी हुई है। आखिर लड़की और लड़के में क्या अन्तर है? हमारी औलाद अगर लड़की ही है तो हमारे लिए वही सब-कुछ है...। अपनी औलाद को लड़की मानकर भाइयों के बेटों को अपनी विरासत मानना महामूर्खता है...। आपके निर्णय से सचमुच हम बहुत प्रभावित हुए हैं काका। आज गाँवों में आप जैसे लोगों की ही जरूरत है...?"

जनार्दन की यह प्रशंसा सुन अंजलि चट बोल पड़ी—"आप कहते हैं कि पिताजी ने ठीक किया। लेकिन सारा गाँव हमारे खिलाफ हो गया है। गाँव में कोई पिताजी के साथ नहीं! लोग हमारे चाचाओं के ही पक्ष में हैं। वे कहते हैं कि पुश्तैनी

खेतों का स्वामित्व वंश परम्परा के अनुसार बेटों या भतीजों का ही होना चाहिए...। बेटियों को तो घर-वर देखकर ब्याह दो, वे अपने घर बनी रहेंगी...। चाचाओं से जिन दो-चार लोगों का वैर-विरोध है, बस उन्होंने ही पिताजी की बात का समर्थन किया है। पर सिर्फ कहने के लिए ही। वे भी खुलकर साथ देने को तैयार नहीं हैं। पिताजी थाने के भी चक्कर लगा आये हैं। थाना भी हमारी सहायता में नहीं आया। थानेदार ने भी पिताजी को उपदेश देकर वापस कर दिया—'यह आप भाइयों के बीच का मामला है। इसमें थाना क्या करेगा...? लड़कियाँ तो परायी चीज होती ही हैं, सिर्फ आपकी समझ का फेर है। समझ लें तो बेटे और भतीजे में कोई अन्तर नहीं।'...चाचाओं ने थाने को भी मिला लिया है...। उन्होंने सब तरफ से हमें दबा रखा है।"

जनार्दन को अंजलि के व्यथित मन की इस बात ने और सजग कर दिया। उसने उसे दिलासा देते हुए कहा—"यहाँ जागरूकता के अभाव में ही ऐसा हो रहा है। लोगों को ऐसी ज्यादती और अन्याय के खिलाफ हमें खड़ा करना है...। यह काम जमीनी सच्चाई में विश्वास करनेवाली कोई वैचारिक पार्टी ही कर सकती है। पर यहाँ की अधिकांश पार्टियाँ विभिन्न तिकड़मों से लोगों का सिर्फ मत हथियाना ही अपना उद्देश्य समझती हैं। लोग जागरूक हो जाएँगे तो फिर वे छले नहीं जाएँगे...। तब जागरूक लोग जागरूक पार्टी का ही चुनाव करेंगे। इसीलिए वे पार्टियाँ कभी जाति के नाम पर, तो कभी धर्म के नाम पर तो कभी सेवाओं के नाम पर यहाँ के लोगों को एक-दूसरे से लड़ाती रहती हैं। हम यह नहीं कहते कि हमारी पार्टी खरी पार्टी है। किसी के कहने से कोई पार्टी अच्छी-बुरी नहीं हो जाती। अपने मूल्यों एवं अपने सामाजिक सरोकारों से ही कोई पार्टी अपनी पहचान बनाती है...। हम जिन विचारों को जीते हैं और जीवनोपयोगी मानते हैं, पार्टी के भीतर भी उसे सक्रिय रखते हैं, इस ज्यादती के खिलाफ लड़ने का हमने निर्णय कर लिया है तो लड़कर ही इसे ठिकाने लगायेंगे...। आप लोग तनिक भी चिन्तित न रहें...।"

अब गिरधारी अपने को रोक नहीं सके। अपने मन का संशय व्यक्त कर उठे—"तो का आप लोगन के कहे पर हमरे ऊ दुष्ट भाई मान जाएँगे?...अपनी शैतानी छोड़ देंगे...?"

जनार्दन ने उसी लहजे में जवाब दिया—"उन्हें छाड़ना पड़ेगा काका...। पहले हम उन्हें समझाएँगे, मनाएँगे! फिर उन्हें रास्ते पर लाना भी जानते हैं...।"

यहाँ अंजलि की आशंका अब मुखरित हो गयी—"वे हथियारों से लैस हैं। किसी की एक नहीं सुनते...! सीधे मार-काट पर उतर आते हैं!"

जनार्दन ने अंजलि की इस आशंका का भी समाधान किया। अपने साथियों को संकेत देकर अंजलि एवं उसके माँ-बाप को अपने छिपे अस्त्र दिखा दिए। फिर

अस्त्र रखने की अपनी बात भी उन्हें समझा दी—"हमारा विश्वास हिंसा में नहीं है काका। अपने ये अस्त्र हम किसी पर प्रहार के लिए नहीं रखते। ये हमारी सुरक्षा के गोपनीय सहायक हैं। ये अस्त्र उन्हीं लोगों के लिए हैं जो इन अस्त्रों को छोड़कर कोई और भाषा समझते ही नहीं...!"

यह देख अंजलि का चेहरा सुखद आश्चर्य से खिल उठा। उसे लग गया, ये गँवई पंचायत वाले मरियल लोग नहीं, जवाबी अस्त्रों से लैस हैं...! उसकी भयभीत आँखों में अब एक विशेष चमक कौंध उठी। शायद उसके आहत युवा मन का वह प्रतिरोध था! शायद जनार्दन और उसके मित्रों की यह भूमिका उसे बहुत पसन्द आयी थी। अपनी अवस्था और रंग-रूप से अंजलि वैसे ही सुन्दर थी, उसकी आँखों में पैदा हुई इस विशेष चमक ने तो उसे और आकर्षक बना दिया। उसके माँ-बाप के हताश और बुझे चेहरे भी जनार्दन और उसके साथियों की यह तैयारी देख आशान्वित हो उठे। अब उसके पिता ने अंजलि से कहा—"इन लोगन को कुछ खिलाओ अंजलि...। इ सब हमारे मेहमान हैं...! हमारे खातिर इतनी रात में आये हैं...!"

पर जनार्दन ने तत्क्षण मना करते हुए कहा—"नहीं काका! हम अभी कुछ नहीं खाएँगे। हम ठीक हैं...। अभी आपके दुष्ट भाइयों से हम मिल आते हैं...। फिर इत्मीनान से बैठेंगे...!"

इस पर जनार्दन के मित्र विजय ने अपनी राय जाहिर करते हुए कहा—"अभी इस वक्त रात में उनके यहाँ हमारा जाना ठीक नहीं होगा। हम काका के यहाँ आ ही गये। रात में वे हमला करेंगे तो हम सलट लेंगे...। उनके यहाँ तो हमें दिन में चलना है। सारे गाँव के सामने पूछना है कि वे आखिर चाहते क्या हैं? काका के साथ ऐसी मनमानी और ज्यादती क्यों कर रहे हैं?"

विजय की बात जनार्दन को जँची। अपने मित्रों की अच्छी बातों का वह सदैव सम्मान करता था। उसने विजय को शाबाशी दी—"बहुत अच्छी बात तूने सुझायी। यही ठीक रहेगा...!"

विजय की बात वहाँ उपस्थित सभी मित्रों को जँची। अंजलि और उसके माँ-बाप को भी यही ठीक जान पड़ा। इससे पहले कि गिरधारी काका उनकी इस बात का समर्थन करते, अंजलि उनकी जुबान बन गयी—"सुबह में ही अच्छा रहेगा...! सबके सामने उनसे बात करना ठीक होगा!"

काका ने अब अंजलि को अपने घर के आतिथ्य की ओर फिर उन्मुख किया—"अब इन्हें कुछ खिलाओ अंजलि...।"

बस, सुनते ही अंजलि अब तत्पर हो उठी। हालाँकि जनार्दन ने इस बार पुनः उसे रोकने की कोशिश की—"हम पाँच-छः आदमी हैं। कोई परेशानी उठाने की

जरूरत नहीं...। यहीं दरवाजे पर लिट्टी लगा लेंगे...। बाहर में हम फटाफट लिट्टियाँ बना लेते हैं...। किसी को तकलीफ देना ठीक नहीं समझते...।''

पर अंजलि और उसके माँ-बाप नहीं माने। गिरधारी काका ने कहा—''यह कैसे होगा...। हमारे यहाँ आप लोग लिट्टी बनाकर खाएँगे।...''

अंजलि भी कह उठी—''अभी मैं रोटी-सब्जी बना देती हूँ...। आप लोग हमारे वास्ते आये और हम खिलाएँ भी नहीं...।''

और अंजलि फुर्ती से काम में जुट गयी। अपने परिवार की सहायता के लिए आयी इस टुकड़ी को देखकर तो जैसे उसे पंख उग आये थे। इस कार्य में उसकी माँ भी उसका हाथ बँटाने लगी थी। गिरधारी काका अब इत्मीनान से जनार्दन की टुकड़ी के साथ बैठ गये थे। इस युवा टुकड़ी की उपस्थिति से उनके मन का भय अब जाता रहा था। जनार्दन के साथी भी अब इत्मीनान में थे। इस घर में रात गुजारने के बाद ही सुबह उन्हें मोर्चा सँभालना था।

इस दौरान जनार्दन अंजलि की तत्परता और सक्रियता देखता रहा। आँगन के कोने में बने चूल्हे के पास अपनी माँ के साथ वह भिड़ी रही...! लकड़ी और गोईंठे का वह गँवई चूल्हा था। चूल्हे की आँच की ललछौंही रोशनी में अंजलि का चेहरा कभी गुलाबी, तो कभी लाल, तो कभी पीला नजर आता था। आग के प्रकाश में उसके कान की बालियाँ दमकती जान पड़ती थीं। आग की रोशनी में उसके गाल और होठ और अधिक रक्तिम दिखते थे। जनार्दन अपने ध्यान को इस पक्ष से हटाना चाहता था। लेकिन अंजलि के उस रूप में ऐसा कुछ था कि बरबस उसका ध्यान उस ओर चला ही जाता था...। वह अपने मन को समझाता, अंजलि के रूप ने नहीं, उसकी समझ, वाणी और व्यवहार ने उसे प्रभावित किया है। वह आम ग्रामीण लड़कियों जैसी दब्बू, खामोश और अनपढ़ नहीं...। सम्भव है, उसकी इस विकसित स्थिति ने ही उसके माँ-बाप को भी प्रगतिशील बनाया हो। सम्भव है, उसके माँ-बाप की प्रगतिशीलता ही उसके अन्दर उतर आयी हो। जो हो, चूल्हे के पास उसके दमकते रूप का आकर्षण काफी था। न चाहते हुए भी जनार्दन का ध्यान उसके इस रूप पर आ ही जाता था...।

सुबह अपनी निर्धारित योजना के अनुसार जनार्दन और उसके मित्र अंजलि के चाचाओं के दरवाजे पर जा पहुँचे। भोर के इस प्रारम्भिक चरण में अंजलि के चाचा और उनके वारिस बेटे दरवाजे पर ही थे। अपनी आवश्यकताओं के तहत वे कहीं निकलते या कृषि-कार्यों में लगते इससे पहले ही जनार्दन की टुकड़ी वहाँ पहुँच गयी थी। टुकड़ी-प्रमुख की हैसियत से जनार्दन ने वहाँ पहुँचते ही उपस्थिति लोगों से अपनी टुकड़ी का परिचय कराया—''हम जनदेश पार्टी से आये हैं। पार्टी ने हमें आपके यहाँ पठाया है...। आप लोगों से हमें जरूरी बात करनी है...।''

जनार्दन की यह बात सुनते ही अंजलि के चाचा और उनके युवा बेटे सकते में आ गये। उन्होंने 'जनदेश' का नाम सुना था। अब उस पार्टी के छः युवा सदस्यों को अपने दरवाजे पर देख रहे थे। कभी राधेगाँव में अपने दरवाजे पर बाहरी लोगों का आना प्रतिष्ठा का सूचक माना जाता था। घरवैये इसे अपनी विशिष्टता समझते थे। कहते थे—"इलाके में हमारी अलग मान-मरजाद है तभी तो लोग हमारे यहाँ आते जाते हैं। आम ग्रामवासियों की तरह हम गुमनाम नहीं हैं!"

लेकिन गाँवों में हुए परिवर्तन ने इस भावना को बिल्कुल बदल दिया था। अब आये दिन इलाके में होनेवाले नरसंहारों, अपहरणों एवं विवादों ने एक दूसरी स्थिति को जन्म दिया था, जिसमें पाँच-छह की संख्या में आये बाहरी लोग किन्हीं यमदूतों से कम नहीं थे। यह खबर पलभर में ही गाँव के इस छोर से उस छोर तक व्याप गयी कि कँवलधारी के दरवाजे बाहरी लोग चढ़ आये हैं...। बस, आसपास के घरों के लोग तत्क्षण अपनी खिड़कियों और दरवाजों पर आ गये। कुछ लोग सामने की गली के मोड़ और किनारों पर भी खड़े होकर आहट लेने लगे। हालाँकि चाहते हुए भी भयभीत ग्रामीण निकट नहीं आ रहे थे। शहरों की तरह लुक-छिपकर देखने और देखकर सिर्फ तटस्थ बने रहने की विवशता के अब वे भी शिकार हो गये थे। पर जनार्दन ने आगे बढ़कर सबको आमन्त्रित किया—"आप लोग आ जाइए भाइयो...। हम कोई गापेनीय बात कहने नहीं आये हैं...। सबके सामने हम अपनी बात कहेंगे...।"

जनार्दन की पुकार पर अब लोग आने लगे। कई लोग उन्हें पहचान भी रहे थे। आते हुए उन लोगों की बातचीत भी जनार्दन और उसके साथियों को सुनाई पड़ रही थी—"अरे, ये तो जनदेश पार्टी के कार्यकर्ता हैं।"

"इन्हें तो हमने कई जगहों पर देखा है।"

"जोगीपुर में ये बराबर नजर आते हैं!"

इस दौरान जनार्दन और उसके मित्र गिरधारी के भाइयों से परिचित हो गये थे। गिरधारी के रंग-रूप से मिलते दो बुजुर्गों को लक्ष्य कर जनार्दन ने पूछा था—"आप लोग गिरधारी जी के भाई हैं...?"

जनार्दन का यह प्रश्न सुन गिरधारी के वे दोनों भाई जैसे किसी आघात से काँप उठे थे। बड़े भाई कँवलधारी ने कहा था—"हाँ, गिरधारी मेरा छोटा भाई है। मुझसे छोटा है, लेकिन 'इससे' बड़ा...।"—और कँवलधारी ने अपने पास खड़े सबसे छोटे भाई शिवधारी की ओर संकेत किया था। उन दोनों भाइयों को अब यह समझते देर नहीं लगी थी कि इन्हें गिरधारी ने ही बुलाया है...। उन्होंने तो सपने में भी नहीं सोचा था कि अकेला और कमजोर गिरधारी ऐसा करेगा...! वे तो जानते थे कि अधिक-से-अधिक गिरधारी गाँव की पंचायत कराएगा या थाने की जुटान तक

पहुँचेगा। इन दोनों से निपट लेने के लिए वे आश्वस्त थे। लेकिन इसने तो एक पार्टी भिड़ा दी थी। पार्टी भी ऐसी वैसी नहीं, जनदेश जैसी...।

अब तक जनार्दन के आमन्त्रण पर कई लोग वहाँ एकत्रित हो गये थे। अब जनार्दन ने तेज़ आवाज में वहाँ उपस्थित सबको सुनाते हुए कँवलधारी से पूछा—''गिरधारी अपनी जमीन अपनी बेटी को लिख रहे हैं तो इसमें आप लोगों को क्या आपत्ति है?''

कँवलधारी और उनके परिजनों को अपना अनुमान सही जान पड़ा। गिरधारी ने ही इन्हें भेजा था। जनार्दन के इस औचक और अनपेक्षित प्रश्न के लिए कँवलधारी और उसके परिजन तैयार नहीं थे। गाँव की वंशानुगत धारणा की परम्परा में एक गोपनीय दबाव के तहत वे ऐसा कर रहे थे। इससे सम्बन्धित सीधे-सीधे किसी प्रश्न का जवाब उनके पास नहीं था। वे इतने नासमझ नहीं थे कि यह न जानते हों कि यह वे गलत और गैरकानूनी काम कर रहे हैं...। इस स्थिति में वे समझ नहीं पाये कि जनार्दन के इसी सीधे प्रश्न का क्या जवाब दें? उनकी तो जैसे चुप्पी बँध गयी। यह देख कँवलधारी के अनुज शिवधारी कुछ तैश में आते हुए बोल उठे—''यह हम भाइयों का आपसी मामला है। आप लोगों को इससे क्या लेना-देना? हमें किसी पार्टी से वैर-विरोध नहीं...। गिरधारी भैया के लिए 'जइसी' जनदेश पार्टी है, 'वइसी' हमारे लिए भी है...!''

इस पर जनार्दन से पहले ही अब विजय अपनी भारी आवाज में कड़ककर सामने आ गया—''यह मामला अब सिर्फ आपके भाइयों के बीच का नहीं रह गया है। ऐसा होता तो हम यहाँ आते ही क्यों? इस बहाने की आड़ में अब आप लोग गिरधारी को दबा-सता नहीं सकते। हमारी पार्टी ने इस मामले को गम्भीरता से लिया है। गिरधारी के साथ यह ज्यादती पार्टी अब बर्दाश्त नहीं करेगी!''

विजय की इस एक ही धमकी पर शिवधारी की बोलती बन्द हो गयी। कँवलधारी एवं शिवधारी के सभी परिजन सहम गये। अब पुनः भय एवं खामोशी के अपने खोल में वे वापस हो गये। ये पार्टीवाले उन्हें सिर्फ समझाने ही नहीं आये हैं, धमकाने और बीच में हस्तक्षेप बनने भी आये हैं...। इनसे निपटना मुश्किल है। विजय की यह बात सुन कँवलधारी एवं शिवधारी के युवापुत्र अन्दर से खौल रहे थे। पर पार्टीवालों से भिड़ने के अंजाम से परिचित थे। उस अंजाम को ध्यान में रख अपने हाथ बाँधकर खड़े रहे। अब जनार्दन ने सख्त शब्दों में कहा—''लड़के और लड़की में लिंग-भेद को छोड़कर कोई अन्तर हम नहीं मानते। हमारी पार्टी इसके बिल्कुल खिलाफ है...। आप अगर अन्तर मानते हैं तो अपने विचार दूसरों पर नहीं थोप सकते। गिरधारी की लड़की ही उनके लिए सब-कुछ है। उनकी सम्पत्ति की वारिस और उत्तराधिकारी वही है। इस मामले में कानून भी उन्हीं के साथ है। उनके

इस अधिकार से उन्हें कोई वंचित नहीं कर सकता...!''

जनार्दन अनुभव कर रहा था, उसकी बात वहाँ उपस्थित सभी सुन रहे थे। कँवलधारी और उनके परिजनों के चेहरे तो बुझे हुए थे, लेकिन एकत्रित ग्रामवासियों में से कई चेहरे उसके कथन की स्वीकृति में हिल रहे थे और अपना समर्थन प्रदान करते जान पड़ रहे थे। जनार्दन जानता था, गाँवों के अधिकांश लोग पहल के अभाव में ही दकियानूसी परम्पराओं को झेलते रहते हैं। जब कहीं से सार्थक पहलकदमी की शुरुआत होती है तो वे तत्क्षण उसके साथ हो जाते हैं। जनार्दन यहाँ अधिक समय बिताना नहीं चाहता था। अनावश्यक बातचीत से कभी-कभी घटनाएँ अवांछित मोड़ ले लेती हैं, इसीलिए उसने अपनी उपस्थिति को अब निर्णायक स्वरूप प्रदान करते हुए कहा—''अब तक आप लोगों ने गिरधारी को जो डराया-धमकाया, पुत्री को अपना उत्तराधिकार सौंपने से उन्हें रोककर जो अन्याय किया, उसे आप लोग अब स्थगित कर दें...। पार्टी की उपस्थिति में गिरधारी अपनी जमीन का स्वामित्व अपनी बेटी को प्रदान करने जा रहे हैं। गिरधारी के सफाये की जो धमकी आप लोगों ने दी है, उसके खिलाफ पार्टी ने कड़ी कार्रवाई करने का निर्णय किया है। हम सिर्फ यह आगाह करने आये हैं कि अब गिरधारी को कुछ नहीं होना चाहिए...। गिरधारी के प्रति आप लोगों की हरकतों पर अब पार्टी की पैनी नजर है। भलाई इसी में है कि आप अपने हिस्से के स्वामित्व तक ही अपने को सीमित रखें। भाई के हिस्से की ओर अपनी लालची निगाह न ले जाएँ!''

जनार्दन के इस कथन के बाद कँवलधारी परिजनों के पास कहने के लिए अब कुछ भी नहीं था। चोरी और सीनाजोरी की उनकी हैसियत ऐसी पार्टी टुकड़ी के समक्ष नहीं थी। वे जानते थे, पार्टी वालों से निपटने के लिए केस-मुकदमे का मार्ग भी आसान नहीं होता। ये व्यक्ति नहीं, समूह होते हैं—संगठन, जिनसे निपटना अकेले-दुकेले परिवार के वश की बात नहीं होती...। इससे पहले कि जनार्दन कुछ और कहे या बात और बिगड़े, कँवलधारी ने गिरगिट की तरह रंग बदलते हुए कहा—''गिरधारी झूठ बोल रहा है। हमने उसे नहीं रोका। उसे मारने-पीटने की कोइ धमकी भी हमने नहीं दी है...। अपने हिस्से की जायदाद वह जिसे चाहे दे, हमको उससे कोई मतलब नहीं! बाँटा भाई पड़ोसिया...!''

अब शिवधारी ने भी नहले पर दहला जमा दिया—''हमारे पास अपनी जमीन ही बहुत है। हमें किसी दूसरे का धन नहीं चाहिए...। दूसरे का धन नहीं रसता। अपना 'हबेख' (उपभोग) कर लें यही काफी है...।''

जनार्दन और उसके साथियों को दोनों भाइयों की बात सुन अब इत्मीनान हो गया। उन्हें अब और अधिक कुछ नहीं कहना था। गिरधारी के भाइयों ने तो बिना लड़े ही हथियार डाल दिए थे। अपनी पार्टी की इस संगठन-क्षमता पर जनार्दन

और उसकी वह टुकड़ी अन्दर ही अन्दर अभिभूत हो उठी! अब जनार्दन ने कहा—"ठीक है...हम अब चलते हैं। गिरधारी पर अब कोई जुल्म हम बर्दाश्त नहीं करेंगे...!"

और जनार्दन तथा उसके मित्र चल पड़े। कँवलधारी के परिजन खौफ और आतंक से मुँह बाये उन्हें देखते रह गये। गाँव में तो इस खबर को जैसे पंख लग गये थे। जनार्दन और उसकी टुकड़ी के कँवलधारी के यहाँ से गिरधारी के यहाँ वापस होने तक समूचे गाँव में यह सूचना पहुँच गयी कि गिरधारी की पीठ पर जनदेश पार्टी खड़ी हो गयी है।...कि कँवलधारी-शिवधारी को पार्टी वालों ने धमका दिया है...कि कँवलधारी-शिवधारी डरकर दुबक गये हैं...कि गिरधारी की जमीन पर अब वे चढ़नेवाले नहीं...।

जनार्दन और उसके साथियों के गिरधारी के यहाँ पहुँचने से पहले ही यह खबर वहाँ पहुँच गयी थी। अंजलि के प्रत्यक्षदर्शी पड़ोसियों ने दौड़ते हुए आकर सब-कुछ बता दिया था। अब अपने माँ-बाप के साथ प्रसन्न मुद्रा में अंजलि उनकी अगवानी में खड़ी थी। दोनों पति-पत्नी के चेहरे की झुर्रियाँ भी विहँस उठी थीं। राजनीतिक पार्टियों के बारे में गिरधारी ने जो सुन रखा था, इस पार्टी ने उस धारणा को भी खत्म कर दिया था। पार्टी की इस कार्रवाई और सफलता ने उन्हें सुखद आश्चर्य से भर दिया था। जनार्दन ने दरवाजे पर ही कहा—"अब आप निश्चिन्त होकर अपनी जमीन अंजलि के नाम कर दें काका...! वे अब कोई अड़ंगा नहीं लगाएँगे। हमने उन्हें अच्छी तरह समझा दिया है...! आप जिन्हें शेर समझते थे; वे तो गीदड़ निकले, गीदड़...!"

इस पर कृतज्ञता प्रकट करते हुए गिरधारी फट पड़े—"हमरे खातिर तो ऊ शेरे थे बचवा। तोहरा लोगन के आने से गीदड़ बने...। तोहरा लोगन ने हमरे वास्ते जो किया उसका बदलैन हम कबो नहीं चुका पाएँगे...। तोहरा लोगन खातिर हमारे हृदय में सदा ऊँची जगह बनी रहेगी...।"

गिरधारी काका अपनी स्वाभाविक अभिव्यक्ति में अब एकदम अनौपचारिक हो गये थे। उनकी पत्नी ने तो आशीषों की झड़ी लगा दी—"तुम सब जुग-जुग जियो बेटा। तोहरा लोगन का बाल-बाँका न हो...। तोहरा लोगन की पीठ में कभी धूल न लगे...। चाँद-सूरज जइसा तोहरा लोगन की बढ़ती हो...!"

विजय पताका फहराकर गिरधारी के दरवाजे पर लौटी उस पार्टी टुकड़ी को निरखने के लिए आसपास के लोग जुटने लगे थे। अंजलि नहीं चाहती थी कि दरवाजे पर भीड़ हो, इसीलिए उसने फुर्ती से कहा—"आप लोग अन्दर आ जाइए...।"—उसने अपने पिता का ध्यान भी इस ओर आकृष्ट किया—"इन्हें अन्दर बैठाइये पिताजी...। इस तरह दरवाजे पर बतियाना ठीक नहीं...!"

लेकिन जनार्दन ने दरवाजे पर से ही विदा लेने की कोशिश की—"अब हम

चलते हैं काका। पार्टी कार्यालय पहुँचना है। वहाँ कई काम हैं...। यहाँ ठहरने का अब कोई औचित्य नहीं! अगर वे दुबारा आपके बीच आएँ तो बस हमें खबर कर दीजिएगा...। हम तत्क्षण पहुँच आएँगे...। वैसे अब दुबारा आपसे उलझने की हिम्मत वे नहीं कर पाएँगे।''

यह सुन अंजलि अब बोल उठी—''नाश्ता करके आप लोग जाइएगा...। नाश्ता तैयार है..।''

जनार्दन और उसके मित्र कोई निर्णय लें, इससे पहले ही अंजलि फिर कह उठी—''एकदम देर नहीं होगी। जल्द ही हम छोड़ देंगे...। बस, अन्दर आ जाइए...।''

गिरधारी ने भी अंजलि के स्वर में स्वर मिलाकर कहा—''हाँ, तुम लोग अब नाश्ता करके जाओ...बेटे। तनिको देर नहीं होगी...!''

गिरधारी काका ने औपचारिक शब्दावली को झटककर बिल्कुल अपनेपन के साथ कहा। जनार्दन और उसके मित्र उम्र के अनुसार उनके बच्चों के ही समान थे। अंजलि और गिरधारी काका के इस आत्मीय निवेदन पर जनार्दन और उसके मित्र अब अन्दर चले आये। जनार्दन तो अंजलि के प्रथम आमन्त्रण पर ही अन्दर आ जाना चाहता था। लेकिन अपने साथियों की इच्छा जानने के लिए रुका था। उसके साथी कहीं यह न सोचें कि युवा अंजलि के प्रति वह आकर्षित हो रहा है। अंजलि के प्रति अपने मन के आकर्षण को अपने मित्रों से वह दबाता-छिपाता रहा...।

सचमुच अंजलि ने नाश्ते की पूरी तैयारी कर रखी थी। शायद उसने सोचा था कि बातचीत करके लौटी पार्टी टुकड़ी अधिक देर रुकनेवाली नहीं। उस वक्त जल्दीबाजी में कुछ बनाने से पहले ही बनाकर रखना उसने मुनासिब समझा था। दही-चूड़ा और गुड़ के साथ 'बूँट-पिआज' की गर्म सब्जी उसने तैयार की थी। उसके घर धान का ताजा कुटाया चूड़ा पहले ही से रखा था। रात में उसने दही जमा लिया था। अपने खेतों का 'बूँट-पिआज' काफी था। 'बूँट-पिआज' की सब्जी में देर भी नहीं लगी थी। बढ़िया सब्जी बन गयी थी।

जनार्दन को यह खाना विशेष पसन्द था। उसके साथी भी इसे पा हर्षित थे। गणेश ने तो कहा भी—''यह नाश्ता नहीं काका, यह तो पूरा खाना है...! खूब दमदार खाना...!''

सचमुच अंजलि ने नाश्ते के नाम पर वह खाना ही परोसा था। भरपूर मात्रा में दही-चूड़ा और सब्जी...। जनार्दन भी अब कह उठा—''आज दिन-भर की छुट्टी हो गयी काका! इस स्वादिष्ट दही-चूड़ा के बाद अब कुछ नहीं खाया जा सकता। बस, इसे पचाने के लिए सिर्फ पानी पीते रहना होगा!''

जनार्दन और उसके साथी इत्मीनान से खा रहे थे। बरामदे की चारपाई पर

बैठे गिरधारी काका आशा और विश्वासभरी नजरों से उन्हें निहार रहे थे। जिस समस्या को उन्होंने निदानहीन समझ लिया था, इन युवकों ने पलक झपकते ही उसका निदान कर दिया था। अपनी माँ के साथ अंजलि भी जनार्दन और उसके साथियों के पास ही बैठी थी, ताकि उन्हें 'ओड़ावन' आदि दे सके। अब अपने उद्‌गार वह भी व्यक्त कर उठी—"कोई पार्टी ऐसा कर सकती है, हमने तो कभी सोचा ही नहीं था...। हम तो जानते थे कि राजनीतिक पार्टियाँ सिर्फ चुनाव के दिनों में वोट माँगने आती हैं...। हम तो गँवई पंचायत और थाने के चक्कर में दौड़ रहे थे...। किसी पार्टी के पास जाने की बात हमने सोची भी नहीं थी। वह तो घुरहू काका ने कहा कि जनदेश पार्टी को पकड़िये...। वे आप लोगों की पार्टी के बारे में जानते हैं। सचमुच आप लोगों की पार्टी नहीं खड़ी होती तो हमें न्याय नहीं मिलता...। हमारे लिए आप लोगों ने यह बहुत बड़ा काम किया है। अब हम जनदेश पार्टी को जान गये। अब कभी इस पार्टी को नहीं छोड़ेंगे...!"

जनार्दन को लग गया, अंजलि को राजनीतिक पार्टियों की जानकारी नहीं। अधिकांश ग्रामवासी जानकारी रखना नहीं चाहते। सत्ता की होड़ में निरन्तर नंगी होती राजनीतिक पार्टियों ने भी लोक समस्याओं से अपने को विरत रखा है। अपने नारों में वे चाहे जो कहें, व्यवहार में लोक समस्याओं के बीच कहीं नहीं होतीं...। अपनी पार्टी-टुकड़ी की सफलता पर अन्दर से आह्लादित जनार्दन अंजलि की उक्ति पर सुखद अनुभूति में कह उठा—"लोकतन्त्र में सर्वशक्तिमान राजनीतिक पार्टियाँ ही होती हैं...। सरकार बनाने और गिराने की शक्ति उन्हीं में निहित होती है। नीतियों का निर्धारण वही करती हैं। समाज की बेहतरी उन्हीं पर निर्भर है। लेकिन स्वार्थलोलुप और आत्मकेन्द्रित व्यक्तियों ने पार्टियों में घुसकर उन्हें बाजारू और बिकाऊ बना दिया है...। पार्टियाँ इतनी भ्रष्ट हो गयी हैं कि लोग उनसे दूर होते चले गये हैं। पार्टियों ने भी जन-कल्याण के कार्यों से मुख मोड़ लिया है। जनता की सेवा कर उनका मत पाने की अपेक्षा उन्हें आतंकित कर उनका मत हथियाने और छीनने के शार्टकट रास्तों को उन्होंने अपना लिया है। इसके बावजूद अगर कोई पार्टी पूरे मन से किसी समस्या के खिलाफ भिड़ जाए तो वह समस्या टिक ही नहीं सकती...।"

अंजलि अब जनार्दन की ओर मुखातिब हो गयी—"आप जनदेश पार्टी में कब से हैं?"

"कुछ समय से।"

"उससे पहले किस पार्टी में थे?"

"किसी पार्टी में नहीं था। शहर में रहकर पढ़ता था।"

"जनदेश पार्टी में कैसे आये?"

"मुझे लगा, विपक्षी पार्टियों में यह पार्टी ही विचारों पर खड़ी है। जनता से अपना लगाव कायम रखे हुए है...।"

"क्या लड़कियाँ भी इस पार्टी में सम्मिलित हो सकती हैं...?"

"क्यों नहीं? हमारी पार्टी में तो काफी महिलाएँ हैं। शहर की हमारी शाखाओं में तो उनकी संख्या और अधिक है। हमारे जोगीपुर कार्यालय में भी दो-तीन महिलाएँ हैं...!"

यह सुन अंजलि चट बोल उठी—"अब मैं भी 'जनदेश' में सम्मिलित होना चाहती हूँ। इसके लिए मुझे क्या करना पड़ेगा?"

इस पर जनार्दन ने उसे आश्वस्त किया—"आपको कुछ भी करना नहीं पड़ेगा। हमारी पार्टी के लिए यह खुशी की बात है। पार्टी में आपका स्वागत है!"

इसके बाद जनार्दन ने गिरधारी काका को सम्बोधित किया—"किसी भी दिन अंजलि को लेकर हमारे जोगीपुर कार्यालय में आ जाइएगा काका। वहाँ इन्हें सदस्य बना लिया जाएगा!"

जवाब में गिरधारी ने अपने प्रगतिशील दृष्टिकोण से सबको प्रभावित कर दिया—"जल्दी ही इसे लेकर आ जाऊँगा बेटा...। अंजलि अच्छा सोच रही है...। जिस पार्टी ने ऐसी सहायता की उसमें यह शामिल नहीं होगी तो आउर किसमें शामिल होगी? हम बूढ़े-बूढ़ी तो पके आम हैं, कब चू जाएँ...! अब अंजलि के लिए ऐसी पार्टी के भाई-बहन ही मजबूत सहारा रहेंगे...।"

जनार्दन और उसके साथी अपनी पार्टी की इस आन्तरिक शक्ति पर यहाँ अन्दर-ही-अन्दर झूम उठे।

जनार्दन ने अब अंजलि को उत्साहित करते हुए कहा—"इस इलाके में किसी महिला प्रतिनिधि की हमारी पार्टी को जरूरत थी। आपके सम्मिलित होने से बहुत अच्छा रहेगा। यहाँ का हमारा आना अब और सफल हो जाएगा...!"

अंजलि को तो जैसे संजीवनी बूटी मिल गयी थी। उसका हृदय खुशी से बल्लियों उछलने लगा था। उसने चट कहा—"कल ही आ जाऊँगी। इस शुभ काम में अब कैसी देरी? जनदेश से अब हम दूर नहीं रह सकते...। जनदेश के लिए सब-कुछ कर सकते हैं...।"

जनार्दन से पहले ही अब विजय ने अपनी प्रसन्नता का इजहार कर दिया—"बहुत ठीक...!"

गणेश ने भी अपना सुखद उच्छ्वास व्यक्त किया—"खूब अच्छा निर्णय लिया आपने...!"

जनार्दन भी बोल उठा—"हम प्रतीक्षा करेंगे! आपकी सदस्यता से हमें बहुत खुशी होगी...!"

7

वह एक बरसाती दिन था। लेकिन ऐसा दिन नहीं कि बरसते पानी से घिरा रहे। क्षण-भर में ही दिन खुल जाता। फिर क्षण-भर में ही बारिश की झड़ी लग जाती। ऐसे 'दोरस' दिनों में ग्रामवासी हाथ पर हाथ रखकर बैठ नहीं जाते। अपने काम में लगे रहते हैं। उस दिन भी पार्टी ने जनार्दन के जिम्मे ही वह कार्य सौंपा था। वह भी एक व्यक्तिगत मसले की ही पुकार थी। गिरधारी काका के व्यक्तिगत मसले की सफलता और उसके प्रभाव ने पार्टी की दिलचस्पी लोगों की व्यक्तिगत समस्याओं में भी पैदा कर दी थी। जनार्दन तो ऐसे कार्यों का पुरोधा बन गया था, क्योंकि उसी ने इसकी शुरुआत की थी, इसीलिए पुनः एक व्यक्तिगत मसले के निदान के लिए उसी के नाम परवान कटा था।

वह घटना भी राधेगाँव की ही थी। पिछली घटना के लगभग आठ-नौ माह बाद जनार्दन फिर एक टुकड़ी के साथ राधेगाँव की ओर उन्मुख था। उसने चलने से पहले अपने दोस्तों को उत्साहित करते हुए कहा—"ऐसी लुका-छिपी वाली बारिश की हमें परवाह नहीं करनी है। यह पूरी तरह छूटनेवाली भी नहीं और जमकर बरसने वाली भी नहीं...। बस, जहाँ यह तेज हो जाए, वहाँ हम रुक जाएँगे...। फिर इसके थमते ही आगे बढ़ चलेंगे। यह बरसाती मौसम का खेल है...इसको लेकर अपना कार्यक्रम हमें दूसरे दिन के लिए स्थगित नहीं करना। यह भी एक आपात मामला है...। जाने दूसरे दिन तक क्या हो जाए...?"

जनार्दन के इस आह्वान पर उसके मुस्तैद साथी चल पड़े। पार्टी कार्यालय में जितने छाते थे, उन्होंने ले लिये थे। इस बार जनार्दन की टुकड़ी में पिछली टुकड़ी से अधिक की संख्या थी। पिछले कार्य की आशातीत सफलता ने अन्य कई युवाओं को इस ओर आकृष्ट किया था। जनार्दन की दूरदृष्टि का लोहा सबको मानना पड़ा था। गिरधारी की समस्या के समाधान से सिर्फ गिरधारी परिवार ही पार्टी से नहीं जुड़ा था, राधेगाँव के अधिकांश लोग 'जनदेश' के प्रति आकृष्ट हो गये थे। लोगों को लगा था कि आज गिरधारी के साथ यह समस्या हुई, कल उनके साथ भी कोई और समस्या हो सकती है, तब एक ऐसी पार्टी तो चाहिए जो उनके बुलावे पर मदद के लिए आ सके। बस, इस भावना के तहत वे जनदेश से जुड़ते चले गये। हालाँकि इस मामले में जनार्दन ने महसूस किया कि अन्याय के प्रतिकार और पीड़ित के प्रति पक्षधरता की जनदेश की भूमिका ही नियामक थी। जो हो, राधेगाँव वासियों के मन में 'जनदेश' की उपयोगिता का पुख्ता एहसास हो गया था। कँवलधारी जैसे दो-चार परिवारों को छोड़कर पूरे गाँव ने जनदेश को अपना लिया था। इसके मूल में अंजलि की सदस्यता की भूमिका भी सहायक थी। सचमुच उस इलाके में अंजलि जनदेश

की अव्वल महिला प्रतिनिधि साबित हुई थी...!

राधेगाँव की इस दूसरी घटना की प्रस्तुतकर्ता भी अंजलि ही थी। उसी ने इस घटना की ओर पार्टी का ध्यान आकृष्ट किया था। उसके प्रयास और सहयोग पर ही पार्टी सक्रिय हुई थी। अंजलि के गाँव की एक बेसहारा महिला की हत्या डायन के नाम पर लोग करने जा रहे थे...। इसी समस्या से निपटने के लिए पार्टी की यह टुकड़ी चल पड़ी थी। अंजलि ने जोर देकर कहा था–"अब और देर करना ठीक नहीं होगा...। सोभिया काकी को अब वे मार देंगे...। इस अमानवीय कृत्य को हमें रोक देना है...। निर्दोष और असहाय सोभिया काकी को बचा लेना है। पार्टी के हक में और मानवता की दृष्टि से यह हमारा एक बड़ा कार्य होगा...!"

अंजलि से प्राप्त सूचना के अनुसार सोभिया काकी राधेगाँव की चमरटोली की एक सीधी औरत थी। अभागेपन और बदकिस्मती ने उसका पीछा नहीं छोड़ा था। उसकी कोई औलाद नहीं थी। उसकी बढ़ती उम्र को लक्ष्य कर पति ने दूसरी शादी कर ली थी, जबकि पति की उम्र भी अधिक हो गयी थी। वंश-वृद्धि की अपनी मानसिकता के तहत ही उसके पति ने ऐसा किया था। हालाँकि अपने वंश को अपना जातिगत व्यवसाय सौंपने के सिवाय उसके पास कोई और जायदाद नहीं थी। उस दूसरी पत्नी के आने के कुछ ही माह बाद पति गुजर गया था। दूसरी पत्नी से भी उसे कोई औलाद नहीं हुई थी। पति की मृत्यु के बाद वार्द्धक्य की ओर बढ़ती सोभिया काकी ने अकेले जीवन-यापन का निर्णय लिया था। उसके नैहर में भी माँ की मृत्यु के बाद उसके प्रति भाई-भौजाई का व्यवहार अच्छा नहीं था। उसका भाई अपना नहीं, सौतेला था। पति की उपस्थिति में भी सोभिया काकी राधेगाँव में रोपनी-कटनी और कुटावन-पिसावन करके अपने खाने-भर उपार्जन कर लेती थी। पति के बाद भी इसी कार्य के माध्यम से अपने जीवन की गाड़ी वह खींचने लगी थी। अंजलि के यहाँ वह बराबर आती-जाती थी। अंजलि के यहाँ कुटावन-पिसावन के कार्य वह निपटा देती थी। अंजलि की माँ उसे मुँहमाँगा मेहनताना देती थी–कभी सेर भर चना, तो कभी दो सेर चावल, तो कभी दो सेर आटा, तो कभी कुछ नगद पैसे...। वह खुश हो उठती थी। अंजलि के घर को अपना घर समझने लगी थी। वह अंजलि से कहती भी–"बबुनी! सउँसे गाँव में एगो तोहरे अइसन घर है, जहँवा हमरा के अतना अपनापन मिलता है।"

वह बिना किसी काम के भी अंजलि के यहाँ पहुँच जाती। अंजलि को तो उसमें अपनी माँ की सगी का दर्शन होता। वह उसे सिर्फ काकी कहती ही नहीं, पूरे मन से काकी समझती थी। लेकिन सोभिया काकी की सौत ने समस्या खड़ी कर दी थी।

सोभिया काकी की सौत नयी उम्र की थी। पति की उपस्थिति में ही चमरटोली

के एक विधुर से उसकी आसनाई की चर्चा थी। अब पति की मृत्यु के बाद उसी विधुर से उसने शादी कर ली थी। शादी के बाद उस विधुर के साथ उसके घर में वह रहने लगी थी। पर अपने पिछले पति के इस घर के आधे हिस्से पर भी अपना अधिकार जमाये थी। वह चाहती थी कि पिछले पति का पूरा घर भी हथिया ले, इसीलिए सोभिया काकी को गाँव बाहर करने की साजिश रची थी। अपनी उस साजिश के तहत ही उसने प्रचारित कर दिया था कि सोभिया डायन है। जिसे नजर पर चढ़ा लेती है उसे नहीं छोड़ती। गाँव की बीमारियों और परेशानियों की जनक वह उसे ही बताने लगी थी। गाँव के कुछ शिक्षित-विकसित लोगों का विश्वास भले ही इसमें नहीं था, पर गाँव की अधिकांश रूढ़िग्रस्त और अन्धविश्वासी जनता ने इसे सही मान लिया था। उनकी इस धारणा में सोभिया काकी के बाँझपन और वैधव्य ने उत्प्रेरक का काम किया था। ऐसी औरत जो बाँझ और विधवा दोनों ही हो, गाँव की नजर में डायन ही मानी जाती थी। इसके पीछे सुविधा और सहूलियत भी होती थी। बेसहारा सोभिया काकी जैसी महिला को डायन कहने में किसी के लिए कहीं कोई अड़चन नहीं थी। किसी बात का खतरा नहीं! यह आरोप सर्वथा निरापद और सुरक्षित था।

अपनी योजना के अनुसार जनार्दन अपनी टुकड़ी के साथ रात के अँधेरे में राधेगाँव पहुँचा। चमरटोली, राधेगाँव से बाहर सड़क-किनारे के एक टीले पर बसी थी। ऐसी हरिजन टोलियों से जनार्दन और उसके साथी परिचित थे। विभिन्न जातियों के गाँवों में ऐसी टोलियाँ गाँवों से बाहर ही होती थीं। चमरटोली से कुछ ही फासले पर राधेगाँव की प्राथमिक पाठशाला थी। अपनी टुकड़ी के साथ पाठशाला के बरामदे में पहुँच जनार्दन और उसके मित्र इत्मीनान में हो गये। अब जनार्दन ने ऐसे अवसरों के लिए उपयुक्त अपने दो साथियों विजय और गणेश से कहा—"तुम दोनों चुपके से चमरटोली में जाकर भनक लो कि जीतन दास अभी क्या कर रहा है तथा सोभिया काकी कहाँ और कैसी है? हम यहीं छिपकर प्रतीक्षा कर रहे हैं। तुम्हारे आने के बाद ही आगे की कार्रवाई का हम निर्णय करेंगे...!"

जनार्दन के वे दोनों अनुभवी साथी संकेत पाते ही चल पड़े। रात के इस अँधेरे में चोरों की भाँति वे चमरटोली की ओर बढ़ चले। अंजलि की सूचना के अनुसार चमरटोली के ही जीतन दास का गम्भीर आरोप सोभिया काकी पर था। अपनी बीमार भैंस का दोषी वह सोभिया काकी को ही मान चुका था। सम्भवतः चमरटोली के दो ओझाओं ने ही उसे इस निर्णय तक पहुँचाया था। चर्चा यहाँ तक थी कि दरवाजे पर सानी खा रही भैंस को उस रास्ते से गुजरती सोभिया काकी ने पुचकारा था। अपने हाथ में ली हुई घास जैसी कोई चीज उसने भैंस को खिलायी थी, तभी से वह भैंस बीमार थी। वह दुधारू भैंस ही जीतन दास के घर की जीविका थी। अपनी

उस भैंस के लिए जीतन कुछ भी करने को तैयार था। भैंस को अपने डायन बाण से मुक्त करने के लिए वह सोभिया काकी पर लगातार दबाव बढ़ाता जा रहा था। निर्दोष और लाचार सोभिया काकी विवश थी। आज बृहस्पतिवार तक का समय जीतन दास ने सोभिया काकी को दिया था। राधेगाँव में अधिकांश लोग इस बात को जानते थे। लेकिन किसी को इससे कोई मतलब नहीं था। सोभिया काकी से पहले भी उस गाँव में डायन के नाम पर दो-तीन महिलाएँ मारी जा चुकी थीं। उनके लिए भी किसी को मलाल और अफसोस नहीं था। वे भी सोभिया काकी की तरह ही असहाय थीं। रूढ़िग्रस्त गाँव के लिए अशुभ और अपशकुन की द्योतक! सोभिया काकी अंजलि को इस गाँव में अपना सच्चा हमदर्द समझने लगी थी। शायद उसी वजह से उसने अंजलि को सारी बात बता दी थी। सोभिया काकी की उसी फरियाद पर अंजलि ने पार्टी को आज रात तक राधेगाँव पहुँच आने का निवेदन किया था।

स्कूल के बरामदे में छिपे जनार्दन के एक साथी ने विजय और गणेश के जाने के बाद अब यह सुझाव व्यक्त किया—"हममें से भी किसी एक आदमी को धीरे से गाँव में जाकर अंजलि बहन को खबर कर देनी चाहिए। उसके बुलावे पर ही हम यहाँ आये हैं। वह खुद एक सक्रिय कार्यकर्ता हैं...!"

इस पर जनार्दन ने रोक दिया—"नहीं...। अभी हमें अंजलि को खबर नहीं करना है। अपनी कार्रवाई के बाद हम उसे खबर करेंगे...। वह इस गाँव की है। कार्रवाई के वक्त उसका होना अच्छा नहीं होगा।"

जनार्दन की बात से वह साथी सहमत हो गया। अन्य सभी साथियों को भी जनार्दन का यह सुझाव जँचा। इस गाँव की ग्रामवासी अंजलि को कार्रवाई में सम्मिलित करना ठीक नहीं। राधेगाँव की पाठशाला में बैठे सारे सदस्य इस गोपनीय कार्रवाई के रहस्य और रोमांच की अग्रिम अनुभूति में अपने को उत्साहित महसूस कर रहे थे। घटना को जल्द-से-जल्द अपने कब्जे में लेने के लिए वे बेताब थे...। जनार्दन ने भी अनुभव किया था कि जनता के हित के लिए किये जानेवाले ऐसे कार्यों का सुख अलग होता है। जिस युवक ने इस सुख का एहसास कर लिया है ऐसे कार्यों में वह फिर-फिर लगे रहना चाहता है। सचमुच अपने लिए कुछ करने की अपेक्षा दूसरों को राहत पहुँचाना कितना तृप्तिदायक होता है, ऐसे कार्यों से ही यह पता चलता है...।

कुछ ही समय बाद विजय और गणेश घटना की टोह लेकर चमरटोली से वापस आ गये। विजय ने आते ही कहा—"अंजलि बहन का कहना शत-प्रतिशत सही है। अपनी धमकी के अनुसार आज शाम गहराते ही जीतन अपने बेटे के साथ सोभिया काकी को पकड़कर अपने यहाँ ले गया है। सम्भवतः उसके डराने-धमकाने से आतंकित सोभिया काकी ने चिल्लाकर लोगों को भी नहीं जुटाया है। वैसे वह

चिल्लाती भी तो चमरटोली के लोग इस मामले में उसके पक्ष में खड़े नहीं होते। हमने ढुक्का लागकर (छिपकर) देखा है, जीतन दास के यहाँ दो ओझा मौजूद हैं। बीमार भैंस के पास ही सोभिया काकी को उन ओझाओं ने बैठाया है। भैंस को ठीक करने के लिए वे दोनों ओझा और जीतन दास सोभिया काकी को धमका रहे हैं। सम्भव है, भैंस को ठीक होते न देख वे उसकी हत्या भी कर दें...!"

जनार्दन और उसके साथी अब क्षण भर भी नहीं रुक सके। उसी वक्त विजय और गणेश के साथ चल पड़े। इस बात के प्रति वे मुस्तैद हो गये कि ऐन मौके पहुँच आये हैं। अगर बारिश की वजह से वे रुक जाते तो सम्भव था जीतन दास अपनी कारगुजारी में सफल हो जाता। ऐसे संयोग उन्हें बहुत कम मिलते थे जब अभियुक्त अपनी कारगुजारियों के वक्त ही पकड़ में आ जाए। अक्सर तो उनकी टुकड़ी के पहुँचने तक वे मामले को सलटा चुके होते थे। उसके बाद किसी को भी अपनी पीठ पर हाथ नहीं धरने देते—"किसने कहा, हमने ऐसा किया? बिल्कुल झूठी बात। गलत आरोप। हम तो इस मामले में कुछ भी नहीं जानते हैं...!"

पर इस बार ऐसा कहने का कोई बहाना अभियुक्तों के पास नहीं था। जीतन दास और उसके ओझाओं को रँगे हाथों उन्हें पकड़ना था। जनार्दन और उसके साथियों का उत्साह चरम पर पहुँचता जा रहा था। अभियुक्त को अभियोग के दौरान पकड़ने के रोमांच-सुख का उन्हें अनुभव था। वे महसूस कर रहे थे कि अंजलि ने समय पर खबर देकर बहुत अच्छा किया है। अव्वल वक्त पर उन्हें बुलाया है। इस रोमांच का अनुभव सब अपनी-अपनी तरह से कर रहे थे। अपने साथियों के साथ दबे पाँव चमरटोली में घुसते हुए जनार्दन का अनुभव भी अपनी तरह का था। अपने अन्दर वह एक आश्वस्तिदायक शक्ति का स्फुरण पा रहा था। शायद वह संगठन की शक्ति थी। अपने अन्दर की उत्तेजित उस शक्ति को अब वह तीव्रतर होते पा रहा था कि कैसे जल्द-से-जल्द अपने साथियों के साथ घटना-स्थल पर पहुँच जाए। शायद इसीलिए दबे पाँव चलते हुए भी उसने अपनी रफ्तार तेज कर दी थी। उसके मित्र भी उसके नक्शे कदम पर चल रहे थे।

जीतन दास के घर के पास पहुँचकर जनार्दन और उसके साथियों ने क्षण-भर रुककर मुआयना किया। जीतन दास का घर कच्ची मिट्टी की दीवारों तथा खपरैल और फूस की छतों का एक विपन्न देहाती घर था। जनार्दन ने महसूस किया, सोभिया की आर्थिक स्थति से उस घर की आर्थिक स्थिति अच्छी नहीं! लेकिन दृष्टिकोण की पृथकता ने एक को पीड़ित तथा दूसरे को पीड़क बना दिया था। गिरधारी और कँवलधारी के साथ भी यही स्थिति थी। उनकी आर्थिक स्थिति भी एक जैसी ही थी, पर अपने दृष्टिकोण की पृथकता के चलते वहाँ भी एक पीड़ित था और दूसरा पीड़क था। इस मामले में जनार्दन को अपने वैचारिक मित्रों से अक्सर बहसें होती

हैं। उसका स्पष्ट मानना है कि सिर्फ आर्थिक विसंगतियों के खात्मे से ही समाज की बेहतरी सम्भव नहीं। लोगों की मानसिकता में बदलाव आवश्यक है। साथ ही सामाजिक कुरीतियों का उन्मूलन भी। तभी समाज में वास्तविक खुशहाली कायम हो सकती है।

जीतन दास के घर के अन्दर से गुनगुनाने की हल्की ध्वनि आ रही थी। शायद वहाँ उपस्थित दोनों ओझा 'पचरा' (ओझाई का मन्त्र) पढ़ रहे थे। दरवाजा पुराना और टूटा हुआ था। अन्दर से अच्छी तरह बन्द नहीं था। सिर्फ पल्ले भिड़के हुए थे। शायद अपने इष्टों के आह्वान के लिए ओझाओं के इशारे पर ऐसा किया गया था। शायद ओझाओं की प्रताड़ना पर सोभिया द्वारा भैंस का भूत भगाने के लिए मार्ग खुला रखा गया था। शायद जीतन दास के विपन्न घर की यह आम व्यवस्था थी। अपने यहाँ की ओझाई और सोभिया को प्रताड़ित करने के पीछे वे सतर्क नहीं थे। सम्भवतः इस कार्य को उन्होंने निरापद समझ रखा था। ऐसे निरापद कार्य के लिए कैसी सतर्कता? कैसी चौकसी? इसके खिलाफ कौन आनेवाला? गाँव के ऐसे कार्यों में कहाँ किसी ने कभी हस्तक्षेप किया?

जनार्दन और उसके साथियों ने तय किया भिड़के दरवाजे को आहिस्ते से सीधा कर वे एक साथ जीतन दास के घर में घुस जाएँ ताकि अभियुक्तों में से कोई भागने न पाये। अपनी सुरक्षा के लिए उन्होंने अपने आकस्मिक अस्त्रों को सहेज लिया। अगर जीतन का दरवाजा बन्द रहता तो उसके घर को बाहर से घेरकर वे अभियुक्तों को सरेण्डर के लिए बाध्य करते या छत के सहारे उसके घर में उतरने की कोशिश करते। पर यहाँ तो सीधा मार्ग प्राप्त था...।

जनार्दन की टुकड़ी ने अब और देर नहीं की। क्षण-भर की अपनी तैयारी के बाद वे एक साथ किसी तूफानी प्रवाह में घर के अन्दर प्रवेश कर गये। फिर भैंस के पास उपस्थित सोभिया काकी और ओझाओं पर उनकी निगाह चली गयी। बस, तत्क्षण उन्होंने उन्हें घेर लिया। अब वे उनके कब्जे में थे। उनकी इस औचक उपस्थिति से अभियुक्त घबरा उठे। ओझाओं से कुछ ही दूरी पर जीतन दास बैठा था। अपने घर इतनी रात में एक साथ इतने अजनबी युवकों को देख वह भी भौचक हो उठा। उसने चौंकते हुए पूछा—"कवन हो तुम लोग? इहँवा कइसे आ गये?"

जनार्दन जान गया था, यह जीतन दास है। उसके इस प्रश्न पर जनार्दन ने अब कड़कते हुए जवाब दिया—"पहले खबरदार कर दे रहे हैं कि अगर किसी ने भी उठने और भागने की कोशिश की तो मार कर यहीं ढेर कर देंगे...। जो जैसे बैठा है, वैसे ही बैठा रहे...!"

जनार्दन की इस कड़क पर अब वे बुत बने भयभीत नजरों से उन्हें देखने लगे। इस दौरान जनार्दन और उसके साथियों ने भी दृश्यमान घटना का अवलोकन

किया...। कच्ची जमीन का वह एक उपेक्षित ओसारा था। आँगन के किनारे फूस की टट्टी से वह बना था। उसी ओसारे में एक भैंस पड़ी थी। वह किसी गम्भीर बीमारी से आक्रान्त जान पड़ती थी। अपने चारों पाँव पसार वह निर्जीव की तरह पड़ी थी। सिर्फ रह-रहकर अपनी पूँछ या कान हिलाती, जिससे उसके जीवित होने की सूचना मिलती थी।

उस भैंस के एक किनारे दो व्यक्ति बैठे थे, जो दोहरे बदन के मजबूत कद-काठी के थे। उनकी घनी मूँछें आगे की ओर तनी थीं तथा माथे के बाल लम्बे-लम्बे थे, जो पीछे की ओर गिरे हुए थे। वे साँवले रंग के थे। उनकी अवस्था अधेड़ की थी। अपने सामने उन्होंने आग जला रखी थी, जिसमें, लोहबाण जैसी कोई चीज डाल रखी थी, जिसकी तेज गन्ध पूरे वातावरण में व्याप्त थी...। ग्रामीण ओझाओं के बारे में जनार्दन और उसके मित्रों ने जैसा जाना था, वे दोनों अपनी मुहिम के साथ उसके दृश्यमान रूप थे।

इन ओझाओं ने अपनी आँख की सीध में एक औरत को बैठाया था, जिसका मुँह भैंस की ओर था। उस औरत के हाथ-पाँव रस्सी से बँधे हुए थे। उसकी आँखों से अविरल आँसू बह रहे थे। उसका चेहरा कातर और भयभीत था। उसके कपड़े मैले और पुराने थे। उसकी अवस्था वृद्धा स्त्री की थी। जनार्दन और उसके मित्रों ने उसे देखते ही जान लिया, यह सोभिया काकी है।

सोभिया काकी और ओझाओं के बीच, उनकी सीध से हटकर जीतन दास बैठा था, जिसने जनार्दन की टुकड़ी के आगमन पर प्रश्न किया था। वह गंजे माथे और ठिगने कद का एक काल-कलूटा व्यक्ति था। उसके हाथ में सुलगती हुई बीड़ी थी। जनार्दन और उसके साथियों की औचक उपस्थिति से वह विचलित और बेचैन नजर आ रहा था। बीड़ी पीने की अब उसे सुध नहीं थीं। हाथ की बीड़ी अब हाथ में ही जल रही थी। घटना का संयोजक वही था। उसके पीछे ओसारे के एक कोने में एक बच्चे के साथ एक औरत बैठी थी। उसके पास ही खटोले पर एक युवक लेटा था। जनार्दन की टुकड़ी के दो-तीन लोगों ने इन्हें भी अपने नियन्त्रण में ले लिया था। इनमें से वह स्त्री जीतन दास की पत्नी थी और वह युवक उसका बेटा।

जनार्दन ने अभियुक्तों को अब तत्काल अपनी कार्रवाई से अवगत करा दिया—"हम जनदेश पार्टी के सदस्य हैं। सोभिया काकी के साथ तुम्हारे जुल्म की सजा देने तुम्हारे घर पहुँचे हैं...!"

और ऐसा कहते हुए जनार्दन ने सबसे पहले सोभिया काकी को बन्धन मुक्त किया—"हम आ गये काकी...! अब तुम मत डरो। आँसू पोंछ लो। चुप हो जाओ...। तुम्हारे साथ इन्होंने जो ज्यादती की है उसका दण्ड दिये बगैर हम नहीं लौट सकते!"

जनार्दन की यह बात सुन और उसके साथियों की उपस्थिति देख, क्षण-भर के लिए सोभिया काकी को अपनी आँखों पर विश्वास नहीं हुआ। फिर अंजलि के यहाँ उन्हें देख चुकने का एहसास होते ही उसकी आँखें इस उपकार पर बरसने लगीं। जनार्दन अनुभव कर रहा था कि सोभिया काकी रोते हुए उन्हें ऐसे निहार रही थीं जैसे वे कोई देवदूत हों...! जैसे कोई चमत्कार घटित हो गया हो...!

इधर 'जनदेश' पार्टी का नाम सुन ओझाओं और जीतन दास के चेहरे पर भय की लकीरें और स्याह हो गयी थीं। गिरधारी-कँवलधारी के बीच इस पार्टी की भूमिका से वे परिचित थे। पर जीतन दास की पत्नी अपने को निर्दोष साबित करती हुई बीच में कूद आयी—''हम इस सोभिया को अइसहीं नहीं घर लाये हैं। हमरी भईंसिया को इसी ने 'किया' (डायन बाण से मारा) है। हमरी सउँसे दौलत थउसा दी है...। हमको ई कवनो लायक नहीं छोड़ी है...।''

जनार्दन को लग गया, यह नासमझ औरत वास्तव में सोभिया को डायन मान रही है। ये लोग कितने मूर्ख और जाहिल हैं...। उसने उसे समझाते हुए कहा—''यह तुम्हारा वहम है। तुम्हारी भैंस की बीमारी का कारण सोभिया काकी नहीं। जैसे तुम कमजोर सोभिया काकी को डायन कह रही हो वैसे अगर हम तुम्हें ही डायन घोषित कर दें तो क्या तुम डायन हो जाओगी...?''

इस पर उसने कहा—''हमरे कहने से कोउ डाइन नहीं हो जाती...। ओझा भाई लोगन ने कहा है...। अपने मन्तर से सोभिया की करनी जान ली है।''

जनार्दन ने अब अपनी बात स्पष्ट की—''तुम्हारे इन्हीं ओझाओं से हम भी यह जानने आये हैं कि किस मन्तर से इन्होंने सोभिया काकी को डायन जाना है, जरा हमें भी बता दें। अगर नहीं बताएँगे तो इन दोनों को मार-मार कर हम कचूमर निकालेंगे...। इन्हें जेल की हवा खिलाएँगे...। तुम्हारे इस बौने पति को भी नहीं छोड़ेंगे...।''—और ऐसा कहते हुए जनार्दन ने अपने साथियों को संकेत किया—''ओझाओं को और जीतन दास बाप-बेटे को पकड़कर हमें ले चलना है...!''

बस, उसके मुस्तैद साथियों ने तत्क्षण ओझाओं और जीतन दास और उसके बेटे को पकड़कर खड़ा कर दिया। उनकी पकड़ में आते ही वे काँपने लगे। कभी भूत-बाधा से ग्रस्त स्त्री-पुरुष को नीम की डाल से पीटते हुए ओझा बकवाते थे। अब स्वयं भूतों की तरह बकने लगे—''हमें छोड़ दीजिए। हमारा दोष नहीं...। जीतन दास ने हमें बुलाया था...। हम अब सोभिया को डायन नहीं कहेंगे। माफी माँग रहे हैं। दोहाई दे रहे हैं। अबकी बार जान बकस दीजिए। अब आइन्दा अइसा नहीं करेंगे...!''

ओझाओं की यह बात सुन जीतन दास की पत्नी का चेहरा फक् रह गया। उसने तो सोचा था कि ओझा अपनी बात पर डटे रहेंगे। साँच को आँच क्या?

सोभिया का डायन होना सबके सामने दिखा देंगे...! लेकिन ये तो पकड़ में आते ही उलट गये। इधर दूसरी तरफ ओझाओं की बात पर जीतन दास क्रोध से तिलमिला उठा। ये धूर्त ओझा अपनी करतूत उस पर थोप रहे हैं। उसने जोर देकर कहा—"नहीं भाई लोगन...। इ दुनो झूठ बक रहे हैं...। अपनी गरदन फँसते देख हमरे माथे फरहार (शिकार) करना चाहते हैं...। यही दोनों बोले थे कि सोभिया ने भैंस को 'किया' है...। इन्हीं दुनों के कहने से हम सोभिया को पकड़ लाये।"

जनार्दन और उसके साथी विजय मिश्रित कुतूहल से उनकी बातें सुन अन्दर ही अन्दर अपने अभियान की सफ़लता पर हर्षित हो उठे। वे जानते थे, वहम की आरोपित धारणाएँ बालू की भीत की तरह एक ही झोंके से ध्वस्त हो जाती हैं। ग्रामीण समाज में ये धारणाएँ इसीलिए बनी हुई हैं कि कभी किसी संगठन ने इस पर झोंकेदार प्रहार किया ही नहीं...। सामाजिक बदलाव के अपने मुख्य एजेण्डे से ऐसे कार्यों को दूर ही रखा। उन अभियुक्तों को अपने साथ ले चलते हुए जनार्दन ने अब निर्णायक लहजे में कहा—"डायन के नाम पर किसी महिला को प्रताड़ित करने के खिलाफ राज्य सरकार ने कानून भी बना दिया है...। हम तुम्हें उसी कानून के हवाले करेंगे।"

यह सुन जीतन दास की पत्नी गिड़गिड़ाने लगी—"अइसा मत करिए...! हमरी भईंसिया तो मरिये रही है...इ दूनो बाप-बेटा को जेहल ले जाकर हमें मत उजारिये...। फे रू त हम कवनो लायक नहीं बचेंगे...! बर्बाद हो जावेंगे...।"

जनार्दन ने उसे चेताया—"तुम्हारे पति और बेटे ने जो जुर्म किया है उसके लिए तो बड़ी-से-बड़ी सजा कम है...। जेल तो कुछ नहीं है। उनके साथ तुम भी भागीदार हो। तुम्हें तुम्हारी भैंस और छोटे बच्चे के लिए हमने छोड़ दिया है। तुम्हारी भैंस के लिए हम जोगीपुर के मवेशी डॉक्टर को भेजेंगे। हमारी अपनी पार्टी में एक मवेशी डॉक्टर है। वे पूरा प्रयास करेंगे कि तुम्हारी भैंस ठीक हो जाए...।"

अब जीतन दास कलप उठा—"हाथ जोड़ते हैं। पाँव पड़ते हैं...। बस अबकी बार छोड़ दीजिए। हम किरिया खाते हैं कि फेरू सोभिया की ओर कबहूँ नहीं ताकेंगे...! कवनो आउर को डाइन नहीं बूझेंगे...।"

दोनों ओझा भी अब फिर विलपने लगे। एक ने कहा—"हमारा परिवार ढीला जाएगा...। हम अपने घर के अकसरुआ हैं...। घर में और कोई देखनेवाला नहीं है। आप लोग माई-बाप हैं। माफ कर दीजिए! छोड़ दीजिए...!"

दूसरे ने कहा—"हम अपनी गलती सकार रहे हैं...। बाकिर एक गलती तो भगवानो माफ करते हैं। हम कान पकड़ रहे हैं...! उठकी, बइठकी कर रहे हैं...। खाली अबकी बार बकस दीजिए...! फेरू कबहूँ अइसी गलती नहीं करेंगे...! आजे से ओझाई छोड़ देंगे...!"

इस पर जनार्दन ने प्रति प्रश्न करते हुए पूछा—"सोभिया काकी भी तो ऐसे ही कलप रही थी? ऐसे ही अपने प्राणों की भीख माँग रही थी—फिर तुम लोगों ने उसे क्यों नहीं छोड़ा था...?"

जनार्दन के इस प्रश्न का उत्तर उनके पास नहीं था। वे गिड़गिड़ाते रहे। जीतन की पत्नी कलपती रही। लेकिन अपने साथियों के साथ अपने निर्णय पर वह डटा रहा। अपने कब्जे में उन चारों को लेकर वे पाठशाले की ओर चल पड़े। उनकी कलप पर ही वे उन्हें छोड़ दें तो ऐसी घटनाओं की पुनरावृत्ति वे नहीं रोक पाएँगे। लोग उनकी पकड़ का अंजाम देखना चाहेंगे। ऐसी घटनाओं के अंजाम से ही लोग इससे विरत होंगे, सिर्फ धर-पकड़ और डाँट-डपट कर छोड़ देने से नहीं...।

अब तक पूरी चमरटोली जाग गयी थी। रात के इस शुरुआती पहर में वे सो कहाँ पाये थे? जीतन दास के घर पार्टी की यह कार्रवाई क्षण-भर में ही चमरटोली के इस कोने से उस कोने तक व्याप गयी थी। किसी ने चमरटोली से दौड़कर राधेगाँव में भी खबर कर दी थी। राधेगाँव में भी लोगों के जागरम (जागने) की आहट आ रही थी। जनार्दन ने अब अपने साथियों से कहा—"तुम लोग इन बन्धकों को लेकर पाठशाले में चलो...। हम अंजलि को खबर देकर आ रहे हैं...।"—और विजय के साथ वह राधेगाँव की ओर चल पड़ा। राधेगाँव, चमरटोली से कुछ ही फासले पर बसा था। अंजलि को अब सूचित करना जरूरी था। पर गाँव में उनके घुसते ही सामने से आ रही अंजलि उन्हें दिख गयी । जनार्दन का अनुमान था कि सूचना के बाद अंजलि रुकने वाली नहीं, इसीलिए वह जल्द से जल्द उस तक पहुँच जाना चाहता था। इस घटना की पहली सूचना वही देना चाहता था। पर किसी दूसरे के माध्यम से यह सूचना उस तक पहुँच गयी थी। सम्भवतः गाँव के सूचना-दूतों ने ऐसा किया था। जो हो, अंजलि को आते देख उन्हें खुशी हुई! वे देख रहे थे, अंजलि के साथ और दो-तीन महिलाएँ थीं। स्वयं जनदेश की सदस्य बनने के बाद अपने प्रभाव से उसने गाँव की और दो महिलाओं को सदस्य बनवाया था। उसके साथ की महिलाओं के हाथों में लालटेनें थीं और अंजलि के हाथ में टॉर्च। जनार्दन और विजय ने भी टॉर्च जला रखी थी। दोनों ओर की संयुक्त रोशनी में उन्होंने क्षण-भर के लिए एक-दूसरे को देखा। अंजलि शायद बिस्तरे से उठकर ही भागी आ रही थी। उसका चेहरा अलसाया था। माथे की बेतरतीब लटें उसके गालों और कन्धों पर पसरी थीं। वह पीले रंग की एक सूती साड़ी में थी। अपने इस अलसाये रूप में वह और अच्छी लग रही थी। हालाँकि घटना की सूचना से उसकी आँखें चमक रही थीं। उसकी आँखों की चमक उसके अलसायेपन पर भारी पड़ रही थी। इससे पहले कि वह कुछ कहे, जनार्दन झट से बोल उठा—"हम तुम्हारे ही पास आ रहे थे अंजलि...!"

अंजलि के पार्टी-सदस्य बनने के बाद जनार्दन और उसके साथियों का उसके साथ 'आप' के औपचारिक सम्बन्ध की जगह 'तुम' का अनौपचारिक और आत्मीय सम्बन्ध स्थापित हो गया था। पार्टी के युवा कार्यकर्ताओं के बीच यही अनौपचारिक सम्बन्ध प्रचलित था। अब अंजलि ने जनार्दन के कथन पर अपनी हल्की नाराजगी जाहिर की—"क्या जरूरत थी हमारे पास आने की?"

जनार्दन उसकी नाराजगी का कारण जानता था। उसने उसे समझाने की कोशिश की—"तुम्हारे गाँव की यह घटना थी अंजलि। घटना के अवसर पर तुम्हारा रहना ठीक नहीं होता...!"

उसने जवाब तलब किया—"क्यों ठीक नहीं होता?"

जनार्दन ने पुनः उसे आश्वस्त करने की कोशिश की—"वे कोई भी कारण तुम पर थोप सकते थे...। अपनी सुरक्षा में तुम्हें ढाल बना सकते थे...।"

इस पर अंजलि ने दृढ़ता से कहा—"मैं वैसी कमजोर और बुजदिल नहीं कि मिथ्या आरोपों से घबराती...। मैं जनदेश की सदस्य नहीं थी तब भी झूठ के आगे नहीं झुकती थी...। अब तो जनदेश की बड़ी शक्ति के साथ हूँ...!"

जनार्दन अब तक जान गया था, अंजलि अपने विश्वासों से पीछे नहीं हटती। पार्टी की महिला शाखा में उसने जल्दी ही अपनी अलग पहचान कायम कर ली थी। अपने विश्वासों की रक्षा में वह अकाट्य तर्क देना भी जानती थी। जनार्दन ने अब उसे मनाते हुए कहा—"अच्छा अंजलि! भविष्य में अब ऐसा नहीं होगा। अब तो खुश हो जा...!"

जनार्दन के इस मनुहार पर वह मुस्करा उठी। जनार्दन और विजय के चेहरे पर भी मुस्कान लौट आयी। अब वे संयुक्त रूप से पाठशाले की ओर चल पड़े। इस दौरान विषय से अवगत हो गाँव के कुछ उत्साही लोग भी पहुँच गये। अंजलि को मोटे तौर पर घटना की सूचना मिली थी। पर अब जनार्दन उसे विस्तार से बताने लगा...। अंजलि ध्यान से सुनती रही। संक्षेप में जनार्दन ने उसे सारी बात बता दी!

अंजलि और उसके कुछ ग्रामवासियों के साथ जनार्दन और विजय ने पाठशाले पर पहुँचकर देखा, चारों अभियुक्त उनकी हिरासत में थे। जनादेश के मुस्तैद कार्यकर्ताओं ने बन्धकों को पाठशाले के बरामदे में बैठा रखा था...। एक जागरूक सदस्य के रूप में अंजलि का स्वागत सभी सदस्यों ने गर्मजोशी से किया। इस कार्रवाई की सूत्रधार वही थी। पर अंजलि की निगाहें तो सोभिया काकी को तलाश रही थीं। उसने जनार्दन से पूछा—"सोभिया काकी कहीं नजर नहीं आ रही है...!"

इस पर गणेश ने जवाब दिया—"वह अपने घर चली गयी है...। अब वह ठीक है।"

गणेश की इस सूचना से अंजलि आश्वस्त हो गयी। अब उसका ध्यान अपने गाँव पहुँचे पार्टी-सदस्यों के आतिथ्य की ओर उन्मुख हो आया। उसने जनार्दन से पूछा—"अभी तक तो किसी भाई ने कुछ खाया नहीं होगा?"

जनार्दन ने उसे समझाया—"इसकी चिन्ता मत करो। हम यहीं पाठशाले पर लिट्टी लगा लेंगे...! अपने खाने का सामान हम साथ लाये हैं। यह हमारी पहली यात्रा नहीं है। ऐसे अवसरों का हमें अनुभव है...!"

पर अपने स्वभाव के अनुसार अंजलि अड़ गयी—"ऐसा नहीं होगा...। जब मैं अकेली होती तब भी ऐसा नहीं होने देती। अब तो तीन-चार बहनें हमारे साथ हैं...!"

जनार्दन ने पुनः रोकने की कोशिश की—"यह व्यर्थ की परेशानी होगी...। दस-पाँच की लाठी एक के लिए बोझ होती है...। पार्टी अपने तयशुदा रास्तों पर ही ठीक रहेगी...। हमारा मार्ग सुविधाओं का मार्ग नहीं है...!"

पर अंजलि नहीं रुकी—"कोई परेशानी नहीं, कोई बोझ नहीं। पार्टी-सदस्य के नाते मुझे भी तो कुछ करना है।...इस कार्रवाई में अब तक कुछ नहीं किया। अब जल्द ही कुछ बनवाते हैं...।"—और अपनी महिला साथिनों के साथ अंजलि चलने को हुई कि जनार्दन फिर बोल उठा—"ठीक है, जब नहीं मानोगी तो बनवा दो...। पर अधिक तूलतपाट मत करना...। कोई एक ही चीज बनवा देना...। और हाँ, खाना लेकर रात में अब फिर मत आना...। घण्टे भर बाद हमारे दो साथी जाकर लेते आएँगे...!"

अंजलि अपनी महिला साथिनों के साथ अब तेजी से वापस हो गयी। उसे तो जनार्दन की इसी सहमति की प्रतीक्षा थी। कोई और जगह होती तो वह मान जाती। उसके अपने गाँव में उसके रहते हुए उसके कार्यकर्ता भाई स्वयं खाना बनाकर खाएँ यह उसके लिए असह्य था...। जिन कार्यकर्त्ता भाइयों ने चाचाओं के जुल्म से उसे मुक्त किया था, उनके लिए इतनी-सी असुविधा तो कुछ भी नहीं...। जनार्दन सम्भवतः उसके मनोभावों को समझ रहा था, इसीलिए अधिक रोकने की कोशिश उसने भी नहीं की।

सुबह राधेगाँव का दृश्य बदल गया था। गाँव की एकरस जिन्दगी में जैसे भूचाल आ गया था। पाठशाला पर गाँव के लोगों की भीड़ उमड़ पड़ी थी। अपनी महिला साथिनों के साथ अंजलि एकदम तड़के ही पाठशाला पर पहुँच गयी थी। इस बार अपने साथ वह सोभिया काकी को भी लेती आयी थी। हादसे से मुक्त हुई सोभिया काकी के चेहरे पर अब जिन्दगी लौट आयी थी। उसके लिए साक्षात् काल के रूप में दिखनेवाले ओझा और जीतन दास अब भीगी बिल्ली की तरह काँप रहे थे। यहाँ सोभिया काकी की निगाहें जनार्दन और उसके साथियों के प्रति फिर

श्रद्धा से भर उठीं। अंजलि की आँखों की विशेष चमक भी सबको पुलकित कर रही थी। अपने अभियान में वह सफल हो गयी थी, जिसकी खुशी उसके चेहरे से फूट रही थी। जनार्दन और उसके साथी चाहते तो रात में ही अभियुक्तों को थाने पहुँचा देते। पर गाँव की उपस्थिति में ऐसा करना उन्होंने वाजिब समझा। इस अन्धविश्वास और रूढ़ि के प्रति गाँव के लोग सजग-सतर्क हो सकें, यह उनका मुख्य उद्देश्य था।

दोनों ओझा और बाप-बेटे जीतन गाँव के लिए नये नहीं थे। लोगों से रोज ही उनकी मुलाकातें होती थीं। पर अभियुक्त के रूप में बन्धक बनकर बैठे अब ये चारों सबकी जिज्ञासा, कौतूहल और हिकारत के पात्र थे। लोग भीड़ में धकिया कर और उचक-उचककर भी उन्हें देख लेना चाहते थे कि अभियुक्त के रूप में वे कैसे दिख रहे हैं। गाँव के लोग सम्बन्धित सूचना से मोटे तौर पर अवगत होकर ही आ रहे थे, फिर भी अपनी प्रकृति के अनुसार जनार्दन और उसके साथियों से पूछ उठते—"कैसे पकड़ाये? कब पकड़ाये? क्या कर रहे थे उस बखत? अब इन चारों का क्या होगा?"

प्रत्येक ग्रामवासी के ऐसे प्रश्नों का बारी-बारी से उत्तर दे पाना जनार्दन और उसके कई साथियों के लिए सम्भव नहीं था, इसीलिए उन्होंने विजय और गणेश को अधिकृत कर दिया था। अब विजय और गणेश एक जगह इत्मीनान से बैठकर हर आगन्तुक की जिज्ञासा का शमन करते जा रहे थे। एक ही जवाब को बार-बार कहने से वे ऊबने और थकने वाले नहीं थे। पार्टी में अपनी इस विशेषता के लिए मशहूर थे। इस स्थिति में बन्धकों को देखने के बाद आगन्तुक सीधे उनके पास पहुँच जाते। अपने उद्देश्य में सफल होते वे दोनों साथी सबको सविस्तार बताते हुए डायन की मिथ्या अवधारणा पर अपना प्रहार भी जारी रखते।

अब तक जनार्दन ने गाँव के चौकीदार को थाने भेज दिया था कि जल्द से जल्द पुलिस लेकर वह आ जाय। यहाँ अब और देर करने के पक्ष में वह नहीं था। अभियुक्तों को स्वयं दंडित करने या थाने ले जाने की अपेक्षा थाने को यहीं बुलाकर राधेगाँव के लोगों की उपस्थिति में अभियुक्तों को पुलिस के हवाले करना उसने मुनासिब समझा था। इस दौरान जीतन दास और ओझाओं की पत्नियाँ भी रोती-कलपती वहाँ मौजूद थीं और अपने पतियों को मुक्त कराने के लिए गुहार लगाती जा रही थीं—"अबकी हाली छोड़ दिहिं जा...। फेरु अइसन कबहूँ ना होखी...। जेहल मत भेजीं जा...!"

उनके इस कथन के जवाब में जनार्दन के साथियों ने उन्हें धमकाकर अलग कर रखा था—"खबरदार जो बीच में तुम सब आयीं। तुम्हें भी पकड़कर हवालात भेज देंगे...। सोभिया काकी को मारा जा रहा था तो उस वक्त कहाँ थीं तुम सब?

उस वक्त कहाँ थी तुम्हारी यह रुलाई...? यह नाटक कहीं और करना। हम इन्हें छोड़नेवाले नहीं...! अपराधी को दण्ड मिलना आवश्यक है। हम चाहते तो चारों को मारकर यहीं ढेर कर देते। पर गैर-कानूनी काम हमें पसन्द नहीं...!"

अब अंजलि, सोभिया काकी और अपनी साथिनों के साथ जनार्दन के पास मौजूद थी। अपने गाँव आये जनार्दन से वह बहुत कुछ कहना चाहती थी। उसने कितना सोचा था कि जनार्दन जब उसके गाँव आएगा तो वह यह कहेगी, वह कहेगी। पर कुछ भी कह नहीं पा रही थी। जनार्दन की भी यही स्थिति थी। उसने अंजलि के मनोभावों को लक्ष्य कर सोभिया काकी के बहाने बात शुरू की—"सोभिया काकी तो अब ठीक हैं अंजलि।"

अंजलि ने हुंकारी दी—"हाँ।"

जनार्दन ने फिर पूछा—"सोभिया काकी की वह सौतन कहाँ है? सोभिया काकी के घर को उसके अनधिकृत कब्जे से भी हमें मुक्त करना है। यह काम तो हम भूल ही गये थे...!"

अंजलि ने वस्तुस्थिति से जनार्दन को अवगत करा दिया—"उसने तो रात में ही घर खाली कर दिया। जीतन दास और ओझाओं की पकड़ के बाद उसने रातों-रात सोभिया काकी का घर छोड़ दिया है!"

अंजलि की इस सूचना से जनार्दन हर्षित हो उठा। अब उसने पूछा—"गिरधारी काका कैसे हैं?"

अंजलि ने बताया—"वैसे ही बीमार चल रहे हैं...। बुढ़ापे की बीमारी से घिरे हैं।"

जनार्दन ने जानना चाहा—"दवा चल रही है?"

अंजलि ने संक्षिप्त जवाब दिया—"हाँ।"

जनार्दन ने अब अपने मन की बात व्यक्त कर दी—"मैं काका से मिलने वाला था। आज तो अब सम्भव नहीं। अगली बार अवश्य मिलूँगा...।"

इस पर अंजलि ने जोर देकर पूछा—"अगली बार कब?"

जनार्दन ने उसे आश्वस्त किया—"जल्दी ही।"

अंजलि भी अपनी चाहत नहीं छिपा सकी—"जल्दी कब?"

जनार्दन ने देखा, इस 'जल्दी कब' को पूछते हुए अंजलि का पूरा चेहरा रक्तिम हो उठा था। जनार्दन चाहते हुए भी तत्क्षण कोई जवाब नहीं दे सका। अंजलि के प्रति अपने मन में बढ़ आयी व्यग्रता को वह दबाता रहा। अंजलि भी अपने भावों को छिपाती रही। जनार्दन के प्रति उसकी चाहत कोई लख न ले, इसीलिए वह अब बन्धकों की ओर ताकने लगी थी। इसी क्षण चौकीदार के आगमन की सूचना सबको मिली। सब उस ओर उन्मुख हो गये। सचमुच चौकीदार थाना लेकर आ गया था।

थाना इंचार्ज के साथ पुलिस के सात-आठ जवान पहुँच आये थे।

गाँव के लोग यह समझ रहे थे कि किसी के बुलावे पर पुलिस इतनी तत्परता से कभी नहीं आती थी। पर जनदेश पार्टी के बुलावे को वह टाल नहीं पायी थी। इस बिन्दु पर जनदेश का महत्त्व उनकी नजर में और बढ़ गया था। जनार्दन ने राधेगाँव के लोगों की इस मानसिकता को लक्ष्य कर अंजलि से कहा—''पार्टी की सफलता और लोकप्रियता का यह भी एक घटक है। लोकतन्त्र में जमीनी पार्टी का यही महत्त्व है। पार्टी अपने सिद्धान्तों को जीती रहे तो फिर कुछ भी असम्भव नहीं! प्रशासन को उसके आदेशों पर चलना पड़ता है!''

8

बरसात के मौसम का खुला दिन बेहद मनभावन हो जाता है। न अधिक गर्मी, न अधिक सर्दी...। धूल-कणों से रहित वायुमण्डल। हरियाली से पटी धरती। शिथिल मन-प्राणों में भी उत्साह का संचार करते क्षण। दूसरे दिन का मौसम ऐसा ही हो गया था। राधेगाँव के अभियुक्तों को थाने के हवाले कर जनार्दन अपने साथियों के साथ जोगीपुर कार्यालय आ गया था। हालाँकि उनके अभियान की सफलता की सूचना उनसे पहले ही पार्टी-कार्यालय पहुँच गयी थी। जनार्दन के अनुसार यह व्यक्तिगत मसलों से लोगों के व्यापक जुड़ाव का सूचक था। जनार्दन ने सामूहिक मसलों से पार्टी की रुचि कम नहीं की थी, पर व्यक्तिगत मसलों से उसे जोड़कर उसके आधार को और पुख्ता बना दिया था। प्रारम्भ में उसके तर्क से असहमत साथी भी अब उसकी बात का समर्थन करने लगे थे। सचिव ने भी स्वीकार किया था—''लोगों की व्यक्तिगत समस्याओं में पार्टी की दिलचस्पी ने सचमुच हमारी साख बढ़ायी है। यह बहुत अच्छा हुआ है...।''

उस दूसरे दिन राधेगाँव से लौटे अन्य साथी कार्यालय में उपस्थित मित्रों से पार्टी कार्रवाई की उस घटना का हुलिया बयान करने लगे थे। अपनी टुकड़ी की सफलता पर वे फूले नहीं समा रहे थे। लेकिन जनार्दन अपनी प्रकृति के अनुसार अपने एक अधूरे कार्य में लग गया। खुशी के इजहार में भी अधिक समय जाया करना उसे पसन्द नहीं था। उसकी दिलचस्पी किसी कार्य को मुकाम तक पहुँचाने में ही थी। काम हो जाने के बाद लुत्फ उठाने की मानसिकता उसकी नहीं थी।

उसका एक लेख अधूरा पड़ा था। अनुकूल समय जान उस अधूरे लेख की पाण्डुलिपि लेकर वह कार्यालय के छत की कोठरी में चला गया। छत की उस कोठरी में कार्यालय की फाइलें, पार्टी के पोस्टर और बैनर तथा अन्य आवश्यक सामान जैसे दरी, जाजिम, मसनद, माइक, पेट्रोमैक्स आदि रखे जाते थे। जनार्दन ने अपने लिखने के लिए इसी कोठरी में जगह बना ली थी। उसे जब भी कुछ लिखना होता था, इसी एकान्त कोठरी में आ बैठता था। उसे पार्टी की स्थानीय गतिविधियों पर एक लेख लिखने का दायित्व मिला था, जिसका प्रकाशन पार्टी के मुख्य बुलेटिन के आगामी अंक में होने वाला था...। वह आधा लेख लिख चुका था। अब जल्द ही उसे पूरा कर भेजना था।

जनार्दन ने मन बना लिया कि आज इस लेख को पूरा कर लेना है। पर चाहते हुए भी वह ऐसा नहीं कर सका। कागज पर उसके झुके होने और हाथ में कलम थामने के बावजूद छूटे लेख के सूत्रों को फिर से तारतम्य देने का मनचाहा सूत्र वह नहीं पा सका। उसकी चेतना तो उड़-उड़ कर अंजलि के पास चली जाती थी, लेख के सूत्रों पर ठहर ही कहाँ पाती थी? राधेगाँव से चलते हुए अंजलि ने कहा था—"जल्दी कब?' इस 'जल्दी कब' की अंजलि की चाहत को वह दरकिनार नहीं कर पा रहा था...।

नन्दिता के बाद जनार्दन नहीं चाहता था कि फिर कोई लड़की उसकी जिन्दगी में आये। उस पहली घटना ने ही उसे सयाना बना दिया था। पर उसके न चाहने से भी कोई फर्क नहीं पड़ा। एक अप्रत्याशित आवेग के उद्दाम में अंजलि उसके जीवन में आ ही गयी। उसके जीवन में अंजलि का यह आगमन उस पहले दिन से ही शुरू हो गया था, जिस दिन अपने पिता के साथ वह पार्टी-सदस्य बनने आयी थी...। कार्यालय में पहुँचते ही अंजलि की निगाहों ने उसे ढूँढ़ लिया था। अपने पिता के साथ वह सीधे उसके करीब ही आ पहुँची थी—"मैं आ गयी। कहा था न कि इस शुभ काम में अब देर नहीं करूँगी...!"

जनार्दन समझ रहा था, अपने यहाँ पार्टी-टुकड़ी की कार्रवाई का उसे नेतृत्वकर्ता समझ अंजलि सीधे उसे सम्बोधित कर रही थी। उसने अंजलि और उसके पिता को आदर से बैठाया था। उस दिन अंजलि हरे रंग के सलवार-कुरते और दुपट्टे में थी। वह पूरे मन से पार्टी का सदस्य बनने आयी थी, इसीलिए उसके अन्दर की चहक और प्रफुल्लता उसके चेहरे पर भी छलक रही थी...। अंजलि के खिले चेहरे, मोहक आँखें और नाजुक होंठ कुछ ऐसे थे कि जाने-अनजाने पार्टी कार्यालय में उपस्थित सभी सदस्यों का ध्यान उसकी ओर चला गया था। जनार्दन ने बिना अब तनिक देर किये अंजलि और उसके पिता से सबको परिचित करा दिया था। राधेगाँव की घटना से सब अवगत थे। पीड़ित परिवार की लड़की सदस्य बनने आनेवाली है, इस

बात से सभी परिचित थे, इसीलिए उत्सुकता से अंजलि को देखने लगे। जनार्दन ने सचिव के हवाले उसे करते हुए कहा—"राधेगाँव की अंजलि सदस्य बनने आयी है...!"

सचिव अब सक्रिय हो गये। पार्टी प्रावधान के अनुसार अंजलि को उन्होंने सदस्य बनाया—"यहाँ रजिस्टर में हस्ताक्षर कीजिए और इस सदस्यता-फार्म पर यहाँ दस्तखत बनाइये...।"

पार्टी के मेनिफेस्टो की एक प्रति भी सचिव ने अंजलि के सुपुर्द की—"इसे पढ़ लीजिएगा। हमारी पार्टी इसमें लिखित सिद्धान्तों पर ही संचालित है...।"

अब कार्यालय में उपस्थित सभी साथियों से सचिव ने उसका परिचय कराया—"ये संजू जी हैं। पार्टी कार्यालय के मेरुदण्ड।"

"ये मनोहर भाई हैं। पार्टी के गायक और समर्पित सदस्य।"

"ये रामजी काका हैं। अन्नदाता और हिफाजत कर्ता। कार्यालय मेस का इंचार्ज!"

"ये जगेश हैं। हमारे जुझारू सदस्य...। पार्टी कार्रवाइयों के मजबूत साथी...।"

"ये पस्साद जी हैं। कार्यालय के सहायक सचिव...।"

इसी तरह सभी सदस्यों से अंजलि का परिचय कराने के बाद सचिव ने उससे कहा—"अब आप अपने प्रयास से पार्टी को जितना आगे ले जाएँ, यह आप पर निर्भर है...। पार्टी के बुलावे पर अपनी भागीदारी जताते रहिएगा...!"

इसके बाद नये सदस्य के स्वागत के अन्तिम चरण के रूप में नुक्कड़ की दूकान को आदेश देकर सचिव ने सामूहिक चाय-बिस्कुट का आयोजन किया। अंजलि को यह सब-कुछ अच्छा लगा। उसके विहँसते चेहरे से कुछ भी छिप नहीं पाया। पर उसकी निगाहें लौट-पीटकर जनार्दन पर ही केन्द्रित होती रहीं। उसे ही वह अपना माध्यम या सम्पर्क-सूत्र मान रही थी। कार्यालय के सदस्य भी उसकी इस मनःस्थिति को समझ रहे थे। जनार्दन की पहल पर ही राधेगाँव की कार्रवाई हुई थी, उसी के प्रभाव में यह लड़की सदस्य बनी थी। सम्भवतः इस तथ्य को लक्ष्य करके ही कार्यालय सचिव ने अंजलि और उसके पिता को छोड़ने के लिए उसे ही अधिकृत किया।

जोगीपुर कार्यालय से राधेगाँव जानेवाली डगर तक जनार्दन, अंजलि और उसके पिता के साथ-साथ आया। अब अंजलि ने कहा—"आप लौट जाइए...। काफी दूर तक आ गये। हम अब चले जाएँगे...।"

जनार्दन ने सहयोग जताया—"हमें कोई जल्दीबाजी नहीं और आगे तक आप लोगों को छोड़ देते हैं...!"

अंजलि ने उसे आश्वस्त किया—"यहाँ तक बहुत हो गया। रास्ता हम देख

रहे हैं। कोई दिक्कत नहीं...!"

गिरधारी काका भी अब बोल उठे—"तूने तो बहुत कर दिया बेटा। सारा दुःख हर लिया। अब अंजलि तोहरी पार्टी में चली गयी है। लइकी जात है, इसका जिम्मा भी अब तोहरे ऊपर सौंप रहा हूँ...। तू तिरबेनी का बेटा है, ई जान कर बहुत खुशी हुई है। तोहरे बाप हमको खूब जानते हैं...।"

जवाब में जनार्दन ने गिरधारी काका को निश्चिन्त किया—"आप अब अंजलि की फिकर न करें काका। इनके साथ अब पूरी पार्टी है। अब इन पर आँख उठाकर देखने की हिम्मत किसी की नहीं पड़ेगी...।"

इस क्षण जनार्दन ने अनुभव किया, अंजलि अपनी बड़ी-बड़ी मोहक आँखों में उसे उतार लेना चाह रही थी। उसकी उस चाहत-भरी दृष्टि का एहसास कर जनार्दन कुछ विचलित-सा हो उठा। वे डगर के एक मोड़ पर खड़े थे। अंजलि अब सीधे-सीधे जनार्दन की ओर मुखातिब थी—"अब पार्टी का एक नाता बन गया। इस नाते अब आपको बराबर राधेगाँव आना है...!"

जनार्दन ने अंजलि की बात को संशोधित करते हुए कहा—"हमें जब भी कोई खबर मिलेगी हम तत्क्षण पहुँच आएँगे। अपनी योजनाओं के तहत आप जब भी बुलाइएगा हम आ धमकेंगे...?"

इस पर अंजलि ने उसकी आँखों में झाँकते हुए कुछ भोलेपन से पूछा था—"तो क्या बिना कोई खबर दिये नहीं आइएगा? जब बुलाएँगे तभी आइएगा?"

गिरधारी काका के समक्ष जनार्दन इस प्रश्न के लिए तैयार नहीं था। वह निरुत्तर हो गया। हालाँकि इस क्षण अपने अन्दर एक नये उन्मेष के उदय का अनुभव उसने किया। नन्दिता के बाद उसके बन्द मन पर फिर किसी मधुर आवाज ने दस्तक दी थी...। हालाँकि उसे लगा, अंजलि के भोलेपन और चाहत की तुलना नन्दिता से नहीं की जा सकती। यह लड़की वैसी नहीं। वैसी हो ही नहीं सकती। वह तो धूर्तता और मक्कारी की उपज थी। सुन्दरता सिर्फ उसके बाहरी आवरण तक सीमित थी...। यह लड़की तो उसकी अपनी जमीन की उपज है...जो सहज ही उसे अपनी ओर खींच रही है...। अपने पिता के साथ जाती हुई अंजलि को जनार्दन प्रेम से देखता रहा। बीच-बीच में अंजलि भी मुड़-मुड़कर उसे निहार लेती थी। आगे बढ़ती हुई अंजलि ने हाथ हिलाकर उसे वापस जाने का संकेत किया। जनार्दन अब वापस आ गया। पर वह विभाजित था। उसके मन का कुछ हिस्सा अंजलि अपने साथ लेती गयी थी।...

इसके ठीक दूसरे दिन ही कँवलधारी ने जोगीपुर कार्यालय में अपने एक रिश्तेदार को भिड़ाया था। उस रिश्तेदार का एक सम्बन्धी जोगीपुर कार्यालय का सदस्य था। उस सदस्य ने अन्दर ही अन्दर कँवलधारी के पक्ष में जनमत बनाना

चाहा। पर भनक लगते ही जनार्दन ने सबको आगाह कर दिया—"पार्टी ने जिस मामले को सलटा दिया है उस पर चोर दरवाजे से कोई भी घुसपैठ पार्टी बर्दाश्त नहीं करेगी...!"

उस सदस्य के बहकावे में कोई तैयार नहीं हुआ। इसके मूल में अंजलि की सदस्यता की अहम भूमिका भी थी। खुद अब अंजलि जनदेश की सदस्य थी। जनार्दन के आह्वान को अपनी उपस्थिति से मूर्त कर रही थी।

उस प्रथम दिन के बाद अंजलि अब जब पार्टी कार्यालय में आती, सीधे जनार्दन के पास पहुँच जाती। हालाँकि इस बीच जनार्दन ने उसके साथ के अपने औपचारिक सम्बोधन 'आप' को 'तुम' के अनौपचारिक सम्बोधन में तब्दील करा दिया था। बुजुर्ग सचिव को छोड़ कर पार्टी के युवा मित्रों के बीच यही सम्बोधन प्रचलित था।

अंजलि की इच्छाओं के अनुसार सचिव, पार्टी के विभिन्न कार्यक्रमों पर जनार्दन की टुकड़ी में ही उसे सम्मिलित करते। इस दौरान जनार्दन अनुभव करता कि उसके शरारती युवा दोस्त उसे वक्र दृष्टि से देखते। फिर भी वह अपने गाँव को संयत रखता। पार्टी में महिला सदस्य के साथ काम करने में कोई अड़चन नहीं आने देता।

बाद के दिनों में अंजलि जल्द ही जोगीपुर कार्यालय में एक तेज और जिज्ञासु लड़की साबित हो गयी! जो विषय उसके दिमाग में खरोंचें पैदा करते उस पर मित्रों की राय जानने के लिए वह बेझिझक उन्हें प्रस्तुत कर देती। कभी वह पूछती—"आर्थिक उदारीकरण के प्रयास की प्रासंगिकता क्या हो सकती है?"

कभी प्रश्न करती—"सबसिडी कम करने के फैसले का निहितार्थ क्या है?"

कभी यह सवाल खड़ा करती—"सांस्कृतिक राष्ट्रवाद की परिभाषा का ऐतिहासिक परिप्रेक्ष्य क्या हो सकता है?"

कभी उसका प्रश्न होता—"सरकार की भाषा-नीति के लिखित और व्यावहारिक पक्ष की संगति में कैसी अड़चन है?"

कभी वह पूछती—"आरक्षण और सामाजिक न्याय के अन्तर्विरोध क्या हैं?"

कभी वह मित्रों की राय जानना चाहती—"वर्ग और वर्ण की धारणाएँ कहाँ एक-दूसरे से जुड़ती और कहाँ टूटती हैं?"

कभी उसकी जिज्ञासा होती—"भूमण्डलीकरण और बाजारवाद मनुष्य के विकास के घटक हैं या ह्रास के?"

अंजलि की ये जिज्ञासाएँ पार्टी-कार्यालय में वैचारिक बहसों को जन्म देतीं। इन पर मित्रों के बीच तल्ख संवाद कायम हो जाते। पार्टी की ऐसी वैचारिक गोष्ठियों में तब अंजलि अपनी तेजस्विता से सबको अवगत कराती जाती। क्षेत्रीयता पर पार्टी

के एक वैचारिक सेमिनार में तो उसने सबको चमत्कृत कर दिया था। अपनी राय व्यक्त करते हुए उसने कहा था–"एक विकासशील बड़े राष्ट्र के अन्दर क्षेत्रीयता की अनिवार्यता को कोई झुठला नहीं सकता। राष्ट्रीयता का महत्त्व इसी में है कि वह क्षेत्रीयता को अपने अन्दर समाहित करके चले। पर यह काम उतना आसान नहीं। आज क्षेत्रीय पार्टियाँ, राष्ट्रीय पार्टियों को अपने इशारे पर नचाती हैं तो इसीलिए कि राष्ट्रीय पार्टियों ने राष्ट्रीयता के अपने अहं को त्यागकर क्षेत्रीय पार्टियों की आकांक्षाओं को आत्मसात करने की कोशिश नहीं की...। एक मन शरीर के विभिन्न अंगों को संचालित करता है। राष्ट्रीयता अगर क्षेत्रीयता को संचालित करना चाहती है तो मन की भूमिका में विभिन्न अंगों के साथ उसे सामंजस्य स्थापित करना होगा। तभी क्षेत्रीयता को वह संचालित कर सकेगी...। तभी राष्ट्रीयता अपनी खोयी व्यापकता को पा सकेगी...!"

जनार्दन ने अनुभव किया था, अंजलि की इस तेजस्विता ने पार्टी के पुरुष सदस्यों की नजर में उसे पृथक् बनाया था। जब तक वे अंजलि की इस बुद्धि तीव्रता से अवगत नहीं थे तभी तक अंजलि उनकी निगाह में एक युवा लड़की थी। उसकी मेधा से साक्षात्कार के बाद तो अपनी इच्छाओं को उन्होंने समेट लिया था। वे जानते थे, ऐसी तेज लड़की पर डोरे डालना आग में हाथ डालने से कम खतरनाक नहीं होता।

जोगीपुर कार्यालय के सारे सदस्य यह देखकर चकित थे कि पार्टी कार्यालय में आनेवाली पत्रिकाएँ और पुस्तकें अंजलि अपने थैले में भर-भरकर घर ले जाती और जल्द ही उन्हें पढ़कर वापस कर जाती। अंजलि की इस बौद्धिक जिज्ञासा को देख जनार्दन को राव मानवेन्द्र बाबू के यहाँ का अपना वह प्रथम दौर याद आ जाता जब उनके यहाँ रद्दी होती पत्रिकाओं और पुस्तकों को वह सँजोकर अपने कमरे में रखता था और रात-रात भर उन्हें पढ़ता था। अध्ययन से कायाकल्प का अनुभव उसने किया था। अब उसका एक ताजा उदाहरण अंजलि के रूप में भी देख रहा था...।

यह बात जनार्दन के मन में एक मीठी अनुगूँज पैदा करती रहती कि कार्यालय में उसकी अनुपस्थिति पर अंजलि वहाँ अधिक समय तक नहीं टिकती थी। जल्द ही वहाँ से वापस हो जाती। जब जनार्दन पहुँचता तो उसके मित्र उसे छेड़ते–"अंजलि आयी थी। तुझे खोज रही थी। तू अपने गाँव जाया कर तो उसे बता दिया कर। तुझे नहीं पा, आते ही लौट गयी!"

एक बार जनार्दन अपने गाँव से आ रहा था। पार्टी कार्यालय की एक मीटिंग में उसे भाग लेना था। जोगीपुर कार्यालय से कुछ ही दूर पहले कच्ची सड़क के एक चौराहे पर अचानक अंजलि उसे मिल गयी। उसके साथ साँवले रंग की एक

लम्बी-पतली लड़की भी थी। वे सम्भवतः जोगीपुर से लौट रही थीं। इस चौराहे से ही उन्हें राधेगाँव जाना था। इस चौराहे की सड़कें इलाके के विभिन्न गाँवों की ओर जाती थीं। दक्खिन के रास्ते राधेगाँव था और पूरब के रास्ते जनार्दन का गाँव छविपुर। जनार्दन पर नजर पड़ते ही अंजलि के कदम ठिठक गये। चेहरे पर एक परिचित मुस्कान खिल उठी। जनार्दन ने थोड़े आश्चर्य के साथ पूछा—''जोगीपुर से लौट रही हो? अभी ही घर चल पड़ी...? डेढ़ बजे से तो आज मीटिंग है। उसमें नहीं रहोगी?''

जवाब में अंजलि ने अपने मन की सच्ची बात उगल दी—''तुम नहीं थे तो वहाँ क्या रुकना? पता चला कि तुम गाँव गये हो! बस, चल पड़ी...।''

जनार्दन के कानों में जैसे अमृत घुल गया। मन के अन्दर मीठी लहर पैदा हो गयी। वह क्षण-भर के लिए कुछ अचम्भित; कुछ विचलित बना अंजलि को देखता रहा। वह पीली साड़ी और गुलाबी ब्लाउज में थी। वह चाहे सलवार-कुरते में हो या साड़ी में, उसकी कद-काठी ऐसी थी कि गँवई मिट्टी की तराशी हुई प्रतिमा जान पड़ती थी। साथ की नयी लड़की के सामने भी वह अपने मन की बात कहने में नहीं झिझकी थी। कोई संकोच नहीं...। कोई छिपाव नहीं...। अंजलि के प्रति अपने अन्दर जनार्दन भी कम जुड़ाव महसूस नहीं करता था...। पर उसकी तरह खुलकर कह नहीं पाता था, किसी अपरिचित के समक्ष तो और नहीं...। उसकी मनःस्थिति लक्ष्य कर चतुर अंजलि ने अब उस लड़की से जनार्दन का परिचय कराते हुए कहा—''यह मेरे गाँव की चैती है...। यह भी आज पार्टी की सदस्य बनी है...। खूब लड़ाकू है। किसी से नहीं डरती...। इसके आने से मुझे बहुत खुशी हुई है...!''

इसके बाद उसने जनार्दन से उस लड़की का परिचय कराया था—''और यह जनार्दन जनदेश का जागरूक सदस्य। अपने गाँव में तो तूने जनार्दन को देखा ही होगा...।''

जवाब में चैती ने पहचान-भरी आवाज में कहा—''हाँ, दो-दो बार देखा है...!''

अब अंजलि जनार्दन की उपस्थिति से कुछ मचलते हुए बोल उठी—''तुम आ गये तो चलो, अब हम भी कार्यालय लौट चलते हैं...। मीटिंग में भाग लेकर ही जाएँगे...!''

यह सुन जनार्दन मुसीबत में पड़ गया। वापस अंजलि को अपने साथ ले जाना उसने अच्छा नहीं समझा। अंजलि से अपना लगाव वह मित्रों से छिपाता रहता था। उसने अपना बचाव करते हुए कहा—''अब लौटकर तुम लोगों का कार्यालय में जाना ठीक नहीं होगा। जब वहाँ से विदा लेकर आ गयी हो तो अपने गाँव लौट जाओ। फिर अगली मीटिंग में आना...!''

जनार्दन का संकट यहाँ अंजलि ने लक्ष्य कर लिया। अब उसने कुछ शरारत

में कहा—"तुम डर गये। डरो मत। हम तुम्हारे साथ नहीं चलेंगे...!"

जनार्दन की तो जैसे चोरी पकड़ में आ गयी थी। उसने अपने को सँभालते हुए अब दलील दी—"नहीं अंजलि! ऐसी बात नहीं...। एक बार विदा लेकर लौट जाने के बाद दुबारा वहाँ जाना अच्छा नहीं लगता है...।"

इस दौरान अंजलि, उसे अपलक निहारती रही। उसकी पारखी आँखें बता रही थीं कि जनार्दन की बहानेबाजी वह समझ रही है। जनार्दन ने अब उसका मनुहार करते हुए कहा—"चलो, मैं तुम लोगों को और आगे तक छोड़ देता हूँ...!"

इस पर अंजलि ने कुछ शोखी में जवाब दिया—"मैं अकेली होती तब भी चली जाती...। अब तो चैती मेरे साथ है...। तुम छोड़ने चलोगे तो हमारे गाँव तक तुम्हें चलना होगा। बीच में हम वापस नहीं आने देंगे...!"

जनार्दन को अंजलि ने फिर अपने सम्मोहन के कटघरे में बाँध लिया था। अब जनार्दन ने सफाई देते हुए कहा—"मीटिंग है, नहीं तो चला चलता। फिर कभी चला चलूँगा...!"

यह सुन अंजलि ने उसे पुनः दबोच लिया—"फिर डर गये...। डरकर मीटिंग का बहाना बना रहे हो। एक-दो आदमी के नहीं रहने से मीटिंग नहीं रुकेगी। हमारे साथ गाँव में चलने से घबरा रहे हो? हम लड़की हैं और हमारा गाँव है, तब भी हम नहीं डरते हैं और तुम पुरुष हो और आनगाँव के हो तब भी हिम्मत हार जाते हो!"

अंजलि की इस बात में एक ऐसे मधुर आवेग का उफान भरा आमन्त्रण था कि जनार्दन की इच्छा हुई कि अभी अपनी और पार्टी की सारी नैतिकताओं को ताक पर रख अंजलि की भावनाओं को मूर्त कर दे...। बता दे कि वह एक कदम उसकी ओर आगे बढ़ेगी तो दस कदमों से आगे बढ़कर वह उसे थाम लेगा। नन्दिता के यहाँ उम्र के उस भटकाव में ही वह बह गया था। उफनती नदी की लहरों में कूद पड़ा था। पर अपने को संयत करना अब वह जान गया था। अपने को नियन्त्रित करते हुए वह कुछ कहना चाहता था। पर अवसर के अनुकूल कोई शब्द उसके होठों पर फूट नहीं रहे थे। उसके शब्द-भण्डार के मुँह पर तो जैसे हाथ रखकर अंजलि खड़ी थी। अब मुस्कराते हुए अंजलि ने जनार्दन को उसके असमंजस से मुक्त कर दिया—"जाओ...। अब हम भी चलते हैं...। हमें भी जल्दी घर पहुँचना है...। तुम्हें भी देर होगी...। हम तो मजाक कर रहे थे। देख रहे थे कि तुम क्या जवाब देते हो...?"

और सचमुच जनार्दन जाती हुई अंजलि को कोई जवाब नहीं दे सका था। मौन रूप में ही उससे विदा ले पार्टी कार्यालय की ओर मुड़ गया था। उसने पलटकर जब भी देखने की कोशिश की उसे एहसास होता रहा कि अंजलि भी मुड़-मुड़कर

उसे ताक रही है। अंजलि के प्रति अपने मन के चक्रवाती जज्बातों को अब अपने विचारों से शान्त और स्थिर बनाने की उसने कोशिश की। पार्टी की शक्ति से जुड़कर ही गाँव-गँवई की यह भीरु लड़की इतनी निर्भीक और मुखर हो गयी है। लोगों का यह कथन उचित नहीं कि महिलाएँ अपनी प्रकृति और स्वभाव से ही कमजोर और संकोची होती हैं...। महिलाओं के खिलाफ पुरुषों ने अपने पक्ष में इस धारणा का आविष्कार किया है। सच्चाई तो यह है कि किसी संगठन से जुड़ने या अन्य कारणों से अपनी सुरक्षा के प्रति आश्वस्त होने के बाद महिलाएँ, पुरुषों की अपेक्षा अधिक निडर, अधिक स्पष्ट और अपनी चाहत के प्रति अधिक खुली हो जाती हैं...। हालाँकि इस आन्तरिक वैचारिक विमर्श के बाद भी अपने साथ गाँव ले जाने की अंजलि की चाहत से वह पूरी तरह अपने को शान्त नहीं कर सका। उसका यह मधुर खिंचाव देर तक अपने तन-मन में महसूस करता रहा।

जनार्दन ने अधूरी पाण्डुलिपि पर कलम रख दी। अपने अधूरे लेख को वह आगे नहीं बढ़ा सका। वह कुर्सी पर आराम से बैठा था। उसकी निगाहें आसमान में घुमड़ते इक्के-दुक्के बादलों पर चली गयी थीं। वे बादल इधर से उधर दौड़ रहे थे। पर चाहते हुए भी सृजन की भावभूमि में वह अपने को नहीं पहुँचा पा रहा था। सोभिया काकी की कार्रवाई से लौटते हुए 'जल्दी कब' की अंजलि की चाहत ने उसकी स्मृतियों को जैसे आलोड़ित-सा कर दिया था...।

वह मई का महीना था। केन्द्र सरकार की जनविरोधी नीतियों के खिलाफ पार्टी ने राजधानी में एक बड़ी रैली का आयोजन किया था। अनेक विपक्षी पार्टियों ने न सिर्फ इस रैली का समर्थन किया था, बल्कि आगे बढ़कर अपनी सहभागिता भी व्यक्त की थी। केन्द्र सरकार की नींद हराम करनेवाली एक विशाल रैली के लिए जोगीपुर कार्यालय में विशेष सूचना आयी थी। पार्टी को जोगीपुर के क्षेत्रीय कार्यालय पर अधिक भरोसा था। जोगीपुर कार्यालय से जुझारू प्रतिनिधित्व की अपेक्षा सभी को थी।

जनार्दन और उसके मित्र पार्टी के इस आह्वान को सफल बनाने में भिड़ गये। इस पूरे क्षेत्र में 'जनदेश' के जितने सदस्य थे सबको रैली में ले चलने की तैयारी शुरू हो गयी। पार्टी के केन्द्रीय फण्ड ने कुछ रुपए भी भेजे थे ताकि भाड़े पर भी गरीबों और मजदूरों को प्रस्तावित रैली में शरीक किया जा सके। अधिकांश पार्टियाँ ऐसा करती थीं। बड़ी रैलियों की यह अनिवार्य नेपथ्य-कथा होती थी। लेकिन जनार्दन इसके पक्ष में नहीं था। दिखावे के आवरण में उसका विश्वास नहीं। उसकी रैली बड़ी हो या छोटी, उसमें सम्मिलित व्यक्ति अपनी इच्छाओं एवं विचारों से उसमें जुड़े होने चाहिए। तिनकों के समूह की अपेक्षा माचिस की चन्द तीलियों को वह महत्त्वपूर्ण मानता था। इस मामले में अंजलि के विचार भी पूरी तरह उससे मिलते

थे। प्रस्तावित रैली में भाड़े के सदस्यों को सम्मिलित करने के प्रश्न पर जनार्दन से पहले ही वह बोल उठी थी—"जनदेश के सदस्यों की संख्या ऐसी भी कम नहीं कि हमें भाड़े पर मजदूरों को ले चलना पड़े...। यह हमारे विचारों और नीतियों के अनुकूल नहीं है। हमारी पार्टी भी अन्य पार्टियों जैसा यह करने लगे तो फिर उनमें और हममें अन्तर ही क्या होगा। जिन विशेषताओं को लेकर जनदेश को लोग अलग समझते हैं उन्हें हमें बरकरार रखना है...?"

इस पर जनार्दन ने अंजलि के इस सुझाव को निर्णायक स्वरूप प्रदान किया था—"केन्द्रीय फण्ड से जो रुपये आये हैं उसे पार्टी के स्थानीय फण्ड में हम जमा कर लें। पार्टी की जरूरतों पर खर्च होते रहेंगे...। अभी तो इस जोगीपुर कार्यालय को व्यवस्थित स्वरूप देने में ही काफी रुपये लग जाएँगे...! अभावग्रस्तों के लिए हमारा कल्याण कोष भी वर्षों से खाली है...। केन्द्रीय फण्ड से आये रुपये पर हम अपनी रैली में भाड़े के मजदूर नहीं ले जाएँगे...!"

जो सदस्य जनार्दन की इस बात का विरोध करते थे, वे भी इस प्रस्ताव पर प्रसन्न हो उठे। दरअसल, स्थानीय फण्ड में रुपये रहेंगे तभी तो स्थानीय स्तर पर उसे खर्चते हुए वे लाभान्वित होते रहेंगे...। जनार्दन ने रुपये लौटाने की बात की होती तो सम्भवतः वे अवश्य अड़ंगा लगाते, पर उसने तो उनकी आकांक्षाओं को मूर्त कर दिया था। हालाँकि अंजलि जनार्दन की परिपक्व समझ से अवगत थी। उसे यह समझते देर नहीं लगी कि जनार्दन ने एक तीर से दो शिकार किया है—पार्टी के उसूल भी कायम रह गये और विरोधी मित्रों की अड़ंगेबाजी भी प्रकट न हो सकी!

अंजलि के माँ-बाप नहीं चाहते थे कि उनकी युवा बेटी राजधानी की इस रैली में जाय। उनके गाँव से राजधानी की दूरी काफी थी। ट्रेन से लगभग चौबीस घण्टे की यात्रा थी। उन्होंने अंजलि को रोकने की भरसक कोशिश की...। पर चतुर अंजलि ने उन्हें समझा दिया—"दो-चार दिनों की ही तो बात है...। इस रैली में मैं अकेली लड़की नहीं जा रही हूँ...। कई लड़कियाँ और महिलाएँ साथ हैं। इसी बहाने दिल्ली घूमना भी हो जाएगा...! फिर जाने कब दिल्ली देखने का अवसर मिले...?"

अंजलि की आन्तरिक इच्छा देख गिरधारी काका ने उसे जाने की अनुमति दे दी। लेकिन रैली जाने के ठीक एक दिन पहले जोगीपुर कार्यालय पहुँच उन्होंने जनार्दन को दायित्व सौंपा—"यह अंजलि नहीं मान रही बेटा...। भीतर का इसका मन देख हम भी तइयार हो गये...। अब तोहरे जिम्मे इसको लगा रहे हैं...। लइकी जात। बाहर में ऊँच-नीच का डर।...तू खेयाल रखना...। अपना धेयान इससे मत बिलगाना। तोहरे बाप तिरबेनी जवानी में हमरे दोस्त थे। सभी दोस्तों में तिरबेनी को हम पानी का मरद बूझते थे। तू तिरबेनी का खून है। तुझ पर हमको पूरा भरोसा है...!"

गिरधारी काका की बात सुन जनार्दन मुसीबत में पड़ गया था। काका ने यह कैसा बोझा दे दिया। अंजलि उस क्षण वहीं थी। पिता के साथ वह भी आयी थी। उसके पिता जनार्दन के पास से तनिक उधर हुए कि उसने चुहल-भरे अन्दाज में जनार्दन को निश्चिन्त कर दिया—"डरो मत! मैं तुम पर बोझ नहीं बनूँगी...! पिताजी के मन को दिलासा मिल जाय, इतना ही काफी है...। मैं अपना ख्याल रख लूँगी...। जरूरत पड़ेगी तो तुम्हारी भी सहायता कर दूँगी...।"

अंजलि की इस बात में ऐसा मीठा उलाहना था कि जनार्दन का मन कचोट उठा। गिरधारी काका की बात पर वह मौन क्यों रह गया? क्यों नहीं उन्हें तत्क्षण आश्वस्त कर दिया। अब पूरे मन और उत्साह से गिरधारी काका को विदा करते हुए उसने कहा—"आप तनिक भी फिकर न करें काका...। अंजलि यहाँ जितना सुरक्षित है उससे अधिक सुरक्षित वहाँ रहेगी...। हमारी पार्टी का हर सदस्य एक-दूसरे के लिए जान लुटा देता है। महिला सदस्यों की विशेष हिफाजत हमारी पार्टी की पहली प्राथमिकता है...! यह तो हमारी पार्टी की महत्त्वपूर्ण सदस्य है...। इसके बारे में आपको तनिक भी नहीं सोचना...!"

जोगीपुर कार्यालय के क्षेत्रीय नेतृत्व की रैली सचमुच इतनी बड़ी हो गयी थी कि दिल्ली ले जाने के लिए उसे कई टुकड़ियों में बाँटना पड़ा। हर टुकड़ी का एक इंचार्ज बना दिया गया। अब उस टुकड़ी को रैली में ले जाने, दिल्ली की सभा में उपस्थित रखने, पाण्डाल में खिलाने, पार्टी के तम्बुओं में ठहराने तथा वापस जोगीपुर कार्यालय ले आने तक उस इंचार्ज को अपनी कमान सँभाले रखनी थी...। इस कार्य के लिए वैसे ही लोगों को इंचार्ज बनाया गया था जो जागरूक, समझदार और नेतृत्व की क्षमता रखते थे। अंजलि को भी इसी श्रेणी में रखा गया था। एक महिला टुकड़ी की बागडोर उसके हाथों में सौंप दी गयी थी। जनार्दन को बहुत खुशी हुई। सचमुच गिरधारी काका को आश्वासन देना सिर्फ उनका मन रखना था। यहाँ जनार्दन का मन फिर कसक उठा। गिरधारी काका को आश्वासन देने में उसने देर क्यों की? वास्तव में अंजलि बोझ होती तब भी यह मधुर बोझ उसके लिए ग्राह्य था।

ऐसी रैलियों में बेटिकट यात्रा को लोग रैली का जन्मसिद्ध अधिकार मानते थे। उनकी इतनी बड़ी संख्या के समक्ष किसी टी. टी. की हिम्मत नहीं कि उनसे टिकट माँग सके। रेल प्रशासन भी बर्र के छत्ते में हाथ डालना नहीं चाहता है। कलियुग में संगठन की शक्ति से कौन परिचित नहीं होता है। पर जनार्दन, अंजलि और कुछ अन्य मित्र इसके पक्ष में नहीं थे। जनार्दन का स्पष्ट मानना था—"गलत रास्ते से प्राप्त सत्ता पार्टी को उसके सही मुकाम पर नहीं पहुँचा सकती। पात्र और पात्रता के खरेपन पर ही परिणाम का आदर्श निर्भर करता है...।"

जनार्दन और उसके ऐसे मित्रों की पहल पर रैली में भाग लेनेवाले सभी लोगों

को आगाह कर दिया गया—"हमें बेटिकट यात्रा नहीं करनी...। दोनों ओर के टिकट और अपनी जेब-खर्च के लिए आवश्यक रुपये अपने पास रखने हैं। अपनी छोटी-छोटी आवश्यकताओं पर इंचार्ज को परेशान नहीं करना है। एक टुकड़ी के लोगों को एक साथ नियन्त्रित रखने-भर ही इंचार्ज का दायित्व है। वहाँ दिल्ली में पार्टी के पाण्डाल में खाने और रात्रि-विश्राम की व्यवस्था है...। जिनके पास आने-जाने का मार्ग-व्यय नहीं है वे पार्टी-कार्यालय में आकर रुपये ले सकते हैं। हमें अपने स्वाभिमान और उसूलों के साथ रैली में चलना और उसे सफल बनाना है...।"

जनार्दन, अंजलि तथा उनके कुछ और जागरूक मित्र जानते थे कि पास में रुपये होनेवाले अधिकांश सदस्य भी उनके इस आह्वान पर पार्टी-कार्यालय से अवश्य रुपये लेंगे तथा टिकट भी नहीं खरीदेंगे। रैली की भीड़ में सुरक्षित बने रहने के मनोविज्ञान से संचालित रहेंगे। फिर भी पार्टी के विचारों और नीतियों को तो उन्हें सामने रखना ही है...। विचारों एवं नीतियों के निरन्तर दबाव से ही लोगों पर उसका प्रभाव कायम हो पाता है।

निर्धारित तिथि को जोगीपुर क्षेत्र के उस छोटे रेलवे स्टेशन रघुकुल से रैली का दिल्ली-मार्च प्रारम्भ हुआ। उस छोटे रघुकुल स्टेशन पर लोगों की व्यापक उपस्थिति ने मेले का दृश्य कायम कर दिया। भीड़ के हाथों में छोटी-छोटी झण्डियाँ तथा तख्तियाँ थीं। उनके मुँह से अनवरत उच्चरित नारों ने एक अजीब समाँ बाँध दी—

"काला अध्यादेश।"
"वापस लो, वापस लो!"
"जनविरोधी कार्रवाई!"
"बन्द करो, बन्द करो!"
"केन्द्र सरकार!"
"मुर्दाबाद...मुर्दाबाद!"
"जनदेश पार्टी!"
"जिन्दाबाद...जिन्दाबाद।"

ट्रेन के आगमन पर अनियन्त्रित भीड़ ने सबको इधर से उधर कर दिया। इसके बावजूद जनार्दन की निगाहें अंजलि को ढूँढ़ रही थीं। पता नहीं, उसके पिता के सौंपे 'दायित्व' का यह प्रभाव था या अपने मन का आग्रह! जो हो, अंजलि भी उस क्षण इसी प्रयास में थी। अत्यधिक भीड़ के बावजूद अपनी महिला टुकड़ी के साथ वह उसी बोगी में चढ़ने लगी जिस बोगी में अपनी टुकड़ी के साथ उसे लक्ष्य कर जनार्दन चढ़ रहा था। बोगी के अन्दर पहुँच दोनों ने एक-दूसरे को देख राहत की साँस ली। अपनी-अपनी टुकड़ियों के साथ वे एक-दूसरे से कुछ ही फासले पर

थे। साथ होने के सुकून ने अब दोनों को आश्वस्त कर दिया।

बोगी में प्रवेश करने के बाद जनार्दन की टुकड़ी के युवा साथियों ने अब एक जगह बनाकर अपने टुकड़ी-प्रधान जनार्दन को वहाँ जबरन बैठा दिया। इस दौरान अंजलि की महिला टुकड़ी की दबंग युवतियों ने भी अंजलि के 'ना-ना' कहने के बावजूद एक लम्बी सीट पर बैठे कुछ लोगों को धुसकाकर उसके लिए जगह बना दी। हालाँकि इस दौरान पहले से बैठे लोगों ने आपत्ति भी व्यक्त की थी—"जगह नहीं!...कहाँ घुसकें? कहाँ बैठायें?"

पर संख्या बल के मजबूत आग्रह पर न चाहते हुए भी उन्हें घुसकना पड़ा था। जनार्दन और अंजलि समझ रहे थे कि अपनी टुकड़ी के नेतृत्व के प्रति सदस्यों के सम्मान-भाव का यह सूचक है। हालाँकि बैठ चुकने के बाद भी जनार्दन और अंजलि अपने अन्य सदस्यों के लिए प्रयासरत रहे—"जिसे जहाँ जगह मिले, वहीं बैठ जाय। ऊपर रखे सामानों को किनारे करके वहाँ भी बैठा जा सकता है। नीचे भी जगह बनाकर बैठ लिया जाय...।"

इस कार्य में अंजलि जनार्दन से अधिक तत्पर और मुस्तैद बनी रही। वह बार-बार अपनी जगह से खड़ी होकर अपनी महिला सदस्यों की निगरानी करती रही! हिरणी जैसी उसकी आँखें कभी इस ओर मुड़तीं तो कभी उस ओर...। वह उस दिन की ही भाँति किनारीदार पीली साड़ी और गुलाबी ब्लाउज में थी, जिस दिन चैती को सदस्य बनाकर गाँव जा रही थी। उसकी यह पोशाक उस पर बहुत फब रही थी। महिला टुकड़ी के नेतृत्व की चौकसी ने उसके रूप को बाँकपन से भर दिया था। सम्भवतः ट्रेन की भीड़ में चढ़ते हुए अंजलि के माथे के दो-चार बाल उसके गालों पर बिखर आये थे, जिससे उसका नैसर्गिक सौन्दर्य और निखर उठा था। कभी नन्दिता को जनार्दन ने अप्रतिम सुन्दरी माना था। वह उसकी शुरुआती अवस्था के एक समय विशेष की पहचान थी। पर अब अपनी विकसित और परिमार्जित पहचान में अंजलि के समक्ष वह कुछ भी नहीं थी! सम्भव है, वह तब की बात थी, यह अब की हो, इसीलिए! यह अन्तर अपनी जमीन और संवेदनाओं के विस्तार को भी वह समझ रहा था। जो हो, अपनी टुकड़ी की निगरानी के बावजूद जनार्दन की निगाहें बार-बार अंजलि पर जा टिकतीं और यह अनुभव करके कि अंजलि की निगाहें भी उसी की ओर हैं, वह एक मोहक तथा अनिर्वचनीय सुख का एहसास करता रहा।

आगे बढ़ती ट्रेन हर स्टेशन पर और भरती जा रही थी। हर स्टेशन पर रैली के यात्री ट्रेन रुकते ही उसमें सवार होने के लिए टिड्डियों की भाँति टूट पड़ते। लेकिन पहले अन्दर पहुँचकर जिसने जो स्थान पकड़ लिया था वह वहाँ अपने को इत्मीनान में अनुभव कर रहा था। आपसी बातचीत और खैनी-बीड़ी के प्रचलित आदान-प्रदान

के तहत यात्रा का समय लोग गुजार रहे थे। जनार्दन दिल्ली रैली के निष्कर्षों पर विचार करना चाहता था। पर अंजलि की उपस्थिति ने उसके ध्यान को अपनी ओर आकृष्ट कर रखा था। अब तक जोगीपुर कार्यालय की मीटिंगों तक ही अंजलि का संग-साथ सम्भव था। अब दिल्ली की इस लम्बी यात्रा में वह साथ थी! इस क्षण जनार्दन ने अपने अन्दर नयी अनुभूतियों का अनुभव किया। अपनी कल्पनाशीलता को उसने विस्तृत होते पाया। ट्रेन की भीड़, परेशानी और असुविधा के बावजूद अंजलि की उपस्थिति से उसे ऐसा लग रहा था कि बोगी के अन्दर का मौसम बदल गया है। अपने सहयात्री मित्रों से बातचीत करते और उनके प्रश्नों के जवाब देते हुए भी उसकी निगाहें अंजलि की गतिविधियों की निगरानी कर रही होतीं। कभी बायीं ओर अंजलि का मुड़ना तो कभी दायीं ओर, तो कभी झुककर बैठना, तो कभी तनकर जम्हाई लेना, तो कभी अपनी टुकड़ी की किसी महिला से कुछ कहना, तो कभी किसी महिला साथिन की बात पर हँसना-खिलखिलाना, तो कभी अपनी बिखरी लटों को सहेजकर जूड़े में खोंसना...। सब-कुछ जनार्दन को बहुत अच्छा लगता रहा। उसके मन में एक मोहक संसार रचता रहा। उसने अपने को झिंझोड़ने की कोशिश की, यह किस गुँजलक में वह फँसता जा रहा है? अंजलि के ये सामान्य क्रिया-व्यापार उसे इस तरह क्यों रिझाने लगे हैं? तब उसे महसूस हुआ कि यात्रा में बैठे-ठाले की मानसिकता का यह परिणाम हो सकता है। इस क्षण वह कुछ कर नहीं सकता है। सिर्फ सामने बैठी अंजलि को देख सकता है...। इस क्षण अन्य सक्रियताओं के अभाव में ही किसी युवा लड़की की हरकतों पर वह इस कदर आकृष्ट होता जा रहा है...।

दिन कब समाप्त हो गया, कब रात हो गयी, जनार्दन जान तक नहीं सका। एक अव्यक्त खुमारी ने यात्रा की बोझिलता के एहसास से भी उसे वंचित रखा। बल्ब की रोशनी और यात्रियों की यथावत् उपस्थिति ने बोगी के अन्दर के समय को जैसे ठहरा दिया था। रैली की लम्बी यात्रा को ध्यान में रखकर प्रायः सभी रैली यात्रियों ने रात का खाना अपने पास रखा था। कोई भूँजा लेकर आया था, तो कोई रोटी-सब्जी, तो कोई लिट्टी, तो कोई पूड़ी-भुँजिया तो कोई सत्तू-पिआज, तो कोई ठेकुआ-नमकीन...। अंजलि ने सम्भवतः जनार्दन को सुनाकर ही अपनी महिला साथिनों से कहा—''अब खा लिया जाए! सुबह का बनाया खाना और देर तक रखने पर खराब हो जाएगा। खाने का समय भी अब हो गया है!''

अंजलि के इस संकेत पर किसी आज्ञाकारी बच्चे की भाँति जनार्दन भी अब सक्रिय हो गया। अपनी टुकड़ी के साथियों से वह भी बोल पड़ा—''अब खाना खा लो भाइयो...! अगले जंक्शन पर पानी ले लिया जाएगा। वहाँ गाड़ी देर तक रुकती है...।''

अब क्या था? रैली के यात्रियों की पोटलियाँ खुल गयीं। अंजलि ने अपने कन्धे में एक बैग लटका रखा था। अपना खाना एवं अपने उपयोग की जरूरी चीजें उसने उसी में रखी थीं। वह पूड़ी-भुँजिया लेकर आयी थी। खाने से पहले अपनी महिला साथिनों में भी उसने बाँटने की कोशिश की। उसकी इस उदारता और सद्भाव से सारी महिलाएँ खुश हो उठीं। उन्होंने उसे आश्वस्त करते हुए समझा दिया—"तुम खाओ अंजलि बहन। हमारे पास बहुत है। हमारा अपना ही बच जाएगा!"

अंजलि ने अब जनार्दन और उसके साथियों की ओर भी लक्ष्य करके कहा—"कुछ जरूरत हो तो इधर से ले लेना...। इधर बहुत है...।"

जनार्दन स्वादिष्ट लिट्टियाँ लेकर आया था। उसकी भी इच्छा थी कि एक-दो लिट्टियाँ अंजलि को दे दे...। लेकिन वह सोचता ही रह गया। अंजलि ने उससे पहले ही अपने भोज्य पदार्थ देने का प्रस्ताव रख दिया था। यहाँ फिर वह अंजलि से हार गया था। वह हमेशा की भाँति जीत गयी थी। लेकिन अंजलि की इस जीत से अब अपनी हार भी उसे प्रीतिकर लगने लगी थी। अंजलि के प्रस्ताव के बाद अपना प्रस्ताव रखना अब उसने वाजिब नहीं समझा। खाना खाने और रात के सरकने के बाद नींद की बोझिलता ने सबको भरमाना शुरू कर दिया। जो जहाँ और जिस स्थिति में था, वहीं झपकी लेने लगा। जनार्दन को रातों में जागने का अनुभव था। पार्टी कार्रवाइयों और पार्टी दौरों पर तीन-तीन, चार-चार रातों तक वह सो नहीं पाता था। कोई मोटी पुस्तक पढ़ते या कोई वैचारिक लेख लिखते हुए भी नींद उसकी आँखों से उड़-उड़ जाती थी। तब कई-कई रातें वह ऐसे ही गुजार देता था। उस दौरान सोने की उसकी इच्छा भी जाती रहती थी...। वह चाहता था कि अंजलि सो जाय। यात्रा में जागरण की असुविधा की शिकार न हो...। अब तक अंजलि के लिए उसने कुछ नहीं किया तो अब यही एक सुविधा उसे मुहैया करा दे। अपनी इस सोच के तहत वह चौकन्नी निगाहों से सोने की जगह तलाशने लगा। ऊपर की लगेज सीटों को भी टटोल रहा था। पर लोगों से ठसाठस भरी बोगी में कोई जगह न पा अन्दर-ही-अन्दर परेशान और बेचैन हो उठा। यह सुविधा भी वह अंजलि को नहीं पहुँचा सकता। पता नहीं, उस क्षण अंजलि ने उसकी यह मनःस्थिति ताड़ ली थी या संयोगवश ही उसका ध्यान इस ओर चला आया था। उसने अपनी महिला साथिनों को लक्ष्य कर कहा—"तुम सब निश्चिन्त होकर सोओ...। मैं जगी रहूँगी। यात्रा में मुझे नींद नहीं आती...!"

जनार्दन ने देखा, सचमुच अंजलि के चेहरे पर नींद की कोई बोझिलता नहीं थी। जागरण की ताजगी से उसका चेहरा झलकता जान पड़ता था। अपने बैग से एक पत्रिका निकाल वह पढ़ने लगी। बीच-बीच में पत्रिका से नज़र हटाकर यत्र-तत्र

बैठी अपनी महिला साथिनों को भी देख लेती। इस बीच जनार्दन से भी उसकी नजरें मिलती रहतीं। जनार्दन को ऐसा प्रतीत होता कि अंजलि की आँखें कह रही हों—मेरे लिए चिन्ता की जरूरत नहीं। यह जागना तुम्हारी ही तरह मुझे भी अच्छा लग रहा है। कोई कष्ट नहीं, कोई असुविधा नहीं!...अब जनार्दन को लग गया, अपनी टुकड़ी के नेतृत्व के दायित्व ने ही अंजलि को इतना सजग और जागरूक बना दिया है...। इंचार्ज की भूमिका ने उसके अन्दर ऐसी मुस्तैदी और कर्मठता का संचार किया है। उसने महसूस किया—यह ठीक भी है। राजनीति की जमीनी यात्राओं में ऐसी असुविधाओं का अभ्यास आवश्यक है।

दिल्ली जंक्शन पर गाड़ी पहुँचते ही अफरा-तफरी मच गयी। विशाल जन समुद्र उमड़ता नजर आया। जनार्दन के जोगीपुर इलाके जैसी हजारों रैलियाँ यहाँ आ मिली थीं। जनदेश पार्टी के अतिरिक्त प्रायः अधिकांश विपक्षी पार्टियों की भी रैलियाँ थीं। इस विरोध-प्रदर्शन में अधिकांश विपक्षी पार्टियाँ एक साथ थीं। चारों दिशाओं से दिल्ली पहुँचने वाली गाड़ियों ने रैली की भीड़ को महासमुद्र का रूप दे दिया था। समूचे दिल्ली जंक्शन पर भीड़ हावी थी। चप्पे-चप्पे पर भीड़ का वजूद कायम था...। जिधर नजर जाती सिर्फ लोगों के सिर ही सिर नजर आते। अलग-अलग पार्टियों के झण्डों और अलग-अलग भाषाओं के नारों ने पूरे स्टेशन परिसर को गुंजायमान कर दिया था...।

इससे पहले भी जनार्दन एक दो रैलियों में भाग ले चुका था। लेकिन इतनी बड़ी रैली वह भी पहली ही बार देख रहा था। वह जानता था, जनतन्त्र संख्या-बल का तन्त्र होता है। सदन के भीतर संख्या-बल के कारनामों से अखबार और दूरदर्शन उसे अवगत कराते रहते थे। सदन से बाहर संख्या-बल का यह कारनामा अब देख रहा था। अंजलि के लिए तो यह अपूर्व जन सैलाब था। सर्वथा नया अनुभव। रास्ते की उसकी सारी चौकसी और मुस्तैदी अब यहाँ पहुँचकर अचानक असुरक्षा और आशंका में तब्दील हो गयी थी। उसके मुँह से निकली भययुक्त आश्चर्य की उफ भी जनार्दन ने सुन ली—"बाप रे! इतनी बड़ी भीड़...!"

घबराहट से क्षण-भर में ही कुम्हला गये उसके चेहरे को जनार्दन ने भाँप लिया। उसे यह समझते देर नहीं लगी कि इस स्थिति में किसी महिला टुकड़ी की सँभाल की बात तो उसके लिए गौण थी, अपनी सँभाल ही अब मुश्किल थी। उसकी आँखों की कातरता और आतुरता देख जनार्दन चिन्तित हो गया। पर एक दूसरे से कुछ भी कहने का अवसर अब उनके पास नहीं था। ट्रेन से प्लेटफॉर्म पर उतरते ही अनियन्त्रित भीड़ ने उन्हें अपने दबाव-आवेग में ले लिया...।

सुबह के नौ बज रहे थे। बारह बजे तक उन्हें रैली के केन्द्रीय स्थल पर पहुँच जाना था। वहीं अपनी-अपनी पार्टी के पण्डालों में खाना था। फिर वहाँ से दो बजे

दिल्ली के मुख्य मार्गों पर अपने संख्या-बल के प्रदर्शन में रैली का मार्च था। मार्च करते हुए पाँच बजे तक उन्हें केन्द्रीय स्थल पर वापस आ जाना था, जहाँ रैली को एक विशाल जन सभा में तब्दील होना था। फिर रैली में सम्मिलित सभी पार्टियों के शीर्ष नेताओं का भाषण था, जो रैली का अन्तिम कार्यक्रम था। रात देर गये तक भाषण होना था। रात का खाना भी अपनी पार्टी के पण्डालों में ही था। उसके बाद वापस होना था...।

जनार्दन और उसके साथियों ने चटकवाही (चतुरता) की थी। दिल्ली पहुँचने से पहले ही अपनी टुकड़ी के सदस्यों के हाथ-मुँह धुलवा दिए थे। अंजलि की महिला टुकड़ी ने भी ऐसा ही किया था। सम्भवतः अन्य टुकड़ियों ने भी। उन्हें अनुमान था कि दिल्ली स्टेशन पर यह सम्भव नहीं हो पाएगा। रात के बचे हुए अपने खाने को ही एक-दूसरे में बाँटकर उन्होंने नाश्ते का काम भी चला लिया था। इस दौरान जनार्दन अपनी बची हुई कुछ लिट्टियाँ अंजलि को देने में सफल हो गया था—"यह अधिक है...। अपनी महिला साथिनों में इसे बाँटकर नाश्ता कर लो...।"

अंजलि ने मुस्कराते हुए उन लिट्टियों को स्वीकार कर लिया था। पर मीठा उलाहना देने से भी बाज नहीं आयी थी—"रात को ताजा देने में तुम डर गये थे, कहीं घट न जाए। अब बासी सधाने के लिए दे रहे हो। चलो, यह भी ठीक है। ताजा न सही, बासी ही, तुमने दिया तो!..."

जनार्दन की इच्छा हुई कि अपने मन की बात भी कह दे अंजलि से—"तुमने तो इसका अवसर ही नहीं दिया!"

पर उसके साथ की महिलाओं को लक्ष्य कर वह ऐसा नहीं कह सका। सिर्फ मुस्कराकर रह गया...!

दिल्ली जंक्शन पर भीड़ के दबाव-आवेग में विकल-बेहाल अंजलि को सुनाकर जनार्दन ने अब चिल्लाते हुए कहा—"सीधे रैली स्थल तक पहुँचना है। वहीं अपनी पार्टी के पण्डालों में जुटना है। वहीं अपनी टुकड़ी को सहेजना है...!"

भीड़ के प्रवाह में जबरन ठेली जाती अंजलि, भीड़ के प्रस्थान बिन्दु की ओर सरकती जा रही थी। जनार्दन की आवाज की प्रतिक्रिया में उसने सिर्फ अपना दायाँ हाथ ऊपर उठाया। हरे रंग की चूड़ियों वाला नाजुक गोरा हाथ। उसकी अँगुलियों में जनदेश पार्टी का रूमाल था। अंजलि लकड़ी में बँधी जनदेश की झण्डी की अपेक्षा उस झण्डी के रंग एवं आकृति का रूमाल रखना ही पसन्द करती थी। इस मामले में वह कहती—"झण्डियों का इस्तेमाल तो प्रदर्शन के दौरान ही होता है, मेरे रूमाल का इस्तेमाल तो हर वक्त के लिए है।"

अंजलि के इस रूमाल से जोगीपुर कार्यालय के सारे सदस्य परिचित थे। जनार्दन को अंजलि का हाथ पहचानते हुए तनिक भी देर न लगी। अंजलि ने अपना

हाथ दिखाकर नीचे कर लिया। शायद भीड़ में ऊपर हाथ करके देर तक वह नहीं रख सकती थी। लेकिन जनार्दन की चिन्ता अब और बढ़ गयी। मुखर और चंचल अंजलि ने भीड़ की जकड़ में जवाब देने से अपने को असमर्थ पाकर ही हाथ उठाकर उसे संकेत किया है। पर उसका संकेत भी स्वीकारात्मक कहाँ था? अगर उसने हाथ उठाकर हाथ हिलाया होता तो जनार्दन समझ जाता कि उसकी आवाज की प्रतिक्रिया में उसने अपनी सहमति जतायी है। मगर उसने तो सिर्फ अपना हाथ उठाया भर था। अपनी परेशानी और बेचैनी की सूचना दी थी। अचानक किसी अनपेक्षित संकट में घिरने पर गुहार लगायी थी। उसका ऊपर उठा हाथ सहायता की पुकार का संकेत था...!

जनार्दन का मन अब इस अनियन्त्रित भीड़ को लेकर खिन्न हो उठा। संख्या बल की भीड़ के आयोजक लोगों की परेशानियों का ख्याल नहीं करते। वे स्वयं इस भीड़ में शरीक तो होते नहीं। उन्हें तो सिर्फ दूर से आह्वान करना भर होता है। वे तो आराम और सुविधाओं के अपने परकोटे से इस भीड़ को सिर्फ सम्बोधित करने आते हैं...। कभी इस भीड़ के नेतृत्व के लिए सड़कों पर भी उतरते हैं तो अगली पंक्ति में सुसज्जित रथ पर आसीन होकर। उनके पीछे चलती यह भीड़ कभी अपनी पार्टी के नारे लगाती है तो कभी उनके नाम का जयकारा लगाती है...।

जनार्दन देख रहा था, भीड़ में महिलाएँ अपना दम घुटते हुए पा रही थीं। जिन महिलाओं की गोद में बच्चे थे उनकी परेशानी और अधिक बढ़ गयी थी। उनके बच्चे अलग से रो-चिल्ला रहे थे। कमजोर कद-काठी के स्त्री-पुरुषों की हताशा और बेहाली साफ-साफ नजर आ रही थी। जनार्दन के पास चल रहे एक बूढ़े ने आर्त्त आवाज लगायी—"कोई इस भीड़ से मुझे बाहर निकाल दे...। अब नहीं बचूँगा...। अब जान चली जाएगी...! यह कहाँ आकर फँस गया?"

जवाब में उस बूढ़े की पार्टी के एक व्यक्ति ने उसके हाथ के झण्डे को लक्ष्य कर उसे समझाया—"घबराओ नहीं बाबा! थोड़ा और दम साधे रहो...। स्टेशन से बाहर निकलते ही सब ठीक हो जाएगा!"

जनार्दन अपने को अभ्यस्त समझता था, लेकिन इस बेहिसाब भीड़ ने उसे भी पस्त कर दिया। उसका ध्यान तो भीड़ के उस अगले हिस्से पर केन्द्रित था जहाँ से अंजलि ने अपना हाथ उठाकर उसे दिखाया था। अंजलि का ख्याल कर वह और उद्विग्न हो उठा। पर चाहते हुए भी उस तक नहीं पहुँच सकता था। भीड़ की शक्ति के समक्ष वह अवश था...। भीड़ में जो जहाँ था उसे वहीं जमे रहते हुए सरकना था। आगे की भीड़ में सरकती अंजलि और पीछे की भीड़ में उसी ओर उन्मुख जनार्दन। यह सोचकर अपने मन को जनार्दन दिलासा देने लगा कि सिर्फ अंजलि ही इस भीड़ की शिकार नहीं, उसकी जैसी असंख्य महिलाएँ इसमें फँसी हैं...। फिर

भी अंजलि का वह निकला हाथ उसके ध्यान को अपनी ओर केन्द्रित करता रहा। इस क्षण जनार्दन के मन में यह ख्याल आया कि रैली के नाम पर ऐसी भीड़ जुटाने का भी उसे विरोध करना चाहिए। ऐसी रैलियों में कितनों का दम घुट जाता है। कितने ही दुर्घटना के शिकार होते हैं, भले-चंगे लोग चहकते हुए अपने घरों से आते हैं और लूला-लँगड़ा बन लौटते हैं। कुछ तो लौट भी नहीं पाते। अकाल मृत्यु के शिकार हो जाते हैं। रैली के बाद इनकी खोज-खबर लेनेवाला कोई नहीं होता। आयोजकों का उद्देश्य तो रैली की समाप्ति के साथ ही पूरा हो जाता है। मीडिया वाले ऐसी कुछ खबरें देते हैं। लेकिन वे खबरें जैसे आती हैं वैसे ही खत्म हो जाती हैं। अगली रैलियों के लिए वे अवरोधक नहीं बनती हैं।

जनार्दन को पता था, लोकतन्त्र का तकाज़ा है संख्या-बल। लोकतन्त्र की आधार-भूमि है यह भीड़। ऐसी भीड़ के आयोजन पर जनार्दन ने जब भी आपत्ति व्यक्त करनी चाही है, लोकतन्त्र की अवधारणा ने उसकी जबान बन्द कर दी है। लोकतन्त्र की राजनीति में उसे रहना और कुछ करना है तो लोक को छोड़कर वह कुछ नहीं कर सकता। यहाँ यह प्रश्न भी उसके समक्ष खड़ा होता कि लोक की असुविधा और परेशानी का ख्याल किए बगैर लोक को साथ रखना क्या मुनासिब है? पर इस प्रश्न का उत्तर वह स्पष्ट रूप से नहीं पाता। लोक कहाँ असुविधाओं में नहीं है। अपने घर, समाज, शासन—हर जगह तो वह असुविधाओं के बीच ही है। उसे इन असुविधाओं से मुक्त करने के लिए ही तो तन्त्र जुड़ा है...।

स्टेशन से बाहर निकलने पर भीड़ का दबाव कुछ कम हो गया। अब एक दूसरे के शरीर के दबाव-स्पर्श से वे मुक्त थे। दम घुटने का एहसास भी जाता रहा। उनके सरकने की गति भी अब बढ़ गयी। पर अपनी रफ्तार में सड़क पर चल रही भीड़ को धकिया कर आगे-पीछे नहीं हुआ जा सकता था। भीड़ सघन थी। एक खास रफ्तार में बाढ़ के उफान की तरह सड़क पर वह पसरती जा रही थी...। अंजलि की पीली साड़ी की झलक से आगे की भीड़ में उसकी उपस्थिति का एहसास जनार्दन को हो गया। पर उस तक पहुँच सकने में वह लाचार था...। भीड़ की नियति के तहत अपनी जगह से ही वह बढ़ता रहा। वह पा रहा था कि सुरसा के मुँह की तरह वह भीड़ दिल्ली के उस मुख्य मार्ग को निगलती जा रही थी। मुख्य मार्ग के दोनों किनारों पर पुलिस का भारी बन्दोबस्त था। लेकिन भीड़ के समक्ष उस पुलिस की संख्या भी कुछ नहीं थी। ऊँट के मुँह में जीरे का फोरन था। दिल्ली को आतंकित करनेवाली उस भीड़ ने मुख्य मार्ग को पल-भर में ही अवरुद्ध कर दिया।...उस मार्ग पर अब भीड़ का एकछत्र बहाव कायम था। उस मार्ग के किनारे के घरों की छतों और खिड़कियों से लोग इस विशाल भीड़ को देख रहे थे। आश्चर्य से दर्शकों के खुले मुँह और विस्फारित नेत्रों के भाव दूर से ही झलक रहे थे। इस

प्रस्तावित रैली की सूचना पर मीडियाकर्मी अपने-अपने कैमरों में उन्हें जज्ब करने पहुँच आये थे। उनके सूचना-माध्यमों की कल मुख्य खबर यही होनी थी। कुछ टी. वी. चैनलों ने तो अभी से ही इसका सीधा प्रसारण भी शुरू कर दिया था। जनार्दन ने अनुमान किया, इस रैली के संयोजक अपने परकोटों से इसे देखकर अपनी सफलता पर झूम रहे होंगे। अपनी अपेक्षाओं से भी इस रैली को बड़ी पाकर वे फूले नहीं समा रहे होंगे...! वहीं दूसरी ओर केन्द्र सरकार सकते में आ गयी होगी! सदन में विश्वास-मत हासिल करने का अपना संख्या-बल इस संख्या-बल के समक्ष अब उसे तुच्छ जान पड़ रहा होगा। उसकी नीतियों के खिलाफ इतना बड़ा जन-समुदाय उमड़ आया है। यह सामान्य विरोध नहीं! लोकतान्त्रिक शासन के अस्तित्व पर यह एक बड़ा प्रश्न है! अपने पाँवों के नीचे की जमीन अब केन्द्र सरकार को खिसकती जान पड़ रही होगी...!

धूप तेज हो चली थी। सूर्य की गर्मी बढ़ने लगी थी। भीड़ में सम्मिलित लोगों के माथे अगिया उठे थे। पर अपने अँगोछों और रूमालों से माथों को ढँकने का अवसर भी भीड़ के पास कहाँ? तनिक भी रुकने पर पीछे से आ रही भीड़ के धक्कों का शिकार हो जाना था। उन्हें तो बस अपने गन्तव्य तक अब चलते जाना था। शायद ऐसी रैली की भीड़ों की नियति सिर्फ चलते जाने की ही होती है...!

जनार्दन अनुभव कर रहा था, घण्टे-डेढ़-घण्टे के अन्दर ही धूप की आँच में पैदल चलने वालों की परेशानी अब बढ़ गयी थी। चेहरे पर पसीने की बूँदें चुहचुहा आयी थीं। तपिश से सबका हाल बुरा था। कण्ठ सूख गये थे। नारों की आवाजें अब फटी बाँसुरियों की तरह झन्नाहट भरी आने लगी थी।...

जनार्दन देख रहा था। विभिन्न अवस्थाओं एवं पोशाकों में चलनेवाले स्त्री-पुरुष अपने प्रान्तों की पृथक् पहचान के सूचक जान पड़ते। फटेहाल और अभावग्रस्त स्थितियों के औरत-मर्द ज्यादा थे। पर बीच-बीच में अच्छी पोशाकों वाले भी थे। अत्यन्त फटेहाल स्थितियों के औरत-मर्द जनार्दन की पारखी आँखों से छिप नहीं पाते। निश्चय ही ये भाड़े पर शामिल किए गये लोग थे। दोनों ओर के मार्ग-व्यय के साथ एक दिन और एक रात के मेहनताने की रकम पर ही इनकी भागीदारी होगी। मजदूरी के सख्त काम से रैली की इस भीड़ का हिस्सा बनना इन्हें आसान जान पड़ा होगा। ऐसी माली हालत वाले लोग इस भीड़, तपिश और पैदल यात्रा में भी ज्यादा परेशान नहीं जान पड़ते थे। शायद अभ्यस्त थे। अधिक परेशानी तो उन लोगों के साथ भी, जो ऐसे सख्त कार्यों के अभ्यस्त नहीं थे। जनार्दन ने अपने जोगीपुर कार्यालय में भाड़े की रैली का विरोध किया था। अंजलि और कई मित्रों ने भी उसका साथ दिया था, इसीलिए वहाँ से ऐसी टोली वे नहीं ला सके थे। लेकिन 'जनदेश' के अन्य क्षेत्रों की इकाइयों ने भी ऐसा किया हो, यह सम्भव नहीं...।

अन्य विपक्षी पार्टियों ने तो प्रचुर मात्रा में ऐसा किया था जो जनार्दन जैसे लोगों की नजरों से छिपनेवाला नहीं था। जनार्दन ने अब अन्दाज कर लिया, ऐसे भाड़े के लोग ही इस रैली की भीड़ के महत्त्वपूर्ण घटक थे...। लेकिन संख्या-बल की इस खरीदी हुई भीड़ के प्रति जनार्दन के मन में प्रारम्भ से ही क्षोभ के भाव रहे हैं। ऐसी भीड़ को आधार बनाकर लोकतन्त्र की लड़ाई को वह सही नहीं मानता...।

अनवरत चलते-चलते जनार्दन थकान का अनुभव करने लगा। इस क्षण अंजलि को लेकर उसकी व्यथा और बढ़ गयी। कुछ जुलूसों और रैलियों में भाग लेने के अभ्यास के बावजूद जब वह थक गया है तो अंजलि की क्या हालत होगी? उसकी जानकारी के तहत तो वह सम्भवतः पहली बार किसी रैली में आयी थी। जनार्दन का मन इस रैली के प्रति यहाँ खीझ से फिर भर उठा। क्या मिलेगा इस रैली में सम्मिलित अंजलि और उसके जैसे लोगों को? उनके इस कष्ट, संघर्ष और परेशानी पर कुछ लोग सत्तासीन हो सकते हैं। तो क्या उन्हें भागीदार बनाएँगे? नहीं...। सत्ता संचालन के सीमित पदों पर वे सबको भागीदार नहीं बना सकते। तो क्या उनकी अपेक्षाओं-आवश्यकताओं एवं विचारों-विश्वासों की रक्षा करेंगे? कर भी सकते हैं। नहीं भी कर सकते हैं। अभी तक तो इस लोकतान्त्रिक पद्धति से सत्ता में पहुँचे लोग वही करते रहे हैं जिसके विरोध में वहाँ पहुँचे हैं...। ऐसे छद्मवेशी नेताओं के खिलाफ ही तो उसने राजनीति में आने का फैसला किया। फिर भी किसी के आह्वान पर भीड़ का हिस्सा बन जाने की बात अब उसे खटकने लगी थी। यह ठीक है कि 'सिंहों के लहड़े नहीं, हंसों की नहीं पात' के दृष्टिकोण से लोकतान्त्रिक भीड़ का मूल्यांकन नहीं किया जा सकता। पर भेड़-बकरियों की तरह किसी के हाँके जाने पर चुपचाप चलते जाना भी उसे गवारा नहीं। वह जानता था, एक कृशकाय अकेला वैज्ञानिक भी अपने आविष्कार से ऐसी विशाल भीड़ को क्षण-भर में ही खत्म कर सकता है, लेकिन राजनीतिक लोकतन्त्र की अवधारणा में इस भीड़ के अस्तित्व को वह भी नकार नहीं सकता। यहाँ जनार्दन को यह प्रश्न भी अब परेशान करता जा रहा था कि अपने रंग-रूप, नाम, गुण और अपनी पृथक् पहचान से अलग लोकतन्त्र की ऐसी भीड़ का हिस्सा बनना मनुष्य के मानवीय विकास का सूचक है या ह्रास का? लोक को अपने तन्त्र के नाम पर हाँकनेवाले क्या इस भीड़ के बीच के होते हैं? क्या यह सच नहीं कि इस 'लोक' को हाँकनेवाले तन्त्र-नायकों से इन पर अपना पुश्तैनी नेतृत्व कायम रखा है। अपवाद के रूप में लोक के दो-चार व्यक्ति का शासकों की जमात में चले जाना दूसरी बात है, आम स्थिति तो यही है कि लोकतन्त्र के शासक नायक के निधन या पद-त्याग के बाद उसकी पत्नी या पुत्र-पुत्री के हाथों में बागडोर थमा दी जाती है...। फिर उस पुत्र-पुत्री के बाद उनके पुत्र-पुत्रियों के हाथों में...। ये रैली के भेड़-बकरी बने लोग तब भी हाँके जाते रहते

हैं। इनकी मौजूदगी और नियति लोकतन्त्र की अवधारणा को सिर्फ जीवित बनाने तक ही सीमित होती है। कहीं लोकतन्त्र के भीतर यह कोई राजतन्त्र तो छिपा नहीं है? उसने तय कर रखा है, लोकतान्त्रिक भटकाव के इन सभी पक्षों का उसे विरोध करना है। समय आने पर ऐसी किसी भी गलत परम्परा को उसे नहीं बख्शना!

रैली स्थल तक पहुँचते-पहुँचते सारे लोग बेहद थक गये। भाड़े के अभ्यस्त मजदूरों को छोड़कर सामान्य कार्यकर्ताओं की हालत पस्त थी। जनार्दन ने सोचा था कि केन्द्रीय स्थल पहुंच अपनी पार्टी के पण्डालों में अपनी टुकड़ी को वह फिर संयोजित कर लेगा। अंजलि को ढूँढ़कर इस बार उसका सुरक्षा-कवच बन जाएगा। अब भीड़ में उसे अकेले भटकने के लिए नहीं छोड़ेगा। अपने पास ही रखेगा। उसके साथ की महिलाओं को भी अपनी हिफाजत में ले लेगा। लेकिन केन्द्रीय स्थल पहुँचने पर उसके सारे मंसूबे ध्वस्त हो गये। वहाँ के दृश्य तो रैली से भी अधिक अराजक और भयावह बन गये थे। यत्र-तत्र कायम पण्डालों में टिड्डी दलों की तरह लोग टूट पड़े। भाड़े के मजदूरों के समक्ष किसी खास झण्डे के पण्डालों में जाने की कोई नैतिकता नहीं थी। जहाँ जो पण्डाल खाना बाँटते नजर आये, वहाँ भीड़ हावी हो गयी। पण्डालों की खाद्य सामग्रियों को उस अनियन्त्रित और भूखी भीड़ ने लूटना प्रारम्भ कर दिया था। कुछ लोग सिर्फ सब्जी लेकर ही खाने लगे थे, तो कुछ लोग छूँछे भात गटक रहे थे, तो कुछ लोग सिर्फ दाल ही पीने लगे थे। जिसके हाथ जो लगा, उसी से वह अपनी क्षुधा तृप्ति में लग गया था। कुछ अन्य लोग पुड़ियों के बण्डलों की खींचतान में लगे थे। यहाँ जोगीपुर कार्यालय के दो मजबूत कार्यकर्ताओं की निगाहें जनार्दन पर चली आयीं। दोनों ने तेजी से आगे बढ़कर कुछ पूड़ियाँ उसे थमा दीं—''इसे लेकर चट से खा जाओ...। यहाँ ताकते रहोगे तो कुछ भी नहीं मिलेगा...। सालों ने कोई इन्तजाम नहीं किया है...। खाली खबर देकर हमें बुला लिया। अपनी पार्टी की केन्द्रीय समिति का कोई नेता हमें नहीं दिखा है।''

अपने इन कार्यकर्ता साथियों की बातों से जनार्दन पूरी तरह सहमत था। उसकी भी नजर अब तक अपनी पार्टी की केन्द्रीय समिति के किसी बड़े नेता पर नहीं पड़ी थी। उसने अपने कार्यकर्ता साथियों द्वारा दी गयी पूड़ियों को झोले में डाल लिया। बगैर अंजलि को खोजे वह खा नहीं सकता! इस बीच उसे पूड़ियाँ दे वे कार्यकर्ता कुछ अन्य खाद्य-सामग्रियों के लिए फिर पण्डालों की ओर लपके। एकत्रित होती भीड़ के दबाव-बहाव में जनार्दन अब फिर एक दूसरी जगह पहुँच आया था। चाहते हुए भी अपनी जगह पर टिका नहीं रह पाता था। उसे लगा, अंजलि भी अब कहीं दूसरी जगह पहुँच गयी होगी। अपनी उस पहली जगह पर नहीं टिक पायी होगी। उसके मन में क्षण-भर के लिए यह ख्याल आया, क्या अंजलि खा चुकी होगी? फिर उसे लगा, नहीं, ऐसे लूटमार के भोज में वह कुछ भी नहीं पा सकी होगी...।

अब जनार्दन अंजलि तथा उसकी टुकड़ी को व्यग्रता से ढूँढ़ने लगा। गिरधारी काका के वचन की याद ने उसकी व्यग्रता और बढ़ा दी।

जनार्दन का युवा खून अब उबाल खाने लगा। भीड़ को फाड़ते हुए अंजलि की खोज में अब वह जुट गया। थोड़ी दूर दक्खिन की ओर गया। फिर पश्चिम की ओर। फिर उत्तर की ओर। अब पूरब दिशा में मुड़ गया। पर इतने में ही हार गया वह। उसने अनुभव किया कि नदी की बाढ़ और लोगों की भीड़ के बीच घिरकर उनके विपरीत नहीं चला जा सकता। उसकी सक्रियता धीरे-धीरे कम होती चली गयी। अब स्थितियों की जकड़न से वह मुक्त नहीं हो सका। फिर भी भीड़ से जूझता रहा। अंजलि को पाने के उपक्रम में लगा रहा...। पीली साड़ीवाली औरतों को देखकर उनकी ओर बेचैनी में बढ़ता; पर अंजलि तथा उसकी टुकड़ी को न पा अन्दर-ही-अन्दर पछाड़ खा जाता। इस दौरान जोगीपुर की क्षेत्रीय रैली के तीन पुरुष सदस्य और दो महिला सदस्यों से भी उसकी मुलाकात हुई। उसने सबसे अंजलि के बारे में पूछा। उत्तर में एक ने कहा—"वह उधर है!" पर दूसरे ने उससे अलग की ओर संकेत किया—"उधर नहीं...उधर!"

इस पर तीसरे का कहना था—"कुछ पता नहीं, किधर है...?"

वे स्वयं रैली की थकान और भीड़ से त्रस्त थे। अपने अतिरिक्त किसी और की चेत उन्हें कहाँ? वे आयोजकों की अक्षमता और अव्यवस्था पर भी बरस रहे थे—"सालों ने धोखे से बुलाकर हमारी हालत खराब कर दी। कहीं कोई इन्तजाम नहीं। कोई व्यवस्था नहीं...। आफत में फँसा दिया...। अबकी दफा किसी तरह लौट जाएँ...! फिर इन लोगों को ठेंगा दिखा देंगे। फिर देखेंगे ये कैसे बुलाते हैं अपनी रैली में?"

जनार्दन उनकी नाराजगी समझ रहा था। आयोजकों के इस संयुक्त आह्वान पर वह खुद उबल रहा था। उसने अपने उन क्षेत्रीय सदस्यों से कहा—"अब अपनी महिला बहनों को देखिएगा। अपने क्षेत्र की जो भी महिला बहनें मिलें उनकी हिफाजत कीजिएगा। मैं अंजलि को ढूँढ़ रहा हूँ...!"

लेकिन जनार्दन की बात का उन सदस्यों ने कोई जवाब नहीं दिया। जहाँ अपनी सँभाल पर से ही अपना नियन्त्रण छूटता जा रहा हो वहाँ किसी और की सँभाल का प्रश्न ही कहाँ था।

रैली की भीड़ अब फिर मुख्य मार्ग की ओर बढ़ चली थी। शायद प्रदर्शन के लिए अब फिर उसका मार्च था। इस बार संसद मार्ग और विभिन्न मन्त्रालयों से होते हुए रैली को वापस आना था। जनार्दन अब जाना नहीं चाहता था। लेकिन भीड़ के दायरे में बन्द था। अंजलि को लेकर भी उसे जाना था। वह नहीं गया और भीड़ में अंजलि चली गयी तो फिर उस तक पहुँचने की उसकी सारी कवायद बेकार

चली जाएगी।

जनार्दन को अब यह स्पष्ट महसूस हो रहा था कि सिर्फ उसकी जनदेश पार्टी की ही यह रैली होती तो ऐसी अव्यवस्था और अनियन्त्रित स्थिति कदापि नहीं होती। संयुक्त पार्टियों की संयुक्त रैली का ही यह नतीजा था। सझिया की सूई को सेंगरे पर ढोनेवाली कहावत का परिवर्तित रूप!

जनार्दन जानता था, इस रैली में सम्मिलित अधिकांश विपक्षी पार्टियों से 'जनदेश' का मत-वैभिन्न्य था। इन विपक्षी पार्टियों के बीच आपस में भी कोई अच्छा तालमेल नहीं था। लेकिन सत्तासीन पार्टी के विरोध के लिए सबने अपनी एकजुटता जाहिर की थी। एकजुट होकर ही इस रैली का आयोजन किया था...। सिर्फ विरोध की राजनीति का यह एकीकरण था...। सत्ता की भागीदारी या नये निर्माण की बेहतरी में अपने इस एकीकरण के साथ वे नहीं रह सकते। सत्तासीन पार्टी को अपदस्थ करने भर के लिए ही उनकी यह दोस्ती थी। सत्तासीन पार्टी के अपदस्थ होने पर सत्ता-प्राप्ति के लिए उन्हें अपनी अलग-अलग मुहिम चलानी थी। लोकतन्त्र का यह पक्ष भी जनार्दन को खटकता रहता था। इस पक्ष का खुलासा भी वह चाहता था। सिर्फ विरोध के लिए ही साथ क्यों? लोक-कल्याण की भूमिकाओं में साथ क्यों नहीं? अपने राजनीतिक विरोधियों के सही कदम को भी गलत क्यों मानना? अपना उद्देश्य शासन की गद्दी पर बैठना ही क्यों बना लेना? लोक की समस्याओं एवं भावनाओं के आईने में शासन का संचालन क्यों नहीं? ये सारे प्रश्न उसे मथते रहते थे।

भीड़ के साथ जनार्दन पुनः यन्त्रवत् बढ़ता रहा। फिलहाल इस संयुक्त रैली से अधिक अंजलि की चिन्ता उसे सता रही थी। उसके कदम भले ही चल रहे थे, बदन भीड़ का हिस्सा बना हुआ था, पर आँखें तो अंजलि को ढूँढ़ रही थीं। भीड़ के नारों और आसपास के दृश्यों से भी वह बेखबर बना रहा। अंजलि के लिए सर्वथा नये और इस अपरिचित महानगर में भीड़ के दौरान उसे कुछ हो जाता है तो वह गिरधारी काका को क्या जवाब देगा? क्या गिरधारी काका उसे माफ कर देंगे? क्या वह स्वयं को माफ कर सकेगा? नहीं। उसे अंजलि को ढूँढ़ना है। उसे लेकर ही वापस होना है।

भीड़ के साथ जनार्दन पुनः रैली-स्थल पर वापस आ गया। अंजलि की खोज में उसे बीतते समय का अहसास भी नहीं रहा। इस दौरान शाम हो आयी थी। निर्धारित समय से कुछ विलम्ब से रैली वापस आयी थी। अब तक मंच पर विपक्षी नेता कलफ किए हुए सफेद कपड़ों एवं ताजगी भरे चेहरों के साथ विराजमान थे। अपनी पार्टी की केन्द्रीय समिति के दो-तीन नेताओं को भी अब उसने मंच पर देखा! दर्जनों ट्यूब लाइटों की दूधिया रोशनी में वह मंच आलोकित हो रहा था। वहाँ

उपस्थित नेताओं के चेहरों की प्रफुल्लता भी अब साफ-साफ झलक रही थी। विशाल रैली की मौजूदगी ने उनके आन्तरिक आह्लाद को और बढ़ा दिया था। अपनी मुहिम में वे सफल हो गये थे। केन्द्र सरकार को अपनी शक्ति का एहसास करा दिया था। अब अपने खिले हुए चेहरों से उन्होंने भीड़ के मुरझाये चेहरों को भाषण पिलाना शुरू कर दिया–"यह लोकतन्त्र की शक्ति है भाइयो! इस जनशक्ति के एक हुंकार से शासन का सिंहासन डोल उठा है। हम ईंट से ईंट बजा देंगे। शासन की सारी तानाशाही गायब कर देंगे...। जनता के साथ शासन की बेइंसाफी कतई बर्दाश्त नहीं करेंगे...। लोकतन्त्र की आधार-भूमि है यह जनता। जन-विरोधी शासन को हम उखाड़ फेंकेंगे। गाँवों, कस्बों और छोटे शहरों की पीड़ित जनता दिल्ली की सड़कों पर उतर आयी है। हमने सरकार को अल्टीमेटम दे दिया है। हमारी जनता अपनी माँगों के समर्थन में अड़ी रहेगी।"

जनार्दन के कानों में ये घिसे-पिटे, अर्थहीन और हास्यास्पद हो चुके जुमले अब उबकाई पैदा करने लगे। इन बेमानी जुमलों को इस कान से सुनते और उस कान से निकालते हुए उसने अंजलि की खोज जारी रखी। उसे अगर ज्ञात होता कि रैली के नाम पर यहाँ ऐसी भँड़ेती होगी तो वह यहाँ हरगिज नहीं आता। अंजलि को भी मना कर देता। पर अब तो फँस चुका था।

अचानक कुछ दूरी पर भीड़ के बीच पीली साड़ी की एक स्त्री उसे दिखी। उसका ध्यान तत्क्षण उधर केन्द्रित हो गया। लेकिन उस स्त्री का चेहरा उसे नहीं दिख रहा था। कुछ क्षण बाद उस स्त्री ने अपना दायाँ हाथ उठाकर अपने माथे पर क्षण-भर के लिए रखा। शायद भीड़ की जकड़न से क्षणिक राहत पाने का यह उसका उपक्रम था। बस, जनार्दन ने उसे पहचान लिया। वह अंजलि थी। उसके नाज़ुक गोरे हाथ में जनदेश का वह परिचित रूमाल था। अब जनार्दन के क्लान्त तन-मन में फिर एक हरकत आ गयी। वह भीड़ को फाड़ते हुए उस ओर बढ़ने की कोशिश करने लगा। जब उसे यह एहसास हो गया कि सीधे-सीधे अंजलि तक वह नहीं पहुँच सकता है तो किनारे से निकलते हुए उस ओर बढ़ने की जुगत में लग गया। उसने आवाज भी लगानी चाही। पर लोगों के बढ़ते कुहराम के बीच अपनी आवाज वह अंजलि तक नहीं पहुँचा सकता था। नेताओं के भाषण के शुरुआती जुमलों को सुनने के बाद भीड़ की रुचि शायद अब उनके भाषणों से जाती रही थी, इसीलिए भीड़ की अपनी आवाज उस माहौल पर हावी होती चली गयी थी। ठीक इसी क्षण कुछ शरारती तत्त्वों ने मंच की ओर रोड़े फेंके। पता नहीं, वे शासकी पार्टी के लोग थे या वे विपक्षी जो इस आयोजन में सम्मिलित नहीं थे या ऐसे अवसरों पर सक्रिय पेशेवर असामाजिक तत्व! जो हो, वे बाहर से नहीं आये थे। भीड़ के बीच ही शरीक थे। भीड़ के बीच से ही उन्होंने रोड़ेबाजी की थी...। अब क्या था, क्षण-भर में ही

दृश्य बदल गया। मंच पर अफरा-तफरी मच गयी। लोक चिल्लाने लगे—"कौन है...? पकड़ो...! मारो...!"

भयभीत नेता मंच से भागकर नेपथ्य में छिपने लगे। इधर भीड़ में भी भगदड़ मच गयी—"दौड़ो...भागो—यह गिरा...वह गिरा...!"

पुलिस अब असामाजिक तत्त्वों के बहाने निरीह भीड़ पर लाठियाँ बरसाने लगी थी। शायद उनकी लाठियाँ प्रायोजित थीं, शायद शरारती तत्त्वों को आतंकित करने की पुलिसिया कार्रवाई! जो हो, पुलिस की सक्रियता ने भागती भीड़ के खौफ को और गहरा दिया था...।

जनार्दन ने भगदड़ मचते ही पीछे मुड़कर एक उछाल के साथ अंजलि तक पहुँचने के लिए अपनी पूरी शक्ति लगा दी। लेकिन पीछे से आती भीड़ ने उसे इंच-भर भी आगे बढ़ने नहीं दिया। बल्कि गिरते-पड़ते लोगों के साथ उसे भी ले जाकर वहाँ फेंक दिया जो रैली-स्थल से कुछ दूर अँधेरे का हिस्सा था। इस दौरान फायरिंग भी शुरू हो गयी थी। असामाजिक तत्त्व ऐसा कर रहे थे या भीड़ को तितर-बितर करने के लिए पुलिस, जनार्दन कुछ भी नहीं समझ सका। उसकी चिन्ता तो अंजलि के लिए अब और बढ़ गयी थी। भीड़ की इस भगदड़ में कहीं वह गिर न गयी हो? कहीं उसे गोली न लगी हो? ऐसी भगदड़ में गिरे लोग दब-कुचलकर भी मर जाते हैं। अनेक स्थलों पर कई निरीह और निर्दोष गोलियों के शिकार होते रहे हैं। बड़ी रैली की बड़ी भीड़ों का यह हश्र रहा है।

अचानक आँसू गैस की तिक्तता का एहसास भी जनार्दन को होने लगा। साथ ही पानी के फव्वारों का आगमन भी शुरू हो गया। अवश्य रैली को छिन्न-भिन्न करने के लिए पुलिस ने आँसू गैस के गोले छोड़े थे और पानी के फव्वारों का प्रयोग शुरू किया था। लोग अब बेतहाशा रेलवे जंक्शन की ओर भागते जा रहे थे। शायद रैली के पाँव उखड़ गये थे। अब और देर तक रैली में बने रहना खतरे से खाली नहीं था। लेकिन अंजलि को छोड़कर जनार्दन भागना नहीं चाहता था। पर यहाँ और देर तक रुक सकने की उसकी स्थिति नहीं थी। भीड़ की नियति के तहत उसे भी वापस भागना ही था।

भीड़ की गति में भागते जनार्दन को तत्क्षण यह बात समझ में आ गयी कि शासन की दमनकारी नीतियों का ही यह अंजाम हो सकता है। राज्य-शक्ति के समक्ष निरीह जनता की यह संख्या-शक्ति नहीं टिक सकी। राज्य-शक्ति की आक्रामकता ने रैली की भीड़ पर विजय पा ली। जनार्दन इस बात से अवगत था कि शासन की शक्ति शासक को सिंह बना देती है...। वह जब तक आक्रामक नहीं है तभी तक उससे कोई भी वार्ता सम्भव है। उसकी आक्रामकता के बाद फिर कोई संवाद नहीं...। शासक की यह शक्ति और आक्रामक इच्छा ही कभी उसे हिटलर और

मुसोलिनी की तानाशाही तक भी पहुँचा देती है...। लोकतन्त्र उसी तानाशाही पर अंकुश है। लोक की इच्छा के विरुद्ध कोई शासक पदासीन नहीं रह सकता। लेकिन जब तक वह है, तब तक तो है। कई शासक आगे का नहीं सोचते। आज वे हैं तो वही होगा जो वे चाहेंगे। एक दिन के सम्राट भिश्ती ने चमड़े का सिक्का चला दिया था। अपने शासन में अपने खिलाफ ऐसी रैली वे हर्गिज बर्दाश्त नहीं करेंगे...। अमूमन वही रैलियाँ सफल होती हैं जिन्हें शासक की पार्टी संचालित एवं संयोजित करती है। वैसी रैलियों को शासकीय सुविधाएँ और सहूलियतें प्राप्त होती हैं। ऐसी विपक्षी रैलियों का हश्र तो भगदड़ में गिरना और पुलिस की मार खाना ही होता है। विपक्षी पार्टियों की इस रैली को लेकर जनार्दन के मन में ऐसा खटका था, पर अपने लोकतान्त्रिक विचारों के तहत उसने उस खटके को दबा रखा था। अब वही खटका भयावह सच बनकर उसके सामने था। लेकिन फिलहाल उसकी व्यग्रता अपने उस खटके के सच में रूपान्तरण को लेकर नहीं, अंजलि को लेकर थी...। अंजलि के समक्ष अब ये सारी चिन्ताएँ तुच्छ और गौण थीं। दायित्व-बोध ने जनार्दन की बेचैनी को और बढ़ा दिया था। अब वह अंजलि को नहीं पा सकता है। उसे लेकर नहीं लौट सकता। गिरधारी काका की व्यथित आँखों का सामना नहीं कर सकता!...

वापसी की भीड़ दिल्ली जंक्शन पर फिर इकट्ठी होने लगी थी। स्टेशन की घड़ी में रात के नौ बज रहे थे। स्टेशन पर रेलवे का प्रसारण जारी था—"यात्रियों को सूचित किया जा रहा है कि पूरब और पश्चिम के लिए अभी कोई गाड़ी नहीं...! दक्खिन और उत्तर की गाड़ियाँ अपने समय से कुछ विलम्ब से चल रही हैं...। पूरब और पश्चिम के मार्ग अवरुद्ध हैं। रेलवे प्रशासन लगा हुआ है। मार्ग खुलते ही हम सूचित करेंगे...। असुविधा के लिए हमें खेद है..!"

जनार्दन और उसके क्षेत्र की रैली को पश्चिम की ओर ही जाना था। पश्चिम के मार्ग-अवरुद्ध की सूचना से उसके व्यग्र मन को कुछ राहत मिली। अंजलि को छोड़कर उसे नहीं लौटना था। इससे पहले कि स्टेशन की भीड़ गझिन हो जाए, उसने स्टेशन के इस छोर से उस छोर तक भागते हुए अंजलि की खोज शुरू कर दी। अपने क्षेत्र के दो-चार स्त्री-पुरुष उसे यहाँ भी मिले। उसने मिलते ही उनसे पूछा—"अंजलि कहीं दिखी है?"

उन्होंने नकारात्मक जवाब दिया—"नहीं।"

अपने बच आने पर ही वे आतंकित थे—"जान बची लाखों पाये! किस्मत अच्छी थी कि स्टेशन पहुँच आये। गोली मारो ऐसी रैली को...!"

उनकी बात सुन वह फिर दूसरी ओर भागा। उन्हें यह हिदायत दे दी—"अपने क्षेत्र के लोगों के साथ गोलबन्द होकर तुम लोग प्लेटफॉर्म नम्बर एक पर जुटो। पश्चिम जाने के लिए जब भी गाड़ी खुलेगी, वहीं से खुलेगी...!"

जनार्दन, अंजलि को ढूँढ़ता रहा और उसे न पा आशंकित भी होता चला गया। वह सोच रहा था, भीड़ के साथ भाग सकने में वह सफल हो पायी होगी तभी तो यहाँ मिलेगी। इसकी सम्भावना कम ही है कि वह यहाँ सकुशल पहुँच गई होगी। ऐसी रैलियों में सख्त और अभ्यस्त लोग ही टिक पाते हैं, अंजलि जैसी सुकुमार और कमजोर नहीं...। फिर भी किसी अज्ञात चाह में उसे ढूँढ़ता रहा। शायद वह आ गयी हो...। शायद वह मिल जाय...! इस क्षण जनार्दन के मन में अब यह ख्याल भी उठने लगा कि उसे यहाँ स्टेशन पर ढूँढ़ने की अपेक्षा दिल्ली के मुख्य राजकीय अस्पतालों में भी ढूँढ़ना चाहिए। भगदड़ में गिरकर घायल तथा पुलिस और असामाजिक तत्त्वों की मार से जख्मी और मरे लोगों को वहीं पहुँचाया जा रहा होगा...। फिर उसे लगा, नहीं...। शासकों के संकेत पर संचालित पुलिस ने उन्हें उठाकर कहीं फेंक दिया होगा...। ऐसे स्थलों के मरे और अधमरे लोगों को तत्काल ट्रकों में भरकर पुलिस निकट की नदियों में फेंक देती है। घायलों और मृतकों की अधिक संख्या का इजहार शासकों के पक्ष में नहीं होता है। किसी लोकतान्त्रिक व्यवस्था में तो एकदम नहीं...। इसीलिए शासक इस मामले में सतर्क रहते हैं।

जनार्दन अब स्टेशन से बाहर मुख्य मार्ग के किनारे आकर जम गया। अपनी जानकारी के तहत स्टेशन परिसर के अन्दर का मुआयना वह कर चुका था। अब बाहर से स्टेशन आती भीड़ पर उसकी निगाहें जमी थीं। उसके अन्दर का घना होता अवसाद उसकी व्यथा को और बढ़ाता जा रहा था। अचानक इसी वक्त भीड़ के बीच उसे एक पीली साड़ी नजर आयी। उसकी निगाहें अब पुनः चौकस हो गयीं। वह साड़ी अभी दूर थी। वह तेजी से आगे बढ़कर परखने लगा। पीली साड़ीवाली वह स्त्री शायद क्लान्त थी। शायद जख्मी। उसके साथ के दो युवक उसे सहारा देकर ला रहे थे। अरे, यह तो अंजलि है! उसे पहचानते ही जनार्दन के पूरे वजूद में बिजली कौंध गयी। क्या हुआ अंजलि को! क्या जख्मी है? अधिक घायल है? उसने तत्क्षण दौड़ लगा दी। भीड़ का वह हिस्सा नजदीक ही था। पल-भर में ही वह भीड़ को फाड़ते हुए अंजलि के पास पहुँच गया। उसे देखते ही अंजलि सुखद विकलता में उससे लिपट गयी—"तुम कहाँ थे अब तक? किधर छिपे थे? मैं हर जगह तुम्हें ढूँढ़ रही थी...!"

जनार्दन की इच्छा हुई कि बदन से लिपटी अंजलि को बाँहों में भरकर अपने कन्धे पर उठा ले। अब एक कदम भी उसे पैदल न चलने दे। अब जिस भी स्थिति में यह मिल गयी है, इसे तत्क्षण सँभाल ले...। इसकी चोट और जख्म का प्राथमिक उपचार शुरू कर दे। लेकिन हमेशा की तरह इस बार भी सोचकर ही वह रह गया। वह अनुभव कर रहा था, अंजलि बेहद परेशान और भयभीत थी। शायद इसीलिए उसके बदन से आ लगी थी। वह कुछ हाँफ-सी रही थी, जिससे उसका पूरा जिस्म

काँप रहा था। अब जनार्दन ने अंजलि के प्रश्न के उत्तर में कहा—"मैं भी तुम्हें ही ढूँढ़ रहा था...। भीड़ में छिटककर तुम जब से अलग हुई, मैं तभी से तुम्हें तलाश रहा हूँ। यहाँ स्टेशन से बाहर आकर तुम्हारी ही राह देख रहा था...। क्या कहीं चोट लगी है? क्या अस्वस्थ हो गयी हो?"

जवाब में अंजलि ने कुछ नहीं कहा। पूर्ववत् जनार्दन को जकड़े रखा। शायद आत्मीय की उपस्थिति में विगत पीड़ा का यह समाहार था। अंजलि के युवा नारी देह के स्पर्श ने जनार्दन की थकान क्षण-भर में गायब कर दी। अंजलि को सहयोग देते आ रहे वे दोनों युवक अब समझ गये कि यह लड़की इस युवक के साथ की है। वे साँवले और फ्रेंचकट दाढ़ी-मूँछ वाले दक्षिण भारतीय युवक थे। अपनी भाषा कन्नड़ में जनार्दन को उन्होंने समझाना चाहा। पर जनार्दन कन्नड़ नहीं जानता था। उसने हिन्दी में बोलने का उन युवकों से आग्रह किया। जवाब में कन्नड़-मिश्रित टूटी हिन्दी में उन्होंने बताया कि अंजलि कहीं जख्मी और घायल नहीं, भीड़ के रेले में आहत और क्लान्त है। अपने लोगों से बिछुड़ जाने की भावना ने उसे अधिक आतंकित और असुरक्षित बना दिया है। रैली की एक सहयोगी बहन समझ भीड़ में इसे दबने से बचाकर हम साथ लेते आये।

उनके इस कथन से अवगत हो जनार्दन ने उन्हें मन से धन्यवाद दिया—"आप लोगों ने बहुत अच्छा किया! यही सच्ची मानवता है। आपकी यह नेकी हम कभी नहीं भूलेंगे...। रैली के साथियों का यही धर्म है...। आप लोगों के प्रति हम विनत हैं। हृदय से आभारी हैं...।"

जनार्दन को लगा, शायद हिन्दी में उसके धन्यवाद की अभिव्यक्ति को वे पूरी तरह आत्मसात नहीं कर पाये, इसीलिए जनार्दन और अंजलि से विदा ले आगे बढ़ गये। अंजलि और जनार्दन मार्ग के एक किनारे खड़े रहे। अंजलि पूर्ववत् जनार्दन से चिपकी रही। कोई और अवसर होता तो उन्हें इस रूप में देखकर राहगीरों की निगाहें चौकन्नी अवश्य होतीं। किसी युवक से किसी युवती का इस तरह लिपटना कई को अशान्त कर जाता। पर रैली की पीड़ित-प्रताड़ित और भागती भीड़ के लिए यह कोई अजूबी बात नहीं थी। अनेक जख्मी, रुग्ण और कमजोर स्त्री-पुरुष को इसी तरह सहारा देकर लोग ला रहे थे। रात के वातावरण ने इस क्रिया को और सामान्य बना दिया था...।

जनार्दन अनुभव कर रहा था कि अपनी विकलता-विह्वलता में अंजलि ने जब से उसे बाँहों में जकड़ा था तभी से वह नयी अनुभूतियों के बीच घिरता जा रहा था। वह हर बार अपने मन को फटकारता कि यह अवसर रोमांस का नहीं। युवा नारी-शरीर के स्पर्श से उसे आनन्दित और विगलित नहीं होना है। अंजलि उससे रोमांस नहीं फरमा रही, अपनी व्यथा-पीड़ा बाँट रही है। पर जीवन के सहज-स्वाभाविक

और प्राकृतिक एहसासों को वह झुठला नहीं पाया। अपने सीने से दबे अंजलि के उठते-गिरते उभारों के स्पर्श से उसकी थकान तो पहले ही गायब हो चुकी थी, अब जाने-अनजाने उसके अन्दर एक नयी ताजगी भी भर रही थी। युवा अंजलि की देह-गन्ध ने अब उसे उन्मत्त बनाना शुरू कर दिया था। इससे पहले अंजलि को वह सिर्फ देखता भर ही था। यह पहली बार था जब उसके स्पर्श में बँधा था। उसने सुन रखा था कि घबराये और भयभीत लोग जब सीने से आकर लगें तो उन्हें बाँहों में भींच लेना चाहिए। तभी उनकी घबराहट और अशान्ति समाप्त हो पाती है। तभी उनका बदन राहत पाता है। तभी वे सामान्य स्थिति में वापस आते हैं...। बस, यह ख्याल आते ही जनार्दन ने अंजलि की पीठ की ओर अपने दोनों हाथों को ले जाकर उसे बाँहों में समेट लिया। इस क्षण उसने अनिर्वचनीय सुख का अनुभव किया। उसे ऐसा लगा जैसे किसी विद्युत् प्रवाह ने उसके पूरे व्यक्तित्व को तरंगित कर दिया हो। अंजलि को स्वस्थ बनाने के इस उपक्रम में वह स्वयं एक नयी शक्ति और स्फूर्ति से भर गया। युवा अंजलि के आलिंगन ने अब उसे एक दूसरी स्थिति में पहुँचा दिया। अब पुनः उसकी इच्छा हो उठी कि अंजलि को बाँहों में भरकर उठा ले! उसे बाँहों में थामे किसी एकान्त स्थल की ओर दौड़ लगा दे। उसके चेहरे को अपने उत्तप्त चुम्बनों से सराबोर कर दे। नन्दिता के साथ के उस प्रथम अनुभव को फिर जी ले...! लेकिन जहाँ और जिस स्थिति में वह था वहाँ वह ऐसा कुछ भी नहीं कर सकता था। सिर्फ मानसिक स्तर पर सोचकर ही रह गया। हालाँकि यह देखकर उसे खुशी हुई कि इस उपचार से सचमुच अंजलि ताजा हो उठी। उसके सघन स्पर्श की ऊर्जा ने उसके आतंक और बिखराव को दूर कर दिया। अब वह सामान्य स्थिति में पहुँच आयी थी। उसने जनार्दन पर से अपनी पकड़ ढीली करते हुए कहा—"बाप रे! तुम नहीं मिलते तो जाने क्या होता...! मैं तो एकदम घबरा गयी थी...। ऐसी रैली को अब तौबा...! वैचारिक लड़ाई वालों के लिए इस तरह भेड़-बकरी बनना उचित नहीं...। ऐसी रैलियों का मैं आगे से विरोध करूँगी...!"

जनार्दन उस वक्त इस विषय पर कोई बातचीत करना नहीं चाहता था। यह वैचारिक बहस का अवसर नहीं। इस वक्त तो अंजलि को सकुशल वापस ले चलना अब उसने अपना दायित्व निर्धारित कर लिया था। जोगीपुर कार्यालय में इस विषय पर इत्मीनान से बातचीत कर लेगा। कोई एक पार्टी की यह रैली होती तो, ऐसी अराजक स्थिति शायद नहीं होती। विपक्ष की संयुक्त रैली के चलते ही ऐसा हुआ था। अनियन्त्रित भीड़ का ही यह खमियाजा था। अब उसने अंजलि से कहा—"भोर होने से पहले वापसी की कोई गाड़ी नहीं। हमें इस दिल्ली जंक्शन पर ही रात गुजारनी होगी...!"

जनार्दन की इस सूचना से अंजलि की चिन्ता थोड़ी बढ़ी—"वापसी के लिए

अभी कोई गाड़ी नहीं?''

जनार्दन ने उसे इत्मीनान से समझाया—''नहीं। मैं इन्क्वायरी से ही आ रहा हूँ...। पश्चिम का मार्ग अवरुद्ध है। सुबह से पहले मार्ग खुलनेवाला नहीं...!''

''तब?''—अंजलि के चेहरे पर पुनः खौफ उभर आया।

''हम प्लेटफॉर्म पर बैठकर प्रतीक्षा करेंगे। दूसरा कोई विकल्प नहीं है। सुबह तक मार्ग निकल आएगा। इसके लिए अब क्या चिन्तित होना...?''

अंजलि का पल-भर पहले उदित उत्साह अब फिर बुझने लगा—''चैती आदि कहाँ हैं?''

''सभी महिलाएँ कहीं इधर-उधर होंगी। भीड़ ने किसी टुकड़ी को एकजुट नहीं रहने दिया। सम्भव है, वापसी में अब उनसे मुलाकात हो!''

''इस भीड़ में कहाँ बैठकर रात गुजारेंगे?''

''चलो, प्लेटफॉर्म पर कहीं जगह तलाशते हैं। अपने साथ के लोग भी वहीं मिलेंगे...!''

और वे दोनों प्लेटफॉर्म की ओर चल पड़े। प्लेटफॉर्म पर पहुँचकर वहाँ पुनः एकत्रित होती भीड़ देख अंजलि घबरा उठी—''अरे बाप! यहाँ तो फिर वैसी ही भीड़। यहाँ हम कहाँ टिकेंगे? कहीं कोई ठौर नहीं!''

जनार्दन ने उसे आश्वस्त करने की कोशिश की—''वापसी की यह भीड़ अधिक देर तक टिकनेवाली नहीं। पश्चिम दिशा को छोड़कर अन्य दिशाओं की गाड़ियाँ जा रही हैं...। धीरे-धीरे यह भीड़ खिसक जाएगी...। घबराने की जरूरत नहीं!''

इस पर अंजलि ने अपने को जनार्दन के हवाले सौंपते हुए कहा—''मैं बहुत थक गयी हूँ जनार्दन! मुझसे अब खड़ा भी नहीं रहा जाता। अब मैं और नहीं चल सकती!''

जनार्दन अंजलि की स्थिति समझ रहा था। पर बैठने की कहीं कोई जगह नहीं थी। उसने लक्ष्य किया, ऐसी भीड़ में प्लेटफॉर्म की जमीन के सिवाय प्लेटफॉर्म की बेंचें उपलब्ध नहीं होनेवाली। बेंचों पर तो जमे लोग खिसकने का नाम तक नहीं ले रहे। किसी एक के उठते ही उस जगह पर बैठने के लिए अनेक दावेदार आपस में धींगा-मुश्ती कर उठते। अंजलि के साथ जनार्दन जहाँ खड़ा था, उसके निकट ही दीवार के सहारे जमीन पर बैठे दो-तीन लोग अपने झोलों और गठरियों को समेट रहे थे। सम्भवतः वे उस स्थान को छोड़नेवाले थे। शायद उनकी ओर जाने वाली गाड़ी आ रही थी। जनार्दन अब बेहद तत्पर और सक्रिय हो गया। अंजलि को लेकर अब वहाँ पहुँच गया। लेकिन उन दोनों के पहुँचते तक उस खाली हुई जगह पर आसपास के लोग टूट पड़े। इस क्रम में एक आदमी के बैठने भर जगह जनार्दन

ने भी छेंक ली। अब इस एक आदमी की जगह में ही अंजलि को लेकर वह बैठ गया। नीचे जमीन पर बैठने की यह स्थिति! नरक में भी ठेलाठेली! जनार्दन ने अपने को बिल्कुल सिकोड़ लिया ताकि अंजलि आराम से बैठ सके। हालाँकि बैठने के बाद दोनों के लिए जगह बन गयी। भीड़ और जगह के इस सामंजस्य से जनार्दन परिचित था। तंगिस भरी जगहों में भी घुसकर बैठ रहने पर जगह निकल ही आती है।

अंजलि ने अब राहत की साँस ली—''तुम नहीं होते तो मैं मुसीबत में पड़ जाती। इतनी जगह भी नहीं मिलती...। अब जाकर जान में जान आयी...। सारे बदन की शक्ति निचुड़ गयी है। मेरे लिए इस रैली का यह अनुभव बहुत कटु है!''

''रैलियों की यात्राएँ सुखद नहीं होतीं अंजलि। वे पार्टी सुप्रीमो की आकांक्षाओं को सिर्फ मूर्त करती हैं...!''

''तब तो हमें रैलियों का प्रतिवाद करना चाहिए। पार्टी के अन्दर कार्यकर्ताओं का यह दुरुपयोग है...!''

''रैली मात्र का विरोध उचित नहीं होगा। हाँ, ऐसी अराजक और संयुक्त रैलियों में भाग लेने से पहले अब हमें विचार करना होगा।''

अंजलि से बातचीत करते हुए जनार्दन के मन में यह आशंका भी बनी हुई थी कि इस भागदौड़ में अंजलि ने कुछ खाया नहीं होगा। वैसे तो उसने भी कुछ नहीं खाया था। लेकिन अंजलि के सुरक्षा-बोध ने उसके अन्दर अपने से अधिक उसकी चिन्ता विकसित की थी। अब उसने पूछ लिया—''तूने तो कुछ खाया नहीं होगा?''

जवाब में अंजलि भी प्रतिप्रश्न कर उठी—''और क्या तूने खा लिया है?''

अंजलि की यह बात सुन जनार्दन की निगाहें क्षण भर के लिए अंजलि की निगाहों से जा टकरायीं। दोनों ने एक-दूसरे के प्रति सघन आत्मीयता का अनुभव किया। अब जनार्दन ने झट से झोले की पूड़ियाँ निकाल लीं—''लो, खाओ। मैं भी तुम्हारे साथ खा लूँगा...।''

यह देख अंजलि सुखद आश्चर्य से चौंक उठी—''तुम्हारे झोले में ये पूड़ियाँ...?''

जनार्दन ने उसकी जिज्ञासा शान्त करते हुए कहा—''रैली के पण्डालों की पूड़ियाँ हैं। अपने क्षेत्र के कार्यकर्ताओं ने मुझे दे दीं। भीड़ में खाने का अवसर न देख इन्हें झोले में डाल लिया...। अब तुम्हारे साथ इनका उपयोग हो जाएगा...!''

यह सुन अंजलि कुछ शोखी से बोल उठी—''तुमने यह बहुत अच्छा किया। मुझे जोरों की भूख लगी है। चलो, अब खाते हैं...!''—और ऐसा कहते हुए अंजलि ने जनार्दन के हाथ से पूड़ियाँ लेकर खाना शुरू कर दिया। सचमुच वह बहुत भूखी थी। बिना साग-सब्जी के भी छूँछी पूड़ियों को वह पूरे मन के साथ खा रही थी। उसे इस तरह खाते देख जनार्दन को बहुत अच्छा लगा। अपने झोले में पूड़ियाँ डाल

रखना अब उसे सार्थक जान पड़ने लगा।

तेजी से खाती हुई अंजलि को जब लगा कि जनार्दन स्वयं नहीं खा रहा, सिर्फ उसे ही खिला रहा है तो कुछ तुनकते हुए उसने कहा—"तुम नहीं खा रहे हो। चलो, अब मैं भी नहीं खाऊँगी।"—और उसने खाना बन्द कर दिया। इस पर जनार्दन ने उसका मनुहार करते हुए कहा—"अच्छा भाई अब खाओ...। मैं भी खा रहा हूँ...।"—और जनार्दन भी साथ-साथ खाने लगा। हालाँकि पूड़ियों की अल्पसंख्या को देखते हुए जनार्दन धीरे-धीरे खा रहा था। वह इस प्रयास में था कि अंजलि अच्छी तरह खा ले। एक-दो साँझ वह नहीं भी खाएगा तो कोई बात नहीं। वह अभ्यस्त है। लेकिन अंजलि तो अभी से ही मुरझा गयी है। उपवास की स्थिति में तो और सूख जाएगी...!

पूड़ियाँ खाने के बाद अब दोनों को पानी की आवश्यकता महसूस हुई। जनार्दन के झोले में एक छोटा-सा थर्मस था। लेकिन वह खाली था। अपने झोले में जनार्दन थर्मस और ग्लास रखता था। अंजलि के बैग में भी उसका ग्लास था। जनार्दन ने उससे कहा—"तुम यहीं बैठो। मैं अभी पानी लेकर आ रहा हूँ!"

अंजलि ने उसे रोकने की कोशिश की—"मुझे अधिक प्यास नहीं है। तुम्हें भी बहुत प्यास न हो तो महटिया जाओ। इस भीड़ में अब कहीं मत निकलो...!"

जनार्दन ने अंजलि की आशंका लक्ष्य कर ली। प्यास न लगने का बहाना अंजलि सिर्फ उसे रोकने के लिए ही कर रही थी। सम्भवतः उसे इस बात का डर था कि इस भीड़ में जनार्दन से फिर वह विलग न हो जाए। जनार्दन उसकी मानसिकता समझ रहा था। नयी जगह की असुरक्षा ने ही निर्भीक, वाचाल और सजग-सक्रिय अंजलि को उस पर इस तरह अवलम्बित कर दिया था। उसने अंजलि को मजबूत शब्दों में आश्वस्त किया—"मैं जल्द ही आ रहा हूँ। बस, पानी लेकर सीधे आ जाऊँगा। तब तक तुम यह जगह छेंके रहना...!"

अंजलि को लग गया, जनार्दन रुकने वाला नहीं। इस स्थिति में उसे विदा करते हुए उसने कहा—"जाओ। पर जल्दी आना। कहीं रुकना मत। मैं तुम्हारी राह ताक रही हूँ...। देखती हूँ कि कितनी जल्दी आते हो...!"

जनार्दन ने वाकई अधिक विलम्ब नहीं किया। अंजलि के इस आग्रह पर तो वह कहीं रुक भी नहीं सकता था। संयोग अच्छा था। प्लेटफॉर्म के जिस नल के पास वह पहुँचा, वहाँ भीड़ कम थी। पानी लेकर वह शीघ्रता से वापस आ गया। इस दौरान अंजलि सचमुच व्यग्र आँखों से उसकी प्रतीक्षा कर रही थी। अंजलि की इस प्रतीक्षा ने जनार्दन के अन्तर को फिर पुलकित और रोमांचित कर दिया। हिरणी जैसी उसकी बड़ी-बड़ी प्रतीक्षारत आँखों ने जनार्दन के युवा मन को उसकी ओर विशेष अनुरक्त कर दिया। उसे ऐसा लगा, उसकी राह देख रही अंजलि की यह

प्रतीक्षा रैली के संग-साथ और इस यात्रा की ही प्रतीक्षा नहीं, एक युवा स्त्री का अपने युवा पुरुष-मित्र की आन्तरिक प्रतीक्षा है!

उसने अंजलि से कहा, "तुम बेकार घबरा रही थीं। देखा, मैं कितनी जल्दी आ गया! अब तुम्हें तुम्हारे घर छोड़ कर ही हटूँगा...।"

इसके बाद साथ-साथ खाना खाने की ही भाँति उन दोनों ने साथ-साथ पानी पिया। जनार्दन ने देखा, पानी पीने के बाद अंजलि ने पर्याप्त तृप्ति का अनुभव किया। अब उसे चेहरे की सारी पीड़ा और मायूसी जाती रही...। उसके मुखड़े की बुझी रंगत अब फिर दमकने लगी थी। जनार्दन इस सत्य से अवगत था कि सुन्दरता, स्वास्थ्य और सम्पन्नता का ही रूप होता है। भूख से आकुल-व्याकुल स्त्री की सुन्दरता नहीं टिकती। अंजलि के चेहरे के परिवर्तन से अपनी यह धारणा उसे और पुख़्ता जान पड़ी।

खाना खाने और पानी पीने के बाद इत्मीनान और सुकून के एहसास से अंजलि का बदन अब ढीला पड़ने लगा। आराम की स्थिति में वह अपने को छोड़ने लगी। उसकी आँखें नींद से भरमा रही थीं। पिछली रात से ही वह जगी थी। जनार्दन की उपस्थिति के सुरक्षा-बोध ने अब उसे निश्चिन्त बना दिया था। उसने स्नेहिल शब्दों में जनार्दन से कहा—"मुझे जोरों की नींद आ रही है...। अगर कहो तो तनिक सो लूँ। पर मुझे छोड़कर कहीं मत हटना...!"

इस पर जनार्दन ने उसे मुस्तैदी से आश्वस्त किया—"तुम इत्मीनान से सो रहो। मुझे कोई परेशानी नहीं। तुम्हें छोड़कर अब क्षण-भर के लिए भी नहीं टकस सकता। अब तुम्हें गिरधारी काका को सौंपकर ही मुक्त हो सकता हूँ!"

जनार्दन के इस सबल आश्वासन पर अंजलि को इत्मीनान हो गया। उसकी आँखें अब नींद से बोझिल हो उठीं। उसने सोने से पूर्व जनार्दन को भी आश्वस्त करना चाहा—"मैं तनिक सो लूँगी तो उठ जाऊँगी। फिर तुम सो रहना। मैं जागती रहूँगी...!"

इस पर जनार्दन ने उसके मन को दिलासा देते हुए कहा—"मुझे रात्रि-जागरण से कोई परेशानी नहीं होती...। तुम निश्चिन्त होकर सोओ। मेरे झोले में दो-तीन नयी पत्रिकाएँ हैं। उन्हें निकालकर पढ़ूँगा...।"

अब अंजलि लेट गयी। जनार्दन थोड़ा और सिमट गया ताकि अंजलि अच्छी तरह सो सके। पर रैली की इस वापस होती भीड़ में प्लेटफॉर्म के इस सीमेण्टेड फर्श पर भी अच्छी तरह लेटने भर जगह नहीं थी। पर जितनी जगह थी उतनी में ही अपने हाथ-पाँवों को विश्राम देते हुए वह पड़ गयी। नींद की खुमारी और थकान के तहत अपेक्षित जगह की आवश्यकता उसे नहीं थी। अपनी पलकों के बन्द होने से पहले उसने सटकर बैठे जनार्दन का हाथ आत्मीय विश्वास के साथ पकड़ लिया।

अंजलि के इस प्रयास से जनार्दन ने अपने प्रति उसके सघन विश्वास का अनुभव किया। उसके हाथों के मादक स्पर्श से जैसे वह अभिभूत हो उठा!...

इस अन्तिम सुरक्षा-बोध के बाद अंजलि अब जगी न रह सकी। पलकें बन्द होते ही नींद के गहरे आगोश में चली गयी। जाग्रत स्थिति में अपने अंगों के प्रति उसकी जो सतर्कता थी, वह अब खत्म हो गयी थी। अब तो जनार्दन की बगल में बेसुध पड़ी वह एक युवा स्त्री की देह थी। जनार्दन के जिस हाथ को सोने से पहले उसने पकड़ रखा था, नींद की चपेट में वह पकड़ भी ढीली पड़ गयी। उसकी वह कोमल अधखुली हथेली अपनी नाजुक कलाई के साथ जनार्दन के हाथ से सटी वहीं पड़ी रही! अंजलि के इस स्पर्श ने मधुर संचार के साथ जनार्दन को अतिरिक्त रूप से सजग बना दिया। उस पर जिस विश्वास के सहारे निश्चिन्त होकर पड़ी है अंजलि, उस विश्वास की उसे रक्षा करनी है। उसके पास से क्षण-भर के लिए भी कहीं नहीं हटना है। अपनी स्वाभाविक नींद से जब यह जागे तभी हटना है...। ऐसा कोई मधुर दायित्व इससे पहले जनार्दन को नहीं मिला था, इसीलिए इस मधुर दायित्व ने उसकी भावना और कल्पना को परवान चढ़ाना शुरू कर दिया था...।

रात गहराती जा रही थी। गाँवों, कस्बों और छोटे शहरों के लिए इस गहराती रात के सन्नाटे का दृश्य कुछ और होता। लेकिन दिल्ली जैसे बड़े रेलवे जंक्शन का दृश्य कुछ और था। रैली की भीड़ ने इस दृश्य को और पृथक् बना दिया था। जगह-जगह प्लेटफॉर्म को प्रकाशित करते वेपर लाइट ने रात के अँधेरे को यहाँ कायम नहीं रहने दिया था। हालाँकि लोगों के बोझिल चेहरों पर उतरती रात को ये रोशनियाँ नहीं भगा सकी थीं...। बोझिल चाल और उनींदी आँखों वाले लोग बिजली के सघन प्रकाश के बावजूद गहराती रात का एहसास कराते रहे थे...। वापसी की यह भीड़ शनैः-शनैः कम होती जा रही थी। जिधर की गाड़ियाँ चल रही थीं उधर के लोग गोदाम में ठूँसे अनाज के बोरों की भाँति एक-दूसरे पर लदे बोगियों में घुसते चले जा रहे थे। बच्चों और महिलाओं को तो उनके साथ के लोग उन बोगियों में गठरियों की तरह फेंकते थे। जनार्दन की आँखों के समक्ष भीड़ से लदी ऐसी तीन गाड़ियाँ गुजरीं! प्लेटफॉर्म पर जो शेष भीड़ बची रही वह भी अपनी गाड़ियों की प्रतीक्षा में थी। भीड़ के सारे लोग थके-हारे और पीड़ित-प्रताड़ित जान पड़ते थे। जनार्दन अनुभव कर रहा था कि अपने आगमन की भाँति वापसी की यह भीड़ अब कतई कोलाहल युक्त नहीं रह गयी थी। जो जहाँ और जिस स्थिति में था, वहीं झपकियाँ ले रहा था। हालाँकि भीड़ के बीच के मनचले और लड़कियों के साथ के लोग अपनी हरकतों में तल्लीन थें। अपने गाँव-घर से दूर ऐसे स्थलों पर आने के अपने आन्तरिक आयोजन को मूर्त करने की जुगत भिड़ा रहे थे!

अंजलि के एक ओर जनार्दन था, दूसरी ओर एक अधेड़ उम्र का मजदूर

पुरुष। उसके बाद कई अन्य स्त्री-पुरुष। अंजलि और जनार्दन के पाँवों के पास भी कई लोग पड़े थे। जिसे जहाँ जगह मिल गयी थी वहीं लेट गया था। अंजलि के एकदम पाँवों से सटकर काले रंग की एक वृद्ध महिला पड़ी थी जिसका चेहरा सूखा और सख्त था। अंजलि जब सोने के लिए अपने हाथ-पाँव सीधे कर रही थी तो भनक लगते ही वह औरत जाग उठी थी। उसने अंजलि को आगाह करते हुए कहा था—"अपने गोड़ बटोर कर सूतो। हमरे माथे पर गोड़ मत फेंको...!"

उस औरत की धमकी भरी आवाज सुन तथा उसका रुक्ष चेहरा देख अंजलि कुछ डर गयी थी। उसने अपने पाँव जरूरत से ज्यादा समेट लिए थे। लेकिन नींद में अब इस समेट पर से उसका नियन्त्रण जाता रहा था। उसके ढीले पड़ते पाँव अब स्वतः सीधे हो गये थे। उसका बायाँ पाँव तो सीधा होने के बावजूद उस महिला से नहीं टकराया। उस महिला और उसकी बगल में लेटे एक वृद्ध पुरुष के बीच चला गया। लेकिन उसका दायाँ पैर तो किंचित दबाव के साथ सीधे उस महिला के माथे से जा लगा। अब क्या था? क्रुद्ध सिंहनी की तरह पलटकर उसने देखा! गुस्से से उसके नथुने फड़क रहे थे। अंजलि को नींद में बेसुध देख क्षण-भर के लिए अपना विस्फोट उसने दबाये रखा। अगर अंजलि जगी होती तो उसके तीखे वचनों से नहीं बचती...। इस स्थिति में अब जनार्दन को अंजलि का आदमी समझ अपनी जलती आँखों से उसे दग्ध करने के लिए उसकी ओर उन्मुख हो गयी! इससे पहले कि वह कुछ कहती, जनार्दन ने दोनों हाथ जोड़कर उसके विष का शमन किया तथा तत्क्षण अंजलि के उस दायें पैर को उठाकर अपने पैरों पर रख लिया। सोये व्यक्ति के पैरों को मोड़ कर नहीं रखा जा सकता। उसे इधर से उधर ही हटाया जा सकता है। अंजलि के उस पैर को अपने पैरों पर चढ़ा लेने के सिवाय वहाँ दूसरा विकल्प नहीं था। जनार्दन नहीं चाहता था कि अंजलि की यह शुरुआती नींद टूटे, इसीलिए फुर्ती से उसने ऐसा किया। वह औरत सम्भवतः अंजलि को जनार्दन की जोरू या कोई अन्य निकटस्थ स्त्री समझ रही थी, इसीलिए जनार्दन के इस प्रयास से शान्त हो गयी। लेकिन तभी जनार्दन फिर उलझ गया। उस प्रचण्ड दिखनेवाली औरत के प्रकोप से तो अंजलि को उसने बचा लिया था, मगर इस दौरान अंजलि की साड़ी उसके टखनों से ऊपर उठ गयी थी। अंजलि की गोरी, चिकनी और नर्म पिण्डली का उत्तेजक एहसास वह अनुभव करने लगा। क्षण-भर के लिए जनार्दन की आँखें वहाँ ठहर गयीं। फिर यह सोचकर कि अन्य लोगों की निगाहें भी इस पर जा सकती हैं, उसने उसी तत्परता से उसकी साड़ी को खींचकर उसकी खूबसूरत पिण्डली को ढँक दिया। अपनी इस कोशिश के दौरान जनार्दन इस बात के प्रति सचेत बना रहा कि अंजलि जगने न पाये। अपनी इस कोशिश में वह कामयाब भी हो गया। पर उसे हल्की आशंका भी हो रही थी कि कहीं अंजलि को उसके ऐसा करने का आभास

न हो गया हो! सम्भव है, संकोचवश उसने अनजान बनने की कोशिश की हो! अंजलि के उस दायें पैर को उठाकर जब वह अपने पैरों पर रख रहा था तो उस खिंचाव के दौरान अंजलि को थोड़ा दायें मुड़ना था। इस प्रक्रिया के तहत नींद की अवस्था में ही वह दायीं ओर तनिक मुड़ी थी। जनार्दन की चेतना एकाग्र हो गयी थी कि कहीं अंजलि जग तो नहीं गयी? अगर जगी होगी तो जाने उसके इस कार्य को किस दृष्टि से देखेगी? ऐसी स्थिति में उसे जगा देना ही चाहिए। उसकी यही भूमिका प्रासंगिक होती। एक युवा लड़की के पैर को उठाकर अपने पैरों पर रखना कम आपत्तिजनक नहीं। पर नींद की बेसुधी में पसरी उसकी देह और निढाल पड़े हाथ-पाँव को देखते हुए उसने अपने मन को आश्वस्त किया—नहीं, अंजलि जगी नहीं है। वह पूर्ववत् सोयी है। उसका तनिक मुड़ना नींद के उसके दायरे में ही था। ऐसे कई लोग होते हैं जिनकी सोयी स्थिति इससे भी लापरवाह होती है। उनके हाथ-पाँव इधर-उधर कर देना सामान्य बात होती है। उन्हें आहिस्ते से उठाकर एक जगह से दूसरी जगह रख देने पर भी वे जगते नहीं हैं। यहाँ जनार्दन को इस बात का एहसास भी हुआ कि अंजलि अगर अकेली होती तो लाख थकान और परेशानी के बावजूद ऐसी निश्चिन्तता से खर्राटे नहीं भरती...। तब किसी हल्के स्पर्श पर भी चौंककर उठ बैठती। अकेले होने की असुरक्षित स्थिति उसके अवचेतन को भी क्रियाशील बनाये रखती। पर जनार्दन की उपस्थिति के आत्मीय एहसास ने उसके अन्दर यह बेफिक्री कायम कर दी थी...।

अपने प्रति अंजलि के इस विश्वास ने जनार्दन की मधुर अनुभूतियों को फिर सक्रिय कर दिया। वह अपने को भाग्यशाली समझने लगा कि अंजलि जैसी लड़की उस पर इतना विश्वास करती है...। अंजलि के इस विश्वास की बात ने उसके मन को अब एक अज्ञात आकुलता की मिठास के बीच आबद्ध कर दिया। अभी कुछ ही माह पूर्व जनार्दन के पिता ने उसकी शादी का प्रस्ताव रखा था—"तोहरी शादी खातिर बिरादरी के कई भाई-बंधु टोक रहे हैं तू कह तो कवनो नीमन जगह बात करूँ.."

जवाब में उसने पिता को समझा दिया था—"नहीं बाबू...। अभी नहीं। अभी मैं जिस बड़े उद्देश्य की पूर्ति में लगा हूँ उसके दौरान शादी ठीक नहीं होगी। समय पाकर मैं शादी करूँगा! अभी तो राजनीति के सहारे देश और समाज के लिए बहुत-कुछ करना है...। राजनीति सिर्फ वही नहीं है जिसे राव मानवेन्द्र बाबू ने किया था। राजनीति के गलत इस्तेमाल ने ही हमारे समाज को गलाजत के इस मोड़ पर पहुँचाया है। राजनीति की असलियत और शख्सियत से लोगों को रू-ब-रू करना है। राजनीति के कल्याणकारी प्रभाव से जब लोग अवगत होंगे तब उन्हें पता चलेगा कि राजनीति क्या होती है?"

अपने पिता को ऐसा जवाब देने के कुछ ही समय बाद जनार्दन को पता चला था कि अंजलि ने भी अपने माँ-बाप को यही जवाब दिया था। इस सन्दर्भ में अंजलि से मिलते ही उसने पूछ दिया था—"तुम्हारे माँ-बाप तुम्हारी शादी करना चाहते हैं तो तुमने मना क्यों कर दिया?"

प्रत्युत्तर में जनार्दन की आँखों में अपनी आँखें डाल अंजलि ने प्रतिप्रश्न किया था—"और तुमने क्यों मना किया?"

अंजलि के उस प्रतिप्रश्न ने क्षण-भर के लिए जनार्दन को निरुत्तर कर दिया था। उस क्षण अंजलि की आँखों की बढ़ती गहराई में जनार्दन ने अपने को खोते हुए पाया था। पुलक, स्फुरण एवं मधुर संचार की तरंगें उसके चेहरे पर उभर आयी थीं। अंजलि उसके परिवर्तित भावों को ताड़ न ले, इसीलिए जनार्दन ने तत्क्षण बात बदलने की कोशिश की थी—" 'लोकतन्त्र में निष्पक्ष मतदान की चुनौतियाँ' विषय पर अगले सप्ताह एक विचार-गोष्ठी है। उसमें तुम्हारी भागीदारी आवश्यक है...!"

अंजलि उसके इस विषयान्तर प्रसंग में उलझने वाली नहीं थी। जनार्दन के प्रश्न का उत्तर देते हुए अपनी उस बात पर जमी रही—"मुझे सब पता है। मेरा पर्चा भी लगभग तैयार है। लेकिन वह दूसरी बात है। अभी तुम शादी की बात कर रहे थे। अब फिर कभी यह मत पूछना कि मैंने 'ना' क्यों कहा?"

अंजलि के उस प्रतिप्रश्न की अनुगूँज जनार्दन इस वक्त से आज तक अपने अन्दर महसूस करता आ रहा था। उसने हर बार अपने मन को यह जताने की कोशिश की थी कि राजनीति की भूमिका में अपनी सक्रिय उपस्थिति के चलते ही अंजलि ने ऐसा कहा होगा। उसके आदर्श के अनुसार किया होगा। अपने कार्यक्षेत्र में समर्पण की निष्ठा को पहचाना होगा। फिर भी उसके कथन के अभिप्राय में ऐसा कुछ था जिसे चाहते हुए भी जनार्दन पचा नहीं पा रहा था। उसके कथन का वह आशय रात की उस खुमारी में अंजलि के सान्निध्य से और बढ़ता जा रहा था...! यहाँ उस प्रसंग का स्मरण आते ही उसके मन की अज्ञात आकुलता में जैसे कोई तूफान आ गया था।

अपने पाँवों पर अंजलि के मुलायम पाँव के दबाव एवं स्पर्श के तल्खी भरे मादक एहसास में जनार्दन अब आकण्ठ डूबता जा रहा था। साड़ी हटने पर अभी अंजलि की जिस खूबसूरत पिण्डली को उसने देखा था, उसे उठाकर अपने पैरों पर रखते हुए जिसकी नाजुकता और चिकनेपन का एहसास किया था; वह अब नींद की स्थिति में उसके पाँवों के ऊपर बेफिक्री से पड़ा था। इस क्षण जाने-अनजाने जनार्दन की चेतना सारे प्लेटफॉर्म से कटकर सिर्फ अंजलि पर केन्द्रित हो गयी। कितनी अच्छी है अंजलि! कितनी प्यारी! विचार एवं आचरण, दोनों में खरी! सुन्दरता और सुरुचि-सम्पन्नता दोनों में अव्वल! उसकी इच्छा हुई कि प्यार से अंजलि के

लम्बे-लम्बे बालों को सहलाने लगे। अपने पार्श्व में पड़ी उस रूपसी को अपलक निहारते रहे। लेकिन अचानक इसी क्षण नींद की अज्ञात हरकत के तहत अंजलि का दायाँ हाथ भी बिखरकर उसकी बगल में पड़े उस अधेड़ व्यक्ति पर चला गया। शायद उसके संकुचित हाथ ने भी नींद में विस्तार लिया था। अंजलि की इस अवचेतन हरकत पर बगल का वह अधेड़ व्यक्ति कसमसाया। उस औरत की तरह पलटकर उसने आक्रामक मुद्रा तो नहीं अपनायी, लेकिन उसकी कसमसाहट का संकेत नागवार ही था। जनार्दन ने त्वरित तत्परता का परिचय देते हुए झट से अंजलि के उस हाथ को भी उठाकर तनिक अपनी ओर मोड़ते हुए अपने बदन पर रख लिया। अब अनायास अंजलि उसकी ओर उन्मुख थी। अपने ऊपर उसके दायें पैर और दायें हाथ के घेरे में जनार्दन अब उसके बिल्कुल निकट हो गया था, इतना निकट कि अंजलि की साँसों का आना-जाना भी वह महसूस करने लगा था। इस महसूस ने जनार्दन को अब सर्वथा नयी गन्ध का एहसास भी कराना शुरू कर दिया। अंजलि के बदन से फूटती इस नयी गन्ध का अनुभव वह साफ-साफ कर रहा था—युवा नारी-देह की पृथक् गन्ध...! ऐसी मोहक और मादक गन्ध की अनुभूति इससे पहले उसे नहीं हुई थी। नन्दिता की उस देह-गन्ध में तो कृत्रिम प्रसाधनों की महक थी, युवा नारी देह की ऐसी स्वाभाविक गन्ध नहीं। यह तो फूल-पत्तियों जैसी प्राकृतिक गन्ध थी। अपने ढंग की बिल्कुल अनोखी गन्ध, जिसमें आम के नये मंजरों जैसा नशा था, तो फागुनी बयार जैसी मस्ती...। इस गन्ध से जनार्दन अब अपने अन्दर ज्वार भाटे का अभ्युदय पा रहा था। नन्दिता के साथ उस प्रथम क्षण में भी ऐसा वास्तविक उन्मेष उसने अनुभव नहीं किया था। वह तो एक आवेगमय क्षण था। छूटती बन्दूक की तात्कालिक परिणति। उस वक्त किसी युवा नारी की देह-गन्ध को महसूसने का धैर्य और अवसर उसे कहाँ था? तब जनार्दन की मानसिकता भी ऐसी पारखी नहीं थी?

हठात् इस पल जनार्दन को जोगीपुर कार्यालय के अपने रसिक मित्र नागेश्वर की एक बात याद आ गयी। नागेश्वर की नयी-नयी शादी हुई थी। उसके अनुसार उसकी पत्नी सर्वांग सुन्दरी थी। अपनी पत्नी के प्रति अपनी रीझ और नयी-नयी खोज का जिक्र वह अक्सर जनार्दन से करता। उसी ने जनार्दन को बताया कि स्त्रियों की चार कोटियाँ होती हैं—हंसिनी, पद्मिनी, शंखिनी और चित्रिणी...। उसके अनुसार चारों कोटि की स्त्रियों की देह गन्ध अलग-अलग और विलक्षण होती है। अपनी पत्नी को वह शंखिनी कहता था। उसके अनुसार उसकी पत्नी की देह गन्ध शंख जैसी थी। जनार्दन उसकी इन बातों को सुनकर शरारत से हँस देता। भला अलग-अलग नारियों की देह-गंध अलग-अलग कैसे? यह तो सरासर अवैज्ञानिक और मिथ्या तर्क है! जैसे खून का रंग एक होता है, पसीना एक जैसे बहता है, वैसे ही देह गन्ध

एक जैसी होती है। पर अंजलि की पृथक् देह-गन्ध ने अब नागेश्वर की बात पर पुनर्विचार के लिए उसे बाध्य कर दिया था। उसने अपने इस नये अनुभव को अपने विचारों से झुठलाने की कोशिश की—अंजलि के प्रति उसके युवा मन के आकर्षण की यह गन्ध हो सकती है, कोई अलग वास्तविक गन्ध नहीं। लेकिन अपने पार्श्व में पड़ी अंजलि की इस पृथक् गन्ध का एहसास वह फिर-फिर करता रहा। नागेश्वर के उस कथन के अनुसार पद्म पराग जैसी यह गन्ध उसे महसूस हो रही थी। शायद अंजलि पद्मिनी कोटि की स्त्री है! लेकिन अपने इस ख्याल को अपने जाग्रत विवेक के तहत उसने फिर झटकने का प्रयास किया—यह सोचना कोरा रोमैण्टिसिज्म है...रीतिकालीन कवियों की उक्तियों का प्रक्षेपण, नारी के प्रति पुरुष की भोगवादी दृष्टि का सूचक!

जनार्दन ने अपने को प्रकृतिस्थ करते हुए मन को आश्वस्त करने की कोशिश की—कहीं कोई अलग गन्ध नहीं। अंजलि के बदन से कहाँ कोई गन्ध आ रही है? थके-हारे मानुष जैसी ही तो उसकी गन्ध है...! अंजलि की देह-गन्ध की प्रामाणिकता के लिए निकट से उसका मुआयना करता जनार्दन ऊपर से तो उस गन्ध को झटक रहा था, लेकिन अन्दर-ही-अन्दर उसमें और आबद्ध होता जा रहा था। दरअसल, इस मुआयने के दौरान अंजलि की देह पर फिसलती उसकी आँखें उसके उन्नत उरोजों पर चली गयी थीं। अब जनार्दन को साफ लगने लगा था कि गन्ध यहीं से फूट रही है।...अंजलि जगी होती तो नारी-सुलभ संकोच से तत्क्षण अपने को छिपा लेती। क्या मजाल कि जनार्दन इतनी नजदीक से और इतने खुले रूप में मुआयना कर पाता?...क्षण-भर के लिए आत्म-विश्लेषण और द्वन्द्वात्मक समझ की उसकी क्षमता भी जाती रही। उस क्षण अंजलि की देह-गन्ध का स्पष्ट एहसास उसने किया। नागेश्वर की बातें अब उसे शत-प्रतिशत सही जान पड़ीं! इस गन्ध ने अब उसे उन्मत्त कर दिया। अंजलि को अपने सीने से चिपकाकर उसकी नर्म धड़कन को आत्मसात कर लेने के लिए उसका युवा मन कसमसा उठा। जनार्दन की उत्तेजना का उफान अब चरम पर था। उसके अन्दर का युवा पुरुष उसे ललकार रहा था—अब और किसी द्वन्द्व में न फँसो! इस अवसर को हाथ से न निकलने दो...! अंजलि तुझे चाहती है...। अपने झोले से चादर निकाल अंजलि और अपने को उसमें ढँक लो!...

जनार्दन ने अब चौकन्नी निगाहों से इधर-उधर देखा। निकट के ही एक दृश्य ने उसकी इस आकस्मिक आकांक्षा को और उद्वेलित कर दिया। उसने पाया, अभी थोड़ी देर पहले उससे कुछ दूरी पर एक पुरुष, एक स्त्री से बातचीत कर रहा था। अब एक चादर के नीचे दोनों सीधे हो गये थे। चादर के अन्दर की उनकी हरकतों का एहसास भी उसे हो रहा था। उसके आसपास के लोग पूर्ववत् बेसुध पड़े थे।

जनार्दन को वे स्त्री-पुरुष उम्रदराज लगे थे। साथ-साथ बीड़ी पीते और बातचीत करते हुए नयी उम्र के प्रेमी-प्रेमिका जैसे भी नहीं थे। शायद पति-पत्नी हों। शायद एक-दूसरे के चहेते हों...! जो हो, गहराती रात में अब वे अपने को रोक नहीं पाये थे। शायद अवसर और समय के अनुसार उनकी आकस्मिक इच्छाओं की यह परिणति हो...! प्लेटफॉर्म पर की रातों में चादर के नीचे ऐसे जोड़ों की ऐसी हरकतें जनार्दन ने पहले भी देखी थीं। रात के यात्री ऐसी घटनाओं को देखकर भी अनदेखा करते हैं। किसी जोड़े की आपसी रजामन्दी से कोई विवाद भी जन्म नहीं लेता है।

जनार्दन को अपनी आँख के ठीक सामने प्लेटफॉर्म के एक खम्भे से सटकर बैठे तीन युवक और एक युवती भी नजर आ रही थी। वह युवती और वे युवक रैली के ही यात्री थे। रंग-रूप और पहनावे से दलित समुदाय के जान पड़ते थे। वह महसूस कर रहा था, रात के इस गहरायेपन में उस युवती के प्रति वे तीनों अनुरक्त थे। वह युवती भी शायद उन्हें चाहती थी। दोनों ओर की इस चाहत ने ही रैली की थकान और परेशानी के बावजूद उन्हें चपल बनाये रखा था। वे एकदम करीब सटकर बैठे थे और चहकते हुए बातचीत कर रहे थे। उनकी बातचीत जनार्दन को सुनाई नहीं पड़ रही थी। लेकिन उनके पुलकित चेहरे की चंचलता वह लख रहा था...। प्लेटफॉर्म के इन उत्तेजक दृश्यों के बावजूद जनार्दन के हाथ झोले से चादर नहीं खींच पाये। अंजलि के पाँवों के नीचे पड़ी उस लड़ाकू महिला से उसे कोई डर नहीं था। नींद की स्थिति में उसके माथे और अंजलि के पाँवों के बीच अनायास अब दूरी कुछ बढ़ गयी थी। अपनी सजगता-सतर्कता में जनार्दन अंजलि के पाँवों से उसके माथे का स्पर्श नहीं होने देता। अंजलि के पाँवों को अपनी पकड़ में समेटे रखता। पर किसी आवेग और उन्माद के तहत उसके लिए सोच लेना दूसरी बात थी, उसे अंजाम तक पहुँचाना दूसरी बात...। उसके विवेक पर चढ़ता रोमांस का यह आवरण ठहर नहीं पाया।...इस बिन्दु पर पहुँचकर जनार्दन ने अब अपने को नियन्त्रित अनुभव किया। अंजलि के साथ वह ऐसा कुछ नहीं कर सकता। अपने वादे के अनुसार सिर्फ उसकी निगरानी करता रहेगा...।

जनार्दन ने अब अपने मन की लगाम थाम ली थी। इस दौरान अंजलि की देह-गन्ध के फूटते लावे का एहसास वह करता रहा। पर अब उस एहसास की उत्तेजक अनुभूतियों पर उसका विवेक भारी था। वह यथावत् अंजलि के पास बना रहा। अंजलि को सिर्फ स्नेह से निहारने और अपने पार्श्व में उसकी नरम उपस्थिति का कोमल एहसास करने भर ही अपनी सीमा उसने निर्धारित कर ली...। इस सीमा का उसे अतिक्रमण नहीं करना...!

सुबह एकदम तड़के ही अंजलि की आँख खुल गयी। कसमसाते हुए वह उठ बैठी। जनार्दन की उपस्थिति में अपने अस्त-व्यस्त कपड़ों को देख नारी-सुलभ लज्जा

से कुछ झेंप गयी। फिर फुर्ती से साड़ी ठीक करते हुए बोल पड़ी—"मैं एकदम सो गयी थी...। तनिक भी होश नहीं था...। बहुत थकी थी...!"

इस पर जनार्दन ने मीठी चुटकी ली—"इस तरह बेहोश होकर मत सोया करो...!"

अंजलि ने मुसकराते हुए पूछा—"क्या होगा ऐसे सोने पर?"

जनार्दन ने उसी लहजे में कहा—"क्या नहीं हो सकेगा?"

अब अंजलि ने शोखी से जवाब दिया—"मैं तुम्हारे भरोसे सोयी थी?"

जनार्दन ने चुहल की—"क्या कर सकता था मैं?"

अंजलि का चेहरा अब चपल हो उठा—"तुम कुछ नहीं होने देते!"

जनार्दन भी अब अपने को रोक नहीं सका—"और अगर मैं ही कुछ कर बैठता तो?"

जवाब में अंजलि का चेहरा भक् से लाल हो उठा—"तुम कुछ नहीं कर सकते थे।"

जनार्दन अब पूरे उफान पर था—"क्यों?"

अंजलि के चेहरे की लुनाई अब एकाएक बढ़ गयी—"मैं जानती थी, बगैर मेरी इजाजत के तुम कुछ नहीं कर सकते। और मैं अभी तुम्हें इजाजत देनेवाली नहीं...!"

जनार्दन के प्रश्नों के प्रवाह में कहने के लिए तो अंजलि ऐसा कह गयी, लेकिन अपने इस कहे के आशय से अवगत होते ही शर्म से सिहर उठी। उसके कपोलों पर अब फिर रक्त पलाश खिल उठे। इस क्षण जनार्दन के चेहरे पर भी रात-भर के संचित भाव उभर आये। उसे अब अफसोस होने लगा, बौद्धिक द्वन्द्व में फँसकर उस अवसर से वह क्यों वंचित हो गया? अंजलि विरोध करनेवाली नहीं! इस क्षण अंजलि के प्रति उसकी चाहत एकाएक तीव्र हो उठी। लेकिन अब इस समय सुबह के वक्त वह कुछ नहीं कर सकता था। चाहत-भरी निगाहों से अंजलि को देखते हुए सिर्फ हाथ मलकर रह गया। चिड़िया दाना चुगकर उड़ चुकी थी! शायद अंजलि जनार्दन की आँखों का यह परिवर्तित भाव समझ रही थी। उसने अब शोखी से लजाते हुए अपनी नाराजगी जाहिर की—"तुम बहुत खराब आदमी हो। चलो, अब मैं तुमसे नहीं बोलूँगी...! तुम ऐसे-ऐसे सवाल करने लगते हो कि मेरे मुँह से क्या का क्या निकल जाता है!"

अंजलि की यह नारी-सुलभ स्वाभाविक उक्ति जनार्दन को बहुत अच्छी लगी। अच्छी और प्यारी...! अपने को सँभालते हुए उसने कहा—"हमारी ओर की एक गाड़ी जा चुकी है...!"

अंजलि अब तत्क्षण उसकी ओर उन्मुख हो उठी—"कब?"

"अभी कुछ देर पहले। जब तुम गहरी नींद में थीं...।"

"तो मुझे जगाया क्यों नहीं?"

"तुम्हें जगाने के लिए ही नहीं सुलाया था। चलो, दूसरी गाड़ी का एनाउंसमेण्ट भी हो गया है...। दूसरी गाड़ी अब आ ही रही है...!"

"तब चला जाय!"—यह कहते हुए अंजलि अब एकदम तत्पर हो गयी।

जनार्दन ने उसे आश्वस्त किया—"घबराने की जरूरत नहीं। यह गाड़ी अब नहीं छूटेगी। चलो, पहले हाथ-मुँह धो लो!"

प्लेटफॉर्म की भीड़ अब कम हो गयी थी। विभिन्न दिशाओं के यात्री लौटते जा रहे थे। सारी रात यात्रियों की वापसी जारी थी। जनार्दन और अंजलि हाथ-मुँह धोकर जल्द ही तरोताजा को गये। इस दौरान अंजलि जनार्दन के लिए लगातार चिन्तित बनी रही। यह जान चुकने के बाद कि जनार्दन सो नहीं सका है वह अपना स्नेह उँड़ेलती जा रही थी—"तुमको भी तनिक सो लेना चाहिए था...। सो चुकने के बाद मेरी सारी थकान खत्म हो गयी है। मेरी हिफाजत में तुम सारी रात जगे रहे...। रैली की परेशानी के बाद यह जागना...! तुम्हारी थकान और बढ़ गयी होगी। मैं जानती तो सोती ही नहीं...। तुम सोते तभी सोती...!"

यह सुन जनार्दन ने अंजलि को समझाया—"मेरे लिए इतनी चिन्ता न करो...। मैं चाहे सो लूँ या जगा रहूँ, कोई फर्क नहीं पड़ता...दो-तीन घण्टे तक बदन ढीला कर लेट गया, बस, उतने से ही मेरा काम चल जाता है। मुझे कोई परेशानी नहीं है।"

हाथ-मुँह धो लेने के बाद प्लेटफॉर्म पर दोनों ने साथ-साथ चाय पी। रैली की भीड़ ने चाय वालों की बिक्री बढ़ा दी थी। रैली के सामान्य जन सम्भवतः और कुछ खरीद सकने में समर्थ नहीं थे। इसीलिए चाय की दूकानों पर ही टूट पड़े थे। जनार्दन और अंजलि ने विचार कर लिया था, रास्ते में कुछ खरीद कर खाते रहेंगे। अभी खराई मिटाने के लिए सिर्फ चाय काफी है...।

अंजलि अब अपनी टुकड़ी और क्षेत्र के लोगों के बारे में पूछने लगी—"चैती कहीं नजर आयी? मेरी टुकड़ी की अन्य महिला साथिनें रात में कहीं दिखीं?"

जनार्दन ने उसे समझायां—"रात में किसी से भेंट होने का सवाल ही नहीं था...। तुम्हें सोते छोड़ मैं कहीं हटा ही नहीं...। सम्भव है, पहली गाड़ी से हमारी ओर के कुछ लोग चले गये होंगे...। जो बचे होंगे, वे प्लेटफॉर्म के उस छोर पर होंगे...। हमारी ओर जानेवाली गाड़ी उसी छोर पर आती है...!"

अंजलि और जनार्दन अब तेजी से उस छोर की ओर बढ़ चले। यह गाड़ी उन्हें नहीं छोड़नी थी। अब जल्द से जल्द अपने घर पहुँचने के लिए वे व्यग्र हो उठे थे।

प्लेटफॉर्म के उस छोर पर पहुँच वे हर्षित हो गये। सचमुच उस छोर पर अपनी ओर के लोग नजर आ रहे थे। चैती तो सम्भवतः चली गयी थी। लेकिन अंजलि की टुकड़ी की अन्य तीन महिला साथिनें वहाँ थीं, जिन्हें देखते ही अंजलि खुशी से उनसे लिपट गयी—"तुम सब कहाँ थीं? मैं तुम्हें ढूँढ़ रही थी!"

जनार्दन की टोली के दो युवक और जोगीपुर कार्यालय के अन्य कई साथी भी उससे मिले। जनार्दन ने भी अब टुकड़ी प्रमुख की हैसियत से उनकी खोज-खबर ली। आत्मीय लहजे में कहा—"तुम लोगों को बहुत परेशानी हुई होगी! संयुक्त रैलियों में ऐसी अव्यवस्था होती ही है...!"

अब एक साथ एकत्रित हो रहे वे इत्मीनान में होते जा रहे थे। जनार्दन अब निश्चिन्त था। अंजलि भी अब आश्वस्त थी। गाड़ी की प्रतीक्षा में रैली की भगदड़ और रात के अनुभवों को अब वे एक-दूसरे से बाँटने लगे...!

9

जनार्दन चाहते हुए भी लेख पूरा नहीं कर सका। सोभिया काकी की मुक्ति-कार्रवाई के बाद राधेगाँव से उसके लौटते हुए अंजलि के 'जल्दी कब' ने उसे इत्मीनान नहीं होने दिया। उसे अंजलि के यहाँ हो आना चाहिए था। गिरधारी काका से मिल लेना चाहिए था! उसने कहा था, वह जल्दी आएगा। तब अंजलि ने पूरे मन से पूछा था—"जल्दी कब?"

रैली की उस रात में प्लेटफॉर्म पर उसका कथन 'अभी मैं तुम्हें इजाजत देनेवाली नहीं।' उसके कुछ समय बाद यह कथन 'जल्दी कब?' जनार्दन उस 'अभी नहीं' से इस 'जल्दी कब' की संगति बैठाते हुए अब अन्दर-ही-अन्दर बेचैन हो उठा! रैली प्रसंग के स्मरण ने उसकी इस बेचैनी को और बढ़ा दिया था। अंजलि के प्रति अपने अन्दर अब वह घना खिंचाव महसूस कर रहा था।

हठात् इसी क्षण जीतन दास के यहाँ उसकी बीमार भैंस के इलाज के लिए मवेशी डॉक्टर भेजने की अपनी बात उसे स्मरण आयी। वह कार्यालय की छत से नीचे उतर आया। सम्भव है, कार्यालय के मित्रों ने अब तक मवेशी-डॉक्टर भेज दिया हो। उसकी अपनी पार्टी के रहमत जी जोगीपुर कस्बे के तजुर्बेकार मवेशी डॉक्टर हैं। अगर वे चले गये होंगे तो ठीक, अन्यथा जल्द-से-जल्द उन्हें राधेगाँव पहुँचाना

होगा। घटनास्थल पर किये अपने वादे को पूरा करना होगा। लोगों को यह न लगे कि एक को पीड़ामुक्त कर दूसरे को पीड़ा में डाल देना उनका उद्देश्य था। लेकिन कार्यालय-सचिव की सूचना ने उसे आश्वस्त कर दिया—"रहमत जी के पास हम खबर भेज चुके हैं...। वे आ ही रहे होंगे। गणेश किसी काम से अपने घर गया है। वह भी आता होगा। रहमत जी को गणेश लेता जाएगा! उसके जिम्मे यह काम लगा दिया है।"

इस पर जनार्दन ने छूटते ही कहा—"काफी देर हो गयी है। अब तक तो रहमत जी को वहाँ पहुँच जाना था। अब और देर उचित नहीं। मैं स्वयं जाता हूँ। उधर से ही रहमत जी को ले लूँगा। गणेश आये तो कह दीजिएगा, वह कार्यालय में रहे...।"

और जनार्दन तेजी से चल पड़ा। डॉ. रहमत को राधेगाँव ले जाने के बहाने अंजलि के 'जल्दी कब' को भी उसे मूर्त रूप देना था। अब अपने को चाहते हुए भी वह रोक नहीं पा रहा था। इस कार्य में अन्य साथियों को साथ ले चलने की आवश्यकता उसने महसूस नहीं की। ऐसे मामले में जवाबी प्रतिरोध की सम्भावना नहीं होती। बाप-बेटे जीतन दास और दोनों ओझाओं को अपनी गिरफ्त में स्कूल पर लाने के बाद उसने अनुभव किया था, राधेगाँव की बहुसंख्यक आबादी इस कार्रवाई के पक्ष में है। इस स्थिति में अब रहमत के साथ वह अकेले काफी है। अपना गोपनीय अस्त्र उसने साथ रखा था। उसे किसी पर हमला नहीं करना। पर अपने ऊपर किए हमले का करारा जवाब देने से पीछे भी नहीं हटना...!

डॉ. रहमत को लेकर जनार्दन जब जीतन दास के घर पहुँचा तो दोपहर ढल रही थी। आकाश में बेतरतीब बादल इधर-उधर दौड़ रहे थे। जीतन दास के टोले के लोग अपने घरों एवं दरवाजों पर अपने कामों में लगे थे। जनार्दन पर नजर पड़ते ही उनके कान खड़े हो गये। मुँह से तो उन्होंने कुछ नहीं कहा, लेकिन उनके खामोश चेहरे से स्पष्ट प्रश्न ध्वनित हो रहे थे—"अब क्यों आये हो? अब किसे पकड़ना है?"

जनार्दन ने देखा, जीतन दास के घर का दरवाजा पूर्ववत् खुला था। उसकी पत्नी दरवाजे पर ही थी। जनार्दन पर नजर पड़ते ही वह काँप उठी। कलपते हुए अब वह बोलने लगी—"फेरू आ गइल जा...। अब केकरा के धरब जा...। अब कतना सजइया देब जा...। अब हम कवनो लायक न हीं। अब आउर तबाह मत कर जा...!"

जनार्दन ने अब उसे समझाया—"तुम्हारी भैंस के इलाज के लिए हम आये हैं। देखो, ये मेरे साथ डॉक्टर साहब भी हैं...!"

जनार्दन की यह बात सुनते ही आश्चर्य से उसका मुँह खुला रह गया। वह

उन्हें विचित्र नेत्रों से देखने लगी। डॉ. रहमत को लेकर जनार्दन अब भैंस के पास आ गया। भैंस पूर्ववत् पड़ी थी। रहमत ने भैंस की जाँच की। फिर कुछ जरूरी दवाएँ जीतन दास की पत्नी के हाथ में थमाते हुए कहा—"तुम्हें और पहले भैंस का इलाज कराना चाहिए था। डायन-भूत के चक्कर में तुम लोगों ने भैंस की बीमारी बिगाड़ दी है...। अब जल्दी से दवा शुरू कर दो। उम्मीद है, दवा से फायदा होगा...!"

इस दौरान जीतन दास की पत्नी के चेहरे के भाव लगातार बदलते रहे। शायद वह यह समझ नहीं पा रही थी कि ये कैसे लोग हैं जो एक ओर तो उसके पति और बेटे को पकड़कर जेल ले गये और दूसरी ओर उसकी बीमार भैंस की दवाई करने आ धमके हैं!

जीतन दास की पत्नी के साथ एक अधेड़ उम्र का व्यक्ति भी वहाँ उपस्थित था। वह कुछ बोल नहीं रहा था। सिर्फ चुपचाप देख रहा था। यह जानकर जनार्दन के मन को काफी राहत मिली कि वह जीतन दास का साला था। जनदेश की औचक कार्रवाई की सूचना पर सहायता के लिए पहुँचा था। जीतन दास बाप-बेटा दोनों की अनुपस्थिति में बीमार भैंस की निगरानी के लिए आ गया था।

जनार्दन ने सोचा था कि जीतन दास की भैंस को डॉ. रहमत से दिखाकर वह अंजलि के यहाँ पहुँचेगा। एकाएक उसके घर पहुँचकर उसे चमत्कृत कर देगा? उसके 'जल्दी कब' का उत्तर दे देगा—'लो आ गया...!' लेकिन अंजलि के घर उसके पहुँचने से पहले ही अंजलि चैती को लेकर जीतन दास के यहाँ आ धमकी। जनार्दन के आने की खबर पाते ही वह भागते हुए पहुँची थी। जनार्दन ने देखा, वह हरे रंग के साड़ी-ब्लाउज में थी। बरसाती मौसम को जैसे परवान चढ़ाती जान पड़ रही थी। जनार्दन के पुनः आगमन से उसका चेहरा हुलस उठा था...। जनार्दन के करीब पहुँच वह कुछ बोलना ही चाह रही थी कि जनार्दन ने सफाई देनी शुरू कर दी—"अब मैं तुम्हारे ही यहाँ आ रहा था। रास्ते में ही सोच लिया था कि भैंस के इलाज के बाद सीधे तुम्हारे घर पहुँचूँगा...!"

इस पर अंजलि ने मधुर उपहास से जनार्दन को कटघरे में लेने की कोशिश की—"हमें पहुँच आयी देख झूठ मत बोलो...। स्कूल से जैसे लौट गये थे, यहाँ से भी लौट जाते...!"

जनार्दन की इच्छा हुई कि सच्ची बात कह दे, "तुम्हारे पास आने के लिए ही बहाने के रूप में डॉ. रहमत को साथ लाया हूँ...! उन्हें लाने का जिम्मा तो गणेश का था। पर तुम्हारे खातिर उसे रोककर मैं आया हूँ...।"

लेकिन चैती की उपस्थिति में वह ऐसा नहीं कह सका। उसने मुस्कराते हुए सिर्फ इतना ही कहा—"मेरी बात का विश्वास करो। तुम तो जानती हो, मैं झूठ नहीं बोलता। चलो, अब तुम्हारे साथ ही चलता हूँ। काका को देखे बगैर अब मुझे चैन

नहीं....!''

डॉ. रहमत उनकी बात सुन रहा था। अब उसने जनार्दन से इजाजत लेने की कोशिश की—''तुम जाओ जनार्दन। अब मैं वापस लौट जाता हूँ। शाम में दो-तीन मवेशियों को देखने के लिए मैंने समय दिया है... ।''

इस पर अंजलि ने उसे भी साथ ले चलने की कोशिश की—''मेरे यहाँ आपको भी चलना है डॉक्टर साहब! चाय पीकर ही आपको जाना है...!''

जवाब में डॉ. रहमत ने कहा, ''नहीं अंजलि बहन! मुझे छोड़ दो। जिन मवेशियों को मुझे देखना है, उनकी हालत भी गम्भीर है, यह ज्यादा जरूरी काम है...!''

जनार्दन ने रास्ते में ही डॉ. रहमत को बता दिया था, अस्वस्थ गिरधारी काका को उसे देखना है। उन्होंने रास्ते में ही तय कर लिया था, घटना-स्थल से रहमत सीधे वापस हो जाएँगे और जनार्दन अंजलि के यहाँ चला जाएगा। अपनी उस योजना के अनुसार डॉ. रहमत वापस हो गये। उन्हें विदा कर जनार्दन अंजलि और चैती के साथ चल पड़ा। उसने अंजलि से फिर कहा—''तुमने यहाँ आने का बेकार कष्ट किया...। मैं स्वयं आ जाता...। काका से बगैर मिले इस बार मैं जा नहीं सकता...!''

शायद अंजलि ने जनार्दन के इस कथन का आशय ताड़ लिया। सम्भवतः यह सोचकर जनार्दन ने ऐसा कहा था कि युवा अंजलि द्वारा दिन में उसके साथ उसके घर जाना देख राधेगाँव के लोग कुछ सोच न बैठें। पर जवाब में अंजलि ने अपनी निर्भीकता का परिचय दिया—''मुझे और चैती को कोई परेशानी नहीं...! हमारे साथ चलने में अगर तुम्हें कोई परेशानी हो तो कहो! अपनी पार्टी के भाई-बन्धुओं के साथ रोज हमारा आना-जाना होता है...!''

जनार्दन ने अनुभव किया, अंजलि की इस उक्ति में संगठन से जुड़ने की शक्ति का इजहार निहित था। सचमुच जनदेश से जुड़कर अंजलि कितनी उत्साही, कितनी निर्भय हो गयी थी! अब राधेगाँव के लोगों में यह हिम्मत नहीं कि उसे छेड़ सकें या तंग कर सकें! जनार्दन ने मुस्कराते हुए अब हथियार डाल दिया—''मुझे कोई परेशानी नहीं है। मुझे क्या परेशानी हो सकती है? तुम्हारे तर्कों से मैं नहीं जीत सकता...!''

इस पर अंजलि ने शरारत भरे शब्दों में कहा—''सिर्फ तर्कों से ही नहीं, किसी भी मामले में तुम हमसे नहीं जीत सकते। तुम लोगों ने अपने मुकाबले हमें अवसर ही नहीं दिया। हमें महिला होने का एहसास कराते हुए कमजोर बनाये रखा...!''

जनार्दन ने अब बात बदलने की कोशिश की—''अभी मुझे भूख लगी है। अभी मैं बहस करने के मूड में नहीं। चलो, पहले कुछ खिलाओ, तब बहस करना...!''

जनार्दन के इस मधुर हस्तक्षेप पर अंजलि और चैती दोनों हँस उठीं। अब

उनकी चाल बढ़ गयी। गाँव की मुख्य गली को पार कर अब वे अंजलि के दरवाजे पहुँच आये। अंजलि ने अपने घर के दोमुँहे में ही जनार्दन को पूर्ववत् बैठाया। फिर चैती को जनार्दन के पास छोड़ते हुए कहा—"तू जनार्दन के पास बैठ चैती। मैं अभी आयी...!"

और वह फुर्ती से घर के अन्दर चली गयी। इसके बाद तत्क्षण अपने माँ-पिताजी को जनार्दन के आने की सूचना दे वापस आ गयी। जनार्दन जहाँ बैठा था, उसके पास ही दो-तीन खाली गिलास पड़े थे। निकट ही स्टील का एक प्लेट भी रखा था, जिसमें गुड़ के कुछ टुकड़े थे। जनार्दन चैती से पूछ रहा था—"लगता है, यहाँ अभी कुछ और लोग आये थे?"

लेकिन चैती के जवाब देने से पहले ही अंजलि वहाँ पहुँच आयी थी और उसने जनार्दन का प्रश्न सुन लिया था। अब वह बोल उठी—"बजरंगपुर के जनदेश भाई आये थे...। जीतन दास के यहाँ पार्टी कार्रवाई की सूचना पर पहुँचे थे। पछता रहे थे कि और पहले आये होते तो पूरी टुकड़ी से मिल लेते...!"

जनार्दन के मुँह से अब बरबस निकल गया—"बहुत खूब। बहुत अच्छा...!"

अंजलि की इस सूचना से अपनी पार्टी कार्यकर्ताओं की सक्रियता पर जनार्दन का विश्वास और बढ़ गया। वह समझ रहा था, जनदेश की लगातार बढ़ती जनप्रियता का कारण भी यही है। राधेगाँव से बजरंगपुर की दूरी कोई खास नहीं। बजरंगपुर, राधेगाँव का पड़ोसी गाँव है। वैसे अगर उसकी दूरी कुछ अधिक भी होती तब भी अपनी पार्टी की औचक कार्रवाई की भनक लगते ही कार्यकर्ता भाई आ धमकते। जनार्दन को जनदेश पार्टी की यह सबसे बड़ी खासियत जान पड़ती कि उसकी मुहिम पर उसके सदस्य जहाँ कहीं भी होते, सीधे वहाँ पहुँच जाते। पूर्व सूचना न मिलने का शहरी बहाना उनके पास नहीं होता। बजरंगपुर में पार्टी ने अपनी विशेष पहचान कायम की थी। पार्टी समर्थक गाँवों में बजरंगपुर मशहूर था। जनार्दन, अंजलि और चैती से अब यह कहने ही जा रहा था कि उन्हें राधेगाँव को भी बजरंगपुर की तरह ही बनाना है। पर अंजलि के माँ-बाप इसी समय वहाँ आ गये। जनार्दन ने हाथ जोड़कर खड़े होते हुए उनका अभिवादन किया—"कैसे हैं काका? आप कैसी हैं काकी...?"

इस पर पहले काकी ने निहाल होते हुए कहा—"इस बुढ़ौती में अब हम कइसे रहेंगे बेटा? जइसे हैं, ठीके हैं...सोभिया को बचाकर तुम लोगन ने खूब नीमन काम किया। ऊ दोनों हाथों से तुम सबन को असीस रही है...। भगवान तोहरा लोगन प हमेशे सहाय रहें...। तोहरा लोगन के पीठ में कबहूँ धूर मत लगे...। असहीं पकड़त रहो!"

अब गिरधारी काका ने भी पत्नी की बात का एक छोर पकड़ते हुए अपनी

प्रतिक्रिया जाहिर की—"सउँसे राधेगाँव तुम लोगों को सराह रहा है। तुम लोग बखत पर नहीं आते तो सोभिया मरा गयी रहती...। अपने एही गाँव में डायन के नाम पर कई औरतों को मराते हुए हमने देखा है। हमको यह बहुत खराब लगता था। बाकिर सबको चुप देखकर हम भी चुप रह जाते हैं। अब हमको लगता है कि हमको चुप नहीं रहना चाहिए था...। तुम लोगन ने सबकी आँख पर बँधी पट्टी हटा दी है...!"

काका की बात सुन जनार्दन का मन हुलसित हो उठा। अपनी पार्टी की उक्त कार्रवाई पर अब उसे गर्व हो उठा। उसने काका से अब पूछा—"यहाँ राधेगाँव में अब आपको कोई कठिनाई तो नहीं!"

जवाब में गिरधारी काका के चेहरे की झुर्रियों में जैसे शक्ति आ गयी—"अब केकर दिन बचवा जे हमें आँख दिखा दे...! जनदेश का नाम सुनते ही सब बिलाई हो जाते हैं...। अब हम अफसोस खाते हैं कि अपना जवानी में अइसी कोई पार्टी काहे नहीं थामी? होह घरी हम यही बूझते थे कि अपनी ताकतवर देह और सवंगगर परिवार से बढ़कर कुछ नहीं...। बाकिर जनदेश की भूमिका देखकर हम दंग रह गये हैं। अब रात में केंवाड़ी खोलकर भी सूतने पर कवनो डर नहीं...। अंजलि को अपनी पार्टी से जोड़कर तुम लोगन ने खूब बढ़िया किया। हमारी सब चिन्ता हर ली। अब तो इ शेरनी बन गयी है...शेरनी...! हमारे भाई-भतीजों को अंजलि की ओर देखने की अब हिम्मत नहीं...!"

जनार्दन से अपने पिता की यह बातचीत शुरू होते ही अंजलि चैती को लेकर अन्दर चली गयी। जनार्दन समझ गया, उसे खिलाने के इन्तजाम में अंजलि अन्दर गयी है। गिरधारी काका तनिक विराम देकर पूर्ववत् कहते रहे—"तुलसीदास ने लिख दिया है बचवा—संघे शक्ति कलियुगे। अब हम उसका वास्तविक रूप भी देख रहे हैं। आज संगठन जवन चाहता है तवने होता है...। अब तो ई बात भी हमरे मन में जम रहल है कि अच्छाई चाहेवाला कवनो मजबूत संगठन ही देश को बदल सकता है। अंजलि की बात सुन-सुनकर आजादी की लड़ाई याद पड़ जाती है...।"

जनार्दन को गिरधारी काका की बात बहुत जँच रही थी। अपनी आंचलिक बोली में जन पक्षधर पार्टियों की जुझारू अस्मिता का वे उद्घोष कर रहे थे। जनार्दन ने खुद 'जनदेश' से जुड़कर अपनी शक्ति का विस्तार पाया था। राव मानवेन्द्र बाबू के यहाँ से लौटने पर अपनी उफनती चेतना के लिए जिस फलक की उसे जरूरत थी, जनदेश से जुड़कर ही उस फलक को वह पा सका था। उसने गिरधारी काका की बात का समर्थन करते हुए कहा—"लोकतन्त्र में संगठन की शक्ति से बढ़कर कोई शक्ति नहीं होती काका...। मजबूत संगठन से टकराकर कोई विजयी नहीं हो सकता...। संगठन के आगे इक्के-दुक्के लोगों की रंगदारी नहीं चलती! यह लोकतन्त्र

ही है कि संगठन के बल पर यहाँ रंक भी राजा बन सकता है और सर्वशक्तिमान राजा भी अपने राजपाट से अलग हो सकता है! अपने यहाँ की जनतान्त्रिक व्यवस्था में राष्ट्रीय और क्षेत्रीय स्तर की अनेक पार्टियाँ कायम हो गयी हैं काका। लेकिन जो पार्टियाँ अपने सदस्यों के प्रति निष्ठावान हैं तथा जनता की समस्याओं से मुठभेड़ करती हैं, वास्तविक जनाधार उन्हीं के पास है...!''

गिरधारी काका की मन माफिक बात से उत्साहित जनार्दन अपनी बात को इसी तरह आगे बढ़ाता जा रहा था कि अपने हाथों में नाश्ते की प्लेट तथा लोटा-गिलास ले अंजलि और चैती आ पहुँची। अंजलि के दोनों हाथों में भाप उड़ाते गर्म नाश्ते के प्लेट थे तथा चैती ने पानी से भरा लोटा और गिलास थाम रखा था। अंजलि ने पहुँचते ही जनार्दन की बात में विराम लगा दी—''पहले कुछ खा लो तब फिर लेक्चर झाड़ना। इसी के लिए तो पिताजी तुम्हें बुला रहे थे...। तुम्हारी बहुत तारीफ करते हैं!''

अंजलि की इस मीठी चुटकी पर जनार्दन ने हँसते हुए कहा—''काका को हम क्या सुनाएँगे अंजलि...। काका से तो हमें बहुत-कुछ सीखना है। काका के पास जो अनुभव और समझ है, वह दुर्लभ चीज है...!''

इस पर नाश्ते के प्लेटों को रखते हुए अंजलि ने कहा—''अच्छा, अब पिताजी की बड़ाई बाद में करना। शाम के चार बज रहे हैं...। पहले यह नाश्ता कर लो...!''

जनार्दन ने देखा नाश्ते के रूप में अंजलि मीठा और नमकीन दोनों लेकर आयी थी। मीठे के रूप में आटे गुड़ और शुद्ध घी का गर्म हलवा था, जिसकी खुशबू पूरे दुमुँहे में फैल गयी थी...। शुद्ध घी के हलवे की यह खुशबू अब बहुत कम मिलती थी। इस खुशबू ने जनार्दन के मन को हरा कर दिया...। घर पर जब जनार्दन की माँ शुद्ध घी का यह हलवा बनाती है तो दरवाजे पर ही इस खुशबू का एहसास उसे हो जाता है। उसकी माँ जानती है, यह हलवा उसे विशेष प्रिय है। इसीलिए अक्सर बनाती है तो क्या अंजलि भी यह जानती है? मगर कैसे? उसने अंजलि को अपनी यह रुचि तो कभी बतायी नहीं। ऐसी जानकारी देने का अवसर ही उसे कहाँ मिला? फिर उसे लगा, यह संयोग और सुविधा की बात भी हो सकती है...। जल्दी में हलवा के अतिरिक्त और कोई नाश्ता बन भी तो नहीं सकता! ग्रामीण समाज में शीघ्र और बेहतर नाश्ता इसके अतिरिक्त और कुछ होता ही नहीं!

जनार्दन देख रहा था, हलवे के साथ जो नमकीन लेकर अंजलि आयी थी, वह 'चरौरी' थी। फूली हुई चरौरियाँ ताल मखाने की सफेदी को भी मात कर रही थीं। 'चरौरी' ग्रामवासियों के लिए सबसे सस्ता और पर्याप्त खस्ता नमकीन खाने पर शहरी पापड़ों और भुजियों से भी अधिक कुरकुरी और स्वादिष्ट...! हलवे और चरौरी से भरे इन दोनों प्लेटों को देखकर जनार्दन बोल उठा—''अरे, यह तो बहुत

है...। यह नाश्ता नहीं, यह तो पूरा खाना है! इतना मैं नहीं खा सकता...!''

इस पर गिरधारी काका ने कहा—''इसी उमर में तुमको यह अधिक बुझा रहा है...। तोहरी उमर में तो हम इसका दो गुना ले लेते थे...!''

जनार्दन ने अब विनम्रता से काका को समझाया—''आपका वह समय दूसरा था काका...। आपकी पीढ़ी में ऐसी सामर्थ्य थी। आपकी पीढ़ी का मुकाबला हमारी पीढ़ी नहीं कर सकती...। इतने में तो हम कई साथी खा लेंगे...।''—और उसने अंजलि से कहा—''इसमें से आधा निकालकर काका-काकी को दो और चैती के साथ तुम भी ले लो...। सचमुच यह अधिक है...!''

जवाब में अंजलि ने कहा—''हमें अभी भूख नहीं।''

चैती ने भी अंजलि की बात का अनुसरण किया—''हम अभी थोड़ी ही देर पहले खाये हैं...। तुम खाओ। बाहर से आये हो। थके-हारे हो। तुम्हारे लिए यह जरूरी है!''

अंजलि की माँ ने भी अपनी सहमति व्यक्त की—''हाँ बेटा! तुम खाओ। हमारी इच्छा अबहीं कुछुओ खाने की नहीं...। बाद में हम खा लेंगे...!''

पर जनार्दन तैयार नहीं हुआ—''हम सब साथ-साथ खाएँगे काकी। अकेले मुझसे खाया ही नहीं जाएगा...। जो मजा बाँट-चूँट कर खाने में है, वह अकेले खाने में नहीं...!''

अनुभवी गिरधारी काका ने जनार्दन का भाव समझ लिया। कहा—''हम लोगन के लिए भी थोड़ा-थोड़ा लेती आ अंजलि...। अवधि का भोज अकेले पूरा नहीं होता...!''

जनार्दन अब बीच में ही बोल पड़ा—''नहीं अंजलि, अन्दर से अब नहीं लाना है। यही बहुत है। बस कुछ खाली प्लेटें लेती आओ...!''

अंजलि अपनी पार्टी के दस्तूर से परिचित थी। पार्टी-आयोजनों एवं पार्टी के भाई-बन्धुओं के बीच साथ-साथ ही खाना होता था। यह साथ-साथ का खाना अंजलि को भी पसन्द था। जनार्दन की इच्छा के अनुसार अब वह खाली प्लेटें लेकर आ गयी। उसने और चैती ने सबके लिए परोस दिया। वे साथ-साथ खाने लगे। यह साथ-साथ का खाना सचमुच सबको जँच रहा था। एक आदमी खाता रहे और अन्य लोग बैठकर देखते रहें, यह अच्छा नहीं लगता। यहाँ इस बात की अनुभूति से अंजलि का चेहरा पुलक से भर उठा कि अपनी उपस्थिति से जनार्दन ने उसके घर को पार्टी के दस्तूर से जोड़ दिया है। अब इस सहभोज का स्वाद बढ़ाते हुए चैती ने सूचना दी—''मेरे टोले के कई लड़के जनदेश में शामिल होने के लिए तैयार हैं...। माह के आखिर तक इस गाँव में हमारी संख्या बढ़ जाएगी...।''

इस सूचना पर जनार्दन खुशी से उछल पड़ा—''इतनी महत्त्वपूर्ण खबर अब

तक तूने क्यों छिपायी थी चैती? इसे तो सबसे पहले बताना था। यह खबर देकर तूने मुझे प्रसन्न कर दिया। इस राधेगाँव को भी हमें बजरंगपुर की तरह बना देना है...। राधेगाँव पर तो मेरी उम्मीद उससे भी अधिक है।''

इस पर अंजलि की माँ ने हस्तक्षेप करते हुए विषयान्तर किया—''सब कुछ तो ठीके है बेटा...। बाकिर यह अंजू (अंजलि) बिआह का नाम सुनते ही बरज देती है...। इसका बिआह कर हम भी निश्चिन्त हो जाते...। जाने इसकी मति में का सवार है कि हमारी बात ई बुझिये नहीं रही है!''

यह सुन गिरधारी काका ने भी अपनी चिन्ता जाहिर की—''अंजलि की माई नीक कह रही है बबुआ। तू इसे समझा दे। तोहरी बात ई मानती है। बिआह के बाद भी तो इसे एहिजे रहना है। अपना सब खेत-बघार हमने इसके नाम करिये दिया है। बाकिर बिआह की हमारी बात ई नहीं मान रही है।''

उनकी इस बात से जनार्दन को साफ लगा, गिरधारी काका दोनों पति-पत्नी अंजलि की शादी के लिए चिन्तित हैं। अंजलि के नकार ने दोनों को समान रूप से व्यथित कर रखा है...। जनार्दन ने देखा, इस क्षण अंजलि के चेहरे पर उसके अन्तर्मन के सघन भाव छा गये थे, जिससे उसका चेहरा धप-धप लाल हो उठा था। उस क्षण वह एकटक जनार्दन को ही देखे जा रही थी। उसे इस स्थिति में झेल सकना जनार्दन के लिए अब मुश्किल था। इससे पहले एक बार उसने अंजलि से पूछा था--''तुमने शादी के लिए अपने माँ-बाप को मना क्यों किया?''

जवाब में वह प्रतिप्रश्न कर उठी थी—''और तुमने अपने माँ-बाप को क्यों मना किया?''

अंजलि के उस प्रतिप्रश्न पर जनार्दन की बोलती बन्द हो गयी थी। जनार्दन को कटघरे में खड़ा करते हुए उसने चेतावनी दी थी, फिर कभी मत पूछना कि मैंने 'ना' क्यों कहा? अंजलि की वह बात जनार्दन के कानों में यहाँ फिर गूँज उठी थी। उसने काका को समझाते हुए कहा—''पार्टी को अभी अंजलि की बहुत जरूरत है काका। समय आने पर शादी-ब्याह भी हो जाएगा। आप लोग अंजलि की चिन्ता न करें। पार्टी से जुड़कर अंजलि अब अकेली नहीं रह गयी है...। अनेक भाई-बहनों के बीच है...!''

यहाँ चैती ने जनार्दन की मदद की। उसने अंजलि की माँ को समझाते हुए कहा—''शादी कोई बहुत जरूरी नहीं है चाची। अब जमाना पहले वाला नहीं रह गया है। समाज सेवा में लगे लोगों को शादी की जरूरत नहीं पड़ती है। समझिये तो पूरा समाज ही अपना परिवार है!''

चैती की बात सुन जनार्दन अभिभूत रह गया। पार्टी की चेतना ने इस गँवई लड़की के विचारों को कितना परिष्कृत कर दिया है! वह सुखद आश्चर्य से चैती

को देखता रह गया।

चैती ने अब कुछ समय के लिए विदा लेते हुए कहा—"साँझ हो चली है। माई ताक रही होगी। अपने घर हो आती हूँ।"

इस पर जनार्दन ने भी अंजलि से कहा—"मैं भी अब चलूँगा। मेरे जिम्मे अभी कई काम हैं...!"

यहाँ अंजलि ने अपनी आँखों से उसे बरजने की कोशिश की—"आज तुम्हें नहीं जाना है।"

चैती तो अंजलि की आँखों की आवाज बन गयी। उसने जाते-जाते कहा—"अब आज रुक जाओ। कल जाना...। नहीं मानोगे तो मेरे आने के बाद जाना...। मैं जल्दी ही आ रही हूँ...।"

गिरधारी काका ने भी उसे रोकते हुए कहा—"साँझ के बखत अब कतहुँ मत आओ। साँझ में मेहमान नहीं जाते। कल भिनसारे निकल जाना!"

जनार्दन ने कुछ झिझकते हुए कहा—"हम लोगों के लिए क्या साँझ, क्या बिहान काका! अँधेरा घिरते-घिरते लौट जाऊँगा...।"

अब अंजलि को भी लग गया कहीं सचमुच जनार्दन इसी वक्त निकल न जाए, इसीलिए उसने चट कहा—"पार्टी मीटिंग के लिए जो नया लेख तैयार किया है उस पर तुमसे विचार-विमर्श करना है...। बैठो बस अभी लाती हूँ...!"

जनार्दन से अभी तो उसने कोई बातचीत ही नहीं की थी। इस लेख के बहाने उसे बिलमाने के सिवाय अब कोई दूसरा रास्ता नहीं था। वह लेख लाने चल पड़ी। इस बीच चैती के जाते ही अंजलि की माँ भी अपने गृह-कार्य में जा लगी। गिरधारी काका भी अपने कमरे में मानस-पाठ के लिए चल पड़े। रोज शाम को मानस की चौपाइयाँ बाँचने की उनकी पुरानी दिनचर्या थी। अंजलि जब लेख लेकर लौटी, जनार्दन अकेला था। अपने घर के दुमुँहे (निकसार) में जनार्दन के साथ अपने को अकेली पाकर अंजलि क्षण-भर के लिए किसी अज्ञात आकर्षण के वशीभूत उसे निहारती रही। उस वक्त उसके मुखड़े पर उसके मन की संचित लुनाई उभर आयी थी। इधर जनार्दन की आँखों की चपलता भी बढ़ गयी और चेहरे पर अपूर्व ताजगी लौट आयी। दोनों एक-दूसरे को ऐसे देखने लगे, जैसे इससे पहले कभी देखा ही न हों...। वे एक-दूसरे से बहुत-कुछ कहना चाह रहे थे लेकिन शब्द उनके होठों पर फूट ही नहीं रहे थे। ऐसा अवसर जाने कब मिले, यह सोचकर जनार्दन ने अपने को उँड़ेलना शुरू कर दिया—"इस लेख पर बातचीत के लिए ही तुमने बुलाया था—जल्द कब?"

"तो क्या करती? तुम तो जब आते हो, घोड़े पर सवार होकर आते हो? रुकनेवाले से कोई बात होती है न, आते ही जानेवाले से नहीं...!"

"क्या करूँगा रुककर? जानता हूँ, रात होते ही तुम दिल्ली जंक्शन की भाँति सो जाओगी...! मुझे रात-भर जागकर तुम्हारी अगोरिया करनी पड़ेगी...। इस रतजगे के लिए यहाँ नहीं आया हूँ।"

"ऐसा नहीं होगा। वह अजनबी जगह थी। यह मेरा अपना घर है। यहाँ तुम सोओगे और मैं जागकर तुम्हारी अगोरिया करूँगी...!"

"ऐसा मैं नहीं होने दूँगा...। मैं सोता रहूँ और तुम जगो, यह मेरे लिए असह्य है...।"

"तब हम दोनों जगेंगे। सारी रात बातचीत करेंगे। पार्टी के अनेक मुद्दों पर तुमसे कई जरूरी बातें करनी हैं...।"

"पार्टी मुद्दों पर तो हम अक्सर बातचीत करते हैं। रात के एकान्त में भी वही सब करेंगे...!"

"तो और क्या करेंगे?"

"तुम इजाजत दोगी तो क्या नहीं कर सकते?"

अंजलि का चेहरा अब सुर्ख लाल हो उठा....उसने अपने को संयत करते हुए कुछ चुहल से कहा—"तुम बहुत खराब आदमी हो। मैं जानती कि ऐसी-वैसी बात करोगे तो तुम्हें नहीं बुलाती...!"

"और मैं भी जानता कि तुम वैचारिक बहस के लिए बुला रही हो तो इतनी तत्परता से नहीं आता...। पार्टी-कार्यालय में तो हमारी बहसें होती ही हैं...!"

अंजलि अब सजग हो गयी। उसने पूरे आत्मविश्वास के साथ जनार्दन की आँखों में आँखें डालकर अब पूछा—"झूठ न बोलना और मजाक न करना। अब सच-सच बताओ, मेरी इजाजत के लिए अभी तुम तैयार हो?"

अंजलि ने जिस तल्ख अन्दाज में यह बात कही, जनार्दन ने अपने को कटघरे में घिरा पाया। क्या सचमुच वह तैयार है? शायद हाँ, शायद नहीं...! पल-भर के लिए उसकी बोलती बन्द हो गयी। अपने माँ-बाप को जिस अन्दाज में उसने 'ना' कहा था, सम्भवतः उसकी प्रतिक्रिया में ही अंजलि ने भी अपने माँ-बाप को 'ना' कह दिया था। फिर अभी इजाजत का प्रश्न ही कहाँ उठता था? जिस दायित्व-बोध ने उससे 'ना' कहलवाया था, उस दायित्व-बोध से अभी वह मुक्त कहाँ था? अंजलि नन्दिता नहीं...। समय-कुसमय हम-बिस्तर होने की क्षणिकता अंजलि की वाणी और आचरण में नहीं। इसके बावजूद उस क्षण जनार्दन के युवा मन ने सारे दायित्वों, दबावों और नैतिकताओं को ताक पर रखकर यह कहना चाहा—"हाँ मैं बिल्कुल तैयार हूँ। अभी और इसी समय। अब और प्रतीक्षा नहीं कर सकता...! इस निकटता से तटस्थता का अब और धैर्य मुझमें नहीं...!"

लेकिन ऐन वक्त चैती आ पहुँची। जनार्दन कुछ नहीं कह पाया। चैती आते

ही चहक उठी—"अब मैं इत्मीनान से हो गयी। घर के जरूरी काम ओरिया दिया...। अब देर तक हम बातचीत करेंगे...!"

चैती की उपस्थिति ने जनार्दन और अंजलि दोनों को अब प्रकृतिस्थ कर दिया था। क्षण-भर पहले अपने बदन में जिस ज्वार-भाटे का अभ्युदय वे पा रहे थे, वह अब शान्त था। अंजलि चैती की ओर मुखातिब हो गयी—"तुम जल्दी आ गयीं चैती, बहुत अच्छा किया...। हम तुम्हारी ही राह देख रहे थे...!"

जनार्दन अब चैती से पूछ उठा—"क्या बातचीत करोगी चैती? वैचारिक बहसों का कोई अन्त नहीं होता है। जो बहसें निदान तक पहुँचाए उन्हीं की सार्थकता है...। कोरी बहसें बौद्धिक विलास भर होती हैं...!"

इस पर चैती अभी कुछ कहना ही चाहती थी कि दुमुँहे के दरवाजे पर दस्तक हुई। शायद कोई आया था। अंजलि ने आगे बढ़कर दरवाजा खोला। जनदेश के दो भाई थे—"नमस्कार अंजलि बहन...! जनार्दन से हम मिलने आये हैं...।"

अंजलि ने इन दोनों भाइयों को पहचान लिया—कबीर और समीर थे। जनदेश के विशेष दूत, अपने नामों के साम्य की भाँति जीवन में भी एक-दूसरे से गहरे जुड़े हुए। पार्टी-सन्देशों को पहुँचाने में अक्सर साथ होते। उसने कहा—"अन्दर आ जाओ...।"

अन्दर पहुँचते ही उन दोनों ने देखा, चैती और जनार्दन बैठे थे। अब वे खुश हो उठे—"अच्छा हुआ तुम यहीं मिल गये नहीं तो हमें तुम्हारे गाँव छविपुर भी जाना पड़ता। चैती बहन भी यहीं जुटी हुई है। बहुत अच्छा! बहुत खूब!"

जनार्दन जनदेश पार्टी की इस विशेषता पर अभिभूत था कि उसके हर सदस्य को एक-दूसरे से मिलते हुए ऐसी अनुभूति होती थी जैसे अपने परिवार के ही किसी सदस्य से वह मिल रहा हो। जनार्दन ने उन दोनों को पास बैठाते हुए पूछा—"क्या बात है? कौन-सा संवाद लाये हो?"

उन दोनों में कुशल वक्ता कबीर था, इसीलिए संवाद व्यक्त करना उसने ही शुरू किया—"अचानक जोगीपुर कार्यालय को सूचना मिली है कि रसूलडीह पर असामाजिक तत्त्वों ने हमले की योजना बनायी है...। ऐसी खबर है कि आज रात में ही वे वहाँ धावा बोलेंगे...! यह सब टामचन्द की करतूत है...। हमें रातों-रात वहाँ मोर्चा सँभाल लेना है और टामचन्द के इस घिनौने इरादे को नेस्तनाबूद कर देना है...। हमारे गढ़ में सुराख बनाने का वह प्रयास कर रहा है...। हमें उसे सफल नहीं होने देना है...। जोगीपुर कार्यालय में अभी हमारी जुटान है...। सब तुम्हारी राह देख रहे हैं...। बस, अभी चलो, निकल चला जाय...।"

रसूलडीह और टामचन्द के बारे में अंजलि और चैती को भी पता था। रसूलडीह मुसलमानों की एक छोटी बस्ती है, जो जोगीपुर के निकट ही है। रसूलडीह

के मुसलमान भाइयों का झुकाव प्रारम्भ से ही जनदेश की ओर रहा है। पिछले चुनाव में समूचे रसूलडीह ने झारकर अपना मत जनदेश को दिया था। टामचन्द एक ऐसी पार्टी का नेता है जिसका मुख्य मुद्दा लोगों की धार्मिक भावना का दोहन है, इसीलिए रसूलडीह पर उसकी निगाह विशेष तौर पर बनी हुई है। ऐसी सूचनाओं पर अपने मन की स्वाभाविक प्रतिक्रिया जनार्दन रोक नहीं पाता था। अंजलि और चैती की आँखों में उभरी जिज्ञासा को लक्ष्य कर अब वह फट पड़ा—"टामचन्द कितना बड़ा जनविरोधी नेता है कि सत्ता-प्राप्ति के लिए रसूलडीह के लोगों के जीवन में कहर बरपाने जा रहा है...। रात में रसूलडीह के लोगों पर हमले कराएगा। फिर सुबह उनके प्रति सहानुभूति का दरिया उँड़ेलता हुआ अपने पार्टीजनों के साथ पहुँचेगा। सबों को गले लगाएगा। अनुग्रह बाँटेगा। क्षति की भरपाई का आश्वासन देगा...। इस हमले को फासिस्ट पार्टियों का षड्यन्त्र बताएगा। ऐसा करके रसूलडीह के लोगों को तो अपने पक्ष में कर ही लेगा, मीडिया में इसे प्रचारित कर राष्ट्रीय स्तर पर अपनी पार्टी की पैठ भी मजबूत करेगा। साम्प्रदायिक भावनाओं का प्रसार हवा की गति से भी तेज होता है। विकसित संचार-माध्यमों के तहत क्षण-भर में ही यह खबर पूरी दुनिया में फैल जाएगी। सचमुच यह समस्या विकट है कि शिक्षा और प्रगतिशीलता के बावजूद आधा पेट खानेवाले भी सम्प्रदाय के नाम पर किसी घाघ राजनीतिज्ञ के बहकावे में आ जाते हैं...। यह टामचन्द भी वही करने जा रहा है...। पर हम इसे सफल नहीं होने देंगे...।

राव मानवेन्द्र बाबू की पार्टी का एक ऐसा ही षड्यन्त्र मैंने अपनी आँखों से देखा है। उस वक्त बनारस का साम्प्रदायिक दंगा उनकी पार्टी ने ही कराया था और फिर अनुग्रह बाँटने और मरहम-पट्टी लगाने के बहाने उनकी पार्टी ने वहाँ अपनी खोयी हुई साख कायम की। उस घटना को देखने के बाद तो अब मेरा यह निश्चित मानना है कि जहाँ कहीं भी साम्प्रदायिक दंगे होते हैं, वे कराये जाते हैं, स्वतःस्फूर्त नहीं होते। इसका सबसे बड़ा प्रमाण यही है कि गाँवों में ये नहीं के बराबर घटते हैं। शहरों में अपरिचित लोगों की मिश्रित संस्कृति के बीच षड्यन्त्रकारी अपनी दाल गलाने में सफल हो जाते हैं। गाँवों में तो विभिन्न सम्प्रदाय के लोग एक-दूसरे को अच्छी तरह जानते होते हैं। वे परस्पर के आपसी सरोकारों में बँधे होते हैं। उनके बीच साम्प्रदायिक द्वेष की भावना कभी पैदा ही नहीं होती। मैंने तो देखा है, हिन्दुओं के दशहरे-दीवाली में उस गाँव के मुसलमान तथा मुसलमानों के ईद-मुहर्रम में उस गाँव के हिन्दू बिल्कुल एक रंग में रँग जाते हैं। शहरों के साम्प्रदायिक दंगे ही गाँवों को भी अशान्त बनाते हैं। टामचन्द ने गलत जगह का चुनाव किया है। रसूलडीह में वह बुरी तरह मार खा जाएगा। उसकी विवशता भी है कि वह इस ग्रामीण क्षेत्र का नेता है तो शहर में आग फैलाने कहाँ जाय और क्यों जाय? शहर में आग

फैलाकर वह यहाँ ग्रामीण क्षेत्र में लाभान्वित नहीं हो सकता है? टामचन्द जैसे लोगों की पार्टियों के अस्तित्व पर मुझे घोर आश्चर्य होता है, जिनकी बुनियाद ही झूठ और षड्यन्त्र पर टिकी हुई है...! अब यह बात जगजाहिर हो चली है कि जिसके पास कोई मुद्दा नहीं होता, वही धर्म को सबसे बड़ा मुद्दा बनाता है। जनता के जीवन की बदहाली और परेशानी को लेकर उनके पास कोई कार्यक्रम नहीं होता...। यह तय है कि ऐसे कार्यक्रमों के लिए उन्हें जमीनी स्तर पर उतरना पड़ेगा। सत्ता की भागीदारी में जन-आकांक्षाओं को प्राथमिकता देनी होगी। लेकिन ऐसी कठिन साधना वे क्यों करेंगे? जहाँ धर्म और सम्प्रदाय के नाम पर लोगों को सहज ही उल्लू बना कर अपने पक्ष में कर लेने की सुविधा प्राप्त हो वहाँ ऐसी कठिन साधना वे क्यों करें? ऐसी 'हवाई पार्टियों' ने धर्म और वर्ण के कोरे नारों का सुगम राजमार्ग अपना लिया है। ऐसा करने में उन्हें कोई खास तवज्जो भी उठानी नहीं पड़ती है। अपनी पार्टी के वातानुकूलित कक्ष में बैठकर ही ऐसी घटनाओं का संचालन वे करते रहते हैं...।

सम्प्रदाय और भाषा के झगड़े ऐसे होते हैं जो कभी नहीं सुलझते...। ऐसे झगड़ों को निरन्तर हवा देते हुए 'हवाई पार्टी' के नेता सत्ता प्राप्ति का सुख भोगते रहते हैं। जनता की धर्मभीरुता और जागरूकता के अभाव में उनकी यह करतूत सफल होती रहती है...। लेकिन मुझे विश्वास है, हमारी पार्टी जनदेश इस अँधेरे को छाँटेगी...। तब ऐसे छद्म को लोग पहचानने लगेंगे और ऐसी पार्टियों तथा उनके हवाई नेताओं को गर्दनिया देना शुरू कर देंगे...। समय आ रहा है जब हम अपनी योजना में सफल होंगे। लोगों के अन्दर ऐसी चेतना जगाकर हम मानेंगे कि उनकी फटेहाली, बीमारी, अशिक्षा, आश्रयहीनता, असुरक्षा, बेरोजगारी और भुखमरी का समाधान किसी साम्प्रदायिकता या जातीयता के राजनीतिक नारों से सम्भव नहीं...! ऐसे लोगों को जनदेश की ओर मुड़ना होगा...।

तुम लोगों ने महसूस किया होगा, टामचन्द इस क्षेत्र में अप्रासंगिक होता जा रहा है। हमारी पार्टी ने अपनी जमीनी पकड़ से उसे बहुत पीछे छोड़ दिया है। उसकी पार्टी जनता के बीच काम करनेवाली पार्टी रही भी नहीं है, जो हमारी पार्टी के मुकाबले में ठहर सके...। इसके बावजूद अपनी तिकड़मों से सत्ता-सुख की भागीदारी में उसकी पार्टी कभी पीछे नहीं रही है। टामचन्द साम्प्रदायिक विद्वेष भड़काकर इस क्षेत्र में अपनी पार्टी के शिथिल पड़ते मुद्दे को अब फिर कारगर बनाना चाहता है। निकट आता 'चुनाव' उसे नजर आ रहा है...। हमारी जमीनी लड़ाई को अपने साम्प्रदायिक हमलों के तहत दबा देना चाहता है...। अपने क्षेत्र में उसका यह इतिहास हम बदल कर रहेंगे...! उसे हरगिज कारगर नहीं होने देंगे...!"

अवसर के अनुकूल जनार्दन की इस बौद्धिक प्रतिक्रिया ने सबको ऊर्जस्वित

कर दिया। सबके चेहरे पर जनदेश की जुझारू चेतना उभर आयी। अंजलि ने कहा—धर्म जैसी व्यापक भावना को भी सम्प्रदायवादियों ने विकृत कर दिया है। धर्म का यह आधार कभी नहीं रहा कि अमुक सम्प्रदाय श्रेष्ठ और अमुक निकृष्ट है...। धर्म तो एक मनुष्य को दूसरे से जोड़ता है, सम्प्रदाय की राजनीति ही उन्हें विलगाती और उनके बीच शत्रुता पैदा करती है...!''

कबीर भी अब अपने को रोक नहीं सका—''सम्प्रदायवादियों की भाँति जातिवादियों ने भी इधर लोगों को वर्ण और जाति के खानों में बाँटना शुरू कर दिया है...। सम्प्रदायवाद की भाँति हमें जातिवाद का भी विरोध करना है...। साम्प्रदायिक हिंसा को इधर के जातिगत हिंसा से अलग कर नहीं देखा जा सकता। वर्ग की वैज्ञानिक धारणा का अधिक नुकसान वर्ण की इस धारणा ने ही किया है!''

समीर भी अब चुप नहीं रह सका। कबीर कुछ बोल दे और वह समर्थन न करे, यह होनेवाला नहीं था—''हमारी भूमिका स्पष्ट है...। सम्प्रदायवादियों और जातिवादियों दोनों से हमें लड़ना है। दोनों ने हमारे जीवन को नारकीय बना दिया है...! सम्प्रदाय और जाति के आधार पर व्यक्ति की शिनाख्त घोर अवैज्ञानिक और रूढ़िग्रस्त धारणा है। यह धारणा आदिम बर्बरता के युग में हमारी वापसी का संकेत है...।''

अब चैती ने कुछ विषयान्तर होते हुए अपनी जिज्ञासा प्रकट की—''रसूलडीह के बारे में अभी अचानक क्या किया जा सकता है? पार्टी इस समय कौन-सा रास्ता अख्तियार करेगी?''

इस पर जनार्दन ने चैती को समझाते हुए कहा—''हम वहाँ घटना-ए-वारदात से पहले ही जुट जाएँगे...। रसूलडीह के लोगों को भी जाग्रत कर देंगे...। वहाँ टामचन्द के पालतू गुण्डों की कार्रवाई होने ही नहीं देंगे...। हमलावरों के पाँव यह भनक पड़ते ही उखड़ जाएँगे कि जनदेश के कार्यकर्ता पहुँचे हैं। हम जवाबी कार्रवाई के लिए वहाँ तैयार रहेंगे। ऐसी घटनाओं की पूर्व सूचना मिल गयी, तो बस, वह ध्वस्त हो गयी। क्या मजाल कि अब रसूलडीह में वे कुछ कर सकें...। अब महीनों रसूलडीह के लोगों पर हमारी निगरानी बनी रहेगी। इस दौरान रसूलडीह के लोगों को भी हम तैयार कर देंगे कि ऐसे अप्रत्याशित हमलों से वे खुद निपट सकें। चोरी-छिपे और लोगों की लापरवाही पर ही ऐसी घटनाएँ अंजाम पाती हैं। लोगों के सजग-सतर्क रहने पर ऐसा कुछ सम्भव नहीं हो पाता है...।''

कबीर ने अवसर को अनुकूल जान अब जोर देकर कहा—''देर करना ठीक नहीं होगा जनार्दन! हमें अब चल देना चाहिए...।''

यह सुन अंजलि कुछ बेचैन हो गयी। पर तत्क्षण अपनी बेचैनी पर काबू पाते हुए उसने कहा—''कितनी अच्छी वैचारिक बातचीत हो रही थी। कोई दूसरा मसला

होता तो अभी मैं किसी को नहीं जाने देती...पर रसूलडीह के इस मसले पर नहीं रोक सकती...। ठीक है, तुम लोग निकल जाओ। फिर कभी इस तरह बैठेंगे। इन वैचारिक बहसों से बहुत-कुछ साफ होता है...!"

जनार्दन अंजलि की बात समझ रहा था। वह उसे अभी नहीं जाने देना चाह रही थी तथा पुनः उसके आने का ही निमन्त्रण दे रही थी। पर कबीर और समीर की उपस्थिति में बहुवचन का प्रयोग कर रही थी, मगर उसके उस बहुवचन के अन्दर निहित एकवचन का आशय जनार्दन के मानस में स्पष्ट ध्वनित हो रहा था...।

यहाँ चैती ने जनदेश के प्रति अपनी निष्ठा व्यक्त करते हुए कहा—"हमारी जरूरत हो तो हमें भी तत्काल सूचित करना।"

अंजलि भी अब बोल उठी—"हाँ, हमें भी खबर करना।"

इस पर जनार्दन से पहले ही कबीर ने कहा—"अपनी महिला कार्यकर्ताओं को ऐसी औचक कार्रवाई से हम दूर रखते हैं...। तुम लोगों के लायक जो काम होता है वह कहा ही जाता है...।"

अब अंजलि और चैती से विदा ले वे तत्क्षण चल पड़े। विदा के वक्त भी अंजलि की आँखों का भाव समझते जनार्दन को देर नहीं लगी। रास्ते भर वह भाव उसका पीछा करता रहा। अंजलि ने उससे पूछा था—"क्या सच्चे अर्थों में उसका मन अभी 'इजाजत' के लिए तैयार है?"—तब अंजलि को वह कोई जवाब नहीं दे सका था? यह ठीक है कि ऐन वक्त चैती आ गयी थी। पर अगर चैती नहीं आयी होती तो क्या वह जवाब देता? उसका वह जवाब राधेगाँव से इस वापसी पर अपने अन्दर से अब स्वतः फूट रहा था—अभी नहीं। अभी समय भी उसे इजाजत देने के लिए तैयार नहीं! अंजलि के 'जल्दी कब' के आग्रह पर वह यहाँ चला तो आया था, पर रसूलडीह को लेकर पार्टी की आवश्यक खबर पर उसे वापस जाना पड़ रहा था...। राजनीति के जिस उद्देश्य में वह लगा है, उसे बीच में स्थगित नहीं कर सकता। अब इस बात से ही वह अपने को आश्वस्त करता जा रहा था कि उसके इस उद्देश्य में अंजलि भी उसके साथ है...।

10

रसूलडीह की घटना के ठीक तीन माह बाद ही एक ऐसी खबर आयी जिसने देश-भर

की राजनीतिक पार्टियों के बीच हलचल पैदा कर दी। अपने गाँव छविपुर में रेडियो से यह 'खबर' सुनते ही जनार्दन जोगीपुर कार्यालय की ओर भाग चला। उसका ख्याल था, 'जनदेश' के सभी सक्रिय सदस्य जोगीपुर कार्यालय पहुँच रहे होंगे। ऐसी खबर पर ऐसे सदस्य अपने घर नहीं बैठ सकते। जनार्दन को जिस बात की आशंका थी वह घटित हो गयी थी। कुछ समय पहले से ही अल्पमत में आ गयी केन्द्र सरकार गिर गयी थी। जिन विपक्षी पार्टियों ने विश्वास-प्रस्ताव के विरोध में अपने संगठित मतदान से सरकार को गिराया था, अब सरकार बनाने की उनकी बारी थी। पूरे देश का ध्यान उनकी ओर लगा था...। लेकिन प्रधानमन्त्री के सवाल पर तथा सरकार में भीतर से या बाहर से समर्थन देने के मुद्दे पर वे संगठित नहीं हो पा रहे थे। गिराने के लिए तो उन्होंने सरकार गिरा दी थी, लेकिन अब किस पार्टी की सरकार बनेगी और उसमें उनकी भूमिका क्या होगी, इस मामले में सब अपनी डफली, अपना राग अलापने लगे थे। अन्ततः नये जनादेश के लिए फिर चुनाव की घोषणा हो गयी थी। राजनीतिक पार्टियों के लिए यह बड़ी खबर थी। जिस अवसर की प्रतीक्षा में राजनीतिक पार्टियाँ अपनी दूकान खोलकर बैठी रहती हैं वह समय अब अचानक आ गया था। अपना 'करतब' दिखाते हुए सत्ता में पहुँचने की निर्णायक लड़ाई उन्हें लड़नी थी। किसी एक पार्टी को अपेक्षित बहुमत न मिलने और अनेक पार्टियों के साझे गठबन्धन के विकल्प ध्वस्त होने के बाद इस चुनावी समर के सिवा तत्काल दूसरा कोई विकल्प नहीं बचा था। एक चुनाव के तत्काल बाद इस दूसरे चुनाव ने लोकतन्त्र की परिभाषा को कुछ अबूझ बना दिया था। लोकतन्त्र की इस अबूझ पहेली का सामना एक बार पहले भी देशवासियों को करना पड़ा था, जब संख्या-बल पर आधारित लोकतन्त्र में उस पार्टी का नेता प्रधानमन्त्री बना था, जिसकी संख्या मात्र एक दर्जन के आसपास थी। इतनी बड़ी लोकसभा में मात्र एक दर्जन के आसपास वाली पार्टी के नेता का प्रधानमन्त्री बन जाना एक करिश्मा ही था। अब इस नये चुनाव की घोषणा ने उन प्रश्नों को एक नया आयाम देना शुरू कर दिया था...। अपने मस्तिष्क में जनार्दन अनेक स्थापनाओं को टूटते और नये समीकरणों को बनते पा रहा था। एक चुनाव के त्वरित बाद इस दूसरे चुनाव ने लोकतन्त्र के प्रति उसके समक्ष प्रश्न खड़ा कर दिया था। अन्ततः ऐसे लोकतन्त्र की नियति क्या हो सकती है? राव मानवेन्द्र बाबू की कारगुजारियों से राजनीति का जो पाठ उसने पढ़ा था, सरकार बनाने-गिराने के चूहे-बिल्ली वाले जिस खेल को वह देख रहा था, अपनी जमीनी कार्रवाइयों से जो अनुभव प्राप्त कर रहा था, उसके बीच लोकतन्त्र को और उलझते पा रहा था। इस बात को लेकर उसे खुशी थी कि सूचना-क्रान्ति और वैश्वीकरण ने अवसरवादी राजनेताओं की मानसिकता और भारतीय लोकतन्त्र के उलझाव को बेनकाब करना भी शुरू कर दिया था। कभी

राजनीति में जाने के पीछे व्यक्ति की सिद्धान्त-निष्ठा और बेहतर समाज-निर्माण की भावना तथा कुशल व्यवस्था के विकास की बात निहित होती थी। अब तो सारे सिद्धान्तों और उद्देश्यों से अलग किसी भी तरह सत्ता पाकर लाभान्वित होने की भावना प्रमुख हो गयी है। सम्भवतः इसी भावना के तहत उनके पैंतरों, समझौतों और पल-पल परिवर्तित बयानों ने राजनीति को सट्टा-बाजार बना दिया है। यहाँ जनार्दन की चिन्ता इस बात को लेकर अधिक थी कि सिद्धान्तवादी पार्टियों ने भी अपनी स्वार्थपरता और सत्तालोलुपता की तिकड़मी अवसरवादिता का परिचय दिया था...। अब इस लोकतान्त्रिक व्यवस्था में प्रायः सभी पार्टियों के इस समवेत चरित्र से कोई अनभिज्ञ नहीं रह गया है कि उनका राजनीतिक उद्देश्य देशसेवा और समाज की बेहतरी नहीं, येन केन प्रकारेण सत्ता पाने और सत्ता में बने रहकर सत्ता-सुख भोगने का है। सत्ता-प्राप्ति के सिद्धान्त-विहीन समझौते सत्ता-संचालन में आड़े नहीं आ सकते, यह मानने के लिए जनार्दन तैयार नहीं। उसकी समझ के अनुसार नपुंसक समझौतों से प्राप्त सत्ता का संचालन किसी सिद्धान्त और मूल्य के आलोक में हो ही नहीं सकता। इस सम्बन्ध में जनदेश की केन्द्रीय भूमिका ने भी जनार्दन के विचारों को उफना दिया था। सरकार गिराने में जनदेश पार्टी भी साथ थी और सरकार बनाने के मुद्दे पर वह भी अलग-थलग पड़ गयी थी। राष्ट्रीय स्तर की बड़ी पार्टियों से लेकर छोटी और क्षेत्रीय पार्टियों ने भी अपना प्रधानमन्त्री और अपनी पार्टी की सरकार बनाने की पेशकश की। सरकार गिराने के नाम पर संगठित हुई सभी पार्टियाँ अब खुद एक-दूसरे से मुआवजा माँग रही थीं कि अगर उनका सहयोग नहीं होता तो सरकार नहीं गिरती, इसीलिए नयी सरकार का गठन उनके नेतृत्व में हो। उनकी यह माँग पूरी होनवाली नहीं थी क्योंकि वे जिनसे माँग रहे थे वे भी उनसे यही माँग रहे होते थे...। इस स्थिति में जो होना था, वही हुआ। चुनाव की आकस्मिक घोषणा को टाला नहीं जा सका...।

जनार्दन के जोगीपुर कार्यालय पहुँचने तक अनेक मित्र वहाँ पहुँच गये थे और शेष पहुँचते जा रहे थे। जनार्दन पर नजर पड़ते ही कार्यालय सचिव ने कहा—"तुम्हारी लम्बी उमर हो...। अभी हम तुम्हारी ही चर्चा कर रहे थे...!"

सचिव के इस कथन की सहमति में कबीर, समीर, गणेश, विजय, उमेश, राजू सबकी निगाहें जनार्दन पर आ गयी थीं। चैती के साथ उपस्थित अंजलि की निगाहें तो कुछ पुलक के साथ जनार्दन को निहारने लगी थीं। राजू के निकट की खाली कुर्सी पर बैठते हुए जनार्दन ने किंचित आश्चर्य के साथ सचिव से पूछा—"क्या बात है? अचानक मेरी चर्चा क्यों हो रही थी?"

सचिव ने अब उत्साह से जवाब दिया—"तुम अब तैयार हो जाओ। इस बार जोगीपुर संसदीय क्षेत्र से हमारे उम्मीदवार तुम होगे...!"

यह सुन उमेश भी बोल पड़ा—"हाँ, जनार्दन इस बार हमारे प्रतिनिधि तुम रहोगे। तुमको सामने रखकर हम यह चुनाव लड़ेंगे!"

अब जनार्दन ने कुछ गम्भीरता से कहा—"यह हमारी पार्टी का अन्दरूनी मामला है। इस क्षेत्र के लिए पार्टी की केन्द्रीय समिति किसको टिकट देती है, यह अभी घोषित होना बाकी है। ऐसे ही किसी का नाम उछाल देना उचित नहीं...। हमारी पार्टी जनाधारवाली पार्टी है, हवाई पार्टी नहीं...। बिना किसी प्रामाणिक आधार के हमें अभी यह सब नहीं कहना है...!"

इस पर सचिव ने रहस्योद्घाटन के लहजे में बताया—"तुम क्या समझते हो कि हम हवा में बोल रहे हैं...? हवाई बात कहने की हमारी आदत नहीं...!"

इस पर जनार्दन की जिज्ञासा तीव्र हो गयी—"तो?"

अब सचिव ने गुरु-गम्भीर वाणी में खुलासा करते हुए कहा—"अभी-अभी पार्टी सुप्रीमो का फोन आया था...। वे तुम्हें खोज रहे थे...!"

"मुझको खोजने का मतलब अभी से ही मुझे उम्मीदवार घोषित करना तो नहीं हो जाता...!"

"अरे भाई, मुझसे तो उन्होंने साफ कहा है कि जनार्दन को तैयार रहने के लिए कहो...!"

"तो तैयार रहने का अर्थ भी तो चुनाव लड़ने से नहीं होता है। पार्टी के स्तर पर हमारी तैयारी के लिए भी तो वे मुझे खोज सकते हैं...!"

अब गणेश बीच में बोल उठा—"पार्टी सुप्रीमो का यह संकेत काफी है जनार्दन। तुम तो जानते हो, वे खुलकर कोई बात नहीं कहते, संकेतों में ही बोलते हैं...। जनदेश के एक योग्य प्रत्याशी के रूप में तुम्हारा चयन निश्चित हो गया है...!"

अंजलि भी अब चुप नहीं रह सकी—"इस क्षेत्र के लिए तुमसे अधिक उपयोगी किसी पार्टी के पास कोई सदस्य नहीं...। पार्टी सुप्रीमो ने बहुत अच्छा निर्णय किया है...। हम उन्हें अपना साधुवाद भेजेंगे...!"

जनार्दन को लगा, अंजलि की बातों से पार्टी के अन्दर के उसके विरोधी सक्रिय न हो जाएँ, इसीलिए वह चट बोल पड़ा—"यह हमारी पार्टी की खासियत है अंजलि...। जनदेश जैसा जुझारूपन और जमीनी पकड़ इस क्षेत्र में किसी पार्टी के पास नहीं...। हमारे सभी सदस्य समर्पित हैं तथा मूल्यहीनता के इस दौर में भी मूल्यों में उनकी निष्ठा बनी हुई है...!"

अब विजय भी अपने को रोक नहीं सका—"जनार्दन, तुम्हारे जैसे जमीनी नेता को जनदेश प्रतिनिधि के रूप में संसद में जाना आवश्यक है...। यह ठीक है कि अकेला चना भाड़ नहीं फोड़ सकता, पर अपनी पार्टी के उसूलों के लिए बिना किसी

लाग-लपेट के सच कहने वाला भी तो होना चाहिए...। झूठ की जमात पर सच का एक कतरा भी भारी पड़ता है...!"

विजय की बात जनार्दन को काफी जँची। राजनीति में जाकर पूरी व्यवस्था वह बदल देगा, ऐसा ख्याली पुलाव पकाने की सोच उसकी भी नहीं। हाँ, अपने सिद्धान्तों के साथ किसी व्यक्तिगत लाभ के लिए वह कभी समझौता नहीं करेगा तथा सही को सही और गलत को गलत मानता रहेगा। अपने इन दो फौलादी इरादों से ही सदन को वह प्रभावित करेगा। कोई एक उसूल लेकर बड़ी लड़ाई लड़ी जाती है। वह अपने इन दो उसूलों के साथ लड़ेगा। सदन के संवाद और निर्णय अब पहले की तरह गोपनीय नहीं रह गये हैं। संचार के विकसित साधनों ने दर्शक के रूप में जनता की भागीदारी सुनिश्चित कर दी है...। देशवासियों के सामने अपने वादों से मुकरते नेताओं की कलई भी वह सदन में खोलेगा...। विजय के कथन के उत्तर में जनार्दन यह कहने ही वाला था कि राजनीति के अराजक माहौल को हम तत्काल बदल तो नहीं देंगे, पर सदन में पहुँचकर उस पर अंकुश अवश्य लगा देंगे...! समग्र बदलाव में चाहे जो समय लगे, उसकी सार्थक शुरुआत तो कर ही देंगे। लेकिन उसके ऐसा कहने से पहले ही फोन की घण्टी घनघना उठी। लम्बे रिंग से पता चल गया, बाहर का फोन है। सचिव ने रिसीवर उठाया। पार्टी सुप्रीमो का फोन था—सचिव की विनीत आवाज सबने सुनी—"जी सर! हाँ, सर! जनार्दन आ गया है सर! उसे फोन दे रहा हूँ...!"

अब रिसीवर जनार्दन के हाथ में था—"मैं जनार्दन बोल रहा हूँ...। नमस्कार!"

उधर से जवाब आया—"नमस्कार जनार्दन। मैं तुम्हें खोज रहा था।"

"पता चला! अभी आ रहा हूँ...!"

"तो बस, तैयार हो जाओ। वक्त आ गया है!"

जनार्दन के मन में आया, पूछे—"कैसी तैयारी? किसकी तैयारी?"—लेकिन ऐसा कुछ न पूछ सुप्रीमो के संकेतात्मक कथन का जवाब भी उसने संकेतात्मक ही दिया—"ठीक है। जैसी आपकी इच्छा!"

सुप्रीमो ने कहा—"बस, अभी इतना ही...।"

उसने फिर जवाब दिया—"ठीक है...।"

उधर से भी जवाब आया—"ठीक है...।"

इसके बाद सुप्रीमो ने फोन रख दिया। अपनी बात कहने के बाद सुप्रीमो और नहीं रुकते...। उनके पास इतना समय कहाँ? राजू ने पूछा—"क्या कहा सुप्रीमो ने?"

अन्य सदस्यों की जिज्ञासु दृष्टि भी अब उसी की ओर थी। जनार्दन ने सबको साफ-साफ बता दिया—"सुप्रीमो ने तैयार रहने के लिए कहा है...!"

यह सुन सबसे पहले अंजलि उछल उठी—"बधाई जनार्दन! बहुत-बहुत बधाई!"

फिर तो सभी सदस्यों ने जनार्दन को बधाई देनी शुरू कर दी। सबने गर्मजोशी से जनार्दन से हाथ मिलाया। इस दौरान जनार्दन सभी मित्रों को धन्यवाद देता रहा। अब अंजलि के संकेत पर चैती बोल उठी—"बधाई के जवाब में मिठाई होनी चाहिए...। कोरा धन्यवाद नहीं...!"

इस पर समीर भी कह उठा—"हाँ भाई, आज तो कुछ होना ही चाहिए...!"

जनार्दन ने कहा—"हमारी पार्टी मिठाई वाली नहीं। हाँ, चाय-बिस्कुट तो जरूर...।"—और उसने चाय-बिस्कुट के लिए कार्यालय के पासवाली चाय गुमटी को आवाज दे दी। उस चाय गुमटी का छोकरा कार्यालय में चाय पिलाने में अभ्यस्त था। वह चाय-बिस्कुट लेकर शीघ्र ही पहुँच आया। मिट्टी के कुल्हड़ों में उसने सबके सामने चाय रख दी तथा नमकीन बिस्कुट का पैकेट खोल सबकी ओर बढ़ा दिया। अब सभी अपने हिस्से के बिस्कुटों के साथ चाय पीने लगे...।

चाय की चुस्कियों के साथ सब इत्मीनान अनुभव करने लगे। जिस खबर पर वे यहाँ भागे आये थे, उसके विमर्श की चाह अब उन्हें कुरेद रही थी। शुरुआत अंजलि ने ही की—"मुझे लगता था यही होगा। लगातार मेरी निगाह बदलते समाचारों पर थी...। शुरू में सरकार गिराने की विपक्षी एकजुटता से यही लगा था कि वे नयी सरकार बना लेंगे...। लेकिन पल-पल बदलते उनके बयानों से जाहिर हो गया था कि ये सरकार नहीं बना पाएँगे...!"

गणेश ने यहाँ यह प्रश्न खड़ा किया—"विपक्षी पार्टियाँ जब सरकार गिराने चलती हैं तो पहले विकल्प सामने क्यों नहीं रखती हैं? विरोध की सहमति में कोई द्वन्द्व नहीं तो फिर निर्माण की सहमति में ऐसा द्वन्द्व क्यों?"

जवाब में जनार्दन ने कहा—"सारा द्वन्द्व प्रधानमन्त्री के नाम को लेकर पैदा होता है। लोकतन्त्र में प्रधानमन्त्री का पद ही ऐसा है जिसकी उम्मीदवारी की आकांक्षा हर पार्टी और हर सदस्य को होती है...।"

इस पर विजय ने कहा—"तब सरकार गिरानेवाली सभी विपक्षी पार्टियों को प्रधानमन्त्री के अपने सम्भावित उम्मीदवारों को सामने रखकर उनके बीच मतदान द्वारा निर्णय कर लेना चाहिए था।"

यह सुन सचिव बोल उठे—"यहाँ भी वैसा ही अड़ंगा लग जाता। जो सदस्य सिद्धान्तों और उसूलों से परिचालित नहीं, जिनकी राजनीति जोड़-तोड़ पर ही टिकी होती है, वे ऐसे चुनाव-परिणामों से नहीं बँधते। उनके मन के अनुकूल निर्णय नहीं तो उस निर्णय को छोड़ने और उसका विरोध करने में उन्हें तनिक भी हिचक नहीं...!"

इस पर राजू ने अपनी नाराजगी जाहिर की—"ऐसे सदस्य जनता के साथ

धोखा करते हैं। जनता पर बार-बार चुनाव लादकर उन्हें और बदहाल बनाते हैं...। हमारे देश की जनता जिस दिन जागरूक हो जाएगी, ऐसे नेताओं की तिकड़म समझने लगेगी...तब मत माँगने पहुँचे ऐसे उम्मीदवारों की वह अच्छी खबर लेगी...!''

जनार्दन ने राजू को आश्वस्त करते हुए कहा–''हमारी जनदेश पार्टी का तो यह एक मुद्दा ही है कि जन प्रतिनिधि को जनता से किए अपने वादे से नहीं मुकरना है। जो जन प्रतिनिधि सदन में पहुँचकर अपनी वाणी और आचरण से जनता को उल्लू बनाता हो उसे सरेआम बेनकाब करना भी हमारा एक उद्देश्य है...!''

सचिव ने जनार्दन की बात के समर्थन में जनदेश का पक्ष स्पष्ट करते हुए कहा--''हमारी पार्टी अन्त तक नहीं चाहती थी कि चुनाव की घोषणा हो। सरकार बनाने के हर सम्भावित पक्ष के हम साथ थे। हमने अपना प्रधानमन्त्री भी प्रस्तावित नहीं किया था...। गठबन्धन की सरकार के संयुक्त एजेण्डे पर बातचीत के लिए भी हम सहमत थे...। मगर अन्य पार्टियाँ अपनी माँग पर अड़ी रही थीं...!''

यहाँ अंजलि ने अब एक नया प्रश्न खड़ा किया–''अगर इस बार के चुनाव में भी किसी एक पार्टी को स्पष्ट बहुमत नहीं मिलता है, तब क्या यह अनिश्चय की स्थिति फिर हमारे सामने उपस्थित नहीं हो जाएगी? मुझे तो ऐसा लगता है कि इस चुनाव के माध्यम से कुछ सदस्यों के बदल जाने मात्र से सदन का वर्तमान स्वरूप बदलने वाला नहीं है।''

जवाब में जनार्दन ने अंजलि को समझाते हुए कहा–''इस बार फिर अगर नये जनादेश का यही स्वरूप होगा तब भी अब दुबारा सरकार के गठन में ऐसी अनिश्चितता नहीं आनी चाहिए। विभिन्न विपक्षी पार्टियों के अनेक सांसद इस चुनाव की घोषणा के पक्ष में नहीं थे। राष्ट्रपति से मिलकर उन्होंने अपना ज्ञापन भी दिया था। उनके बयानों में उनकी यह चिन्ता भी झलकती थी कि पता नहीं फिर दुबारा वे जीतकर सदन में आ सकेंगे या नहीं? लेकिन अपने पार्टी-नेतृत्व के निर्णय के समक्ष अवश थे। इस बार ऐसे उम्मीदवार अपने प्रखर दबाव से अपनी पार्टियों को भी गठबन्धन के निर्णय तक पहुँचाएँगे...। ऐसी स्थिति वे दुबारा उत्पन्न नहीं होने देंगे...। इस स्थिति का एक कारण मुझे राष्ट्रीय और क्षेत्रीय पार्टियों के बीच कम होता फासला भी जान पड़ता है। राष्ट्रीय और क्षेत्रीय पार्टियों के बीच अधिक फासलों पर ऐसी स्थिति नहीं उभरती थी...!''

विजय ने जनार्दन के कथन में अपने विचार जोड़ते हुए कहा–''गठबन्धन सरकारों का तजुर्बा भी हमारे नेताओं के पास नहीं है। अंजलि का अनुमान सही हो सकता है। अब जो समय आ रहा है उसमें किसी एक पार्टी को स्पष्ट बहुत मिलनेवाला नहीं है। ऐसी स्थिति में अपने निजी एवं दलगत विचारों से अलग साझीदारी के संयुक्त कार्यक्रमों पर ही सरकारों का भविष्य निर्भर रहा करेगा। इसके

लिए सामूहिक हितों की संयुक्त सिद्धान्त-निष्ठा को सदस्यों को अपनाना होगा... ।''

विजय की बात ने जनार्दन को अब उत्साहित कर दिया था। वह उसी उत्साह से बोल उठा—''आज की इस बदलती दुनिया में जो लोग यह मानते हैं कि वैश्वीकरण और बाजारवाद के तहत किसी सिद्धान्त और विचार का अब महत्त्व नहीं रहा, वे इसकी आड़ में अपने गलत आचरण को छिपाने और जनता को धोखा देने का काम करते हैं... । वैश्वीकरण और बाजारवाद के पुरोधा अमेरिका के लेविंस्की प्रकरण ने सारी बात स्पष्ट कर दी है। वहाँ के समाज के लिए ऐसे यौन-सम्बन्ध कतई अप्रिय और वर्जित नहीं हैं। लेकिन सत्य-निष्ठा के अपने सिद्धान्त की भटकन को लेकर उन्होंने बावेला मचा दिया कि राष्ट्रपति क्लिंटन ने झूठ क्यों कहा? हालाँकि अमेरिका में आये इस भूचाल के पीछे राष्ट्रपति के झूठ बोलने की बात ऊपर से चाहे जितनी प्रचारित की जाए, इसके मूल में देश के सर्वोच्च पद पर आसीन व्यक्ति की नैतिकता की अघोषित और अपरोक्ष माँग भी जाहिर हो रही थी। इस सम्बन्ध में मेरा तो यह निश्चित मानना है कि बाजार और उपभोग की अन्धी दौड़ में भी मानवीय विचारों और सिद्धान्तों को कोई नहीं उखाड़ पाएगा! विचारहीन और मूल्यहीन जीवन हमें अराजकता और बर्बरता की ओर ले जाता है... । इसे समझने में हमारे लोगों को बहुत देर नहीं लगेगी...!''

इस पर अंजलि ने कहा—''भारतीय राजनीति में सिद्धान्तहीनता और विचारहीनता के बाहरी घटक जैसे वैश्वीकरण और बाजारवाद हैं, वैसे ही उसका देशी और आन्तरिक घटक क्षेत्रीयतावाद है... ।''

यह सुन जनार्दन से पहले ही गणेश बोल उठा—''अंजलि बहन, राजनीति की विचारहीनता का कारण हर जगह क्षेत्रीयता को नहीं माना जा सकता... । अपने देश के अनेक राज्यों में कई क्षेत्रीय पार्टियाँ सक्रिय हैं। उनमें जिन पार्टियों ने अपने क्षेत्र की संस्कृति से तादात्म्य स्थापित कर अपने इलाके की समस्याओं के समाधान की पहल की है, उन्होंने कहीं से भी राजनीति की विचारहीनता को प्रश्रय नहीं दिया है। लेकिन जिस क्षेत्र की क्षेत्रीय पार्टियों ने जातीयता और भ्रष्टाचार को अपना सुरक्षा कवच बनाया है, निस्सन्देह राजनीति की विचारहीनता को उन्होंने बढ़ाया है... ।''

उमेश ने गणेश की बात को विस्तार देते हुए कहा—''इधर जातीयता की घनघोर राजनीति ने सचमुच हमें संकट में डाल दिया है... । हमारे लिए तो यह गहरे आश्चर्य का विषय है कि जो लोग वर्ग की बात करते थे वे भी अब वर्ण की बात करने लगे हैं। क्षेत्रीयता से उत्पन्न यह विचारहीनता ही है! वर्गीय आधार पर किसी समाज को समझना और उसकी समस्याओं का निदान ढूँढ़ना एक स्वस्थ वैज्ञानिक प्रक्रिया है। इस सार्थक मार्ग को छोड़कर वर्णवादी उफान में बह जाना विचारनिष्ठा को त्याग अवसरवादिता को अपनाना है... ।''

जनार्दन अब फिर बोल उठा—"हम भले ही सत्ता में न पहुँचें, लेकिन अपने विचारों एवं जीवन-मूल्यों को हमें नहीं छोड़ना है। ऐसे गर्हित समझौते हरगिज नहीं करने हैं। सत्ता-प्राप्ति और अपने जीवन-मूल्यों के निर्वाह में हमें जीवन-मूल्यों के निर्वाह का ही चुनाव करना है। जिस जनसापेक्ष राजनीति की हम बात करते हैं, उसके साथ न्याय, विचारनिष्ठ रहकर ही हम कर सकते हैं...। यहाँ विचारों से हमारा अभिप्राय रूढ़ होते विचारों से जकड़े रहकर लकीर का फकीर होने से नहीं है। समय की प्रासंगिकता में खरे विचारों को अपनाते रहने से है...!"

यहाँ कबीर ने एक प्रश्न खड़ा किया—"पहले अपने यहाँ इतनी क्षेत्रीय पार्टियाँ नहीं थीं जितनी आज पैदा हो गयी हैं। आखिर क्या वजह है कि कुकुरमुत्ते की तरह आये दिन क्षेत्रीय पार्टियों का जन्म होता जा रहा है? इस बात को आज समझने की जरूरत है कि लोकतन्त्र की सफलता में इनकी भूमिका साधक की मानी जाए या बाधक की...?"

जवाब में जनार्दन के होठ खुले ही थे कि सचिव ने धुआँधार बोलना शुरू कर दिया—"राष्ट्रीय पार्टियों की उपेक्षा ने ही क्षेत्रीय पार्टियों को बढ़ने का अवसर दिया है। सत्ता-सुख में मदान्ध होती राष्ट्रीय पार्टियों ने क्षेत्रीय समस्याओं को अनदेखा करना शुरू कर दिया था। उनकी सोच थी कि दिल्ली की उनकी गद्दी बरकरार है। उनकी निगाह तो अब ऊपर है। नीचे की क्षेत्रीय बदहाली में अब वे क्यों पड़ें? उनके इसी दृष्टिकोण ने क्षेत्रीय पार्टियों को ताकतवर बनाया। अपनी ताकत से कई राज्यों में राज्य सरकार पर तो वे काबिज हो ही गयी हैं, केन्द्र सरकार की नियामक भी बनने लगी हैं...। क्षेत्रीय पार्टियों के सहयोग के बिना आज की तिथि में कोई केन्द्रीय सरकार नहीं टिक सकती...। मेरी राय में लोकतन्त्र की निष्पक्षता के लिए क्षेत्रीय पार्टियों को हमें साधक के रूप में देखना चाहिए...। यह ठीक है कि क्षेत्रीय पार्टियाँ सौदेबाजी करती हैं। अपने गलत आचरण को भी समर्थन देने के लिए केन्द्र को बाध्य करती हैं...। मगर प्रकारान्तर से लोकतन्त्र की स्वेच्छाचारिता और तानाशाही पर अंकुश भी लगाती हैं...!"

इस पर अंजलि ने कहा—"कितना अच्छा होता अगर हमारे यहाँ सिर्फ दो ही पार्टियाँ होतीं, पक्ष की और विपक्ष की! तब इतने सारे बखेड़े नहीं उठ खड़े होते और सरकारें भी इतनी क्षणजीवी नहीं होतीं...!"

अब जनार्दन फिर बोल उठा—"अगर ऐसा होता तब न! पर ऐसा अपने देश में होनेवाला नहीं है। जिस देश की संस्कृति और भाषा एक होती है वहीं ऐसा सम्भव हो पाता है। विभिन्न संस्कृतियों एवं विभिन्न भाषा-भाषियों वाले बड़े देश में ऐसा सम्भव नहीं। भाषा और क्षेत्र के मामले कट्टरता की हद तक मुखर हो उठते हैं। उनकी उपेक्षा कर लोकतन्त्र की व्यवस्था कायम नहीं की जा सकती!"

जनार्दन की बात को समीर ने विस्तार देते हुए कहा—"सिर्फ भाषा और क्षेत्र के मामले ही नहीं जनार्दन, धर्म के मामले ने भी हमारे जीवन और राजनीति को विभाजित कर रखा है...। साम्प्रदायिकता और धर्मनिरपेक्षता भारतीय राजनीति के दो ऐसे मुद्दे हैं जिन्हें अपनाने वाले और जिनका विरोध करनेवाले दोनों ने अपने राजमार्ग प्रशस्त कर लिए हैं। ऐसी सिद्ध पार्टियों के पास जनता की दैनन्दिन समस्याओं को समझने और उनकी बदहाली से रू-ब-रू होने की फुर्सत नहीं है!"

जवाब में जनार्दन मुखर हो उठा—" 'धर्म' एक व्यापक शब्द है समीर। हमारे देश में धर्म ने मानवता के विकास के लिए जैसा कार्य किया है वह इतिहास प्रसिद्ध है...। धर्म का आधार यहाँ साम्प्रदायिक नहीं था। इधर की राजनीति ने धर्म को सम्प्रदाय से जोड़कर उसे बर्बाद किया है। 'धर्मनिरपेक्षता' और 'साम्प्रदायिकता' के रूप में आज जिस धर्म की चर्चा है, वह धर्म का विकृत स्वरूप है...।"

यहाँ सचिव ने अवसर के अनुकूल अपनी राय जाहिर की—"इसीलिए हमारी पार्टी का एक मुद्दा यह भी है कि जन-समस्याओं से अलग साम्प्रदायिकता की कोरी पक्षधरता करनेवाली पार्टियों और उस पक्षधरता का कोरा विरोध करनेवाली पार्टियों, दोनों से हमें समान दूरी रखनी है...। जनता के सरोकारों और देश की मुख्य समस्याओं से लोगों को काटकर सिर्फ धर्म के अनसुलझे मसले में उलझा देना जनता और देश के साथ नाइंसाफी है...!"

कार्यालय के इस वैचारिक विमर्श को गम्भीर होते देख विजय ने अब विषयान्तर किया—"इस क्षेत्र में अपने उम्मीदवार जनार्दन को सफल बनाने के लिए भी हमें अपनी नयी रणनीति बनानी होगी। इस बार का मतदान पिछले मतदानों से अधिक जटिल होगा। हमें विशेष चौकस रहना होगा। हम सिर्फ जनसमस्याओं से मुठभेड़ में ही जुटे रहें और हमारा मत कोई हड़प ले, इस बार यह पक्ष हमारे लिए सबसे बड़ी चुनौती होगी!"

यह सुन अंजलि बोल उठी—"मतदान के प्रति अपनी अलग नीति बनाकर ही हम इस बार का चुनाव जीत सकते हैं। मतदान में विजयी होने के लिए जो हैरत अंगेज कारनामे यहाँ विकसित हो गये हैं, उनसे पार पाने की राह हमें भी खोजनी होगी...।"

जनार्दन ने कहा—"सचमुच हमारे लोकतन्त्र का यह आश्चर्यजनक पहलू है कि जनता के नाम पर जनता की इच्छा के खिलाफ लोग यहाँ विजयी होते रहे हैं। हम जनता के बीच काम करते हैं...। जनता के साथ रहते हैं। इधर यह बात हम शिद्दत से अनुभव कर रहे हैं कि विजयी अधिकांश नेताओं के प्रति बहुसंख्यक जनता के मन में नाराजगी के भाव हैं...। उस जनता ने वैसे नेताओं को कभी नहीं चाहा। लेकिन वे विजयी होते रहे...। निरीह जनता को आतंकित कर मतदान तक न जाने

देने तथा बूथ लूट की घटनाओं ने पिछले दिनों निर्णायक भूमिका कायम की है। मतदान की प्रक्रियाओं में सचमुच यहाँ अब लोक गायब है और सिर्फ तन्त्र ही बचा है। मतदान के इस तन्त्रीकरण के विरुद्ध हमें लड़ना है, इसीलिए इस बार का हमारा यह चुनाव संघर्षपूर्ण चुनाव होगा...!''

इस पर चैती तपाक से बोल उठी—''पिछले मतदान में मैं पार्टी में नहीं आयी थी। अपनी माँ के साथ मतदान करने जा रही थी कि मतदान-केन्द्र से भयभीत होकर भागते आ रहे लोगों ने रास्ते में ही हमें बता दिया कि हथियारों से लैस एक जाति-विशेष के लोगों ने मतदान-केन्द्र पर कब्जा कर लिया है। हम डरकर वापस आ गये। हम सभी का मत उन बाहुबलियों ने अपने पक्ष में डाल दिया था...।''

अंजलि ने भी चैती की बात का समर्थन किया—''हाँ, चैती बिल्कुल सही कह रही है। हमारे गाँव के मतदान-केन्द्र पर भी पिछले चुनाव में ऐसा ही हुआ था...।''

सचिव ने अब गुरु-गम्भीर आवाज में कहा—''अब जो समय आ गया है, वह कैडर पार्टियों की विजय का समय है। जिस पार्टी के कार्यकर्ता जितने जुझारू, समर्पित और ताकतवर होंगे, उस पार्टी के उम्मीदवार उसी रूप में विजयी साबित होंगे। निरीह जनता अपने मतदान के लिए उलझना नहीं चाहती है। यह सुनते ही कि उनके मतदान केन्द्र पर कुछ बन्दूकधारी अपनी कड़ी-कड़ी मूँछों के साथ आ धमके हैं, लोग अपने घरों से नहीं निकलते हैं। किसी भी मतदान-केन्द्र पर कब्जा जमानेवालों और जनता की सीधी लड़ाई कहीं नहीं होती है। वहाँ की तकरार अपना वर्चस्व कायम करनेवाली पार्टियों के बीच की तकरार होती है...।''

उमेश ने अब अपनी जानकारी का उद्घाटन करते हुए कहा—''मत लूटनेवाले भी बहुत चतुर होते हैं। पिछली बार उन्होंने चुनाव आयोग की सारी तैयारी को एकांकी बना दिया था। चुनाव आयोग ने अपनी जानकारी में आये प्रायः सभी संवेदनशील मतदान केन्द्रों पर पुलिस का भारी बन्दोबस्त किया था। हर संवेदनशील केन्द्र के चप्पे-चप्पे पर पुलिस तैनात थी। इस स्थिति में जितने मतदान केन्द्र संवेदनशील घोषित नहीं हुए थे, वहाँ सुरक्षा का कोई इन्तजाम नहीं था। वैसे अधिकांश मतदान केन्द्रों को बिना किसी प्रतिरोध के बूथ लुटेरों ने हथिया लिया...। सभी मतदान केन्द्रों पर पर्याप्त पुलिस बल का इन्तजाम हो, यह सम्भव भी नहीं है। अगर ऐसा सम्भव हो भी तो पुलिस भयभीत जनता को मतदान के लिए उसके घर से तो नहीं लाएगी? चुनाव के बाद प्रेसायडिंग अफसर और पोलिंग अफसर की सुरक्षा की गारण्टी पुलिस नहीं लेती है। किसी सरकारी दफ्तर का कर्मचारी या प्राथमिक स्कूल का शिक्षक प्रेसायडिंग अफसर बनकर अपना गला नहीं कटवा सकता है। मतदान केन्द्रों पर किसी भी पार्टी के हिंसक कार्यकर्ताओं के संकेत पर संचालित होना उनकी नियति होती है...। पुलिस की उपस्थिति में भी सरगनाओं के आदेश

का पालन वे सहर्ष करते हैं...। पुलिस की उपस्थिति तो मारपीट पर बीच-बचाव के लिए होती है। शान्तिपूर्ण ढंग से बूथकैप्चरिंग को पुलिस कैसे रोक सकती है...?"

इस पर बीच में कूदकर गणेश ने एक वाकया सुनाया—"अभी पिछले चुनाव में दौलतडीह बूथकैप्चरिंग सुनकर तो मैं दंग रह गया। खौफ सिंह उसी चुनाव में विजयी होकर संसद में पहुँचा था। चुनाव आयोग के इस निर्देश के बावजूद कि अपराधी छविवाले व्यक्तियों को टिकट न दिया जाए, प्रायः अधिकांश पार्टियों ने कुख्यात अपराधियों को टिकट दिया था। खौफ सिंह उन्हीं में से एक था। उसके बारे में कौन नहीं जानता कि वह अपराध की दुनिया का खौफ है...। उसने एकदम शान्तिपूर्ण ढंग से कई बूथों के मत हथिया लिए। दौलतडीह में सिर्फ अकेले उसके पार्टी एजेण्ट ने यह चमत्कार कर दिखाया। मतदान के लिए वहाँ पहुँचे ग्रामवासियों से उस एजेण्ट ने सिर्फ इतना ही कहा, 'मुझे यहाँ खौफ सिंह ने भेजा है कि इस मतदान केन्द्र पर जो मतदान करें, उनका नाम मैं लिख लूँ...। नामों की यह सूची मतदान के बाद मैं खौफ सिंह को दे दूँगा। अब खौफ सिंह समझेंगे और आप लोग समझियेगा। मुझे तो बस उनके आदेश का पालन करना है...!' उस एजेण्ट की बात सुनते ही जैसे लोगों को साँप ने सूँघ लिया। लोग उल्टे पाँव भाग चले। कोई हल्ला-हंगामा और विरोध नहीं हुआ। खौफ सिंह की सूची में अपना नाम वहाँ किसी को दर्ज नहीं कराना था। पुलिस बल की उपस्थिति में यह सहज-सामान्य ढंग से घटित हुआ। उसके बाद पूरे दिन उस मतदान केन्द्र पर कोई मत डालने नहीं पहुँचा। समूचे गाँव में यह दहशतज़दा खबर फैल गयी थी। शाम के अन्तिम चरण में खौफ सिंह के चार-पाँच आदमी वहाँ पहुँचे। उस वक्त तक चुनावकर्मी तथा पुलिस के जवान दिन-भर के भूखे-प्यासे और थके-माँदे थे। खौफ सिंह के लोगों ने उन्हें खिलाया-पिलाया। फिर इत्मीनान से अपनी इच्छा-भर मतों को गिराकर चलते बने। ऐसे शान्तिपूर्ण ढंग से बूथकैप्चरिंग वाले बूथों का मतदान रद्द भी नहीं किया गया। कहीं से कोई रिपोर्ट हो तभी तो वहाँ का मतदान कैंसिल हो...!"

गणेश का यह वाकया सुन राजू बोल उठा—"गणेश! दौलतडीह की घटना से हम वाकिफ हैं। लेकिन इस स्थिति के नियामक कारणों की पड़ताल नहीं की गयी। उस वक्त जिन पत्रकारों ने जनता की रुचि का सर्वेक्षण कर चुनावपूर्व की सम्भावना व्यक्त की, उनकी उस सम्भावना से वास्तविक परिणाम में अन्तर की एक वजह यह भी थी। जनता का रुझान आप समझते रहें, मतदान का यथार्थ जब तक आप नहीं समझेंगे, तब तक जनता के रुझान से उसकी सार्थक संगति नहीं बैठा सकेंगे...!"

अब तक चुपचाप सुन रहे कामेश ने कहा—"इस स्थिति में वाकई लोकतन्त्र है कहाँ? अगर हम इसे जातितन्त्र, गुंडातन्त्र और धर्मतन्त्र कहें तो यह ज्यादा सटीक

होगा...।''

सचिव ने कामेश को समझाया—''हमारे लोकतन्त्र की यही विशेषता है कामेश। तमाम उपद्रवों और अराजकताओं के बावजूद यहाँ का लोकतन्त्र टिका हुआ है और मजबूती से टिका हुआ है, यह सामान्य बात नहीं है। दुनिया का सबसे बड़ा लोकतान्त्रिक देश है यह, इसीलिए लोकतन्त्र की जैसी पेचीदगियाँ यहाँ मिलेंगी, वैसी कहीं नहीं...। हमें इन पेचीदगियों से घबराना नहीं है...!''

अंजलि ने अब अपनी चिन्ता व्यक्त की—''इस स्थिति में मतदान केन्द्रों पर निष्पक्ष मतदान को हम कैसे बहाल कर सकते हैं?''

प्रत्युत्तर में उमेश ने कहा—''हमें शहादती टुकड़ी तैयार करनी होगी जो इस क्षेत्र के अधिकांश मतदान केन्द्रों पर मुस्तैद रहेगी। जब हम मरने-मारने पर उतारू हो जाएँगे तो किसी की मजाल नहीं कि हमारे बूथों को लूट सके...। सबल प्रतिरोध के अभाव में ही बूथ-लुटेरे सफल होते हैं...। हमं उन्हें सफल नहीं होने देंगे...!''

जनार्दन भी अब चुप नहीं रह सका—''हमने महलों की नहीं, जमीन की राजनीति की है। हमारे सदस्य स्वयं तो जागरूक और तत्पर रहेंगे ही, जिन लोगों के बीच हम काम करते हैं उन्हें भी अपने साथ के लिए तैयार रखेंगे...। हमारे लोग हमारी एक आवाज़ पर साथ हो जाएँगे...। फिर संगठित जन-प्रतिरोध के आगे कोई जातिगत, धर्मगत और अपराधगत कार्रवाई सफल नहीं हो सकेगी...। यह हमारा प्लस प्वाइण्ट है कि इस क्षेत्र की जनता हमारे साथ है...। अपनी जनता को अभी से ही मतदान केन्द्रों के लिए हमें जुझारू बनाना है...। जनता को हाशिये पर रखकर ही चुनाव की लड़ाइयाँ होती रही हैं। जनता को साथ लेकर इस बार की लड़ाई हम लड़ेंगे...। हम अपनी जनता को आश्वस्त करेंगे कि सिर्फ चुनाव के लिए ही उनके संग-साथ का हमने वरण नहीं किया है, जीवन के हर मोर्चे पर हम उनका साथ निभाएँगे। चुनाव के बाद के परिणामों से भी सलटने के लिए तैयार रहेंगे...!''

जनार्दन का यह उपयुक्त सुझाव सबको जँचा। सबके चेहरे पर सुखद विश्वास के भाव उभर आये। अंजलि ने तो कहा भी—''क्या खूब सोचा तुमने। वाकई तुममें नेतृत्व की क्षमता है। हमारे लिए एकदम माकूल राह यही होगी। अपनी जनता को साथ रखकर ही यह लड़ाई हम लड़ेंगे...।''

सचिव ने भी कहा—''जनदेश का विश्वास ऐसी जनपक्षधरता में ही है। जनता के संगठित प्रयास को कोई विफल नहीं कर सकता। यहाँ की राजनीतिक पार्टियों ने जनता को उल्लू बनाकर अपना मकसद पूरा किया है। हम जनता को जगाकर उन पार्टियों को मजा चखाएँगे...।''

सचिव की बात को कुछ विस्तार देते हुए अमरेश ने कहा—''जिन राजनीतिक पार्टियों और राजनीतिक उम्मीदवारों ने जनता को उल्लू बनाया है, उनसे जनता के

मोहभंग की तीखी प्रतिक्रियाएँ भी सामने आने लगी हैं। अभी पिछले चुनाव में कुछ क्षेत्रों की जनता ने अपने यहाँ से किन्नरों (हिजड़ों) को विजयी बनाया है। यह सीधे-सीधे तमाम राजनीतिक पार्टियों एवं उनके नेताओं का बहिष्कार है। इसे जनता का करारा जवाब भी समझा जा रहा है। जो हिजड़े अपने जीविकोपार्जन के लिए घर-घर जाकर नाचते और गाते-बजाते रहे, उन्हें राजनेताओं के मुकाबले जनता ने सत्ता में भेज दिया।''

इस पर राजू बोल उठा–''राजनीति में हिजड़ों की विजय ने जनता के रुझान को कुछ जटिल जरूर बना दिया है। लेकिन इसे सिर्फ जनता का विरोध ही नहीं मानना चाहिए। वहाँ की जनता के प्रयोग और विकल्प के रूप में भी इसे देखा जा सकता है। हिजड़े कूल्हे मटकाकर नाचते-गाते अवश्य हैं, पर किसी को लूटते तो नहीं हैं, कहीं घोटाला तो नहीं करते हैं, देश को बेचकर खा जाने की मंशा तो नहीं रखते हैं। वे दूसरे कारणों से अयोग्य हो सकते हैं। पर जनता को उल्लू बनानेवाले नेताओं से खराब नहीं हो सकते...!''

कबीर ने राजू की बात को यहीं रोकते हुए कहा–''हमारे क्षेत्र की जनता ऐसी नहीं है भाई! इधर हमारी पार्टी में उनका विश्वास और बढ़ा है...। जनता के बीच हमारे काम करने का लाभ भी यही है। अपनी इस जनता को साथ रखकर यह लड़ाई हम जीत लेंगे!''

विजय ने सबको आश्वस्त किया–''इस वैचारिक बातचीत में ही हमने मार्ग ढूँढ़ लिया...!''

अंजलि ने अब वार्ता की समाप्ति की ओर संकेत करते हुए कहा–''अब हमें अपने गाँव का मार्ग भी पकड़ना चाहिए...। शाम हो चली है।''

सहसा सबकी निगाहें कार्यालय की दीवाल-घड़ी की ओर चली गयीं। सचमुच शाम होनेवाली थी। अब जनार्दन ने कुछ चौंकते हुए कहा–''बातचीत में तो हमें समय का ज्ञान ही नहीं रहा...! काफी समय हो गया है...!''

समीर ने अब खड़ा होते हुए कहा–''मुझे शाम को एक जगह जाना है। बातचीत में मैं एकदम भूल ही गया था...!''

अब समीर की देखा देखी सभी उठ खड़े हुए। कार्यालय में रहनेवाले सदस्यों को छोड़कर सभी सचिव से विदा ले चल पड़े। जनार्दन, राजू और उमेश एक साथ हो गये। वे एक ही गाँव के थे। अंजलि और चैती भी एक साथ हो गयीं। कार्यालय से एक साथ निकलकर वे एक रास्ते पर आगे बढ़े। फिर चौराहे पर पहुँच अपनी-अपनी दिशाओं में बँट गये। चैती के साथ अंजलि अपने राधेगाँव के मार्ग पर बढ़ गयी तथा जनार्दन के साथ राजू और उमेश अपने गाँव छविपुर के मार्ग पर!

11

जैसे चुनाव-घोषणा की आकस्मिक सूचना ने जनार्दन को उद्वेलित कर दिया था उसी तरह एक दूसरी खबर ने उसे बेचैन कर दिया। शाम सात बजे के समाचार से वह खबर प्रसारित हुई थी। जोगीपुर संसदीय निर्वाचन क्षेत्र से राव मानवेन्द्र बाबू की पार्टी ने उनके योग्य उत्तराधिकारी के रूप में उनकी पुत्री नन्दिता को चुनाव मैदान में उतारने का निर्णय किया था। जनार्दन के लिए यह खबर किसी भूचाल से कम नहीं थी...।

नन्दिता कभी चुनाव में उतरेगी, उसने सपने में भी नहीं सोचा था। राजनीति में आने की तो उसने कभी इच्छा ही व्यक्त नहीं की थी। पहले वह डॉक्टर बनना चाहती थी। बाद में प्रोफेसर बनने की धुन उस पर सवार हो गयी थी। उसकी दुनिया अलग थी! राव मानवेन्द्र बाबू के निधन के बाद तो मीडिया से वह और उसका परिवार गायब था। लोग उसके परिवार को भूल-से गये थे। उसके मामाओं के रुक्ष व्यवहार तथा अपने प्रति नन्दिता की उदासीनता और तटस्थता ने जनार्दन को भी उस घर से विमुख कर दिया था। पहले की तरह राजधानी की अपनी कोठी में नन्दिता रह भी कहाँ पाती थी? अपनी माँ एवं मामाओं के साथ कभी इस शहर तो कभी उस शहर में गुमनाम जिन्दगी व्यतीत कर रही थी। पर राव मानवेन्द्र बाबू की पार्टी ने चुनाव में उसे खड़ा करने की घोषणा कर पुनः उसे सुर्खियों में ला दिया था...।

जनार्दन की सम्भावना के अनुकूल दूसरे दिन के समाचारपत्र की मुख्य खबर भी वही थी–'राव मानवेन्द्र बाबू की पुत्री नन्दिता का सक्रिय राजनीति में आगमन।' यह देखकर जनार्दन हैरत में पड़ गया कि मुख्य खबर तक ही यह सुर्खी सीमित नहीं थी, अखबार के अन्य पृष्ठों पर भी विभिन्न रूपों में पसरी थी। एक सुर्खी के साथ नन्दिता की वह लुभावनी तस्वीर भी थी, जिसने जनार्दन की उम्र के शुरुआती दौर में विस्फोट किया था...!

उस समाचारपत्र की मुख्य खबर के अनुसार पार्टी की घटती लोकप्रियता को बहाल करने तथा पार्टी में जान फूँकने के लिए लोकतन्त्र की राजनीति के महारथी राव मानवेन्द्र बाबू की विदुषी कन्या नन्दिता को युवा नेत्री के रूप में प्रस्तुत करने के पार्टी के फैसले का खुलासा था...।

एक दूसरी सुर्खी में राव मानवेन्द्र बाबू के पार्टी नेताओं ने विभिन्न शहरों से अपने सन्देश भेजकर पार्टी आलाकमान के इस निर्णय का स्वागत किया था...। अपने सन्देशों में उस पार्टी के हर नेता ने एक-दूसरे से बाजी मारते हुए नन्दिता की निकटता की पेशकश की थी...।

एक तीसरी सुर्खी में विभिन्न राजनीतिक पार्टियों के नेताओं ने अपनी प्रतिक्रिया व्यक्त की थी। इसमें अधिकांश ने राव मानवेन्द्र बाबू की पार्टी की इस चाल को 'भागते भूत की लँगोटी', 'पुराने खोल में वापसी' तथा 'हारे को हरिनाम' की संज्ञा देते हुए अपने योग्य उम्मीदवारों से इसकी काट का अपना निर्णय दुहराया था। इसमें जनदेश पार्टी के प्रवक्ता की टिप्पणी भी थी, जिसमें राजनीति की इस वंशवादी परम्परा के विरोध का ऐलान निहित था। 'जनदेश' की इस प्रतिक्रिया ने जनार्दन के खिन्न मन को फिर से उत्साहित कर दिया...। उसकी पार्टी अपनी प्रतिक्रिया में अन्य पार्टियों से अलग और भारी पड़ ही गयी। राजनीति में नन्दिता के आने की खबर सुनते ही जनार्दन के मन में भी वंशवाद की अन्धी परम्परा के खिलाफ उबाल उठने लगा था। अपनी पार्टी के निर्णय से अवगत हो अब उसका यह उबाल एक वैचारिक आक्रोश में तब्दील हो गया!

एक चौथी खबर के अन्तर्गत नन्दिता का जीवन-वृत्त छपा था, जिसमें उसकी शिक्षा, रुचि, यौवन आदि की सराहना थी। इस सुर्खी के पत्रकार ने अपनी कलम तोड़ दी थी। नन्दिता के जीवनवृत्त को उसने अप्रतिम करार दिया था। उसके पिता राव मानवेन्द्र बाबू से भी अधिक विलक्षणता का उसने एहसास किया था...। वह सारा जीवनवृत्त एक बड़े घराने की रूपवती युवती के आकर्षण से परिचालित था...। सम्भवतः उस सुर्खी का युवा पत्रकार भी उस आकर्षण के वशीभूत था...।

इन खबरों ने जनार्दन के मन को ऐसी पत्रकारिता के प्रति भी कुपित कर दिया। पत्रकारिता की जिस पतनशीलता की चर्चा वह सुनते आ रहा था, उसका अब एक नायाब नमूना देख रहा था। कभी इस 'फोर्थ एस्टेट' की भूमिका कितनी प्रासंगिक होती थी। तब खबरों की विश्वसनीयता सामाजिक जागरण की पृष्ठभूमि बनती थी। आज यह फोर्थ एस्टेट भी बाजारू और बिकाऊ हो गया है। जनार्दन समझ नहीं पा रहा था कि राजनीति में आने की नन्दिता की सामान्य खबर पत्रकारिता के लिए इतनी बड़ी खबर क्यों बन गयी है? आखिर क्या किया है नन्दिता ने देश और समाज के लिए? पिता के रूप में राव मानवेन्द्र बाबू का नाम उससे काट दिया जाए तो व्यक्ति रूप में आभिजात्य वर्ग की एक विलासी युवती के सिवाय उसके पास है ही क्या? आखिर ये पत्रकार क्या देखते हैं? किस चीज का मुआयना करते हैं? पिछले दिनों हिन्दी पत्रकारिता पर लगा यह आरोप जनार्दन को सही जान पड़ा था, जिसमें खलनायकों को नायक बनाने के उनके प्रगति-विरोधी कार्य की भर्त्सना की गयी थी।

राजनीति में आने की अपनी नितान्त छोटी खबर की तुलना में जनार्दन, नन्दिता की इस विस्तृत खबर को लेकर चिन्तित था...। फोन पर पार्टी सुप्रीमो के संकेत के बाद जनार्दन के मित्र राजू और उमेश इस सूचना को प्रकाशित कराने के

लिए शहर पहुँचे थे। वे दिन-भर स्थानीय अखबार के दफ्तर में जमे रहे थे। उनके काफी प्रयास के बाद एक निहायत छोटी सूचना प्रकाशित हो पायी थी—'जोगीपुर संसदीय निर्वाचन क्षेत्र से जनदेश के सम्भावित उम्मीदवार।' शीर्षक इस सूचना के नीचे मात्र एक वाक्य की खबर अंकित थी—'पार्टी सूत्रों के अनुसार जोगीपुर संसदीय निर्वाचन क्षेत्र से 'जनदेश' ने अपने युवा कार्यकर्ता जनार्दन को अपना उम्मीदवार बनाने की सम्भावना व्यक्त की है...।' नन्दिता की बड़ी और विस्तृत खबर की तुलना में जनार्दन की यह छोटी खबर अखबार के एक कोने में ऐसी जगह छपी थी, जहाँ सबकी नजर भी नहीं जा सकती थी...। वह लगातार इस क्षेत्र में सक्रिय रहा है। उसके कार्य और परिणाम भी यहाँ के लोगों के लिए गोपनीय नहीं हैं। उसकी तुलना में नन्दिता की कोई सामाजिक और राजनीतिक भूमिका नहीं। लेकिन मीडिया की खबरों में उसकी तुलना में वह कहीं है ही नहीं...। जो लोग सूचना-क्रान्ति को विज्ञान का वरदान और मनुष्य के विकास का उच्चतम माध्यम मानते हैं, वे नन्दिता जैसे लोग ही होंगे यह सूचना-क्रान्ति वैसे ही लोगों को लाभान्वित करेगी।

जनार्दन ने अपने जाग्रत विवेक के तहत नन्दिता की खबर से अपनी खबर की तुलना करनी चाही, वे कौन से कारण हो सकते हैं जिसके चलते पक्ष को अँधेरे में डालकर पक्षहीन की पक्षधरता प्रचारित की गयी। इसमें पहला कारण उसे नन्दिता का राजघराने की लड़की होना जान पड़ा। राव मानवेन्द्र बाबू जैसे बड़े नेता किसी राजे-महराजे से कम नहीं थे। उनकी पुत्री नन्दिता राजकुमारियों जैसे ऐशो-आराम और नाज-नखरे में पली है। खबरें राजा-रानी और राजकुमार-राजकुमारियों की ही बनती हैं। उसके जैसे गुमनाम गँवई युवक की नहीं। क्लिंटन के साथ भारत आयी चेल्सी मीडिया और लोगों के आकर्षण का केन्द्र इसीलिए बनी थी कि वह क्लिंटन की पुत्री थी। जनार्दन के पिता तिरबेनी तो एक विपन्न 'मछेरा' हैं। छविपुर गाँव से बाहर उन्हें कोई जाननेवाला नहीं। वैसे गुमनाम और अभावग्रस्त मछेरे के बेटे को कोई पत्रकार क्यों बड़ी खबर बनाये?

दूसरा कारण उसे नन्दिता का रूपवती युवती होना जान पड़ा। बड़े घराने की रूपवती युवती, यानी पत्रकारिता के लिए सोने में सुहागा! दुनिया चाहे जितनी बदल जाय, पुरुष-प्रधान समाज में सुन्दर युवती की खबर को विस्तार मिलना ही है। डायना की एक-एक हरकत पर पूरी अँग्रेजी पत्रकारिता के फिदा होने का सच भी उसकी समझ से यही था। नन्दिता की खबर की तुलना में उसकी खबर में क्या आकर्षण कि पत्रकारिता उसकी ओर उन्मुख हो!

तीसरा कारण उसे नन्दिता का राजधानी का वासी होना जान पड़ा। अपने मामाओं के साथ विभिन्न महानगरों में वह आती-जाती रही, लेकिन स्थायी रूप से तो राजधानी की ही वासी है। मुख्य खबरें राजधानी और अन्य महानगरों से ही बनती

हैं, गाँव-गँवई और छोटे कस्बों से नहीं...। गाँव-गँवई और छोटे कस्बे की कोई खबर पत्रकारिता के लिए तभी मुख्य बनती है जब किसी बड़े नरसंहार के रूप में वह सामने आती है। गाँव-गँवई की सामान्य खबरों पर वह फोकस क्यों दे? नन्दिता को छापने और प्रस्तुत करने में उन्हें सुविधा-सहूलियत है। जनार्दन को छापना और प्रस्तुत करना तो उनके लिए कष्टकर है...। दिल्ली से लम्बी दूरी के इस उपेक्षित गाँव में पत्रकारिता क्यों पहुँचे...? इस बिन्दु पर इधर लगातार जनार्दन यह अनुभव करता जा रहा था कि एक ओर दुनिया तेजी से ग्लोबल होती जा रही है, 'विश्वगाँव' की अवधारणा को विज्ञान के तहत मूर्त किया जा रहा है, वहीं दूसरी ओर क्षेत्रीयता इतनी बढ़ती जा रही है कि एक देश के हिस्से अलग-अलग द्वीप बनते जा रहे हैं। दिल्ली का मीडिया दिल्ली पर केन्द्रित है, जो कलकत्ता का मीडिया कलकत्ता पर। छोटे शहरों और गाँवों पर कोई मीडिया केन्द्रित नहीं। वे जैसे तब उपेक्षित थे, वैसे ही अब भी उपेक्षित बने हुए हैं। उनकी उपेक्षा पहले से और बढ़ी है...।

चौथा कारण जनार्दन को नन्दिता की पार्टी 'लोकेन्द्र' के अस्तित्व को लेकर जान पड़ा। किसी बड़े नाम की छाया तले उसकी पार्टी जीती रही है। उसकी पार्टी में ऐसी क्षमता नहीं कि नये कार्यकर्ताओं के बल पर नयी जमीन तोड़ सके। कुछ बड़े नेताओं के निधन के बाद उसकी पार्टी का यह संकट और गहरा गया था। बड़े नेताओं के वंशजों में नन्दिता से अधिक उपयुक्त नाम उनकी झोली में और नहीं था; इसीलिए पूरी शक्ति के साथ उसे प्रस्तुत कर दिया। उसकी जनदेश पार्टी व्यक्ति-पूजा की पार्टी नहीं है। जमीनी कार्यकर्ताओं को महत्त्व देनेवाली पार्टी है। उसकी पार्टी प्रचार की अपेक्षा कार्य में विश्वास करती है, इसीलिए उसकी पार्टी ने राष्ट्रीय अखबारों या मीडिया के अन्य माध्यमों से उसकी उम्मीदवारी की खबर प्रचारित नहीं की। उसके मित्र राजू और उमेश व्यक्तिगत रूप से न लगते तो स्थानीय अखबार में भी वह छोटी खबर नहीं आती। सम्भव है, नन्दिता की खबरों को विभिन्न चैनलों ने भी अपने माध्यमों से प्रस्तुत किया हो। कुछ मुख्य चैनलों ने अपने पर्दे पर नन्दिता को सशरीर भी उपस्थित किया हो! यहाँ गाँव में पड़े होने के चलते जनार्दन उन चैनलों को नहीं देख सका...। लेकिन अखबार की खबरों से उसका अनुमान उसने सहज ही लगा लिया!

नन्दिता के साथ अपनी खबर की तुलना में जनार्दन जिन तथ्यों को जानना चाहता था, वे सिरे से ही गायब थे। राजनीति में किस उद्देश्य के तहत कौन आना चाहता है, यह बात कहीं अंकित नहीं थी। लोकतन्त्र की बेहतरी के लिए किसके पास कौन-सी योजना है, इसका उल्लेख कहीं नहीं था। पत्रकारों ने भी दोनों सम्भावित उम्मीदवारों के बारे में जानकारी लेकर यह टिप्पणी नहीं की थी कि लोकतन्त्र के लिए किसकी उम्मीदवारी प्रासंगिक हो सकती है?

ऐसे अवसरों पर अपने पार्टी-कार्यालय जोगीपुर भागने के लिए जनार्दन छटपटा कर रह गया। अपने मित्रों से विचार-विमर्श करके ही वह शान्त हो सकता था। चुनाव मैदान के इस आसन्न संकट पर अपनी पार्टी की रणनीति बना सकता था। लेकिन पिता फ्लू की चपेट में आ गये थे। सर्दी, बदन-दर्द और बुखार से परेशान। एकदम खाटशायी हो गये थे। इस स्थिति में माँ ने उसे रोक लिया था। माँ नहीं रोकती तब भी पिता को इस हालत में छोड़कर वह नहीं जाता। पिता की देखभाल के अतिरिक्त अपनी छोटी-सी खेती भी उसे सँभालनी थी। कटनी का मौसम चल रहा था। तैयार धान की फसलें सूखकर खेतों में झर रही थीं। उनकी कटनी में अब और देर ठीक नहीं थी। मछेरे के पेशे में निरन्तर सूखती नदी की वजह से उसका परिवार अपनी इस छोटी-सी खेती पर ही निर्भर था।

जिस खबर से जनार्दन परेशान था, अपने गाँव छविपुर की कई बैठकों में भी अब उस खबर को वह सुन रहा था—"राव मानवेन्द्र बाबू की बेटी आ ही गयी राजनीति में... ।"

"बाँस की कोठ से बाँस ही फूटता है!"

"गिरहबाज की औलाद खौदा नहीं होती!"

"बाप के क्षेत्र को बेटी ने अपना ही लिया...!"

जनार्दन को लग गया, उसके छविपुर के लोग भी इस खबर को गर्मजोशी से ले रहे हैं। राव मानवेन्द्र बाबू इस क्षेत्र के पुराने नेता थे। छविपुर में तो उनका आना अक्सर होता रहता था। इलाके में ऐसा कोई नहीं था जो उनको न जानता हो। पुराने लोग तो उनके खास दीवाने थे। उनकी बेटी की खबर छिपनेवाली नहीं थी। लेकिन इस चर्चा ने जनार्दन के मन को कुछ दुखी किया। अपने इस गाँव में पुस्तकालय की नयी शुरुआत से लेकर यहाँ के अपने लोगों के लिए अल्पावधि में ही उसने क्या कुछ नहीं किया। यहाँ की हर फरियादी के लिए लड़ता रहा। हर समस्या का समाधान ढूँढ़ता रहा। अपने इस क्षेत्र की वास्तविक बेहतरी के लिए सच्चे मन से भिड़ा रहा। लोग उसके कार्यों से अनभिज्ञ हों, ऐसा भी नहीं था। फिर भी इस क्षेत्र से एक उम्मीदवार के रूप में खड़े होने की उसकी चर्चा को लोगों ने अधिक महत्त्व नहीं दिया था। अब नन्दिता की वही उम्मीदवारी उनके लिए विशेष चर्चा का विषय बन गयी थी। अन्य जगहों की बातें होतीं तो वह अपने मन को समझाता भी, लेकिन खुद उसके अपने गाँव छविपुर में ऐसी चर्चा थी!

एक दिन खेतों से अपने घर पहुँचकर जनार्दन ने पाया कि उसके पिता भी इस खबर से अवगत हो गये थे। उसे देखते ही बोल उठे—"तू सुनलहऽ जनार्दन! अपने नेताजी की बिटिया नन्दो इहवाँ से खड़ी हो रहल है!"

जनार्दन समझ गया, रामधनी काका ने पिताजी को बता दिया है। उसके

पिताजी के हमउम्र मित्र हैं रामधनी काका। खूब बातूनी। नयी खबरों को यहाँ से वहाँ पहुँचाने में माहिर। कोई भी खबर सुन उसके पिता को अवश्य बताते हैं। उन्हें अधिक बोलने की बीमारी है। गाँव के अन्य लोग उनकी फिजूल बातें नहीं सुनना चाहते। वे उन्हें अपने पास फटकने नहीं देते हैं। लेकिन उसके पिता तिरबेनी अच्छे श्रोता हैं, इसीलिए रामधनी काका की बैठक उसके पिता के पास ही लगती है। उसने पिता की जिज्ञासा को महत्त्वहीन बनाते हुए कहा—''सुना तो है! परसों ही रेडियो से सुन लिया था...!''

इस पर पिता ने प्रति प्रश्न किया—''फेरू तूने हमको काहे नहीं बतलाया?''

जनार्दन ने उसी लहजे में जवाब दिया—''क्या बताता? राजनीति में ऐसी अजूबी बातें होती ही रहती हैं...!''

जवाब में पिता कुछ गम्भीर हो गये—''तू नेताजी की छोरी का खड़ा होना खाली अजूबी बात बूझ रहा है? नेताजी के नाम पर ऊ खड़ी हो रहल है...। मसल में कहल है कि बाघ के खुर पर बकरी टिक जाती है...।''

जनार्दन ने पिता को समझाने की कोशिश की—''दुनिया तेजी से बदल रही है बाबूजी! जंगल के जानवरों जैसे आज के लोग मूर्ख नहीं हैं। वे नेताजी का नाम लेकर नहीं चाटेंगे...। उन्हें अपने क्षेत्र के लिए कर्मठ उम्मीदवार चाहिए...।''

पिता जनार्दन की बात से सन्तुष्ट नहीं हुए। उन्होंने जनार्दन को सुझाया—''हमरे कहल मान, तू अब क्षेत्र बदल दे...। नेताजी की बेटी के मुखलफत में इहँवा से मत लड़! नेताजी जिअत रहते तो तोहरे लायक काम दिलवा दिये रहते..!''

जनार्दन जिस बात से बचना चाहता था, पिता ने उस बात के बीच उसे ला ही दिया था। पुराने ख्यालों के अपने पिता का सेण्टीमेण्ट वह समझ रहा था। वह कोई ऐसी बात नहीं बोलना चाहता था कि पिता को तकलीफ हो। उसने अपने को भरसक संयत करते हुए कहा—''मैंने इस क्षेत्र में काम किया है बाबूजी! यह क्षेत्र मेरा है...। इस क्षेत्र से मैं स्वयं खड़ा नहीं हो रहा, पार्टी सुप्रीमो ने मुझे खड़ा किया है। इस स्थिति में यह सम्भव नहीं कि मैं क्षेत्र बदल दूँ...। नन्दिता से मेरा कोई विरोध नहीं। वह खड़ी हुई है तो खड़ी रहे। राजनीति में तो भाई-भाई, बाप-बेटे और पति-पत्नी अलग-अलग पार्टियों से खड़े होते हैं, अलग विचार रखते हैं। हम दोनों के बीच हार-जीत का फैसला इस क्षेत्र की जनता करेगी।''

जनार्दन ने अनुभव किया, उसके कथन की प्रतिक्रिया में उसके पिता के चेहरे पर आश्वस्ति नहीं लौटी। उसके पिता ने अपना सुझाव रखते हुए अन्त में यह भी कहा था कि 'नेताजी अगर जीवित होते तो उसे अवश्य कोई नौकरी लगवा देते।' अपने पिता के इस अन्तिम उल्लेख का निहितार्थ भी जनार्दन समझ रहा था। प्रकारान्तर से उसके पिता ने यह कहना चाहा था कि वह राव मानवेन्द्र बाबू के

यहाँ वह रह चुका है...। उसे कृतघ्न और नमकहराम नहीं होना चाहिए। अपने पिता जैसे लोगों की मानसिकता वह समझ रहा था। 'कृतघ्नता' और 'नमकहरामी' के रूढ़ और एकांगी अर्थ वे आज तक जीते आ रहे हैं। उसने पिता के मन से ये भाव निकालने की कोशिश की—"अब यह भी समझ लो बाबूजी कि नेताजी ने हमें अपने यहाँ ऐसे ही नहीं रखा था, तुमने उनकी जान बचायी थी, इसकी तुलना में उनका अपने यहाँ रखना कुछ भी नहीं था। और वहाँ रहते हुए बैठकर मैं नहीं खा रहा था। नेताजी के आदेश पर सदैव तत्पर रहता था। उनकी सुरक्षा का जो दायित्व मुझ पर सौंपा गया था उसमें कभी कोई चूक नहीं होने दी थी। ताली एक हाथ से नहीं बजती। उन्होंने हमारे लिए कुछ किया है तो हमने भी उनके लिए कोई कसर नहीं उठा रखी है...। जहाँ तक इस क्षेत्र से खड़े होने की बात है तो यह हमारा अपना क्षेत्र है...। मुझे अपने काम पर और यहाँ के लोगों पर विश्वास है। यहाँ के लोग अब जाग गये हैं। नन्दिता को वे उखाड़ फेंकेंगे...। किसी बड़े नेता की बेटी होने से ही लोग उसे नहीं चुनेंगे। आखिर इस क्षेत्र के लिए उसने किया ही क्या है...?"

पिता ने अब जनार्दन की इस बात का कोई विरोध नहीं किया। शायद जनार्दन का निश्चय उन्होंने लक्ष्य कर लिया था। लेकिन उनके चेहरे पर सुकून के भाव नहीं लौटे। जनार्दन नहीं चाहता था कि पिता का मन तनिक भी उद्विग्न हो। लेकिन अचानक उपस्थित हुई परिस्थिति के समक्ष वह अवश था...!

पिता के ठीक होने में एक सप्ताह लग गया। ठीक होने के बाद पिता ने जैसे ही गृहस्थी का अपना दायित्व सँभाला, जनार्दन खूँटे से मुक्त हिरण की तरह जोगीपुर कार्यालय की ओर भाग चला। इस दौरान जोगीपुर कार्यालय पहुँचने के लिए वह बेचैन था। जोगीपुर कार्यालय से विजय, गणेश आदि मित्र आकर उससे मिल भी जाते थे। इस पैदा हुई नयी स्थिति को लेकर जोगीपुर कार्यालय के प्रायः सभी मित्र उसकी प्रतीक्षा कर रहे थे। हालाँकि इस बीच द्रुतगति से विकसित नन्दिता की खबर ने मीडिया में अपनी एक खास जगह बना ली थी। वह मीडिया की अनिवार्यता बन गयी थी। अब प्रायः उसको लेकर रोज ही कोई-न-कोई खबर प्रमुखता से प्रकाशित होती। अब उसकी खबरें सिर्फ सूचनाओं को लेकर ही नहीं आतीं। अब वह सूचनाओं में उपस्थित रहती—कभी छायाकारों और पत्रकारों के बीच घिरी हाथ हिलाती हुई, तो कभी अपनी पार्टी के वयोवृद्ध सदस्यों के बीच किसी सम्राज्ञी की तरह मुस्कराती हुई, तो कभी अपने पार्टी कार्यकर्ताओं से गुलदस्ते थामती हुई, तो कभी अपने साक्षात्कार के दौरान बोलती हुई...! राजनीति में आने के उसके जवाब को भी मीडिया के सभी माध्यमों ने प्रमुखता के साथ उजागर किया। नन्दिता के वे जवाब जनार्दन के मस्तिष्क में अपनी विरूपता के साथ अंकित हो गये थे—"देशवासियों की माँग पर अपने पिता के अधूरे कार्यों को पूरा करने और जनता की समस्याओं

के निदान के लिए मैं राजनीति में आयी हूँ...। पिताजी ने मुझसे वचन लिया था कि देश-सेवा के लिए मैं अपने को समर्पित कर दूँ। पिताजी को दिए वचन के अनुसार अब इस राह पर आ गयी हूँ। अपने देश को हमें आगे ले जाना है। अपनी जनता के जीवन को उन्नत और विकसित बनाना है...।''

जनार्दन नन्दिता के इस बहुप्रचारित उद्देश्य को समझ नहीं पा रहा था कि इसे किस श्रेणी में रखा जाय? सत्य पर झूठ की विजय जैसा जवाब अब आज के सन्दर्भों में प्रासंगिक नहीं रह गया था। सूचना क्रान्ति और तकनीकी विकास का इस्तेमाल सम्पन्न और सुविधाभोगी वर्ग के द्वारा जिस रूप में हो रहा था वह रूप अब नयी व्याख्या की माँग कर रहा था। बिना किसी कार्य के दूसरे के कार्य पर जबरन कब्जा जमाने वाली यह बात थी। जनार्दन को यह बात अजगर वृत्ति से जुड़ती हुई जान पड़ती थी। अजगर अपने निवास के लिए स्वयं बिल नहीं बनाता। किसी चूहे के बिल में घुसकर उसे खा जाता है और उसके बिल को अपना निवास घोषित कर देता है...। नन्दिता की यह बात कुछ वैसी ही थी...।

इस अवधि में जनार्दन को जिस बात से झटका लगा, वह बात अपने गाँव के अधिकांश बुजुर्गों की राय का नन्दिता के पक्ष में ढलते जाना था। गाँव के प्रति उसकी सक्रियता और तैयारी को पल-भर में ही इन बूढ़ों ने अनदेखा कर दिया था...। उनके समय के दिवंगत लोकप्रिय नेता राव मानवेन्द्र बाबू की बेटी जब तक परिदृश्य से ओझल थी, तब तक जनार्दन का महत्त्व उनके लिए बना हुआ था। अब जैसे ही उनके प्रिय नेता की इकलौती बिटिया मैदान में आ गयी, वे जनार्दन के पक्ष में टिके नहीं रह सके। उन बूढ़ों की बातें जनार्दन के कानों में पिघले हुए सीसे की तरह पड़ने लगी थीं—''राजा का बेटा ही राज चला सकता है, फकीर का बेटा क्या जाने राज चलाना? जिसने गोंठहुल देखा नहीं, वह क्या जाने भुँसहुल के बारे में?''

अपने गाँव के ऐसे वज्रमूर्ख बूढ़ों की मानसिकता को जनार्दन अच्छी तरह समझ रहा था। अतीतजीवी ये बूढ़े वर्तमान और भविष्य को देख ही नहीं सकते...। ये अतीत में ही जीते हैं और अतीत की ही सोचते हैं...। नन्दिता के रूप में अपने समय के नेता राव मानवेन्द्र बाबू को ये देख रहे हैं। उस देखने में भी अपनी जड़ता से उबर नहीं सके हैं। राव मानवेन्द्र बाबू को कुछ ही दिनों में उसने जितना जान-समझ लिया है, ये बूढ़े अपने वार्द्धक्य तक उतना नहीं जान सके हैं...। ऐसे ठस बूढ़ों ने ही राव मानवेन्द्र बाबू जैसे नेताओं को फूलने-फलने का अवसर दिया था। ये पके हुए आम हैं। बाँस की कच्ची टहनियों को ही मनचाहा रूप दिया जा सकता है। ये सूखे बाँस के डण्ठल अब मुड़ने वाले नहीं...! अतीतजीवी ये बूढ़े स्वयं अतीत बन जाएँगे...! नये सूर्योदय को रोकने और बाधित करने की क्षमता इनमें

नहीं...!

जोगीपुर पहुँच कर जनार्दन ने पाया कि उसके गाँव की अपेक्षा वह खबर यहाँ और अधिक विस्तारित थी। विभिन्न चौराहों, दूकानों और चाय की गुमटियों पर इस नयी खबर की ही चर्चा थी–"मरकर भी जी उठे राव मानवेन्द्र बाबू...। पिता के नक्शे कदम पर उतर आयी बेटी।"

जोगीपुर की सड़क से गुजरते हुए आसपास की बातचीत के जो टुकड़े जनार्दन को सुनाई पड़ रहे थे, उसमें से अधिकांश नन्दिता और राव मानवेन्द्र बाबू को लेकर ही थे...।

जोगीपुर इधर के ग्रामीण इलाकों के लिए एक मशहूर कस्बा था। शहर बनते-बनते हर बार यह छूट जाता था। राजधानी से विकास की योजना यहाँ आते-आते सूख जाती थी। फिर भी लोकसभा और विधानसभा के लिए इस क्षेत्र की उम्मीदवारी पर सारे देश की निगाह चली आती थी। यहाँ के उम्मीदवारों के बीच अक्सर काँटे की टक्कर होती थी। यहाँ से चुनाव जीतना आसान नहीं होता था। यह राव मानवेन्द्र बाबू ही जानते थे कि यहाँ की जीत के पीछे उनकी नेपथ्य कथा क्या होती थी? अब उस नेपथ्य-कथा की काट भी अधिकांश पार्टियों ने विकसित कर ली थी, इसीलिए अब का संघर्ष और तगड़ा था...।

प्रायः सभी पार्टियों के क्षेत्रीय कार्यालय जोगीपुर में थे। लेकिन 'जनदेश' की सक्रियता के समक्ष वे लगभग बन्द पड़े थे। अब अचानक मौसमी फसलों की तरह उनकी बहार आ गयी थी। उनके बन्द ताले तो चुनाव की घोषणा के बाद ही खुल गये थे। इस दौरान उनकी रंगत भी बदल गयी थी। अपनी सामर्थ्य और सुविधा के अनुसार किसी कार्यालय में सोफे आ गये थे तो अधिकांश कार्यालयों में दरियाँ बिछ गयी थीं। उनमें विराजमान मौसमी कार्यकर्ता चाय-सिगरेट पीते और गप्पें लड़ाते दिखने लगे थे। नन्दिता की पार्टी सोफेवाली थी। उसके पार्टी-कार्यालय में गद्देदार सोफे बाहर से ही दिखने लगे थे। लेकिन जो विशेष दृश्य उसके पार्टी-कार्यालय की ओर सबका ध्यान आकृष्ट कर रहा था, वह पार्टी-कार्यालय के मुख्य दरवाजे के ऊपर आदमकद साइज में खड़ी नन्दिता की बेहतरीन तस्वीर थी। ऐसी मूर्तिमान और नयनाभिराम तस्वीर देख क्षण-भर के लिए लोगों को भ्रम हो जाता था कि अपने पार्टी-कार्यालय की छत पर वास्तव में आकर नन्दिता खड़ी तो नहीं हो गयी है!

'जनदेश' कार्यालय के रास्ते में ही नन्दिता का यह पार्टी-कार्यालय था। पल-भर के लिए जनार्दन के पाँव भी ठिठक गये। उसकी आँखें नन्दिता पर जा टिकीं...। हरे रंग के सलवार-समीज और हरे दुपट्टे में वह खड़ी थी। माथे पर हरी बिन्दी तथा पाँवों में हरा सैंडल। अपने यहाँ आर. अण्डमान के स्वागत में अपनी जिस मुग्ध अदा से कवि-गोष्ठी का संचालन वह कर रही थी, लगभग उसी अदा

और उसी लिबास में खड़ी थी। प्लाइउड पर जिस चित्रकार ने उसकी यह तस्वीर बनायी थी, वह कोई पहुँचा हुआ चित्रकार था। नन्दिता की उस तस्वीर में यथार्थ के सम्मोहन का ऐसा भ्रम था कि उस रास्ते से गुजरनेवाला हर राही उसे निहारे बिना आगे नहीं बढ़ पाता था...। नन्दिता की तस्वीर को निहारकर आगे बढ़ते दो राहगीरों की बातचीत भी जनार्दन को सुनाई पड़ी। एक ने कहा--"गजब की सुन्दर है राव मानवेन्द्र की यह बेटी...। इस क्षेत्र से खड़ी हुई है तो यहाँ आएगी ही। इसे तो देखकर ही लोगों की भीड़ लग जाएगी...!"

जवाब में दूसरे ने नहले पर दहला फेंका—"अपनी ऐसी नेता को देखकर ही जनता अपना मत देगी...। राव मानवेन्द्र की बेटी है तो उसकी राजनीति के बारे में अब क्या पूछना?"

जनार्दन अपने जोगीपुर क्षेत्र पर अपनी जनदेश पार्टी का वर्चस्व मानने लगा था। जनदेश की जमीनी कार्रवाइयों को उसने निर्णायक समझा था। लेकिन चुनाव-घोषणा के बाद ही कितना अन्तर पड़ गया था। लोकतन्त्र के इस पक्ष की भी उसे अपने मित्रों के बीच समीक्षा करनी थी। हकदारी और दावेदारी के यथार्थ की पड़ताल करनी थी...। काम कोई और करे और उसका लाभ कोई ओर ले भागे, इसे सख्ती से रोकना था!

अचानक जोगीपुर में नन्दिता की तस्वीर से सामना हो जाएगा, जनार्दन को अभी इतनी जल्दी इसकी उम्मीद नहीं थी। वह कुछ अन्यमनस्क-सा हो गया। राव मानवेन्द्र बाबू के यहाँ के अन्तिम समय में जिस नन्दिता के प्रति हिकारत और नफरत के भाव उसके मन में पैदा हुए थे, वह अब मुख्य प्रतिद्वन्द्वी के रूप में उसके गढ़ में आ गयी थी। नन्दिता के पास देर न कर वह शीघ्र आगे बढ़ गया...। इस भावना से वह परिचालित था कि अपने इस प्रतिद्वन्द्वी की तस्वीर को उसे निहारते देख जोगीपुर के उसके समर्थक क्या सोचेंगे? अपने जानते उसने जल्दी में नन्दिता की तस्वीर देखी थी। लेकिन नन्दिता के उस पार्टी-कार्यालय में मौजूद पराहू ने इस शीघ्रता के बावजूद उसे पकड़ लिया। पराहू नन्दिता की पार्टी का सक्रिय कार्यकर्ता था। पराहू के पिता राव मानवेन्द्र बाबू के भक्तों में से थे। अपने पिता की विरासत में ही वह नन्दिता की पार्टी में आया था। उसके ममेरे भाई की ससुराल छविपुर में थी, इस नाते जनार्दन से उसका मुँहलगा सम्बन्ध था। कहीं भी जनार्दन से मिलने पर हँसी-ठिठोली के दो बोल अवश्य बोलता था। जनार्दन चाहता था कि पराहू अपनी दलगत सम्बद्धता के आधार पर कभी उससे वैचारिक बहस करे तो उसके दिमाग को वह ठिकाने लगा दे। पर चतुर पराहू ऐसा कभी नहीं करता था। हालाँकि अपनी राजनीतिक प्रतिद्वन्द्विता की भावना भी अपने बोलों में ही वह व्यक्त कर देता था। अपनी उसी भावना के तहत फुर्ती से अपने कार्यालय से बाहर निकल जनार्दन को

रोकते हुए उसने कहा—"अरे, रुको जनार्दन...। अभी खूब गौर से नन्दिता जी को देख रहे थे। अब अचानक भाग क्यों चले? तुम तो इनके यहाँ रह चुके हो...। फिर भी ऐसे निहार रहे थे जैसे नन्दिता जी को कभी देखा ही न हो...!"

जवाब में जनार्दन ने भी पलट वार किया—"यह तेरी नन्दिता जी हैं...। मुझे तो ऐसा लगा था कि तेरी पार्टी के पिक्चर हाल में कोई नयी फिल्म लगी है। पर यह सतही फिल्म चलनेवाली नहीं!"

पराहू ने जनार्दन के शब्दों को पकड़ते हुए उसे पराजित करने की कोशिश की—"तू इस फिल्म को सतही मत समझ। देखना, यह हिट होगी। तुझे तो मैंने पहले भी कहा है, अग्रिम बुकिंग कराकर निश्चिन्त हो जा...। हाउस फुल के बाद छटपटाकर रह जाएगा...। कहीं जगह नहीं मिलेगी...।"

जनार्दन अब और रुकना नहीं चाहता था। उसने चलते हुए ही कहा—"क्यों एक टिकट बर्बाद करने पर तुला हुआ है...। सँभालकर रख। हाउसफुल पर ब्लैक कर लेना या अपने किसी जमाई को दे देना...।"

प्रत्युत्तर में पराहू ने भी कुछ कहा। लेकिन जनार्दन सुन नहीं सका। तेजी से आगे बढ़ते उसके पाँव अपने कार्यालय के पास पहुँच गये थे। कार्यालय में उसके प्रवेश करते ही वहाँ उपस्थित सभी मित्र चहक उठे। सचिव ने कहा—"आ गया जनार्दन...! बहुत अच्छा किया...। इधर हम रोज तुम्हारी राह देख रहे थे...।"

विजय भी बोल उठा—"इधर तुम्हारी अनुपस्थिति बहुत खल रही थी...!"

गणेश ने भी कहा—"हमारे सामने अचानक जो नयी समस्या आ गयी है, उस पर विचार-विमर्श आवश्यक है...। सुना है, शीघ्र ही नन्दिता जोगीपुर भी आनेवाली है...!"

जनार्दन ने अपने उपस्थित मित्रों को आश्वस्त किया—"तुम लोग चिन्तित न होओ...। वह हमारा कुछ नहीं बिगाड़ सकती। उसके प्रचार का यह ग्लैमर बालू की भीत की तरह भहरा जाएगा। यथार्थ की जमीन पर उसे धराशायी होना ही है...।"

जनदेश कार्यालय में मित्रों की फुटकर उपस्थिति के चलते तत्काल बैठक नहीं की जा सकी। अगले दिन बैठक का निर्णय लिया गया, जिसकी सूचना अधिकांश सदस्यों को रातों-रात पहुँचा देने के लिए उपस्थित सदस्यों को दायित्व सौंपा गया...। इस सम्बन्ध में जनार्दन को भी जोगीपुर कस्बे का दायित्व दिया गया। चूँकि अगले दिन की बैठक के लिए जनार्दन को जोगीपुर कार्यालय में ही रुकना था, इसीलिए जोगीपुर के सदस्यों को उसे ही अवगत करना था...।

अपने जोगीपुर कार्यालय में जनार्दन पहले भी रात गुजार चुका था। घर की रात से कार्यालय की रातें उसे अधिक प्रीतिकर लगती थीं। अपने-अपने बिस्तरों पर

लेटकर रात गहराने तक मित्रों से खूब बातचीत होती। कार्यालय की रातों में आधी रात से पहले कोई नहीं सो पाता। देर रात में सोने के बावजूद सुबह तड़के उठकर तैयार हो जाता। कोई आलस्य और सुस्ती नहीं। कार्यालय की रातों से ही उसने यह जाना था कि जीवन्त संवादों के बीच कम सोने पर भी मन-मस्तिष्क में बोझिलता नहीं आती!

उस रात लगभग दस बजे के आसपास जोगीपुर के अपने सक्रिय सदस्यों को अगले दिन की बैठक की सूचना देकर जनार्दन कार्यालय लौट आया। कार्यालय में उपस्थित अधिकांश सदस्य खा चुके थे। वह भी खाकर अपने बिस्तरे पर आ लेटा। पर कार्यालय की आम रातों की तरह चाहते हुए भी बातचीत में अपने को तन्मय नहीं कर सका। इसके पीछे मित्रों की नगण्य उपस्थिति तो थी ही, जनार्दन का अपना मन भी कम बोझिल नहीं था। जोगीपुर की गलियों से गुजरते हुए प्रसिद्ध बैठकों और सार्वजनिक स्थलों पर नन्दिता की जैसी चर्चा उसने सुनी थी, उसने सोचने के लिए उसे बाध्य कर दिया था। अचानक जोगीपुर के लोगों को यह क्या हो गया? जहाँ कहीं भी राजनीतिक प्रसंग का जिक्र होते उसने पाया, वहाँ नन्दिता की मौजूदगी का एहसास किया...। उनकी बातचीत के टुकड़े उसके कानों में फिर-फिर ध्वनित होते रहे—"क्या कमाल का निर्णय किया राव मानवेन्द्र की पार्टी ने...! नन्दिता को इस क्षेत्र से खड़ा कर बिगुल फूँक दिया...।"

"अब इस क्षेत्र में काँटे की टक्कर हो गयी!"

"जनार्दन नन्दिता की आँधी में उड़ जाएगा...।"

"राजनीति में पृष्ठभूमि भी कोई चीज होती है। हवा में राजनीति करने नहीं उतरी है नन्दिता...। उसके पिता राजनीति में ही शहीद हो चुके हैं...। क्षेत्र की जनता की स्वाभाविक सहानुभूति उसके खाते में जाएगी...!"

इस बात से जनार्दन के मन की क्षुब्धता बढ़ती गयी थी कि चन्द दिनों के अन्दर ही नन्दिता का भूत किस तरह लोगों के माथे पर सवार हो गया था? अपने मित्रों के यहाँ इस 'भूत' की प्रतिक्रिया में जनार्दन ने जगह-जगह बातचीत की। नन्दिता के मायावी षड्यन्त्र की पृष्ठभूमि का खुलासा किया। अब निर्णायक बातचीत उसे कल की बैठक में करनी थी। नन्दिता की लहर में बहते लोगों की मानसिकता समझनी थी। इस मानसिकता को बदलने के लिए कारगर अभियान चलाना था...।

जनार्दन ने चाहा, सो रहे। जो कुछ भी कहना-सुनना है, अब कल की बैठक में ही कहेगा-सुनेगा...। पर वह जल्द सो कहाँ सका...? उसके अपने गाँव-कस्बे में पहुँचकर नन्दिता ने उसकी नींद हराम कर दी थी...। राव मानवेन्द्र बाबू के यहाँ के गलाजत से कोसों दूर अपने इस शान्त-सहज ग्रामीण क्षेत्र में जो नयी पहचान उसने कायम की थी, लोगों के स्नेह और विश्वास का जिस तरह वह आलम्बन बना

था, अचानक उस पर नन्दिता ने धावा बोल दिया था...। जिस धूल-मिट्टी में वह पला है, जिस धूल-मिट्टी की जमीनी राजनीति में उसने अपने को खड़ा किया है, उसके इस अपने परिवेश में महानगर की एक अमीरजादी दखल देने आ गयी...! जनार्दन के उफनते मन का गुस्सा इस छोकरी से अधिक अब यहाँ के लोगों पर आ रहा था...। यहाँ के लोगों के कन्धे से कन्धा मिलाकर वह चलता रहा। इनके सुख-दुःख का भागीदार बना रहा...। पर एक खूबसूरत और विलासी छोकरी के आते ही इन पर कैसे दूसरा रंग चढ़ने लगा। राव मानवेन्द्र की बेटी है तो क्या...? चुनाव के बाद फिर इस क्षेत्र में जयन्तियों और उत्सवों पर ही उसका आना होगा। उसके पिता भी यही करते थे...। गाँवों-कस्बों की बदहाली का जिसने कभी सामना ही नहीं किया, वह निदान क्या करेगी? पहले के लोग जागरूक नहीं थे, इसीलिए राव मानवेन्द्र बाबू उनके भोलेपन और सरलता-निश्छलता की आड़ में अपनी जनविरोधी कार्रवाइयों को आसानी से पचाते-छिपाते रहे...। आज के जागरूक-विकसित लोग भी वैसे ही बन जाएँगे तो फिर लोकतन्त्र की बेहतरी के लिए उसकी लड़ाई अकारथ ही चली जाएगी...!

जिस नन्दिता को लेकर ये समस्याएँ पैदा हुई थीं, उसके व्यक्तित्व की झाँकियाँ जनार्दन के स्मृति-पटल पर अब फिर ताजा हो उठीं। नर गैंडे की शक्ल का आर. अण्डमान! नन्दिता के पिता राव मानवेन्द्र का कट्टर विरोधी! अपने पिता के अकण्टक राजनीतिक साम्राज्य के लिए नन्दिता की पहलकदमी! नर गैंडे के स्वागत में कवि-गोष्ठी का आयोजन! गोष्ठी के बाद नन्दिता उस नर गैंडे के साथ अपने स्टडी रूम में। नन्दिता के अन्तिम अस्त्र से वह नर गैंडा पराजित। साक्षी और द्रष्टा जनार्दन के कानों में नन्दिता की मधुर आवाज—"पहले दरवाजा बन्द कर लीजिए अंकल...।"

प्रो. बनर्जी के साथ भी उसकी यही ध्वनि—"पहले दरवाजा बन्द कर लीजिए सर!"

खुद उसके साथ एकाकार होने से पहले भी उसका यही कथन—"पहले दरवाजा बन्द कर लो जनार्दन...!"

अपनी युवा देह की माँग पर नन्दिता ने ऐसा किया होता तो ये प्रसंग जनार्दन की हिकारत के जनक कभी नहीं बनते...! वह ऐसा रूढ़िवादी और दकियानूस नहीं कि इसे नागवार समझता...। लेकिन अपने जिन उद्देश्यों के तहत तिजारत के रूप में देह-समर्पण का काम उसने किया था, उसने जनार्दन के मन को नफरत से भर दिया था...। जनार्दन उसके लिए अब वह मल से भरा स्वर्ण-घट बन गयी थी...! ऐसी लड़की के प्रति अपने क्षेत्रवासियों का ऐसा उत्साह देख वह दंग था! क्या उसके जीवन की यह सच्चाई जान कर भी लोग इसी तरह उसके प्रति उत्साहित बने रहेंगे? नहीं, कदापि नहीं। तो क्या लोगों को उसकी यह नेपथ्य-कथा उसे बतानी होगी।

नहीं, हरगिज नहीं...। वह ऐसा गया-गुजरा नहीं कि नन्दिता को पराजित करने के लिए ऐसी घृणित बात प्रचारित करे...! लोगों को समझाने के लिए बहुत सारी दूसरी बातें उसके पास हैं...। नन्दिता के पास कोई भी वास्तविक सबल पक्ष नहीं...। वह जिस बिन्दु पर चाहेगा उसे बेनकाब कर देगा...। अपने क्षेत्र में उसकी 'हवाई राजनीति' नहीं चलने देगा...।

रात बीतती रही। पर जनार्दन जगा रहा। फिर जाने कब उसकी आँख लग गयी, वह जान तक नहीं सका। शायद रात के अन्तिम पहर की वह नींद थी। रात के अन्तिम पहर की नींद ऐसी होती ही है। सारी रात जागनेवाले भी इस अन्तिम पहर की नींद से बच नहीं पाते।

दूसरे दिन नियत समय पर जनदेश के कार्यकर्ता आ पहुँचे। जनदेश की यह विशेषता थी कि उसके कार्यकर्ता पार्टी के बुलावे को पर्याप्त महत्त्व देते थे। जनदेश के निरन्तर बढ़ते जनाधार के घटक उसके ये समर्पित कार्यकर्ता ही थे। जोगीपुर कार्यालय का वह कक्ष भर गया। स्थायी सदस्य तो थे ही, कुछ नये सदस्य भी थे। इस अवसर पर वैसे सदस्य भी आ गये थे, जो बोलते कम, सुनते अधिक थे। ऐसे सदस्य 'जनदेश' के निर्णय का पालन पूरे मन से करते थे...।

शुरुआत सचिव ने की—"जैसा कि सभी लोगों को ज्ञात हो चुका है, हमारे क्षेत्र को विचलित करने और बहकाने के लिए लोकेन्द्र के दिवंगत नेता राव मानवेन्द्र की बेटी नन्दिता चुनाव मैदान में आ गयी है। उसकी मृत पार्टी ने हमारे मुकाबले में उसे दाँव पर लगाया है...। पर हमारे जनार्दन के समक्ष वह नहीं ठहरेगी। लेकिन शत्रु चाहे बड़ा हो या छोटा, समझ-बूझ कर ही उसकी काट हमें प्रस्तुत करनी है...। इस क्षेत्र के अन्य उम्मीदवारों में कोई दम नहीं है। हमारा सीधा मुकाबला अब इस लोकेन्द्र की छोरी से ही है। वह सुन्दर युवती है...। एक बड़े नेता की बेटी है...। अपने नाज-नखरे से लोगों को रिझा सकती है...। इस आसन्न संकट से निपटने के लिए ही हमने यह बैठक बुलायी है। इस बैठक में जो निर्णायक विचार आएँगे उसके आलोक में ही हम अपनी कार्रवाई निर्धारित करेंगे...। पार्टी मुख्यालय से भी हमारी बातचीत हुई है कि स्थानीय स्तर पर जो कदम हमारे लिए उपयुक्त हो, वही कदम हम उठाएँ...!"

इससे पहले कि कोई सदस्य कुछ कहे, अंजलि छूटते ही बोल उठी—"हमारे बीच जनार्दन से अधिक नन्दिता को कोई नहीं जानता है। कभी किसी संयोग के तहत उसके यहाँ जनार्दन का रहना हुआ था। उससे मुकाबले की अपनी रणनीति के तहत हम जानना चाहेंगे कि जनार्दन ने उसे किस रूप में महसूस किया है? अपने प्रतिद्वन्द्वी से सलटने के लिए हमारे पास उसकी वास्तविक जानकारी आवश्यक है...।"

जनार्दन को लगा, जैसे अंजलि ने उसके मन की बात कह दी हो। इस क्षेत्र के लिए हव्वा बनती नन्दिता के बारे में वह बताना चाहता था, पर बिना किसी के पूछे स्वतः बताना उसे अच्छा नहीं जान पड़ रहा था। अब अंजलि के प्रश्न पर जैसे वह फट पड़ा—"मुझको भी इसी बात का दुःख है कि नन्दिता के बारे में बगैर जाने सिर्फ उसके बाह्य प्रचार पर ही लोग उड़ने लगे हैं...। सच्चाई तो यह है कि आम जीवन से उसका कभी कोई वास्ता नहीं रहा...। वैभव के बीच पली, जीवन की समस्याओं से कटी वह एक विलासी युवती है...। वह यह भी नहीं जानती है कि आलू पेड़ पर फलते हैं या जमीन में? धान की पीली फसलों से सफेद चावल के दाने कैसे निकल आते हैं? ईख के डण्डे से गुड़ की भेली कैसे बनती है? वह जब भी ऐसे प्रश्न करती थी मैं भौचक रह जाता था...। तब मुझे फ्रांस के उस तानाशाह की पत्नी का वह कथन याद आ जाता था, जब भूख से तड़पती अपनी जनता से उसने कहा था—'रोटी नहीं है तो डबलरोटी खा लीजिए...!' क्या विडम्बना है कि ऐसे उम्मीदवार को लोकेन्द्र पार्टी ऐसे क्षेत्र से खड़ा कर रही है जो गाँवों और कस्बों का क्षेत्र है...। सिर्फ उसके पिता के नाम पर उसकी पार्टी ने हमारे क्षेत्र में उसे झोंक दिया है। वह निहायत आत्मकेन्द्रित लड़की है। समाज से जुड़ने का कोई भी प्रसंग उसके जीवन में नहीं...। देश और समाज की बेहतरी की भावना से उसका व्यक्तित्व कतई परिचालित नहीं। अपने पिता की तरह सिर्फ सत्तासीन बनने तक ही उसका उद्देश्य सीमित है, ताकि वैभव के बीच जीने का सुख बरकरार रह सके...। उसके बारे में हमें अपने लोगों को समझना होगा। उसकी उम्मीदवारी का निहितार्थ स्पष्ट करना होगा...।"

जनार्दन की बात सुन सभी सदस्य चौंक उठे। विजय तो जैसे वहाँ उपस्थित मित्रों की वाणी बन गया—"तो ऐसी है नन्दिता? यह बात है! क्या तमाशा कर रहे हैं लोकेन्द्री। लगता है, राजनीति को भैयाजी का दालान समझ रखा है...!"

गणेश ने अब विजय की बात को आगे बढ़ाते हुए कहा—"यह वंशवाद की राजनीति का विकृत रूप है...। लोकतन्त्र की पतनशीलता का एक कारण राजनीति का यह वंशवादी स्वरूप भी है...।"

इस पर सचिव ने गणेश की इस बात का समर्थन करते हुए कहा—"लोकेन्द्र ने चुनाव मैदान में नन्दिता को जैसे ही प्रस्तुत किया, हमारी पार्टी ने वंशवाद की अन्धी परम्परा को बढ़ावा देने का आरोप लगाया। हमें वंशवाद का तीखा विरोध करना है...। यह वंशवाद ही है जो उल्लू को भी उसके वारिस के नाम पर सत्तासीन कर देता है...! कुछ राजनीतिज्ञ तो अपने जीवन-काल में ही सत्ता से अपनी बेदखली पर अपनी पत्नी, बेटे, भाई या साले को अपने उत्तराधिकारी के रूप में स्थापित कर देते हैं। लोकतन्त्र के नाम पर यह मजाक है। हमें इसका तीखा विरोध करना है...!

यह बिल्कुल आपत्तिजनक कार्य है...।''

इस पर एक नये सदस्य अमरेश ने कहा—''वंशवाद के अभिशाप से सिर्फ हमारी राजनीति ही अभिशप्त नहीं, अधिकांश क्षेत्रों में इसकी घुसपैठ हम देख रहे हैं। फिल्मों की दुनिया में तो नये कलाकारों का आगमन अब अपवाद बनता जा रहा है...! फिल्मों के प्रसिद्ध नायक-नायिका अपने पुत्र-पुत्रियों को ही अपनी विरासत में खड़ा करते जा रहे हैं...! कलाकार बनने का मानदण्ड अब प्रसिद्ध कलाकारों का वंशज होना ही बन गया है। इस वंशवाद के तहत इधर फिल्मों में एक ऐसा नायक उभरा है, जिसका चेहरा गद्दे जैसा है तथा आकृति वनमानुष जैसी...! लेकिन चूँकि वह एक स्टार-पुत्र है, इसीलिए हीरो बना हुआ है। उसके बाप ने उसे हीरो बनाने के लिए अरबों रुपये खर्च कर कई फिल्में बना डालीं। अब जानवर जैसे होते हुए भी खूबसूरत नायिकाओं के साथ उसे भटकते देखना दर्शकों की विवशता है...। न चाहते हुए भी दर्शकों को इस अरुचिकर दृश्य से तालमेल बैठाना है...। निःस्सन्देह हमारे समय की यह मुख्य समस्या है...। आश्चर्य है कि इन अभिनेता पुत्र-पुत्रियों को उनके समर्थ पिता श्रेष्ठ कलाकार की उपाधियों से भी नवाजते रहते हैं। कलाकार बनने की सहज-स्वाभाविक और क्रमिक प्रक्रिया को इस वंशवाद ने बिल्कुल उलट दिया है...!''

अमरेश की बात को पकड़ते हुए एक-दूसरे सदस्य राजीव ने कहा—''फिल्मों ने तो नये और होनहार कलाकारों के आगमन को रोका ही है। अपवादस्वरूप कोई नया कलाकार आ जाय, यह दूसरी बात है...। चिकित्सा के क्षेत्र में तो मरीजों के जीवन से ही इस वंशवाद का खिलवाड़ जारी है। शहरों के प्रसिद्ध चिकित्सक अपनी खुशहाल और प्रतिष्ठित परम्परा को देखते हुए अपने पुत्र-पुत्रियों को अपनी विरासत में डॉक्टर बना देना चाहते हैं...। इस सन्दर्भ में उनकी योग्यता का ख्याल किये बगैर डोनेशन की ऊँची रकम देकर वे उन्हें मेडिकल में पहुँचा देते हैं। उनके ऐसे वंशज अब डॉक्टर बनकर निकलते हैं तो मेधा की स्वाभाविक तीव्रता और विलक्षणता से वंचित सिर्फ परम्परा में डॉक्टर होते हैं...। ये मरीजों की जान लेकर बीमारियों का इलाज सीखते हैं...। इन पर दावे भी नहीं किए जा सकते, क्योंकि डोनेशन से ही सही, मेडिकल पास का सर्टिफिकेट तो इनके पास होता है...।''

राजीव का दोस्त चन्द्रकान्त भी अब बोल उठा—''राजनीति, कला और चिकित्सा से आगे व्यवसाय के क्षेत्र में तो सर्वत्र इस वंशवाद की ही तूती गूँजती नजर आती है। हमारे शहर में बिगु सेठ की पहले एक दुकान थी। अब तो हमारे शहर से लेकर महानगर तक की कई बड़ी दूकानें उसकी हैं। उसके यहाँ का कोई लड़का जैसे ही होश सँभालता है, उसके बाप-भाई बिगु एण्ड सन्स का बोर्ड लगाकर एक नई दूकान का स्वामित्व उसे प्रदान कर देते हैं...। बिगु के वंशजों के लिए

आम युवाओं जैसी नौकरी की कोई समस्या नहीं। दुःख और अभाव का सामना उन्हें नहीं करना है। यह वंशवाद की ही परिणति है कि जहाँ एक ओर किसान-मजदूरों के बेटे आजीविका की तलाश में भटक रहे हैं वहीं दूसरी ओर बिगु सेठ जैसे व्यवसायियों के वंशजों के लिए इत्मीनान की व्यवस्था है! उनकी देखा-देखी कुछ नये लोग भी व्यवसाय में आ रहे हैं। लेकिन उनकी संख्या नगण्य है...। उनकी सफलता भी सन्दिग्ध है...!''

यह सुन गणेश अब पुनः अपनी उबाल रोक नहीं सका—''अगर यह स्थिति नहीं बदली तब तो मन्त्री के वंशज मन्त्री, अभिनेता के वंशज अभिनेता, डॉक्टर के वंशज डॉक्टर, सेठ के वंशज सेठ और किसान-मजदूर के वंशज किसान-मजदूर ही बने रहेंगे। तब फिर जो सुखी है वह सुखी रहेगा और जो दुःखी है वह दुःखी! वंशवाद के संचालक चाहते हैं कि यह यथास्थिति कायम रहे...। उनकी अपनी सुरक्षा इसी में निहित है। उनके इस वंशवाद के रहते सामाजिक बदलाव का हमारा सारा प्रयास, सारा संघर्ष बेमानी ही होगा...।''

जनार्दन को लगा, उसके मित्र कहीं विषयान्तर न हो उठें, इसीलिए वह बीच में कूद गया—''यह ठीक है कि अधिकांश क्षेत्रों में वंशवाद का दुष्परिणाम हम झेल रहे हैं...। लेकिन राजनीति का क्षेत्र उससे सर्वाधिक प्रभावित है...। राजनीति से वंशवाद को खत्म करके ही हम दूसरे क्षेत्रों के वंशवाद पर भी काबू पा सकते हैं। राजनीति ही सारे क्षेत्रों के नियन्त्रण की धुरी है...। देश को बनाने-बिगाड़ने का कार्य राजनीति ही करती है। राष्ट्र और राज्यों के संचालन का दायित्व उसी पर होता है...। किसी देश की सत्तासीन राजनीति जब सिद्धान्तविहीन, अराजक और भ्रष्ट हो जाती है तो उसके प्रभाव से जनता भी अराजकता और भ्रष्टाचार में लिप्त पायी जाती है। अपने यहाँ की राजनीति की अवसरवादिता और विचारहीनता के अनेक कारण हमें दिख रहे हैं, जिसमें वंशवाद एक मुख्य कारण है। जब राजनीतिज्ञों के वंशज आम जीवन के सड़क मार्ग से संसद में न पहुँचकर अपनी आलीशान हवेली से सीधे पहुँचते हैं तो आप सोच सकते हैं कि जन-सामान्य के कौन-से मुद्दे उनके पास हो सकते हैं? राजनेताओं के ऐसे वंशज सिर्फ एक ही मुद्दे से संचालित होते हैं कि येनकेन प्रकारेण मन्त्री-पद पर उन्हें बने रहना है। इसके लिए जोड़-तोड़ से लेकर दल-बदल और अपने प्रतिद्वन्द्वी की हत्या करने-कराने से भी ये पीछे नहीं हटते। ये अच्छी तरह जानते हैं कि अपनी वंश-परम्परा में ये संसद पहुँचे हैं, इसीलिए उनकी प्राथमिकताओं में जनता सिरे से गायब होती है। ये अपनी सफलता के राजमार्ग के रूप में गुण्डों और लठैतों की टोली तैयार रखते हैं, जो उनकी पार्टी के कार्यकर्ता के रूप में उनके साथ होते हैं...। उनके ये 'अभ्यस्त' और 'पेशेवर' कार्यकर्त्ता संसद से सड़क तक उनके लिए उपद्रव-उत्पात मचाते तथा खून-खराबे करते हैं...। यह

लोकतन्त्र की कैसी बुनावट है कि मन्त्री पुत्र है तो उसे सहजता से मन्त्री बन जाना है...। यहाँ अपनी जनता पर भी हमें सोचना है। हमारी यह जनता ऐसे आकाशी नेताओं को क्यों अपना प्रतिनिधि बनाती है? अपनी इस जनता को हमें और जागरूक और समझदार बनाना है...!"

जनार्दन अभी शायद कुछ और कहता लेकिन उसके अल्प विराम पर ही विजय शुरू हो गया—"जनार्दन का कहा सही है, पर हमें तनिक भी विचलित नहीं होना है। ऐसा नहीं है कि हमारी जनता जाग नहीं रही है। वह जाग रही है। राजनीतिज्ञों के वंशजों के तब और अब की सफलता का प्रतिशत देखकर इसका अन्दाज हम लगा सकते हैं। पहले राजनीति में उनका आना, संसद या विधान-सभाओं में अनिवार्य रूप से उनका पहुँचना होता था...। पर अब ऐसा नहीं रह गया है...। इधर संसद से लेकर राज्यसभा और विधान सभाओं तक में उनका प्रतिशत घटा है। इसका यह सीधा अर्थ है कि कहीं-न-कहीं हमारी जनता भी इन आकाशी नेताओं को अब पहचानने लगी है!"

जनार्दन ने विजय की बात को अब बीच में ही लोकते हुए कहा—"मैं यही कहने जा रहा था विजय। जिस क्षेत्र की जनता में तनिक भी जागरूकता आयी है उसने अपने मतों से जाहिर कर दिया है कि सिर्फ राजनीतिज्ञों के वंशजों के नाम पर ही नहीं, उनके काम पर उनका विश्वास है। अपने क्षेत्र की जनता के अन्दर भी यह जागरूकता हमें पैदा करनी है...। हमारे यहाँ की नयी पीढ़ी हमारे साथ है। पुरानी पीढ़ी का भी हमें 'ब्रेनवाश' करना है...। उन्हें बताना है कि किसी प्रसिद्ध नेता के वंशज होने और बड़े खानदान से आने की उनकी उपयोगिता तभी है जब वे हमारे काम के हों। जो हमारी समस्याओं से अवगत ही नहीं, वह हमारी समस्याओं का समाधान क्या करेगा?"

इस पर अंजलि बोल उठी—"लोगों के इस मनोविज्ञान को भी हमें समझना है कि अपने घर का कर्मठ व्यक्ति भी उन्हें क्यों तुच्छ नजर आता है और बाहर का आया काहिल भी उनकी नजर में महान बन जाता है। उनके इस मनोविज्ञान को भी हमें बदलना है...।"

जवाब में जनार्दन से पहले ही उमेश बोल पड़ा—"यह हमारे लोगों की गुलाम मानसिकता का सूचक है अंजलि बहन। पराधीनता के दिनों से ही लोगों के अन्दर यह धारणा जड़ जमा चुकी है कि शासक के वंशज ही शासन कर सकते हैं...। विकास की प्रक्रिया में हमारे लोग अभी बहुत पीछे हैं...। आज भी सूट-बूट से लैस अँग्रेजी बोलता कोई व्यक्ति कार आदि वाहनों से हमारे गाँव-कस्बों में पहुँचता है तो सहज ही लोगों की नजर में विशिष्ट बन जाता है!"

यहाँ जनार्दन फिर बीच में बोल उठा—"इसकी वजह समझने की जरूरत है

मित्रो...। हमारे यहाँ जीवन-स्तर में जितनी असमानता है, उसी की वजह से ही यह खाई है...। यहाँ अमीर और अमीर होते जा रहे हैं और गरीब और गरीब...। जीवन स्तर में न्यूनतम समानता के बाद ही लोग हीनता से मुक्त होते हैं। हमारे यहाँ के लोगों की गुलाम मानसिकता और हीनग्रन्थि की एक बड़ी वजह उनका अज्ञान और अन्धकार भी है, इसीलिए मुझे बार-बार लगता है कि लोगों को जागरूक और सचेत बनाकर ही यह लड़ाई हम जीत सकते हैं...!''

अब तक चुपचाप सुन रही चैती ने कहा—''इसके लिए हमें यह भी करना होगा कि जो जहाँ का बाशिन्दा है, राजनीति में वही वहाँ का प्रतिनिधि बने...। बाहर से टपके प्रतिनिधियों का हमें कड़ा विरोध करना है...!''

चैती की इस बात को राजू ने किंचित् विस्तार दिया—''चैती बहन ठीक कह रही है। हमारे प्रचार का एक अनिवार्य मुद्दा यह भी हो कि किसी बाहरी को हम स्वीकार नहीं करेंगे। जो हमारी जमीन में जन्मा-पला नहीं और हमारे जीवन से जुड़ा नहीं वह हमारी समस्याओं का समाधान क्या करेगा? हमारे क्षेत्र का वासी ही हमारा अव्वल प्रतिनिधि होगा।''

इसे बेहतर प्रस्ताव के परिप्रेक्ष्य में अंजलि ने लोगों की जड़ मानसिकता पर आश्चर्य व्यक्त करते हुए कहा—''कभी-कभी तो मैं समझ नहीं पाती हूँ कि हमारे लोग अपने लाभ-हानि का ख्याल क्यों नहीं करते हैं? मतदान के वक्त प्रतिनिधियों की पात्रता पर विचार क्यों नहीं करते हैं? किसी बाहरी चमक के प्रभाव में या किसी जाति या धर्म के प्रभाव में क्यों आ जाते हैं? हम लगातार लोगों को जगाने में लगे हैं। लेकिन लोग हैं कि अपनी चेतना बदल ही नहीं पा रहे हैं...।''

जनार्दन ने पुनः बागडोर सँभाली—''इसीलिए अपने यहाँ का लोकतन्त्र मजाक बना हुआ है। किसी राज्य में यह किसी मसखरे की पहेली बना हुआ है, तो किसी राज्य में किसी बच्चे के हाथ का बैलून, तो किसी राज्य में जिसकी लाठी उसकी भैंस...। जिस देश की जनता पूर्ण साक्षर और पूर्ण जागरूक होती है वहीं लोकतन्त्र की परिकल्पना मुकम्मिल रूप से साकार हो पाती है...। इसीलिए हमारी पार्टी का जोर लगातार जन-जागरण पर है। अपनी जनता को समझदार बनाकर ही लोकतन्त्र के बिचौलियों, लुटेरों और सटोरियों से हम देश को बचा सकते हैं...।''

जनार्दन को लगा, पर्याप्त बातें हो चुकी हैं। अब या तो बातों की पुनरावृत्ति होगी या बातें विषयान्तर होंगी, इसीलिए उसने अपनी बात जारी रखते हुए सचिव को संकेत दिया—''हमारी इस बैठक में काफी निर्णायक पक्ष उभरकर आ गये हैं। अब उन्हें कार्य-रूप में परिणत करने की जरूरत है...!''

अनुभवी सचिव ने जनार्दन का संकेत समझ लिया। स्वयं बोलने के साथ-साथ निर्णायक बातों को वह सूत्रबद्ध भी करता जा रहा था। अब बैठक की कार्यवाही

को समेटते हुए उसने कहा–"हम जिस निर्णय पर पहुँचे हैं, उसे तीन सूत्री कार्यक्रम के तहत अपनी कारवाइयों में हमें सम्मिलित करना है। हमारा पहला सूत्र यह होना चाहिए कि लोगों को आज से ही हम यह बताना शुरू कर दें कि किसी के वंश पर उन्हें नहीं जाना है। कोई अपने वंश के लिए लाट हो सकता है उससे उन्हें क्या फायदा...? वंशवाद की राजनीति के घृणित पक्ष से भी लोगों को हम अवगत करेंगे। साफ-साफ शब्दों में लोगों को बताएँगे कि वंशवादी राजनीति के चलते ही उनकी यह हालत बनी हुई है...! जो उनके काम का नहीं, वह चाहे किसी भी वंश का हो उसे अपना प्रतिनिधि उन्हें नहीं बनाना है...!

हमारा दूसरा सूत्र यह होना चाहिए कि लोगों को हम आगाह करें कि किसी की गोरी चमड़ी, महँगे लिबास, वायुयान की यात्रा और अँग्रेजी भाषा का रोब-दाब देखकर उसके समक्ष अपने को हीन नहीं समझना है...। किसी की विशिष्टता उसकी चमड़ी के रंग, महँगे लिबास और भाषा की नफासत में नहीं होती...। उन्हें देखना यह है कि वह आदमी उनके लिए कितना उपयोगी है...? उनके लिए वास्तविक विशिष्टता का अधिकारी वही होगा जो उनकी बुनियादी समस्याओं का समाधान करने और उन्हें विकसित दुनिया में ले जाना चाहता हो...!

हमारा तीसरा सूत्र यह होना चाहिए कि जो जिस क्षेत्र का वासी हो, जहाँ के सुख-दुःख की भागीदारी उसने न की हो, जहाँ की बेहतरी के सपने को लेकर न लड़ा हो, वहाँ का प्रतिनिधि उसे कदापि नहीं बनाना है...। ऐसे बाहरी प्रतिनिधियों के खिलाफ अपने क्षेत्र में प्रबल जनमत तैयार करना है...!"

सचिव की सूत्रबद्ध बातें सबको पसन्द आयीं। सबकी वाणी को सचिव ने कार्य रूप में परिणत कर दिया था। जनार्दन के चेहरे पर तो उत्साह के भाव लहरा उठे। जनार्दन ने जैसा चाहा था, सचिव ने बातों का निष्कर्ष उसी रूप में प्रस्तुत कर दिया था...। अब बैठक की कार्यवाही समाप्त हो गयी। चाय-बिस्कुट का दौर अब शुरू हो गया...। इस बैठक से जनार्दन विशेष हर्षित था। चाय पीकर विदा होते हुए अपने सभी मित्रों से उसने गर्मजोशी से हाथ मिलाया। उसने अनुभव किया, जाते हुए उसके मित्र भी बैठक के निर्णय के प्रति संकल्पित थे...। अपने गाँव छविपुर लौटने के लिए जनार्दन भी चल पड़ा। अपने पैरों में अब वह एक नयी ताकत का एहसास कर रहा था। चौराहे पर अंजलि और चैती से विदा ले जब अपने गाँव के रास्ते पर वह मुड़ने लगा तो अंजलि ने तनिक मचलते हुए कहा–"लोकेन्द्र पार्टी, जिस नन्दिता को पहाड़ समझकर हमारे ऊपर फेंक रही है, उसे हम तिनके की तरह फूँक कर उड़ा देंगे...!"

अंजलि की यह बात सुन जनार्दन का उत्साह और बढ़ गया। क्षण-भर के लिए अंजलि का विहँसता मुखड़ा वह निहारता रहा। अब वे अपने-अपने रास्ते पर

थे। पूरे रास्ते अंजलि का वह विहँसता मुखड़ा उसके अन्दर एक नयी शक्ति का संचार करता रहा...!

12

चुनाव-घोषणा के बाद से ही जनार्दन लगातार अपने अन्दर दबाव और आवेग महसूस करता जा रहा था। सामान्य कार्यकर्ता के रूप में वह सहज था। पर जनदेश की उम्मीदवारी ने उसे असहज बना दिया था। उसके क्षेत्र से खड़ी हुई नन्दिता ने उसकी इस असहजता में आग में घी का काम किया था। जो लोग पूर्ण रूप से उसके समर्थक थे, उसमें से भी कुछ लोग अब राव मानवेन्द्र के नाम पर या नन्दिता की जाति पर या उसके सुन्दर मुखड़े पर बदलते जान पड़ रहे थे। हालाँकि जोगीपुर की बैठक के बाद उसके सदस्य अपने प्रस्तावित तीन सूत्री कार्यक्रम की सफलता में भिड़ गये थे। यहाँ जनार्दन शिद्दत के साथ यह अनुभव कर रहा था कि काली कमरी पर दूसरा रंग न चढ़ने की भाँति वर्षों से बद्धमूल धारणाओं में जकड़े लोग सहजता से बदलते नजर नहीं आ रहे थे। फिर भी अपने सदस्यों के साथ वह सक्रिय बना हुआ था। उसके लिए यह सन्तोष की बात थी कि ऐसे लोगों की संख्या कम थी। ऐसे लोगों के विरोध के बावजूद अपना मैदान उसे साफ नजर आ रहा था। पर जिस वैधानिक सूचना की उसे अनवरत प्रतीक्षा थी, अचानक वह सूचना इस रूप में आयी कि वह सीधे आसमान से जमीन पर आ गिरा। उसके पाँवों के नीचे की धरती एकाएक खिसक गयी! अब तक के उसके सारे संघर्ष पर जैसे पानी फिर गया...!

फोन पर पार्टी सुप्रीमो की सूचना से वह आश्वस्त था कि इस क्षेत्र से उसकी उम्मीदवारी निर्धारित हो गयी है। फिर भी वैधानिक रूप से उम्मीदवारी के लिए पार्टी टिकट की उसे प्रतीक्षा थी...। नन्दिता की पार्टी ने न सिर्फ उसका नाम घोषित किया था, बल्कि उम्मीदवारी के लिए अपना टिकट भी उसे समय से प्रदान कर दिया था...। इस क्षेत्र से खड़े उम्मीदवार टामचन्द को भी उसकी पार्टी ने अपना टिकट जारी कर दिया था। अन्य अधिकांश पार्टियों ने भी अपने उम्मीदवारों के टिकट घोषित कर दिए थे। इस सम्बन्ध में जो चन्द पार्टियाँ बची थीं, उसमें जनदेश भी थी। जनार्दन यह सोचते हुए अपने मन को समझाता रहा था कि 'जनदेश' जनाधार

वाली पार्टी है अन्य पार्टियों जैसी टिकट-घोषणा उसे जल्दीबाजी में नहीं करनी...। उसकी पार्टी का यह सदैव प्रयास रहता है कि अपने कर्मठ, समर्पित और हकदार सदस्यों को ही वह उम्मीदवार बनाये...। जोगीपुर के साथ अन्य क्षेत्रों के योग्य उम्मीदवारों की भी उसे घोषणा करनी थी। लेकिन उस घोषणा ने हठात् जनार्दन को चारों खाने चित कर दिया था। जोगीपुर संसदीय निर्वाचन क्षेत्र से उसकी पार्टी ने अपना टिकट उसके नाम जारी न कर डॉक्टर अरविन्द के नाम जारी कर दिया था...। डॉ. अरविन्द जोगीपुर के निकटवर्ती शहर का प्रसिद्ध चिकित्सक था। जनार्दन के ऊपर यह पार्टी का वज्रपात था...। वह समझ नहीं पाया, अचानक यह परिवर्तन क्यों हुआ? कैसे हुआ? इस सम्बन्ध में उससे पूछा तक नहीं गया?

रेडियो से जनार्दन को जब यह सूचना मिली, वह अपने गाँव छविपुर में था। दोपहर ढल रही थी। उसकी इच्छा हुई कि अभी जोगीपुर कार्यालय चल पड़े। फिर उसे लगा, जोगीपुर कार्यालय में जाकर वह क्या करेगा? यह निर्णय केन्द्र में बैठे पार्टी सुप्रीमो ने किया है। इतना बड़ा परिवर्तन कोई और नहीं कर सकता...! जोगीपुर कार्यालय के किसी भी मित्र को इसकी भनक होती तो उसे अवश्य पता चल गया होता...। पार्टी मुख्यालय से बिना बातचीत के अभी वह कुछ भी नहीं जान सकेगा। बस, बदहवास स्थिति में निकट के शिवगंज बाजार की ओर वह भागा। शिवगंज जैसे छोटे बाजार के इकलौते टेलीफोन बूथ में वह जम गया। वहाँ पहले से उपस्थित तीन लोगों के बाद उसे नम्बर मिला। उसने सीधे केन्द्रीय कार्यालय का नम्बर डायल किया और बेसब्री से प्रतीक्षा करने लगा। तीन रिंग के बाद किसी ने उठाया—"हलो!"

जनार्दन ने आवेश में कहा—"मैं जोगीपुर क्षेत्र का जनार्दन बोल रहा हूँ...। अध्यक्ष जी से मुझे अभी अर्जेण्ट बात करनी है...!"

उधर से जवाब आया—"वे एक ज़रूरी मीटिंग में हैं। मैसेज छोड़ दीजिए...!"

उसने अब सीधा सवाल किया—"मीटिंग कब तक चलेगी?"

उधर से जवाब आया—"कोई ठीक नहीं।"

जनार्दन ने उसी तैश में कहा—"घण्टे भर बाद मैं फिर फोन करूँगा...। वे मीटिंग से आएँ तो बता दीजिएगा, जनार्दन फोन पर है...।"

अब बूथ से निकलकर बदहवासी और बेचैनी में वह शिवगंज की सड़कों पर निरुद्देश्य टहलता रहा। एक घण्टे का समय उसे बिताना था। इस उद्विग्न मनःस्थिति में एक जगह बैठकर उससे रहा भी तो नहीं जा रहा था। लेकिन यह देखकर उसकी उद्विग्नता और बढ़ गयी कि नन्दिता शिवगंज बाजार में भी विराजमान थी। जोगीपुर के उसके कार्यालय के ऊपर उसकी जो बड़ी तस्वीर लगी थी, यहाँ पम्फलेट के रूप में वह तस्वीर विभिन्न इमारतों और खम्भों पर चिपकी थी। टामचन्द की पार्टी के

छोटे-छोटे पोस्टर भी नजर आ रहे थे। कुछ अन्य पार्टियों के भी। जनदेश के उम्मीदवार की विधिवत् घोषणा के अभाव में उसका पोस्टर-प्रचार अभी शुरू नहीं हुआ था। हालाँकि शुरू होने पर भी नन्दिता की पार्टी की तुलना में प्रचार का खर्च उसकी पार्टी वहन नहीं कर सकती...। नन्दिता की पार्टी पैसे वाली पार्टी है! भले ही जनता के लिए उसे कुछ न करना हो, पर इस क्षेत्र के गली-कूचों को अपने नारों और पोस्टरों से तो पाट ही देना है...। जनार्दन देख रहा था, जगह-जगह लोग नन्दिता को निहार रहे थे। धूल और मैल से पृथक् उसके पोस्टर अभी ताज़े थे...। शायद आज या कल के ही चिपकाये जान पड़ते थे। हरे सलवार-समीज और बिन्दी में अपनी बाँकी नजरों और आकर्षक मुस्कान के साथ वह हर जगह उपस्थित थी।

समय व्यतीत करने के लिए आगे बढ़ते जनार्दन के पाँव एक चाय की दूकान के समीप रुक गये। उस दूकान में चाय पी रहे व्यक्तियों में से किसी ने डॉ. अरविन्द का नाम लिया था। वह चौंक गया, डॉ. अरविन्द की उम्मीदवारी की चर्चा भी यहाँ पहुँच गयी है! फिर उसे लगा, क्यों न पहुँचे? ऐसी चर्चाएँ दबती नहीं, द्रुतगति से विस्तार पाती हैं...। जब छविपुर जैसे गाँव में रहकर वह अवगत हो गया है तो शिवगंज जैसे कस्बे के लोग कैसे अनभिज्ञ रह सकते हैं। चुनाव के अवसर पर सामयिक चर्चा लोग करते ही हैं। जनार्दन ने सुना, उस दूकान की बातचीत में एक आदमी अपने साथ के लोगों को बता रहा था—"अब बहुत अच्छा हो गया, डॉक्टर अरविन्द खड़े हो गये...! राजनीति को बदलने के लिए उसमें बुद्धिजीवियों का आना आवश्यक है। राजनीति इसीलिए अराजक बनी हुई है कि उसमें सिर्फ गुण्डों, अपराधियों और सड़क छाप नेताओं की भरमार है। जो किसी क्षेत्र के लिए उपयुक्त नहीं रहा, राजनीति में आकर वही सबसे उपयुक्त बन जाता है...। जब डॉ. अरविन्द जैसे शिक्षित-विकसित लोग राजनीति में आएँगे तभी राजनीति का कायाकल्प सम्भव है...!"

जनार्दन की इच्छा हुई कि दनदनाते हुए चाय दूकान में घुसे और उस वक्ता का मुँह नोच ले—"तुम्हें पता है, शिक्षित-विकसित किसको कहते हैं? किसी का डॉक्टर बन जाना ही सच्चे अर्थों में उसका शिक्षित-विकसित होना नहीं होता है...। राजनीति में जातीयता, साम्प्रदायिकता और भ्रष्टाचार को अधिक प्रश्रय डॉ. अरविन्द जैसे शिक्षितों-विकसितों ने ही दिया है...। समाज-सुधार और व्यवस्था की बेहतरी की कामना जिसके अन्तर्मन से संचालित नहीं होती, उस पर बाह्य शिक्षा का कोई असर नहीं होता...। हमारे यहाँ की ऐसी शिक्षाएँ ही यहाँ के भद्रजनों को समाज से काटती और व्यक्तिवादी बनाती हैं...। डॉ. अरविन्द क्यों राजनीति में आना चाहता है, इसे जानने की जरूरत है? डॉक्टर होने के उसके फोकस पर चले जाना कदापि उचित नहीं...। डॉ. अरविन्द और नन्दिता एक ही सिक्के के दो पहलू हैं।

भले ही वे अलग-अलग पार्टियों से खड़े हुए हों, लेकिन राजनीति में आने के उनके उद्देश्य निहायत व्यक्तिवादी हैं...।''

पर चाहते हुए भी जनार्दन ऐसा नहीं कर सका। वह आगे बढ़ चला। ऐसी वाहियात बातें उसे नहीं सुननीं। अवश्य यह आदमी डॉ. अरविन्द का एजेण्ट होगा...। ऐसे सम्पन्न उम्मीदवार जगह-जगह अपने एजेण्टों को सक्रिय कर देते हैं...। उनके ये एजेण्ट भोले-भाले ग्रामवासियों को बहकाने में लगे रहते हैं...। यहाँ चुनाव कई मोर्चों पर लड़े जाते हैं। इन मोर्चों को समझे बगैर भारतीय लोकतन्त्र की थाह पाना कठिन है...।

जनार्दन डॉ. अरविन्द को अच्छी तरह जानता था। वह जब छोटा था तभी से डॉ. अरविन्द की चर्चा सुनता आ रहा था। उसके यहाँ मरीजों की भीड़ प्रारम्भ से ही लगती रही है...। कई चिकित्सक आये और उखड़ गये। पर डॉ. अरविन्द की किस्मत ने इस क्षेत्र में उसे जमा दिया...। जिला-शहर की सबसे भव्य इमारत डॉ. अरविन्द की ही है। उसके एक दिन की प्रैक्टिस की आय अच्छी-खासी नौकरी वालों की मासिक आय से अधिक है। अपनी फीस को लेकर मरीजों से वह कोई मुरौव्वत नहीं करता...। उसके कम्पाउण्डर मरीजों की फीस और लिस्ट जब उसे थमा देते हैं तभी वह अपने चैम्बर में बैठता है। इमरजेंसी के मरीजों को नहीं लेता। उसकी प्रतिष्ठा और बेहिसाब आय को देखते हुए शहर के उसके जातीय संगठन ने उसे अपना सिरमौर मान लिया है...। जातीयता से उसका व्यक्तित्व खुद परिचालित है। चर्चाओं के अनुसार राजधानी में भी उसकी विशाल कोठी बन रही है। अन्य अनेक शहरों में जमीन एवं फ्लैट अपने परिवार जनों के नाम पर उसने आबण्टित करा रखा है...। वैभव की प्रचुरता के बाद भी वह चर्चाओं में नहीं है, इस बात ने उसे राजनीति की ओर उन्मुख किया है...। नेता-मन्त्री बनकर ही वह रोज की सुर्खियों में आ सकता है। धन की प्राप्ति के बाद यश की कामना से अब उसका व्यक्तित्व संचालित है। राजनीति में किसी समाज-सुधार और लोक-कल्याण की प्रेरणा से वह नहीं आ रहा...! ऐसा कुछ उसके अन्दर होता तो यहाँ की जनता उससे अवश्य लाभान्वित हुई होती...। हाँ, राजनीति में आने के पीछे अपने जातीय संगठन की मजबूती का भाव भी उसके मन में है...। सत्ता में अपनी भागीदारी के बाद ही अपने जातीय संगठन को वह और ताकतवर बना सकता है...। यही डॉ. अरविन्द कभी नन्दिता की पार्टी में था, अब जनदेश में आ गया और टिकट भी पा गया, क्या स्थिति है...!

जनार्दन पुनः टेलीफोन बूथ लौट आया। शिवगंज की गलियों का राजनीतिक नजारा देखते हुए भी उसका ध्यान घड़ी की सुइयों की ओर ही था...। पार्टी मुख्यालय में उसने पुनः फोन लगाया—''मैं जोगीपुर क्षेत्र का जनार्दन...!''

उधर से फिर वही आवाज आयी—"अध्यक्ष जी मीटिंग से सीधे घर चले गये...!"

जनार्दन ने कहा—"उनके घर का नम्बर दीजिए...।"

उसने जवाब दिया—"घर के नम्बर पर वे राजनीति की बात करना पसन्द नहीं करते हैं।"

जनार्दन ने पुनः अपनी माँग दोहरायी—"फिर वे कब आएँगे...?"

उसने पहले की तरह ही अपनी बात कही—"मैसेज छोड़ दीजिए...।"

जनार्दन पूर्ववत् अड़ा रहा—"मुझे सीधे उनसे बात करनी है...।"

जवाब में यह कहते हुए उसने कनेक्शन काट दिया—"दूसरे दिन बात कीजिएगा...!"

जनार्दन का सुलगता मन अब अंगारा हो उठा। अध्यक्ष किसी मीटिंग में नहीं गया। वहीं पार्टी कार्यालय में है। जानबूझकर उसका सामना नहीं कर रहा है। टेलीफोन बूथ से बाहर निकल वह वहीं चहलकदमी करता रहा। इस बार शिवगंज की गलियों में नहीं गया...। कुछ समय बाद उसने पुनः फोन लगाया। आखिर कब तक बहाना करेगा अध्यक्ष...! इस बार स्वयं अध्यक्ष ने रिसीवर उठाया। जनार्दन के 'हलो' की आवाज पर वह बोल उठा—"हम तुम्हारी परेशानी समझ रहे हैं जनार्दन...! काफी सोच-समझकर हमने जोगीपुर क्षेत्र का फैसला किया है। पिछले तीन दिन से पूरी केन्द्रीय समिति इसमें लगी हुई थी...। तुम्हारे जैसे कर्मठ सदस्य के लिए हमारे पास बहुत जगहें हैं...!"

जनार्दन ने सख्ती से अपनी बात कही—"खुद आपने जोगीपुर के लिए मुझे तैयार किया था...!"

अध्यक्ष ने उसे समझाने की कोशिश की—"मैंने कहा था जनार्दन। पर राव मानवेन्द्र की बेटी के आगमन के बाद हमारा सारा गणित गड़बड़ा गया है...। अब हमने उसकी जबर्दस्त काट प्रस्तुत की है...। तुम्हें एक दूसरे क्षेत्र के लिए हम टिकट दे रहे हैं....।"

जनार्दन ने दो-टूक जवाब दिया—"मैं दूसरे क्षेत्र में नहीं जा सकता...। जोगीपुर क्षेत्र में मैंने काम किया है...। अपनी पहचान बनायी है। यहाँ के लोगों को विश्वास दिया है! मैं यहीं से लड़ूँगा...।"

अध्यक्ष की वाणी भी अब कुछ सख्त हो गयी—"ठीक है...। तुम यहीं से लड़ना चाहते हो तो विधान सभा के लिए हम तुम्हें टिकट दे देंगे...। तब तक धैर्य से रहो। राजनीति में जल्दीबाजी अच्छी नहीं होती...!"

जनार्दन ने चिल्लाकर कहना चाहा—"आपका यह निर्णय मुझे नामंजूर है...।" पर उससे पहले ही अध्यक्ष ने कनेक्शन काट दिया। जनार्दन जानता था, अपनी बात

पूरी होने के बाद अध्यक्ष कनेक्शन काट देता था...।

जनार्दन बदहवास स्थिति में अपने घर लौटा। उसने पाया कि राजू और उमेश उसके दरवाजे पर ही उसकी प्रतीक्षा कर रहे थे। इस खबर ने उन्हें भी बेचैन कर दिया था। जनार्दन के पहुँचते ही राजू बोल उठा—''पार्टी सुप्रीमो ने यह अच्छा नहीं किया...। यह हमारे साथ विश्वासघात है....!''

उमेश ने भी अपनी नाराजगी जाहिर की—''पार्टी में हम इसका विरोध करेंगे...। इस क्षेत्र में हम मरें-खपें और यहाँ का प्रतिनिधि डॉ. अरविन्द को बना दिया जाए...।''

जनार्दन ने तत्क्षण कोई जवाब नहीं दिया। उसकी आँखें लाल थीं तथा चेहरा कुछ तना हुआ था। राजू ने उसकी मनःस्थिति लक्ष्य कर कहा—''तुम्हारी तबीयत फिलहाल अच्छी नहीं लग रही है। अभी तुम आराम करो। हम भी चलते हैं। कल हम पार्टी कार्यालय चलेंगे...। इस मामले को ऐसे ही नहीं छोड़ देंगे...!''

जनार्दन ने अब अपने आवेश को संयमित करते हुए उन्हें रोक लिया—''मैं ठीक हूँ...। शिवगंज से आ रहा हूँ...। अध्यक्ष को फोन करने गया था...। अब तुम दोनों के यहाँ ही पहुँचता। अच्छा हुआ, तुम यहीं आ गये!''

उमेश ने छूटते ही पूछा—''क्या कहा अध्यक्ष ने?''

जनार्दन ने किंचित आक्रोश के साथ संक्षेप में बताया—''क्या कहेगा? दूसरे क्षेत्र से मुझे टिकट देने के लिए कह रहा है। नन्दिता की काट के लिए यहाँ से डॉ. अरविन्द को खड़ा किया है...। अवसरवादी तर्क दे रहा है...!''

राजू अब फट पड़ा—''वह झूठ बोल रहा है...। हम जोगीपुर से ही आ रहे हैं...। यहाँ के टिकट के लिए डॉ. अरविन्द ने उसे मोटी रकम दी है...।''

जनार्दन को भी इसकी हल्की भनक थी। पर पक्की सूचना नहीं थी। उसकी निगाहें अब जिज्ञासु हो राजू पर टिक गयीं। पार्टी में उसके ये दोनों ग्रामीण दोस्त उसके घनिष्ठ थे। एक-दूसरे से कुछ भी नहीं छिपाते थे। एक-दूसरे के लिए सदैव तत्पर रहते थे...। छविपुर के पुस्तकालय से जोगीपुर के पार्टी कार्यालय तक एक-दूसरे से अभिन्न बने हुए थे। जनार्दन ने जानकारी के लिए पूछा—''क्या सचमुच पैसे पर अध्यक्ष बिक गया है...?''

राजू ने अब बात को स्पष्ट किया—''शहर के जिस दलाल ने डॉ. अरविन्द को टिकट दिलवाया है, उसका साला मेरा मित्र है। उसी ने बताया है। उसकी यह सूचना गलत नहीं हो सकती। बिल्कुल पक्की सूचना है...!''

क्षण-भर के लिए जनार्दन फिर मौन हो गया। कुछ अन्य पार्टियों की तरह उसकी पार्टी भी अब टिकट बेचने लगी...। यह तो हमारे जनाधार के साथ सौदेबाजी है। अध्यक्ष को लगा कि इस क्षेत्र में जनदेश का आधार हमने मजबूत कर दिया

है, बस, मोटी रकम पर यहाँ का टिकट बेच दिया...। लड़े सिपाही, नाम सरदार का। हमने जमीन बनायी और अध्यक्ष मालिक बन बैठा। पार्टी के भीतर हमारे होने की ही यह सजा है...। किसी 'जनदेश' में न जाकर हमने स्वयं अपनी पार्टी बनायी होती तो हमारी यह स्थिति नहीं होती...!

उमेश ने जनार्दन की चुप्पी को लक्ष्य कर अब राजू की बात को विस्तार दिया—"अध्यक्ष ने एक साथ दो शिकार किया है...। पैसे लेकर उसने अपनी थैली भर ली है और पार्टी को बता दिया है कि नन्दिता का अव्वल काट प्रस्तुत कर दिया...! जोगीपुर कार्यालय में चर्चा है कि डॉ. अरविन्द उसी जाति का है जिस जाति की नन्दिता है...। आभिजात्य घराने की जैसी प्रतिष्ठा नन्दिता की है, वैसी ही प्रतिष्ठा डॉ. अरविन्द की भी है। अध्यक्ष के समर्थक इसकी सराहना कर रहे हैं...!"

इस पर जनार्दन तत्क्षण बोल उठा—"यह तो तिकड़म की राजनीति है, विचारों की नहीं...। जनदेश के जिन सिद्धान्तों पर हम चलते आ रहे हैं वे सिद्धान्त ऐसे निर्णय पर हर्गिज कायम नहीं रह सकते...। यह सिद्धान्तहीन राजनीति है। हमारे उद्देश्य को यह सफल नहीं बना सकती...!"

जनार्दन के समर्थन में राजू भी बोल उठा—"यह विशुद्ध अवसरवादिता है। सिद्धान्तों की आड़ में सत्ता की सौदेबाजी है...।"

अब जनार्दन ने अपना निर्णय व्यक्त करते हुए कहा—"हम इसका पुरजोर विरोध करेंगे। ऐसे गलत निर्णय पर हमें पार्टी से त्यागपत्र भी देना पड़े तो भी हमें पीछे नहीं हटना है...!"

इस पर राजू ने अपने समर्थन का इजहार तत्क्षण किया—"इसके सिवा हमारे पास दूसरा मार्ग नहीं है। अपने जीवन-मूल्यों की रक्षा के लिए हमें ऐसा करना ही होगा...।"

उमेश ने भी अपनी चट्टानी एकता जाहिर की—"अपने को बेचकर हम पार्टी में नहीं रह सकते...। जोगीपुर कार्यालय के हमारे कई साथी इस निर्णय से खफा हैं...।"

जनार्दन ने कहा—"कल हम पार्टी कार्यालय चलेंगे...। कल अपना फैसला हमें सुना देना है...!"

इसके बाद राजू और उमेश अपने घर चले गये। जनार्दन भी अपने घर के अन्दर प्रवेश करने लगा। राजू और उमेश जैसे अपने विचारनिष्ठ मित्रों की एकता ने उसके मन की बेचैनी को कुछ कम कर दिया था। उसे विश्वास था, जोगीपुर कार्यालय के अन्य कई मित्र इस पक्ष पर उसके साथ हो जाएँगे...। अंजलि भी उसके विचारों से सहमत होगी। अपने मित्रों को लेकर वह नयी पार्टी बनाएगा। सम्भव है, उस पर यह आरोप लगे कि क्षेत्रीय स्तर पर उसने पार्टी को तोड़ दिया, पर

सिद्धान्तों से विमुख हुई पार्टी के साथ वह और कर ही क्या सकता है?

जनार्दन ने चाहा, पिता से बच कर सीधे अपने कमरे में चला जाए। लेकिन पिता ने उसे रोक ही लिया। शायद राजू और उमेश की तरह वह भी उसकी प्रतीक्षा कर रहे थे। अवश्य रामधनी काका ने उन तक खबर पहुँचा दी है। उन्होंने सीधे पूछा—''ई का सुन रहल हैं जनार्दन! तोहरा के छोड़ के डॉ. अरविन्द के टिकट दियाइल है...!''

जनार्दन ने पिता को समझाने की कोशिश की—''डॉ. अरविन्द नन्दिता की जाति का है। नन्दिता जैसे बड़े घर से आता है। टिकट के लिए उसने घूस की मोटी रकम थमायी है...।''

इस पर उसके पिता ने फिर प्रश्न किया—''तब तोहरा खातिर पार्टी ने का सोचा?''

जनार्दन ने अध्यक्ष वाली बात दुहरा दी—''पार्टी मुझको दूसरे क्षेत्र का टिकट देना चाह रही है...!''

यह सुन वे तपाक् से बोल उठे—''हम तो पहले ही कहे थे कि बचवा जब नेताजी की बेटी इहँवा कूद गयी है—तो तू दूसरी जगह से खड़ा हो जा...!''

जनार्दन ने अब न चाहते हुए भी अपना निर्णय पिता को सुना दिया—''मैं यहाँ को छोड़ कर दूसरी जगह से नहीं खड़ा हो सकता! यहाँ के लोगों के बीच मैंने काम किया है। यहाँ के लोग मुझे जानते हैं। अनजान क्षेत्र में पार्टी के नाम पर मैं नहीं कूद सकता। हम खुद अपनी नयी पार्टी बनाएँगे...। जनदेश को झटक देंगे...। अपने विचारों से हम समझौता नहीं करेंगे...!''

उसके चेहरे की सख्ती और गम्भीरता देख पिता ने अब बात आगे नहीं बढ़ायी। जनार्दन यह नहीं चाहता था कि उसके पिता उसके राजनीतिक क्रिया-कलापों से आहत हों। पर उसकी कोशिश के बावजूद उसके इस निर्णय से पिता के चेहरे पर मलिनता की रेखाएँ उभर ही आयीं...!

उस रात जनार्दन सारी रात जगा रहा। अपने कमरे में वह चहलकदमी करता रहा। बिस्तरे पर उससे सोचा नहीं गया। क्या राजनीति का उद्देश्य किसी भी तरह सिर्फ सत्ता पाना ही हो गया है? अपने सिद्धान्तों एवं विचारों को छोड़कर सत्ता में पहुँचाने की राजनीति देश को कहाँ ले जाएगी? 'जनदेश' तो ऐसी पार्टी नहीं थी। पर ग्लोबल होती दुनिया के प्रभाव में वह भी अपनी जमीन पर कायम नहीं रह सकी...। अगर नन्दिता को हरा कर डॉ. अरविन्द विजयी भी हो जाता है तो संसद में पहुँचकर वह क्या करेगा? अपनी जिस थैली, जाति और आभिजात्य प्रभाव से वह वहाँ पहुँचेगा, उसकी पूरी राजनीति उसके इर्द-गिर्द ही मँडराती रहेगी...। सत्ता की ऐसी भागीदारी से तो जनता के बीच उनकी समस्याओं से अनवरंत संघर्षरत

बने रहना ही बेहतर है। जनता के सर्वांगीण विकास के लिए सैकड़ों वर्षों की खोज पर जिस जनतन्त्र को पाया गया, क्या यह वही जनतन्त्र है? उसने पहले भी महसूस किया था और अब तो शिद्दत से महसूस कर रहा था कि इस जनतन्त्र में जन अब सिरे से गायब होता जा रहा है, सिर्फ तन्त्र ही रह गया है! राजनीति के गुरु घण्टालों ने उस तन्त्र को भी अब मन्त्र में बदल दिया है। जनदेश के अध्यक्ष ने कैसा मन्त्र चलाया, सम्पन्न डॉक्टर से मोटी रकम भी उगाह ली और नन्दिता के लिए एक सबल प्रतिद्वन्द्वी भी उतार दिया...। जिस डॉक्टर ने एक दिन के लिए भी इस क्षेत्र में सेवा का कोई काम नहीं किया है, इस क्षेत्र की समस्याओं के बारे में जिसकी कोई दिलचस्पी नहीं है, पार्टी अब सीधे उसी को इस क्षेत्र का भाग्य विधाता बना रही है...!

दूसरे दिन राजू और उमेश के साथ जनार्दन जोगीपुर कार्यालय पहुँचा। मानसिक स्तर पर उन तीनों मित्रों ने अपने को तैयार कर लिया था कि इस गलत निर्णय से गर्हित समझौता न कर पार्टी से त्यागपत्र दे देंगे। वहाँ पहुँचकर उन तीनों ने पाया कि इस औचक परिवर्तन की सूचना पर पार्टी के अनेक सदस्य कार्यालय में पहुँच आये थे। चैती के साथ अंजलि भी वहाँ मौजूद थी। उसके उद्विग्न चेहरे से साफ झलक रहा था कि इस परिवर्तन से वह आहत है। चैती के चेहरे पर भी क्षोभ के भाव थे। जनार्दन को देखते ही अंजलि फट पड़ी—"पार्टी के इस निर्णय से हम दुःखी हैं। पार्टी ने यह अच्छा नहीं किया है!"

विजय ने भी अपना आक्रोश व्यक्त किया—"डॉ. अरविन्द कभी हमारी पार्टी की गतिविधियों में शामिल नहीं रहा। हमारी बैठकों में भी कभी नहीं आया। अचानक ऊपर से उसे थोप दिया गया है। यह कदापि उचित नहीं है...!"

गणेश भी अब अपने को जब्त नहीं कर सका—"जब जनार्दन का नाम प्रस्तावित था तो फिर अचानक इतना बड़ा परिवर्तन क्यों किया गया? जनार्दन की तुलना में डॉ. अरविन्द की कोई उपयोगिता नहीं...!"

सचिव से अब और नहीं सुना गया। उसने गम्भीर होते हुए कहा—"पार्टी की केन्द्रीय समिति के निर्णय की हमें इस तरह आलोचना नहीं करनी चाहिए। पार्टी ने पर्याप्त समझ-बूझकर ही ऐसा किया होगा। पार्टी अनुशासन का हमें ख्याल रखना है...!"

सचिव की बात के समर्थन में अब राजीव भी मुखर हो गया—"हमारी यह क्षेत्रीय इकाई केन्द्रीय समिति से ही संचालित है...। हमारी तरह देश-भर में क्षेत्रीय इकाइयाँ हैं, जिनका संचालन केन्द्रीय समिति करती है...। आवेश में आकर हमें ऐसी कोई बात नहीं करनी है जिससे केन्द्रीय समिति की छवि पर आँच आये...। पार्टी का निर्णय हमारे लिए सर्वोपरि है।"

जनार्दन ने अनुभव किया, सचिव और राजीव की बातें पूरी तरह बदल गयी हैं...। जब जंगी डकैत के मामले में एक केन्द्रीय नेता की पहल पर जनार्दन के हस्तक्षेप से केन्द्र की राय बदली थी, जब पार्टी सुप्रीमो ने उसे उम्मीदवार के रूप में तैयार होने के लिए कहा था, तब यही सचिव और राजीव उसके आगे बिछ-से गये थे। उसकी इच्छा को ध्यान में रखकर ही कोई बात कहते थे। उसके तर्कों के खिलाफ कुछ भी बोलने की हिम्मत नहीं करते थे। पर केन्द्रीय समिति का निर्णय बदलते ही ये पूरी तरह बदल गये। यहाँ जनार्दन को चेखव की कहानी 'गिरगिट' की याद बेसाख्ता आ गयी। ये व्यक्तित्वहीन लोग सिर्फ सत्ता के साथ होते हैं, इनकी अपनी कोई दृष्टि नहीं होती। अपना कोई वजूद नहीं होता। जिसकी सत्ता होती है, उसके पीछे बस दुम हिलाना जानते हैं। जनार्दन ने अब यह भी लक्ष्य कर लिया कि उसका जोगीपुर कार्यालय उसके मामले को लेकर दो भागों में बँट गया है। जो उसके सिद्धान्तनिष्ठ मित्र और सक्रिय सदस्य हैं वे उसके साथ हैं तथा जो चाटुकार और अवसरवादी हैं वे केन्द्रीय समिति के निर्णय के पक्ष में हैं। जनार्दन ने सचिव और राजीव की बातों के उत्तर में कुछ सख्त होते हुए कहा—"पार्टी अनुशासन का मतलब पार्टी का बँधुआ मजदूर होना नहीं होता है...। वैचारिक मतभेद और गलत निर्णय पर बहसों को अनुचित करार नहीं दिया जा सकता...!"

सचिव ने अब मोर्चा सँभाल लिया—"पार्टी की केन्द्रीय समिति के निर्णय को हम गलत नहीं कह सकते। हमारे क्षेत्र की यह सच्चाई है कि हमारी पार्टी की जमीनी कार्रवाई के बावजूद नन्दिता की जाति के लोग अपनी जाति के नाम पर ही उसे मत देंगे। राजनीति में जातीयता हमारे इस क्षेत्र में ही नहीं, कई क्षेत्रों में नियामक बन गयी है...। इस मामले में उसी जाति के नेता डॉ. अरविन्द को खड़ा कर केन्द्रीय समिति ने नन्दिता को उखाड़ दिया है। वह अपने बाप राव मानवेन्द्र के नाम पर कूदती थी। इस क्षेत्र में डॉ. अरविन्द का नाम भी राव मानवेन्द्र से कम मशहूर नहीं है। हमारी पार्टी का निर्धारित मत तो उन्हें मिलेगा ही, नन्दिता की जाति और डॉ. अरविन्द के नाम के प्रभाव का मत भी अब हमारे खाते में आ जायेगा...!"

जनार्दन ने सचिव के इस सरलीकरण के उत्तर में कुछ सख्त प्रश्न खड़े किए—"पात्रता का ख्याल किये बगैर जिन तिकड़मों से हम चुनाव जीतेंगे, क्या सत्ता-संचालन में वे आड़े नहीं आएँगे? चुनाव जीतने के समझौते क्या सत्ता-संचालन के समझौते नहीं बनेंगे? हम जिस उद्देश्य के लिए लड़ रहे हैं क्या हमारा वह उद्देश्य इस रास्ते पूरा हो सकेगा? क्या हमारे सिद्धान्त बचे रह पाएँगे?"

जनार्दन के इन ज्वलंत प्रश्नों का उत्तर सचिव के पास नहीं था। क्षण-भर के लिए सचिव की चुप्पी बँध गयी! सत्ता-प्राप्ति के नपुंसक समझौतों से सत्ता-संचालन की भागीदारी को मुक्त नहीं किया जा सकता है, इस सत्य को वह कैसे नकार सकता

था। सचिव के मौन को लक्ष्य कर अब कामेश ने उसकी ओर से बागडोर सँभाली—"चुनाव जीतने की राजनीति ही सत्ता-संचालन की राजनीति नहीं होती...। जनहित को ध्यान में रखकर संयुक्त एजेण्डे बनते हैं...! अभी तो किसी तरह हमें अपनी पार्टी की सरकार बनानी है या सरकार में अपनी महत्त्वपूर्ण भागीदारी कायम करनी है...। जब हमारे हाथ में सत्ता आ जाएगी तभी हम अपने सिद्धान्तों को अमली जामा पहना सकते हैं। सत्ता से बाहर रहकर हम कुछ नहीं कर सकते...!"

जवाब में अंजलि ने कामेश की बात को काटते हुए कहा—"हमें इस आर्ष वाक्य को नहीं भूलना चाहिए कि मार्ग की पवित्रता पर ही मंजिल की पवित्रता निर्भर करती है...। गलत रास्ते से सत्ता प्राप्त कर उसका सही उपयोग नहीं किया जा सकता है!"

इस पर राजीव ने अपना तर्क दिया—"युद्ध और प्रेम की तरह जीत की राजनीति में भी कुछ गलत नहीं होता। जो माहौल बन गया है उसमें सिर्फ सिद्धान्तों पर चलकर हम नहीं जीत सकते। केन्द्रीय समिति ने समय की माँग को देखते हुए ही ऐसा किया है...। हाथ में सत्ता आने के बाद सब अनुकूल हो जाएगा।"

यह सुन राजू ने अपनी सख्त आपत्ति व्यक्त की—"जिन लोगों ने अपनी सुविधा के लिए या अपने पक्ष में यह सिद्धान्त गढ़ लिया है कि युद्ध और प्रेम में कुछ गलत नहीं होता, वे सबकी आँखों में धूल झोंकना चाहते हैं। यह सिद्धान्त सरासर बेबुनियाद और निराधार है...। सिर्फ शाब्दिक लफ्फाजी है। युद्ध और प्रेम में ही नहीं, हर क्षेत्र में गलत गलत ही होता है और सही सही। राजनीति में तो गलत को सही करार दिया ही नहीं जा सकता...!"

सचिव ने अब फिर अपने को मोर्चे पर तैनात किया—"किसी की उम्मीदवारी के परिवर्तन को लेकर केन्द्रीय समिति पर हमें ऐसा आक्षेप नहीं लगाना चाहिए। इससे तो पार्टी में व्यक्तिवाद को बढ़ावा मिलेगा। जनदेश का कोई व्यक्ति चाहे जितना उपयुक्त हो जनदेश से वह बड़ा नहीं हो सकता...। केन्द्रीय समिति के निर्णय का हमें सम्मान करना है!"

गणेश भी अब अपने को रोक नहीं सका—"कोई व्यक्ति पार्टी से बड़ा नहीं हो सकता तो पार्टी भी अपनी सिद्धान्तों से बड़ी नहीं हो सकती। अपने सिद्धान्तों को छोड़कर वह 'वह' रह ही नहीं जाती जो पहले थी...!"

जनार्दन ने अनुभव किया, माहौल अब गरमाता जा रहा था। एक साथ काम कर चुके वे इस मसले पर कहीं तू-तू, मैं-मैं न कर बैठें, इसीलिए अब उसने निर्णायक पहल की—"मुझे मित्रों से कोई आपत्ति नहीं...। वैचारिक बहसों से हम खुलते और सुलझते हैं...। लेकिन केन्द्रीय समिति के इस निर्णय से मुझे गहरा आघात पहुँचा है। सवाल सिर्फ मेरी अपनी उम्मीदवारी का नहीं है...। मेरी जगह पर इस जनदेश

कार्यालय का कोई और मित्र होता तब भी मैं वही करता जो करने जा रहा हूँ...। अगर नन्दिता की जाति की काट ही प्रस्तुत करनी थी तो हमारे सक्रिय सदस्यों में से ही कई उसकी जाति के थे...। उन्हीं में से किसी को टिकट दे दिया गया होता...। लेकिन सक्रिय कार्यकर्ताओं को उपेक्षित कर एक बाहरी आदमी को जिस तरह यहाँ थोपा जा रहा है, यह मुझे सरासर नागवार है। पार्टी के इस गलत निर्णय के खिलाफ मैं 'जनदेश' से अपना त्यागपत्र देता हूँ...। अपने मित्रों के सहयोग से मैं एक नयी पार्टी गठित करूँगा, जिसका पहला और बुनियादी तत्त्व अपने सिद्धान्तों के साथ किसी लाभ-लोभ के तहत कोई समझौता करना नहीं होगा...। सत्ता-प्राप्ति से अधिक महत्त्व अपने जीवन-मूल्यों पर हमारे लिए बने रहना है। अपने विचारों को त्याग कर मैं कोई सत्ता पाना नहीं चाहूँगा। वैसी सत्ता हमारे मकसद को कामयाब नहीं कर सकती...!"—और जनार्दन ने अपनी जेब से त्यागपत्र निकालकर सचिव को सौंप दिया। अपनी जेब में त्यागपत्र लेकर ही वह कार्यालय पहुँचा था...।

जनार्दन के इस कदम से सभी हतप्रभ रह गये। केन्द्रीय समिति की वकालत करनेवाले सदस्य भी भौचक हो उसका मुँह ताकने लगे। उनकी जानकारी के तहत केन्द्रीय समिति के निर्णय का ऐसा कड़ा विरोध पहले किसी ने नहीं किया था। जनार्दन के घनिष्ठ और वैचारिक मित्र भी अब पीछे नहीं रहे। अंजलि तत्क्षण बोल उठी—"हम भी अब जनदेश में नहीं रहेंगे...!"

राजू ने भी कहा—"जिस पार्टी में विचारों की नहीं, शीर्षस्थ पदाधिकारियों की तानाशाही चलती है, उसमें हमें नहीं टिकना।"

और उसके वे मित्र भी अपना-अपना त्यागपत्र लिखने लगे। जनार्दन की तरह पहले से त्यागपत्र लेकर वे कार्यालय नहीं आये थे...।

कभी जनार्दन ने कुकुरमुत्ते की तरह रोज जन्म लेती नयी पार्टियों को अच्छा करार नहीं दिया था। पार्टी की एक मीटिंग में उसने कहा था कि जन पक्षधर पार्टियों के इस बिखराव ने ही सामन्ती और साम्प्रदायिक पार्टियों को विकसित होने का अवसर दिया है। लेकिन अब उसे स्पष्ट लग रहा था, जहाँ विचार-निष्ठता का स्थान अवसरवादिता ने ले लिया हो, जहाँ पार्टी का केन्द्रीय नेतृत्व अपने को सर्वेसर्वा समझते हुए गलत निर्णय थोप रहा हो, वहाँ नयी पार्टियों के जन्म को कोई रोक नहीं सकता है...। हालाँकि कुछ व्यक्तिवादी-अवसरवादी नेता अपने अहं की तुष्टि के लिए भी पार्टियों को तोड़ते और नयी पार्टियाँ बनाते रहे हैं। ऐसी नयी पार्टियों के औचित्य पर वह तब की तरह अब भी प्रश्न उठाता रहेगा।

जनार्दन के बाद कार्यालय में उपस्थित सदस्यों में से अंजलि, चैती, राजू, उमेश, विजय और गणेश ने भी अपना-अपना त्यागपत्र दे दिया...। अब वे एक साथ जनदेश कार्यालय से बाहर आये। जनदेश कार्यालय को उन्होंने एक साथ

अलविदा कह दिया।

जनार्दन के साथ जनदेश से अलग हुई इस टुकड़ी में विजय का घर जोगीपुर कस्बे में ही था। अब सभी मित्र सीधे विजय के घर पहुँचे। इस सम्बन्ध में जनार्दन ने विजय से बात कर ली थी। विजय के घर के बाहर के बरामदे में बैठकर जनार्दन ने मित्रों से कहा—''अपनी नयी पार्टी का कार्यालय हम जोगीपुर में ही खोलेंगे! इस क्षेत्र का यह केन्द्रीय स्थल है...। लेकिन जब तक हमारे कार्यालय के लिए कोई उपयुक्त जगह नहीं मिलेगी, तब तक हम विजय के इस बरामदे में ही बैठा करेंगे...। हमारा तात्कालिक कार्यालय यही होगा...।''

जनार्दन जानता था, विजय के घर का वह बाहरी बरामदा खाली रहता था। विजय ने उसे बताया था कि कभी उसके पुरखों का परिवार बड़ा था, उस वक्त यह बाहरी बरामदा भी भरा रहता था। परिवार की महिलाएँ घर के अन्दर सोती थीं और पुरुष इस बाहर के बरामदे में...। लेकिन अब विजय के सीमित बचे परिवार में इस बरामदे का कोई उपयोग नहीं रह गया था। विजय ने अपनी सहर्ष सहमति व्यक्त की—''मैं यह कहने ही वाला था...। जनार्दन ने मेरे मन की बात कह दी...। अब हम अपनी बैठकें यहीं किया करेंगे...!''

गणेश ने अपनी उक्ति अब व्यक्त की—''इस क्षेत्र में जनदेश को हमारे जैसे कार्यकर्ताओं ने ही 'जनदेश' बनाया है। अधिकांश लोग हमारे समर्थक हैं। यह जान चुकने के बाद कि हम जनदेश में नहीं रहे, उनका भी मोहभंग जनदेश से हो जाएगा। किसी पार्टी के नाम को लेकर लोग नहीं चाटेंगे...। लोगों की नजर में पार्टी से अधिक महत्त्व कार्यकर्ताओं का होता है...!''

इस पर राजू ने कहा—''अभी अनेक सक्रिय सदस्य हमारे साथ आएँगे। कार्यालय में अधिकांश सदस्य आज आये भी नहीं थे...!''

गणेश और राजू की बातों ने सबको उत्साहित कर दिया। सचमुच जिस क्षेत्र में उन्होंने काम किया है, वहाँ के लोग उनके माध्यम से ही जनदेश को जानते हैं। फिर जो नयी पार्टी वे बना लेंगे, लोग उसे ही जानने लगेंगे...। उनकी संख्या निरन्तर बढ़ती जाएगी। यह सुनने के बाद कि जनार्दन, विजय, गणेश, राजू, अंजलि, चैती और उमेश जैसे सदस्यों ने जनदेश छोड़ नयी पार्टी बना ली है, अधिकांश सदस्य उनकी ओर मुड़ेंगे।

जनार्दन ने अपनी नयी गतिविधियों पर इत्मीनान से अब बात शुरू की—''अपनी पार्टी का नामकरण और उसका घोषणा-पत्र आगे की अपनी बैठकों में हम तैयार करेंगे...। सभी मित्रों के विचार-विमर्श से जो निर्णय छनकर आएगा, वही हमारे लिए मान्य होगा। हमें जल्दबाजी से काम नहीं लेना है...। पार्टी की नींव जितनी मजबूत होगी उसी पर उसकी इमारत की बुलन्दी निर्भर करेगी...!''

इस पर चैती ने कहा—''हमारे माथे पर तो अभी चुनाव है। हम जल्दबाजी नहीं करेंगे तो यह चुनाव हमसे छूट जाएगा...!''

जनार्दन ने लक्ष्य किया, चैती के इस कथन पर सभी मित्रों की जिज्ञासु निगाहें उसकी ओर आ गयी थीं। उसने मित्रों को आश्वस्त किया—''कोई जरूरी नहीं कि यह चुनाव हम लड़ें ही...। जल्दबाजी में पार्टी बनाकर चुनाव लड़ना हमारी सत्तालोलुपता ही समझी जाएगी...। यह ठीक है कि अपने मित्रों के सहयोग से निर्दलीय उम्मीदवार के रूप में भी मैं खड़ा हो सकता हूँ। बाद में हम अपनी पार्टी बना लेंगे। लेकिन अभी मुझे यह भी उचित नहीं जान पड़ रहा है। हमारे आचरण से इस क्षेत्र की जनता को भी लगना चाहिए कि हमारी लड़ाई जनदेश की घृणित अवसरवादिता और विचारहीनता के खिलाफ है, सत्ता में जाने के लिए नहीं...! जनदेश के अन्य मित्रों को भी अपने इस पक्ष से हमें अवगत कराना है। इस लोकतान्त्रिक व्यवस्था में चुनाव के अनेक अवसर हमें प्राप्त होंगे...। सवाल अपनी जमीन पर मजबूती से हमारे खड़े होने का है...। अभी हमारे समक्ष एक व्यावहारिक समस्या यह है कि जनदेश के उम्मीदवार के रूप में मेरा नाम प्रचारित था। इस स्थिति में अब तत्काल किसी दूसरी पार्टी के या निर्दलीय उम्मीदवार के रूप में मुझे अपने को प्रस्तुत करना भी कतई वाजिब नहीं जान पड़ रहा है...।''

यह सुन अंजलि ने अपनी जिज्ञासा व्यक्त की—''तब इस लोकसभा चुनाव में हमारी भूमिका क्या होगी? क्या हम तटस्थ दर्शक बने रहेंगे?''

उमेश ने अंजलि की जिज्ञासा को और विस्तार दिया—''चुनाव में हमारी तटस्थता भी किसी के पक्ष में ही जाएगी। इस मामले में अपना स्टैण्ड हमें 'क्लीयर' कर लेना होगा...!''

गणेश ने भी इस बात को लेकर चिन्ता व्यक्त की—''हमारी तटस्थता पर इस क्षेत्र से नन्दिता या डॉ. अरविन्द जैसा कोई उम्मीदवार विजयी हो जाए तब फिर हमारी अब तक की संघर्ष-यात्रा बेकार ही चली जाएगी...।''

इस पर राजू ने अंजलि, उमेश और गणेश की बातों को अब निर्णायक स्वरूप दिया—''हम भले ही स्वयं चुनाव न लड़ें, लेकिन इस चुनाव में अपनी भूमिका तो हमें निर्धारित करनी ही है। अपने लोगों को अपना पक्ष बताना ही है...!''

जनार्दन अपने इन मित्रों की चिन्ता समझ रहा था। जनदेश से अलग होकर ऐन चुनाव के वक्त महटिया जाना ऐसे सक्रिय सदस्यों का पक्ष नहीं हो सकता था। उसने मित्रों की जिज्ञासा शान्त करते हुए कहा—''इस चुनाव में हमारी भूमिका स्पष्ट होगी। हम नन्दिता और डॉ. अरविन्द दोनों का समान रूप से विरोध करेंगे,...। टामचन्द की भी कलई खोलेंगे। इस क्षेत्र से उसका विजयी होना भी उचित नहीं...। भोजलोक पार्टी के नरपत के बारे में हमें सोचना है...। अपने आचरण से नरपत

हमारे निकट पड़ता है। उसकी सामाजिक भूमिका को अनदेखा नहीं किया जा सकता। लेकिन जिस पार्टी से वह खड़ा है, उस पार्टी में सामन्तों का वर्चस्व है। मुख्य मुकाबला इन्हीं चार उम्मीदवारों के बीच है...। इस स्थिति में हमें अन्य तीन उम्मीदवारों की तरह नरपत का विरोध नहीं करना चाहिए...। पर उसके समर्थन और प्रचार में भी हमें मुखर नहीं होना है...।''

इस पर विजय ने यह प्रश्न खड़ा किया–''नन्दिता, डॉ. अरविन्द और टामचन्द का जब हम विरोध करेंगे तो स्वाभाविक है कि हमारे मतदाता नरपत की ओर जाएँगे। फिर चाहे अलग से हम नरपत का प्रचार करें या न करें, प्रकारान्तर से हमारा समर्थन तो उसके खाते में जाएगा ही!''

जवाब में जनार्दन ने अपनी बात अब और साफ की–''नरपत का घोषित तौर पर हमारा समर्थन करना और दूसरों के विरोध के तहत स्वतः हमारा समर्थन उसके खाते में चले जाना दोनों दो तरह के स्टैण्ड हैं। जनता में दोनों के सन्देश अलग-अलग जाएँगे। अगर नरपत जीत जाता है तो नन्दिता, डॉ. अरविन्द और टामचन्द से अच्छा उम्मीदवार है। उन तीनों की तरह उसी पैमाने पर हम उसका विरोध नहीं कर सकते...। लेकिन उसके पक्ष में प्रचार और घोषित समर्थन से तो हमारी अपनी स्वायत्तता समाप्त हो जाएगी। हमारे बारे में लोग यह समझने लगेंगे कि जनदेश छोड़कर हम 'भोजलोक' में चले गये...। इसीलिए इस चुनाव में नरपत के विरोध और समर्थन दोनों के प्रति हमारी तटस्थता ही हमें अपनी जमीन पर कायम रख सकेगी...!''

जनार्दन की यह बात मित्रों को जँची। अचानक पैदा हुई इस विषम परिस्थिति में इसके सिवा दूसरा कोई मार्ग उनके लिए बेहतर नहीं था। सबने इस मार्ग के प्रति अपनी सहमति जतायी–''यह ठीक रहेगा। हमारे लिए यही अव्वल होगा...!''

विजय को लगा, नयी टुकड़ी ने एक निर्णायक अंजाम प्राप्त कर लिया, बस उसने उठते हुए कहा–''मैं अभी घर से आ रहा हूँ...।''

जनार्दन को समझते देर नहीं लगी। विजय अब मित्रों को चाय-नाश्ता कराने की व्यवस्था करने अपने घर के अन्दर जा रहा था। उसने विजय को रोकने की कोशिश की–''नहीं विजय। हम अपनी बैठक के तहत यहाँ आये हैं, व्यक्तिगत भाईचारे और मित्रता के तहत नहीं। हम चाय-बिस्कुट का इन्तजाम स्वयं करेंगे...!''

राजू ने भी जनार्दन के पक्ष का समर्थन किया–''हाँ विजय भाई। अब तो अक्सर हमारी बैठकें यहीं होंगी। तुम इस तरह करने लगोगे तो हम कैसे यहाँ बैठेंगे...। तुम्हारे परिवार को हमें अनावश्यक परेशान नहीं करना है!''

इस पर उमेश ने अब समाधान निकालते हुए कहा–''हममें से हर मित्र यहाँ की बैठकों में एक-एक दिन चाय-नाश्ता कराएगा। बस, किसी को अनावश्यक

परेशानी नहीं होगी...!''

इस पर किसी अन्य के कुछ कहने से पहले ही अंजलि अपने बैग से पैसे निकालते हुए बोल पड़ी—''आज की यह शुरुआत मेरी ओर से...।''

विजय अब अड़ गया—''नहीं अंजलि बहन अगली बार से ऐसा होगा! इतने सारे मित्र पहली बार मेरे यहाँ एक साथ आये हैं। आज का दायित्व तो मेरा है...।''

जनार्दन ने विजय का सेण्टीमेण्ट देखते हुए अब मौन सहमति प्रदान कर दी। विजय अब सक्रिय हो गया। फुर्ती से घर के अन्दर चला गया। फिर शीघ्र ही चाय के साथ चूड़े का नमकीन भूँजा उसकी बहन ने लाकर रख दिया। पानी का जग और गिलास विजय स्वयं लेते आया। सभी मित्रों ने घर के इस उम्दा नमकीन के साथ चाय पी। अब एक-दूसरे से विदा ले चल पड़े...। अपनी इस पहली बैठक में ही कई बातें उन्होंने साफ कर ली थीं। उनके मानस में अब कहीं धुन्ध नहीं बची थी। जनदेश से अलग होकर भी एक नयी जमीन उन्होंने पा ली थी। वे अपने को कतई कमजोर महसूस नहीं कर रहे थे। भले ही उनकी संख्या कम थी। लेकिन वैचारिक साम्य ने उन्हें ऊर्जस्वित कर रखा था...।

जनार्दन के मन का तूफान और आवेग भी अब शान्त था। अपने मित्रों के सहयोग से पार्टी अध्यक्ष की मनमानी के खिलाफ अपने पाँव उसने मजबूती से रोप दिये थे। अब उससे विदा लेती हुई अंजलि ने कुछ चुहल के साथ कहा—''तुम्हें पता है, नन्दिता तुम्हारे गाँव छविपुर आनेवाली है! आज के समाचारपत्र में उसके दौरे की विस्तृत सूची छपी है। पहले जोगीपुर आ रही है, फिर बिसुनटोला, फिर रसूलडीह, उसके बाद छविपुर! अगले महीने की ग्यारह तारीख को वह तुम्हारे गाँव पहुँच रही है, तुम्हें खोजेगी। तुम उसके घर रह चुके हो...!''

जवाब में जनार्दन ने भी कुछ शरारती अन्दाज में कहा—''उसके पिता भी छविपुर का 'धुहा' (मंजिल) छूने आते थे। अपने बाप के नक्शे कदम पर बेटी चल रही है...। छविपुर का 'धुहा' तो छूना ही है...। मुझे अब वह नहीं खोजने वाली...। आजमा कर देख चुकी है...। जिस तीसी में तेल नहीं उसे पेरकर क्या करेगी?''

जनार्दन की इस बात पर अंजलि और चैती के साथ सभी मित्र हँस उठे। विदा की यह चुटीली हँसी सबको अच्छी लगी...!

13

जनार्दन के गाँव छविपुर में नन्दिता के आगमन से एक दिन पहले ही उसके पार्टी कार्यकर्ताओं ने मंच का निर्माण कर दिया था। इसके लिए छविपुर के स्कूल-मैदान को उन्होंने उपयुक्त समझा था...। जनार्दन जानता था, राव मानवेन्द्र बाबू भी छविपुर आते थे तो स्कूल-मैदान में ही उनका मंच बनता था। जनार्दन का अनुमान था कि अब उसके गाँव का वैसा सहयोग नहीं मिलेगा नन्दिता के कार्यकर्ताओं को। लेकिन उसने पाया कि उसकी उम्मीद के विपरीत गाँव का अपेक्षित सहयोग उन्हें मिला था...। मंच के लिए गाँव के लोगों ने ही बाँस-बल्लों और तख्तों का इन्तजाम कराया था। रोज-मजूरी पर खटनेवाले गाँव के श्रमिकों ने ही अपने परिश्रम से उसे विशिष्ट रूप प्रदान किया था। श्रमिकों के इस कार्य पर वह फिर भी खफा नहीं था। रोज-मजूरी पर जीने वालों के लिए पैसा देकर कोई भी मजूरी करा सकता है। मजदूरों की यह विवशता है...। लेकिन वे खाते-पीते लोग, जिनके बीच वह अलख जगाता रहा, जिनकी समस्याओं को अपनी समस्याएँ मानता रहा, जिन्हें नयी रोशनी में ले जाने के लिए प्राणपण से लगा रहा, वे क्यों बदलने लगे हैं? इसका अर्थ तो यही कि उसका प्रभाव उन पर ऊपर-ऊपर ही था, उनके अन्दर में राव मानवेन्द्र का आकर्षण ही बना हुआ था...। इस बिन्दु पर वह अनुभव कर रहा था, जोगीपुर कार्यालय की तरह उसका गाँव भी दो भागों में विभाजित था...। पुस्तकालय के उसके साथी और उसके विचारों के सच्चे हिमायती पूर्ववत् उसके साथ बने हुए थे। इसके विपरीत नयी पीढ़ी के कुछ छोकरे और अतीतजीवी बूढ़े नन्दिता की हवा में बहने लगे थे।

अपने गाँव के उन नये छोकरों की मानसिकता जनार्दन अच्छी तरह समझ रहा था। वे किसी के साथ नहीं थे। पक्ष विपक्ष का उनका कोई स्टैण्ड नहीं था। शहर की एक खूबसूरत छोकरी जिसका लुभावना चित्र पोस्टरों में वे देख चुके थे, वह उनके खुद के गाँव आ रही थी, इस आकर्षण ने ही उन्हें उत्सुक बनाया था...। इस अवसर का वे लुत्फ उठाना चाहते थे। लेकिन उसके गाँव के वे सठिआये बूढ़े क्या चाहते थे, यह बात जनार्दन को अधिक आहत करती थी...? शायद अपनी जड़, रूढ़ और गुलाम मानसिकता को ही वे अपनी जमा-पूँजी समझ रहे थे, जिसे खोने को कतई तैयार नहीं थे। यहाँ अपने गाँव के भृगु काका की 'उस बात' की पुनरावृत्ति वह पा रहा था। भृगु काका एक बेटी और दो बेटों के पिता थे। वृद्धावस्था में बहू-बेटों ने उनकी उपेक्षा शुरू कर दी थी। लेकिन बेटी सदैव तत्पर बनी रहती थी। यह सूचना पाते ही कि पिताजी कष्ट में हैं, वह आ धमकती और पूरे मन से लग जाती। इस पर जनार्दन ने एक दिन उनसे कहा था—"काका, आप बेटों की

तुलना में बेटी को कभी महत्त्व नहीं देते। लेकिन आपके बुढ़ापे के इस दुर्दिन में तो यही सहायक बनी है...!''

जवाब में भृगु काका की बात सुन वह सन्न रह गया था। उन्होंने स्पष्ट शब्दों में कहा था—''यह सेवा कर रही है, ठीक है। लेकिन मुक्ति तो मुझे अपने बेटों से ही मिलेगी!''

जनार्दन ने उन्हें समझाने की बहुत कोशिश की—''मरते वक्त बेटों द्वारा कण्ठ में पानी डालना और श्मशान में मुखाग्नि देना यहाँ का रूढ़िगत लोकाचार है। इसके पीछे कोई सच्चाई या वैज्ञानिक आधार नहीं!''

लेकिन उसकी बात को इस कान से सुनकर उस कान से निकालते हुए भृगु काका अपनी मान्यता पर अन्त तक अड़े रहे...। राव मानवेन्द्र के करिश्माई व्यक्तित्व से प्रभावित अपने गाँव के बूढ़े भी उसे उसी तरह के जान पड़ते थे। अपने गाँव के इन बूढ़ों को देखकर उसे भोजपुरी की यह कहावत बरबस याद आ रही थी—''बूढ़ सुग्गा पोस ना माने...।'' वह अनुभव कर रहा था, सचमुच इन बूढ़ों पर कोई दूसरा रंग चढ़नेवाला नहीं। ये अपनी खोल से बाहर आने को तैयार नहीं। अपने अतीत को ये हर्गिज नहीं छोड़ सकते...!

इस सूचना ने जनार्दन के मन को और आवेशित कर दिया था कि नन्दिता के आगमन से ठीक पहले की रात उसकी पार्टी लोकेन्द्र ने छविपुर के निर्धनों के बीच कम्बल और रुपये बाँटे थे। उन कम्बलों एवं चन्द रुपयों पर ही उसके गाँव के निर्धन उड़ने लगे थे। बस, जनार्दन सुनते ही उनके बीच पहुँच गया था। उन निर्धनों के लिए ही वह ज्यादा लड़ता रहा था। उसने उन निर्धनों से पूछा—''तुम लोग भी शहर की इस छोकरी के नाम पर बहक गये? हम तुम्हारे दुःखों के स्थायी निजात के लिए लड़ते रहे तो कुछ भी नहीं, उसने कुछ रुपये और कम्बल बँटवा दिये तो सब कुछ हो गयी...!''

जवाब में उन निर्धनों के बीच से उनका अगुआ भिखू बोल उठा—''तुम निफिकिर रहो जनार्दन! अभी चाहे कोई जो कहे, जो कुछ दे ले, हमारा मत वहीं गिरेगा जहाँ तुम चाहोगे। वह मुफ्त में कम्बल और रुपये बँटवा रही है, तो हम क्यों झटक दें? उसकी चालाकी पर ही हम हँस रहे हैं! वह हमें निरा बुद्धू समझ रही है...। सालों जिसने मदद की उसे छोड़कर एक दिन के रुपये-कम्बल बँटवाने वाली पर हम नहीं जाएँगे...!''

भिखू की इस समझ से जनार्दन को खुशी हुई। अपने गाँव के निर्धनों की इस चेतनशीलता ने उसके विचारों को और दृढ़ किया। उसका मन कहता था, खाते-पीते लोगों से अधिक विश्वासपात्र निर्धन ही होते हैं। जैसा संग-साथ ये निभाते हैं, सुचिताह (सम्पन्न) लोग नहीं निभा पाते। अपने इस अनुमान को अपने गाँव के

परिप्रेक्ष्य में सही पाकर वह उत्साहित हो उठा। उसने कहा भी—"बहुत अच्छा भाइयो...! हमारा मन कहता था, हमारे अपने लोग किसी बहकावे में नहीं आ सकते...। मुझे असली भरोसा तुम्हीं लोगों पर है। इसी तरह अपनी समझ से काम लेते रहना...!"

नन्दिता के आगमन के दिन जनार्दन उसके भाषण स्थल पर नहीं जाना चाहता था। नन्दिता को क्या देखना-सुनना? उसे भली-भाँति देख सुन चुका है...। उसके ग्रामीण मित्र राजू और उमेश रहते तो उनके साथ नजारा देखने के लिए घूमते हुए जाता भी। पर वे दोनों दोस्त अपने एक आवश्यक कार्य से शहर चले गये थे। पुस्तकालय के पुराने साथियों में अब यही दोनों मित्र छविपुर में बचे हुए थे। अन्य मित्र रोजगार या किसी व्यवसाय के सिलसिले में इधर-उधर निकल गये थे। इस स्थिति में नन्दिता के भाषण-स्थल पर अकेले जाना उसे और नहीं भा रहा था...। अपनी माँ से यह जानकर उसका मन और तिक्त हो गया कि उससे नजर बचाकर उसके पिता नन्दिता को देखने चले गये। अपने नेताजी की बेटी को बिना देखे-सुने वे कैसे रह सकते थे? जनार्दन ने सोच लिया, उसे नहीं जाना है।

अपने पिता की इस निश्छल ग्रामीण हरकत ने उसे सोचने के लिए बाध्य कर दिया। जब स्वयं उसके पिता उसके विचारों से प्रभावित नहीं हो सके तो गाँव के अन्य बुजुर्गों पर उसकी खीझ अकारथ ही है...। क्या पिता नहीं जानते कि उसकी राजनीति नन्दिता के विरोध में है? फिर भी उसे देखने-सुनने का लोभ संवरण नहीं कर सके। उसकी सभा की भीड़ बढ़ाकर उसे महत्त्व देने पहुँच गये...!

जनार्दन अपने दरवाजे पर बैठा खौल रहा था। लोगों की तमाशबीनी पर सोचता जा रहा था। इसी क्षण उसके दरवाजे से गुजरते रामधनी काका ने पूछ लिया—"तिरबेनी कहाँ है जनार्दन?"

उसने जवाब दिया—"घर पर नहीं हैं। कहीं बाहर निकले हैं।"

रामधनी काका ने छूटते ही कहा—"जरूर स्कूल-मैदान गये होंगे। नेताजी की बेटी जो आ रही है...!"

रामधनी काका ने अब तनिक रुककर सीधे उसे सम्बोधित किया—"और तुम नहीं जाओगे नेताजी की बेटी का भाषण सुनने...! अरे बचवा, अपने विरोधी नेता की भी बात सुननी पड़ती है...। नहीं सुनोगे तो उसकी काट कैसे खोजोगे...? उसे पछाड़ना है तो छिपकर मत बैठऽ...। देखऽ कि ऊ का कहती है...?"

रामधनी काका की यह बात जनार्दन को तीर जैसी लगी—मर्मबेधी और चुनौतीपूर्ण...! उसे ऐसा लगा, जैसे सिर्फ रामधनी काका ही नहीं, समूचा गाँव उसे यह उलाहना दे रहा है। उसके न जाने का लोग क्या-क्या अर्थ निकाल लें, क्या-क्या प्रचारित करने लगें, इससे बेहतर तो वहाँ पहुँच जाना ही होगा। और जनार्दन अपने

को रोक नहीं सका। सीधे नन्दिता के सभा-स्थल पर जा पहुँचा। उसने देखा, लोगों की काफी भीड़ जुट गयी थी। उसने अपने मन को आश्वस्त किया, यह सिर्फ तमाशबीनों की भीड़ है, मतदाताओं की नहीं...! भीड़ के एक कोने में खड़ा वह चुपचाप दृश्य का जायजा लेता रहा। निकट के लोगों की बातचीत उसे सुनाई पड़ती रही। इन्हीं लोगों में से कपिल काका की कुछ ऊँची आवाज उसके कानों में पड़ी—"कहवाँ विलम गयी नन्दिता बिटिया? कब आएगी? आउर कतना टैम बाकी है?"

मंच के किनारे खड़े नन्दिता के पार्टी-कार्यकर्ता पराहू ने फुर्ती से जवाब दिया—"टैम होइए गया है काका। हेलीकाप्टर अब आता ही होगा...। अब जास्ती देर नहीं...।"—और पराहू ने लकुटी के सहारे खड़े वृद्ध कपिल काका को स्कूल के चबूतरे पर बैठा दिया। यह चबूतरा मंच के निकट ही था। पराहू ने उन्हें आश्वस्त किया—"एहिजे आराम से बइठल रहो काका...। एहिजा से नन्दिता जी को बढ़िया से देख लोगे और उनका भाषण भी सुन लोगे...।"

जनार्दन अनुभव कर रहा था, उसके ग्रामवासी निर्धारित समय से पहले ही अपने गाँव के इस स्कूल-मैदान में जुट आये थे। उनके पास समय की ऐसी कोई किल्लत तो थी नहीं कि नियत समय पर ही आयें। ऐसे अवसर तो इस गाँव में बहुत कम आते हैं...।

जनार्दन देख रहा था, आनेवाला हर व्यक्ति स्थान ऊँचा देखकर वहाँ जमता जा रहा था, ताकि नन्दिता को साफ-साफ देख सके और उसकी आवाज सुन सके। नन्दिता को देखने-सुनने के आकर्षण में उसके समूचे गाँव के साथ आसपास के गाँवों के लोग भी उमड़ आये थे। वह समझ नहीं पा रहा था कि उसके ग्रामवासियों को यह हो क्या गया है? कपिल काका के बाद अधेड़ उम्र के नन्दलाल ने अपने हमउम्र ग्रामीण रघुवर सिंह से पूछा—"अब तो नन्दिता बड़ी हो गयी होगी? लोग कहते हैं नेताजी जब मरे थे तभी वह सरेख हो गयी थी...!"

रघुवर सिंह ने जवाब दिया—"एकदमे सयानी हो गयी है। नेताजी जैसी ही उठान वाली है...। उनसे भी बढ़-चढ़कर तैयार हुई है...!"

इस पर नन्दलाल ने कुछ आश्चर्य से पूछा—"तुमने उसे देखा है क्या?"

उत्तर में रघुवर सिंह ने कहा—"अपने ही जवार में दो-तीन बार देख चुका हूँ। अपने इस छविपुर में पहली मर्तबा आ रही है, बाकिर इलाके के गाँवों में तो तीन-चार दफे आ चुकी है...!"

इस बार नन्दलाल ने अपनी जिज्ञासा व्यक्त की—"नेताजी जैसा ही काबिल होगी! फोटो में तो ओइसी ही लगती है!"

इससे पहले कि रघुवर सिंह फिर कोई जवाब दें, कोने में खड़े लड़कों के बीच

से एक शरारती लड़का अपनी आवाज़ बदलकर टुभुक पड़ा—"एकदम सरगपंछी है काका! सोन कबूतरी। नजर पड़ते ही लार चूने लगते हैं...!"

यह सुनते ही अधेड़ नन्दलाल गुस्से में आगबबूला हो उठे—"कौन है बदजात? कौन किबड़ी मार रहा है? दुष्ट! कमीना...! अपनी माँ-बहन को देखकर लार चुआ?"

जवाब में वह शरारती लड़का अपने मनचले साथियों के बीच ऐसे घुड़मुड़िया गया कि अधेड़ नन्दलाल जान ही नहीं सके कि किसने टुभुकी चलायी है। उसकी इस हरकत पर उसके सारे दोस्त खी...खी...खी...खी कर हँस उठे...। अब उन्हीं दोस्तों में से एक ने सफाई दी—"ऊ कोई खराब बात नहीं कह रहा काका! कह रहा है कि नन्दिता जी स्वर्ग की देवी जैसी लगती हैं। उन्हें देखनेवाला देखता ही रह जाता है...!"

अब उस अधेड़ नन्दलाल को लग गया, सिर्फ बोलनेवाला वह छोकरा ही शरारती नहीं, उसके सभी दोस्तों की यह मिलीभगत है। सब उन्हें बना रहे हैं। बस, उन्होंने चुप हो जाना ही उचित समझा। इन लफंगों के मुँह लगकर अपनी मिट्टी पलीद कराना ठीक नहीं...। वे मौन हो गये। पर उनके मौन हो जाने से वहाँ चल रहा नन्दिता प्रसंग बन्द नहीं हुआ। भीड़ के दूसरे हिस्सों में नन्दिता की प्रतीक्षा में खड़े लोग नन्दिता के बारे में एक-दूसरे से कहते-सुनते रहे। उस अधेड़ नन्दलाल की बगल में भी अपने गाँव के खाते-पीते कुछ व्यक्तियों की बातचीत जनार्दन को सुनाई पड़ रही थी—"एकदम मानवेन्द्र बाबू पर गयी है...।"

"बाँस की कोठ से बाँस नहीं निकलेगा तो क्या सरकण्डा फूटेगा...।"

"गिरहबाज की औलाद खउदा नहीं होती...।"

"लोग बूझते थे कि मानवेन्द्र बाबू का परिवार साफ हो गया। बाकिर खून का प्रभाव आ ही गया बेटी पर!"

"खूब नीमन बोलती है। विदेश में जाकर पढ़ी है। हिन्दी, अँग्रेजी, भोजपुरी जिसमें कहो, उसी में भाषण देती है...।"

भीड़ के बीच अन्यमनस्क भाव से खड़ा जनार्दन गहरे आश्चर्य से अपने गाँव के लोगों की बातें सुनता रहा। उनकी ऐसी बातें वह पहले भी सुन चुका था। यहाँ अपने ग्रामवासियों के चेहरों पर होली-दीवाली जैसी रंगत और उत्साह देख उसका मन गहरे क्षोभ से भरता जा रहा था। नन्दिता उसके गाँव में त्योहार बनकर आ रही है, यह बात दूध में मरी मक्खी निगलने जैसी उसे उबकाई पैदा कर रही थी। अपने ग्रामवासियों की इस तुच्छ मानसिकता पर गुस्से से उसका मन फटता जा रहा था। ये कभी नहीं बदलेंगे...। इनके लिए कभी कुछ नहीं होगा...। ये जहाँ हैं, वहीं बने रहेंगे...!

राजनीति में नन्दिता के आने के बाद से ही अपने लोगों के इस विचलन पर वह कुढ़ता रहा था। इधर अपने लोगों की इस बढ़ती विचलन पर उसकी क्षुब्धता और बढ़ती जा रही थी। अपना सारा श्रम और सारा गणित उसे गड़बड़ा गया जान पड़ने लगा था। अपने मन को हर बार वह समझाने की कोशिश करता, नन्दिता के प्रति लोगों की उत्सुकता सिर्फ तमाशबीनी है, वास्तविक समर्थन की द्योतक नहीं...। लेकिन मीडिया से आनेवाली खबरें उसे बेचैन कर देतीं। ऐसा आकर्षण सिर्फ तमाशबीनी नहीं हो सकता...। रघुवर सिंह के कथन से वह अवगत था। इलाके के गाँवों में वह तीन बार आ चुकी थी। इस क्षेत्र में उसकी यह चौथी सभा थी।

नन्दिता की पिछली तीनों सभाओं की सूचनाओं से जनार्दन वाकिफ था...। उसकी इन सभाओं को मीडिया ने जिस रूप में प्रचारित किया था, वह किसी भी सक्रिय और समर्पित कार्यकर्ता को हैरत में डालने के लिए काफी था...। नन्दिता की पहली सभा जोगीपुर में हुई थी। उस दिन जनार्दन जोगीपुर नहीं गया था। उनकी अपनी बैठक का वह दिन नहीं था। उसका ख्याल था, नन्दिता की सभा महज सामान्य सभा होकर बिखर जाएगी। उसकी पार्टी के सदस्यों और उसके पिता के प्रशंसकों को छोड़कर उसकी सभा में कौन जाएगा? अब इस क्षेत्र के लोग पहले जैसे बुद्धू नहीं रहे...। लेकिन मीडिया की खबरों से अवगत हो जनार्दन दुःखद रूप से चौंक गया था। उसे जानकारी मिली थी कि दूरदर्शन के विभिन्न चैनलों ने अपने-अपने अन्दाज में नन्दिता के जोगीपुर आगमन को प्रस्तुत किया था। राजधानी में सक्रिय नन्दिता की पार्टी ने अपनी सम्पन्नता और प्रभाव से मीडिया को जोगीपुर पर केन्द्रित कर दिया था। अपने गाँव में होने के चलते जनार्दन चैनली खबरों की सजीवता से अवगत नहीं हो सका था। पर अखबारी खबर ने ही उसे सब-कुछ बता दिया था...।

जिस राष्ट्रीय दैनिक में उसने वह खबर पढ़ी थी, उसके अनुसार—"जोगीपुर कस्बे में नन्दिता की सभा में उमड़ी भीड़ अभूतपूर्व थी। इससे पूर्व इस क्षेत्र की किसी भी राजनीतिक सभा में ऐसी भीड़ नहीं उमड़ी थी...। प्रत्यक्षदर्शियों के अनुसार राव मानवेन्द्र बाबू जब अपनी राजनीति के शिखर पर थे तब भी ऐसी भीड़ वे नहीं जुटा पाते थे। इस मामले में बेटी ने बाप को भी पीछे छोड़ दिया है!"

आगे उस संवाददाता ने लिखा था—जब नन्दिता की खूबसूरत कार जोगीपुर के सभास्थल पर पहुँची, उसकी प्रतीक्षा में खड़े ग्रामवासी हर्षोल्लास से नारे लगाने लगे—

'इनक्लाब!'

'जिन्दाबाद!'

'कुमारी नन्दिता!'

'जिन्दाबाद!'

'हमारी नेता कैसी हो?'

'कुमारी नन्दिता जैसी हो...!'

अपनी उस खूबसूरत कार से उतरकर मंच तक जाती हुई लोकेन्द्र पार्टी की रूपगर्विता युवानेत्री नन्दिता को प्रतीक्षित ग्रामवासियों ने फूल-मालाओं से लाद दिया। नन्दिता स्वर्ग से उतरी किसी अप्सरा की तरह प्रतीत हो रही थी। उसे नजदीक से देखने के लिए लोगों के बीच होड़-सी लग गयी। उसके सुरक्षागार्डों की चौकसी के बावजूद लोगों ने उसे अपने बीच में ले ही लिया। बस, उसकी पार्टी के अनुभवी कार्यकर्ता सक्रिय हो गये। अपनी बलिष्ठ भुजाओं से लोगों को किनारे करते हुए उसे मंच तक लाया...!''

उस खबर के संवाददाता ने आगे लिखा था, ''मंच पर खड़ी होते ही नन्दिता ने विशाल जनसमुदाय देख अपने दोनों हाथ जोड़ दिये। फिर चारों दिशाओं में घूमकर सबका अभिवादन किया...। उसकी इस पहली झलक और शुरुआती कदम पर ही भीड़ के बीच तालियाँ गूँज उठीं...।

''कुमारी नन्दिता ने क्षेत्र की परम्परा के तहत सलवार-समीज पहन रखा था। जोगीपुर क्षेत्र की कुँवारी कन्याएँ अमूमन सलवार-कमीज ही पहनती रही हैं। उस क्षेत्र की परम्परा के तहत अपने माथे को उसने दुपट्टे से ढँक भी रखा था...। अपनी लोकेन्द्र पार्टी की नीतियों को सामने रखने से पहले उसने बेहद विनीत और मधुर आवाज में निवेदन किया--यह मेरे पिताजी का क्षेत्र है...इस नाते मैं अपने घर आयी हूँ। आप सभी मेरे पिता और भाई तुल्य हैं। अपनी बेटी और बहन का पूरा सहयोग आपको मिलेगा, इस भरोसे ही अपने बिछुड़े घर लौटी हूँ...। बेटी किसी एक की नहीं होती, समूचे गाँव और इलाके की होती है। आपकी अपनी बेटी की लाज अब आपके हाथों में है...!''

उस संवाददाता की टिप्पणी के अनुसार, ''नन्दिता के इस उद्‌बोधन ने ही भीड़ को आर्द्र बना दिया। सबकी आँखें नम हो आयीं! सब स्नेह और आत्मीयता से उसे निहारने लगे। भीड़ अब उसकी बातें सुनने के लिए शान्त और एकाग्र थी। इस अवसर का फायदा उठाते हुए नन्दिता ने अपने संक्षिप्त भाषण में कहा, अपने इस क्षेत्र का सर्वांगीण विकास मेरी पहली प्राथमिकता है...। जोगीपुर क्षेत्र को देश के नक्शे में वह महत्त्व हमें दिलाना है कि अपने इस क्षेत्र पर हम गर्व कर सकें...। इस क्षेत्र को लेकर मेरे पिता के सपने अधूरे रह गये हैं। उन अधूरे सपनों को पूरा करने का संकल्प मैं आप सबके सामने लेती हूँ...।''

अन्त में उपस्थित जनसमुदाय को फिर अपना प्रणाम निवेदित करते हुए उसने

कहा—"अपने दरवाजे पहुँची अपनी बेटी को याद रखिएगा। मैं राजनीति में नहीं आना चाहती थी। लेकिन अपने इस क्षेत्र की बर्बादी मुझसे और नहीं देखी गयी... ।"

नन्दिता के इस अन्तिम कथन पर पुनः भीड़ की तालियाँ गूँज उठीं... । पुनः नारे लगने लगे—"कुमारी नन्दिता—जिन्दाबाद...!"

अखबार की वह रपट यहीं आकर समाप्त नहीं हुई थी। उस संवाददाता का असली विवरण तो अब यहीं से शुरू हुआ था, "अपने भाषण की समाप्ति के बाद कुमारी नन्दिता भीड़ के आमन्त्रण पर अपने को रोक नहीं सकी। अपने सुरक्षागार्डों की मनाही के बावजूद भीड़ में उपस्थित ग्राम-बालाओं और उम्रदराज महिलाओं के बीच चली गयी। फिर बगैर किसी भेदभाव के किसी को गले से लगाने लगी तो किसी से हाथ मिलाने लगी, तो किसी को अपनी माँ सरीखी जान उसका पायलागन करने लगी। उन महिलाओं के बाद अस्सी-पच्चासी वर्ष के एक वृद्ध लकुटी के सहारे खड़े थे। उन पर नजर पड़ते ही नन्दिता ने झुककर उनके पाँव छुए। आशीर्वाद के लिए उस वृद्ध ने अपने काँपते हाथ उठाकर नन्दिता के माथे पर रख दिये। उस क्षण उस वृद्ध के झुर्रीदार चेहरे के बीच से झाँकती आँखों में नन्दिता के प्रति स्नेह का सागर उमड़ आया था। सम्भवतः वे नन्दिता के पिता के प्रशंसकों में से थे... ।" अखबार की रपट के बीच इसी क्षण की रंगीन तस्वीर छपी थी। लकुटी के सहारे खड़े एक वृद्ध ग्रामीण के सामने सुन्दरी नन्दिता झुकी हुई थी और उस वृद्ध के सूखे हाथ आशीर्वाद स्वरूप उसके माथे पर पड़े थे...! यह तस्वीर दूर से ही पाठकों का ध्यान खींच रही थी। खबर को उत्प्रेरक बनाने का कार्य यह तस्वीर ही कर रही थी... ।

अखबार की इस खबर ने पत्रकारिता के प्रति जनार्दन के मन में बचे-खुचे आकर्षण को भी ध्वस्त कर दिया था... । उसे यह रपट सहज-स्वाभाविक और यथार्थ नहीं जान पड़ी, पूरी तरह प्रायोजित लगी... । नन्दिता की जोगीपुर सभा से लौटे एक प्रत्यक्षदर्शी के बयान से यह खबर मेल नहीं खाती थी। न तो लोगों की वैसी भीड़ थी और न नन्दिता के प्रति लोगों की वैसी श्रद्धा...! खबर के अनुसार वह सभा अद्भुत और अपूर्व थी। लेकिन यथार्थ में एक सामान्य राजनीतिक सभा... । अवश्य राजधानी में जमी नन्दिता की लोकेन्द्र पार्टी ने यह रपट प्रायोजित की थी। पूँजी संचालित पत्रकारिता में सामर्थ्यवाले क्या कुछ नहीं छपवा लेते! जो नहीं घटा है, उसका घटित होना भी जाहिर कर देते हैं। जिस खबर को संक्षिप्त होनी चाहिए, उसे विस्तार दे देते हैं तथा विस्तार की अपेक्षावाली खबर को छोटी सूचना में तब्दील कर देते हैं... । कहने के लिए यहाँ की व्यवस्था लोक-संचालित है, मगर सही अर्थों में तो पूँजी का संचालन ही यहाँ नियामक है...!

इस बात को लेकर जनार्दन का मन यहाँ की पत्रकारिता के प्रति और

आवेशित हो उठा था कि स्वयं के अनुसन्धानों और खोजों से अलग नकलची, पिछलग्गू और अनुकरण की गर्हित परम्परा को उसने अख्तियार कर लिया है...। यह बात अब किसी से छिपी नहीं थी कि अँग्रेजी के बड़े अखबारों और अँग्रेजी चैनलों की खबरों की नकल ही हिन्दी के अधिकांश बड़े अखबारों की नियति बनती जा रही है। उनके लिए सबसे बड़ा मसाला यही है। और इसी परम्परा में हिन्दी के छोटे अखबार अपना मसाला हिन्दी के बड़े अखबारों और भारतीय चैनलों से पाने में लगे हैं, यानी पूँजी संचालित खबर की पैठ ऊपर से नीचे तक। यहाँ जनार्दन ने अपने अनुमान से यह सहज ही जान लिया कि राष्ट्रीय समाचारपत्र में मुख्य सुर्खी बनी नन्दिता की इस खबर को अब छोटे अखबार सप्ताह भर तक भुनाते रहेंगे...। जिसने उस सभा में भाग नहीं लिया है वह सहज ही इस खबर पर विश्वास कर लेगा। उसके मानस में नन्दिता एक नयी जननेत्री के रूप में टँग जाएगी...। यही है बाजार-संचालित मीडिया का स्वरूप! पत्रकारिता की पतनशीलता! नये नायकत्व का निर्धारण!

विचार करने पर जनार्दन को पत्रकारिता की इस पतनशीलता का एक बड़ा कारण साहित्य से उसका दूर होते जाना जान पड़ता है...। जब साहित्यकार, सम्पादक होते थे तो उनकी संवेदनशील और समाज-सजग दृष्टि ऐसा होने से रोकती थी। पत्रकारिता की भूमिका को उन साहित्यकार-सम्पादकों ने ही प्रखर और नियामक बनाया था। तब खबरों की विश्वसनीयता सामाजिक जागरण की आधारशिला बनती थी। अब तो अखबारों के उद्योगपति मालिकों और साझीदारों की जरूरत साहित्यकार सम्पादकों की नहीं, अपने आदेशपाल सम्पादकों की हो गयी है, जिसने खबरों की तिजारत का एक नया बाजार विकसित कर दिया है। अब अखबारों की बिक्री के घटक उसकी खबरें नहीं रहीं, अन्य दूसरे माध्यम हो गये हैं, इसीलिए खबरों की विश्वसनीयता को लेकर कहीं कोई बवाल पैदा नहीं होता...। वैसे भी सेटेलाइट माध्यमों ने खबरों के त्वरित सम्प्रेषण में अखबारों को पीछे छोड़ दिया है...।

नन्दिता की उस अतिरंजित खबर से उद्वेलित जनार्दन उसकी तहों में घुसकर विश्लेषण करने लगा था। ऐसी राजनीतिक पार्टियों की सभाओं से वह अवगत था। भीड़ के आम लोग ऐसे स्थलों पर स्वतः फूल मालाओं को लेकर कभी नहीं पहुँचते...। पार्टी कार्यकर्ता ही भीड़ के बीच फूलमालाओं के साथ उपस्थित होते हैं जिन्हें देखकर भी अनदेखा करने का काम बिके हुए पत्रकार करते हैं...। किसी नेता का स्वागत सीधे-सीधे जनता करती है या उसकी पार्टी के कार्यकर्ता, दोनों में आसमान-जमीन का अन्तर होता है। पार्टी कार्यकर्ताओं के स्वागत को जनता का स्वागत बताना झूठ के लोकतन्त्रीकरण का नायाब नमूना है...!

जनार्दन से नन्दिता का व्यक्तित्व छिपा नहीं था। बुजुर्ग ग्रामवासियों के

पायलागन जैसी कोई परम्परा उसके जीवन में नहीं थी। ऐसी नम्रता, ऐसा लोच और ऐसा संस्कार उसके व्यक्तित्व में था ही नहीं...। यह विशुद्ध अभिनय था। पार्टी प्रशिक्षण ने ही इस अभिनय में उसे पारंगत किया होगा...!

जनार्दन इस बात को भी समझ रहा था कि जोगीपुर क्षेत्र के भोले ग्रामवासियों के सेण्टीमेण्ट को उभारने के लिए ही नन्दिता ने अपने को इस क्षेत्र की बेटी कहा है...। भावुकता से पूर्ण उसका वह सारा भाषण और आचरण उसकी पार्टी के बुद्धिजीवी प्रकोष्ठ ने तैयार किया होगा। माथे पर दुपट्टा रखकर उसका जोगीपुर आना उसकी अपनी तैयारी नहीं, लोकेन्द्र पार्टी की तैयारी का सूचक है...!

जोगीपुर की उस सभा के बाद 'बिसुनटोल' और रसूलडीह की उसकी सभाओं की खबरें भी जनार्दन तक पहुँची थीं...। मीडिया ने उन खबरों को भी जोगीपुर जैसा ही महत्त्व प्रदान किया था। उसकी पहली सभा पर ही उसे नायिका बना चुका मीडिया अब उसे तनिक भी नीचे उतारने को तैयार नहीं। जब मीडिया की शर्तों को लोकेन्द्र पार्टी पूरी करती हो तब फिर मीडिया अपनी उदारता में क्यों कोताही बरते? बिसुनटोल की सभा में भाषण के बाद मंच से नीचे आती नन्दिता ने आगे बढ़कर बगल में खड़ी एक बच्चेवाली अभावग्रस्त माँ की गोद से उसका बच्चा अपनी गोद में ले लिया। फिर स्नेह से उसे दुलारने-पुचकारने लगी। समूचा जनसमुदाय इस दृश्य को देखकर हतप्रभ रह गया...। नन्दिता के इस पक्ष पर टिप्पणी करते हुए उस खबर के संवाददाता ने लिखा था, ''यह घटना भारतीय राजनीति में युवा नेत्री कुमारी नन्दिता के अपूर्व वात्सल्य का सूचक है। नन्दिता कां यह बाल-प्रेम बताता है कि उसका हृदय सुकुमार अनुभूतियों का खजाना है...। नारी जनित स्नेह, वात्सल्य और ममत्व से वह आप्लावित है। उस संवाददाता ने अपनी खबर के साथ इसी अवसर का चित्र भी प्रकाशित किया था...।

नन्दिता की दो सभाओं को मीडिया ने जिस तरह महिमामण्डित किया था कि रसूलडीह की उसकी तीसरी सभा को विशिष्ट होना ही था...। रसूलडीह की उसकी तीसरी सभा की मुख्य खबर थोड़ी पृथक् थी। वहाँ मंच से उतरने के बाद नन्दिता ने तीन-चार साल की एक नंग-धड़ंग गरीब बालिका को अपना महँगा शाल ओढ़ा दिया। यह देख अभावग्रस्त ग्रामीण अनुग्रह पाने के लिए उसके करीब टूट पड़े। इस स्थिति में नन्दिता को जो फूल-मालाएँ पहनायी गयी थीं, उन्हें निकाल-निकालकर अपने पास आये ग्रामवासियों को पहनाने लगी। उस खबर के संवाददाता की टिप्पणी के अनुसार, ''यह युवानेत्री नन्दिता का अपनी जनता से सीधे जुड़ाव का परिचायक है! जनता के दुःख-दर्द को अपना समझनेवाली जननेत्री के अन्दर ही ऐसी संवेदनशीलता हो सकती है...। निस्सन्देह कुमारी नन्दिता में एक सफल जननेत्री के गुण विद्यमान हैं...!''

जनार्दन देख रहा था, उसके छविपुर गाँव का स्कूल प्रांगण लोगों से खचाखच भर गया था। जनार्दन को यह समझते देर नहीं लगी कि इस क्षेत्र में उसकी तीन सभाओं के सफल प्रचार का ही यह परिणाम है। अपने लोगों की मानसिकता वह समझ रहा था। उनके अनुसार किसी गली-कूचे के चप्पलधारी नेता का आगमन नहीं था। गाँव-गाँव, गली-गली घूमनेवाले फटेहाल नेताओं में उनका कोई आकर्षण नहीं! यह तो बड़े घर की बड़ी नेत्री आ रही थी। हवाई जहाज और खूबसूरत कार पर चलने वाली! रंग-रूप, भाषण, वक्तव्य और परिधान सब में विलक्षण! ऐसी नेत्री को देखने-सुनने का आकर्षण किस ग्रामवासी के मन में न हो? शहरों के लिए भले ही नन्दिता सामान्य हो, यहाँ के ग्रामवासियों के लिए तो दिव्य और दुर्लभ नेत्री है...।

यह देखकर जनार्दन विस्मित था कि लोकेन्द्र पार्टी ने इस क्षेत्र में नन्दिता की बढ़ती लोकप्रियता को ध्यान में रखकर छविपुर के उसके मंच का निर्माण विशिष्ट रूप में किया था...। सम्भवतः जोगीपुर, बिसुनटोल और रसूलडीह के उसके मंचों से भी यह भव्य था। जैसे पुआल की टाल देखकर धनहर खेतों के गाँव का अन्दाज लगाया जाता है, वैसे ही विशिष्ट मंच देखकर भोले ग्रामवासियों के मन में नेता की विशिष्टता का एहसास हो जाता है। लोगों के इस विश्वास को बदलना जनार्दन ने अपनी प्राथमिकताओं में शीर्ष पर रखा है। उसे पता है नन्दिता की वजह से ही उसकी लोकेन्द्र पार्टी में जान आयी है। पार्टी के फण्ड में पैसे बरसने लगे हैं। उन पैसों और कार्यकर्ताओं की सक्रियता का ही यह परिणाम था कि जिस गाँव या कस्बे में नन्दिता की सभा होती थी, वहाँ देखते-ही-देखते नयनाभिराम मंच तैयार कर दिया जाता था। किसी नौटंकी पार्टी, रामलीला या शादी-मण्डप जैसा ही नन्दिता का मंच दूर से लोगों को आकर्षित करता जान पड़ रहा था।

जनार्दन महसूस कर रहा था, ऐसे अवसरों पर पधारनेवाले नेता और उसकी राजनीति को लेकर लोगों के बीच जो बातचीत होती है, वह यहाँ भी जारी हो गयी थी। कपिल काका और नन्दलाल ने जो शुरुआत की थी, उसे अब दूसरे लोग विस्तार देते जा रहे थे। नन्दिता की प्रतीक्षा में समय बिताने का यह सामयिक और प्रचलित नुस्खा था।

अन्यमनस्क खड़ा जनार्दन सबकी बातें सुन रहा था। सुन-सुनकर अन्दर-ही-अन्दर कुपित भी होता जा रहा था। उससे कुछ ही दूरी पर गाँव के सम्पन्न जोतदार रिपेन सिंह मौजूद थे। वे अपने आसपास खड़े लोगों के बीच भाषण-सा दे रहे थे—"भाई, चाहे कोई जो कहे, बड़े लोग ही राज चला सकते हैं...। जिसका जीवन गरीब-गुजरांव और फटेहाली में बीता हो, वह क्या राज चलाएगा? सत्ता बदलकर कई बार हमने देख लिया। भूखे लोग तो सत्ता में पहुँचकर बस अपने लिए लूटना शुरू कर देते हैं...। राजकाज चलाना सबके बूते की बात नहीं होती!"

जनार्दन की इच्छा हो रही थी कि रिपेन सिंह को दे-दे करारा जवाब। लेकिन वह अपने को जब्त किये रहा। इक्के-दुक्के लोगों से उलझकर अपनी शक्ति उसे नहीं गँवानी...।

इस बीच लोगों की भीड़ से हिरामन राय ने चिल्लाकर मंच-आयोजकों से पूछा—"अब का देरी है? तुम लोगों की नेता आएगी भी कि ऐसे ही भीड़ जुटाये रहोगे?"

अपनी लम्बी-तगड़ी कद-काठी और तेज आवाज के लिए हिरामन राय पूरे गाँव में मशहूर थे। सामूहिक अवसरों पर तो अकसर लोगों की जुबान वही बन जाते थे। इससे पहले कि मंच-आयोजक और कार्यकर्ता जवाब दें, अपनी आदत के अनुसार भीड़ के दूसरे हिस्से से पृथ्वीनाथ ने स्पष्टीकरण दे दिया—"बड़ी नेता है। कहीं रुक गयी होगी। जगह-जगह लोग घेर लेते हैं। अब उसे देखना-सुनना हो तो चुपचाप खड़े रहना होगा। चिल्लाने-टर्राने से वह नहीं आ जाएगी...!"

पृथ्वीनाथ की बात सुन बराबर की तरह हिरामन राय गरमा उठे—"ई दुष्ट पिरथिया नहीं मानेगा...। अरे भकोल, मैं तुझसे पूछ रहा हूँ कि मंचवालों से? तू ही उनकी पार्टी का कर्ता-धर्ता है? सबका जवाब तू ही देगा?"

यह सुन भीड़ के अधिकांश लोग ही-ही करके हँसने और हिरामन राय को ठोंकारा देने लगे—"शाबाश राय जी! शाबाश राय जी...!"

हिरामन राय और पृथ्वीनाथ के वाक्-युद्ध से जनार्दन अवगत था। उनके इस वाक्युद्ध से पूरा गाँव त्रस्त था...। शायद यही कारण था कि गाँव के सामूहिक अवसरों पर वे एक-दूसरे के आस-पास नहीं रहते थे। आस-पास रहने का अर्थ उनके बीच मारपीट हो जाना था, क्योंकि हिरामन राय की हर बात का जवाब पृथ्वीनाथ को देना था और उनके जवाब पर हिरामन राय को आगबबूला होना था, चाहे वह जवाब वाजिब ही क्यों न हो? इस स्थिति में मंच-संचालक ने मंच से विधिवत् ऐलान किया—"आप लोग घबराएँ नहीं। धैर्य बनाये रखें। नन्दिता जी दिल्ली से चल चुकी हैं। अब आ ही रही होंगी। बीच में एक जगह उन्हें रुकना था। अब उनका समय हो गया है...!"

मंच संचालक की इस घोषणा के क्षण-भर बाद ही भीड़ से किसी ने आवाज लगायी—"वह आ गयी नन्दिता? वह आ गया उनका हेलीकॉप्टर...!"

भीड़ में सरगर्मी छा गयी। सभी लोग आकाश की ओर माथा उठा आँखें फाड़े देखने लगे। लेकिन कहीं कोई हेलीकॉप्टर नहीं आ रहा था। शायद आवाज लगानेवाला कोई मसखरा था। मंच-संचालक की घोषणा के बाद, उसने लोगों को उल्लू बनाया था। अब भीड़ से एक साथ कई लोगों की क्रुद्ध आवाजें उठने लगीं—"यहाँ नन्दिता-वन्दिता को नहीं आना...। झूठमूठ को यह सब बखेड़ा किया

गया है...!"

जनार्दन ने लक्ष्य किया, भीड़ की ओर से बिखराव की आवाजें सुन मंच-संयोजकों एवं कार्यकर्ताओं के बीच अफरा-तफरी मच गयी। उनकी लापरवाही से यह एकत्रित भीड़ कहीं फट न जाए। बस, तत्क्षण उन्होंने मोर्चा सँभाल लिया। ऐसे अवसरों के लिए माकूल अस्त्र के रूप में अपनी झोली में सुरक्षित रखे माधव कवि को उन्होंने मंच पर चढ़ा दिया। बस, अब क्या कहना था! माधव के सुरीले गले से बोल फूट पड़े—"तनि सुनि लीं जा हमरो बेआन भाई जी...! कइसे गंउअन के होई कल्याण भाई जी...!"

जनार्दन को ज्ञात था, माधव कवि जिले का सबसे मशहूर गायक है। उसकी जानकारी के तहत भीड़ में ऐसा कोई भी ग्रामवासी नहीं होगा जो माधव कवि को न जानता हो। आसपास के गाँव-कस्बों की दर्जनों सभाओं में वह गा चुका था। उसके गीत ग्रामवासी गुनगुनाते रहते थे...। यह माधव कवि का ही प्रभाव था कि मंच पर उसके पहुँचते और उसके गले से बोल फूटते ही भीड़ शान्त और एकाग्र हो गयी। गाँवों की यह भीड़ वैसे भी कोई खास बड़ी नहीं थी। माधव के गीतों में तो कस्बों और नगरों की विशाल भीड़ को नियन्त्रित करने की क्षमता थी। उसके सुरीले कण्ठ में ऐसा जादू था कि जब तक मंच पर वह गाता रहता था, भीड़ का शोरगुल थमा रहता था।

माधव का बिकाऊ बन जाना जनार्दन को पसन्द नहीं था। उसने माधव से अपनी आपत्ति व्यक्त की थी, किन्तु माधव पर इसका कोई असर नहीं हुआ। अपनी गायकी को उसने व्यवसाय बना लिया था। विभिन्न आयोजनों एवं जलसों में लोग उसे भाड़े पर ले जाने लगे थे। चुनाव के दिनों में तो उसके लिए राजनीतिक पार्टियों के बीच होड़ लग जाती थी। इस बार भी ऐसी ही होड़ मची थी, पर नन्दिता की पार्टी ने बढ़-चढ़ कर उसे हथिया लिया था। नन्दिता के नाम पर तो भीड़ ऐसे भी जुट जाती थी। उसे देखने-सुनने का आकर्षण लोगों में बहुत था...। जनार्दन की तरह वह लोगों की चिरपरिचित नहीं, दुर्लभ चीज थी। घर का जोगी जोगड़ा आनगाँव का सन्त...। इसके बावजूद लोकेन्द्र पार्टी ने माधव को बुक कर रखा था, ताकि नन्दिता के भाषण तक लोग बहकने और बिखरने न पाएँ...!

जनार्दन के मन में इस पूरी प्रक्रिया के प्रति क्षोभ और गुस्सा था। अपने ग्रामवासियों की इस भीड़ और आतुर जिज्ञासा से वह अन्दर-ही-अन्दर सुलगता जा रहा था। यह उसे अजीब विडम्बना लगती थी कि एक ओर जहाँ पूरी दुनिया एक विकसित गाँव में तब्दील होती जा रही है वहीं दूसरी ओर उसके ग्रामवासी हेलीकॉप्टर, सुन्दर मंच और बड़े घराने की गोरी चमड़ी के पीछे पागल हैं। फिर उसे लगता, नहीं, यह सिर्फ बड़े घराने की गोरी चमड़ी का आकर्षण भर नहीं परम्परा-भक्ति की निष्ठा

भी है। उसने अपने कई ग्रामवासियों के मुँह से सुना है—"आज के पैदा हुए नेता क्या खाक राजनीति करेंगे? जिसके खानदान ने कभी राजनीति जानी ही नहीं, उसके हाथ की चीज राजनीति नहीं होती...! राव मानवेन्द्र बाबू का पूरा खानदान ही राजनीतिक खानदान है। राव मानवेन्द्र के पिता भी अपने जमाने के मँजे हुए राजनीतिज्ञ थे। उनके दादा का भी ऐसा ही इतिहास रहा है। स्वयं राव मानवेन्द्र बाबू का तो सारा जीवन राजनीति में ही बीता। वे जीवन पर्यन्त समाज सेवा में लगे रहे। अपने इस क्षेत्र पर तो सदैव सहाय रहते थे। नन्दिता की रगों में उन्हीं का खून है। उसके नस-नस में राजनीति और समाज-सेवा की भावना व्याप्त है। अपने क्षेत्र के लिए उससे योग्य उम्मीदवार और कोई हो ही नहीं सकता...!"

अपने ग्रामवासियों की इस मानसिकता से जनार्दन अपने पिता को भी ग्रस्त पा रहा था। यह जान चुकने के बाद कि उसकी राजनीति राव मानवेन्द्र बाबू से अलग की राजनीति है, उसके पिता ऊपर से तो कुछ नहीं कहते थे, लेकिन अन्दर-ही-अन्दर राव मानवेन्द्र के भक्तों में ही थे। इस विकसित होती दुनिया में जनार्दन को अपने पिता और गाँव के लोग अजायबघर के अजूबे जान पड़ते थे, जिन्हें जहाँ ले जाकर रख दो वैसे ही बने रहेंगे...। पता नहीं इनके मन में यथार्थ का सूरज कभी फूटेगा भी कि नहीं? दिग्भ्रम और व्यामोह का अँधेरा कभी छँटेगा या इस अँधेरे के साथ ऐसे लोग कूच कर जाएँगे?...

अचानक हेलीकाप्टर आगमन के आकाशगर्जन ने भीड़ की चेतना को एकाग्र कर दिया—"हेलीकॉप्टर आ गया! हेलीकॉप्टर आ गया! नन्दिता जी आ गयी! नन्दिता जी आ गयी...!"

इस क्षण सबकी आँखें ऊपर उठ गयीं। दूर पश्चिम दिशा से आता हेलीकॉप्टर नीचे झुकता जा रहा था। हालाँकि वह छविपुर का क्षेत्र नहीं था। छविपुर में हेलीकॉप्टर उतारने का स्थान नहीं था। छविपुर से दूर बंजर जमीन का वह खाली मैदान था, जहाँ हेलीकॉप्टर झुक रहा था। इस क्षेत्र के चुनाव दौरे के हेलीकॉप्टर वहीं उतरते थे। चुनाव दौरों को छोड़कर कोई हेलीकॉप्टर इस क्षेत्र में आया हो, जनार्दन को याद नहीं...। चुनाव-दौरे शुरू होते ही हेलीकॉप्टर वाली पार्टियाँ इस मैदान को थोड़ा ठीकठाक करा लेती थीं। उस बंजर मैदान से कच्ची सड़कें इधर-उधर फूटती थीं। उन्हीं में से एक सड़क छविपुर को भी आती थी...।

दूर के उस बंजर मैदान में उतरते हेलीकॉप्टर को सबने देखा था। छविपुर के स्कूल मैदान के दृष्टि पथ में ही वह बंजर जमीन थी। वहाँ उतरने के बाद नन्दिता ने तनिक भी देर न की। पहले से तैयार अपनी खूबसूरत कार में वह बैठ गयी। अब उसकी गाड़ियों का काफिला चल पड़ा। उस काफिले के आने की आहट सबने महसूस की। नन्दिता की गाड़ी बीच में थी। उसके आगे-पीछे पार्टी-कार्यकर्ताओं और

सुरक्षा गार्डों की गाड़ियाँ थीं। उसके कार्यकर्ता नारे लगाते आ रहे थे–

'जननेत्री नन्दिता जी!'

'जिन्दाबाद... जिन्दाबाद...!'

'विदुषी नेत्री नन्दिता जी!'

'जिन्दाबाद... जिन्दाबाद...!'

'इस क्षेत्र की उद्धारक नेत्री नन्दिता जी!'

'जिन्दाबाद... जिन्दाबाद...!'

अपनी कार से सभा-स्थल पर नन्दिता के उतरते ही भीड़ के अंश बने उसके कार्यकर्ता फूल-मालाओं से उसके स्वागत में टूट पड़े...। जनार्दन जैसे लोग कम ही थे, जिन्होंने लोकेन्द्र पार्टी की इस धूर्तता को समझा था। अधिकांश लोगों को तो छविपुर की भीड़ द्वारा यह नन्दिता का अभिनन्दन जान पड़ा...।

इधर मंच-संचालक तेज आवाज में अपना उद्‌गार अविराम व्यक्त करता जा रहा था–"जिस महान नेत्री की आपको प्रतीक्षा थी, वह नन्दिता जी सभास्थल पर पधार चुकी हैं। अब चन्द क्षणों में ही मंच पर आ जाएँगी...। इस दौरान श्रद्धालु ग्रामवासी उन्हें पुष्पमालाएँ भेंट कर रहे हैं...!"

जनार्दन ने लक्ष्य किया, मंच-संचालक की इस उद्‌घोषणा के बाद अनुकरण प्रिय उसके कई ग्रामवासी नन्दिता की ओर मुड़ गये। इस स्थिति में नन्दिता के चतुर कार्यकर्ता ऐसे ग्रामीणों के हाथों में फुर्ती से फूल मालाएँ सौंपने लगे। मंच-संचालक ग्रामवासियों की श्रद्धा को नन्दिता की ओर उन्मुख करने में सफल हो गया था। जनार्दन फटी-फटी आँखों से यह सब देख रहा था। उसके अपने गाँव के ग्रामवासी नन्दिता को फूलमालाएँ पहना रहे थे...! उस मंच-संचालक की उद्‌घोषणा जारी थी–"हमारी विदुषी नेत्री नन्दिता जी ने बचपन से ही राज-काज देखा है...। ये भारतीय राजनीति की नब्ज पहचानती हैं...। इनके पिता राष्ट्रीय नेता थे। लोकतन्त्र की राजनीति में उनका कोई सानी नहीं था। लोकतान्त्रिक मूल्यों की स्थापना में ही वे शहीद हुए। उस महान पिता की इकलौती पुत्री नन्दिता जी एक योग्य उत्तराधिकारी के रूप में हमारे क्षेत्र से खड़ी हुई हैं...! इस क्षेत्र के प्रति जो लगाव, जो दर्द और जो आकांक्षा उनके मन में है, वैसी किसी अन्य नेता के मन में नहीं हो सकती...!"

संचालक की एक-एक बात पर खौलते अपने मन को जनार्दन संयमित करता जा रहा था। नन्दिता की पार्टी का मंच-संचालक ऐसा नहीं कहेगा तो और कौन कहेगा? उसे विचलित नहीं होना है। जब सभा-स्थल पर आ गया है तो अपने कान बन्द करके तो नहीं रह सकता है। उस संचालक की बातें वह चुपचाप सुनता रहा–"यह हमारे क्षेत्र का सौभाग्य है कि लोकेन्द्र पार्टी ने इस क्षेत्र से नन्दिता जी को खड़ा किया है। अब इस क्षेत्र का भाग्य सँवर जाएगा। वे उच्च शिक्षा प्राप्त विदुषी

महिला हैं। कई भाषाओं की जानकार हैं। समाज-सेवा की भावना उनकी नस-नस में व्याप्त है। मानवीय संवेदनशीलता की वे सच्ची प्रतिमूर्ति हैं। अभावग्रस्त और अनाथों के लिए इस छोटी उम्र में ही उन्होंने क्या कुछ नहीं किया है...? सड़क के किनारे पड़े लावारिस, अपाहिज और फटेहाल को देखते ही उनकी कार रुक जाती है। वैसे लोगों की सहायता में वे कोई कमी नहीं रहने देती हैं। इस क्षेत्र की समस्याओं का समाधान अब उनकी पहली प्राथमिकता होगी। नन्दिता जी का अपना क्षेत्र उपेक्षित बना रहे, राजनीति में उनके आने के बाद यह सम्भव नहीं। बस, आप लोगों का सहयोग उन्हें मिलता रहे...!''

जनार्दन ने इस सफेद झूठ को सुनते हुए भी अपने को सन्तुलित बनाये रखा। हत्याओं के दुर्दान्त अपराधी को जब यहाँ मंच से जनसेवक और मानवता का उद्धारक साबित किया जाता है तो उसकी तुलना में तो यह कुछ भी नहीं था। यहाँ तो भ्रष्टाचारी मंच से भ्रष्टाचार मिटाने की बात कहता है, अपराधी, अपराध के खात्मे का आह्वान करता है, लोकतान्त्रिक चुनाव-प्रचार में यह सब सुनना लोगों की नियति है। जनार्दन को दुःख इस बात का था कि यहाँ के अधिकांश लोग बुद्धू और घोंचू हैं जो इसे सच मानने लगते हैं। ऐसे लोगों की उपस्थिति से ही यह मिथ्या प्रलाप आज तक जारी है...। हालाँकि जनार्दन जानता है, लोगों के इस बुद्धूपन और घोंचूपन को सत्ता संचालकों ने अपनी सुनियोजित साजिश के तहत कायम रखा है। ऐसे लोग अगर जग जाएँगे तो फिर वे किसे सुनाएँगे और किसके पक्ष पर राज करेंगे?

जनार्दन के कान चाहे जो सुन रहे थे, उसकी निगाहें तो नन्दिता की ओर ही लगी थीं। लोकेन्द्र पार्टी की पूरी नौटंकी वह देखना चाहता था। अभी तो सिर्फ नौटंकी का मंच लगा हुआ मजमा और भाड़ों के बोल ही सुन चुका था। नगाड़े की चोट पर नौटंकी की नायिका का मंच पर आना तो अभी बाकी था...!

जनार्दन ने लक्ष्य किया, मंच की ओर बढ़ती नन्दिता लोगों के सम्मान के जवाब में हाथ जोड़कर उनका अभिवादन करती हुई किसी देवी प्रतिमा की तरह लग रही थी। मंच की ओर वह आहिस्ते-आहिस्ते आ रही थी। शायद सभा-स्थल पर पहुँचने के बाद मंच पर चढ़ने की उसे कोई जल्दीबाजी नहीं। भीड़ के बीच ऐसे चलने के राजनीतिक प्रभाव का भी लाभ वह पूरा-पूरा उठा लेना चाहती थी। उसके कार्यकर्त्ता भीड़ को फाड़ते हुए रास्ता बनाते जा रहे थे...। हठात् इसी क्षण किनारे खड़े एक वृद्ध ग्रामीण को देख नन्दिता के कदम रुक गये। उसने तत्क्षण मुड़कर उस वृद्ध ग्रामीण के पाँव छू लिए। जनार्दन सन्न रह गया! वे वृद्ध ग्रामीण कोई और नहीं, उसके अपने पिता तिरबेनी थे...! जनार्दन ने लक्ष्य किया नन्दिता ने उनसे कुछ कहा। जवाब में भाव-विह्वल उसके पिता का मुँह भी खुला! लेकिन उनकी बातें

वह सुन नहीं सका। वे उससे कुछ दूरी पर थे...। उसे यह समझते देर नहीं लगी कि नन्दिता ने उसके पिता को पहचान लिया है। वह जब नन्दिता के यहाँ था तो उसके पिता कई बार वहाँ पहुँचे थे। तब उसने महसूस किया था कि नन्दिता की रुचि उसके पिता में नहीं है, बाद के दिनों में उसके पिता को वह पहचान भी नहीं सकेगी। पर वक्त की पारखी नन्दिता ने ढूँढ़कर उसके पिता को पहचान लिया था। उसका यह प्रयास अनायास नहीं, सायास था। उसके पिता की उम्र के कई बुजुर्ग ग्रामीण किनारे खड़े थे। लेकिन उसने सिर्फ उसके पिता के ही पाँव छुए थे। जनार्दन को लगा, अपनी इस पहली ही चाल में उसने उसे मात देने की कोशिश की है...।

नन्दिता अब मंच पर थी। यहाँ उसकी पार्टी के क्षेत्रीय अधिकारी और कार्यकर्ता अब जनता जनार्दन के सामने घोषित रूप से उसका माल्यार्पण करने लगे, ताकि उसके प्रति लोगों के मन में फिर सम्मान-भावना पैदा हो सके। यहाँ जनार्दन ने लम्बे समय के बाद नन्दिता को प्रत्यक्ष देखा। वह पीले रंग की सलवार-समीज में थी। माथे पर पीला दुपट्टा। पाँवों में पीली सैण्डिल। गोटेदार पीले रिबिन से बँधे बालों के गुच्छे। माथे पर पीली बिन्दी...। जनार्दन ने उसे जैसा देखा था, उससे अधिक भरी-भरी और मोहक वह दिख रही थी। दूधिया गोराई पर पीला परिधान खूब फब रहा था। माथे पर पीले रंग के किनारीदार दुपट्टे से वह किसी नयी-नवेली दुल्हन जैसी लग रही थी। उसके रूप का लुभावनापन जनार्दन को बढ़ गया जान पड़ रहा था। उसने तो सोचा था कि समय की मार से अब वह श्रीहीन हो रही होगी। पर उसका रूप तो और निखर आया था। शायद राजनीति की रंगत का यह असर था...। उसकी सभाओं में एकत्रित होती भीड़ का राज अब वह समझ गया। ऐसा रूप सिर्फ युवकों को ही नहीं, बड़े-बुजुर्गों को भी लुभाने और भरमाने के लिए पर्याप्त था।

मंच-संचालक अब किनारे हो गया था। नन्दिता के उपस्थित होने के बाद किसी और को सुनना भीड़ को गवारा नहीं था। नन्दिता के पास भी इतना समय नहीं कि एक सभा-स्थल पर वह अधिक समय जाया करे। अब माइक के सामने वह सीधे प्रस्तुत थी—''इस सभास्थल पर उपस्थित आप सभी भाई-बहनों और मेरे माँ-बाप तुल्य बड़े जनों को मेरा सादर प्रणाम! सच तो यह है कि अपने पिता के इस क्षेत्र में मैं आप लोगों से कुछ कहने नहीं, अपना प्रणाम निवेदित करने ही आयी हूँ...!''

नन्दिता के इस प्रथम सम्बोधन पर ही भीड़ तालियों से गूँज उठी। अधिकांश लोगों का मन आर्द्र हो उठा। हालाँकि जनार्दन ने देखा, इन तालियों की शुरुआत लोकेन्द्र पार्टी के लोगों ने ही की थी। भीड़ के बीच से तालियों का नेतृत्व वही कर रहे थे।

नन्दिता ने अब अपनी बात प्रारम्भ करते हुए कहा—"इस छविपुर के प्रति मेरे मन में ऊँची जगह है। जोगीपुर संसदीय निर्वाचन क्षेत्र में यह गाँव छविपुर नहीं होता तो शायद मैं इस क्षेत्र से खड़ी भी नहीं हो पाती। यह वही गाँव है जहाँ की नदी में मेरे पिताजी डूब रहे थे तो इस गाँव के तिरबेनी काका ने उनकी जान बचायी थी। छविपुर गाँव की नेकी मैं नहीं भूल सकती। इस गाँव का महत्त्व मेरे हृदय में अंकित है। इस छविपुर गाँव की याद ने ही राजनीति में आने के लिए मुझे प्रेरित किया है। अपने इस छविपुर के लिए मैं कुछ कर सकी तो अपने को धन्य समझूँगी...!"

यहाँ एक बार फिर पूरा स्कूल मैदान तालियों से गड़गड़ा उठा। जनार्दन को अपने पैरों के नीचे की धरती खिसकती जान पड़ी। नन्दिता उसके गाँव पहुँचकर इस रूप में प्रहार करेगी, उसने सोचा तक नहीं था। उसकी काट और सम्भावना के विपरीत उसके अपने घर में उसे लहू-लुहान कर रही थी नन्दिता। उसका किया-कराया सब उसके इस भावुक उद्‌बोधन में जैसे बह गया था। जनार्दन के आसपास खड़े कई लोगों ने पलटकर उसे प्रश्नसूचक दृष्टि से देखा? नन्दिता की इस बात पर वे उसकी प्रतिक्रिया लक्षित करना चाहते थे। पर उसने अपने को यथावत् कायम रखा। इस बात के प्रति भी वह सजग बना रहा कि कहीं उसे देखकर ही तो नन्दिता यह सब नहीं कह रही? लेकिन नहीं, नन्दिता उसे नहीं देख रही थी...। वह तो शून्य में ताकते हुए अपनी बात कह रही थी। जनार्दन तत्क्षण समझ गया, रटे हुए संवाद किसी के चेहरे पर आँखें गड़ाकर व्यक्त नहीं किए जा सकते, शून्य में ताकते हुए ही बोले जाते हैं!

अपनी संक्षिप्त भूमिका के बाद नन्दिता अब अपने मूल विषय पर लौट रही थी—"अपने इस क्षेत्र की समस्याओं से मैं भली-भाँति परिचित हूँ। हमारा यह क्षेत्र कृषि-प्रधान क्षेत्र है। कृषि की समस्याओं से हमारे किसान भाई परेशान हैं। यहाँ हर हाथ को काम और हर खेत को पानी मिले, यह मेरी पहली प्राथमिकता होगी। पनीवट और मालगुजारी का अधिभार हम कम करा सकें, इसकी हम पुरजोर कोशिश करेंगे...। कृषि-कर्ज को पूरी तरह माफ करा देने का हमारा प्रयास होगा। अच्छे खाद और बीज हम मुहैया कराएँगे। अनाज उत्पादन के मामले में अपने इस क्षेत्र को हमें आत्मनिर्भर बनाना है...। दुनिया का कोई भी कल कारखाना अनाज उत्पन्न नहीं कर सकता जिस पर मनुष्य का अस्तित्व निर्भर करता है। लेकिन पिछली सरकारों की कृषि-नीतियाँ कृषक-विरोधी रही हैं। राजनीति के शहरीकरण का प्रभाव ही उनकी कृषि-नीति पर है। जो कृषक जीवन की पेचीदगियों से अवगत नहीं, वह क्या बनाएगा कृषि-नीति? हमारे पास अपनी स्पष्ट कृषि-नीति है, जिससे अपने गाँवों को हम स्वर्ग बना देंगे। तब कोई गाँवों को छोड़कर शहर नहीं जाना चाहेगा। अपने

इस क्षेत्र की कृषि-समस्या हम दूर करके रहेंगे!''

इस बार स्कूल-मैदान पुनः तालियों से गूँज उठा। तालियों के बाद अब नारे की एक लहर भी उठी—

'किसान नेत्री कुमारी नन्दिता!'

'जिन्दाबाद... जिन्दाबाद...!'

'ग्राम नेत्री नन्दिता जी!'

'जिन्दाबाद... जिन्दाबाद...!'

जनार्दन ने अनुभव किया, भीड़ के बीच नन्दिता के कार्यकर्ताओं की नारेबाज-टीम ने भी अब अपनी कमान सँभाल ली थी। अब तक वह टीम प्रतीक्षा में थी। ताली पार्टी उससे आगे निकलती जा रही थी। पर वह भी अब पीछे छूटनेवाली नहीं थी। इस दौरान जनार्दन विस्मित और भौचक बना रहा। यह वही नन्दिता थी जिसे यह भी पता नहीं था कि आलू पेड़ पर फलते हैं या जमीन में? ईख के डण्डे से गुड़ की भेली कैसी बनती है? धान की पीली फसलों से सफेद चावल के दाने कहाँ से आ जाते हैं? उसके जीवन के वातानुकूलित कक्ष में ऐसे जमीनी उत्पादनों की जानकारी का कोई अवसर नहीं था। अब वही नन्दिता अचानक कृषिनेत्री और ग्रामनेत्री कैसे बन गयी? कृषि-जीवन से सम्बन्धित अपनी जानकारी और लगाव का वह सबूत पेश कर रही थी। कृषक जीवन की पक्षधरता का दावा ठोंक रही थी। कृषि-जगत के लिए अपनी अनिवार्यता बता रही थी...! जनार्दन ने आँखों में धूल झोंकना मुहावरे के रूप में पढ़ा था। कुछ स्थानों पर उसका आंशिक प्रयोग भी देखा था। पर यहाँ नन्दिता के कथन में उसे पूरी तरह चरितार्थ पा रहा था...।

नन्दिता अब दूसरे प्रसंग पर आ गयी थी—''सम्भव है, अपने चुनाव-प्रचार के दौरान विभिन्न पार्टियों के उम्मीदवार आपके समक्ष आते होंगे। अपने भाषणों और प्रलोभनों से आपको आकर्षित करने का प्रयास करते होंगे...। इस सम्बन्ध में आप भाई-बहनों से मेरा सिर्फ एक ही निवेदन है कि किसी की बातों पर न जाकर उसकी नीयत और नियति पहचानने की कोशिश कीजिएगा? आखिर कोई राजनीति में क्यों आना चाहता है? राजनीति को इन सड़क छाप नेताओं ने दुधारू गाय समझ लिया है। ऐसे सड़कछाप नेता राजनीति में आते ही कार, कोठी और हैसियत वाले बन जाते हैं। लेकिन क्या करते हैं वे जनता के लिए? अपनी जिस दादागिरी से वे राजनीति में आते हैं, उसकी प्राथमिकताओं में जनता कहीं नहीं होती है। यह इसी का परिणाम है कि जनता जिस हालत में तब थी उसी हालत में अब है, जबकि उसके नाम पर राजनीति करनेवाले ये सड़कछाप नेता जमीन से आसमान में पहुँच चुके हैं...। सरकारी खजाने को लूटकर अपने कई पुश्तों के लिए धन-संचय कर लिया है। आप लोगों के सामने मैं अपनी स्थिति स्पष्ट कर देना चाहती हूँ, आपकी

दया से मुझे किसी चीज की कमी नहीं। एक अकेली माँ के सिवाय मेरा और कोई बड़ा परिवार भी नहीं है। हम दोनों माँ-बेटी के लिए ईश्वर ने बहुत-कुछ दिया है। राजनीति में मैं कुछ लेने और पाने नहीं आयी हूँ, अपने को देने आयी हूँ, आपकी सेवा में अपने को समर्पित करने! अपने अन्तरतम की आवाज पर एक मिशन के रूप में राजनीति को मैंने स्वीकार किया है। अपने पिता के अधूरे कार्यों को पूरा करने तथा उनके मार्ग पर अपनी शहादत तक आपके लिए लड़ने आयी हूँ...!''

नन्दिता के इस कथन पर तालीबाजों और नारेबाजों के बीच होड़-सी लग गयी। पूरा स्कूल-मैदान एक साथ तालियों और नारों से गुंजायमान हो गया—'तड़-तड़-तड़-तड़...!'

'जिन्दाबाद...जिन्दाबाद...!'

जनार्दन का आश्चर्य अब चरम बिन्दु पर था। क्या यह कोई दूसरी नन्दिता है? तो फिर वह नन्दिता कौन थी जो अपने किन्हीं निहित स्वार्थों के तहत कभी उसके साथ, तो कभी प्रो. बनर्जी के साथ, तो कभी आर. अण्डमान के साथ हमबिस्तर होती रही थी। नारों और तालियों के बीच भी उस नन्दिता की आवाज जनार्दन के कानों में बजती रही—''पहले दरवाजा बन्द कर दो जनार्दन...!''

''पहले दरवाजा बन्द कर लीजिए सर!''

''पहले दरवाजा बन्द कर दीजिए अंकल!''

जनार्दन समझ नहीं पा रहा था कि वह नन्दिता अब कैसे इस रूप में अपने को प्रस्तुत कर रही थी? नाटक के दो अलग-अलग दृश्यों की तरह उसके पृथक् और जीवन्त अनुभव से वह हतप्रभ था! हालाँकि फिलवक्त उस अभिनय से भी अधिक उसके शब्द जनार्दन को परेशान कर रहे थे। जनार्दन की अपनी शब्दावली में ही नन्दिता उस पर वार कर रही थी। नन्दिता को सुनते हुए इस चुनावी समर को अब वह और जटिल पा रहा था। जब दुश्मन अपने प्रतिद्वन्द्वी के अस्त्रों से ही उस पर प्रहार करने लगे तो निस्सन्देह लड़ाई सीधी नहीं रह जाती। उसने सुना है, अन्य प्रत्याशी भी यही मार्ग अख्तियार करते जा रहे हैं। इस बिन्दु पर अब उसे कभी-कभी यह लगने लगा था कि अच्छा हुआ, इस बार की उम्मीदवारी से वह बच गया। जब तक लोग पूरी तरह जागरूक नहीं हो जाते, ऐसी छद्म लड़ाइयाँ नहीं रुक सकतीं...। लोगों को जागरूक, सचेत और सहभागी बनाकर ही छद्मवेशियों से निपटा जा सकता है...!

नन्दिता अब एक तीसरे प्रसंग पर आ गयी थी—''हमारे समाज को बर्बाद करने के पीछे धर्म और जातीयता की राजनीति की भूमिका निकृष्टतम है। 'जगेश' जैसी पार्टियाँ क्या चाहती हैं, यह बात किसी से छिपी नहीं है? समाज के बीच धार्मिक विद्वेष पैदा करना ही वैसी पार्टियों का एकसूत्रीय कार्यक्रम है। लोगों को

धर्म के नाम पर बाँट कर ऐसी पार्टियाँ उनका मत हथियाना चाहती हैं। लोगों की धार्मिक भावना का दोहन करती हैं। इन धार्मिक पार्टियों की भाँति 'भूलोक' जैसी जाति आधारित पार्टियाँ भी कम घातक नहीं हैं...। ऐसी पार्टियाँ समाज के बीच जातिगत कटुता पैदा कर जातीय गोलबन्दी कायम कर रही हैं। ये पार्टियाँ वैश्वीकरण के इस युग में धर्म या जाति के नाम पर लोगों को बरगलाकर अपना उल्लू सीधा कर रही हैं। धर्म और जाति भारतीय जीवन की सच्चाइयाँ रही हैं। हमारे यहाँ धर्म की भूमिका मानवता के विकास में अग्रणी रही है। विभिन्न जातियों के होते हुए भी हमारे लोग आपसी सौहार्द और सहयोग के साथ जीते रहे हैं। छुआछूत की बुराई समाप्त हो चुकी प्राचीन धारणा को छोड़ दें तो जातिगत धरातल पर हमारा समाज कभी एक-दूसरे से नहीं टकराता था। लेकिन धर्म और जाति की राजनीति करनेवाले समाज में धार्मिक जहर और जातीय उन्माद पैदा कर पूरे समाज का सुख-चैन समाप्त कर रहे हैं...। इनकी मंशा हमें समझनी होगी। इनके नापाक इरादों को हमें नेस्तनाबूद करना होगा...!''

जनार्दन को पता था, इस भीड़ में 'जगेश' और 'भूलोक' जैसी पार्टियों के कुछ समर्थक भी थे। लेकिन वे चुप थे। जनार्दन समझ रहा था, ऐसे अवसरों पर लोगों की चुप्पी ने ही इन स्थितियों को जन्म दिया था। उसने देखा है, यहाँ उपस्थित लोग जिस इत्मीनान से नन्दिता को सुन रहे हैं, उसी धैर्य और इत्मीनान से जगेश, भूलोक, जनदेश और भोजलोक को भी सुनते हैं। इस सम्बन्ध में उसकी स्पष्ट राय है कि जब तक ये निरीह श्रोता सक्रिय हस्तक्षेप नहीं करेंगे, तब तक ऐसी नौटंकियों का पटाक्षेप सम्भव नहीं...। जनार्दन का ध्यान अब अपने स्वयं पर भी चला आया कि और लोग न बोल रहे हैं तो न सही। पर वह क्यों चुप है? सम्भव है, लोग हस्तक्षेप का प्रतिनिधित्व करनेवाले की प्रतीक्षा कर रहे हों! वह आवाज लगाएगा तो अनेक लोग मुखर हो जाएँगे...। फिर झूठ का हवा महल खड़ा करनेवाली नेत्री की कलई खुल जाएगी। उसकी सारी हेकड़ी गायब हो जाएगी...। झूठ तभी तक बरकरार रहता है जब तक सच का करारा जवाब उसे नहीं मिलता है। लेकिन किनारे खड़े अपने पिता को लक्ष्य कर वह मौन बना रहा। अपने उबलते-उफनते मन को दबाता और शान्त करता रहा...!

नन्दिता का प्रवचन जारी था—''हत्या, बलात्कार, अपहरण, लूट और नरसंहारों के ताण्डव ने हमारे जन-जीवन का सहज स्वाभाविक चैन छीन लिया है। आज हर आदमी अपने को असुरक्षित महसूस कर रहा है। कानून, व्यवस्था जैसी कोई चीज हमारे बीच नहीं रह गयी है। इसके लिए सत्तासीन लोग दोषी और भागीदार असामाजिक तत्त्वों को मानते हैं। अपनी साजिश दूसरों पर थोपते हैं। मगर सच्चाई यह है कि आत्मकेन्द्रित शासन की जन-विरोधी नीतियों का ही यह परिणाम है।

शासन चाह ले और समाज में अराजकता कायम रहे, यह कदापि सम्भव नहीं। राजशक्ति से बड़ी कोई शक्ति नहीं होती। यहाँ तो शासन की ओर से ही इस ताण्डव को प्रश्रय है...। समाज को आपस में लड़ाकर वे निश्चिन्तता के साथ सत्ता का सुख भोगना चाहते हैं। शासक ईमानदार हो जाए और जनता बेईमान बनी रहे, यह हो ही नहीं सकता। सत्ता की छवि ही जनता में रूपान्तरित होती है। जब शासक वर्ग सच्चे मन से समाज की इन बुराइयों को दूर करना नहीं चाहेगा तभी तक अमरबेल की तरह ये बुराइयाँ समाज में पसरती रहेंगी...। जब सही अर्थों में जनता का शासन होगा तभी जनता इस अनाचार और जोर-जुल्म से मुक्त हो सकेगी...। लोकतन्त्र को सही अर्थों में लोकतान्त्रिक शासक ही लागू कर सकते हैं, छद्मवेशी शासक नहीं...।''

नन्दिता के इस कथन पर अत्यधिक विस्मय के साथ जनार्दन अनुभव कर रहा था, उसके जैसे जमीनी कार्यकर्ताओं की पूरी शब्दावली उसने हासिल कर ली है। अपने तरकस के सारे तीर अब जनार्दन खाली महसूस कर रहा था। जिन तीरों से वह सन्धान करता था, जिन तीरों को अपना अमोघ अस्त्र समझता था, जिनकी मारक क्षमता पर उसे विश्वास था, उसके वही सारे तीर अब नन्दिता फेंक रही थी...।

अपने भाषण के अन्तिम प्रसंग पर अब वह आ गयी थी—''मैं आप लोगों का और अधिक समय लेना नहीं चाहती। मैं यहाँ कोई लम्बा-चौड़ा भाषण देने नहीं आयी हूँ। मुझे अन्य नेताओं की तरह लच्छेदार भाषण देना भी नहीं आता। मैं तो अपनी पार्टी के नये कार्यक्रमों से आपको अवगत कराने आयी हूँ। हमारी पार्टी ने आत्ममन्थन किया है, आपके लिए और अधिक उपयोगी और कारगर बनने का संकल्प लिया है, जिसकी सूचना भर मैंने आपको दी है...!

यहाँ एक और राजनीतिक पक्ष के प्रति मैं आप लोगों को आगाह करना चाहती हूँ। साम्प्रदायिक और जातिवादी पार्टियों की तरह कुछ पार्टियों ने सैद्धान्तिक ब्लैकमेलिंग भी शुरू की है। जनदेश और भोजलोक जैसी पार्टियाँ यही सब कर रही हैं...। हाथी के खाने और दिखाने वाले दाँतों की तरह ये पार्टियाँ कहती कुछ और करती कुछ हैं...।''

जनार्दन के कान अब खड़े हो गये। सीधे-सीधे उस पर प्रहार करने लगी नन्दिता। उसका उबाल सतह से ऊपर उठने लगा। नन्दिता का कथन जारी रहा—''सिद्धान्त रूप में अच्छी-से-अच्छी बातें कही जा सकती हैं। जनता का सारा दुःख-दैन्य समाप्त करने का मोहक प्रस्ताव पेश किया जा सकता है। लेकिन प्रस्तावक की वाणी कहती कुछ हो और आचरण में वह करता कुछ हो तो इसे आप क्या समझेंगे? सिद्धान्तों को मुखौटा बनाकर जीने वाली पार्टियाँ लोगों को तेजी से गुमराह

कर रही हैं। ऐसी पार्टियों की शख्सियत भी समझने की जरूरत है। अपनी चिकनी-चुपड़ी बातों से ये पार्टियाँ लोगों को खासकर युवा वर्ग को अपनी ओर आकर्षित करती हैं...। अब इस छविपुर के जनार्दन को ही लें...! जनदेश से जनार्दन का जुड़ाव पूरी निष्ठा से था। लेकिन जनदेश ने जनार्दन को अपना उम्मीदवार घोषित नहीं किया...! यह कैसी विचार-निष्ठा और कैसा जुड़ाव है?"

जनार्दन की पूरी चेतना अब सजग हो गयी! जैसे सोये गेहुँअन को रोड़ा फेंककर कोई जगा दे, उसी तरह नन्दिता के इस रोड़े से उसके अन्दर का गेहुँअन भी फुफकारने लगा। वह समझता था कि नन्दिता उसके बारे में नहीं जानती होगी। लेकिन यह तो उसकी अद्यतन स्थिति से अवगत है। कहीं नन्दिता उसे देखकर ही तो यह सब नहीं कह रही । लेकिन नहीं, वह दूसरी ओर ताक रही थी। लेकिन उसकी इस बात पर जनार्दन के आसपास खड़े लोगों की निगाहें अब विशेष रूप से उस पर आ टिकीं...!

नन्दिता ने आगे कहा—"जनार्दन जैसे लोगों की जगह हमारी पार्टी लोकेन्द्र में है...। जनार्दन भ्रमित हो गये थे, सिद्धान्तों के झाँसे में आ गये थे, गफलत खा गये थे। वैसे सभी युवकों के लिए लोकेन्द्र का दरवाजा खुला है...। मैं उन सभी युवाओं को लोकेन्द्र में आमन्त्रित कर रही हूँ...!"

लेकिन जनार्दन अब अपने को जब्त नहीं कर सका। आसपास की बेधती नजरों में अपने प्रति हिकारत का भाव अनुभव कर वह विस्फोट कर गया। नन्दिता के कथन को बीच में ही रोकते हुए वह पूरी शक्ति के साथ चिल्ला उठा—"मैं भ्रमित नहीं, झाँसे में नहीं, आप लोगों को भ्रमित कर रही हैं, धोखा दे रही हैं, छल करने आयी हैं,...सफेद झूठ बोल रही हैं...! लोग जान जाएँ कि आप क्या हैं तो यहाँ एक क्षण भी आपको बर्दाश्त नहीं करेंगे...!"

जनार्दन अभी और कहने जा रहा था। अब आज उसने तय कर लिया था कि इस लौंडिया को बेनकाब करके ही वह मानेगा। लेकिन नन्दिता के तत्पर-मुस्तैद कार्यकर्ता एक साथ चिल्ला उठे—"चुप...! चुप...! धरो-पकड़ो...कौन है यह? मारो...भगाओ...!"

वे कार्यकर्ता नहीं चाहते थे कि जनार्दन अपनी पूरी बात कहकर सम्मोहित भीड़ को यथार्थ की जमीन पर लाये। नन्दिता के सुरक्षा गार्ड तथा इस अवसर के लिए विशेष रूप से तैयार उसके मुस्टण्ड कार्यकर्ता अब एक साथ जनार्दन पर टूट पड़े! उन्हें लग गया कि बगैर बल-प्रयोग के यह युवक चुप होनेवाला नहीं...! बस, जनार्दन के साथ उनकी हाथापाई और धींगा-मुश्ती शुरू हो गयी। भीड़ के बीच कुहराम मच गया। लोग गिरने-पड़ने और भागने लगे। इस बीच शरारती तत्त्व आवाज लगाने लगे—"मारो...! मारो...?"

जनार्दन को चाह कर भी वे 'लोकेन्द्री' जल्द काबू में नहीं कर पा रहे थे। वह जमीनी संघर्षों का जुझारू युवक था। उसे तो सिर्फ इस बात का अफसोस था कि घटना-स्थल पर उसके एक-दो मित्र भी होते तो वह बता देता। ऐसे भाड़े के लठैतों को करारा जवाब देता...। पर अकेला वह कई की संख्या में टूट पड़े हमलावरों से पस्त होता जा रहा था। अपने को उनकी पकड़ के दायरे में आता जान और उनके प्रहारों को घातक समझ उसने फुर्ती से अपना कट्टा निकाल फायर करना शुरू कर दिया! अब क्या था! फायरिंग की आवाज होते ही वे भाड़े के लठैत फट गये। जनार्दन ने आकाशी फायरिंग की। उसका उद्देश्य किसी को मारना नहीं था। अपनी सुरक्षा में उसने ऐसा किया। अब किसी लोकेन्द्री और वेतनजीवी सुरक्षा गार्ड की हिम्मत नहीं कि उसे काबू में कर सके। वे सब तो उसे निःशस्त्र ही समझ रहे थे। पर वह अपने गोपनीय अस्त्र से लैस था। जमीनी संघर्ष में अस्त्रहीन होकर वह रह ही नहीं सकता था...! वे लोकेन्द्री और सुरक्षाकर्मी जवाबी कार्रवाई के लिए अपने अस्त्रों को भी सँभालने लगे। वे भी निरस्त्र नहीं थे। पर इसी अवसर का फायदा उठाते हुए जनार्दन हवाई फायरिंग करते हुए भाग चला...। भीड़ तो शोरगुल और हाथापाई के वक्त ही फट गयी थी। मंच के नेता भी अपनी नेत्री नन्दिता के साथ भयभीत हो एक कोने में सिमटने लगे। भागते जनार्दन पर लोकेन्द्रियों और गार्डों ने फायरिंग की। पर वह उनकी पहुँच से बाहर निकल गया था। कुछ लोकेन्द्री और सुरक्षा गार्ड नन्दिता को दिखाने के लिए उसके पीछे दौड़े भी। इस बीच जनार्दन स्कूल-मैदान के दायीं ओर के बगीचे में घुस चुका था। छविपुर का वह बड़ा और सघन बगीचा था...उसके बाद दूसरे गाँव की सरहद शुरू हो जाती थी। वे लोकेन्द्री और सुरक्षागार्ड वहीं से लौट गाये। इससे आगे जाने का हौसला और कूबत उनमें कहाँ?

14

एक लम्बे समय के बाद जनार्दन शहर की सुबह देख रहा था। उसे इस बात का भान था कि 'उस घटना' के लिए पुलिस जोगीपुर क्षेत्र में ही उसे खोजेगी, इसीलिए रातों-रात वह शहर पहुँच आया था। अपने साहित्यिक और कालेज-मित्र घनश्याम पर उसे विश्वास था। वह सीधे घनश्याम के यहाँ पहुँचा था। शहर आने से पहले

जोगीपुर के अपने मित्र विजय से उसने कह दिया था—"मेरे माँ-पिताजी को बता देना, मैं ठीक हूँ। वे मेरी चिन्ता नहीं करेंगे...। स्थिति अनुकूल होते ही मैं लौट आऊँगा। उन्हें आश्वस्त कर देना कि मैं कोई चोर-डकैत नहीं कि देर तक फरार रहूँगा...। यह वैचारिक संघर्ष है। नन्दिता के लोग इसे दूसरा रूप देना चाहेंगे, पर वे सफल नहीं हो पाएँगे। सच, सच ही होता है और झूठ, झूठ ही...!"

घनश्याम के कमरे की खिड़की से सामने की बहुमंजिली इमारत पर सुबह का उतरना वह लक्ष्य कर रहा था। वह पा रहा था, शहर के नवधनाढ्य बिल्डरों ने सुबह के आगमन को भी अपने दायरे में कर लिया है। घनश्याम के इस घर के सामने पहले दो-चार कच्चे-पक्के पुराने मकान थे। तब सुबह की धूप सीधे उसके कमरे में आ जाती थी। लेकिन उन कच्चे-पक्के छोटे मकानों के स्थान पर अब एक विशाल बहुमंजिली इमारत खड़ी थी। दीवार की उस खिड़की से जनार्दन देख रहा था, अल्पावधि में ही उसका यह जाना-पहचाना शहर कितना बदल गया है! अब जगह-जगह बहुमंजिली इमारतें नजर आ रही हैं। सड़कें पहले से चौड़ी हो गयी जान पड़ रही हैं। पार्क, फव्वारे और स्ट्रीट लाइट की बेहतर व्यवस्था ने इसे कुबेर की नगरी का स्वरूप दे दिया है। घनश्याम के इस किनारे के घर से वह सब कुछ देख रहा था। इस शहर के सौन्दर्यीकरण की योजना से वह परिचित था। अरबों रुपयों के बजट का प्रावधान इसके सौन्दर्यीकरण के लिए घोषित था। शायद उस महती योजना का यही प्रभाव था कि 'यह शहर' अब 'वह शहर' रह ही नहीं गया था। उसे लगा, सम्भव है, वैश्वीकरण के तहत मल्टीनेशनल कम्पनियों के स्वागत में ऐसा किया गया हो, जो हो, बहुराष्ट्रीय कम्पनियों की भरमार ने इस शहर को अब अन्तरराष्ट्रीय शख्सियत प्रदान कर दी थी। इस बिन्दु पर सहज ही यह विचार उसके मानस में कौंध उठा कि उसका गाँव और पूरा जोगीपुर क्षेत्र अपनी कुरूपताओं के साथ यथावत बना हुआ है। उनमें कहीं कोई परिवर्तन नहीं हुआ। शायद वैश्वीकरण की परिधि और सरकार के सौन्दर्यीकरण की योजनाओं में उसके जैसे गाँव-कस्बे न आते हों! सम्भव है वैश्वीकरण के महासमुद्र में उसके जैसे गाँव-कस्बों की नियति अलग-अलग टापू बनकर ही जीना हो...।

जनार्दन फुर्ती से उठकर नित्य क्रिया में लग गया। घनश्याम के इस घर और यहाँ के माहौल से वह परिचित था। नन्दिता के घर के चकाचौंध और मायामहल से इस घर की साहित्यिक जागरूकता ने ही उसे अलग कर रखा था। घनश्याम के इस कमरे में बैठकर वे दोनों मित्र विभिन्न साहित्यिक एवं वैचारिक मुद्दों पर घण्टों बहसें किया करते थे। उसके विचारों के कई धुँधलके यहाँ की बहसों में ही साफ हुए थे...। इस दौरान घनश्याम शहर के एक कॉलेज में लेक्चरर हो गया था। अपनी साहित्यिक जागरूकता से वह विद्यार्थियों को लाभान्वित करने लगा था। इधर जनार्दन

जमीनी स्तर पर अपनी जागरूकता की स्थापना में भिड़ गया था।

जनार्दन के तैयार होते ही घनश्याम अखबार लेकर आ गया—''लो पढ़ो! मीडिया ने अब तुम्हें नायक बना दिया है...!''

घनश्याम की बात पर जनार्दन चौंक उठा। उसने अखबार लेकर अपनी नजरें दौड़ा दीं...। उसे अधिक खोजबीन भी नहीं करनी पड़ी। मुख पृष्ठ पर ही मोटे-मोटे अक्षरों में सुर्खी अंकित थी--'लोकेन्द्र की युवा नेत्री नन्दिता पर एक खूँखार उग्रवादी का कातिलाना हमला'। इस मोटी सुर्खी के नीचे एक कोने में इनसेट के भीतर हमलावरों से हाथापाई करते जनार्दन की तस्वीर भी थी। शायद नन्दिता के साथ घटना-स्थल पर पहुँचे छायाकारों ने वह तस्वीर ली थी। तस्वीर के नीचे विस्तृत खबर अंकित थी—''जोगीपुर! 11 मार्च। संसदीय निर्वाचन क्षेत्र जोगीपुर से प्राप्त खबर के अनुसार कल लोकेन्द्र पार्टी की युवा नेत्री कुमारी नन्दिता पर एक उग्रवादी ने कातिलाना हमला किया, जिसमें वे बाल-बाल बच गयीं। पुलिस सूत्रों के मुताबिक कुमारी नन्दिता छविपुर गाँव में ग्रामवासियों की एक विशाल जन-सभा को सम्बोधित कर रही थीं। जनार्दन नाम का वह उग्रवादी सभा में घात लगाकर बैठा था। ऐन नन्दिताजी के भाषण के वक्त ही उसने उन पर गोली चलायी। नन्दिता जी भाग्यशाली थीं, उसका निशाना चूक गया। अब वह दुबारा निशाना साधना चाहता था कि घटनास्थल पर उपस्थित सुरक्षाकर्मी एवं ग्रामवासी उस पर टूट पड़े। अपनी प्रिय नेत्री पर इस हमले का तीखा प्रतिरोध छविपुर के वासियों ने किया। ग्रामवासियों के कड़े प्रतिरोध से वह डर कर भाग गया। उसका इरादा नन्दिताजी को खत्म कर देना था। लोकेन्द्र पार्टी ने कड़े शब्दों में इस घटना की भर्त्सना की है। पार्टी अध्यक्ष ने इस हत्या-प्रयास के पीछे एक बड़ी साजिश का हाथ बताया है तथा इसका तार सत्ता से जुड़े होने का संकेत भी किया है...। जोगीपुर क्षेत्र में उग्रवाद को बढ़ावा देने का सीधा आरोप लोकेन्द्र ने सरकार पर लगाया है...। जोगीपुर थाने में इस घटना की प्राथमिकी दर्ज करा दी गयी है। उग्रवादी जनार्दन की गिरफ्तारी के लिए पुलिस गहन खोजबीन कर रही है। इस घटना को देखते हुए जिलाधिकारी ने अतिरिक्त पुलिस बल की माँग की है। पूरे जोगीपुर संसदीय क्षेत्र को संवेदनशील घोषित करने की अनुशंसा भी उन्होंने चुनाव आयोग से की है...।''

इस खबर को पढ़कर जनार्दन की आँखें खुली की खुली रह गयीं! खबरों की तिजारत और उसके प्रायोजित रूप से वह परिचित था। पर झूठ का इतना बड़ा पुलिन्दा गढ़ लिया जाएगा, इसका अनुमान उसे नहीं था...। घनश्याम ने उसकी हैरत कम करने की कोशिश की—''यही है विकसित सूचना तन्त्र। मीडिया का वैश्वीकरण यही है। जो खबरों को खरीद सकता है, खबरों को प्रभावित कर सकता है, खबरों को संचालित करने की क्षमता रखता है, खबरें उसी के पक्ष में बनती हैं। खबरें उसी

का सुरक्षा-कवच होती हैं...!"

इस पर जनार्दन ने प्रश्न खड़ा किया—"यह सिर्फ मीडिया का बाजारूपन ही नहीं, संवेदनहीनता भी है। मीडिया के स्वेच्छाचारी बन जाने की पक्की सूचना है!"

जवाब में घनश्याम ने कहा—"मीडिया को पूरी तरह संवेदनहीन नहीं कहा जा सकता है। उसने संवेदना की अपनी प्राथमिकताएँ बदल दी हैं। अब उसके केन्द्र में गाँव के किसान-मजदूर और जमीनी सच्चाइयाँ नहीं रहीं, सत्ता-प्रतिष्ठान के लोग, बड़े उद्योगपति, बड़े खिलाड़ी, बड़े फिल्मकार और बड़े घराने हैं...। गाँव के किसान-मजदूरों की हत्याएँ आत्म-हत्याएँ, विवश-लाचार ग्रामीण स्त्रियों के साथ सामूहिक बलात्कार तथा ग्रामीण बालिकाओं की खरीद-फरोख्त जैसी घटनाओं पर मीडिया का फोकस नहीं। अभी पिछले दिनों मीडिया के लिए एक बड़े शेयर दलाल की रिश्तेदार विलासी युवती का अपने ड्राइवर के साथ भाग जाना एक बड़ी खबर थी। एक बड़े घराने की युवती का माँ बनना मीडिया के लिए असाधारण घटना थी। मीडिया ने इन खबरों की अच्छी नोटिस ली थी। यहाँ मीडिया पूरी तरह संवेदनशील है। लेकिन बिहार के एक गाँव में सामन्ती जुल्म और अधिकारियों की उपेक्षा से एक पूरा परिवार अकाल मृत्यु को प्राप्त हुआ, यह खबर मीडिया के दायरे में कोई महत्त्व नहीं रखती है!"

जनार्दन ने फिर सवाल खड़ा किया—"लोकतन्त्र की यह प्रबल शक्ति फोर्थ एस्टेट जब इस तरह विकृत होती चली जाएगी तब लोकतन्त्र की क्या सम्भावना रह जाएगी इस देश में?..."

घनश्याम ने अपने उसी अन्दाज में जवाब दिया—"सम्भावनाएँ कभी समाप्त नहीं होतीं जनार्दन। अराजकता की पराकाष्ठा के बीच भी सम्भावनाएँ बची रही हैं। सवाल अपनी सम्भावनाओं को मूर्त करने की हमारी सामर्थ्य का है। तुम जो महसूस कर रहे हो, वह ज्यादा लोग महसूस करने लगें तो फिर कुछ भी असम्भव नहीं...। हमें लोगों के अन्दर प्रतिकार की भावना विकसित करनी होगी। ऐसा उनके बीच सक्रिय और संघर्षरत रहकर ही किया जा सकता है। जैसा तुम कर रहे हो...। अपने मार्ग में इसी तरह बढ़ते रहो...। उग्रवादी के रूप में ही सही, मीडिया ने तुम्हारी शिनाख्त तो की...! लोकतन्त्र में नायक के खलनायक और खलनायक के नायक बनने की प्रक्रिया चलती रहती है। यह प्रक्रिया ही लोकतन्त्र को एक दिन उसके मुकाम तक पहुँचाती है। विध्वंस के पेट से ही निर्माण के बीज आते हैं!"

घनश्याम की बातों से जनार्दन का तिक्त मन फिर उत्साहित हो उठा। उसने जोरदार शब्दों में अपना विश्वास व्यक्त किया—"मैं पीछे नहीं लौट सकता घनश्याम! हमारे अनवरत संघर्ष पर इन अराजकताओं को बदलना ही है...। मेरे सिर्फ दो-तीन मित्र वहाँ होते तो मैं बता देता। उस घटना से मुझे यह सीख हासिल हुई है कि जन-जागरण का हमारा कार्य अभी पूरा नहीं हुआ...। मेरे सिर्फ मित्र ही नहीं, क्षेत्र

के अधिकांश लोग ऐसी घटनाओं पर हमारे पक्ष में मुखर और सक्रिय हो जाएँ तभी हम सही अर्थों में लोकतन्त्र के निकट होंगे... । दुनिया में जहाँ कहीं भी जनता का मानसिक स्तर ऐसा हुआ है, लोकतन्त्र की बेहतरी की परिकल्पना वहीं साकार हुई है... ।''

घनश्याम ने विषयान्तर करते हुए कहा—''मैं थोड़ी देर में कॉलेज जाऊँगा। आज पी-एच.डी. का एक 'वाइवा' है। एक सेमिनार भी है। वहीं पर लंच है। विलम्ब से लौटूँगा। तुम अपने समय पर खा लेना। राधेश्याम और रेशमा को बोल दिया है। सतर्क होकर ही रहना। सम्भव है, तुम्हारे स्रोतों का पता लगाते-लगाते पुलिस यहाँ भी पहुँचे। लोकेन्द्री चुप नहीं बैठेंगे! तुम बाहर मत निकलना... । मेरे कमरे में काफी पत्र-पत्रिकाएँ हैं, जो इच्छा हो लेकर पढ़ना...!''

जवाब में जनार्दन ने घनश्याम को आश्वस्त किया—''तुम मेरी चिन्ता न करो। वे मुझ तक नहीं पहुँच सकते। मैं यहाँ ठीक हूँ... । तुम्हारी लायब्रेरी है तो मुझे और क्या चाहिए...?''

घनश्याम के पूरे परिवार से जनार्दन परिचित था। रेशमा घनश्याम की छोटी बहन थी और राधेश्याम छोटा भाई। घनश्याम के माँ-बाप वृद्ध थे। राधेश्याम बी. ए. करने के बाद प्रतियोगिता परीक्षाओं की तैयारी में लगा हुआ था तथा रेशमा एम. ए. अन्तिम वर्ष की छात्रा थी। रेशमा की शादी के प्रयास में पूरा परिवार लगा था। रेशमा की शादी के बाद ही घनश्याम की शादी प्रस्तावित थी। नन्दिता के यहाँ से हटने के बाद घनश्याम के इस घर से ही उसने बी. ए. की परीक्षा पास की थी। घनश्याम का यह घर उसे अपने घर की तरह ही प्यारा था।

घनश्याम के जाने के बाद उस खबर को वह फिर-फिर पढ़ने लगा। यहाँ यह जिज्ञासा उसके मन में पैदा हुई कि क्या सभी अखबारों में उसको लेकर ऐसी ही खबरें प्रकाशित हुई हैं? घनश्याम ने उसे मना किया था कि कहीं न निकलना, इसके बावजूद अपनी उस जिज्ञासा के तहत वह चल पड़ा। इस सड़क के मोड़ पर ही एक बुकस्टाल था। जब वह यहाँ विद्यार्थी था, उस बुकस्टाल पर अक्सर जाता था... । अभी सुबह के वक्त तो सारे अखबार देखने को मिल जाएँगे। शाम होते-होते पता नहीं वे बच पाएँगे भी या नहीं...?

उस बुकस्टाल पर पहुँचकर जनार्दन ने पाया, कुछ अखबारों को छोड़कर अधिकांश अखबारों में वह खबर प्रकाशित थी। अँग्रेजी के अखबारों ने उस खबर को अपने तीसरे-चौथे पृष्ठ पर स्थान दिया था, जबकि हिन्दी के अधिकांश अखबारों ने प्रथम पृष्ठ पर ही। खबरों के बयान भी लगभग अलग-अलग ही थे। कुछ अखबारों के अनुसार जनार्दन उग्रवादी था, लेकिन कुछ अख़बारों के अनुसार जनदेश का कार्यकर्ता। दो-तीन अखबारों ने नन्दिता पर जनार्दन के हमले का उल्लेख किया

था, जबकि अधिकांश अखबारों ने नन्दिता की सभा भंग करने के उसके उद्देश्य को चिन्हित किया था। अँग्रेजी के एक खोजी अखबार ने तो नन्दिता के साथ उसके पूर्व प्रेम-प्रसंग और पुरानी रंजिश को ही इसका कारण बताया था। इन खबरों को पढ़कर जनार्दन ने अपना माथा पीट लिया। घनश्याम जो अखबार लेता था, वह बहुबिक्री वाला अखबार था। जनार्दन जानता था, उस अखबार के साझीदार-स्वामी नन्दिता की पार्टी के समर्थक थे, इसीलिए अन्य अखबारों में वह खबर पढ़ना चाहता था। राष्ट्रीय अखबारों से अलग अपने प्रान्त के दो क्षेत्रीय अखबारों को भी जनार्दन ने देखा। उन अखबारों की खबरें बड़े अखबारों की तुलना में उसे यथार्थ के निकट जान पड़ीं! नन्दिता महानगर में रहती है। बड़े अखबार वहीं से निकलते हैं, इसीलिए उनमें उसका पक्ष स्वाभाविक है। वह गाँव-गँवई में रहता है इसीलिए क्षेत्रीय अखबार उसके निकट हैं...!

इन खबरों को देखकर जनार्दन शीघ्र वापस आ गया। वह जानता है, भाड़े की पुलिस खबरों का तुलनात्मक अध्ययन नहीं करती। वह बड़े अखबारों की खबरों से परिचालित होती है। इन खबरों के आलोक में पुलिस अवश्य उसकी धर-पकड़ के लिए तत्पर हो उठेगी...। इसके पीछे थैली लेकर नन्दिता की पार्टी खड़ी होगी। तो क्या वह पकड़ा जाएगा...? सम्भव है, वह न पकड़ा जाए...! सम्भव है, उसकी किसी गफलत से पुलिस उसे पकड़ ले...! तब? तब 'एनकाउण्टर' दिखाकर पुलिस उसे मार सकती है। एनकाउण्टर के अपने अस्त्र से ऐसे सफाये पुलिस चुटकी बजाकर करती रही है। इस पर उसका अन्तर चीत्कार उठा—नहीं, ऐसा नहीं होगा! उसे व्यवस्था बदलनी है...! वह एनकाउण्टर में नहीं मारा जा सकता...! वह अकेला नहीं है जो उन मूल्यों के लिए लड़ रहा है। अपने परिवेश एवं सीमाओं के अन्दर यहाँ घनश्याम भी तो उन्हीं मूल्यों के लिए सक्रिय हे। उसके अनेक मित्र लड़ रहे हैं। भविष्य की नयी पीढ़ी लड़ेगी। उसे तनिक भी हतोत्साहित नहीं होना...! फिर उसे लगा, नन्दिता और उसकी पार्टी के लोग अच्छी तरह जानते हैं कि उसने नन्दिता पर हमले की कोई कार्रवाई नहीं की। इस स्थिति में उस पर पुलिस दबाव द्वारा उनका अभियान उसे परिवर्तित करने का ही होगा। नन्दिता ने तो घोषित रूप में लोकेन्द्र में उसके आने के लिए आमन्त्रित किया है। यह खबरबाजी और पुलिसिया कार्रवाई अवश्य उस आमन्त्रण से ही परिचालित होगी...। लेकिन यह भी कैसी कार्रवाई है? यह तो वही बर्बर कदम है कि जीना चाहते हो तो हमारा क्षत्रप स्वीकार करो, अन्यथा हम तुम्हें उग्रवादी घोषित कर तुम्हारी सामाजिकता छीन लेंगे...। तुम्हें वास्तविक उग्रवादी बनकर भूमिगत जीवन जीने के लिए विवश कर देंगे...!

खाना खाने के बाद जनार्दन को अन्यमनस्क अनुभव कर राधेश्याम ने टी. वी. ऑन कर दिया—"आप इत्मीनान से समाचार देखिए भैया...। यह समाचारों का

चैनल है। यहाँ से लगातार समाचार प्रसारित होते रहते हैं...। मैं आपकी रुचि जानता हूँ। घनश्याम भैया की तरह आपकी दिलचस्पी भी समाचारों में ही है...।''

टी. वी. ऑन कर राधेश्याम चला गया। जनार्दन देखता रहा। खबरों की दुनिया में अखबारों से यह टी. वी. माध्यम काफी आगे निकल चुका है। खबरें चाहे जैसी हों, अखबारों से पहले और सचित्र रूप में उसकी प्रस्तुति यहाँ हो जाती है। हालाँकि उसे ज्ञात है, यहाँ भी खबरों के केन्द्र में वही वर्ग है जो अखबारों के केन्द्र में है। हाँ, दर्शकों के बीच अपनी चैनली होड़ के तहत यहाँ कुछ नयापन भी है, यथार्थ का कुछ आग्रह भी...। यह विज्ञान का तकाजा है कि यहाँ यथार्थ को बिलकुल अनदेखा कर वे आगे नहीं बढ़ सकते...!

जनार्दन देख रहा था, पिछली खबरों की पुनरावृत्ति भी इस चैनल पर जारी थी। जब तक पिछली खबरों का स्थान नयी-नयी खबरें नहीं ले लेतीं तब तक शायद उन्हें बने रहना था। इसी दौरान अचानक कलवाली अपनी खबर को स्क्रीन पर देख वह चौंक उठा। मंच पर नन्दिता को बोलते दिखाने के बाद सभा के बीच उसके साथ लोकेन्द्रियों की हाथापाई तथा अपने कट्टे से फायरिंग करते हुए उसका भागते जाना दिखाया गया। इस दृश्य के साथ समाचार-वाचिका का बयान भी चल रहा था—''लोकेन्द्र की नेत्री नन्दिता पर हमला करनेवाले उग्रवादी जनार्दन का सुराग अभी तक पुलिस को प्राप्त नहीं हो सका है। पुलिस ने पूरे जोगीपुर क्षेत्र की नाकेबन्दी कर रखी है, ताकि वह उग्रवादी कहीं भाग न सके। पुलिस-प्रमुख ने उसके आत्मसमर्पण का भी आह्वान किया है कि सीधे-सीधे वह अपने को पुलिस के हवाले कर दे नहीं तो देखते ही पुलिस गोली मार देगी...।''

जनार्दन को स्मरण था, नन्दिता के साथ कुछ चैनलों की टी. वी. टीमें भी छविपुर पहुँची थीं। वह सामान्य नेत्री नहीं थी। मीडिया के विशिष्ट ताम-झाम के साथ चलती थी। छविपुर में पहुँची उन टीमों को भी नन्दिता की पार्टी की विशेष सुविधा प्राप्त थी। यह उस सुविधा का ही कमाल था कि घटना के उन्हीं अंशों को उन्होंने प्रस्तुत किया था जिसके लिए नन्दिता की पार्टी ने उन्हें अलिखित और अघोषित रूप में अनुबन्धित किया होगा...।

जनार्दन का मन तिक्त हो गया। उसने टी. वी. ऑफ कर दिया। अपने मन को वह पुनः नियन्त्रित करने लगा। इन चैनली प्रस्तुतियों पर भी उसे नहीं जाना। अखबारों की तुलना में ये ज्यादा विश्वसनीय भ्रम खड़ा करती हैं। इन सारे भ्रमों को उसे तोड़ना है...। इन सारी विसंगतियों के खिलाफ ही तो उसकी लड़ाई है। इस संघर्ष यात्रा में ऐसी कड़वाहट तो आनी ही है। उसे इन कड़वाहटों से विचलित नहीं होना है...!

जनार्दन पुनः अखबार पढ़ने लगा। अपने पर केन्द्रित उस मुख्य सुर्खी के बाद वह पूरा अखबार पढ़ ही कहाँ पाया था? यह जानते हुए कि अखबार की खबरें पूरी तरह विश्वसनीय और प्रामाणिक नहीं होतीं, वह और उस जैसे लोग अखबार पढ़ने के लिए विवश थे। पूर्ण और प्रामाणिक नहीं, आंशिक और आधारभूत सच तो इन खबरों से वे जान ही जाते हैं।

अखबार के तीसरे पृष्ठ पर उत्तर प्रदेश के निर्दलीय उम्मीदवार बी. एम. कन्द की हत्या की खबर पर जनार्दन की निगाह अब टिक गयी। अभी थोड़ी देर पहले चैनली समाचारों की पुनरावृत्ति में भी बी. एम. कन्द का मृत शरीर तथा मारे गये स्थान पर खून के धब्बे वह देख चुका था। हत्यारों की धड़-पकड़ के लिए उत्तर प्रदेश पुलिस की सक्रियता की बात भी वह समाचार वाचिका से सुन चुका था। लेकिन बी. एम. कन्द की हत्या का कारण उजागर नहीं हुआ था, इसीलिए खबर को वह संजीदगी से पढ़ने लगा। बी. एम. कन्द को वह अच्छी तरह जानता था। वह बेहद ईमानदार, कर्मठ और समर्पित समाजसेवी था। जिस संसदीय क्षेत्र को उसने अपना कार्यक्षेत्र बनाया था वहाँ का बच्चा-बच्चा उसे चाहने लगा था। अपने क्षेत्र की समस्याओं के निदान के लिए उसने जिला-प्रशासन के नाक में दम कर रखा था। पहले वह एक बड़ी पार्टी का सदस्य था। लेकिन पार्टी के अन्दर उसके बढ़ते कद ने विवादों को जन्म दिया था, जिसके बाद वह पार्टी से अलग हो गया था। इस चुनाव में निर्दलीय उम्मीदवार के रूप में ही वह खड़ा था। उसकी उपस्थिति ने बाहुबली और थैलीशाह पार्टियों की जीत को भी अनिश्चय में डाल दिया था...। अवश्य उन बाहुबली और थैलीशाहों ने अपने मार्ग से उसे कण्टक मान हटाया होगा...। अखबार में जो विवरण प्रकाशित हुआ था, उसमें कब, कहाँ और कैसे वह मारा गया, इसी का चित्रण भर था। हत्या के कारणों का खुलासा कहीं नहीं था। उस हत्या-चित्रण के अन्त में असामाजिक तत्त्वों और उग्रवादियों की यह बर्बर कार्रवाई करार दी गयी थी। लेकिन इन खबरों के पार के सच का भान जनार्दन को था। सम्भव है, उस क्षेत्र के छोटे अखबारों में इसका खुलासा हुआ हो। इस बड़े अखबार में तो वैसा कुछ भी नहीं था...।

जनार्दन को लगा, बी. एम. कन्द का मारा जाना तय था। एकाकी ईमानदारी का हश्र इस व्यवस्था में और दूसरा हो ही क्या सकता है? बी. एम. कन्द किसी संगठन में होते या अपना ही उनका कोई संगठन होता तो उनकी हत्या इतनी आसान नहीं होती...। लोकतान्त्रिक मूल्यों की लड़ाई अकेले नहीं लड़ी जा सकती। संगठन में रहकर ही उसका जवाब या काट प्रस्तुत किया जा सकता है...। यह ठीक है कि संगठन के लोगों की भी हत्या होती है। तब वह हत्या किसी लावारिस की लाश नहीं बनती है। संगठन के लोग उसका तीखा प्रतिकार करते तथा हत्यारों के खिलाफ

संगठित मुहिम छेड़ते हैं। बी. एम. कन्द जैसे लोगों के साथ ऐसा नहीं होनेवाला। दो-चार दिनों के बाद मीडिया से भी उनकी खबरें गायब हो जाएँगी...! उनके परिवारजन व्यक्तिगत रूप से जितना कर सकें, उनके खाते में अब उतना ही कुछ सम्भव हो सकेगा...!

लोकतन्त्र में सांगठनिक चेतना पर विश्वास के बावजूद जनार्दन का मन यहाँ राजनीतिक हत्याओं के प्रति चिन्तित बना रहा। भारतीय राजनीति में महात्मा गाँधी से लेकर आज तक की राजनीतिक हत्याएँ उसे कचोटती रही हैं...। गाँधी की हत्या को जो भी लोग जस्टीफाई करना चाहते हैं, उनकी बातें उसे सरासर एकपक्षीय और बर्बर कार्रवाई की अमानवीय पक्षधरता जान पड़ती है। किसी के विचारों से हम सहमत नहीं तो इसका जवाब यह नहीं कि उसकी हत्या कर दें। यह कहीं-न-कहीं हमारा मोर्चे से भागना है। छद्मवार है। जो कुटिल और धूर्त्त लोक अपने जीवन संघर्ष और वैचारिक ऊर्जा से अपने प्रतिद्वन्द्वी को नहीं पछाड़ पाते तो उसे मार कर विजय हासिल करना चाहते हैं। यह कितना निकृष्ट, क्रूर और निन्दनीय कर्म है...। हालाँकि इस रास्ते भी वे सफल कहाँ हो पाते हैं? अपनी जिस तात्कालिक सफलता को वे सफलता मानते हैं, वस्तुतः वह सफलता नहीं होती। विश्व की बहुसंख्यक जनता ने फासिज्म को नकार दिया है। हत्यारों एवं अपराधियों का कृत्य जनता से कभी छिपा नहीं रह पाता है। हत्या सिर चढ़कर बोलती है...। ऐसे लोगों के प्रति जनता का सहज-स्वाभाविक विश्वास तो खत्म हो ही जाता है, ऐसे हत्यारों की प्रतिक्रिया में इनसे बड़े हत्यारे पैदा हो जाते हैं, जिसका चरागाह आज का भारतीय लोकतन्त्र बना हुआ है। ये अपराधी नेता वर्तमानजीवी होते हैं, अतीत और भविष्य के बारे में हर्गिज नहीं सोचते। अगर ये इतिहास से भी सबक लेते तो ऐसा नहीं करते। बर्बरता और तानाशाही के हश्र से अवगत हो जाते...। शायद इसीलिए इतिहास और विचारधारा के अन्त की बात वे करने लगे हैं...!

अपने विश्लेषण के दौरान जनार्दन यह अनुमान कर रहा था कि बी. एम. कन्द की हत्या जिस मुख्य प्रतिद्वन्द्वी ने की होगी, निश्चय ही यह सोच कर की होगी कि कन्द के रहते वह चुनाव जीतकर सत्ता में नहीं पहुँच सकता। कन्द की तरह समाज-सेवक बनकर वैसे नेता मुकाबला नहीं कर सकते। उनका आचरण और उद्देश्य भी ऐसा नहीं होता...।

अभी पिछले सप्ताह उत्तरप्रदेश के ही रविचन्द नायक नामक एक और उम्मीदवार की हत्या की खबर उसने पढ़ी थी। अखबारी खबरों से तो वह बहुत कुछ नहीं जान सका था। लेकिन अपने राजनीतिक मित्रों से उसे सब पता चल गया था। हत्याएँ छिपती कहाँ हैं? रविचन्द नायक की हत्या किसी प्रतिद्वन्द्वी पार्टी या विरोधी गिरोह ने नहीं की थी। किसी की व्यक्तिगत रंजिश का परिणाम भी वह हत्या नहीं

थी। उसकी अपनी पार्टी के एक अपराधी सदस्य ने ही ऐसा किया था। उसकी पार्टी ने उस अपराधी सदस्य को टिकट न देकर रविचन्द नायक को दे दिया था। रविचन्द नायक अपने उस सदस्य से भारी पड़ता था। पार्टी ने योग्यता के तहत रविचन्द नायक को टिकट दिया था। लेकिन सत्तालोलुप वह अपराधी सदस्य उसे बर्दाश्त नहीं कर सका। अपने घर के बरामदे में अखबार पढ़ रहे रविचन्द नायक की गोली मारकर हत्या कर दी। अपने रास्ते से उसे हटा दिया! लेकिन यह कैसी क्रूर और मानवघाती राह है? जंगल का शेर भी यही सब करता है। सिर उठाकर चलनेवाले दूसरे जानवरों को मारकर खा जाता है और जंगल का राजा बना रहता है...!

जनार्दन अब दूसरी खबरें पढ़ने लगा। प्रान्त के एक बड़े व्यवसायी नकुल नागर सेठ के आठ वर्षीय लड़के के अपहरण की खबर पर उसकी नजर ठहर गयी—"राजधानी। 11 मार्च। सन्ध्या 4.00 बजे। रिचर्ड इंगलिश स्कूल के बन्द होने के बाद स्कूल गेट पर ही तैनात अपहर्त्ता प्रसिद्ध व्यवसायी नकुल नागर सेठ के इकलौते पुत्र अमित को ले भागे। उसकी अवस्था आठ वर्ष की थी। वह पाँचवीं कक्षा का छात्र था। स्कूल-बस में चढ़ने के लिए वह आगे बढ़ ही रहा था कि एक अपहर्त्ता ने उसे रोका। इससे पहले कि वह लड़का कुछ समझे, वहाँ उपस्थित अन्य अपहर्त्ताओं ने उसे दबोच लिया और पास खड़ी मारुति में लेकर चम्पत हो गये। स्कूल बस का ड्राइवर और उस बस पर चढ़ते अन्य लड़कों ने भी इस घटना को देखा। सबकी आँखों के सामने अपहरण का यह दृश्य घटित हुआ। सूचना पाते ही प्रधानाध्यापक ने पुलिस को तथा नकुल नागर सेठ को फोन से खबर दी। पुलिस ने खबर पाते ही मारुति का पीछा किया, लेकिन तब तक वे निकल चुके थे...। इस घटना से नकुल नागर सेठ का परिवार पूरी तरह आहत और पीड़ित है। अपने ऊपर वे इसे वज्रपात मानते हैं...। पुलिस सूत्रों के अनुसार फिरौती के लिए अपहर्त्ताओं ने ऐसा किया है। पुलिस अपहरण का सुराग पाने और अपहर्त्ताओं के ठिकाने की खोज में लगी है...।"

इस खबर को पढ़कर जनार्दन को अपने बचपन के वे बेधक दृश्य याद आ गये। उसके गाँव के किनारे पीपल का एक घना वृक्ष था। आसपास के बगुलों का बसेरा वह वृक्ष ही था। पीपल के हरे पत्तों के बीच सफेद बगुलों की भरमार वहाँ नजर आती रहती थी। लेकिन उन बकों पर एक बाज की क्रूर दृष्टि बनी रहती थी। वह अकसर हमला बोलता था। जनार्दन की आँखों के समक्ष कई बार उस बाज के हमले हुए थे। उस वक्त सारे बक चिल्ला उठते। बकों की उस चिल्लाहट के बावजूद सरेआम वह बाज आकाश-मार्ग से झपट्टा मारते हुए एक बक को अपने पंजे में दबाकर ले उड़ता। तब जनार्दन का बालमन हाहाकार कर उठता। पक्षी के रूप में ही पक्षियों का इतना बड़ा कातिल! नकुल नागर सेठ के लड़के का अपहरण

भी उसे इसी तरह का जान पड़ा। मानव-भेष में मानव-भेड़िये लोगों की भीड़ के बीच से अपना शिकार सरेआम उठाकर ले भागते हैं।

ऐन चुनाव के वक्त ऐसे अपहरणों का सच भी जनार्दन के लिए गोपन नहीं था। राजनीतिक हत्याओं के सरगना नेताओं के लिए अपने दुष्कर्म को अंजाम देने से उसे छिपाने तक पूँजी की आवश्यकता थी। इसके लिए अपनी प्रकृति के अनुकूल अपहरण को ही वे सर्वाधिक उपयुक्त समझते थे। न हींग लगे न फिटकरी, रंग चोखा-चोखा! पहले ऐसे नेता उक्त सेठों से चन्दा माँगने जाते थे। इस माध्यम से वह उतना कभी नहीं पाते थे जिससे अपनी हविश बुझा सकें। यह कार्य भी उनकी शेर-प्रवृत्ति को नहीं भाती थी! अब इत्मीनान से नकुल नागर सेठ को पत्र भिजवा देंगे कि 'अपने बेटे की सकुशल रिहाई चाहते हो तो इतने लाख रुपये, इस स्थान पर, इतने बजे लेकर पहुँच जाओ। पुलिस को खबर करोगे या कोई अन्य चालाकी बरतोगे तो अपने लाड़ले की लाश पाओगे...।' जनार्दन जब राव मानवेन्द्र बाबू के यहाँ रहता था, जोरपुर के डॉ. जयन्त के अपहरण से अवगत था। यह जानकर वह भौचक रह गया था कि राव मानवेन्द्र बाबू जैसे बहु प्रचारित स्वच्छ छवि वाले नेता ने ही उस अपहरण का संचालन किया था...!

अपहरण के इन बढ़ते कारनामों से जनार्दन चिन्तित था। सरकारी प्रयासों से अलग अपने सांगठनिक स्तर पर भी इसके खिलाफ मुहिम चलाने की उसकी योजना थी। जनदेश के अन्दर भी ऐसा एक प्रस्ताव उसने रखा था। जनदेश से अलग होने के बाद अपने नये संगठन के विस्तार पर ही इसके खिलाफ उसकी कार्रवाई अब निर्भर है। सम्भव है, इसमें देर लगे, लेकिन इसके खिलाफ अभियान वह चलाएगा। उसे विश्वास है, इस कार्य में पूरा जन-समर्थन उसे प्राप्त होगा। अपहरण के खिलाफ जन-भावनाओं की रोषपूर्ण अभिव्यक्ति से वह परिचित था।

जनार्दन उक्त समाचारपत्र के केन्द्रीय लेखों को अब पढ़ने लगा। समाचारपत्रों के ऐसे लेख उसे विशेष प्रिय थे। उसकी नजर में खबरों की व्यावसायिकता और पतनशीलता के बावजूद ये लेख ही अखबारों के अस्तित्व को बचाये हुए थे। इन लेखों को वरिष्ठ पत्रकार लिखते थे। इन पत्रकारों में भी उसी का विश्लेषण जनार्दन को जँचता था जो जन-पक्षधर होते थे...। अवतार भारती का लेख 'चुनावी समर के नये समीकरण' देखकर वह पढ़ने लगा। अवतार भारती की खोजी दृष्टि, यथार्थ पकड़ और बेबाक विश्लेषण ने उसे बहुत प्रभावित किया। लोकसभा के इस चुनाव में नये समीकरणों के तहत जिन उम्मीदवारों को टिकट प्राप्त था उसके निहितार्थ का उद्घाटन अवतार भारती ने बखूबी किया था। जाति के आधार पर कुछ पार्टियों की राजनीतिक सफलता के बाद अब प्रायः सभी पार्टियों ने अपने जातिगत उम्मीदवार खड़े कर दिए थे। अपने उम्मीदवारों को उनके सम्बन्धित क्षेत्रों में सीधे जाति के

आधार पर ही उन्होंने टिकट प्रदान किया था। अवतार भारती ने आँकड़ा प्रस्तुत कर उन जातिगत उम्मीदवारों को चिह्नित किया था। इस क्रम में डॉ. अरविन्द का नाम भी था, जिसे जनदेश पार्टी ने जातिगत धरातल पर जोगीपुर संसदीय निर्वाचन क्षेत्र के लिए टिकट दिया था। उक्त पार्टियों के टिकट वितरण के इस आधार पर अवतार भारती ने यह टिप्पणी की थी, 'सिद्धान्तों की बात करनेवाली पार्टियों ने भी सत्ता-प्राप्ति के इस खेल में गैर-सैद्धान्तिक मार्ग अख्तियार किया है। जातिवादी राजनीति की काट जातिवादी उम्मीदवार ही कर सकते हैं। उनका यह तर्क अवसरवादी तर्क है जिसे भारतीय राजनीति के लिए प्रगति-विरोधी कदम करार दिया जा सकता है...।'

जातिवादी उम्मीदवारों की तरह ही अपराधी उम्मीदवारों का भी विश्लेषण अवतार भारती ने किया था। आपराधिक छविवाले व्यक्तियों को टिकट न देने की चुनाव आयोग की घोषणा के बावजूद अवतार भारती ने एक लम्बी सूची जारी की थी, जिसके तहत अधिकांश पार्टियों ने अपराधियों को टिकट दिया था। उनका यह तर्क कि 'लोहा ही लोहा को काट सकता है' पर अपनी टिप्पणी व्यक्त करते हुए अवतार भारती ने उनके इस कृत्य को भारतीय राजनीति के लिए घातक बताया था। 'जो अपराधी जेलों में बन्द हैं, जिन पर हत्या, बलात्कार, डकैती और अपहरण के दर्जनों मामले दर्ज हैं, उन्हें जन-प्रतिनिधि के रूप में पार्टी टिकट प्रदान करना राजनीति का अपराधीकरण है। देश और समाज के लिए यह कतई श्रेयस्कर नहीं...।'

...इस लेख ने जनार्दन के मन-मस्तिष्क को झकझोर दिया। फिर से उसे तरोताजा कर दिया। चुनाव घोषणा के बाद से ही जाति के आधार पर और हत्यारों के खूँखारपन के आधार पर टिकट देने की जो फुटकर खबरें वह पाता रहा था, अवतार भारती ने न सिर्फ एक जगह उन्हें प्रस्तुत किया था, बल्कि इसके खिलाफ आवाज भी उठायी थी। यही होती है पत्रकारिता। इस एक लेख ने जनार्दन की सारी मायूसी और निराशा झाड़ दी। अभी पूरी तरह समाप्त नहीं हुई पत्रकारिता। सारे पत्रकार अभी बिकाऊ नहीं हुए...। कितना अच्छा होता अगर पूरी अखबारी दुनिया का चरित्र इस लेख के अनुकूल बन जाता। तब शायद सही आवाज उठाने के लिए वह उग्रवादी घोषित नहीं होता...। लेकिन विश्व-बाजार के तहत ऐसा नहीं हो सकता...। अवतार भारती जैसे समर्थ पत्रकार बहुत कम हैं...। वे क्षमता रखते हैं कि अपनी शर्तों और उसूलों पर अपने लेख छपवा सकें...। किसी नये पत्रकार के लिए यह सम्भव नहीं...। बाजार की माँग के अनुकूल ढलने से अपने को रोक पाना पत्रकारों के लिए आज ज्यादा मुश्किल काम हो गया है...?

कॉलेज से घनश्याम को लौटने में शाम हो गयी। अब दोनों मित्रों की बैठकी

फिर जम गयी। घनश्याम ने आते ही जनार्दन को बताया—"तुम्हारी यह सूचना तो पूरे विश्वविद्यालय परिसर में भी फैल गयी है...। शहर में भी इस खबर की अनुगूँज है...। मैं अनभिज्ञ बनकर सब-कुछ सुन रहा था। यहाँ जो लोग तुमको जानते थे, वे अब कह रहे थे कि गाँव जाकर जनार्दन उग्रवादी बन गया है। माहौल का असर उस पर पड़ गया है। उग्रवाद प्रभावित क्षेत्र में उसका गाँव था। काजल की कोठरी में रहते हुए कालिख से कैसे बच सकता था? लेकिन कुछ दूसरे लोगों का कहना कि बेरोजगारी ने उसे उग्रवाद के मार्ग पर खड़ा किया है। जिन नारायण जौहरी से साहित्यिक गोष्ठियों में तुम्हारी मुलाकात होती थी, वह भी अब मेरे विभाग में लेक्चरर हो गया है। कह रहा था कि जनार्दन का झुकाव तो उसी वक्त से उग्रवादी साहित्य की ओर था...!"

यह सुन जनार्दन ने चौंकते हुए पूछा—"मैं तो समझता था कि मेरे विद्यार्थी-जीवन को यहाँ के लोग भूल गये होंगे...।"

जवाब में घनश्याम ने कहा—"विकसित मीडिया का यही कमाल है। गड़े मुर्दे उखाड़ने की क्षमता उसमें आ गयी है...!"

इस पर जनार्दन ने प्रश्न किया—"लोगों ने आँख मूँदकर इस पर विश्वास कैसे कर लिया?"

घनश्याम ने उसी लहजे में जवाब दिया—"सुविधाओं की दौड़ में आत्मकेन्द्रित होते लोगों का ध्यान खबरों के पीछे के सच पर नहीं जाता। ऐसी जिज्ञासा और बेचैनी उनके अन्दर नहीं होती। विकसित सूचना तन्त्रों के संचालन ने उन्हें अपने दायरे में ले लिया है...!"

यहाँ जनार्दन ने फिर प्रश्न किया—"तब इस सूचना-तन्त्र की अराजकता कौन रोकेगा? इस पर अंकुश कौन लगाएगा...?"

घनश्याम का जवाब इस बार भी स्पष्ट था—"सूचना तन्त्र के नव-धनाढ्य स्वामियों के सिवा उस पर कोई अंकुश नहीं लगा सकता। उनके हाथ का रोबोट मानव है आज का यह सूचना-तन्त्र...!"

जनार्दन ने अब कुछ सख्त होते हुए कहा—"हमें उनके इस तन्त्र की काट ढूँढ़नी होगी। उनकी बेलगाम हरकतों पर लगाम कसनी होगी...!"

इस पर घनश्याम ने जनार्दन की बात का समर्थन करते हुए कहा—"आज के सूचना-तन्त्र के स्वामी समाज में गैर-बराबरी कायम रखना चाहते हैं। यथार्थ से पर्दा उठने देना वे अपने खिलाफ मानते हैं। समाज के लोग आपस में लड़ते-भिड़ते रहें और उनका स्वामित्व बना रहे, वे बस यही चाहते हैं। उनका असली मकसद बाजार पर अपना प्रभुत्व कायम करना है...। सीधे-सीधे कहें तो यह अन्तर्राष्ट्रीय साम्राज्यवादी साजिश है कि किस खबर से वे कैसे और कितना लाभान्वित हो सकते

हैं? उनकी प्राथमिकता में आम जन की भावना सिरे से गायब है।''

जनार्दन और घनश्याम दोनों ने अब यह अनुभव किया कि ले-देकर उनकी बात फिर वहीं आकर रुक गयी जहाँ ऐसे मुद्दों पर अक्सर आकर रुक जाती थी कि तकनीकी विकास के तहत पूँजी संचालित नयी व्यवस्था का यह बाजारीकरण है। साम्राज्यवादियों द्वारा संचालित बाजार का ही यह वर्चस्व है...!

अब वे दोनों मित्र इस मुद्दे के दूसरे पक्ष की ओर उन्मुख हो गये। घनश्याम ने जोर देते हुए कहा, ''जन-विरोधी वर्चस्व की सारी ताकतें एक-एक कर खत्म होती रही हैं...। बाजार के इस वर्चस्व को भी एक दिन समाप्त होना है...। लोगों को पूरी तरह जागरूक, नैतिक और सजग बनाकर ही हम यह परिदृश्य बदल सकते हैं...।''

इस पर जनार्दन ने अपना व्यावहारिक अनुभव बताया—''ऐसा हो रहा है दोस्त...। जनदेश के अन्दर रहते हुए मैंने लोगों की जागरूकता का तल्ख अनुभव किया है...। मुझे दुःख सिर्फ इस बात का है कि जन पक्षधर पार्टियाँ भी सत्ता-प्राप्ति के लिए नपुंसक समझौते करने लगी हैं...।''

घनश्याम की बहन रेशमा अब चाय-नाश्ता लेकर आ गयी थी। चाय पीते हुए घनश्याम ने अब जनार्दन को सतर्क किया—''इस नगर में तुम्हारी चर्चा ने मुझे आशंकित कर दिया है। यहाँ सभी जानते हैं कि तुम मेरे दोस्त हो...! अब तुम मेरे उस पीछे वाले कमरे में रहा करो...। अखबारों ने इस शहर से तुम्हारी विलुप्त याद को न सिर्फ ताजा कर दिया है बल्कि उसे एक बदनाम रूप भी दे दिया है...!''

जनार्दन ने कहा—''ठीक है...।'' मुस्कराते हुए उसने अब यह बात भी जोड़ दी—''यह सूचना-तन्त्र चाहे जो न करा दे...!''

इस पर घनश्याम बोला—''यही परिस्थितियाँ एक जागरूक-निर्भीक इनसान को उग्रवादी बनाती हैं...।''

जनार्दन ने अपने मित्र की इस बात पर हस्तक्षेप किया—''नहीं दोस्त...! इस भटकाव से भी हमें अपने को बचाना है...। इस भटकाव के बाद प्रतिवाद की हमारी सारी क्षमता सिर्फ हिंसक प्रतिक्रिया में बदल जाती है...!''

जनार्दन की यह बात सुन घनश्याम क्षण-भर के लिए उसे निहारता रहा। संघर्ष की दृढ़ता के बावजूद सन्तुलन बरकरार रखने का संयम उसके चेहरे से फूट रहा था। अपने मित्र की इस विलक्षणता पर घनश्याम की आँखें श्रद्धा से भर गयीं। उसे लगा, फील्ड में काम करनेवाले जनार्दन ने विचारों की ऊर्जा को न सिर्फ आत्मसात किया है, बल्कि उस पर अधिकार भी प्राप्त कर लिया है। घनश्याम अब अपने उद्‍गार रोक नहीं सका—''हमारे मंसूबे एक दिन सफल होंगे जनार्दन!... पक्के इरादे स्टील के पेंचों की तरह कभी जंग नहीं खाते...!''

घनश्याम के यहाँ सिर्फ तीन दिनों के अन्दर ही अपने बारे में जनार्दन को तरह-तरह की खबरें पढ़ने को मिलीं। अधिकांश खबरों में उसकी गिरफ्तारी के बारे में पुलिसिया कार्रवाई का उल्लेख भी था। ज्यादा खबरें उग्रवादी गुटों से उसके जुड़ाव को लेकर थीं, जिसकी सम्भावना अन्तर्राष्ट्रीय साजिश तक पहुँचती थी। नन्दिता की पार्टी ने तो आई. एस. आई. से उसके तार जुड़े होने की सम्भावना भी व्यक्त की थी। लेकिन विभिन्न विपक्षी पार्टियों की राय इस मामले में पृथक् थी। जहाँ एक ओर नन्दिता की पार्टी, जनार्दन पर बेबुनियाद और निराधार आरोप जड़ रही थी, वहीं दूसरी ओर नन्दिता की प्रतिद्वन्द्वी पार्टियाँ अब खुलकर जनार्दन का समर्थन करने लगी थीं। अपनी दलगत प्रतिबद्धता के चलते जो बात पहले वे नहीं कहना चाहती थीं, अब लोकेन्द्र विरोध के तहत विश्वास और विस्तार के साथ कहने लगी थीं। इस क्रम में जनार्दन की गोपन विशेषताओं का भी वे उद्‌घाटन करती जा रही थीं, जिन्हें पढ़कर जनार्दन अभिभूत था। घनश्याम को भी ये खबरें सुखद रूप से चौंका रही थीं। अब तक जनार्दन लोकतन्त्र की अराजकता और विडम्बना से ही परिचित था। उस अराजकता और विडम्बना के बीच ही लोकतन्त्र की इस विशेषता ने उसे चमत्कृत कर दिया...। यहाँ उसके मन का विश्वास और दृढ़ हो गया कि इसी अराजकता और विडम्बना के बीच एक दिन लोकतन्त्र अपना मूल स्वरूप ग्रहण करेगा। हालाँकि यह बात भी उसे कचोट रही थी कि मीडिया में उसकी खबरें सीधे नहीं, दूसरे कारणों से आयी थीं।

लोकेन्द्र विरोधी लहर ने ही उसके वास्तविक पक्ष को उजागर किया था। केन्द्रीय सरकार को गिराने में विपक्षी पार्टियों की पक्षधरता उसने देखी थी। अपने साथ लोकेन्द्र विरोधी पार्टियों की यही पक्षधरता अब वह महसूस करने लगा था। उसके कार्यों के सहज-स्वाभाविक समर्थन में वे हाथ नहीं उठे थे। लोकेन्द्र विरोध की राजनीति ने उन्हें उसके पक्ष में खड़ा किया था। ऐसी पार्टियों और उनके नेताओं में आर. अण्डमान की खबर सबसे बड़ी थी, जिसे पढ़कर जनार्दन क्षण-भर के लिए स्तम्भित रह गया—'महानगर, 13 मार्च, 'देशमुक्ति' पार्टी के अध्यक्ष, सुविख्यात राजनेता आर. अण्डमान के अनुसार 'लोकेन्द्र' का यह प्रचार मिथ्या है कि जनार्दन उग्रवादी है। उनके अनुसार लोकेन्द्र जैसी अवसरवादी और सामन्ती पार्टी का विरोध उसने वैचारिक स्तर पर किया है। लोकेन्द्र अपनी सुनियोजित साजिश के तहत उसे फँसाना चाहती है...। ऐसे बहादुर और जनपक्षधर युवक को उग्रवादी साबित करना लोकतन्त्र का गला घोंटना है। विदित है कि जनार्दन 'जनदेश' पार्टी का एक सक्रिय कार्यकर्ता था, जिसके पर्याप्त सबूत मौजूद हैं। जनदेश से वैचारिक मतभेद तथा जनदेश की अवसरवादी नीतियों से कुपित होकर वह जनदेश से अलग हो गया था। लेकिन इस बात का कहीं कोई प्रमाण नहीं है कि किसी उग्रवादी संगठन से वह

जुड़ा था। हमारी 'देशमुक्ति' पार्टी जनार्दन को उग्रवादी नहीं, राजनैतिक प्रतिद्वन्द्वी मानती है...। हमारे पास इस बात के पक्के प्रमाण हैं कि वह एक जागरूक, कर्मठ और निर्भीक राजनीतिक कार्यकर्ता है। जनदेश से अलग होकर वह अपनी नयी पार्टी बनाने जा रहा था कि लोकेन्द्र और नन्दिता की कुपित दृष्टि उस पर पड़ गयी...। जोगीपुर क्षेत्र में इस युवक के जनाधार से आतंकित होकर ही लोकेन्द्र ने यह षड्यन्त्र रचा है...। लोकेन्द्र की इस जनविरोधी कार्रवाई का हमारी पार्टी विरोध करती है तथा जुझारू जननेता जनार्दन के प्रति अपना समर्थन व्यक्त करती है।'

जनार्दन समझ नहीं पा रहा था कि आर. अण्डमान की यह खबर उसके लिए सुखद है या दुःखद? उसे इस बात से भी आश्चर्य नहीं था कि मीडिया की सुर्खियों मे उसके न रहने के बावजूद आर. अण्डमान उसके बारे में विस्तार से जानता था। जनार्दन इस आर. अण्डमान से अवगत था। पहले यह लोकेन्द्र में ही था। पर राव मानवेन्द्र बाबू के निधन के बाद पार्टी अध्यक्ष के प्रश्न पर लोकेन्द्र से अलग हो गया था। उसने 'देशमुक्ति' नामक अपनी अलग पार्टी कायम की थी। उसके अधिकांश समर्थक उसके साथ थे। लोकेन्द्र से अलग हुई 'देशमुक्ति' पार्टी किसी बड़े घराने के विभाजन की तरह ही थी। देशमुक्ति को लोकेन्द्र जैसा सामाजिक दायरा प्राप्त न था। लोकेन्द्र के पुराने नाम का यह परिणाम था। लेकिन आर्थिक मामले में 'देशमुक्ति' लोकेन्द्र से पीछे नहीं थी। शायद यही कारण था कि सूचना-माध्यमों पर जनार्दन की वैसी खबर लेकर वह आ गयी थी, जिसे जनार्दन और उसके मित्र चाहते हुए भी नहीं ला पा रहे थे। अपनी सूचना में आर. अण्डमान ने अन्य पार्टियों की तरह 'देशमुक्ति' ज्वायन करने के लिए जनार्दन को निमन्त्रित भी नहीं किया था। पर जनार्दन के लिए उसका अपरोक्ष आमन्त्रण गोपन नहीं रह सका। राजनीति के छोटे खरीदार ही सीधा आमन्त्रण देते हैं। बड़े खरीदार इस मामले में बड़ी गम्भीरता से पेश आते हैं...! यहाँ जनार्दन ने मन-ही-मन कहा—आर. अण्डमान उसे समझने में गफलत खा गया है। उसके दुर्दिन में सहयोगी बन पटा लेना चाहता है। पर नहीं समझता कि जिस चीड़े के समक्ष वह चारा फेंक रहा है, वह कंकड़-पत्थर चुगनेवाला है...!

घनश्याम के यहाँ चौथे दिन दोपहर को जनार्दन खाना खा रहा था कि विजय हाँफते हुए आ पहुँचा। वह सीधे जोगीपुर से आ रहा था। उसने घबड़ाते हुए ही जनार्दन को बताया—"हमारे सभी ठिकानों पर पुलिस ने छापामारी कर तुम्हारी खोज की है। अब वह यहाँ आ रही है। अवश्य हमारे क्षेत्र का कोई भेदिया लगा है जिसने हमारे बारे में पुलिस को सब-कुछ बता दिया है। मुझे तो यह काम पराहू का लगता है। वह हमारे बारे में जानता भी है। तुम्हारे गाँव में उसकी रिश्तेदारी है...। कल शाम जोगीपुर थाने की यह गुप्त भनक हमें मिली कि यहाँ शहर में घनश्याम के

यहाँ तुम्हारे होने की सूचना पुलिस को प्राप्त हो गयी है। बस, मैं भागा आ रहा हूँ...। अब तनिक भी विलम्ब न करो, यहाँ से जल्दी चलो...! अपने क्षेत्र में ही कहीं छिप रहना। कोई गोपन जगह हम तलाश लेंगे...!''

विजय की इस सूचना के बाद जनार्दन अब पल भर के लिए भी वहाँ रुक नहीं सका। उसे यह समझते देर नहीं लगी कि अपनी विरोधी पार्टियों की मुखरता देखते हुए लोकेन्द्र जल्द-से-जल्द उसे गिरफ्तार करा देना चाहती है। उस वक्त घनश्याम कॉलेज में था। जनार्दन, घनश्याम के वृद्ध माँ-बाप के पाँव छू चल पड़ा। राधेश्याम को उसने वस्तुस्थिति की जानकारी दे दी, ताकि घनश्याम को वह बता सके...।

सड़क पर आने के बाद जनार्दन ने विजय से कहा—''खबरों ने इस शहर में मेरी शख्सियत ताजा कर दी है। उस मोड़ के पास आजाद बाजार है। तुम मेरे लिए एक लम्बी टोपी और धूप का चश्मा लेते आओ। मैं इस चाय की दुकान में प्रतीक्षा कर रहा हूँ...!''

अपने मित्र की इस बात पर विजय तेजी से आजाद बाजार की ओर चल पड़ा। जनार्दन पास की झोंपड़ीनुमा चाय-दूकान में छिपकर बैठ रहा। वह एक उपेक्षित दुकान थी। उस दुकान का संचालक एक मरियल-सा बूढ़ा था। दुकान की हैसियत ऐसी नहीं जान पड़ रही थी कि वह सहयोगी के रूप में किसी छोटे को खटा सके। जनार्दन के समक्ष उस बूढ़े ने स्वयं चाय रख दी। लेकिन वह चाय पी कहाँ सका? विजय जिस तेजी से गया था, अपेक्षित सामग्री ले उसी तेजी से वापस आ गया। जनार्दन ने बिना चाय पिये उस बूढ़े के हाथ में पैसे थमा दिये। वह ताकता रह गया। लम्बी टोपी और गॉगल्स में जनार्दन अब वह जनार्दन नहीं रह गया, जिसे इस शहर के उसके परिचित जानते थे। अब तो उसके रोज के निकटस्थ भी इस रूप में उसे नहीं पहचान सकते थे। उन्होंने रास्ते में ही तय कर लिया, यात्रा के दौरान, आपस में कोई बातचीत नहीं करेंगे। अपने ठिकाने पर चलकर ही बतियाएँगे...! इस दौरान जनार्दन ने सिर्फ दो ही जिज्ञासा व्यक्त कीं। उसकी पहली जिज्ञासा थी—''मेरे माँ-बाप तो ठीक हैं न?''

विजय ने उसे आश्वस्त कर दिया—''हाँ, बिल्कुल ठीक हैं...।''

अब उसकी दूसरी जिज्ञासा थी—''राजू, गणेश, उमेश, अंजलि, चैती आदि सभी मित्र कैसे हैं?''

विजय ने उसी संक्षिप्तता और संकेतात्मकता के साथ जवाब दिया—''वे भी ठीक हैं...।''

अब वे मौन थे। सिर्फ एक साथ के यात्री। रेलवे स्टेशन पहुँच अपनी दिशा की गाड़ी की जानकारी प्राप्त की। फिर टिकट ले मुसाफिरखाने के एक कोने में

बैठकर गाड़ी की प्रतीक्षा करने लगे। कुछ ही समय बाद गाड़ी आ गयी। वे एक डिब्बे में घुस गये। भीड़-भरी गाड़ी में भी सामान रखनेवाले ऊपरी हिस्से में वे चढ़कर बैठ गये। अब वे इत्मीनान से थे। अपने झोले से दो पत्रिकाएँ निकाल पढ़ने लगे। घनश्याम के यहाँ से चलते वक्त दो-तीन साहित्यिक पत्रिकाएँ जनार्दन ने ले ली थीं। अब इस यात्रा में उन पत्रिकाओं की उपयोगिता से वे आश्वस्त थे। पत्रिका पढ़ते किसी आदमी को कोई नहीं छेड़ता। ऐसे व्यक्ति पर अनायास किसी का ध्यान भी नहीं जाता है।

विजय के साथ जनार्दन अँधेरा गहराने के बाद अपने रघुकुल स्टेशन पहुँचा। उनका अपना स्टेशन यही था। इस रघुकुल स्टेशन से उनका जोगीपुर कस्बा पाँच मील की दूरी पर था। ट्रेन जोगीपुर होकर नहीं जाती थी। यहाँ से वह सीधे निकल जाती थी। जोगीपुर के लिए यहाँ से बसें मिलती थीं। जोगीपुर कस्बे में पहुँचकर ही जनार्दन अपने गाँव छविपुर जा सकता था। बाहर से आने पर उसके गाँव जाने का यही रास्ता था। लेकिन विजय के साथ उसने तय कर लिया, आज रात उसे अपने गाँव नहीं जाना, जोगीपुर में ही रुकना है। अगली रात उसे छत्रिपुर पहुँचना है। उसके बाद फिर किसी गोपन अड्डे पर!

रघुकुल स्टेशन से बाहर अब वे दोनों सड़क पर थे। सुरक्षा के लिए अपने छिपे अस्त्र उनके पास थे। सड़क की इस सूचना ने उन्हें कुछ निराश किया कि जोगीपुर की ओर जानेवाली अन्तिम बस भी चली गयी। अब सड़क के किनारे खड़े होकर उस रास्ते से गुजरने वाले ट्रकों तथा प्राइवेट जीप-कारों को रोकने के सिवा दूसरा कोई विकल्प नहीं था। पर गुजरनेवाली सवारियाँ उनके उन हिलते हाथों को अनदेखा कर आगे बढ़ जातीं। जनार्दन और विजय जानते थे, इस प्रान्त में उग्रवादी गतिविधियों की बढ़त के बाद रात के अँधेरे में कोई गाड़ी किसी सवारी को लिफ्ट देना नहीं चाहती...। उन दोनों की तरह सड़क के दूसरे हिस्से में और दो-चार लोग खड़े थे। वे भी उनकी तरह गुजरनेवाली गाड़ियों को रोकने का उपक्रम कर रहे थे। शायद उनकी आखिरीं बस भी छूट गयी थी। पर वे देर तक प्रयत्नशील नहीं रहे। वापस हो गये। सम्भव है, अगली सुबह जाएँ। लेकिन वे दोनों वापस होनेवाले नहीं थे।

उन्होंने देखा, सड़क के आगे पेट्रोल पम्प पर कुछ गाड़ियाँ रुकती थीं। अब वे दोनों तेजी से वहाँ पहुँच गये। थोड़ी ही देर बाद सामानों से लदा एक ट्रक ईंधन के लिए वहाँ रुका। शायद किसी व्यापारी का व्यावसायिक वाहन था। जनार्दन ने उस वाहन के ड्राइवर से विनीत शब्दों में अपनी परेशानी का उल्लेख किया—"आगे जोगीपुर कस्बे में हमारे घर का एक मरीज बदहाल पड़ा है...। दवा लेने हम **शहर** आये थे। वापसी में आखिरी बस छूट गयी। कृपा कर हमें साथ लेते चलिए...! **हम**

आपका बहुत उपकार मानेंगे...! जो भाड़ा माँगेंगे, दे देंगे...!"

घनी दाढ़ी-मूँछों वाले उस सरदार ड्राइवर ने जनार्दन की इस बात पर उसे घूरा। फिर एक नजर विजय पर भी डाली। शायद जनार्दन की बातों ने उसके मन को छू लिया था। उसकी लाल-लाल आँखों के बीच सहानुभूति के डोरे उभर आये। उसने अपने खलासी से कहा—"इन्हें बैठा लो, आगे छोड़ देंगे। मुसीबत के मारे हैं!"

जनार्दन और विजय अब फुर्ती से चढ़कर बैठ गये। रास्ते-भर वे दम साधे मौन बने रहे। जैसे ही जोगीपुर कस्बा आया, जनार्दन ने कहा—"बस, रोक दीजिए। हम आ गये। हमें यहीं तक आना था!" और चन्द रुपये निकालकर उसने ड्राइवर की ओर बढ़ाया। लेकिन ड्राइवर ने नहीं लिया—"जाओ! भाड़े के लिए नहीं चढ़ाया था...!"

जवाब में विजय और जनार्दन दोनों ने श्रद्धा से उसे निहारा! शुक्रिया अदा किया। फिर ट्रक से उतर अँधेरे में गुम हो गये। अब वे विजय के घर के पास थे। जनार्दन गली के एक कोने में छिपा रहा। विजय ने अपने घर का दरवाजा खुलवाया। स्थिति से अवगत हो जनार्दन को भी आश्वस्त कर दिया। अब वे तेजी से घर के अन्दर प्रवेश कर गये। विजय के यहाँ बाहर के जिस कमरे में उनकी बैठकें होती थीं, उस कमरे में जनार्दन को न ले जाकर विजय अन्दर के अपने कमरे में ले आया। बाहर का दरवाजा उन्होंने पूर्ववत् बन्द कर दिया। अब यहाँ इत्मीनान होते ही जनार्दन ने अपनी शंका व्यक्त की—"तुम्हारे यहाँ हमारी बैठकें होती रही थीं। सम्भव है—इस जानकारी पर पुलिस यहाँ भी पहुँचे...!"

इस पर विजय ने उसे बताया—"पुलिस तुम्हारी खोज के लिए यहाँ छापामारी कर चुकी है। एक ही स्थान पर दुबारा इतनी जल्दी छापामारी नहीं करेगी...!"

अब जनार्दन ने बेसब्री से पूछा—"मेरे पीछे पुलिस ने यहाँ कहाँ-कहाँ छापामारी की...? क्या-क्या किया? मुझे विस्तार से बताओ...!"

विजय जनार्दन की जिज्ञासा समझ रहा था। शहर से जनार्दन को साथ लाते हुए पूरा विवरण देने के लिए वह बेचैन था। अब अनुकूल स्थिति लक्ष्य कर फट पड़ा—"जिस दिन तुम भागे उसी दिन रात में पुलिस ने सबसे पहले तुम्हारे घर छापेमारी की। चाची तो पुलिस देख कुछ घबरा गयीं, पर तिरबेनी काका नहीं घबराये। उमेश बता रहा था कि काका ने पुलिस को फटकार लगायी—"हमार बेटा चोर-डकैत नहीं कि पकड़े आइल हो...। सउँसे जवार में जाके पूछ लो कि ऊ कइसन है? कभी केहू का अनभल नहीं ताका...। सबका भला किया है...!"

अपने पिता की यह निर्भीक बात सुन जनार्दन का माथा गर्व से ऊपर उठ गया। वह नहीं चाहता था कि उसके पिता को उसे लेकर कोई मानसिक क्लेश हो। पर स्थितियाँ उसके नियन्त्रण से बाहर थीं। फिर भी इस बात को लेकर उसे सन्तोष

हुआ कि पिता की नजर में वह गलत नहीं! विजय ने आगे बताया—"तुम्हारे घर औचक छापामारी के बाद उसी रात उमेश और राजू के घर भी छापामारी हुई। उनका अनुमान था कि जब तुम अपने घर में नहीं हो तो अपने इन ग्रामीण दोस्तों के घर में होगे। पर अपना-सा मुँह लेकर उन्हें लौटना पड़ा। बाद में हमें पता चल गया, लोकेन्द्र ने तुम्हारी गिरफ्तारी के लिए थाना इंचार्ज को पटा लिया है। अपने आलाकमान के फरमान पर लोकेन्द्र की जोगीपुर इकाई पानी पीट कर हमारे पीछे पड़ गयी है...। साला पराहू तो काला नाग साबित हुआ। तुम्हारे गाँव में रिश्ते की आड़ के तहत वही सब-कुछ पता लगाकर थाने को बता रहा है...।"

पराहू को लेकर जनार्दन के मन में भी शंका थी। उसका भेदिया वही हो सकता है। विजय की बात ने उसकी शंका को प्रामाणिक साबित किया। विजय ने आगे कहा—"तुम्हारे गाँव की छापामारी के ठीक दूसरे दिन पुलिस ने यहाँ जोगीपुर में मेरे यहाँ छापामारी की। उसी रात राधेगाँव में अंजलि के यहाँ भी छापामारी हुई!"

अंजलि के यहाँ छापामारी की बात सुनते ही जनार्दन चौंक उठा—"ऐसा किया पुलिस ने? तब तो अंजलि डर गयी होगी। गिरधारी काका घबरा गये होंगे...!"

इस पर विजय ने उत्साह के साथ उसे बताया—"हमने भी यही सोचा था। पर, अंजलि और गिरधारी काका तो एकदम पुलिस से उलझ गये थे। चैती और राधेगाँव के हमारे समर्थक वहाँ जुट गये थे। सबने पुलिस की इस कार्रवाई का कड़ा विरोध किया। अंजलि ने उन्हें सबके समक्ष फटकारा—'जो देश को लूट रहे हैं और बेच रहे हैं, उनके पास फटकने की आपकी हिम्मत नहीं और एक सच्चे कार्यकर्ता को उग्रवादी घोषित कर पकड़ने चले हैं...?' गिरधारी काका ने भी उन्हें धिक्कारा—'अँग्रेजों की पुलिस भी इसी तरह देशभक्तों को बलवाई करार देकर पकड़ने आती थी...। अँग्रेज चले गये, पर यहाँ की अँग्रेजियत नहीं गयी...!' गिरधारी काका की आवाज पर अन्य ग्रामवासी भी बोलने लगे थे। राधेगाँव के असहयोग विरोध के बाद पुलिस वहाँ अधिक समय तक नहीं ठहर सकी। जल्दी-जल्दी अपनी खानापूर्ति कर भागी!"

विजय की इस सूचना पर जनार्दन की आँखों के समक्ष अंजलि का पूरा व्यक्तित्व कौंध उठा। उसने कहा—"अंजलि आदि सभी मित्रों से हमें मिलना है विजय। कहीं एक जगह बैठकर आगे की अपनी कार्रवाई तय करनी है...। इस प्रतिकूल स्थिति में हमारी बैठक आवश्यक है...।"

इस पर विजय ने उसे आश्वस्त किया—"कल सुबह मैं सभी मित्रों को खबर दे दूँगा। अभी दिन में हमारा कहीं बैठना उचित नहीं। तुम यहीं मेरे इस कमरे में पड़े रहना। यहाँ कोई आनेवाला नहीं। शाम अँधेरा घिरने पर हम निकलेंगे। हमारा राधेगाँव चलना ही ठीक होगा। रात में अंजलि और चैती को कहीं दूसरी जगह

बुलाना उचित नहीं। वहीं अपनी योजना भी हम बना लेंगे। फिर वहीं से तुम्हारे गाँव छविपुर बढ़ चलेंगे...!''

विजय की यह बात जनार्दन को बहुत जँची। एकदम माकूल निर्णय...। इस संक्षिप्त बातचीत के बाद दोनों मित्र अब अपनी रात्रिचर्या में लग गये। कपड़े बदलकर उन्होंने अपने हाथ मुँह धोये। विजय के यहाँ रात का जो खाना बचा था, उसे ही बाँट-बाँटकर दोनों मित्रों ने खा लिया। परिवारजनों को परेशान करना उन्होंने उचित नहीं समझा। अब वे सो रहे!

सुबह अपनी निर्धारित योजना के अनुसार विजय तैयार हो गया। अपने खास मित्रों के यहाँ जनार्दन के आगमन की गुप्त सूचना उसे देनी थी। मित्रों के यहाँ उसके चलने से पहले ही अखबार आ गया। समाचारपत्र देख वह चौंक उठा। अब उसने जनार्दन को जगाया। जनार्दन ने विजय का विस्मित चेहरा देख आश्चर्य से पूछा—''क्या बात है?''

जवाब में विजय ने समाचारपत्र उसके सामने खोल दिया। प्रथम पृष्ठ पर ही जनार्दन से सम्बन्धित खबर छपी थी। खबर छोटी थी, पर विजय और जनार्दन के लिए गुँजलक से बच निकलने के खौफ से भरी थी—'महानगर, 15 मार्च। विगत रात फरार उग्रवादी जनार्दन की गिरफ्तारी के लिए पुलिस ने प्रो. घनश्याम के यहाँ छापामारी की, लेकिन पुलिस को सफलता हासिल नहीं हुई। जनार्दन प्रो. घनश्याम के यहाँ नहीं पाया गया। अपने यहाँ की इस छापामारी पर प्रो. घनश्याम ने अपनी आपत्ति व्यक्त की है। पुलिस की इस कार्रवाई को लोकेन्द्र पार्टी की घृणित साजिश बताते हुए बिना पुख्ता प्रमाण के अपने यहाँ की गयी इस छापामारी को उन्होंने ज्यादतीपूर्ण कदम बताया है तथा नगर के पुलिस-प्रमुख से इसकी न्यायोचित जाँच की माँग की है...!'

अखबार पढ़ने से पहले जनार्दन ने सोचा था कि उसकी फरारी के पक्ष-विपक्ष की ही कोई खबर होगी। अपनी निरन्तरता में उसको लेकर ओनवाली खबरें! लेकिन यह खबर तो दूसरे ढंग की थी। पढ़ते ही वह सन्न रह गया। विजय के त्वरित प्रयास पर उसे सुखद आश्चर्य भी हुआ। उसने विजय को बाँहों में भर लिया—''तुम्हारी दूरदर्शिता से ही मैं बच आया...! तुम वहाँ समय पर नहीं पहुँचते और हम वहाँ से नहीं भागते तो अब तक पकड़े जा चुके होते! तुम्हें बिल्कुल सही जानकारी मिली थी!''

इस पर विजय ने कहा—''धूर्त्त लोकेन्द्रियों ने अपनी पहुँच और पैसे के बल पर पुलिस को सक्रिय कर दिया है...। पुलिस ऐसे ही नहीं दौड़ रही है! लेकिन हमारे खुफिया मित्र भी बैठे नहीं हैं। इस हादसे से निपटने के बाद इस क्षेत्र की जनता में लोकेन्द्र की सारी कलई हमें खोलकर रख देनी है। लोकेन्द्रियों की धूर्त्तता और

मक्कारी का उन्हें मजा चखाना है...!"

लोकेन्द्र की इस नापाक हरकत के प्रति जनार्दन का मन भी सुलग उठा था। पर अपना सन्तुलन उसने कायम रखा। विजय अब उसके जिम्मे समाचारपत्र छोड़ अपनी योजना के अनुसार मित्रों को खबर करने चल पड़ा।

अपने कार्यक्रम के अनुसार रात के अँधेरे में जनार्दन अपने मित्रों के साथ राधेगाँव पहुँच आया था। विजय, गणेश, उमेश और राजू सब साथ थे। खबर पाते ही सब पहुँच आये थे। पाँच की संख्या की टोली में वे राधेगाँव पहुँचे थे। राधेगाँव पहुँचते-पहुँचते रात गहरा चली थी। पूरा गाँव 'निर्भेद' सोया था। जब अंजलि के दरवाजे पहुँच उन्होंने दस्तक दी तो कोई आवाज नहीं आयी। उन्हें लग गया, सोये लोग पहली दस्तक में नहीं उठते! उनके अनुमान के अनुसार चार-पाँच दस्तक के बाद ही अंजलि की आवाज सुनायी पड़ी—"कौन है?"

पीछे से गिरधारी काका की आवाज भी आयी—"फेरू पुलिस वाले आ गये का?"

लेकिन बाहर से जनार्दन के बोलते ही—'हम हैं', अंजलि ने तत्क्षण दरवाजा खोल दिया। इस आवाज ने तो जैसे उसे चमत्कृत-सा कर दिया था। लालटेन की रोशनी में मित्रों के बीच खड़े जनार्दन को वह सुखद आश्चर्य से निहार उठी—"कब आये?"

जनार्दन ने कहा—"कल रात ही जोगीपुर आ गया था। आज तुम लोगों से मिलने चला आया...!"

उसने देखा, अंजलि फीरोजी रंग के सलवार-कुरते में थी। सोकर उठी थी, इसीलिए उसका चेहरा कुछ अलसाया था। उसके गालों पर माथे की दो-चार लटें झूल आयी थीं। इस रूप में अंजलि उसे और अच्छी लगी। रैली की उस रात महानगर के रेलवे स्टेशन पर उसके पार्श्व में सोकर उठने के बाद अंजलि ऐसी ही लगी थी। उसने जल्दी ही उस पर से अपनी दृष्टि हटा ली। उसके मित्र अंजलि के प्रति उसका यह व्यक्तिगत राग कहीं लख न लें...!

अब वे अंजलि के घर के अन्दर थे। बाहर का दरवाजा अंजलि ने पूर्ववत् बन्द कर दिया। जनार्दन की आवाज सुन अंजलि के माँ-बाप भी आ गये थे। जनार्दन ने उनके पाँव छुए। गिरधारी काका ने जनार्दन को अपनी बूढ़ी बाँहों में भरकर उसकी पीठ थपथपायी—"तुम तनिको मत घबराना जनार्दन! तुम लोगन ने आजादी की लड़ाई नहीं देखी है। हमने देखी है...! उस बखत हम भी छोटे थे, बाकिर अइसे छोटे नहीं कि कुछ न बूझें...। सब समझते-बूझते थे। आजादी के दीवाने असहीं लुकते-छिपते थे, अँग्रेजों की पुलिस असहीं ढूँढ़ती थी। आज समूचा देश ओह लोगन को शहीद मानता है, उनके आगे माथा झुकाता है। ओसहीं एक दिन तोहरा लोगन

के महत्त्व भी सब बूझेंगे। तब समझेंगे कि तू लोग का थे और केकरा वास्ते लड़ते थे...?"

गिरधारी काका की बात सुन जनार्दन और उसके मित्रों की निगाहें श्रद्धा से उन पर टिक गयीं। लालटेन की रोशनी में वृद्ध गिरधारी काका के चेहरे से जैसे आशा और विश्वास की किरणें फूट रही थीं। जनार्दन ने कहा—"हम तनिक भी नहीं घबराये हैं काका। उनकी साजिश हम समझते हैं। यहाँ रात में आपस में मिल-बैठकर हम आगे की अपनी कार्रवाई तय करने आये हैं। रात में अंजलि को कहीं बुलाना उचित न जान यहीं चले आये...!"

इस पर गिरधारी काका से पहले ही अंजलि की माँ बोल उठी—"एह घर को भी अब अपना ही घर बूझो। तोहरा सबके देख के हमरी छाती जुड़ा जात है। हमरी अंजलि अब अकेले नहीं...! इतने भाई हैं उसके...!"

अब गिरधारी काका ने कहा—"इन सबन को पहले कुछ खिलाओ अंजलि...!"

जवाब में जनार्दन तत्क्षण बोल उठा—"नहीं काका, हम एकदम खा-पीकर इत्मीनान से आये हैं। हमें आवश्यक बात करनी है। हम यहाँ अधिक देर तक नहीं रुकेंगे!"

इस पर उमेश ने कहा—"चैती को यहीं बुला लेते हैं।"—और राजू के साथ दबे-पाँव वह चैती के यहाँ जा पहुँचा। चैती का घर खुले में था। सूचना पाते ही चैती उनके साथ आ गयी। अब वे सभी अंजलि के निकसार वाले कमरे में बैठ गये। अंजलि के इस कमरे में पहले भी वे अपनी बैठक कर चुके थे। गिरधारी काका वहीं निकसार की एक चारपाई पर लेट गये। अंजलि की माँ अब अपने बिस्तरे पर चली गयी। वह जान गयी थी कि इस विरत रात में अंजलि के दोस्त कुछ खानेवाले नहीं। इस बीच अंजलि ने भी चाय बनाने की कोशिश की। लेकिन जनार्दन ने रोक दिया—"फिर कभी। यह चाय का समय नहीं और अभी हमें चाय की इच्छा भी नहीं...।"

विजय ने अब बात शुरू की—"कल मैं शहर नहीं पहुँचता तो जनार्दन को पुलिस पकड़ लेती...! अपनी चाल में लोकेन्द्री सफल हो जाते...!"

इस पर अंजलि ने कहा, "आज का अखबार देखकर मैं भी चौंक उठी! पर घनश्याम भाई के बयान ने तो हमारे हौसले को और बुलन्द कर दिया है...!"

यह सुन उमेश ने कहा, "हमें और अधिक सतर्क रहना है। वे हमारी पूरी टोह रख रहे हैं... !"

जनार्दन ने अब जानना चाहा—"यहाँ के लोगों की इस घटना पर क्या प्रतिक्रिया है?"

जवाब में अंजलि ने उत्साहित होते हुए बताया—"हमारे क्षेत्र के बहुसंख्यक

लोग हमारे साथ हैं। मैंने तो जोगीपुर से लेकर अपने गाँव तक अनुभव किया है। सबकी सहानुभूति हमारे पक्ष में है। उस दिन पुलिसवालों ने मेरे यहाँ छापामारी की तो आधा गाँव खमखमा कर निकल आया। सबने पुलिसवालों को छीः छीः किया। उन्हें दुम दबाकर भागना पड़ा।''

चैती ने भी अंजलि की बात की पुष्टि की—''उसके बाद फिर राधेगाँव आने की हिम्मत नहीं हुई पुलिसियों को।''

यह सुन जनार्दन ने कहा, ''अपने लोगों पर मुझे ऐसा ही विश्वास है। लेकिन उस दिन मेरे गाँव नन्दिता की सभा में किसी ने मेरा साथ नहीं दिया। मैंने अपने को निपट अकेला महसूस किया। मैं समझ नहीं सका कि ऐसा कैसे हो गया?''

जवाब में राजू ने बताया—''वह औचक घटना थी। किसी को विश्वास नहीं था कि ऐसा होगा। बाद में कइयों ने मुझसे और उमेश से मिलकर लोकेन्द्रियों का विरोध किया। पुलिस हमारे छविपुर भी आयी तो लोगों का उसे तनिक भी सहयोग नहीं मिला। अपना-सा मुँह लेकर उसे वहाँ से भी जाना पड़ा। नन्दिता की वाहवाही करनेवाले बूढ़ों ने भी मुँह नहीं खोला। वे भी बुझ गये कि यह दूसरा मामला है...!''

विजय ने अब अपनी बात रखी—''यह तो होना ही था। लोकेन्द्र ने अच्छी तरह यह समझ लिया है कि इस क्षेत्र में हमारे जनाधार को परिवर्तित किये बगैर नन्दिता को वह विजयी नहीं बना सकती है। नन्दिता की सभा में जनार्दन न भी बोलता तब भी उसकी पार्टी ऐसा कुछ करके यह स्थिति पैदा करती। हमारे ऊपर संगीन आरोप लगाकर हमारे जनाधार को वह हथियाना चाहती है।''

यह सुन अंजलि बीच में ही बोल उठी—''एकदम ठीक विजय। उनका उद्देश्य यही है। उस दिन जनार्दन ने स्वतः कुछ कहाँ कहा था? नन्दिता ने मुँह में अँगुली डाल कर कहलवाया था...!''

अपने मित्रों की यह बात सुन जनार्दन गर्व और उत्साह से भरता जा रहा था। उसके पीठ-पीछे मित्रों ने सही आकलन किया है। मित्रों की इन बातों को सुनकर उसे भी अब साफ लगने लगा कि वह पूरी घटना लोकेन्द्र की सुनियोजित साजिश का परिणाम थी। अब उसे यह भी स्मरण आने लगा कि उस सभा में उसकी उपस्थिति पर लोकेन्द्र के सदस्यों की विशेष नजर थी...। वह जिधर भी देखता था, लोकेन्द्र के सदस्यों को अपने ऊपर ताकते पाता था। तब उसने सोचा था कि राजनीतिक प्रतिद्वन्द्विता के चलते लोकेन्द्र वाले उसे इस तरह घूर रहे हैं, लेकिन उनकी मंशा तो कुछ और थी...!

अब जनार्दन ने पूछा—'' 'जनदेश' वाले इस पर क्या कह रहे हैं?''

यह सुनते ही गणेश बिफर उठा—''आश्चर्य कि हमारे जनदेश वालों ने इस पर कुछ नहीं कहा। चुप्पी साध ली। वे तो मन ही मन हम पर नाराज हैं कि

आलाकमान के निर्णय के खिलाफ हम पार्टी से बगावत कर अलग क्यों हुए...?''

इस पर उमेश ने कहा—''एक जनदेश वालों के चुप होने से क्या होगा? लोकेन्द्र और उसकी एकाध समर्थक पार्टियों को छोड़कर सारी पार्टियाँ इसका विरोध कर रही हैं...। हम जिन्हें अपना प्रतिद्वन्द्वी मानते थे, इस मुद्दे पर वे भी हमारे साथ हो गये हैं...। हमारा सच उनकी वजह से ही मीडिया में आ पाया है...!''

यह सुनते ही अंजलि एकदम उत्साहित हो उठी—''हाँ, यह तो अजीब चमत्कार हो गया है कि जो हमारी विरोधी पार्टियाँ थीं, वे भी हमारा पक्ष ले रही हैं।''—और अंजलि ने फुर्ती से एक फाइल लाकर जनार्दन और मित्रों के सामने खोल दी—''कौन पार्टी क्या-क्या कह रही है, सबकी कतरन मैं रख रही हूँ।''

जनार्दन ने देखा, सचमुच उस फाइल में उससे सम्बन्धित खबरों की कतरनें अंजलि ने सँजो कर रखी थीं। उन कतरनों में टामचन्द के 'जगेश पार्टी' तथा नरपत के 'भोजलोक पार्टी' की विज्ञप्ति पर नजर जाते ही वह पढ़ने लगा। इन दोनों पार्टियों ने नन्दिता की पार्टी की घृणित साजिश का उल्लेख करते हुए उसके पक्ष में अपना समर्थन व्यक्त किया था तथा दोनों दलों ने जनदेश से अलग हुए जनार्दन और उसके बागी मित्रों को अपने दल में आमन्त्रित किया था। यह विज्ञप्ति जनार्दन ने नहीं पढ़ी थी। घनश्याम के यहाँ जो राष्ट्रीय अखबार आता था, उसमें यह विज्ञप्ति नहीं थी। यहाँ के प्रान्तीय अखबार में यह विज्ञप्ति थी। लेकिन आर. अण्डमान की खबर तो छोटे-बड़े सभी अखबारों में थी। नन्दिता की तरह मीडिया को संचालित करनेवाला वह एक शिखर-पुरुष था। टामचन्द और नरपत की पार्टियों की विज्ञप्ति पर विजय ने कहा—''हमारी मुसीबत से फायदा उठाने की यह अवसरवादिता है...!''

उमेश ने विजय की बात को और साफ किया—''पहले उनकी हिम्मत नहीं थी कि हमसे वे ऐसा कुछ कह पाते। जनार्दन की फरारी और उग्रवादी आरोप पर यह उनकी चाल है...!''

जनार्दन ने अब सीधे-सीधे कहा—''यह खरीदारी है, जिसका हमें तीखा विरोध करना है...!''

इस पर अंजलि, आर. अण्डमान की खबर पर आ गयी—''लेकिन हमें इस आर. अण्डमान की खबर को टामचन्द और नरपत की खबर से अलग कर देखना है। इसने तो कहीं से भी अपनी पार्टी में हमें आमन्त्रित नहीं किया है। इसने हमारा पूरा सच और अपना पूरा पक्ष व्यक्त किया है। मैं इसकी खबर कई बार पढ़ चुकी हूँ। हमारे प्रति सच्ची संवेदना रखनेवाला ही ऐसी टिप्पणी व्यक्त कर सकता है।''

जनार्दन ने अंजलि को समझाने की कोशिश की—''तुम आर. अण्डमान को नहीं समझ रही हो अंजलि! यह आर. अण्डमान बहुत बड़ा घाघ है। मैं इसे अच्छी तरह जानता हूँ। यह बड़ा सौदा करता है। छोटे सौदेबाजों की तरह पहली ही बार

में खुल नहीं जाता। यह नन्दिता के ही सिक्के का दूसरा पहलू है...। लोकेन्द्र के प्रति अपने तीखे विरोध के चलते ही उसने हमारा पक्ष सामने रखा है...!"

यह सुन अंजलि अड़ गयी—"जब वह नहीं खुला है तो हम भी अभी नहीं खुलेंगे। जब उसने अपनी योजना गोपनीय रखी है तो हम भी अपनी योजना गोपनीय रखेंगे। आमन्त्रण देनेवाली अन्य पार्टियों की तरह हम आर. अण्डमान का विरोध नहीं करेंगे...!"

गणेश ने भी अंजलि की इस बात का समर्थन किया—"अंजलि बहन ठीक कह रही है! हमें हवा में किसी का विरोध नहीं करना है। आर. अण्डमान चाहे लाख गलत आदमी हो, लेकिन वह हमारे सही पक्ष को रख रहा है और हमारे प्रति अपना पक्ष अभी आने नहीं देना चाह रहा है तो उसके पूर्व की छवि को ध्यान में रखकर हम उसकी निन्दा नहीं करेंगे...!"

राजू भी अब बोल उठा—"लोकतन्त्र में ऐसी चालों को हमें समझना है। आँख मूँदकर सबका विरोध करते चले जाना हमारे हित में नहीं है...।"

विजय ने इस बात को विस्तार लेते देख निर्णायक अन्दाज में कहा, "आर. अण्डमान जब हमारी खरीद के लिए सामने आएगा तब अन्य पार्टियों की तरह उसे भी हम मुँहतोड़ जवाब देंगे, पर अभी तो अंजलि बहन के कहे अनुसार हमें उसका विरोध नहीं करना है। उसके बारे में 'वेट ऐण्ड वाच' की नीति अपनाये रखनी है...!"

घनश्याम के यहाँ जनार्दन ने जब आर. अण्डमान की खबर पढ़ी थी तो वह समझ नहीं पाया था कि उसे खुश होना चाहिए या दुखी? वह असमंजस में पड़ गया था। यहाँ मित्रों ने उसका वह असमंजस कुछ कम अवश्य किया था, लेकिन पूरी तरह उस असमंजस से उसे वे मुक्त नहीं कर सके थे। उन्होंने आर. अण्डमान को निकट से नहीं जाना है। पर वह उसे निकट से जानता है...। फिर भी मित्रों की सामूहिक राय के समक्ष उसने अपनी व्यक्तिगत आपत्ति जाहिर नहीं की। अब उसने भविष्य की अपनी योजना पर मित्रों का ध्यान आकृष्ट करते हुए कहा—"तीन-चार दिन महानगर में रहकर मैंने देख लिया, वहाँ होते हुए अपने लोगों से मैं बिल्कुल कट जाता हूँ। मुझे लगता है कि अब यहीं कहीं छिपकर मुझे रहना चाहिए!"

इससे पहले कि कोई और मित्र कुछ कहे, अंजलि चट बोल पड़ी—"तुम्हें शहर जाना ही नहीं चाहिए था...। समय पर विजय ने पहुँचकर एक बड़े संकट से हमें बचा लिया। हमारा यह क्षेत्र इतना बड़ा है, इसमें कहीं भी गोपन जगह हम तलाश लेंगे...। यहाँ लोगों का सहयोग भी हमारे साथ है!"

गणेश ने भी इस बात की पुष्टि की—"इस क्षेत्र को छोड़कर अब तुम्हें कहीं नहीं जाना। जो हमारी संघर्ष-भूमि है, हमारे बचाव में उससे अधिक उपयोगी कोई

दूसरी जगह नहीं हो सकती...।''

उमेश ने अब निर्णायक लहजे में कहा, ''हम सभी मित्रों की यही राय है। एक-दूसरे से अलग-थलग रह कर तो हम और कमजोर हो जाते हैं। यहीं कहीं साथ रहकर इस षड्यन्त्र का मुकाबला करेंगे। यह अच्छा है कि मीडिया का प्रचार अब एकतरफा नहीं रहा। लोकेन्द्र-विरोधी पार्टियों ने हमारी ओर से कमान सँभाल ली है।''

विजय ने अब सम्बन्धित प्रस्ताव को उसके अंजाम की ओर अभिमुख किया–''इसी बात के लिए तो हम यहाँ एकत्रित हुए हैं कि जनार्दन को अब कहाँ रखा जाय? वह जगह गोपन भी हो और हम सभी मित्रों की वहाँ पहुँच भी हो...।''

यहाँ अंजलि पुनः बोल उठी–''जनार्दन को मेरे घर भी रखा जा सकता है। मेरा घर बड़ा है। अन्दर के किसी कमरे में पड़े रहना है। किसी को पता भी नहीं चलेगा...!''

इस पर राजू ने कहा–''नहीं अंजलि बहन, हम मित्रों के यहाँ यह ठीक नहीं रहेगा। दुश्मनों की निगाह सीधे हम मित्रों पर ही है...। हमारे यहाँ एक बार छापामारी हो चुकी है। सम्भव है, दुबारा हो!''

अब जनार्दन पुनः बोल उठा–''राजू का कहना सही है। मुझे इस विषम परिस्थिति में किसी मित्र के यहाँ नहीं, किसी अन्य ठिकाने पर रहना है।''

इस पर गणेश ने अपना सुझाव देते हुए कहा–''बाघी ताल की कोई जगह इसके लिए उपयुक्त हो सकती है!''

बाघी ताल से सभी मित्र परिचित थे। इस क्षेत्र की बियाबान जगह के रूप में उसे जाना जाता था। नदी के कटाव के इस उपेक्षित हिस्से में छोटे-छोटे कई बाग-बगीचे और जंगली झाड़ियाँ थीं। इस क्षेत्र के चोर-डाकू अपनी आवश्यकताओं के अनुसार उनमें छिपते थे। पर जनार्दन ने बाघी ताल का नाम सुनते ही गणेश को समझाया–''छिपकर रहने लायक वह जगह ठीक है गणेश। लेकिन हम चोर-डाकू नहीं कि बीहड़ों में छिपकर रहेंगे। हमें बस्तियों में ही अपना ठौर तलाशना है...। हमें लोगों से दूरी नहीं बनानी!''

गणेश ने जनार्दन की बात पर कुछ सफाई देते हुए कहा–''मैं बाघी ताल के बारे में कह रहा था तो मेरे मन में भी यह शंका थी। मेरा इशारा बीहड़ों की ओर नहीं, गोपनीय स्थल की ओर ही था...।''

विजय ने अब पुनः निर्णय की कमान सँभाली–''मेरे विचार से रसूलडीह के पास का सोहागी गाँव इसके लिए उपयुक्त रहेगा। वहाँ मेरी एक बुआ रहती हैं। फूफाजी लकवाग्रस्त हैं। बिछावन पर पड़े रहते हैं। बुआ भी बूढ़ी हैं। उनका मकान बड़ा है। जनार्दन को वहीं रखना ठीक जान पड़ रहा है। फूफा जब से खाट पकड़े

हैं—मैं आता-जाता रहता हूँ...।"

इस पर जनार्दन ने भी अपनी सहमति व्यक्त की—"हाँ, यह ठीक रहेगा। सोहागी हमारे गाँवों के निकट भी है, राधेगाँव, जोगीपुर और छविपुर सबके बीच में है। वहाँ सभी मित्र आ-जा सकते हैं। वह गाँव हमारा समर्थक गाँव है। वैसे तो मुझे छिपकर ही रहना है। लेकिन वहाँ मुझ पर किसी की नजर भी पड़ जाएगी तो वहाँ के लोग किसी को बतानेवाले नहीं!"

जनार्दन की सहमति ग्रहण कर अंजलि भी बोल उठी—"एकदम यही ठीक रहेगा। चैती को लेकर सोहागी मैं भी आ सकती हूँ। सोहागी मेरा देखा गाँव है। पुलिस का ध्यान भी वहाँ नहीं जाना चाहिए। पुलिस की खोज तो किनारों के गाँव में है। बीच के गाँव में नहीं...!"

उमेश ने भी अपनी स्वीकृति व्यक्त की—"बिल्कुल माकूल जगह है।"

विजय ने अब मित्रों को अपने संकल्प की याद दिलायी—"हम मित्रों के सिवाय इस बात की भनक किसी को नहीं लगनी चाहिए...। हमारे मित्र कच्चे खिलाड़ी नहीं कि ऐसा सम्भव हो। पर, इस विषय पर अपने संकल्प को हमें याद रखना है!"

इस पर सभी मित्रों ने अपनी सहमति व्यक्त की—"बिल्कुल ठीक...!"

अपने मित्रों के बीच इस निर्णय से अपने इरादे के प्रति जनार्दन का विश्वास और पुख्ता हो गया। उसके चेहरे पर संगठन की शक्ति उभर आयी। अब दायित्व के बँटवारे की बात सामने थी। अंजलि ने जब इस ओर मित्रों का ध्यान आकृष्ट किया तो मित्रों की सहमति से जनार्दन की सुरक्षा का दायित्व विजय पर सौंपा गया। राजू और उमेश को जनार्दन के घर की देखभाल का जिम्मा दिया गया। जनार्दन की अनुपस्थिति में उसके माँ-पिताजी उपेक्षा और अभाव महसूस न करें, इसके लिए उसके ग्रामीण दोस्तों को अव्वल समझा गया। अब गणेश, अंजलि और चैती को गुप्तचरी का कार्य सौंपा गया। लोकेन्द्र और पुलिस की सम्भावित कार्रवाइयों की टोह उन्हें लेनी है...।

मित्रों के बीच दायित्व-बँटवारे के बाद जनार्दन ने अपने हौसले को और बुलन्द पाया। अपने मित्रों की इस तत्परता और संग-साथ के रहते कोई उसका कुछ नहीं बिगाड़ सकता...। अब उसने अपनी अन्तिम योजना सामने रखी—"इस चुनावी माहौल में हमारी भूमिका पूर्ववत् रहेगी। पहले हमारी योजना में 'भोजलोक' को छोड़कर अन्य सभी पार्टियों का विरोध था। लेकिन अब सबसे तीखा विरोध हमें लोकेन्द्र का करना है। समाज के बीच उसकी कलई खोलकर रख देनी है...!"

इस पर अंजलि बोल उठी—"लोकेन्द्र का कच्चा-चिट्ठा खोलना तो हमने शुरू कर दिया है, मगर पहले की तरह अब नरपत की पार्टी 'भोजलोक' को भी हमें नहीं

छोड़ना है। उसने भी हमारे साथ सौदेबाजी के लिए हाथ बढ़ाया है। अब उसे भी बेनकाब करना है!''

विजय ने भी अंजलि की इस बात का समर्थन किया—''भोजलोक ने अपने प्रति हमारा नरम रुख जान गलत अर्थ निकाल लिया है। अपनी पार्टी में हमें सम्मिलित करने का अखबारी प्रस्ताव जारी किया है। हमारी नजरों में अब उसका भी कोई खास स्थान नहीं...!''

यह सुन जनार्दन ने अंजलि और विजय को समझाया—''हम जब स्वयं खड़े नहीं हुए हैं तब एक ही साथ हमारे द्वारा सभी पार्टियों का विरोध हमें प्रतिक्रियावादी भी साबित कर सकता है। यह ठीक है कि अधिकांश पार्टियाँ हमारे विचारों से मेल नहीं खातीं। लेकिन जिसके साथ हमारा मत वैभिन्न्य कम से कम हो, उसके विरोध से तो हमें बचना चाहिए। हमारे क्षेत्र का व्यावहारिक सच भी यही है कि जितने उम्मीदवार खड़े हैं उनमें नरपत ही इस क्षेत्र के लिए कुछ उपयोगी हो सकता है। हम नरपत को पूरी तरह पसन्द नहीं करते। नहीं कर सकेंगे। पर इस चुनाव में प्रकारान्तर से हमारा पक्ष उसके खाते में जाना ही चाहिए...। नन्दिता की काट के रूप में उसके ही हाथों को हमें मजबूत बनाना है। अपने प्रति हमारे नरम रुख और हमारी सामयिक विवशता को ध्यान में रख उसने आमन्त्रण के रूप में अपनी राजनीतिक अवसरवादिता का परिचय दिया है। पर उसकी चाल को अनदेखा करते हुए अभी हमें अपना स्टैण्ड नहीं बदलना चाहिए...!''

जनार्दन का यह तर्क सबको पसन्द आया। यहाँ सीधे-सीधे समर्थन की बात भी नहीं थी। उन्हें बस, भोजलोक की आलोचना नहीं करनी थी। आर. अण्डमान ने इस क्षेत्र से अपनी 'देशमुक्ति' पार्टी का कोई उम्मीदवार खड़ा नहीं किया था। भोजलोक से चुनावी तालमेल के तहत इस क्षेत्र में वह भी भोजलोक को ही अपना समर्थन दे रहा था। हालाँकि जनार्दन और उसके मित्रों की राय के समक्ष आर. अण्डमान का यह पक्ष नहीं था। जनार्दन ने स्पष्ट भी किया—''भोजलोक के प्रति आर. अण्डमान का समर्थन अभी हमारे लिए विचारणीय नहीं। आर. अण्डमान किसी और पार्टी को समर्थन देता, तब भी हमें भोजलोक को ही देना था। हमारा निर्णय आर. अण्डमान से कतई प्रभावित नहीं।''

आपसी विचार-विमर्श का उनका कार्यक्रम अब यहीं आकर समाप्त हो गया। छविपुर चलने के लिए अब वे मुखातिब हो गये। यहाँ क्षण-भर के लिए अंजलि व्यग्र हो उठी। उसकी स्नेह दृष्टि जनार्दन पर जा टिकी। लेकिन मित्रों की उपस्थिति के चलते उसने तत्क्षण अपने को सामान्य बना लिया। उसने विदा के वक्त पुनः कोशिश की—''तुम लोग एक-एक कप चाय पी लेते...। मुझे कोई असुविधा नहीं होगी...!''

पर जनार्दन ने उसे पुनः मित्रों की ओर से समझा दिया—''इतनी औपचारिक

न बनो अंजलि! आवश्यकता पर हम खुद माँग लेते। तुम अब आराम करो। हम निकलते हैं।''

और वे अंजलि से विदा ले चल पड़े। जनार्दन को विदा करते वक्त अंजलि की आँखें फिर छलछला उठी। लेकिन किसी मित्र का ध्यान उस पर नहीं गया। वे उसके दरवाजे से गली के अँधेरे में आ गये थे। जनार्दन ने उसे भी दरवाजा बन्द कर लेने के लिए कहा। और वे चल पड़े...।

राधेगाँव से निकलने से पहले जनार्दन और उसके मित्रों ने चैती को उसके घर छोड़ दिया। फूस की अपनी पलानी में चैती पूर्ववत् समा गयी।

अब वे छविपुर के रास्ते पर थे। राधेगाँव से खेत की पगडण्डियाँ छविपुर को जाती थीं। उन पगडण्डियों पर वे बढ़ चले। रात का समय! मार्च का खुशनुमा मौसम। ठण्डी हवा! वे कहीं से भी बोझिल अनुभव नहीं कर रहे थे। जोगीपुर से राधेगाँव आने और राधेगाँव से अब छविपुर जाते हुए एक नयी चुस्ती और फुर्ती का एहसास उन्हें हो रहा था। शायद विषम परिस्थितियों के खिलाफ सामूहिक निर्णय के अंजाम की यह ऊर्जा थी।

छविपुर में प्रवेश कर वे सीधे जनार्दन के दरवाजे पहुँचे। जनार्दन को किनारे खड़ा कर उमेश ने दरवाजा खटखटाया—''खट! खट! खट!''

वे इस बात के प्रति सचेत थे कि जनार्दन के माँ-बाप को मौन बनाकर पुलिस उसके घर छिपी न हो, ताकि जनार्दन के आते ही उसे पकड़ सके। पर उमेश की खटखटाहट के जवाब में तत्क्षण ही अन्दर से जनार्दन के पिता की आवाज आयी—''के हऽ?''

शायद वे जगे थे। सम्भव है, जनार्दन की फरारी के बाद वे न सो सके हों!

जवाब में उमेश ने कहा—''मैं हूँ काका!''

बस, उन्होंने उमेश की आवाज पहचान ली—''तू है उमेश। का खबर लाया है...?''—और तिरबेनी काका ने जल्द ही दरवाजा खोल दिया। अपने बेटे जनार्दन के जिगरी दोस्त उमेश और राजू पर उन्हें पूरा भरोसा था। अपने इन गँवई लड़कों को तो बचपन में उन्होंने खिलाया था। इससे पहले कि उमेश से वे कुछ और पूछते, दरवाजा खुलते ही वह तेजी से घर के अन्दर चला गया। अपने घर की तरह इस घर में भी वह आता-जाता था। फिर फुर्ती से अन्दर कथा निरीक्षण कर वह बाहर आ गया। अब जनार्दन अन्दर चला गया और सभी मित्र बाहर पहरे पर तैनात हो गये। अपनी फरारी के बाद जनार्दन की यह पाँचवीं रात थी। अब तक ये रातें घर के बाहर ही कटी थीं। फरारी के बाद वह पहली बार घर पहुँचा था। उसके पास इतना समय भी नहीं था कि जाने से पूर्व माँ-बाप को स्वयं आश्वस्त कर पाता। अब उसका परिणाम देख रहा था। इस पाँच रात में ही उसकी माँ बेहाल लग रही

थी—उदास, श्रीहीन और सूखी हुई! उस पर नजर पड़ते ही दौड़कर उसने बाँहों में भर लिया। फिर बोली—"तू अब तलक कहवाँ था लाल? उनके बीच में काहे कूदा? हे भगवान! अब का होगा...?"

उसने माँ को समझाया—"मैं अपने एक दोस्त के यहाँ अच्छी तरह था माँ। मेरे भागने से तू इतना क्यों घबरा गयी है? मैं कोई चोर-डाकू नहीं हूँ। यह हमारी वैचारिक लड़ाई है। मैं उनकी सभा में कुछ कहने नहीं गया था। लोगों के सामने मेरा नाम लेकर जब नन्दिता ने मुझे अपमानित किया तो मुझे बोलना पड़ा। वे मेरा कुछ नहीं कर सकेंगे। हमारी लड़ाई अन्याय के खिलाफ है...!"

जनार्दन के पिता तिरबेनी भी वहीं खड़े थे। वे भी जनार्दन की बात सुन रहे थे। उसने अनुभव किया कि उसकी इस बात पर पिता की चेहरे की सख्त मांसपेशियाँ कुछ ढीली पड़ी हैं। अब पिता ने कहा—"तोहरी धर-पकड़ का वासते पुलिस आयी थी!"

जनार्दन ने उन्हें समझा दिया—"मुझे सब पता है। मित्रों ने सब-कुछ बता दिया है। पुलिस आती रहेगी। लेकिन आप लोगों को तनिक भी चिन्तित नहीं होना है। मैंने किसी का खेत नहीं लूटा है, किसी का गला नहीं काटा है, किसी के यहाँ सेंधमारी नहीं की है। मैं सत्य की राह पर हूँ। सत्य की राह में परेशानियाँ आती हैं, लेकिन अन्तिम विजय सत्य की होती है!"

जनार्दन की इस बात पर उसके माता-पिता के चेहरे के लुप्त सुकून वापस आने लगा। उसने जानबूझ कर ऐसे प्राचीन संवाद का उपयोग किया था जो उसके माता-पिता जैसे बुजुर्ग पीढ़ी के लिए मन्त्रवत् था। अब उसके पिता ने, उसके हाथों पर तीन पत्र थमा दिये। शायद उसकी अनुपस्थिति में आये पत्र थे। लालटेन की रोशनी में जनार्दन उन्हें तत्क्षण पढ़ने लगा। पहला पत्र टामचन्द की पार्टी 'जगेश' के प्रान्तीय अध्यक्ष का था। टामचन्द के अध्यक्ष ने जनार्दन की हौसलाअफजाई करते हुए मित्रों के साथ 'जगेश' में आने के लिए उसे आमन्त्रित किया था। जनार्दन जब पत्र पढ़ रहा था तो उसके माँ-पिता की निगाहें उसके चेहरे पर टिकी थीं। उसके द्वारा पत्र समाप्त होते ही पिता ने पूछ दिया—"का पत्र है? का लिखा है?"

उसने बताया—"हिन्दू-मुस्लिम को लड़ाने वाला वह जो टामचन्द है, उसी की पार्टी के अध्यक्ष का पत्र है। हम लोगों को अपनी पार्टी में शामिल करने के लिए नेवता पठाया है...!" और यह कहते हुए जनार्दन ने अपने पिता की आँखों के सामने उस पत्र के टुकड़े-टुकड़े कर दिये—"तुम्हारे बेटे को यह खरीदना चाहता है। पर हम बिकाऊ नहीं। जिन उसूलों के लिए हम लड़ रहे हैं, उसमें अब पीछे नहीं लौट सकते...। हम जान चुके हैं कि ऐसी भ्रष्ट पार्टियाँ ही हमारे समाज की बदहाली का कारण हैं। ऐसी पार्टियों को हमें सबक सिखाना है। इस पूरे समाज

को बदलना है... ।''

अपने पिता की मानसिकता के अनुरूप ही इस दूसरे संवाद की शब्दावली का भी उसने उपयोग किया था। यह देखकर उसे खुशी हुई कि उसके हाथों जगेश पार्टी के पत्र फाड़े जाने तथा उसके इस कथन पर पिता की आँखों में उसके प्रति सम्मान की तरलता पैदा हो आयी। अब उसने दूसरा पत्र उठाया। उसे भी तेजी से पढ़ लिया। पिता ने फिर पूछा—''ई केकर है? ए मे का लिखा है?''

जनार्दन ने उस दूसरे पत्र को भी फाड़ते हुए कहा—''यह 'भोजलोक' पार्टी का है। इसने भी वही लिखा है। मेरी फरारी को देख सब सौदेबाजी पर उतर आयी हैं... । अपनी औकात बता रही हैं...!''

जनार्दन ने अब तीसरा और अन्तिम पत्र उठाया। वह टेलीग्राम था। उसे पढ़कर जनार्दन ने नहीं फाड़ा। इस बार पिता के कुछ पूछने से पहले ही वह कह उठा—''इसे भी फाड़ देता। लेकिन इसने अपनी पार्टी में शामिल होने का प्रस्ताव नहीं भेजा है। यह 'देशमुक्ति' पार्टी के आर. अण्डमान का पत्र है। मेरे कार्य के लिए सिर्फ शाबाशी दी है...! मेरे इस क्रान्तिकारी कदम के लिए अपना समर्थन व्यक्त किया है....!''

हालाँकि पिता को ऐसा बताने के बावजूद उस टेलीग्राम को भी टुकड़े-टुकड़े कर देने के लिए उसका अन्तर उसे ललकार रहा था। लेकिन अंजलि के यहाँ के आपसी विमर्श ने उसके हाथ रोक दिये। जब आर. अण्डमान ने सीधे-सीधे अपने पत्ते नहीं खोले तो उन्हें भी अपने पत्ते नहीं खोलने। उसने उस टेलीग्राम को बगल के दिराखे पर रख दिया! अब अपने माँ-बाप को आश्वस्त करने की उसने कोशिश की—''इस अवधि में मैं यहाँ नहीं रह सकता। अपने मित्रों के यहाँ अच्छी तरह हूँ। तुम दोनों जनों को समझाने आया हूँ कि मेरे लिए तनिक भी फिकिर मत करना। हमारी लड़ाई अपने लिए नहीं, सबके लिए है। हमारे साथ बहुत लोग हैं। हमारा पूरा समाज है। यहाँ का जिम्मा राजू और उमेश को लगा दिया है। वे रोज आकर देख लेंगे। घर के जरूरी काम सलटा देंगे...!''

लेकिन अब तक तिरबेनी के अन्दर का वह तिरबेनी जाग गया था, जिसने नदी में कूदकर राव मानवेन्द्र बाबू को बचाया था। उसके चेहरे की मांसपेशियाँ अब पुनः सख्त हो चली थीं। जनार्दन ने अनुभव किया, पिता के चेहरे की यह सख्ती उसकी चिन्ता से उपजी नहीं थी, वह नये उत्साह और कर्त्तव्यबोध की सूचक थी। उसके पिता ने अपनी वाणी में इस सख्ती को व्यक्त भी किया—''तू हमरी फिकर छोड़ दे। बस, अपनी फिकर कर...हमें अभी केकरो जरूरत नहीं... । हम तो दूसरे के काम सलटा देंगे, आपन काम तो कवनो कड़ा नहीं... ।''

जनार्दन ने अब माँ-पिता से इजाजत ली। माँ ने खाने का आग्रह किया तो

उसने समझा दिया–"मित्रों के यहाँ खूब खाता-पीता हूँ माँ! देख ले, तनिक भी नहीं झटका (दुबला हुआ) हूँ...! सभी दोस्तों की माँएँ तुम्हारी तरह ही मुझे मानती हैं। तुम बस अपना और पिताजी का ख्याल रखो। हम जिस लाइन में हैं, उसमें भागना-छिपना और जेल जाना आम बात है। उससे हमारा रास्ता और साफ होता है। हम और आगे बढ़ते हैं...!"

अपने माँ-बाप को आश्वस्त कर जनार्दन मित्रों के पास आ गया। अब तक रात के तीन पहर बीत चुके थे। अब चौथा और अन्तिम पहर बाकी था। भोर होने से पहले ही उन्हें 'सोहागी' गाँव पहुँच जाना था। जनार्दन को 'सोहागी गाँव' में उसके नये ठौर पर इत्मीनान से पहुँचाकर ही उसके मित्र लौट सकते थे...। अब उनके कदम 'सोहागी' गाँव की ओर बढ़ गये।

15

'सोहागी' के अपने नये ठौर पर जनार्दन का आज चौथा दिन था। अब वह यहाँ इत्मीनान से था। विजय के फूफा-फुआ उसके पूर्व परिचित थे। विजय के साथ पहले भी उनके यहाँ वह आ चुका था। अपने घर एक युवा बेटे की उपस्थिति से वे वृद्ध दम्पति तो जैसे निहाल थे। जनार्दन ने भी उनकी भावनाओं को कहीं से आहत नहीं होने दिया। इस घर में आते ही उसने खाटसायी फूफा की शुश्रूषा का अधिकांश दायित्व अपने ऊपर ले लिया। घर के कामों में भी फुआ के हाथ बँटा देता। यहाँ सुबह-शाम के दैनिक कार्यों के बाद काफी समय बचता। इस घर की दिनचर्या एकदम नियत और ठहरी हुई थी। तब खाली समय में जनार्दन खूब पढ़ता। विजय ने पहले ही दिन अपनी फुआ को समझा दिया था–"हमरे इस दोस्त के बारे में किसी से कुछ मत बताना फुआ...। ई एकान्त में पढ़ने के वास्ते इहाँ ठहरा है। अपने इम्तहान की तैयारी में लगा है...। कोई अधिक पूछताछ करे तो बस कह देना कि जोगीपुर का हमारा भतीजा है...! इसकी पढ़ाई बर्बाद मत होने देना...!"

विजय ने फुआ की समझ की भाषा में ही उसे बताया था। विजय के कहे अनुसार जनार्दन सचमुच दिन-दिन भर पढ़ता। पढ़ते हुए ही इस ठौर के अपने समय का सदुपयोग करता। अपने साथ कई पत्रिकाएँ और पुस्तकें वह लेता आया था। यहाँ विजय से उसे प्रतिदिन आकर समाचार-पत्र दे जाया करता। इसी बहाने उसकी

सुरक्षा पर भी चौकस रहता। जनार्दन को इस तरह पढ़ते देख फुआ को विजय का कहा बिल्कुल सही जँचता। इस पढ़नेवाले लड़के के प्रति वह और भी उदार हो गयी थी। जनार्दन का अधिक समय गृह-कार्य में न लगे इसीलिए वह बोल उठती—"तू जाके अपनी पढ़ाई करो बचवा...। तोहरा इन्तहान देना है। अपना जास्ती समय पढ़ाई में लगाओ। हम धीरे-धीरे सब सपना लेगी...। इहवाँ पढ़ने आया है तो वही काम कर। मेरे लिए जइसा विजय, वोइसा तू। पढ़-लिख के हाकिम बन जाएगा तो हमारा भी हिया जुड़ा जाएगा। कभी घूम-फिर के खोज-खबर ले लेना...!"

फुआ की इन बातों की मिठास जनार्दन के तन-मन में घुल जाती। कितना समरस दृष्टिकोण था फुआ का? चाहे अपना भतीजा हो या भतीजे का दोस्त, कोई फर्क नहीं। पढ़ाई जैसे नेक कर्म के प्रति शाश्वत सद्भाव। फुआ के प्रति उसकी नजरें श्रद्धा से भर जातीं। वह कहता—"कोरी पढ़ाई कोई पढ़ाई नहीं होती फुआ, जीवन की जरूरियातों से कटी निखालिस पढ़ाई बेमानी होती है...। कोई भूखा पेट नहीं पढ़ सकता है, तो पेट भरने का उतजोग तो उसे करना ही पड़ता है। उसके बाद ही पढ़ाई उसके मन में जमती और रमती है...।"

इस दौरान जनार्दन अक्सर सोचा करता कि फुआ का ख्याल जिस पढ़ाई के बारे में है वह दूसरी पढ़ाई है। खबरों की जो पढ़ाई अभी वह पढ़ रहा था उससे तो निरन्तर अपने मन को अशान्त और बेचैन पा रहा था। उसको लेकर आनेवाली खबरें अभी जारी थीं। मीडिया ने उसे खलनायक तथा नन्दिता को नायिका बनाये रखने का अपना उपक्रम बरकरार रखा था। इस माहौल में उसकी फरारी तथा नन्दिता की सभाओं में बढ़ती भीड़ की खबरें अब स्थायी भाव की खबरें थीं! किसी-न-किसी रूप में अखबार में उन्हें होना ही था। लेकिन जनार्दन की दिलचस्पी अब इन खबरों में नहीं थी। चुनाव के इस माहौल में आनेवाली नयी खबरों ने उसे उद्वेलित कर रखा था...।

इन नयी खबरों में पहली खबर मध्यप्रदेश के उम्मीदवार कमलदेव की थी, जिसने ऐन मौके पर अपनी पार्टी से अलग स्वतन्त्र उम्मीदवार के रूप में अपने को घोषित कर दिया था। मध्यप्रदेश की राजनीति में यह तूफानी खबर थी। मीडिया ने इसे प्रमुख स्थान दिया था। कमलदेव के इस निर्णय पर जहाँ मुख्य विपक्षी पार्टी में उल्लास छा गया था, वहीं कमलदेव की पार्टी का संकट गहरा उठा था। इस घटना पर पक्ष-विपक्ष के अनेक प्रतिनिधियों का मन्तव्य प्रकाशित हुआ था। लेकिन उन मन्तव्यों से भी अधिक की जानकारी जनार्दन को हो गयी थी। राजनीति की बहुत सारी खबरें जो मीडिया में विस्तार नहीं पाती थीं, मौखिक रूप से कानों-कान पसर जाती थीं। किसी दबंग उम्मीदवार द्वारा मानहानि के मुकदमे दायर करने के डर से मीडिया मौखिक खबरों को स्थान नहीं देता था। कमलदेव की वह खबर भी ऐसी

ही थी। अपनी मुख्य प्रतिद्वन्द्वी पार्टी से मोटी रकम लेकर कमलदेव ने अपनी पार्टी को कमजोर कर दिया था।

सक्रिय राजनीति में होने के चलते जनार्दन, कमलदेव और उसकी पार्टी की गतिविधियों से अवगत था। कमलदेव की पार्टी प्रदेश की एक बड़ी पार्टी है। अपनी मुख्य प्रतिद्वन्द्वी पार्टी के एक सबल उम्मीदवार को धूल चटाने की उसने पूरी तैयारी कर ली थी। उसकी इस तैयारी में कमलदेव भी साथ था। अपनी पार्टी का वह एक प्रभावी उम्मीदवार था। मध्यप्रदेश की राजनीति में भी इस बात की चर्चा थी कि उस खास स्थान से कमलदेव की पार्टी को विजयी होना है। चुनाव सर्वेक्षकों की भी यही राय थी। लेकिन अचानक यह विस्फोट हो गया। शायद एक बड़ी रकम पर उस मुख्य प्रतिद्वन्द्वी पार्टी ने कमलदेव को पटा लिया। रकम पाते ही कमलदेव अपनी पार्टी के सुप्रीमो पर टिकट बाँटने के मामले में स्वेच्छाचारिता का आरोप लगाते हुए पार्टी से अलग हो गया। फिर उस प्रतिद्वन्द्वी पार्टी के इशारे पर नॉमिनेशन के अन्तिम दिन स्वतन्त्र उम्मीदवारी का अपना पर्चा भी दाखिल कर दिया। अब तय है कि कमलदेव की पूर्वपार्टी के मत विभाजित हो जाएँगे! अपनी पार्टी के आधे मत तो कमलदेव अपने प्रभाव से निश्चय ही हासिल कर लेगा। इस स्थिति में वह प्रतिद्वन्द्वी पार्टी अब सीधे विजयी हो जाएगी। उसने ऐसी चाल चली कि साँप भी मर गया और लाठी भी न टूटी। यह घटना जनार्दन को मैच फिक्सिंग की तरह ही जान पड़ी। चुनावी हार-जीत की फिक्सिंग...!

कमलदेव के इस प्रकरण ने जनार्दन को सोचने के लिए बाध्य कर दिया था। लम्बे समय तक अपनी पार्टी का वफादार रहा कमलदेव व्यक्तिगत लाभ पाते ही पार्टी का दुश्मन बन गया। इसका सीधा अर्थ यही कि राजनीति में आने का कमलदेव का उद्देश्य कहीं से भी व्यवस्था और समाज की बेहतरी नहीं! जिस उद्देश्य के लिए वह आया था, उसकी प्राप्ति नेता-मन्त्री बनने से पहले ही हो गयी तो फिर अब क्यों किसी पार्टी से बँधा रहे? अखबार में हँसते हुए कमलदेव की जो तस्वीर छपी थी, उससे भी यही बात ध्वनित हो रही थी कि मंजिल पाने के आह्लाद से वह भरा है...।

जनार्दन के लिए चिन्ता का विषय यह भी था कि कमलदेव ने कहीं से भी अपने फैसले को अपने किसी व्यक्तिगत लाभ से परिचालित नहीं माना है। उसने मीडियावालों को भी आगाह किया है कि बगैर किसी प्रमाण के अगर उसके ऊपर अभियोग लगाये गये तो वह सख्त कानूनी कार्रवाई करेगा। पूर्व पार्टी से अपने अलगाव को वह सीधे-सीधे वैचारिक मतभेद मानता है। अपने उसूलों के लिए पार्टी की अवसरवादी नीति के खिलाफ अपने जेहाद को अपनी जनता की माँग पर उठाया गया अपना क्रान्तिकारी कदम बताता है। यहाँ जनार्दन का तात्कालिक असमंजस

इस बात को लेकर भी पैदा हुआ कि जनदेश से उसके अलग होने के कारण भी तो यही हैं। सम्भव है, इस चुनाव में उसने भी अपनी उम्मीदवारी कायम की होती तो जनदेश के मतों को वह भी विभाजित करता। तब जनदेश की ओर से उस पर भी यह आरोप थोपा जाता कि मुख्य प्रतिद्वन्द्वी पार्टी से एक बड़ी रकम लेकर जनार्दन ने ऐसा किया है। तब क्या जनता कमलदेव और उसमें फर्क कर पाती? उसने सुना है, नकली सिक्के जब बहुतायत से बाजार में आते हैं तो असली सिक्कों को भी बाहर कर देते हैं। लोकतन्त्र के बाजार में नकली सिक्कों की खनक उसे साफ सुनाई पड़ रही थी। फिर भी अपने मन को उसने संयत किया। बाजारवाद के इस साम्राज्यवादी साजिश को वह समझ रहा है। लोगों का दृष्टिकोण जिस तरह व्यक्तिवादी होता जा रहा है, उसका उद्गम उसके मित्रों से छिपा नहीं है। उस उद्गम की नीयत के प्रति भी अपने लोगों को उन्हें सावधान बनाना है। उसे अब यह लगने लगा था कि इस घालमेल के बीच ही नकल की कलई खुलनी और असली सिक्कों को जगह मिलनी है। सच्चे संघर्ष को मुकाम पाना है। लोकतन्त्र की नदी इस विषम राह से ही गुजरती है।

इसी तरह की एक दूसरी खबर उत्तर प्रदेश के रामरूपचन्द की थी। अपनी जातीय लहर और चुनावी सरगर्मी के बीच अचानक एक बड़ी पार्टी के पक्ष में रामरूपचन्द बैठ गया था। जनार्दन ने उसके बारे में भी बहुत-कुछ सुना था। वह अपने क्षेत्र का एक जुझारू जातीय नेता था। जातिगत स्तर पर उसकी अच्छी पैठ थी। जाने उसने कौन-सा जादू चला दिया था कि उसके क्षेत्र के उसकी जाति के लोग उसके नाम पर सीधे गोलबन्द हो जाते थे...। उसके क्षेत्र से लड़ रही विभिन्न विपक्षी पार्टियों की निगाह सीधे उसी पर थी। अपने प्रभाव के तहत विपक्षी पार्टियों के मत परस्पर विभाजित थे। इस स्थिति में रामरूपचन्द के जातीय मत ही निर्णायक थे। चूँकि रामरूपचन्द स्वयं भी उन मतों से अकेले विजयी नहीं हो सकता था, इसीलिए मुख्य प्रतिद्वन्द्वी दो पार्टियों के बीच, जिसने उसे बड़ी थैली सुपुर्द की, उसके पक्ष में वह बैठ गया। अब अपनी जाति के मतदाताओं से उसका आह्वान था कि उस पार्टी को ही वे अपना मत दें, जिसके पक्ष में वह बैठा है...।

जनार्दन की जानकारी के अनुसार, पिछली बार भी उसने ऐसा ही किया था। जिस पार्टी से थैली लेकर बैठा था, अपने जातीय मतों के समर्थन से उसे विजयी बना दिया था। राजनीति के माध्यम से कमाने के लिए यह एक नायाब जरिया उसने ढूँढ़ लिया था। और ताज्जुब कि अपने इशारे पर अपनी जाति के लोगों को भेड़-बकरी की तरह हाँक भी लेता था। इसके पीछे उसकी जातिवादी भूमिका भी किसी से छिपी नहीं थी। अपनी जातीय गोलबन्दी के लिए वह सदैव तत्पर रहता था। वह सालों-साल इसी की खेती करता था। चुन-चुनकर अपनी जाति के महापुरुषों

की आदमकद प्रतिमाओं की स्थापना उसका मुख्य कार्य था। उन महापुरुषों की जयन्तियों के आयोजन में भी वह उसी तन्मयता से लगा रहता। अपने लोगों की जातिगत भावना को वह सदैव जाग्रत रखता। गाहे-ब-गाहे अपनी जाति के लोगों की आवश्यकताओं पर वह सहयोग भी करता। चुनाव मैदान में जिसके पक्ष में वह बैठा होता, भले ही इसके लिए उसे थैली मिली होती, फिर भी उस विजयी उम्मीदवार से अपनी जाति के लोगों के कुछ कार्य वह करा ही लेता। इस रूप में वह दोहरा लाभ उठाता...!

चुनाव के मैदान से रामरूपचंद के हटने की सूचना के साथ ही जनार्दन को यह खबर भी मिली कि रामरूपचन्द अब अगली बार से बैठने वाला नहीं है...। उसने अनुभव कर लिया है, निरन्तर बढ़ती पार्टियों और बढ़ते उम्मीदवारों के विभाजित मतों के चलते अगले चुनाव तक उसके न बहकने वाले ठोस जातीय मत निर्णायक सिद्ध होंगे। उसने अपने निकटस्थ लोगों से कहा है कि अगले चुनाव में उसे सदन में पहुँचना है। बगैर नेता-मन्त्री बने अपनी जाति का उद्धार सम्भव नहीं...। जनार्दन जैसे लोग जानते थे कि दो चुनावों में बैठने की भारी फीस ने इस दौरान उसकी आर्थिक कमी भी दूर कर दी थी। अब उसकी खूबसूरत कार के पीछे देशी-विदेशी कारों का काफिला जुड़ गया था। जनार्दन को उसकी सम्भावना सही जान पड़ती। पिछली लोकसभा में उस आधार पर कई उम्मीदवार सदन में पहुँचे थे। सम्भवतः जातीय राजनीति के अग्रज नेताओं की सफलता ने ही इस ओर रामरूपचन्द का ध्यान आकृष्ट किया है।

जातिगत आधार पर लोकतन्त्र में किला फतह को जनार्दन और उसके मित्र प्रगति विरोधी कदम के रूप में मानते हैं। उनकी इस सफलता को भी वे तात्कालिक समझते हैं। अपने उसी दृष्टिकोण के तहत जनार्दन ने अपने मन को शान्त किया। यह सही है कि जातीय लहर के कारण रामरूपचन्द भी कुछ अन्य सांसदों की तरह सदन में पहुँच जाएगा। लेकिन उसकी इस पहुँच को ध्वस्त होना ही है। जनार्दन और उसके मित्रों ने अध्ययन किया है, जाति की राजनीति करनेवालों ने सही अर्थों में अपनी जाति को क्षति ही पहुँचायी है। अपनी जाति के पहले से सम्पन्न लोगों को छोड़ वास्तविक हकदारों को उन्होंने लाभान्वित नहीं किया है। उल्टे दूसरी जाति की आँखों में अपनी जाति को किरकिरी बना दिया है। जैसे-जैसे जातिवादी जनता सचेत होती जा रही है, इस जातीय छद्‌म को वह समझने लगी है। आनेवाले समय में लोग जाति और धर्म के खूँटे से बँध कर नहीं रह सकते...। विकास की गति में विज्ञान सम्मत मार्ग से आगे बढ़ते लोग किसी भी जातीय बाड़ेबन्दी को स्वीकार नहीं करेंगे...। अन्ततः वर्ग के वैज्ञानिक आधार को उन्हें अपनाना ही होगा...।

इन दोनों खबरों की तरह एक तीसरी खबर ने भी जनार्दन की बौद्धिकता को झकझोरा था। बरसात के पहले पानी में जाने धरती के किस गर्भ से पीले, लाल और गुलाबी मेढक एकाएक प्रकट हो जाते थे, जो पहले कभी नजर नहीं आते थे...। इस चुनावी परिदृश्य में भी अचानक फिल्मी हस्तियों के आगमन की खबर उसे वैसी ही लग रही थी। अपने जमाने की लोकप्रिय फिल्म तारिका सुरभि चुनाव मैदान में आ गयी थी। अभी भी उसके चहेतों की संख्या कम नहीं थी। एक प्रसिद्ध राजनीतिक पार्टी के टिकट पर इस लोकसभा के लिए वह चुनाव लड़ रही थी। नन्दिता की तरह अब मीडिया का फोकस उस पर भी था। विभिन्न अदाओं की उसकी तस्वीरों ने नन्दिता को भी पीछे छोड़ दिया था।

इस बात को लेकर जनार्दन का मन यहाँ फिर खौल उठा था कि जो पर्दे पर नाचती, कूदती और कूल्हे मटकाती रही, जो पूरा समय अपनी चमड़ी को चिकना-सलोना रखने तथा बदन को सुडौल बनाने में व्यतीत करती रही, जिसकी पाँच सितारा दिनचर्या का उद्देश्य संवादों को रटने और कैमरे के समक्ष उसे व्यक्त करने में ही गुजरता रहा, जिसने आम जीवन की समस्याओं को कभी महसूस ही नहीं किया, समाज-सेवा का कभी कोई कार्य नहीं जाना, उसने अचानक राजनीति में आने का निर्णय कैसे कर लिया? क्यों कर लिया?

जनार्दन देख रहा था—सुरभि की तरह विभिन्न क्षेत्रों से चोटी की कई अभिनेत्रियाँ और अभिनेता चुनाव मैदान में उतर आये थे। जिन्होंने सीधे-सीधे अपनी उम्मीदवारी प्रस्तुत नहीं की। उन्होंने भी किसी-न-किसी पार्टी के प्रचार में अपने को उतार दिया। उनके आगमन और समर्थन की पृष्ठभूमि को जनार्दन अन्य उम्मीदवारों से पृथक् करके देख रहा था। जो खाकपति अरबपति बनने के लिए राजनीति में आ रहे थे, ये फिल्मी उम्मीदवार उस श्रेणी में नहीं थे। अपने पेशे में ये स्वयं अरबपति थे। जब एक-एक फिल्म में अपने अभिनय का अनुबन्ध करोड़ों की रकम पर करते हैं तो धन के लिए राजनीति में इनका आना हरगिज नहीं माना जा सकता। ये तो जिस पार्टी से खड़े होते हैं या जिसे समर्थन देते हैं, अपने धन से उसे भी लाभान्वित करते हैं। ऐसे उम्मीदवारों की प्रतीक्षा में तो पार्टियाँ मुँह बाये खड़ी रहती हैं। इन्हें टिकट प्रदान करने के लिए सम्बन्धित पार्टियाँ पात्रता के सारे नियम शिथिल कर देती हैं। अभिनय के क्षेत्र में इनकी लोकप्रियता ही यहाँ भी नियामक और निर्णायक समझी जाती है। खटकने वाली इस बात पर जनार्दन अपने मित्रों के साथ गहन विचार-विमर्श कर चुका है। यह सबकी निर्विवाद राय है कि अभिनय के क्षेत्र की इनकी लोकप्रियता का वे पार्टियाँ दोहन करती हैं, जो इन्हें अपना उम्मीदवार घोषित करती हैं। ये कलाकार भी अपनी उस लोकप्रियता को ही राजनीतिक किला फतह के लिए अमोघ अस्त्र समझते हैं। जनार्दन के लिए यह कम आश्चर्य का विषय

नहीं कि अपने संकेतों से पर्दे पर इन्हें नचानेवाले बौद्धिक वर्ग के निर्देशक और लेखक राजनीति में नहीं आते हैं। इस मामले में अपवाद स्वरूप ही किसी फिल्मी निर्देशक या लेखक को चुनाव लड़ते देखा जा सकता है, जबकि अभिनेता एवं अभिनेत्रियों की यहाँ भरमार होती है। जनार्दन के मन में इन फिल्मी कलाकारों के प्रति कोई पूर्वाग्रह नहीं है। वह मानता है कि इनमें से कई ऐसे हो सकते हैं जो देश और समाज के लिए उपयोगी साबित हों। शहर सिखाये कोतवाल का आदर्श इनके साथ चरितार्थ हो सकता है। लेकिन किसी दूसरी क्षेत्र के अनुभव-सिद्ध और लोकप्रिय व्यक्ति को किसी दूसरे क्षेत्र का नायकत्व प्रदान करना उसे बेढंगा जान पड़ता है।

जनार्दन इस बात के प्रति भी आश्वस्त था कि धन लिप्सा की तरह यश-कामना के तहत भी इन फिल्मी कलाकारों का राजनीति में आना नहीं है। यह बात भी किसी से छिपी नहीं है कि अपने क्षेत्र में वे पर्याप्त यशस्वी हैं। किसी राजनेता से चोटी का कोई फिल्मकार कम लोकप्रिय नहीं होता। यहाँ ले-देकर जनार्दन को अधिकार का ही एक ऐसा पक्ष नजर आता जो इन फिल्मी कलाकारों के राजनीतिक आगमन का सीधा घटक जान पड़ता। कोई बड़ा मन्त्री बनकर ही वे अधिकार पा सकते हैं। धन और यश के रहते हुए भी बगैर अधिकार के उनकी कोई शख्सियत नहीं। और अधिकार के लिए नेता-मन्त्री बनना आवश्यक है। नेता-मन्त्री बनकर ही असीमित अधिकारों का स्वामी हुआ जा सकता है। फिर अधिकारों के बाद ही अपने अनुकूल नियम-कानून वे बना सकते हैं। अपनी सुरक्षा का पुख्ता इन्तजाम कर सकते हैं। अपनी अकूत सम्पदा और लोकप्रियता का वैधानिक स्वरूप दे सकते हैं। हालाँकि गहराई से विचार करने पर जनार्दन को सिर्फ यही एक कारण नहीं, तीनों कारणों का सम्मिलित स्वरूप जान पड़ता। एक के माध्यम से त्रिपक्षीय लाभ! यहाँ कलाकारों के उस मनोवैज्ञानिक पक्ष को भी जनार्दन अनदेखा नहीं करना चाहता, जहाँ राजा-रानी के अपने मंचीय अभिनय से वास्तविक राजा-रानी की कामना उनके अन्दर पैदा हो जाती हो...! अपने अभिनय पर पिक्चर-हाल की तालियों को वे अपने प्रति जन-समुदाय का समर्थन मानने लगते हों, अपनी यात्राओं के दौरान अपने दर्शन के लिए जगह-जगह लोगों की उमड़ती भीड़ में देश के नेतृत्वकर्त्ता की अपनी छवि उन्हें कौंधती हो...!

अभी कल के ही समाचार-पत्र में प्रसिद्ध फिल्मी तारिका सुरभि की चुनाव सभा में मची भगदड़ के दौरान तीन लोगों के मरने तथा अनेक के जख्मी होने की सचित्र खबर ने जनार्दन को आहत किया है। तीन बेकसूर लोग मारे गये और अनेक गम्भीर रूप से घायल हो गये। सूचना के अनुसार प्रसिद्ध फिल्मी नायिका सुरभि को देखने के लिए ऋतुनगर की उसकी सभा में ऐसी भीड़ उमड़ी, जिसकी उम्मीद उसकी

पार्टी के आयोजकों को भी नहीं थी। जिला प्रशासन ने भी ऐसी अनियन्त्रित और बेशुमार भीड़ की सम्भावना लक्षित नहीं की थी। अपनी चहेती नायिका सुरभि को निकट से देखने के लिए युवाओं ने घेरेबन्दी तोड़ दी। बस, लोग एक-दूसरे पर गिरने-पड़ने लगे। कुहराम मच गया। सुरक्षा के लिए तैनात पुलिस को लाठीचार्ज तथा आँसू-गैस के गोले छोड़ने पड़े। भीड़ की उस भगदड़ में दो वृद्ध तथा एक दुबले-पतले किशोर की मृत्यु हो गयी। इसके अतिरिक्त भागने से लाचार कई लोग जख्मी हो गये। मृतकों के पोस्टमार्टम तथा घायलों के इलाज के लिए पुलिस ने उन्हें स्थानीय अस्पताल में दाखिल करा दिया। सुरभि की पार्टी ने इसके लिए ऋतुनगर जिला प्रशासन को दोषी ठहराया है। उसके अनुसार जिला प्रशासन की लापरवाही से ही ऐसी दुर्घटना हुई...!

जनार्दन और उसके मित्र यह खबर पढ़कर हतप्रभ रह गये! ऐसा नहीं कि उस भीड़ का आकर्षण वे न समझते हों। किशोर उम्र के युवा और मनचले बुजुर्ग ही ऐसी भीड़ों के जनक होते हैं। पर्दे की रानी को सच में देखने की तमन्ना ही उन्हें वहाँ खींच ले जाती है। जनार्दन और उसके मित्र मानते हैं कि निश्चित रूप से ये गैरजिम्मेदार लोग होते हैं। जब तक ऐसे लोग अपनी जिम्मेदारी महसूस नहीं करने लगेंगे, तब तक ऐसी रूमानी भीड़ें लगती रहेंगी...!

जनार्दन जानता था, सुरभि की उम्र उसकी माँ की उम्र से कम नहीं। उस उम्र में अपनी माँ की कमर झुकते, गाल पिचकते और चेहरे पर झुर्रियों का उभरना वह स्पष्ट अनुभव कर रहा है। उसकी शारीरिक स्थिति ने इस उम्र में भी पर्दे पर उसे नायिका के स्थान से पदच्युत नहीं किया है। उसके इस ठहरे हुए यौवन का राज भी मीडिया-विशेषज्ञों ने समय-समय पर उद्घाटित किया है। ऐसी अभिनेत्री राजनीतिक नेत्री बन कर देश और समाज के लिए क्या करेगी, यह सोचकर जनार्दन और उसके मित्र हैरत का अनुभव करते। इस बिन्दु पर अपने लोकतन्त्र का स्वरूप उन्हें और अधिक उलझा और जटिल जान पड़ता। राजनीति के ऐसे फिल्मी कलाकारों को जनार्दन नन्दिता से भी अधिक पुलपुली और हवाई जमीन पर पाता। जनसामान्य के बीच कुछ ही मिनटों में जिनका दम घुटता हो, उससे जनसामान्य की बेहतरी की क्या उम्मीद की जा सकती है? इस बिन्दु पर जनार्दन और उसके मित्र मानते कि भारतीय लोकतन्त्र में ऐसा कुछ भी निषिद्ध नहीं रहा...। साथ ही इस विश्वास के प्रति भी वे अडिग बने रहते कि इन्हीं गुँजलकों के बीच से लोकतन्त्र की असली शख्सियत भी बहाल होनी है। अपने अनुभवों से वे जान चुके थे कि लोकतन्त्र का मार्ग अब सहज-सपाट मार्ग नहीं रह गया है। दुनिया की प्रायः सारी पेचीदगियों ने भारतीय लोकतन्त्र को आच्छादित कर रखा है।

लोकतन्त्र के भारतीय स्वरूप को लेकर अपने मित्रों से बहसों के अन्तर्गत

जनार्दन इस निष्कर्ष पर पहुँचता कि महाभारत के रचयिता महर्षि वेदव्यास के प्राक्कथन के अनुसार संसार में जो कुछ भी है वह भारतीय लोकतन्त्र में निहित है और भारतीय लोकतन्त्र में जो नहीं है, वह संसार में कहीं नहीं है। लोकसभा के इस चुनाव तक आते-आते उसे अब यह स्पष्ट लगने लगा था कि दुनिया की सारी विकृतियों, अराजकताओं और पतनशीलता को भारतीय लोकतन्त्र खुलकर खेलने का अवसर देता है, ताकि अपनी पारी खेलकर वे किनारे हो जाएँ। फिर लोकतन्त्र सही अर्थों में अपने लोकोपकारी मार्ग को अख्तियार कर सके। जनार्दन और उसके मित्रों का ध्यान लोकतन्त्र के उसी लोकोपकारी मार्ग पर था...।

विजय आज का जो अखबार दे गया था उसके प्रथम पृष्ठ की एक सूचना पढ़कर जनार्दन का मन क्षण-भर के लिए तिक्त हो गया। उसके इस क्षेत्र की राजनीति में भी फिल्मी आहट की अनुगूँज सुनाई पड़ने लगी। खबर के अनुसार फिल्मी दुनिया की एक और विख्यात अप्सरा कमली ने लोकेन्द्र पार्टी के प्रति अपना समर्थन व्यक्त किया था तथा लोकेन्द्र को विजयी बनाने की अपनी पेशकश शुरू की थी। लोकेन्द्र की चुनाव सभाओं में अपने प्रचार की शुरुआत इस क्षेत्र के शिवगंज बाजार से ही वह करने जा रही थी। अगले सप्ताह शुक्रवार को शिवगंज बाजार में लोकेन्द्र की सभा को वह सम्बोधित करेगी। उसके साथ लोकेन्द्र की युवा नेत्री नन्दिता भी आ रही है! अन्य अनेक वरिष्ठ लोकेन्द्री आ रहे हैं। मीडिया की खबर के अनुसार जिला प्रशासन ने अभी से ही शिवगंज बाजार में सुरक्षा का इन्तजाम शुरू कर दिया है। अभिनेत्री सुरभि की सभा में होनेवाली दुर्घटना को ध्यान में रखकर जिला प्रशासन ने राज्य प्रशासन से अतिरिक्त पुलिस बल की माँग की है। जनार्दन को लगा, भीड़ जुटाने के लिए तो अकेली नन्दिता काफी है, अब कमली भी उसके साथ आ गयी! लेकिन जनार्दन और उसके मित्र आश्वस्त थे, ऐसी भीड़ों से मतदाताओं के पक्ष का आकलन नहीं किया जा सकता। ऐसी रूमानी भीड़ें मतदान केन्द्रों की सक्रियता में नहीं बदलतीं...। आँख सेंकने वाली ये भीड़ें हार-जीत के फैसले का निर्णायक नहीं होतीं...।

जनार्दन ने अखबार का पन्ना पलट दिया। ऐसी वाहियात खबरों में समय जाया करना उचित नहीं। लेकिन दूसरे पृष्ठ पर भी चुनाव प्रचार की ऐसी ही प्रायोजित खबरें थीं...। इधर जनार्दन यह लगातार महसूस करता जा रहा था कि चुनावी तिकड़मों से अखबार की खबरें भरी होती थीं...। विभिन्न पार्टियाँ और उम्मीदवार अपने अभियान की सफलता के लिए एक-से-एक हैरतअंगेज कारनामे अंजाम देते जा रहे थे। सत्ताकामियों के इन पक्षों की खबरों के समक्ष जनपक्ष की खबरें तो जैसे गायब थीं...। ऐसी खबरें जनार्दन को सड़क के मजमेबाजों के परिष्कृत संस्करण जान पड़ते, जो पुड़िये की अपनी दवा बेचने के लिए कभी झोले

से साँप निकालते तो कभी अपने मुँह से गुब्बारे उड़ाते हैं!

जनार्दन ने फिर अगला पृष्ठ पलटा। अचानक बॉक्स के घेरे में प्रकाशित दो खबरों ने उसका ध्यान खींचा। बॉक्स में सजाकर प्रकाशित की गयी वे खबरें अखबार के संवाददाताओं की उपज नहीं थीं, दो पूर्व सांसदों के पक्ष की विज्ञप्तियाँ थीं। विभिन्न पार्टियाँ और उम्मीदवार शीघ्र तथा मनचाही खबरों के लिए इधर अपनी विज्ञप्तियाँ खूब जारी कर रहे थे। ऐसी विज्ञप्तियों के लिए बड़े अखबार उनसे मोटी रकम उगाहते हैं। ऐसी पार्टियाँ और उम्मीदवार अपने ऐसे चुनाव खर्च का घोषित-अघोषित बन्दोबस्त करके रखते हैं। अपनी ऐसी विज्ञप्तियों में सम्बन्धित पार्टियाँ और उम्मीदवार सिर्फ अपना प्रचार ही नहीं करते, प्रतिद्वन्द्वी पार्टियों की अच्छी खबर भी लेते हैं। बौद्धिक शब्दावली में उनकी धूर्त्तता और मक्कारी की पोल खोलते हैं। उनके गड़े मुर्दे उखाड़कर रख देते हैं। ऐसी विज्ञप्तियों का संचालन सम्बन्धित पार्टियों और उम्मीदवारों के 'थिंक टैंक' करते हैं। अपने जानते वे एक-दूसरे को मटियामेट कर छोड़ते हैं। उनकी नेपथ्य-कथा के माध्यम से उनका कच्चा-चिट्ठा खोलकर रख देते हैं। इस दौरान दोनों का अन्तर्निहित सच सामने आ जाता है। अपने पैसे से अपनी विज्ञप्ति जारी कर वे अपनी सच्चाई बता देते हैं। विजय ने पिछले चुनाव में ऐसी विज्ञप्तियों को काटकर एक जगह रखा था। उन्हें पढ़ने के बाद एक-दूसरे पर उनके खोजी आरोपों से उनका कोई भी पक्ष गोपन नहीं रह पाता था। अपने जानते तो वे सिर्फ अपने प्रतिद्वन्द्वी को पछाड़ रहे होते थे पर उनकी इस प्रतिद्वन्द्विता से दोनों पक्षों के दागदार चेहरे उजागर हो उठते थे। इस पक्ष ने जनार्दन और उसके मित्रों को पर्याप्त आशान्वित किया है। लोकतन्त्र के इस पक्ष ने ही उन्हें आश्वस्त किया है कि विकृतियों के बीच लोकतन्त्र अपना मार्ग ऐसे ही बनाता है...। इसी प्रक्रिया से निथर कर उसे अपना स्वरूप ग्रहण करना है...।

बॉक्स के अन्दर की जिन विज्ञप्तियों को जनार्दन पढ़ रहा था, वे दूसरी तरह की विज्ञप्तियाँ थीं। उनमें अपने प्रतिद्वन्द्वी पार्टियों या उम्मीदवारों के प्रति विष वमन नहीं था तथा अपनी पार्टी का घोषित प्रचार भी नहीं था। उन विज्ञप्तियों में उम्मीदवारों की व्यक्तिगत छवि का उभार था। अपने संकल्प का आह्वान उन्होंने व्यक्त किया था। पहली विज्ञप्ति कदम नागर की थी। कदम नागर पूर्व सांसद था। बीच के एक मध्यावधि चुनाव में वह हार गया था। इस बार पुनः अपनी पार्टी के टिकट पर खड़ा था। बॉक्स की अपनी विज्ञप्ति में उसका कथन था—"प्यारे देशवासियो! अपने संकल्प से मैं आप लोगों को अवगत कर देना चाहता हूँ कि अपराध नियन्त्रण मेरी पहली प्राथमिकता होगी। आये दिन होनेवाली हत्याओं और नरसंहारों ने मेरे संवेदनशील मन को आहत कर रखा है। मारनेवाले जानते हैं कि उन्होंने किसी एक का सफाया किया है, जबकि एक हत्या एक पूरे परिवार को

हताहत कर देती है। हत्याएँ कभी समाधान नहीं बनतीं। एक हत्या तो कई हत्यारों को जन्म देती है। हत्याओं की विनाश लीला से त्रस्त समाज को देखते हुए अब मैंने हत्याओं से निपटने के लिए सख्त निर्णय ले लिया है। समाज में होनेवाली बर्बर हिंसा को मैं समाज का सबसे बड़ा अभिशाप मानता हूँ। हत्यारों की शिनाख्त करने और उन्हें कठोर-से-कठोर सजा देकर ही हत्याओं की निर्बाध और बेलगाम गति को हम रोक सकते हैं। हत्यारे हत्या की घटनाओं को अंजाम दे सरेआम सड़कों पर निफिकिर घूमते रहते हैं। हमारे सभ्य समाज के लिए इससे बड़ा कलंक और क्या हो सकता है? हिंसा की रोकथाम के लिए मैं हर सम्भव प्रयास करूँगा। अवैध हथियारों का निर्माण पूरी तरह रोक देने के लिए मेरा जोरदार प्रयास होगा। वैध हथियारों की आपूर्ति में भी और सतर्कता बरतने की हिदायत दूँगा। नर संहारों को अंजाम देनेवाले सभी उग्रवादी संगठनों को समान रूप से प्रतिबन्धित करने का मेरा आग्रह होगा। गाँधीजी ने अहिंसा का जो मन्त्र दिया है, उसे हमें मूर्त्त रूप प्रदान करना है। कोई किसी को मार कर नहीं, अपने विचारों से पराजित कर विजयी हो सके, ऐसा मार्ग प्रशस्त करना है। अपनी राय के अनुसार मैं हिंसा को सबसे संगीन जुर्म मानता हूँ...। हिंसा-मुक्त वातावरण बनाने के लिए मैं कृत संकल्प हूँ...। अपने इस उद्देश्य के लिए अन्तिम साँस तक लड़ता रहूँगा। बस, आपके सहयोग की मुझे कामना है।

शुभेच्छु,

आपका,
कदम नागर''

बॉक्स की दूसरी विज्ञप्ति रोहित नयन की थी। नयन स्वीकारोक्ति भी इससे कुछ मिलती-जुलती थी। उसका संकल्प था—''भाइयो और बहनो! मेरी जानकारी में देश की बर्बादी और बदहाली का सबसे बड़ा कारण भ्रष्टाचार है। निजी क्षेत्रों से लेकर सार्वजनिक क्षेत्रों तक के कार्य घूस और घोटाले से परिचालित हैं। दफ्तरों से लेकर स्कूल-कॉलेजों तक कमीशन और डोनेशन की घोषित माँग घूस का ही परिष्कृत रूप है। किसी बेरोजगार से रोजगार दफ्तर का बाबू जब उसका नाम पंजीकृत करने के लिए तथा किसी गरीब किसान से सरकारी सहयोग समितियाँ बीज और खाद के लिए उससे खुलेआम घूस माँगती हैं तो मेरा मन खौल उठता है। भ्रष्टाचार की इस सर्वग्रासी नदी ने हमारे पूरे देश को डुबो दिया है। जो जहाँ है और जिस पद पर है, वहीं से देश को लूटकर अपना व्यक्तिगत खजाना भर रहा है। भ्रष्टाचार-नियन्त्रण को मैं अपने देश की पहली जरूरत मानता हूँ। विज्ञान आदि विभिन्न क्षेत्रों में हमारा विकास भी तभी सार्थक और जनोपयोगी हो सकेगा। जब

भ्रष्टाचार की पतनशीलता पर हम अंकुश लगा सकेंगे। भ्रष्टाचार विरोधी कानूनों को और सख्त, और-और अधिक प्रभावी बनाने का एजेण्डा मेरे कार्यक्रम में सम्मिलित है...। भ्रष्टाचार को उसकी जड़ के साथ समाप्त करने के लिए पूरे प्राणपण से लगने का एकसूत्री कार्यक्रम मैं बना चुका हूँ। 'एकै साधे, सब सधै' की भाँति इस एक महामारी को नियन्त्रित कर हम अपने बर्बाद होते लोकतन्त्र को पटरी पर ला सकते हैं...। मैंने महसूस किया है कि भ्रष्टाचार के खिलाफ सार्थक मुहिम के अभाव में ही भ्रष्टाचार यहाँ के लोगों की चेतना का अंग बन गया है। मैं जानता हूँ, भ्रष्टाचार उन्मूलन का कार्य उतना आसान नहीं, लेकिन नेपोलियन की तरह मेरे शब्दकोश में असम्भव शब्द नहीं...। भ्रष्टाचार के खिलाफ अपनी आहुति देने के लिए मैं तैयार हूँ। आपका सहयोग रहा तो भ्रष्टाचार मुक्त माहौल का अपना सपना साकार कर दिखा दूँगा...।

जय हिन्द,

आपका,
रोहित नयन।''

इन दोनों विज्ञप्तियों को पढ़ कर जनार्दन हठात् आसमान से जमीन पर आ गिरा। कदम नागर और रोहित नयन नामक राजनीति के इन दोनों कुख्यात सरगनाओं को वह अच्छी तरह जानता था। राजनीति में आने से पहले कदम नागर अपराध की दुनिया का डॉन था। हत्या के दर्जनों अभियोग उस पर थे। अपने प्रभाव और पैसे से पुलिस की पकड़ में आने के बाद फिर-फिर जमानत पर रिहा होता और अपने कृत्य को अंजाम देता रहता। एक बड़े राजनेता का उसे वरदहस्त प्राप्त था। उस नेता के संग-साथ ने ही राजनीति में आने का उसका मार्ग प्रशस्त किया। पहली बार जेल के अन्दर से ही भारी मतों से वह विजयी हुआ। फिर संसद में पहुँच अपने कृत्य को छिपाने का एक बड़ा आवरण पा गया। अब स्वयं अपने कृत्य को अंजाम देने के स्थान पर अपने शार्गिदों को उसने आगे कर दिया। अपनी छवि सुधारने के लिए कुछ चाटुकार बुद्धिजीवियों को भी उसने पाल रखा है, जो उस पर लगे अभियोगों को राजनीति-प्रेरित तथा पूर्वाग्रह-युक्त साबित करने में अपनी बौद्धिक क्षमता का इस्तेमाल करते रहते हैं। उन बुद्धिजीवियों के मस्तिष्क की उपज ही जनता के नाम उसका यह उद्बोधन था...!

रोहित नयन को जनार्दन कुछ दूसरे रूप में जानता था। राजनीति में आने से पहले वह भ्रष्टाचारी नहीं, एक छोटा व्यवसायी था। व्यवसाय में मनोवांछित सफलता न पाकर ही राजनीति में आया। बनिया होने ने उसे जल्दी ही राजनीति में सफल बना दिया। अवर्णों ने तो उसे अपना आदमी समझ आगे बढ़कर अपनाया।

लेकिन सवर्णों की भी उससे वैसी दूरी नहीं रही जैसी अन्य अवर्णों से थी। इस स्थिति में सांसद बनते ही एक बड़े विभाग का वह मन्त्री हो गया। बस, धन की उसकी अतृप्त कामना जाग गयी। फिर तो अपने पूरे विभाग को लूटकर चन्द दिनों में ही उसने अपने नाती-पोतों तक के लिए बेशुमार सम्पत्ति अर्जित कर दी। विरोधी पार्टियों की प्रखर माँग पर जब निगरानी ब्यूरो ने उसके यहाँ छापामारी की तब नोटों से भरे हुए कई ब्रीफकेस और सोने के बिस्कुटों से भरे गमले मिले। विभिन्न महानगरों में उसके नामी-बेनामी भवनों और चल-अचल सम्पत्ति का पता चला। विदेशी बैंकों में अकूत सम्पत्ति जमा होने की भनक लगी। उसके बाद रोहित नयन ने मोर्चा सँभाल लिया। वकालत के क्षेत्र के तीव्रतर मस्तिष्क उसके पक्ष में आ भिड़े। आरोप, सफाई और प्रत्यारोप के लम्बे होते प्रकरण से रोहित नयन ने अपनी छवि को फिर से पटरी पर ला दिया। जब तक आरोप प्रमाणित नहीं हो जाते तब तक निगरानी ब्यूरो के ऐसे अनुसन्धानों में कुछ नहीं। उसके तेजस्वी वकील भले ही उसे विजयी न कराएँ, लेकिन मामले को दशकों तक लम्बा तो खिंचवा ही सकते हैं। उसका तो स्पष्ट कहना है कि भ्रष्टाचार-विरोधी उसके कदम पर ही विरोधियों ने उसके खिलाफ भ्रष्टाचार का झूठा आरोप लगाया है, इसीलिए इस बार का उसका सबसे बड़ा एजेण्डा भ्रष्टाचार-विरोधी उसका संकल्प ही है।

जनार्दन समझ नहीं पा रहा था कि जब स्वयं हत्यारा अहिंसा की वकालत करे और भ्रष्टाचारी सदाचार के पक्ष में अपने को प्रस्तुत करे तो उस माहौल का सामना कैसे किया जा सकता है? ऐसे अवसरों पर अपने तरकस के तीरों को वह खाली पाता था। पर यह स्थिति उससे भी जटिल थी। यहाँ तो प्रतिद्वन्द्वी अपने शत्रु के अस्त्रों से ही उस पर वार करके उसकी स्थिति संगीन बना रहा था...। सचमुच यह स्थिति भयावह थी। यह ऐसी विरूप स्थिति थी कि इसके आकलन में जनार्दन अपने प्रतीकों और शब्दों को असमर्थ पा रहा था। क्या जनता की स्मृति-क्षमता भी इतनी मन्द हो चुकी है कि इन पूर्व सांसदों का सब-कुछ वह भूल चुकी है और उनके इन नये संस्करणों पर विश्वास कर लेगी? शायद हाँ, शायद नहीं। इस सम्बन्ध में जनार्दन अपनी बौद्धिक समझ से धुन्ध को छाँटकर किसी निर्णय पर पहुँचने ही वाला था कि उमेश आ गया। जनार्दन के आगे खुले अखबार को देख वह बोल उठा—"इस चुनावी माहौल में अखबारों को पढ़कर तो अब गुस्सा पैदा होता है। पैसेवाले अपनी गलाजत प्रायोजित खबरों और विज्ञापनों के माध्यम से हमारे समक्ष परोस रहे हैं, यह असह्य स्थिति है...!"

जनार्दन ने उमेश की बात को वहीं छोड़ उसके आगमन पर अपनी जिज्ञासा व्यक्त कर उठा—"क्या समाचार है उमेश? आज अचानक इस दोपहर में आये हो?"

उमेश ने कारण स्पष्ट कर दिया—"काका ने तुम्हें बुलाया है। शाम को आ जाना...!"

यह सुन जनार्दन तत्क्षण पूछा उठा—"अचानक पिताजी ने क्यों बुलाया? वे ठीक तो हैं न?"

"बिल्कुल ठीक हैं!"

"और माँ?"

"चाची भी ठीक हैं।"

"तुमने काम नहीं पूछा?"

"पूछा था लेकिन उन्होंने कुछ नहीं बताया। तुम्हें बुलाने के लिए दो-दो बार आग्रह किया कि जनार्दन को आज शाम जरूर-से-जरूर भेज देना...!"

इसके बाद उमेश से जनार्दन की इधर-उधर की कुछ और बातचीत हुई। अंजलि, चैती आदि की गतिविधियों की ताजा जानकारी भी मिली। उसके खिलाफ लोकेन्द्र और पुलिस की कार्रवाई की जासूसी में वे दोनों सक्रिय थीं...। एक-दो दिनों में जनार्दन से मिलने भी वे आनेवाली थीं...। इसके बाद उमेश शीघ्र वापस हो गया। अपनी योजना के तहत उसे अधिक समय तक वहाँ नहीं ठहरना था। लेकिन उमेश के जाने के बाद जनार्दन पूरे समय तक उद्विग्न बना रहा। अचानक पिता ने उसे क्यों बुलाया? किसलिए बुलाया? कौन-सी जरूरत उन्हें आ पड़ी। अब चाहते हुए भी पत्र-पत्रिकाओं और पुस्तकों में उसका ध्यान रम नहीं पाया। वह शाम होने की प्रतीक्षा करने लगा!

उस रात अपने निर्धारित समय पर राजू और उमेश 'सोहागी' पहुँच आये। फिर जनार्दन को लेकर चल पड़े। अब वे छविपुर में थे। पिछली बार की तरह उमेश ने ही जनार्दन का दरवाजा खटखटाया—"खट! खट! खट! खट!"

जनार्दन किनारे खड़ा रहा। अन्दर से पिछली बार की तरह तिरबेनी काका की आवाज आयी—"के हउ?"

जवाब में उमेश ने पूर्ववत् कहा—"मैं हूँ काका!"

उसकी आवाज पहचान तिरबेनी काका ने दरवाजा खोल दिया। पिछली बार की तरह दरवाजा खुलते ही निरीक्षण के लिए उमेश तेजी से घर के अन्दर घुसा। लेकिन प्रवेश द्वार वाले उस कमरे में ही एक अपरिचित व्यक्ति को देख वह सन्न रह गया। तो क्या पुलिस जनार्दन की गिरफ्तारी के लिए घर में छिपी है? तिरबेनी काका को अपने दबाव-अधिकार में ले उन्हें यन्त्रवत् बना दिया है? अब फुर्ती से बाहर निकल उमेश ने जनार्दन और राजू को सतर्क कर दिया—"अन्दर एक अपरिचित आदमी बैठा है। मामला सही नहीं जान पड़ रहा है...!"

हालाँकि इस बीच तिरबेनी काका ने उसे रोकने की कोशिश की—"अरे उमेश ई तो!"

लेकिन उमेश ने उनकी बात अनसुनी कर दी थी। बाहर खड़े उसके मित्र जनार्दन और राजू संवाद पाते ही चौकस हो गये। उनके हाथ अपने हथियारों पर चले गये। उमेश के हाथ तो उसी वक्त अपने हथियार पर पहुँच गये थे जब उसने जनार्दन के घर एक अपरिचित व्यक्ति को देखा था। तिरबेनी काका ने अब तनिक भी देर नहीं की। किनारे खड़े जनार्दन पर नजर पड़ते ही वे तेजी से बोल उठे—"ऊ कोई पुलिसिया आदमी नहीं है जनार्दन! नेताजी की बेटी भेजिस है। तोहरा से ऊ सुलह-सपाटा चाहिस है। ई आदमी कल्हे से आ रहल है। आज तोहरा से भेंट करा देबे के हमसे बचन लिया है। ई हमको खराब आदमी नहीं बुझात है। तोहरा मन में जवन हो, तवने बात इसको कह दो। बाकिर ई दूत बन के आया है तो इसे असहीं मत लौटाओ। तू इससे बतिया लो तो मैं इसे अरियात (बिदा कर) दूँ...!"

पिता की बात सुन जनार्दन चौंक उठा। नन्दिता ने अपना दूत भेजा है। उसके मित्र राजू और उमेश भी भौचक रह गये? यह क्या माजरा है? अब अपना दूत उसने क्यों पठाया? वह चाहती क्या है? किसी और ने यह बात कही होती तो जनार्दन तैयार नहीं होता। नन्दिता और उसकी पार्टी के सन्देशवाहकों से उसे कोई बातचीत नहीं करनी। जिसने उस पर उग्रवादी होने का सरासर झूठा इलजाम लगा दिया, अब उसे ब्लैकमेल करने के सिवा नन्दिता और उसकी पार्टी क्या बातचीत करेगी? लेकिन पिता का आग्रह वह नहीं ठुकरा सका। उमेश के साथ अन्दर आ गया। राजू को बाहर ही पहरे पर तैनात कर दिया।

लालटेन की रोशनी में जनार्दन ने उस आगन्तुक को देखा, पचास-पचपन की उम्र का वह एक छरहरा व्यक्ति था। उसका रंग साँवला था। माथे के बाल औसत थे। पर करीने से कंघी किये हुए! दाढ़ी-मूँछ क्लीन। कत्थई रंग के पैण्ट और सफेद शर्ट में वह था। शर्ट के आगे की जेब में तह करके रखे हुए कागजात और खुले हुए दो पेन। पाँवों में अच्छी चप्पलें। आँखों पर सुनहरे फ्रेम का चश्मा तथा चमकता ललाट। पहली नजर में ही जनार्दन को वह किसी विभाग का तेजस्वी अधिकारी या कोई लेखक-पत्रकार जान पड़ा। बगैर कुछ पूछे अपने सम्मुख जनार्दन के बैठते ही वह बोल उठा—"नन्दिता मैडम ने हमें भेजा है। कल से ही आपसे मिलने के लिए परेशान हूँ। मेरे बहुत रिक्वेस्ट पर पिताजी तैयार हुए और आपको बुलवाया। इसके लिए मैं पिताजी का शुक्रगुजार हूँ। सचमुच इनमें इनसानियत भरी हुई है। आज के युग में ऐसे लोग अब बहुत कम हैं...। ये तो मेरे भी पिता तुल्य हैं। आप इनकी औलाद हैं, यह जानकर मुझे और खुशी हुई है। नन्दिता मैडम ने आपके पिताजी के बारे में जैसा बताया था, वाकई ये उससे भी बढ़कर हैं...। बहुत अच्छे...!"

जनार्दन ने अनुभव किया, उसकी सम्भावना के अनुसार सचमुच यह व्यक्ति काबिल है। अपने प्रथम सम्बोधन में ही उसने उस पर अपना विश्वास जमाने की कोशिश की। उसने आगे कहा—"मैंने सुना है, आप मैडम के यहाँ रहते थे। उस वक्त मैं वहाँ नहीं था। मैडम के बड़े मामा का मैं निजी सहायक था। मामाजी का मुझ पर इतना विश्वास कि कार्यालय के साथ-साथ अपने निजी कार्यों और फैसलों में भी मुझे साथ रखते थे। मामाजी ने ही अब मुझे मैडम के साथ लगा दिया है...। फिलहाल मैं मैडम का निजी सचिव हूँ...। मुझको छोड़कर आपसे बातचीत के लिए किसी और को नहीं भेज सकती थीं...!"

उस व्यक्ति ने अब थोड़ा-सा विराम लिया। फिर अपना कथन जारी रखने के लिए जैसे ही मुँह खोला कि जनार्दन बोल उठा—"अधिक विस्तार में जाने की जरूरत नहीं। सीधे-सीधे बताइये कि नन्दिता ने मेरे पास आपको क्यों भेजा है? अब उसकी मंशा क्या है?"

जवाब में जनार्दन को शान्त करते हुए उसने कहा—"मैं मैडम का सन्देश देने ही आया हूँ...। आप युवा खून हैं। युवा खून में जल्द ही उबाल आ जाता है। लेकिन मैं आपके पक्ष की बात कहने जा रहा हूँ। जैसाकि आप लोग जानते हैं, लोकेन्द्र पार्टी में आकर मैडम ने उसकी मुर्दा स्थितियों में जिन्दगी दौड़ा दी है। आप तो देख ही रहे होंगे, मैडम की सभाओं की भीड़ ने सभी प्रतिद्वन्द्वी पार्टियों को चित कर दिया है। उनकी विजय सुनिश्चित है। पार्टी में भी उनका कद बड़ा हो गया है। इस बात की पूरी गुंजाइश है कि पार्टी नेतृत्व की बागडोर उनके हाथ में ही आ जाय। पार्टी के अन्दर सब एक-दूसरे के दुश्मन हैं। लेकिन सबकी निगाहें उनके प्रति श्रद्धावनत हैं। पार्टी के अन्दर उनसे टक्कर लेने की हिम्मत किसी में नहीं...। यह तय है कि उनके जीतते ही किसी बड़े विभाग का मन्त्री पद उन्हें मिलना है। चाहे उनकी अपनी पार्टी की सरकार बने या उनकी पार्टी के सहयोग से कोई दूसरी सरकार, उनका मन्त्री पद कोई रोक नहीं सकता... !"

जनार्दन ने अब उस व्यक्ति को रोकना चाहा। ऐसे चतुर व्यक्तियों को वह जानता था, जो अपना मन्तव्य सीधे-सीधे व्यक्त न कर प्रसंगानुकूल सन्दर्भों की भूमिका के बाद व्यक्त करते थे, ताकि अपने उद्देश्य में सफल हो सकें...। पर नन्दिता पुराण सुनते जाना जनार्दन के लिए अब असम्भव होता जा रहा था। उसने पुनः हस्तक्षेप करते हुए कहा, "आप मूल बात पर क्यों नहीं आते? नन्दिता क्या है और क्या हो जाएगी इसमें मेरी कोई रुचि नहीं...! उसने आपको जो कहने के लिए भेजा है, हमें बस सीधे-सीधे वही बताइये...!"

उस आगन्तुक ने जनार्दन के इस खीझ भरे हस्तक्षेप पर भी अन्यथा नहीं लिया। शायद वह मँजा हुआ खिलाड़ी था। शायद ऐसे वाक्यों का वह अभ्यस्त था।

अब अपनी वाणी को और सरस और लोचदार बनाते हुए उसने विनम्र लहजे में कहा, ''मैं वही कह रहा हूँ श्रीमान्। वही कहने आया हूँ। आप तनिक धैर्य से मेरी बात सुन लें...। मैडम को और उनकी माँ को इस बात का गहरा अफसोस है कि राव साहब आपकी नौकरी नहीं लगवा सके। वे वैसा करने ही जा रहे थे कि आतंकियों की गोली के शिकार हो गये...। मैडम अपने पिता के उस दिए वचन को निभाना चाहती हैं। मन्त्री पद पाते ही अपने विभाग का कोई महत्त्वपूर्ण पद वे आपको देंगी। अपनी कार्य-सूची में इस काम को उन्होंने प्रथम स्थान पर रखा है...!''

यह सुनते ही जनार्दन का मन भन्ना उठा। उस व्यक्ति के कथन को अब फिर वहीं रोकते हुए उसने कहा, ''लेकिन आप जा कर उससे कह दीजिएगा...मुझे अब किसी नौकरी में नहीं जाना...। वह मेरी तब की आवश्यकता थी, अब की नहीं। अब मैंने तय कर रखा है, मुझे क्या करना है?''

इस पर उसने अनुनय के-से स्वर में कहा–''अगर आपकी इच्छा नौकरी में नहीं जाने की है तो मैडम के साथ राजनीति में ही रहियेगा। वे आपको अपना दायाँ हाथ समझती हैं। आपके प्रति उनका अटूट विश्वास है। मैडम की माँ तो आपको अपने बेटे से भी बढ़कर बताती हैं...!''

जनार्दन अब गम्भीर हो गया। उसने सख्त शब्दों में उस आगन्तुक को बताया–''मेरी राजनीति नन्दिता की राजनीति नहीं है। मेरे और उसके विचारों में कोई साम्य नहीं है। लोकेन्द्र जैसी आभिजात्य और जनविरोधी पार्टी में हम हर्गिज शामिल नहीं हो सकते। मुझे तो यह पूरा मामला षड्यन्त्रपूर्ण लगता है। एक ओर मुझे उग्रवादी घोषित कर मेरे पीछे पुलिस लगा देना, दूसरी ओर मुझे नौकरी देने और अपनी राजनीति में सम्मिलित होने का सन्देश भेजना...। आप सीधे उसके पास लौट जाइए और कह दीजिएगा कि मेरे समक्ष इस तरह का कोई चारा फेंकने की अब और कोशिश न करे...। राजनीति की जमीनी सच्चाई से मैं वाकिफ हूँ। उसकी यह सारी चालबाजी समझता हूँ...।''

अब नन्दिता की ओर से वह सफाई पर उतर आया–''आप ऐसा कतई न सोचें। आपके प्रति मैडम के मन में कोई दुर्भावना नहीं। लोकेन्द्र पार्टी की जोगीपुर शाखा ने आप पर पुलिसिया कार्रवाई की है। मैडम की इसमें कोई सहमति नहीं। उन्होंने तो इसका विरोध किया है। आप मैडम के साथ हो जाइए बस, फिर देखिए सारी कार्रवाई ध्वस्त हो जाती है...। आपके सारे विरोधी अपना-सा मुँह लेकर बैठ जाएँगे...। जहाँ तक वैचारिक भिन्नता का सवाल है तो राजनीति में मैडम का अपना कोई विचार नहीं है। आप जैसे लोग मैडम के साथ हो जाएँगे तो आपके विचार ही मैडम के विचार बन जाएँगे। आप जैसा कहेंगे वे वैसा ही करेंगी। आप तो प्रबुद्ध युवक हैं। पार्टियों की अच्छाई-बुराई तो उससे सम्बन्धित व्यक्तियों पर निर्भर करती

है। आप जैसे फौलादी युवकों को भी जनदेश से अलग होना पड़ा। पार्टी रूप में 'जनदेश' गलत नहीं, लेकिन नेतृत्व ने उसे उस रूप में रहने नहीं दिया, जिस रूप में आप लोग उसे चाहते थे...। मैडम ने तो यहाँ तक कहा है कि वे सिर्फ नाम की ही नेता-मन्त्री रहेंगी, सारे कार्यों का संचालन आपको ही करना है। मैडम के सम्पर्क में आने के लिए राजनीति के एक-से-एक दिग्गज बेचैन हैं। लेकिन सब तरफ से लौट-पीटकर उनका ध्यान बार-बार आप पर ही आ टिकता है...। उनकी नजर में आप जैसा विश्वासी कोई और नहीं...!''

इतना कहकर वह आगन्तुक जनार्दन की प्रतिक्रिया के लिए थोड़ा ठहर गया! जनार्दन को अब साफ महसूस हुआ कि निश्चय ही यह व्यक्ति तेजस्वी है। अपना बौद्धिक जाल बिछाना इसने शुरू कर दिया है। लेकिन ऐसे जाल उसके पास कारगर होनेवाले नहीं। उसने बेलौस आवाज में जवाब दिया—''मैंने जो कह दिया, सो कह दिया। किसी नन्दिता की पार्टी या आश्रय में मुझे नहीं जाना...!''

अब उस चतुर ने जनार्दन की बात को ही उलट कर उसे समझाना चाहा—''मेरे कहने का तात्पर्य यह नहीं है कि आपको मैडम की पार्टी और आश्रय में जाना है। मैडम स्वयं आपके निर्देशन और सुरक्षा में आना चाहती हैं। उनकी नजर में सिर्फ आप ही हैं जो किसी प्रलोभन पर बदल नहीं सकते और एक पानी पर डटे रह सकते हैं। उन्होंने हमें बताया है कि तमाम सरकारी सुरक्षा के बावजूद उनके पिता की असली सुरक्षा का दायित्व आप पर ही था। अब मैडम के पिता की भाँति उनकी सुरक्षा का दायित्व भी आपको ही सँभालना है...।''

जनार्दन ने छूटते ही कहा—''वह समय कुछ और था। मेरी परिस्थिति और मानसिकता कुछ और थी। उस घटना की पुनरावृत्ति अब सम्भव नहीं! जिस राजनीति से मैं जुड़ा हूँ, उसे बीच में छोड़कर उससे अलग नहीं हो सकता!''

इस पर उस चतुर का जवाब था—''आपकी राजनीति से मैडम आपको अलग करना नहीं चाहतीं...। आप तो जानते हैं, वे राजनीति में आना भी नहीं चाहती थीं। लोकेन्द्र पार्टी की मान-मनौवल और आरजू-मिन्नत के बाद वे राजनीति में आयी हैं। अगर राजनीति में उनके आने का उद्देश्य होता तो राव साहब के समक्ष ही राजनीति में आ गयी होतीं। लेकिन न तो राव साहब ही ऐसा चाहते थे और न मैडम की ही ऐसी इच्छा थी। लोकेन्द्र पार्टी ने अपने अन्तर्द्वन्द्व और अपने गलत कार्यों से खराब हुई अपनी छवि को सुधारने के लिए उन्हें खड़ा किया है। लोकेन्द्र पार्टी के कई वरिष्ठ नेता उन्हें राजनीति में लाने के लिए उनके यहाँ धरने पर बैठ गये थे। उनकी माँग पर वे राजनीति में आ तो गयीं, पर उन नेताओं पर उन्हें रंचमात्र भी विश्वास नहीं...। उनका ध्यान आपकी ओर ही टँगा है। आप उनके साथ हो जाइएगा तो सीधे-सीधे आपके विचारों के आलोक में ही वे काम करेंगी। लोकेन्द्र

का सिर्फ नाम भर रहेगा। आप जैसे भरोसेमन्द और निश्चय के पक्के युवक के प्रति उनके मन में ऊँची जगह है...!''

जनार्दन समझ रहा था, उसकी ईमानदारी और कर्मठता को ध्यान में रख कर ही नन्दिता ने ऐसा सन्देश भेजा है। लेकिन वह उसका बचपन था जब उसकी ईमानदारी और कर्मठता का उपयोग भ्रष्टाचार की सुरक्षा में हुआ था। अब वह ऐसा हरगिज नहीं होने दे सकता...! उसने साफ शब्दों में कहा, ''नन्दिता से कह दीजिएगा, उसका प्रस्ताव मुझे अमान्य है...!''

लेकिन उस चतुर आगन्तुक ने इस पर भी अपने हथियार नहीं डाले। सम्भवतः वह अपनी मैडम को कहकर आया था कि जनार्दन को लेकर ही पहुँचेगा। उसने कहा, ''मैडम के यहाँ से जब आप वापस हो रहे थे तो मैडम ने आपसे स्पष्ट कहा था, कभी बुलाएँगे तो आ जाना...! तब आपने मौन स्वीकृति प्रदान की थी। आपकी उस मौन स्वीकृति के आधार पर ही उन्होंने आपको याद किया है। उनकी डायरी में आपका सब-कुछ अंकित है। आपकी वापसी की वे प्रतीक्षा में हैं...!''

यहाँ पल भर के लिए जनार्दन समझ नहीं सका कि क्या जवाब दे? वैचारिक आग्रहों के बाद अचानक भावनात्मक आग्रहों पर यह कुशल संवाददाता उतर आया था। पर जल्द ही अपना जवाब भी उसे सूझ गया—''विदा के वक्त का हर मौन स्वीकृति नहीं होता। मेरा वह मौन उस घर से मेरी विरक्ति का सूचक था...। कहीं से भी मेरी स्वीकृति का संकेत नहीं...!''

इस पर उस आगन्तुक ने तत्क्षण कहा, ''लेकिन मैडम और उनकी माँ के मन में तो आपके प्रति वही अनुराग और आत्मीयता है...। वे आपको इस तरह से याद करती हैं, जैसे उनके यहाँ से आपका आना बिल्कुल कल की घटना हो...! जब आपके यहाँ मैडम मुझे भेज रही थीं तो उनकी माता जी भी वहीं थीं। उन्होंने भी आपको अपना सन्देश दिया है कि जनार्दन को मेरा आशीर्वाद कह देना और कह देना कि जैसे उसने और उसके पिता जी ने मेरा सुहाग बचाया था, वैसे ही अब मेरी बेटी को भी बचाना और सँभालना है...। अपनी बेटी की सुरक्षा का दायित्व भी अब सौंप रही हूँ...!''

उस आगन्तुक की इस बात पर नन्दिता की माँ का वह कथन जनार्दन को याद आ गया जब राव मानवेन्द्र बाबू की सुरक्षा में उनके साथ अपनी पहली यात्रा की उसने शुरुआत की थी। तब उनकी पत्नी ने उसे अपना आशीष देते हुए कहा था, ''जा, अब उनके साथ तत्पर रहना। तेरे जिम्मे ही उन्हें लगा रही हूँ। महावीर जी तेरी पीठ में कभी धूल न लगने दें...।''

तब जनार्दन को अपनी पाठ्य-पुस्तक कही कहानी 'उसने कहा था' की याद आ गयी थी। उस आगन्तुक की बात पर पुनः वह सन्दर्भ उसके जेहन में ताजा

हो उठा था। पर अपने जमीनी अनुभवों को ध्यान में रख स्वयं को सख्त बनाते हुए उसने उस आगन्तुक के भावनात्मक भ्रम को अब छिन्न-भिन्न कर देना चाहा कि, 'तुझे जो जवाब दे दिया, दे दिया। अब सीधे जाकर अपनी मैडम को बता दो। यहाँ अब और चतुर बनने की कोशिश मत करो...।' लेकिन उसके ऐसा कहने के पूर्व ही सब-कुछ सुन रहे उसके पिता बीच में टपक पड़े—"इनकी बात को बगैर समझे मत झटकारो जनार्दन...। अपने यार-दोस्तों से सलाह-बात कर लो...। नेताजी की बेटी जब खुद बुला रही है, तोहरे साथे काम करे वास्ते तइयार है, तब फेरू कवन अड़चन है? इहँवा जवन राजनीति तू लोग कर रहल हो उहँवा नेताजी की बेटी के साथे करोगे तो कहँवा से कहँवा पहुँच जाओगे...? राजनीति ओइसने घर की चीज है, गाँव-गँवई और खेत-बघार की नहीं।"

जनार्दन ने अब अपने पिता को यहीं रोक दिया—"तुम इस चाल को नहीं समझोगे बाबूजी! यह मेरी खरीदारी के लिए आये हैं। नन्दिता ने मेरी खरीद के लिए इन्हें पठाया है...। जैसे टामचन्द के 'जगेश' और नरपत के 'भोजलोक' ने अपना पत्र भेजा था, वैसे ही नन्दिता ने इन महाशय को भेजा है...। पर मैं बिकाऊ नहीं बाबूजी। ऐसे प्रलोभनों पर मैं बिकने वाला नहीं...!"

जनार्दन की इस बात पर उसके पिता मौन हो गये। जनार्दन के इस निर्णय से वे पहले भी अवगत थे। इस मामले में जनार्दन के बीच हस्तक्षेप न करने की उन्होंने ठान भी ली थी। लेकिन उस आगन्तुक की चिकनी-चुपड़ी बातों में आ गये थे। अब पुनः अपनी पूर्व भूमिका में लौट गये। उस आगन्तुक ने भी पिता-पुत्र के इस संवाद के बाद अब कुछ भी कहना उचित नहीं समझा...। स्कूल-मैदान के पास की कच्ची सड़क पर उसकी गाड़ी लगी थी, जहाँ उसके लोग उसकी प्रतीक्षा में थे। चलने से पूर्व अपने तरकश के अन्तिम तीर का भी उसने प्रयोग किया—"मैडम ने जो सन्देश दिया था, वह मैंने आपसे कह दिया। अब आप मानें या न मानें, यह आप पर निर्भर है। लेकिन एक बात मैं बता देना चाहता हूँ कि मैडम और उनकी पार्टी के हाथ बहुत लम्बे हैं...। मैडम की पार्टी का रवैया आपके प्रति बेहद उग्र है। मैडम ने अभी उन्हें 'ग्रीन सिग्नल' नहीं दिया है, इसीलिए आप बचे हुए हैं...! मैडम के साथ होकर इस संकट को भी आप टाल सकते हैं...!"

उस आगन्तुक की इस बात पर जनार्दन और उसके मित्रों की भौंहें तन गयीं। वस्त्र के नीचे अपने हथियारों पर उनकी पकड़ मजबूत हो गयी। जनार्दन ने गम्भीर आवाज में उससे कहा, "हमें धमकाने की कोशिश मत कीजिए। दूत के रूप में आये हैं तो अपनी सीमा में रहिए...। हम किसी से डरकर अपने विचारों से अलग नहीं हो सकते। अपने विचारों के लिए लड़ते हुए मर जाने में हमारा विश्वास है, ऐसी बनर घुड़कियों से डरने में नहीं...!"

वह दूत चला गया। अपने माँ-बाप से दो-चार बातें कर जनार्दन भी अपने मित्रों के साथ अपने ठिकाने की ओर लौट चला। उसे रातों-रात वहाँ पहुँच जाना था। रास्ते में राजू ने जनार्दन से कहा, "मुझे तो यह पूरा मामला सन्देहास्पद लगता है। नन्दिता इसी बहाने तुम्हारी हत्या या गिरफ्तारी चाहती होगी। तुम्हें बुलाने का उसका उद्देश्य तुम्हारे सफाये या तुम्हें बन्दी बनाने के सिवा और कुछ नहीं हो सकता। वह डर गयी है कि ऐसा किए बगैर यह चुनाव नहीं जीत सकती। इस क्षेत्र में हमारे जनाधार से वह आतंकित है...!"

जवाब में जनार्दन ने समझाते हुए कहा, "नहीं राजू, ऐसा नहीं है। मैं नन्दिता और उसके जैसे लोगों को अच्छी तरह जान चुका हूँ। अपनों जैसे लोगों के बीच वे रहते अवश्य हैं, मौज-मस्ती भी करते हैं, पर एक-दूसरे के छद्म और अवसरवाद से भी परिचित होते हैं। ऐसे लोगों को अपनी सुरक्षा के लिए हमारे-तुम्हारे जैसे जमीनी और ईमानदार कार्यकर्ताओं की आवश्यकता होती है। वे हमारी ईमानदारी और कर्मठता का इस्तेमाल अपने पक्ष में चाहते हैं...। नन्दिता ने सीधे-सीधे इसी उद्देश्य से अपने इस दूत को पठाया था...।"

इस पर उमेश ने कहा, "चलो, तब तो यह हमारी जीत ही है। हमारी ईमानदारी, कर्मठता और विचार-निष्ठता के समक्ष नन्दिता को झुकना पड़ा...। इसी तरह एक दिन पूरी व्यवस्था को हमारी लड़ाई सही माननी पड़ेगी। हमारे विचारों के लोकतन्त्र को अपनाना होगा!"

उमेश की यह बात सुन जनार्दन और राजू दोनों मित्र उत्साह से भर गये। उमेश की इस सार्थक उक्ति पर उन दोनों ने बारी-बारी से और गर्मजोशी से उमेश से हाथ मिलाया—"बिल्कुल ठीक कहा!"

"एकदम ऐसा ही होगा!"

अपने मित्रों के बीच जब किसी के मुँह से कोई जोरदार या विलक्षण बात निकलती थी तो वे सब उत्साह के साथ उससे हाथ मिलाते थे। इस उक्ति पर उमेश के साथ उन्होंने ऐसा ही किया...! अब वे 'सोहागी' गाँव के पास थे...!

16

जनार्दन और उसके मित्रों के लिए यह घोर आश्चर्य का विषय था कि नन्दिता के सन्देशवाहक के जाने के ठीक तीसरे दिन बाद ही पुलिस ने उसे गिरफ्तार कर लिया।

उस सन्देशवाहक ने धमकाया था—'मैडम ने अभी ग्रीन सिग्नल नहीं दिया है, इसीलिए आप बचे हुए हैं' तो क्या नन्दिता ने अब ग्रीन सिग्नल दे दिया? लेकिन पुलिस को उसके इस नये ठिकाने की जानकारी कैसे मिली? उसके मित्र तो मरते दम तक यह रहस्य खोलनेवाले नहीं। फिर पुलिस को कैसे पता चल गया? क्या सचमुच नन्दिता और उसकी पार्टी के हाथ इतने लम्बे हैं? प्रशासन पर उनकी पकड़ इतनी मजबूत है?

जनार्दन को जब पुलिस ने गिरफ्तार किया, वह शाम का समय था। शाम गहरा रही थी। अपनी प्रकृति के अनुसार सोहागी गाँव के लोग अपने घरों और दरवाजों पर सिमट आये थे। गाँव की गलियाँ लगभग सूनी हो गयी थीं। ठीक इसी वक्त पुलिस के दर्जनों जवान सोहागी गाँव पहुँचे। किसी भेदिये की सूचना पर उन्होंने सीधे फुआ के घर को घेर लिया। फिर हवाई फायरिंग के बाद अपनी कर्कश आवाज में कहा—"इस घर के अन्दर जो भी आतंकवादी छिपे हों वे अपने हथियार फेंककर सरेण्डर कर दें, वरना पूरे घर को हम उड़ा देंगे...! किसी ने भी भागने और प्रहार करने की कोशिश की तो उसे हम भून कर रख देंगे...!"

उस वक्त जनार्दन अपनी रात्रिचर्या में था। फूफा को शाम की दवा दे चुका था। अब अपने कमरे में लालटेन के समक्ष बैठ नयी आयी एक पत्रिका का सम्पादकीय पढ़ रहा था। सम्पादक ने 'आत्मदाह' और 'आत्मघात' का मनोविश्लेषण किया था। इस मानवीय त्रासदी पर जनार्दन भी लिखना चाहता था। उक्त पत्रिका का सम्पादकीय उसे नहीं जँचा। आत्मदाह और आत्मघात के कारणों की तह में सम्पादक नहीं पहुँच सका था। ऐसे ही समय पुलिस के औचक आगमन से जनार्दन भौचक रह गया...। नन्दिता के सन्देशवाहक की धमकी उसे मूर्त होती जान पड़ी। फिर भी इस पुलिसिया घोषणा से वह आतंकित नहीं हुआ। पुलिस की ऐसी नौटंकी से वह परिचित था। जहाँ वास्तव में उग्रवादी छिपे हों या उग्रवादियों का कोई अव्वल ठिकाना हो, वहाँ पुलिस की हिम्मत नहीं कि सीधे पहुँच जाय? वैसी जगहों से तो लम्बे फासले पर पुलिस ठहरती है। उग्रवादियों के हटने या वहाँ घटना के अंजाम के बाद खानापूर्ति के लिए जाती है। पर सोहागी गाँव का यह अड्डा इस मामले में उनके लिए निरापद था। यहाँ पहुँचने में उन्हें कोई कठिनाई नहीं हुई...।

जनार्दन की चौकन्नी निगाहें तत्क्षण फुआ के घर के कबाड़ पर चली गयीं। वह जब से यहाँ आया था, देख रहा था, फुआ के घर के बेकार पड़े लोहा-लक्कड़ एक छज्जे में पड़े थे। उसने अपना निजी अस्त्र तत्काल उनके बीच छिपा दिया। वह जानता था, अस्त्र के साथ उसकी गिरफ्तारी पर पुलिस उसे आतंकी करार देने में सफल हो जाएगी। लोहे-लक्कड़ के कबाड़ में पुलिस सहजता से उसके अस्त्र को नहीं पा सकेगी। अब पूरी गम्भीरता और निर्भीकता के साथ वह पुलिस प्रमुख के

समक्ष उपस्थित हो गया—"मैं भागने और प्रहार करनेवाला कोई आतंकवादी नहीं...! पूरा इलाका मुझको जानता है। राजनीतिक प्रतिद्वन्द्विता के चलते मुझे परेशान किया जा रहा है। मैं इसके खिलाफ न्यायोचित लड़ाई लड़ूँगा। इस घर में फूफा-फुआ और मेरे सिवा कोई नहीं। यह आतंकवादियों का अड्डा नहीं है...!"

जनार्दन के निर्भीक चेहरे और बुलन्द आवाज पर क्षण-भर के लिए वह पुलिस प्रमुख उसे निहारता रह गया। जनार्दन को अपना अनुमान सही जान पड़ा। अगर वह कायरता और कादरता से प्रस्तुत होता तो पुलिस प्रमुख उसे इस तरह नहीं निहारता...। अब पुलिस के जवानों ने फुआ के घर की तलाशी ली। लेकिन जनार्दन के कहे अनुसार वृद्ध फूफा-फुआ के सिवा वहाँ और कोई नहीं था...। उस घर से आतंकवादी ठिकानों की तरह हथियार और आग्नेयास्त्र भी बरामद नहीं हुए। जनार्दन के कमरे से सिर्फ पत्रिकाएँ, समाचारपत्र और कुछ पुस्तकें मिलीं...। लेकिन यह देखकर जनार्दन का माथा ठनक गया कि पुलिस ने इस घर से अपनी बरामदगी के प्रमाण के लिए कुछ जंग लगे पुराने अस्त्र सामने कर दिये। इस पर जनार्दन ने कड़े शब्दों में प्रतिवाद किया—"ये अस्त्र इस घर से नहीं निकले...। इस फर्जी बरामदगी को हम स्वीकार नहीं करेंगे...!"

जवाब में पुलिस प्रमुख के इशारे पर काले रंग और विकृत चेहरेवाले एक हवलदार ने उसे घुड़की लगायी—"चुप! रंगे हाथों पकड़े जाने पर भी डर नहीं। अब एक भी लफ्ज निकाला तो मारकर मुँह तोड़ दूँगा...।"

जनार्दन खौलकर रह गया। भाड़े की इस पुलिसिया कार्रवाई ने उसे क्षुब्ध कर दिया। लेकिन यह देखकर उसके आहत मन को कुछ राहत मिली कि घटनास्थल पर उपस्थित सोहागी के ग्रामीणों ने भी उसके प्रति अपना समर्थन व्यक्त किया। बगल के फूफा के चचेरे भाई ने ग्रामीणों की ओर से अपनी सख्त आपत्ति व्यक्त की—"यह गिरफ्तारी उचित नहीं...। हम जनार्दन को जानते हैं। यह आतंकवादी नहीं है। लोकेन्द्र पार्टी की यह चाल है। जनार्दन और उसके मित्र तो इस इलाके की समस्याओं के विरुद्ध लड़नेवाले युवा नेता हैं...!"

पुलिस ने ग्रामीणों के इस प्रतिरोध को अनुसना कर दिया। कहीं ग्रामीण संगठित होकर विरोध न कर बैठें, इसीलिए पुलिस ने उन्हें तितर-बितर करने की कोशिश की—"चलो, हटो...भागो! खबरदार जो कोई निकट आया...! इसके यार-दोस्तों को भी हम पहचानते हैं। सबको पकड़ कर हवालत में ठूँस देंगे...!"

अपने रोबदाब और वर्दीयुक्त अहंकार के तहत पुलिस ने जनार्दन के समर्थकों को हटा दिया। पर उनके समक्ष अब दूसरी समस्या खड़ी हो गयी, फर्जी हथियारों की बरामदगी के लिए सोहागी के ग्रामीणों की गवाही वे कैसे लें? कानून की दृष्टि से यह गवाही आवश्यक थी। यहाँ कुछ क्षण के लिए पुलिस असमंजस में पड़ी रही।

फिर शीघ्र ही गुफ्तगू कर उसने राह निकाल ली। पुलिस के तीन-चार जवान सोहागी की मुसहर टोली जा पहुँचे। अपने दरवाजों पर पड़े दो मरियल किस्म के मुसहरों को सोते से उठाकर वे घटनास्थल पर खींच लाये। वे विवश-लाचार और अभावग्रस्त व्यक्ति थे। अपनी दीनता में कलप रहे थे—''हमरो का कसूर हौ हाकिम? हमें छोड़ दो...!''

पुलिस ने बन्दूक की नोक पर उनके दस्तखत और ठेपे लिये—''इस कागज पर जल्दी-जल्दी दस्तखत करो और ठेपे लगाओ...तुम्हारी चोरी-बदमाशी की सब खबर हमें है...!''

''हमन चोर-बदमाश नाहीं मालिक! हमन ने किसी का कुछ नहीं लिया... ।''—और यह कहते हुए उन भयभीत मुसहरों ने अपने दस्तखत कर दिये तथा ठेपे लगा दिये। पुलिस ने पूरी मुसहर टोली में खोज कर उन दो मुसहरों को पकड़ा था, जो अपना दस्तखत करना जानते थे। अपनी दाँव-पेंच के हिसाब से पुलिस अब इत्मीनान में हो गयी। जनार्दन को लेकर अब वह चल पड़ी...!

गवाही की फर्जी घटना देख जनार्दन अब आशंकित हो उठा। अपने दोस्त राजू का कहा अब उसे सही प्रतीत होने लगा। उसकी हत्या के लिए भी नन्दिता और उसकी पार्टी का यह प्रयास हो सकता है। यह फर्जी गवाही इस बात का संकेत है कि उसे भी पुलिस कहीं एकान्त में ले जाकर 'एनकाउण्टर' कर सकती है। एनकाउण्टर के नाम पर ऐसा करने की अभ्यस्त पुलिस के लिए यह कोई बड़ी बात नहीं! क्षण-भर के लिए जनार्दन इस आसन्न संकट से विचलित और भयभीत भी हो गया। फिर उसने अपने को जल्द ही नियन्त्रित कर लिया। जब विषमताओं के खिलाफ उसने जंग छेड़ा है तो उसके साथ ऐसा कुछ भी हो सकता है। लेकिन उसके मारे जाने से यह जंग रुकने वाली नहीं। उसके मित्र इस जंग को जारी रखेंगे। अन्य लोग इसे आगे बढ़ाएँगे। अपनी तरह के लोकतन्त्र की बेहतरी का सपना उसने कई आँखों में देखा है...। उसके साथ इस लड़ाई का अन्त हरगिज नहीं होगा। आने वाली नयी पीढ़ी इसे लड़ेगी...!

जनार्दन को लेकर वह पुलिस टुकड़ी सोहागी गाँव के बाहर आ गयी। वहाँ कच्ची सड़क पर उनकी जीपें खड़ी थीं। एक जीप में जनार्दन के साथ पुलिस प्रमुख और चार जवान सवार हुए। अन्य तीन जीपों में पुलिस के शेष जवान। उनकी जीपें कच्ची सड़क की धूल उड़ाती बढ़ चलीं। उस कच्ची सड़क के रास्ते में आगे एक घना बगीचा था। जनार्दन का मन कहता था कि उस बगीचे के पास ले जाकर ही पुलिस एनकाउण्टर करेगी। जीप से उतारकर उसे कहेगी—'जा भाग जा, हमने तुझे छोड़ दिया!' पर जैसे ही वह आगे बढ़ेगा, पीछे से वे गोलियों से उसे छलनी कर देंगे...। इस बिन्दु पर उसने निर्णय किया कि जीप से उतरकर वह नहीं भागेगा।

यह कहते हुए पुलिस की गोली अपने सीने पर लेगा—"मेरी लड़ाई जिन लोगों के पक्ष में है उसमें आप पुलिसकर्मी भी शामिल हैं। एक बेहतर लोकतन्त्र में ही आप अपना वाजिब हक और सम्मान पा सकते हैं।" लेकिन जनार्दन के साथ ऐसा कुछ भी नहीं हुआ। उसे ऐसा कुछ कहना और झेलना नहीं पड़ा। उस बगीचे से पहले ही लालटेन और टार्च जलाये सौ-डेढ़ सौ की संख्या में ग्रामीण उस कच्ची सड़क को घेर कर खड़े थे। ग्रामीणों का यह समूह देख पुलिस भयभीत हो गयी। कहीं सचमुच आतंकवादियों ने उन्हें घेर तो नहीं लिया? लेकिन जनार्दन ने संयुक्त लालटेनों की रोशनी में ग्रामीणों के आगे खड़े अपने मित्र राजू और उमेश को पहचान लिया। अब उसका सीना गर्व से फूल उठा। लुप्त होता आत्मविश्वास लौट आया। अपने मित्रों और समर्थकों की इस उपस्थिति ने उसे अन्दर तक उत्साहित कर दिया। अब ये चालबाज पुलिसिये उसका कुछ नहीं बिगाड़ सकते...! वह सोचता था कि अपने इलाके में उसने इतना कुछ किया है, फिर भी लोग उसके साथ नहीं। अपनी वह धारणा अब उसे गलत जान पड़ने लगी। राजू और उमेश के साथ इतने सारे लोग! पहले उसके साथ ऐसा कोई अवसर ही कहाँ आया था! अब जैसे ही लोगों को इस अवसर की भनक लगी, रात-बिरात का ख्याल किये बगैर वे जुट आये...! अवश्य राजू और उमेश ने यह जुटान की होगी। गिरफ्तारी की सूचना उन्हें मिल गयी होगी।

जनार्दन को यह समझते देर नहीं लगी कि सोहागी गाँव के उसके जिन समर्थकों को पुलिस ने डाँटकर हटाया था अवश्य उनमें से ही कुछ लोगों ने दौड़कर छविपुर के उसके मित्रों को खबर की है! यहाँ जनार्दन की आँखें अपने मित्रों और समर्थकों के प्रति श्रद्धा से भर गयीं...। जमीनी राजनीति की मजबूती का पहला साक्षात्कार उसे हुआ। वह तनकर बैठ गया। उसे गिरफ्तार कर ले जा रही पुलिस अब उसे भेड़-बकरी जान पड़ने लगी।

पुलिस-प्रवक्ता ने जीप के अन्दर से ही दबंग आवाज लगायी—"कौन हो तुम लोग? रास्ता रोककर क्यों खड़े हो? जल्दी से किनारे हो जाओ नहीं तो रौंदे जाओगे...!"

जवाब में उमेश ने तेज आवाज में कहा—"हम इस इलाके के ग्रामीण हैं। पुलिस-जुल्म के खिलाफ सड़क पर आये हैं। अपने जननेता जनार्दन को हम नहीं ले जाने देंगे...। जनार्दन कोई चोर-डकैत और उग्रवादी नहीं कि आप इस तरह पकड़कर ले जाएँ...! आपके रौंदे जाने की धमकी से हम पीछे हटनेवाले नहीं...!"

उमेश की गम्भीर आवाज सुन पुलिस के जवान सकते में आ गये। उन्होंने तो सोचा था कि जनार्दन को गिरफ्तार कर फतह हासिल कर ली। लेकिन इसके समर्थकों ने तो इस रात में यहाँ पहुँचकर सड़क को घेर लिया। जीप में सवार जनार्दन

को पुलिस प्रमुख और जवानों ने अब विशेष नजर से देखा। जनार्दन को लग गया, अब उनकी नजरों में वह अदना-सा सामान्य युवक नहीं, एक विशेष व्यक्ति बन गया है। पुलिस प्रवक्ता ने अब सड़क जाम करनेवाले ग्रामीणों को धमकाने की कोशिश की—"आप लोग ज्यादती पर न उतरें...! कानून अपने हाथ में न लें...। रास्ते से हट जाएँ, वरना हमें बल-प्रयोग करना पड़ेगा...। हम किसी को नहीं बख्शेंगे...। जो सामने पड़ेगा, वह मारा जाएगा...।"

इस पर राजू ने जवाब दिया—"हम कानून को हाथ में नहीं ले रहे। कानून के गलत प्रयोग पर आपको आगाह करने आये हैं...। लोकेन्द्र की जिस सौदेबाजी पर आप हमारे जनार्दन को ले जा रहे हैं वह हम नहीं होने देंगे...! उग्रवादी करार देकर किसी ईमानदार जननेता की आवाज आप नहीं दबा सकते...! ऐसी बनर घुड़कियों से हम नहीं डरते...। जनशक्ति के सामने आपकी ज्यादती नहीं चल सकती...।"

राजू की बात पर अब पीछे से कई ग्रामीणों ने भी आवाज लगायी—"हम नहीं हटेंगे...। जनार्दन को छोड़कर आप वापस जायँ...!"

ग्रामीणों की इस मजबूत और निर्णायक आवाज ने क्षण-भर के लिए पुलिस को हतप्रभ और निरुत्तर कर दिया। जनता की ऐसी भीड़ पर फायरिंग करने और उसे कुचलने के अंजाम से नौकरीजीवी पुलिस अवगत थी। अब पुलिस प्रमुख ऐसे अवसरों के लिए विशेष प्रशिक्षित अपने जवानों के साथ जीप से उतर ग्रामीणों की गोलबन्दी के समक्ष जा पहुँचा। वह जान गया था कि यह उग्रवादियों या उनके समर्थकों की भीड़ नहीं! पुलिस-प्रमुख ने अब लोगों को समझाने की कोशिश की—"हम निराधार जनार्दन को गिरफ्तार करके नहीं ले जा रहे हैं। जोगीपुर थाने में उसके खिलाफ आपराधिक मामला दर्ज है। कानून के तहत उसे गिरफ्तार करना हमारा दायित्व है...।"

इस पर उमेश ने कहा, "मामला चाहे जो दर्ज हो, आप इस बात से अनभिज्ञ नहीं होंगे कि जनार्दन उग्रवादी नहीं है। जब जोगीपुर थाने से आप वास्ता रखते हैं तो जनार्दन के कार्यों से भी परिचित होंगे...।"

यह सुन पुलिस प्रमुख ने चट जवाब दिया—"किसी के बारे में हमारे जानने न जानने से कोई फर्क नहीं पड़ता। जनार्दन पर लगे अभियोग के सही-गलत का फैसला अदालत को करना है। हमारी कार्रवाई उसी अदालती प्रक्रिया का एक अंग है...।"

जवाब में उमेश ने सख्ती से कहा, "आप जिस अदालती प्रक्रिया के अंग की बात कर रहे हैं, उसके न्यायोचित पक्ष से जुड़कर ही उसका सही अंग हो सकते हैं...। उस अदालती कार्रवाई की शुरुआत आप से ही होती है...। आपके आधार

पर ही अदालती फैसला निर्भर करता है। जनार्दन पर लगे अभियोग की छानबीन पर आप सच्ची बात लिख सकते हैं। पर आप तो किसी के हाथ के मोहरे बने हुए हैं...। सही अदालती प्रक्रिया के आप सहायक नहीं, उसे गलत मोड़ देनेवाले हैं...। बेकसूरों को कसूरवार और कसूरवारों को बेगुनाह साबित करना चाहते हैं...!"

उमेश की यह तल्ख बात सुन वह पुलिस प्रमुख तथा उसके प्रशिक्षित जवान पल-भर के लिए आश्चर्य से उसे देखने लगे। यह सामान्य ग्रामीणों की भीड़ नहीं। यह युवक तो जानकार और फौलादी है, अपने निर्णय के प्रति संकल्पित और अडिग। अब वह पुलिस प्रमुख और उसके जवान अपने पुलिसिया उसूलों पर उतर आये। उन्हें ऐसा बौद्धिक विमर्श नहीं करना—"अब तक हम सीधे से पेश आ रहे थे। भीड़ जुटाकर मुजरिमों को छुड़ाने का यह अच्छा धन्धा तुम सबों ने शुरू कर दिया है। हम इस धन्धे की काट भी जानते हैं...। अब रास्ते से नहीं हटने पर जो भी सामने आएगा उसे गिरा देंगे...। चलो, हटो! रास्ता साफ करो...!"—और उमेश को डाँटते हुए उस पुलिस प्रमुख ने अपने जवानों को संकेत किया—"ये शराफत से माननेवाले नहीं...। इन्हें हटाओ...। जो अड़ना चाहे उसे उठाकर किनारे फेंक दो...। इस पर भी न मानें तो मारकर गिरा दो...!"

अपने प्रमुख की बात पर पुलिस के जवानों ने पहले हवाई फायरिंग की। उनकी फायरिंग से उमेश और राजू तो भयभीत नहीं हुए। वे पारंगत थे। लेकिन अन्य ग्रामीण भयभीत हो गये। उन ग्रामीणों की घबराहट लक्ष्य कर पुलिस के जवान संगठित रूप में अब आगे बढ़े—"हटो...। भागो...! रास्ता छोड़ो...।"

जनार्दन को अपनी गिरफ्त में लेकर बैठे दो पुलिसकर्मियों को छोड़कर अब शेष सभी पुलिसकर्मी मोर्चेबन्दी पर उतर आये थे। यह देख उमेश ने उन्हें आगाह किया—"इसका अंजाम भयंकर होगा। न्याय माँगनेवाले हम ग्रामीणों के साथ आप ज्यादती नहीं कर सकते...। हम आपकी उग्रता से झुकनेवाले नहीं...।"

पुलिस प्रमुख अब एकदम तैश में आकर उमेश के करीब पहुँच गया। उसने उमेश पर बरसते हुए पूछा—"आखिर तू चाहता क्या है? तू अपने लोगों को लेकर रास्ते से हटेगा कि तुझे उठवाकर फेंकवा दूँ...!"

जवाब में राजू ने अपनी माँग का खुलासा किया—"हम अपने जनार्दन को अकेले नहीं जाने देंगे। हमें शंका है कि आप कहीं एकान्त में ले जाकर उसे एनकाउण्टर करेंगे...!"

राजू की बात सुन अपने मित्रों की समझ पर जनार्दन का मन श्रद्धा से भर आया। जिस बात की उसे आशंका थी, उसी को मद्देनजर रख उसके इन मित्रों ने भी यह जुटान और घेरेबन्दी की थी। उमेश ने भी अपने साथ के ग्रामीणों को भयभीत देख राजू की बात को दुहराया—"हम जनार्दन के साथ जोगीपुर थाने तक

चलेंगे...। हमें आप पर विश्वास नहीं...। हम उसे अकेले नहीं जाने देंगे...!"

राजू और उमेश की इस बात पर पुलिस प्रमुख के रुख में अचानक नरमी आ गयी। अपनी पुलिसिया धौंस के तहत वे बल प्रयोग करने जा रहे थे। लेकिन उसके अंजाम से भी परिचित थे। जनसमुदाय पर गोली चलाने और उसे रौंदने की लाख सफाई के बावजूद वे अपने को दोष-मुक्त नहीं कर पाते। लोकेन्द्र के प्रति उनकी पक्षधरता के बाद तो लोकेन्द्र विरोधी पार्टियाँ उनकी कलई खोलकर रख देंगी, इसीलिए राजू और उमेश के प्रस्ताव पर वे तत्क्षण राजी हो गये—"सारे लोगों को तो हम साथ नहीं ले चल सकते। यह सम्भव नहीं। हमारी जीपों पर जितने लोग अँट सकें, उतने आ जाएँ...!"

बस, उमेश और राजू ने आठ-दस ग्रामीणों को साथ ले लिया। शेष लोगों को कह दिया कि वे सीधे जोगीपुर थाना पहुँचें। रास्ते में अन्य परिचितों और समर्थकों को भी बताते आयें!

अब रास्ता साफ हो गया था। जनार्दन और पुलिसकर्मियों के साथ वह छोटा ग्रामीण जत्था चल पड़ा...। रास्ते में सब गम्भीर बने रहे। किसी ने एक-दूसरे से कोई बातचीत नहीं की। ऐसे अवसरों का मौन ही लोगों का आन्तरिक वार्तालाप होता था। घटना-स्थल के संवाद सबके अन्दर बज रहे थे तथा अज्ञात भविष्य की आकुलता ने उन्हें बेचैन कर रखा था।

जोगीपुर पहुँच पुलिस ने जनार्दन को थाने के अन्दर के एक जालीदार कमरे में बैठा दिया। उमेश और राजू के साथ के ग्रामीण बाहर रह गये। जनार्दन उस कमरे से साफ नजर आ रहा था। थाने के मुख्य गेट से लेकर उसकी छोटी चहारदीवारी के चारों तरफ से उसे देखा जा सकता था। जोगीपुर पुलिस ने अब यह जान लिया था कि जनार्दन जैसे युवा नेता को वह छिपाकर नहीं रख सकती। जनार्दन भी अपने प्रति पुलिस के परिवर्तित रवैये को महसूस कर रहा था। उनकी नजर में अब अपना महत्त्व बढ़ गया पा रहा था। उसके साथ उस जालीदार कमरे में जो दो पुलिसकर्मी उसकी निगरानी में तैनात थे, उन्होंने अब आदर से उससे पूछा—"पानी लीजिएगा, मँगवा दें? चाय पीने की इच्छा है?"

जवाब में जनार्दन ने रुखाई से कहा, "नहीं...। कुछ नहीं...।"

पुलिसकर्मियों के इस परिवर्तित व्यवहार का रहस्य वह जानता था। देशकाल की सीमाओं से पार सैकड़ों वर्ष पूर्व लिखी चेखव की कहानी 'गिरगिट' का यथार्थ अब उसके सामने था...।

इधर उमेश और राजू थाने के बाहर उपस्थित ग्रामीणों पर जनार्दन की निगरानी का दायित्व सौंप तत्क्षण निकट के टेलीफोन बूथ की ओर भागे। नींद में सोये बूथ-संचालक को उठाया। फिर जितना सम्भव हो सका, अपने परिचितों-मित्रों

और समर्थकों को सूचित किया। इसके बाद दोनों मित्र नजदीक के अपने उन समर्थकों को खबर करने भागे, जो फोन पर उपलब्ध नहीं थे। फोन से सम्पर्क तो कुछ लोगों तक ही सीमित था। इस बीच खबर पाते ही अपने बीस-पच्चीस समर्थकों के साथ विजय और गणेश आ धमके। विजय और गणेश के निवास जोगीपुर कस्बे में ही थे इसीलिए उन्हें पहुँचते देर नहीं लगी। सोहागी से जनार्दन को गिरफ्तार कर जोगीपुर लाते ही उन्हें भनक मिल गयी थी। विजय ने पहुँचते ही थाना परिसर के बाहर से चिल्लाकर आवाज लगायी—"हम आ गये जनार्दन! यह गिरफ्तारी गलत है। ज्यादती है। इस पुलिस-जुल्म का हम विरोध करेंगे...!"

विजय और उसके मित्रों ने जालीदार कमरे के अन्दर बैठे जनार्दन को देख लिया था। अब उन्होंने अपने रोष की अभिव्यक्ति में नारेबाजी शुरू कर दी—"बिकाऊ पुलिस!'

'मुर्दाबाद...मुर्दाबाद...!'

'जुल्मी पुलिस।'

'हाय-हाय! हाय...हाय!'

'जननेता जनार्दन!'

'जिन्दाबाद...जिन्दाबाद।'

'हर जोर जुल्म के टक्कर में।'

'संघर्ष हमारा नारा है।'

'इस भ्रष्ट पुलिस प्रशासन को।'

'बदलना है...बदलना है...।'

विजय और गणेश के आगमन और आह्वान ने जनार्दन के हौसले को अब और बुलन्द कर दिया था। उसका युवा मन कुलाँचे भरने लगा था कि पास बैठे पुलिसकर्मियों को एक-एक हाथ जमा कर अपने मित्रों के बीच छलाँग लगा दे। लेकिन उसने अपना नियन्त्रण नहीं खोया। उसके मस्तिष्क का बौद्धिक अनुशासन उसके उच्छृंखल मन पर कायम रहा। उसने तय कर लिया था—लोकतन्त्र की बेहतरी की इस लड़ाई में गैरसंसदीय आचरण उसे अख्तियार नहीं करना!

जनार्दन देख रहा था, उसके समर्थकों की भीड़ बढ़ती जा रही थी। गिरधारी काका के साथ अंजलि, चैती और राधेगाँव के अनेक लोगों को आया देख जनार्दन का हृदय अब बल्लियों उछलने लगा। खबर पाते ही इस रात में गिरधारी काका अपने समर्थक ग्रामीणों के साथ आ धमके। साथ में अंजलि और चैती भी। जाने अंजलि के आगमन में ऐसा क्या था कि जनार्दन ने अपनी आन्तरिक शक्ति को अब उबाल खाते हुए महसूस किया। उसने देखा, अंजलि और चैती के साथ लकुटी लिये सोभिया काकी भी पहुँच आयी थी। गिरधारी काका तो पहुँचते ही ऊँची आवाज

में गरजने लगे—"ई अत्याचार है...! जबर्दस्ती है...! अँगरेज़ी पुलिस भी असहीं देशभक्तों को बलवाई करार देकर पकड़ती थी...! जनार्दन और उसके दोस्तों जइसा बनने में पुलिस को सात जनम लेना पड़ेगा..! जइसे अँगरेजों को भागना पड़ा वोइसे इस भ्रष्ट पुलिस को भी भागना पड़ेगा...!"

नारों की आवाजें मद्धिम पड़ने के चलते गिरधारी काका की बात जनार्दन को साफ सुनाई पड़ रही थी। सोभिया काकी का सरापना भी वह सुन रहा था—"ई पुलिस वाले बिला जायँ। उफ्फर पर जायँ! बबुआ जनार्दन जइसा हीरा लइका को पकड़ के लाये...!"

अंजलि तो एकदम आग उगल रही थी—"हम ईंट से ईंट बजा देंगे...। इस ज्यादती का कड़ा जवाब देंगे...। पुलिस और लोकेन्द्र दोनों को नहीं छोड़ेंगे...। उग्रवादी करार देने का अंजाम बता देंगे...!"

इस बीच गणेश ने नारेबाजी की धीमी पड़ती गति को और तेज कर दिया। पुलिस के कानों में उनके विरोध की तीखी ध्वनि पहुँचनी चाहिए...। नारेबाजी की बढ़ती गति देख अब खौलती हुई अंजलि भी पूरी तरह उसमें शामिल हो गयी। वह पीली साड़ी में थी। अपने हाथ हवा में लहरा-लहरा कर जब उसने नारेबाजी का नेतृत्व शुरू किया तो जनार्दन को ऐसा लगा, जैसे थाने का जर्रा-जर्रा हिल उठा हो, जैसे उमस के बीच तेज आँधी आ गयी हो...! उसने अनुभव किया, थाना परिसर के अन्दर उपस्थित पुलिसकर्मियों के चेहरे स्याह पड़ते जा रहे थे। भीड़ के तगड़े और जुझारू प्रतिरोध के समक्ष नारेबाजी सुनने के लिए अब वे विवश थे। इस दौरान वहाँ का हताश-भयभीत पुलिस प्रमुख लगातार सेल फोन से अपने उच्चाधिकारियों से सम्पर्क बनाये हुए था।

जनार्दन निरन्तर बढ़ती भीड़ का कारण जानता था। उसके मित्रों की त्वरित सूचना का यह असर था। वह भीड़ के चेहरे को पहचानने की कोशिश करता जा रहा था। थाना परिसर की ट्यूब लाइट और सड़क के किनारे के वेपर लाइट की संयुक्त रोशनी में लोग उसे साफ दिख रहे थे। जहाँ और जिन गाँवों में उसने काम किया था, वहाँ के काफी लोग नजर आ रहे थे। जनदेश के वे पुराने मित्र भी थे जो उसकी तरह जनदेश से अलग तो नहीं हुए थे, पर इस प्रतिकार में आ गये थे। भीड़ में मार्टिन फैक्ट्री के वे कर्मचारी भी थे जो इस क्षेत्र के रहवैया थे। उसकी गिरफ्तारी की सूचना पर सब पहुँच आये थे।

इस दौरान राजू और उमेश भी खबर संचारित कर तथा धावक मित्रों को विभिन्न क्षेत्रों में दौड़ा कर लौट आये थे। अपने समर्थन में लगातार बढ़ती भीड़ ने जनार्दन को यह एहसास कराना भी शुरू कर दिया कि उसकी लड़ाई सही है। अपने इरादे उसे अब और अधिक मजबूत जान पड़ने लगे...! इस भीड़ के प्रति आह्लादित

और आशान्वित जनार्दन के मस्तिष्क में यह सत्य कौंधने लगा, जो इस मुगालते में हैं कि यहाँ की जनता असली और नकली की पहचान नहीं करती, उनकी आँखों से पट्टी हटाने के लिए यह भीड़ काफी है। उसने कई जमीनी नेताओं के मुँह से भी भी सुना था कि यहाँ की जनता के लिए कुछ भी करो वह अपनी दीनता और यथास्थिति की खोल से निकलनेवाली नहीं...। कभी-कभी उसके मन में भी यह बात खटकती थी कि वह इतना कुछ कर रहा है, लेकिन जनता का वैसा समर्थन उसे क्यों नहीं मिल रहा है? लेकिन अब वह साफ अनुभव कर रहा था कि उसकी धारणा गलत थी। उसकी जनता हरगिज कृतघ्न नहीं...। उसने सब कुछ त्वरित पाना चाहा था जो उसकी जल्दीबाजी थी। समय आने पर जनता ने अपने अनपेक्षित समर्थन से उसकी भूमिका पर मुहर लगा दी। अपनी जनता के इस समर्थन पर तो वह बड़ी-से-बड़ी लड़ाई लड़ लेगा...। अपने समर्थन में निरन्तर बड़ी होती और नारे लगाती यह भीड़ उसके अन्दर असीमित और विस्फोटक शक्ति का संचार करती जा रही थी। कभी थाने के पास खड़े होने की किसी की हिम्मत नहीं होती थी! पुलिस की वर्दी देख लोग काँप जाते और भाग खड़े होते। अब पुलिसिया जुल्म के खिलाफ इस तरह थाने को घेरकर लोग नारे लगा रहे थे। पुलिस को भीगी बिल्ली बनाकर थाना परिसर में सिमट जाने के लिए बाध्य कर दिया था। जनार्दन को अब स्पष्ट महसूस हो रहा था, उसके जैसे लोगों के लोकतन्त्र का रास्ता इधर से ही जाता है। अपनी जनता के इसी समर्थन से अपने विचारों का लोकतन्त्र वे स्थापित कर सकेंगे...। चन्द अवसरवादी पार्टियों और अफसरों के षड्यन्त्र पर इस जनशक्ति को नहीं दबाया जा सकता। जनता के इस प्रतिरोध के समक्ष कोई भी साजिश देर तक चलने और टिकनेवाली नहीं...!

रात अब समाप्ति पर थी। भोर की ललाई फूटने ही वाली थी। बीतते समय के अनुसार भीड़ के जमाव ने पुलिसकर्मियों को चिन्तित कर दिया। सुबह भीड़ कहीं और न बढ़ जाय और आक्रामक हो थाने पर हमला न बोल दे। पुलिसकर्मियों की आपसी गुफ्तगू से जनार्दन उनकी मनःस्थिति समझ रहा था। इस आशंका के चलते उनके जर्द होते चेहरे की रंगत भी वह भाँप रहा था। सम्भवतः अपने सेल फोन पर पुलिस प्रमुख की आर्त्त पुकार का ही यह असर था कि जिला मुख्यालय से पुलिस की कई गाड़ियाँ और कई उच्चाधिकारी आ धमके। स्थिति की गम्भीर होती नजाकत को ध्यान में रख उच्चाधिकारियों ने आनन-फानन में थाने की कागजी कार्रवाई पूरी की और जनार्दन को यहाँ से ले चले...। जनार्दन जैसे नेता को जोगीपुर जैसे कस्बाई थाने में रखना अब उनके लिए खतरे से खाली नहीं था। थाने से उसे ले जाते देख भीड़ ने पुनः रास्ता जाम कर दिया, लेकिन पुलिस के भारी बन्दोबस्त तथा पुलिस अधिकारियों के स्पष्ट आश्वासन के बाद भीड़ ने रास्ता दे दिया। विजय, अंजलि,

उमेश, गणेश, राजू आदि ने इस शर्त पर जनार्दन को ले जाने दिया कि जनार्दन को उग्रवादी के रूप में नहीं, राजनीतिक बन्दी के रूप में ले जाना होगा...। उच्चाधिकारियों के प्रमुख ने अपनी ऊँची आवाज में भीड़ के समक्ष यह घोषणा भी की–/"हम जनार्दन को उग्रवादी के रूप में नहीं, राजनीतिक बन्दी के रूप में ही ले जा रहे हैं। आपके नेता के प्रति आप लोगों की भावनाओं को मैं समझ रहा हूँ। इस जनभावना का मैं सम्मान करता हूँ। मैं आप लोगों को आश्वस्त कर देना चाहता हूँ कि आपके नेता जनार्दन के साथ कोई अमानवीय व्यवहार नहीं किया जाएगा। आप लोग अपने नेता के लिए चिन्तित न रहें...। उनके साथ अब जो भी होगा, कानून और अदालत के दायरे में ही होगा...!"

उस उच्चाधिकारी की बात पर जनार्दन के मित्रों ने भीड़ को किनारे कर दिया। वे अब आश्वस्त थे। एनकाउण्टर जैसे घृणित षड्यन्त्र से उनका जनार्दन अब मुक्त था...। उसके साथ गैर-कानूनी हरकत करने की हिम्मत भी अब किसी पुलिसकर्मी की नहीं!

दिन निकल आया था। कार्रवाई पूरी होते-होते कुछ घण्टे लग ही गये। जनार्दन अब जेल में था। नगर के आदर्श कारागार में उसे लाया गया था। अपने वादे के अनुसार उच्चाधिकारियों ने उसे राजनीतिक बन्दी के रूप में ही रखा था। वैसे भी वह बी. ए. पास ग्रेजुएट था। उसे यह देखकर सुखद आश्चर्य हुआ कि जेल के कैदियों ने भी जोगीपुर की भीड़ की तरह ही उसके जेल आगमन का स्वागत किया। शायद उसकी खबर उन तक पहुँच गयी थी। अपने प्रति उनकी आँखों में उतर आया सम्मान-भाव वह लक्षित कर रहा था। नजदीक के फासले पर खड़े दो कैदियों की आपसी बातचीत भी उसे सुनाई पड़ी। एक ने कहा, "यही फर्क होता है चोरी-डकैती करके जेल आने में और जनता के लिए लड़ते हुए आने में...!" इस पर दूसरे कैदी ने इसे पूरा किया–"जेलर से लेकर वार्डन तक सब इसके आगे बिछ गये हैं। इसका जेल आना तो ससुराल आने जैसा है...!"

जनार्दन यह सोचने लगा, क्या इस आदर्श कारागार के कैदी उसके बारे में विस्तार से जानते हैं? ठीक इसी क्षण एक वार्डन ने आज का समाचारपत्र उसे थमा दिया। समाचारपत्र पर नजर पड़ते ही सुखद आश्चर्य से वह चौंक उठा। मीडिया का अब वह नायक था। मुख्य पृष्ठ पर ही उसकी गिरफ्तारी की विस्तृत और सचित्र खबर अंकित थी। जोगीपुर थाने के हवालाती कमरे में सीखचों के अन्दर उसके बैठे होने की बड़ी-सी रंगीन तस्वीर छपी थी। पूरे थाने को घेरकर खड़ी भीड़ की आवेशित तस्वीर भी थी। भीड़ के बीच पीली साड़ी में हाथ लहराती अंजलि पर भी छायाकार का फोकस था। भीड़ के बीच फोटोग्राफरों की उपस्थिति जनार्दन ने देखी थी। अपने ऊपर कैमरे की चमक भी वह महसूस कर रहा था। लेकिन इतनी जल्दी ऐसी सचित्र

खबर की उसे उम्मीद नहीं थी। अब उसे लगा, विकसित मीडिया का यह कमाल है। सूचना-क्रान्ति के तीव्रतर वैज्ञानिक परिणाम की सार्थकता है!

वह जल्दी-जल्दी खबरों को पढ़ने लगा। उसकी गिरफ्तारी की बड़ी खबर के नीचे विभिन्न पार्टियों की पक्ष-विपक्ष की खबरें भी थीं। लोकेन्द्र और उसकी समर्थक एक-दो पार्टियों को छोड़कर अधिकांश पार्टियों और नेताओं ने उसकी गिरफ्तारी को चुनावपूर्ण षड्यन्त्र और लोकेन्द्र का पूर्वाग्रह करार दिया था। ऐसी खबरों में आर. अण्डमान की खबर सबसे बड़ी थी, जिसने उसकी गिरफ्तारी को सरासर गलत, साजिशपूर्ण और लोकतन्त्र विरोधी कदम बताया था। जनार्दन जैसे जननेता के समर्थन में अपने हर-सम्भव सहयोग का उसने ऐलान किया था तथा कड़े शब्दों में लोकेन्द्र की निन्दा की थी...।

अब जनार्दन को लग गया, जेल के कैदियों ने समाचार अवश्य पढ़ लिया है। सम्भव है, उसके बारे में वे पहले से भी थोड़ा-बहुत जानते हों और अब इस सूचना ने उनकी जानकारी में इजाफा कर दिया हो...। खैर, जो भी हो, जनता के लिए लड़कर आने की अपनी इस भूमिका पर अब वह स्वयं गौरवान्वित था...। कैदियों के बारे में उसे तो कोई जानकारी नहीं थी। इस स्थिति में उम्र के आधार पर ही बुजुर्ग दिखनेवाले कैदियों को उसने हाथ जोड़े तथा नयी उम्रवालों से हाथ मिलाया। बाद में कैदियों के एक प्रमुख ने अपने खण्ड के कैदियों से उसका परिचय कराया, जिस खण्ड में जनार्दन को लाया गया था। उस बड़े-से राजकीय कारा के कैदियों को अपने नियन्त्रण के हिसाब से कारा अधिकारियों ने कई खण्डों में बाँट रखा था। जनार्दन को यह जानकर पुनः सुखद आश्चर्य हुआ कि उसकी तरह लोकतन्त्र की बेहतरी के लिए लड़नेवाले और कई लोगों को झूठे आरोपों और मुकदमों के तहत यहाँ बन्द किया गया था। राजनीतिक कैदियों के जिस ब्लॉक में उसे ठहराया गया था, इस ब्लॉक के विभिन्न कमरों में भी वैसे ही कैदी थे, जिन्हें ऐन चुनावपूर्व अपने-अपने क्षेत्रों से उठाकर जेल के अन्दर डाल दिया गया था।

जनार्दन अब इत्मीनान से था। उसे यह जानकर खुशी हुई कि उसके ब्लॉक में चार ऐसे कैदी हैं जो उसकी तरह ही उद्देश्य के लिए लड़ते हुए विभिन्न सन्दर्भों में यहाँ पहुँचे हैं। वे कैदी भी मित्र रूप में उससे मिले। वे चार क्षेत्रों से आये थे। रंग, रूप और अवस्थाओं में भी एक-दूसरे से पृथक्। लड़ाई के उनके रास्ते भी अलग-अलग थे। लेकिन उद्देश्य एक होने के चलते एक-दूसरे के निकट हो गये थे...। उनमें सबसे बुजुर्ग प्रो. नायर थे। अपने शहर के मशहूर कॉलेज में अर्थशास्त्र के प्रोफेसर थे। राज्य प्रशासन के पक्षपातपूर्ण रवैये के खिलाफ अपने अड़ियल स्वभाव के अनुसार आवाज बुलन्द करते रहे। शासक प्रमुख अपनी जाति और मतदाताओं के आधार पर राजकीय सुविधा-सहयोग प्रदान करें, यह बात उनके जैसे

व्यक्ति के लिए नागवार थी। अपना विरोध वे तेज करते गये। परिणामस्वरूप उन्हें पहले निलम्बित किया गया। प्रायोजित आरोपों और जाँचों के तहत उनकी आवाज दबाने की कोशिश की गयी। पर इन प्रतिगामी शक्तियों के समक्ष हार न मान अपने जुझारू तेवर के साथ वे लड़ते रहे...। चुनाव मैदान में राज्य प्रशासन के उम्मीदवार को उन्होंने हराने की ठान ली। अपने एकसूत्री कार्यक्रम के तहत जगह-जगह सभाएँ आयोजित करने लगे तथा उस उम्मीदवार की कलई खोलने लगे। बस, हिंसा भड़काने के छद्म आरोप में उन्हें गिरफ्तार कर लिया गया।

उस वर्ग का दूसरा कैदी आकाश रंजन था। वह एक युवा छात्र नेता था। अपने राज्य की एक भ्रष्ट, किन्तु समर्थ पार्टी के छात्र नेता से वह टकरा गया था। उनकी टकराहट ने एक बड़ा रूप ले लिया था। इसका प्रभाव लोकसभा के इस चुनाव पर भी पड़नेवाला था। विरोध का उसका तेवर भी प्रखर था। लेकिन उस पार्टी के हाथ लम्बे थे, जिसके छात्र नेता ने उससे दुश्मनी ठानी थी। बस, चुनावपूर्ण स्वच्छता के तहत एक उपद्रवी छात्र के रूप में उसे अन्दर कर दिया गया।

उस वर्ग का तीसरा कैदी यदुशरण था। वह अपने क्षेत्र का एक कर्मठ समाजसेवी था। अपने क्षेत्र से खड़े एक अपराधी चरित्र के नेता का विरोध कर रहा था। अपने विरोध पर उसने यदुशरण को जान से मारने की धमकी दे रखी थी। लेकिन इसके ठीक उल्टा घटित हो गया। उसकी धमकी के कुछ ही दिनों के अन्दर उस क्षेत्र के एक दूसरे बड़े अपराधी ने अपनी पुरानी दुश्मनी के तहत उसकी हत्या कर दी। बस, उस अपराधी की पार्टी ने कुछ अन्य अभियुक्तों के साथ यदुशरण को भी गिरफ्तार कराकर अन्दर करवा दिया।

उस वर्ग का चौथा कैदी पीताम्बर परेश था। एक आई. ए. एस. अधिकारी जो अपनी ईमानदारी के लिए वह ख्यात था। कभी का मीडिया नायक भी रह चुका था। जनार्दन भी उसे जानता था। पीताम्बर परेश का नाम वह कई बार पढ़ चुका था तथा अपने प्रशासनिक अधिकारों के क्षेत्र में बेहतरी की उसकी लड़ाई से भी अवगत था। राज्य प्रशासन के लिए वह सिरदर्द था। चुनाव के अवसर पर उसकी सक्रियता बढ़ गयी थी। अपने दायरे में भ्रष्ट उम्मीदवारों के हर गलत हथकण्डे को ध्वस्त कर देने के लिए वह संकल्पित था। परिणामस्वरूप एक विभागीय घपले के तहत उसे जेल पहुँचा दिया गया। उसे विश्वास था, अदालती प्रक्रिया में उस पर घपले का आरोप निराधार साबित होगा। लेकिन तब तक इस चुनाव के उम्मीदवार अपनी कलाबाजियाँ दिखा चुके होंगे...। उसके विरुद्ध अपने प्रशासनिक अधिकारों का उपयोग वह नहीं कर सकेगा।

दूसरी सुबह जनार्दन ने अपने इन नये मित्रों के साथ ही नाश्ता किया। प्रथम परिचय में ही उसने अपने खण्ड के इन चारों कैदियों से ऐसी निकटता महसूस की

जैसे जोगीपुर कस्बे के उसके पुराने मित्र हों। उसे इस बात से और बल मिला कि सिर्फ वह और उसके साथी ही लोकतन्त्र की बेहतरी के लिए नहीं लड़ रहे, अनेक जगहों और विभिन्न क्षेत्रों से लोग लड़ रहे हैं। अपनी इस नयी मित्र-मण्डली के बीच उसे कतई अजनबीयत महसूस नहीं हुई...। जेल आने से पूर्व उसके मन की जो उद्विग्नता थी, वह अब बिल्कुल शान्त थी...!

बन्दी जनार्दन से मिलने के लिए जेल के फाटक पर सबसे पहले उसके मित्र पहुँचे। अपने मित्रों के बीच अपने माँ-बाप को देख क्षण-भर के लिए वह विचलित हो गया। कहीं जेल के सीखचों के भीतर उसे देखकर माँ फफक न पड़े। लेकिन उसके मित्रों ने शायद उसके माँ-बाप को समझा रखा था। उसके रू-ब-रू होने पर भी वे विह्वल और विगलित नहीं हुए...। यह देखकर उसके मन को काफी सुकून मिला कि अंजलि उसकी माँ को सँभाले थी तथा वृद्ध गिरधारी काका उसके पिता को...। इससे पहले कि माँ कुछ कहे, जनार्दन स्वयं बोल उठा—"तुम बेकार आ गयी माँ...! मैं यहाँ बिल्कुल ठीक हूँ। मुझे कोई तकलीफ नहीं। खाने-पीने से लेकर लिखने-पढ़ने तक की सारी सुविधा यहाँ प्राप्त है...!"

इस पर उसकी माँ ने स्नेहपूर्ण दृष्टि से क्षण-भर के लिए उसे निहारा। जैसे वह परखना चाह रही हो कि जेल आने के बाद उसे कुछ हुआ तो नहीं! फिर उसे पूर्ववत् पा उसने कहा, "अपने को नीमन से रखना। खाये-पिये में कुटैम मत करना...!"

जवाब में उसने माँ को पुनः आश्वस्त किया—"तुम्हारा बेटा चोर-डकैत नहीं है माँ कि अपना ख्याल उसे रखना पड़े। यहाँ जेल के सभी कर्मचारी-पदाधिकारी मेरा ख्याल रख रहे हैं। मेरी तरह यहाँ और लोग भी हैं जो समाज बदलने की लड़ाई में यहाँ पहुँचे हैं...! उनके बीच तो मुझे तनिक भी नहीं लग रहा है कि अपने घर-परिवार और मित्रों से अलग हुआ हूँ...!"

यह सुन अंजलि भी बोल उठी—"काकी, कंसों के अत्याचार से समाज को त्राण दिलानेवाले यहाँ आते ही रहते हैं...!"

अब उसके पिता ने अपना संशय भी व्यक्त किया—"गिरफ्तारी का बखत पुलिस तोहरे साथ मारपीट तो नहीं की?"

जवाब में उसने अपनी बुलन्द आवाज से पिता के मन का यह संशय भी निकाल दिया—"अरे नहीं बाबूजी! किसकी हिम्मत है जो मेरे साथ ऐसा करे? वे पुलिसवाले अच्छी तरह जानते थे कि मैं क्या हूँ? लोकेन्द्र पार्टी के पैसे, पैरवी और प्रभाव पर उन्होंने मुझे गिरफ्तार जरूर किया, लेकिन मेरे साथ तनिक भी बदसलूकी नहीं की। सच्चाई उनसे छिपी नहीं है! वे यह भी जानते हैं कि मुझ पर हाथ छोड़ने का अंजाम क्या होगा?"

पिता ने अब उसकी आवश्यकता पूछी—"इहाँ जवन-जवन चीज की तोहरे जरूरत हो बता दो...। हम जाके भेज देंगे...।"

इस पर जनार्दन ने उन्हें आत्मीयता से समझा दिया—"यहाँ मेरी जरूरत की सारी चीजें हैं...बाबूजी! मुझे अब कुछ भी नहीं चाहिए। आप लोग अपना ख्याल रखिएगा। मेरे ये सारे मित्र आपको देखते रहेंगे...!'

यह सुन उसके पिता का जीवटपन जाग उठा—"तू हमारी फिकर मत कर...। हम ठीक से रहेंगे...। हम निपांगुर नहीं। हमारे साथ कवनो दिक्कत नहीं...! अपनी गिरहस्थी भर अबहीं हम काफी हैं...!"

यहाँ गिरधारी काका ने भी अब जनार्दन को समझाया—"तू अपने महतारी-बाप क़ी चिन्ता छोड़ दो जनार्दन! हमनी के आखिर कवना दिन-रात खातिर हैं...?"

अब जनार्दन ने अपने मित्रों से बातचीत की। इस नयी परिस्थिति के अनुकूल अपनी नयी रणनीति बनायी। लोकेन्द्र और स्थानीय प्रशासन की साँठ-गाँठ के खिलाफ अनवरत संघर्ष चलाने का निर्णय किया। अभी वे अपनी बातचीत कर ही रहे थे कि ठीक इसी समय शहर के एक स्वयंसेवी संगठन का जत्था उससे मिलने आ पहुँचा। जनार्दन और उसके मित्र सहज ही समझ गये, मीडिया के नायकत्व का यह प्रभाव है। उक्त स्वयंसेवी संगठन का वह जत्था उसके कार्यों पर उसे शाबाशी देने पहुँचा था! जनार्दन ने अपने माँ-पिताजी एवं मित्रों को अभी विदा भी नहीं किया था। अब जल्दी-जल्दी उन्हें विदा करने लगा। उसने अनुभव किया, उसके समर्थन में आये स्वयंसेवी संगठन के इस जत्थे को देख उसके माँ-पिताजी एवं मित्रों के चेहरे उल्लसित हो उठे हैं। सन्तोष एवं विश्वास के सघन भावों के साथ अब वे वापस हो गये!

उस स्वयंसेवी संगठन के लोगों से कुछ देर तक जनार्दन की बातचीत हुई। वे अपने एक खास पत्रकार एवं छायाकार के साथ आये थे, जिसने उससे गिरफ्तारी के मुद्दों पर बातचीत की तथा उसकी तस्वीरें लीं। अपने प्रति उनकी प्रशंसात्मक बातों को सुनकर जनार्दन सोच रहा था, इससे पूर्व उक्त संगठन ने न तो उससे कभी मिलने की कोशिश की थी और न पत्र लिखकर ही अपना समर्थन व्यक्त किया था। फिर उसे लगा, एक बड़े देश की भौगोलिक दूरी के तहत यह मीडिया की ही सफलता है कि उसके सकारात्मक कार्यों से दूसरे क्षेत्र के लोग भी परिचित हो गये। लेकिन अपने निहित कारणों से मीडिया ने प्रारम्भ में ऐसा न कर अब किया था।

उस स्वयंसेवी संगठन के लोगों को विदा कर जनार्दन अपने कमरे में आ गया। फिर खाना खाकर इत्मीनान से अखबार पढ़ने लगा। इसी क्षण उसे फिर सूचना मिली, जनदेश के जोगीपुर कार्यालय के सचिव और केन्द्रीय समिति के एक वरिष्ठ सदस्य उससे मिलने आये हैं। पहली प्रतिक्रिया के तहत उसके मन में नकारात्मक भाव पैदा

हुए—'अब ये क्यों आये? इन लोगों उसे उसे नहीं मिलना। इन्हें बैरंग वापस कर देना है। लेकिन दूसरी प्रतिक्रिया के तहत ये विचार भी उसके मन में पैदा हुए, राजी-नाराजी दोनों अवसरों पर, पीठ दिखाना तो उसने जाना नहीं है। उसे उनके रू-ब-रू हो बात करनी चाहिए! आखिर उनकी मंशा क्या है? बस, ये भाव आते ही वह तैयार हो गया और मुलाकाती फाटक की ओर चल पड़ा। जेल के उच्चाधिकारियों ने जेल-कर्मचारियों को यह निर्देश दे दिया था कि जनार्दन के मुलाकातियों से विशेष प्रभाव के तहत उसे मिला दिया जाए...। जनार्दन समझ रहा था, यह सब मीडिया के नायकत्व का प्रभाव है!

मुलाकाती फाटक पर पहुँचकर जनार्दन ने देखा, जोगीपुर कार्यालय के सचिव के साथ जनदेश की केन्द्रीय समिति के नड्डा साहब थे। उस पर नजर पड़ते ही सचिव ने कहा, ''नड्डा साहब तुमसे मिलने के लिए बेचैन थे। तुमसे मिलने के लिए ही समय निकालकर आये हैं। अपने जरूरी कार्यक्रमों को इन्होंने बीच में स्थगित कर दिया है...!''

जनार्दन जानता था, सचिव में अब इतनी हिम्मत नहीं कि वह सीधे उससे कुछ कहे। सचिव से गर्म बहस-मुबाहिसे के बाद ही उसने जनदेश से त्यागपत्र दिया था। अब सचिव की प्रस्तावना के बाद उस नड्डा साहब ने बागडोर सँभाल ली—''हमें तुम पर गर्व है जनार्दन! जनदेश की शक्ति तुम्हारे जैसे युवा नेता ही हैं। हम तुम्हें यह बताने आये हैं कि तुम्हारा और तुम्हारे मित्रों का त्यागपत्र अध्यक्ष जी ने स्वीकृत नहीं किया है। तुम्हारे जैसे सक्रिय कार्यकर्ताओं के त्यागपत्र का प्रश्न ही नहीं उठता है। हम जोगीपुर से भी अच्छी जगह के लिए तुम्हें टिकट दे रहे थे। लेकिन तुम अड़ गये। अब हमने केन्द्रीय समिति के एक महत्त्वपूर्ण सदस्य के रूप में तुम्हें सम्मिलित करने का निर्णय किया है। जोगीपुर से डॉ. अरविन्द को टिकट देना हमारी दूरगामी नीति है, जिसे तुम अभी समझ नहीं पा रहे हो...। बाद में खुद तुम इसे स्वीकार करोगे। भविष्य में तुम जहाँ से चाहो, चुनाव लड़ सकते हो...! तुम्हारी इस गिरफ्तारी के खिलाफ पार्टी ने कानूनी लड़ाई लड़ने का फैसला किया है...!''

नड्डा की बात सुन जनार्दन क्षण-भर के लिए उसे घूरता रह गया। नड्डा को वह अच्छी तरह जानता था। यह वही नड्डा है जो जंगी डकैत के मारे जाने पर थाने का घेराव चाहता था, जिसका विरोध उसने किया था। उसने अब कुछ रुखाई के साथ नड्डा से पूछा—''जब नन्दिता और उसके लोकेन्द्रियों ने मेरे ऊपर उग्रवादी होने का आरोप लगाया था तब आप कहाँ थे?''

''जनदेश ने तुम्हारे इस अभियोग के खिलाफ अपनी टिप्पणी व्यक्त की है...!''

"जनदेश की उस छोटी-सी टिप्पणी को मैंने देखा है। अपने किसी सदस्य के प्रति उसमें समर्थन का वैसा भाव और विरोध की अनुगूँज नहीं। आपकी उस टिप्पणी में कहीं से भी मेरा पक्ष ध्वनित नहीं था। वह टिप्पणी तो आपकी पार्टी का सामयिक वक्तव्य भर था!"

"नहीं जनार्दन! ऐसा हरगिज नहीं...! लोकेन्द्रियों के उस आरोप को हमने महत्त्वपूर्ण समझा ही नहीं...। उस पर टीका-टिप्पणी करना तो उसे महत्त्वपूर्ण बनाना था...। उस मिथ्या आरोप को तो हम स्वतः ध्वस्त हो जाना मानते हैं...! अब हमें जैसे ही लगा कि यह मामला सामान्य नहीं, हम पहुँच गए हैं। पूरी केन्द्रीय समिति लोकेन्द्र की इस हरकत पर खौल उठी है...। अब हम पूरी अदालती लड़ाई लड़ने के लिए तैयार हैं। लोकेन्द्र का छक्का छुड़ाकर मानेंगे...। अध्यक्षजी भी तुमसे जल्दी ही मिलने आएँगे...! अपने वृद्ध चाचा के निधन पर गाँव गये हैं। तब तक तुम्हारी देख-रेख का जिम्मा मुझ पर ही है...!"

जनार्दन अब और बर्दाश्त नहीं कर सका। दूर की कौड़ी खेलने की उसकी आदत नहीं। अब वह सीधे नड्डा की ओर मुखातिब हो गया—"जनदेश की जिस अवसरवादिता पर हमने त्यागपत्र दिया है, फिर उसी अवसरवादिता को आप प्रस्तुत कर रहे हैं...। मैं उग्रवादी के रूप में फरारी जीवन जी रहा था तब आपके लिए मैं उपयोगी नहीं था। तब आपको लगा था कि मेरे साथ कोई जनाधार नहीं। जनदेश के जनाधार पर ही मेरे वजूद का आकलन आप लोग कर रहे थे, लेकिन गिरफ्तारी के वक्त सोहागी गाँव से लेकर जोगीपुर थाने तक मेरा जनाधार देख अब आपका दृष्टिकोण बदल गया है। मीडिया में मेरी यह नयी स्थिति लक्ष्य कर ही आपने अपना स्टैण्ड बदला है। जनदेश की ऐसी अवसरवादिता का ही मैंने विरोध किया है और फिर-फिर करता रहूँगा...। जनदेश की इस अवसरवादिता के प्रति मेरे मन में अन्य अवसरवादी पार्टियों जैसी ही नफरत है!"

जनार्दन की यह तीखी बात सुन नड्डा अब गम्भीर हो गया—"तुम जिसे अवसरवाद कहते हो जनार्दन, वह तुम्हारी समझ की भूल है। राजनीति में अभी तुम नये हो। हमने राजनीति में ही बाल सफेद किये हैं। सफलता से बढ़कर राजनीति की कोई नीति नहीं होती। धीरे-धीरे तुम सब समझ जाओगे। जैसा कि मैं तुम्हें आश्वस्त कर चुका हूँ, तुम्हारा त्यागपत्र हमने मंजूर नहीं किया है। तुम अब भी जनदेश के ही एक कर्मठ सदस्य हो...!"

जनार्दन अपने उबाल को अब संयमित नहीं कर सका—"आप जिसे सफलता समझते हैं, मेरी नजर में वह राजनीतिज्ञों की स्वार्थलिप्सा है। किसी भी तरह सफल होकर वे सत्ता पाना चाहते हैं। उनकी ऐसी कामना में जनहित की भावना निहित नहीं होती...। सिद्धान्तहीन और अवसरवादी राजनीति की सफलता लोक की सफलता

नहीं मानी जा सकती। ऐसी सफलताओं ने ही तन्त्र से लोक को अलग कर दिया है जिसका दुष्परिणाम पूरा मुल्क झेल रहा है...। हमारी लड़ाई लोक को उसके तन्त्र के साथ सही अर्थों में स्थापित करने की है। जहाँ तक हमारे त्यागपत्र पर आपकी स्वीकृति और अस्वीकृति का प्रश्न है, यह आपका विषय है। हम जनदेश से अलग हो चुके हैं। हम किसी के बँधुआ मजदूर नहीं कि कोई खूँटे से बाँध कर हमें रख सके...!"

जनार्दन के इस पैने वचन से नड्डा का आरोपित संयम भी ध्वस्त हो चला। उसका चेहरा तमतमा उठा। केन्द्रीय समिति के किसी बड़े नेता को पार्टी के किसी युवा कार्यकर्ता ने ऐसा करारा जवाब दिया हो, यह पहला अवसर था। सचिव ने नड्डा के मनोभावों को तत्क्षण ताड़ लिया। अब उसने कड़े शब्दों में जनार्दन का प्रतिकार किया—"पहले अपनी जबान को लगाम देना सीखो जनार्दन। तुम जिस आदर्श की बात करते हो उसमें ऐसी उद्दण्डता का कोई स्थान नहीं हो सकता। जब अपने से बड़े से बात करने की तमीज तुम्हें नहीं तो व्यवस्था बदलने की बात तुम क्या करोगे?"

उत्तर में जनार्दन ने सधे शब्दों का प्रयोग किया—"सत्य कड़वा होता है सचिवजी! मेरी बातों में कहीं से भी उद्दण्डता और अशिष्टता नहीं, सत्य का स्पष्टीकरण मात्र है। मैं न तो स्वयं झाँसे में रहना चाहता हूँ और न किसी अन्य को झाँसे में रखना पसन्द करता हूँ...!"

जनार्दन के इस जवाब के बाद नड्डा और सचिव के पास अब कहने के लिए कुछ भी नहीं बचा था। अपना-सा मुँह लेकर उन्हें लौट जाना पड़ा। जनार्दन भी वापस आकर काफी देर तक उत्तेजित बना रहा। मित्रों के साथ जनदेश से त्यागपत्र के बाद जनार्दन सोचता था—सम्भव है, जनदेश इससे सबक ले। अपने अन्दर की अवसरवादिता पर काबू पाये। लेकिन उसने ऐसा कुछ भी नहीं किया। अपनी अवसरवादिता को और बढ़ाया ही है!

शाम हो चली थी। जेल की शाम। चहारदीवारी के भीतर की एक अलग दुनिया...। कैदी सन्ध्या के अपने दैनन्दिन कार्यों में लग गये। यहाँ की नयी दिनचर्या के अनुसार जनार्दन भी अपने को तैयार कर लेना चाहता था। इसी क्षण पुनः सूचना आयी, उससे मिलने और दो मुलाकाती आये हैं...। स्लिप में उनके नाम देखकर वह चौंक गया, भोजलोक के उम्मीदवार नरपत और उसके अध्यक्ष देवरूप थे। उसे लगा, उसके समर्थन को ध्यान में रखकर नरपत उसकी गिरफ्तारी के प्रति अपनी सहानुभूति प्रकट करने आया है। फिर उसे लगा, सिर्फ सहानुभूति ही प्रकट करनी होती तो अपने अध्यक्ष को साथ क्यों लाता? वह उनसे मिलने चल पड़ा। मुलाकाती के इंचार्ज ने उसे बताया—"भेंट-मुलाकात का यह आखिरी वक्त है...। इनसे जल्दी

मिल लीजिए...। शाम पाँच बजे के बाद हम किसी मुलाकाती को अवसर नहीं देते...!"

शायद मुलाकाती के इंचार्ज ने आगन्तुकों से भी ऐसा ही कह रखा था, इसीलिए जनार्दन को देखते ही नरपत तेजी से बोल उठा—"आपके साथ यह बहुत गलत हुआ है। हमारी पार्टी इसका विरोध करती है...। हम पूरी तरह आपके साथ हैं। आपकी गिरफ्तारी की खबर पाते ही हम दौड़े आये हैं। हमारे अध्यक्ष जी भी आपसे मिलने से अपने को नहीं रोक सके...!"

अध्यक्ष अब स्वयं सामने आ गया। शायद मुलाकात के कम होते समय का वह सदुपयोग करना चाहता था। उसने अपनी बात की शुरुआत अपने पूर्व प्रसंग से की—"हमारा पत्र आपको मिला होगा। आपके जवाब की हमें प्रतीक्षा है। आप जैसे बहादुर युवकों की जगह भोजलोक में है...!"

अध्यक्ष की यह बात सुन जनार्दन की इच्छा हुई कि जैसे उसके पत्र को उसने फाड़कर टुकड़े-टुकड़े कर दिया था, वैसे ही यहाँ भी करारा जवाब देकर उन्हें लौटा दे। लेकिन अपनी पूरी बात कहने की जल्दबाजी में अध्यक्ष ने जनार्दन के बोलने से पहले ही किसी राज की तरह उसके बिल्कुल निकट सटकर धीमी आवाज में कहा, "इस जेल का मुख्य चिकित्सक हमारा अपना आदमी है। उसका भतीजा हमारा कोषाध्यक्ष है। मैं उससे कहने आया हूँ कि किसी गम्भीर बीमारी के नाम पर वह आपको राजधानी के बड़े राजकीय अस्पताल में भेज दे...। फिर इस जेल के लफड़े से आप मुक्त हो जाएँगे...। वहाँ जमानत मिलने तक हमारे चिकित्सक आपको पूरी सुविधाओं के साथ रखेंगे...!"

जनार्दन अब और नहीं सुन सका। उसे ऐसा लगा जैसे किसी ने उसकी दुखती रग को छेड़ दिया हो! उसके ज़ख्म पर नश्तर चला दिया हो। जनदेश के कुत्सित प्रस्ताव के बाद इस गर्हित प्रस्ताव ने उसे बौखला दिया। बस, बिना किसी लाग-लपेट के अध्यक्ष पर वह बरस पड़ा—"आपने मुझे ऐसा समझ कैसे लिया? क्या कभी मेरे आचरण से ऐसी भनक आपको मिली थी? यह पहली बार आप मुझसे मिले हैं और ऐसी बात कही है यही सोचकर कटु वचन नहीं बोल रहा हूँ। मेरे बारे में आपने जो भ्रम पाल रखा है उसे निकाल दीजिए...। आइन्दा फिर कोई ऐसा प्रस्ताव लेकर कभी मत आइएगा...!"

जनार्दन की इस कड़ी आपत्ति पर अध्यक्ष ने नरपत की ओर देखा...। फिर नरपत ने जनार्दन की ओर। उन दोनों का आशय जनार्दन समझ गया। उसने अब नरपत को समझाते हुए कहा, "अपने क्षेत्र में हम आपका समर्थन कर रहे हैं तो इसलिए नहीं कि आपकी पार्टी 'भोजलोक' को हम आदर्श मानते हैं। पार्टी के स्तर पर तो 'भोजलोक' से 'जनदेश' अच्छा है, जिसे हम छोड़ चुके हैं। हमारा समर्थन

व्यक्ति रूप में सिर्फ आपको लेकर है। आपके बारे में भी हम किसी भ्रम और मुगालते में नहीं हैं। आप भी हमारे विचारों के अनुरूप खरे उम्मीदवार नहीं। लेकिन जोगीपुर संसदीय क्षेत्र से जो खड़े हैं, उन सबकी तुलना में आपको उपयोगी समझ हमने यह निर्णय किया। आपकी इस सौदेबाजी पर तो अब नये सिरे से हमें विचार करना होगा कि आपके प्रति अपना समर्थन हम जारी रखें या स्थगित कर दें...?"

जनार्दन की बात सुन नरपत और देवरूप दोनों हतप्रभ रह गये! अपने अब तक के राजनीतिक जीवन में किसी पार्टी के बन्दी सदस्य के प्रति सहानुभूति के जवाब में ऐसी तीखी प्रतिक्रिया के शिकार वे पहली बार हुए थे। इससे पहले कि वे कुछ कहें, मुलाकाती के इंचार्ज ने आकर उन्हें जुदा कर दिया—"अब मिलने का वक्त नहीं...। अब और समय हम नहीं दे सकते...!"

जनार्दन का मन उद्विग्न हो गया था। भोजलोक के इस आग्रह ने उसे अन्दर से कुपित कर डाला था। फिर भी अपनी नयी दिनचर्या में वह लग गया। इस नयी दिनचर्या के तहत ही उसने अपने को संयमित-सन्तुलित कर लिया। 'जनदेश' और 'भोजलोक' की अवसरवादिता पर उसे नहीं जाना। उनकी राजनीति उसी पर अवलम्बित है। उन्हें वह सब करना ही है। उन्हें जवाब देने के बाद उनके बारे में उसे अब और नहीं सोचना!

अपनी दिनचर्या से आश्वस्त होने के बाद जनार्दन अब अपनी डायरी लेकर कमरे में बैठ गया। सोहागी गाँव से लेकर यहाँ जेल आगमन तक के पूरे घटनाक्रम को वह यथातथ्य दर्ज कर लेना चाहता था, ताकि भविष्य में काम आ सके। अभी रात के खाने का समय भी नहीं हुआ था। इस समय का ही वह सदुपयोग कर लेना चाहता था। वह देख रहा था, उसके कमरे के सामने के चबूतरे पर उसके खण्ड के वे चारों राजनीतिक कैदी किसी विषय पर गम्भीर विमर्श में लगे थे। ध्यान देने पर उनकी बातें जनार्दन को सुनाई पड़ने लगीं। अभी आज के ही समाचारपत्र में ऑपरेशन के दौरान एक महिला के पेट में सर्जन की कैंची छूट जाने के प्रकरण पर वे एक-दूसरे से अपनी प्रतिक्रिया व्यक्त कर रहे थे। इस सम्बन्ध में प्रो. नायर ने कहा था, "यह कितनी बड़ी मानवीय त्रासदी है कि कोई सर्जन मरीज के पेट में कैंची छोड़ दे...! अपनी लापरवाही से उस सर्जन ने एक मरीज के जीवन में कितना बड़ा संकट पैदा कर दिया...!"

इस पर पीताम्बर परेश का जवाब था—"यह लापरवाही नहीं, ऐसे सर्जनों की ज्यादती है...। अपने क्षेत्र की व्यावसायिक होड़ का अन्धापन है...। कम-से-कम समय में एक मरीज से निपटकर दूसरे में भिड़ जाएँ, इसी व्यावसायिक जल्दीबाजी का यह परिणाम है। किसी एक मरीज के साथ ऐसी वारदात होती तो इसे अपवाद माना जाता...। अब आये दिन ऐसी घटनाएँ प्रकाश में आ रही हैं, जिसने चिकित्सकों

के बाजारूपन को उजागर कर दिया है...। विभिन्न शहरों के चिकित्सक जल्द ही अकूत सम्पत्ति के स्वामी बन जाते हैं। इसके पीछे मरीजों के साथ उनकी यह लूट-खसोट ही तो है...। चिकित्सा के मानवीय सेवा भाव को उन्होंने बाजार का रूप दे दिया है...!''

यह सुन यदुशरण ने कहा, ''मानवीय सेवा भाव तो चिकित्सा क्षेत्र का प्रथम सोपान होता है। मरीज, चिकित्सक को भगवान मान कर उसके पास पहुँचता है। अपनी पीड़ा मुक्ति पर अपने चिकित्सक को वह दूसरे भगवान के रूप में ही देखता है। मरीज और चिकित्सक का सम्बन्ध पीड़ित और अपकारकर्ता का होता है। इस सम्बन्ध की सौदेबाजी ने सचमुच इस क्षेत्र को कलंकित किया है। बिना मोटी फीस के मरीज को न देखना, मरीज और उसके साथ के लोगों से झल्लाते हुए पेश आना, ये सारी हरकतें चिकित्सकों के यहाँ इधर बढ़ती जा रही हैं...! मैंने ऐसे कई सफल चिकित्सकों को देखा है, जो अपनी झल्लाहट और कठोर स्वभाव के लिए विख्यात होते जा रहे हैं। मरीज और उसके साथ के लोगों से लेकर अपने कम्पाउण्डरों तक को निरन्तर डाँटते-फटकारते रहते हैं। वे अपने ऊपर कोई अनुशासन महसूस नहीं करते। अपनी क्लीनिक के सर्वोच्च होते हैं। अपने पेशे की सफलता से अहंकारी बन बैठते हैं। उनकी ऐसी बेलगाम हरकतों का अंजाम भी मरीज के पेट में औजारों का छूटना हो सकता है! जब उन्हें अपना कोई दोष ही नजर नहीं आता तब फिर ऐसी दुर्घटनाएँ तो होनी ही हैं...!''

इस पर आकाशरंजन की प्रतिक्रिया थोड़ी भिन्न थी—''मेरे विचार में ऐसी दुर्घटनाएँ भी गलत व्यवस्था की ही उपज हैं। मरीजों के पेट में सर्जनों के औजारों का छूटना तो हम समाचारों में पढ़ते रहे हैं। लेकिन हमें कभी यह समाचार पढ़ने को नहीं मिला कि ऐसे सर्जन को क्या दण्ड मिला? जिस व्यवस्था में दोष के अनुपात में उपयुक्त दण्ड का प्रावधान नहीं होता, वैसी व्यवस्था में ऐसी घटनाओं को रोका नहीं जा सकता। जहाँ पैसे के बल पर जुर्म किया जा सके, और पैसे के बल पर उससे बचा जा सके, वैसी व्यवस्था ही ऐसे अमानवीय कृत्य को जन्म देती है...। मेरी राय में ऐसी अक्षम्य लापरवाही का भागीदार चिकित्सक कठोर दण्ड का हकदार है...! लेकिन जानता हूँ, वर्तमान व्यवस्था में यह सम्भव नहीं...!''

इन प्रबुद्ध बन्दियों की बातों ने जनार्दन के मन को भी कुरेद दिया था। उसकी इच्छा हो रही थी कि अब वह भी उनके बीच पहुँच अपनी राय रख दे...। लेकिन डायरी-लेखन के इस सामयिक काम को उसे छोड़ते हुए नहीं बना। अभी अगर उसने पूरी बात दर्ज नहीं की तो उसकी ताज़गी और प्रखरता स्मृति में बनी नहीं रहेगी। फिर जाने ऐसे इत्मीनान का समय कब मिले? जेल के अपने इन मित्रों से वह फिर बात कर लेगा। और वह अपनी घटना का पूरा वृत्तान्त अंकित करने में लग गया...।

कुछ देर बाद जेल के दूसरे कोने से कुहराम की आवाजें सुनाई पड़ीं। जनार्दन के कान खड़े हो गये। कैदियों की निगरानी में तैनात कुछ सिपाही उधर दौड़ चले। अपने दरवाजे से होकर गुजरते एक सिपाही से उसने पूछा—"क्या बात है सिपाही जी?"

उसने चलते हुए ही जवाब दिया—"उधर के हिस्से में एक अपराधी कैदी ने एक-दूसरे अपराधी कैदी का माथा फोड़ दिया है...।"

इस सूचना से जनार्दन अचम्भित रह गया। जेल में बन्द कर देने से ही किसी की आसुरी प्रवृत्ति का अन्त नहीं! अगर ऐसा होता तो जेल के अन्दर यह घटना क्यों घटती? इससे पूर्व भी समाचारों के द्वारा जेल के अन्दर की हिंसा से वह अवगत था। फुटकर हिंसा के साथ उग्रवादी संगठनों की आपसी टकराहट की हिंसात्मक खबरें भी आती रहती थीं। अब वह खुद जेल के अन्दर था और एक ऐसी घटना को सुन रहा था। एक ओर प्रबुद्ध बन्दियों का बौद्धिक विमर्श, दूसरी ओर अपराधी कैदियों की अमानुषिक हरकतें...! जेल के अन्दर की दुनिया का जो नक्शा उसके मानस में था, यहाँ पहुँचने के बाद वह अब बदल गया था। जेल की दुनिया के यथार्थ को अब वह धीरे-धीरे महसूस करने लगा था...।

अपने डायरी-लेखन में वह फिर जुट गया। इस बार ऐसा भिड़ा कि समय का चेत भी जाता रहा। जब घण्टी बजी तो उसकी तन्द्रा टूटी। उसे नया कैदी जान एक वार्डर ने आकर सूचना दी—"नम्बर बन्दी और खाने का समय हो गया है। चलकर लाइन में लग जाओ...!"

अपने खण्ड के बौद्धिक मित्रों को जाते देख जनार्दन भी उनके पीछे लग गया। उसने तय किया, खाना खाकर जी भर कर सोएगा। पिछली रात वह सो नहीं सका। हालाँकि रातों में जागने का वह अभ्यस्त था। लेकिन अनपेक्षित घटनाओं की बेशुमार बाढ़ ने उसे जैसे थका दिया था। अब वह सोकर पुनः तरोताजा हो जाना चाहता था।

तीसरी सुबह जनार्दन जेल के लिए पुराना कैदी था। उसे नहीं लग रहा था कि वह यहाँ के लिए नया हो...। उसके तैयार होते ही अखबार आ गया। अखबार देखते ही उसका मन बाग-बाग हो उठा। उसकी घटना को अब रोज विस्तार मिलता जा रहा था। अपनी प्रकृति के अनुसार समाचारपत्रों ने पिछले दिन की घटना को कुछ तफसील के साथ प्रस्तुत किया था। अब नन्दिता की खबर से अपनी खबर को वह बड़ी पा रहा था। प्रायः अधिकांश पार्टियों ने उसे एक विद्रोही युवा नेता करार दिया था। उसके जनाधार और अपने क्षेत्र में उसकी लोकप्रियता की चर्चा सबने की थी। लोकेन्द्र द्वारा उसे उग्रवादी करार देने को अधिकांश पार्टियों ने राजनीतिक षड्यन्त्र बताया था। उसकी कुछ तस्वीरें भी छपी थीं। शायद छायाकारों

ने कल ली गयी तस्वीरों में से ही अगले दिन के लिए नयी भंगिमाओं की कुछ तस्वीरें बचाकर रखी थीं...। इन खबरों के बीच उस पर लोकेन्द्र के आरोपों की खबरें भी थीं। लेकिन अब वे बौनी और हास्यास्पद जान पड़ रही थीं...!

अपने प्रति मीडिया की इस उदारता को भी जनार्दन समझ रहा था। मीडिया की यह खोजी खबर नहीं थी। उसकी घटनाओं ने जब विस्तार लिया तो मीडिया के लिए वह मजबूरी बन गया। इसमें वैसे पत्रकारों की भूमिका को वह महत्त्वपूर्ण मानता था, जो उसकी तरह ही पत्रकारिता के माध्यम से व्यवस्था की बेहतरी के लिए लड़ रहे थे। ऐसे ही एक पत्रकार एम. प्रसाद का लेख पढ़कर वह अभिभूत रह गया। सम्पादकीय पृष्ठ पर एम. प्रसाद का वह लेख छपा था। यह देखकर जनार्दन ने अपने को गौरवान्वित महसूस किया कि एम. प्रसाद ने उसके संघर्ष को आधार बनाकर वह लेख लिखा था। उनके लेख का शीर्षक था–'सुरंग में सुबह'। अपने इस आलेख में जनार्दन की संघर्ष यात्रा का उन्होंने विस्तार से मूल्यांकन किया था। उसके मित्रों की भूमिकाओं पर प्रकाश डाला था। भारतीय लोकतन्त्र की पेचीदगियों को उजागर किया था। साथ ही अन्य क्षेत्रों में भी उठनेवाले ऐसे कई युवाओं और सामाजिक कार्यकर्ताओं का उल्लेख किया था। लोकतन्त्र की इस जटिल लड़ाई को उन्होंने सुरंग में सुबह माना था। अन्त में अपना मन्तव्य प्रकट करते हुए लिखा था, संसदीय प्रणाली के तहत बेहतरी के लिए ऐसे युवा संघर्ष ही नियामक हो सकते हैं, जरूरत ऐसे संघर्ष को व्यापक बनाने और सहयोग करने की है...!

एम. प्रसाद के उस लेख ने जनार्दन को दूसरी भाव-भूमि में पहुँचा दिया...। अपनी यशगाथा से फूलते हनुमानजी की भाँति वह भी अन्दर-ही-अन्दर फूलकर कुप्पा हो उठा। उसे लगा, अभी मीडिया में वैसे लोग हैं जो पैनी नजर रखते हैं। बेहतरी के प्रयासों को ऐसे लोग ओझल नहीं होने दे सकते...!

चाय-नाश्ते के बाद जनार्दन अभी समाचारपत्र पढ़ ही रहा था कि जेल के उसके नये बौद्धिक मित्र उसके कमरे में आ धमके। उसे लगा, सम्भव है समाचारपत्र की खबरों से अवगत होकर पहुँचे हों! सम्भव है, कल पहले दिन के सिर्फ परिचय से ही सन्तुष्ट न हुए हों, इत्मीनान से उससे बात करना चाहते हों! जो हो, उनका आना उसे अच्छा लगा...। अपने स्वभाव के अनुसार जनार्दन ने उन्हें आदर से बैठाया। लेकिन पीताम्बर परेश बैठते ही शुरू हो गये, जैसे छूटती हुई बन्दूक बनकर आये हों–"क्या स्थिति बन गयी है यार! बिहार के नरसंहारों के विरुद्ध माहौल कायम करने और जनचेतना जगाने के स्थान पर आज के राजनेता उस पर अपनी रोटियाँ सेंक रहे हैं...! किसी भी नरसंहार के जनक एक-दूसरे को बताकर हाथ झाड़ लेते हैं...! किस नरसंहार को किस चश्मे से देखना है? किस नरसंहार-स्थल पर पहुँचना है? किस पर नहीं पहुँचना है? किस नरसंहार पर कैसा रुख अख्तियार करना

है? क्या तमाशा है? जिनकी संवेदना नरसंहारों जैसे जघन्य अमानवीय कृत्य पर भी बँट जाती है उनसे समाधान की क्या आशा की जा सकती है? नरसंहारों की लाशों और उस स्थल पर गिरे खून के आधार पर विकसित विज्ञान भी मारे गये लोगों की जाति और धर्म का पता नहीं बता सकता। लेकिन जाति और धर्म का जहर बोने वाले ये नेता उन्हें खूब अच्छी तरह अलगा लेते हैं। इक्की-दुक्की हत्याओं को वे राष्ट्रीय संकट घोषित कर सकते हैं और बड़े-बड़े नरसंहारों को उग्रवादी गुटों की आपसी तकरार बता सकते हैं...! उनके लिए नरसंहारों के मानवीय प्रश्न से अधिक महत्त्व अपने राजनीतिक प्रभाव और अपने दूरगामी भविष्य को लेकर होता है...!''

जनार्दन समझ गया, आज के समाचारपत्र में नरसंहारों पर प्रकाशित एक फीचर लेख के प्रभाव में पीताम्बर परेश बोल रहे थे। उस लेख में अब तक घटित नरसंहारों पर विभिन्न राजनेताओं के दृष्टिकोण का मूल्यांकन था। जनार्दन ने सरसरी तौर पर उस लेख को देखा था। अभी इत्मीनान से उसे पढ़ना बाकी था। पर अपनी जमीनी राजनीति के तहत उन तथ्यों से वह अवगत था जो समाचारपत्र में छपा था। प्रो. नायर अब अपने को रोक नहीं सके। पीताम्बर परेश की बात सुनते ही फट पड़े—''तीव्र वैज्ञानिक विकास के इस युग में भी नरसंहारों जैसी आदिम बर्बरता की हरकतें न जाने हमें कहाँ ले जा रही हैं? इस हैवानियत के षड्यन्त्र के खिलाफ कारगर कदम के अभाव में ही यह विस्तार पाता जा रहा है। कभी दो-चार लोगों का मारा जाना ही पूरे राष्ट्र और समाज को उद्वेलित करने के लिए काफी था। अब एक साथ दर्जनों लोगों के नृशंस कत्लेआम को झेलने के लिए हम विवश हैं। सबसे दुःखद पक्ष यह है कि मारे जानेवाले दोनों पक्षों के लोग प्रायः निर्दोष और निरीह होते हैं। चतुर और शातिर अपराधी नहीं मारे जाते। कभी यह नहीं सुना गया कि दोनों संगठनों के सरगना आपसी टकराहट में मारे गये। इससे यह बात साफ जाहिर है कि आम नागरिकों को मारकर वे संसदीय लोकतन्त्र को ध्वस्त कर देना चाहते हैं। इस सम्बन्ध में नेताओं के लिए यह घोषित तथ्य हो गया है कि ऐसे स्थलों पर अपनी राजनीति के आधार और पक्ष को देखकर ही उन्हें वहाँ पहुँचना और अपने सहयोग का आश्वासन देना होता है। ऐसे नेताओं के छल को जब तक उनकी जाति और धर्म के लोग नहीं समझ पाएँगे तब तक दूसरों के कहने से ये पीछे हटने वाले नहीं...। उनके धर्मावलम्बी और जातिवादी उनकी हाँक पर तैयार हैं तब फिर उन्हें क्या कहना? जाति और धर्म के नाम पर एकजुट होनेवाले लोगों के लिए अब वक्त आ गया है कि वे विचार करें कि जाति और धर्म की इस लड़ाई ने उन्हें क्या दिया? कितना आगे बढ़ाया? एक-दूसरे से लड़कर उन्होंने कुछ पाया कि अपना बहुत कुछ खोया ही? गाँवों की शान्ति एकदम गायब हो गयी है। शाम होते ही गाँव जंगलों की तरह भयावह और वीरान हो जाते हैं। लोग अपने-अपने घरों में ऐसे दुबक जाते

हैं जैसे हत्यारे अपने हुजूम के साथ पहुँच आये हों...!''

अब आकाश रंजन ने अपने युवा तेवर में कहा—''सवाल यह है कि असुविधाओं के बीच जीने वाले दो वर्गों के लोगों ने क्यों एक-दूसरे को अपना दुश्मन मान लिया है? वे क्यों यह मानते हैं कि उनकी आजादी एक-दूसरे ने ही छीन रखी है? एक-दूसरे को वे अपनी परेशानी का जनक और अपना भाग्य नियन्ता क्यों समझ बैठे हैं? वर्गीय चेतना के स्थान पर वर्णवादी चेतना का ही यह परिणाम है। सच तो यह है कि उनके जीवन-स्तर में एक-दूसरे से बहुत फर्क नहीं होता है। पर उनके बीच फर्क करनेवाले शातिर सूत्रधार कहीं और बैठकर बखूबी और बारीकी से इसका संचालन करते हैं। विडम्बना यह है कि वे सूत्रधार अभिनेताओं की तरह अपना रूप बदलना भी जानते हैं...। घटनाओं को वही अंजाम दिलवाते हैं तथा घटनास्थल पर हमदर्द के लिबास में भी वही पहुँचते हैं। अगर किसी कारण से नहीं पहुँच सके तो अपनी जगह से ही तेज आवाज में मातमपुर्सी अलापने लगते हैं। यहाँ की भोली जनता उनके इस छद्‌म को नहीं पहचान पाती है। पर जो बुद्धिजीवी ऐसे छद्‌म को पहचानते हैं वे क्यों चुप बने हुए हैं? कहते हैं, हत्यारों के हाथ बहुत लम्बे हैं...। बुद्धिजीवियों की आवाज उठते ही उनका गला घोंट देंगे। स्पष्ट है कि अपनी जान के खतरे वे उठाना नहीं चाहते हैं। पर अब वे खतरे उठाने ही होंगे...। बेहतरी के लिए शहादत का मार्ग अख्तियार करना ही होगा...। एक भ्रष्ट व्यवस्था की चरम बदतरी के बीच जीने से उसकी बेहतरी के संघर्ष में मारा जाना ही उचित है...!''

यदुशरण ने आकाशरंजन की बात अब यहीं थाम ली—''सचमुच हम सिर्फ बौद्धिक लड़ाई लड़कर इस व्यवस्था को नहीं बदल सकते। हमें सड़क पर उतरना ही होगा...। अपने कर्म क्षेत्र में प्रवाहित प्रदूषण की धारा को हमें मोड़ना होगा...। यह बात हम सभी जानते हैं कि धर्म और जाति के पक्षधर राजनेता जब शासन में आते हैं तो राजकीय साधन-सुविधा और सहूलियतें अपनी जाति और धर्म के अलमबरदारों को ही प्रदान करते हैं। राजकीय कर सबसे लिया जाय, राजकीय आपदाओं में सबको भागीदार बनाया जाय, लेकिन मेधा और गुणवत्ता की उपेक्षा कर सिर्फ अपनी जाति और धर्म के लोगों को ही लाभान्वित किया जाय, इस गलत नीति का एक परिणाम भी सामाजिक हिंसा है...। ऊपर से नीचे तक और बाहर से भीतर तक हमारी व्यवस्था में आमूल परिवर्तन की आवश्यकता है। आज जो जहाँ और जिस क्षेत्र में है वहीं से यह महसूस कर रहा है कि ईमानदारी की सजा जेल और बेईमानी का पुरस्कार है, इसीलिए अब जरूरत सिर्फ महसूस करने भर ही नहीं, उस महसूस को कार्य-रूप देने की है...!''

नरसंहारों के प्रसंग की शुरुआत पर जनार्दन को लगा था कि जेल के इन नये मित्रों की बातें कहीं विषयान्तर न हो जायँ! हिंसा और अहिंसा के द्वन्द्व और

खाई में न भटक जायँ! जेल के इन बौद्धिक मित्रों का वह स्पष्ट दृष्टिकोण जानना चाहता था। व्यवस्था बदलाव के किन माध्यमों में ये विश्वास करते हैं, उसे यह पता नहीं था? पर यह देखकर उसे खुशी हुई कि अन्ततः बातें वहीं लौट आयी थीं जहाँ से वह शुरू करना चाहता था। अब वह इन मित्रों का मूल विचार जान सकता है। बस, वह मुस्तैदी से बोल उठा—"लोकतन्त्र की पतनशीलता का ही यह व्यावहारिक अंजाम है जिसकी चर्चा हम कर रहे हैं...। सवाल सिर्फ नरसंहारों और घोटालों का ही नहीं है, जिस क्षेत्र में भी आप सर्वेक्षण कीजिए, ऐसी ही दुरभिसन्धियाँ पाएँगे...। इस स्थिति में हमारे लिए अहम मुद्दा लोकतन्त्र की बेहतरी के रास्ते की तलाश होनी चाहिए...। सदियों के प्रयास से इस लोकतन्त्र को हमने पाया है। यही लोकतन्त्र किसी देश में उजाले का घटक बना हुआ है और हमारे यहाँ अँधेरे का पर्याय बन चुका है! इसे कहाँ से, कैसे और किन माध्यमों से हम बदल पाएँगे, जब तक यह मार्ग साफ नहीं हो जाता है, हम अपनी शक्ति का सार्थक इस्तेमाल नहीं कर पाएँगे...!"

जनार्दन के इस विचारोत्तेक प्रश्न के जवाब में पीताम्बर परेश ने कहा, "आमूल परिवर्तन के लिए हमें एकदम निचले सतह से प्रारम्भ करना होगा...। पंचायत के स्तर से ही यहाँ सुधार आवश्यक है...। ईमानदार जड़ पर ही ईमानदार व्यवस्था कायम हो पाती है। नीचे के निकायों और संस्थाओं को स्वच्छ, आत्मनिर्भर और कर्मठ बनाकर ही हम बेहतर लोकतन्त्र तक पहुँच सकते हैं। गाँधीजी के मानस में भी लोकतन्त्र की बेहतरी का यही स्वरूप था। लेकिन जड़ को सींचने की अपेक्षा हमारा ध्यान फुलुंग पर है, इसीलिए हमारा प्रयास सफल नहीं हो पा रहा है...। बंजर जमीन कभी अच्छी फसल पैदा नहीं कर सकती। जमीन की उर्वरा शक्ति को पुनर्जीवित करके ही हम मनमाफिक फसल तैयार करते हैं। इमारत की बुलन्दी उसकी नींव की मजबूती पर ही टिकी होती है...। जिस इमारत की नींव कमजोर और पुलपुली है उस इमारत को भहराकर गिरना ही है...!"

जवाब में प्रो. नायर ने दूसरा ही तर्क प्रस्तुत किया—"मेरे विचार में सतह के परिवर्तन से कुछ होनेवाला नहीं। शीर्ष के परिवर्तन पर ही सारा खेल निर्भर करता है। जैसा राजा, वैसी प्रजा। सत्ता की छवि ही जनता में रूपान्तरित होती है। जिस घर का मुखिया सही नहीं होता, उस घर को बर्बाद होना ही पड़ता है। जनता अपने से नीचे का अनुसरण नहीं करती, ऊपर का ही अनुसरण करती है...। हमने देखा है, जिस जिले में एक डी. एम. ईमानदार और बेहतरी का इच्छुक होता है, उस जिले का नक्शा ही बदल देता है। यह बात दूसरी है कि भ्रष्ट प्रशासन उसकी इस कार्रवाई को नापसन्द कर उसका ट्रांसफर किसी शंटिंग पोस्ट पर कर देता है। इस सम्बन्ध में इतिहास भी हमारे सामने गवाह है। लखनऊ के बादशाह वाजिदअली शाह के

एक छोटे से प्रसंग से इसे हम समझ सकते हैं। वाजिद अलीशाह की विलासिता और ऐयाशी के प्रभाव में उसके अमले-अधिकारी सब आकण्ठ डूब गये थे। अपने राजा के अनुरूप प्रजा! यह इसी का परिणाम था कि अंग्रेजों ने बिना किसी रक्तपात के वाजिदअली शाह को गिरफ्तार कर लिया। ऐसा नहीं कि वाजिदअली शाह के सैनिकों, सामन्तों में लड़ने की क्षमता नहीं थी। प्रेमचन्द ने अपनी कहानी 'शतरंज के खिलाड़ी' में बहुत कुशलता से इस ऐतिहासिक सच को उजागर किया है कि वाजिदअली शाह के सामन्तों ने शतरंज के खेल में अपनी वीरता का प्रदर्शन करते हुए एक-दूसरे को ढेर कर दिया, लेकिन अपने गिरफ्तार बादशाह के लिए वे नहीं उठे। यहाँ सवाल उन सामन्तों की कर्त्तव्यहीनता का नहीं वाजिदअली शाह के भ्रष्ट चरित्र का है। वाजिदअली शाह अगर योग्य और अव्वल शासक होता तो उसकी जनता और सैनिक सामन्त ऐसे हर्गिज नहीं हो पाते...। जब हमारी जमीन के सही जनप्रतिनिधि सत्ता में पहुँचेंगे तभी लोकतन्त्र को वे बेहतर बना सकेंगे...! अव्वल जन प्रतिनिधियों के रास्ते ही हमारा लोकतन्त्र ठिकाने पर आएगा...। हमारी पक्षधरता इन जनप्रतिनिधियों के साथ होनी चाहिए...। हमारी लड़ाई इनके मार्ग में आनेवाली बाधाओं से हो...। मैं तो आगे बढ़कर यह भी कहूँगा कि हम बुद्धिजीवियों को स्वयं चुनाव के मैदान में भी उतरना चाहिए...। यह मानकर इससे दूर बने रहना कि यह असामाजिक तत्त्वों, कुटिलों और शातिरों का क्षेत्र बन गया है, हम इसे नहीं बदल सकते...! हम बुद्धिजीवी बदलाव के सार्थक विचार जरूर रखते हैं। व्यक्तिगत स्तर पर अपने क्षेत्र में अपने को अपने उसूलों के तहत खरा भी साबित करते हैं...। लेकिन कोई संगठन न बना या किसी संगठन से अपने को न जोड़कर अलग-अलग टापू बने रहते हैं। ऐसे टापू बनकर हम लोकतन्त्र की लड़ाई नहीं जीत सकते...! हमें लोगों को साथ लेकर चलना होगा। उनकी भावनाओं को समझना और उनसे जुड़ना होगा। हमारी अकेली ईमानदारी और अकेले का संघर्ष लोकतन्त्र के नक्कारखाने में तूती की आवाज से अधिक कुछ नहीं!"

प्रो. नायर ने जिन बुद्धिजीवियों को लक्ष्य कर अपनी बात समाप्त की थी, जनार्दन उन्हें अच्छी तरह जानता था। सम्भवतः जेल के वे मित्र भी उनसे अवगत थे। वे कुछ ईमानदार और बेहतरी के इच्छुक आई. ए. एस. पदाधिकारी थे, जिन्होंने अपने प्रभाव-क्षेत्र के अन्तर्गत राष्ट्रीय स्तर पर भूचाल-सा ला दिया था। ऐसा लगा था कि इस भ्रष्ट व्यवस्था को वे बदलकर मानेंगे। मीडिया ने उन्हें नायकत्व भी प्रदान किया था। जनता के बीच उनके नामों की जानकारी भी पहुँचने लगी थी। उनमें से कइयों ने पद से अलग हट या सेवानिवृत्ति के बाद चुनाव भी लड़ा। पर संगठन के अभाव में वे विजयी नहीं हो सके। अकेले की उनकी नैतिकता और अकेले का उनका आदर्श धरा-का-धरा रह गया। इस सम्बन्ध में जवाब स्वरूप पीताम्बर परेश

कुछ कहने ही जा रहे थे कि यदुशरण उनसे पहले ही बोल उठे—"परेश साहब एक मिनट! प्रोफेसर साहब का कहना बिल्कुल सही है। लेकिन यहाँ प्रश्न यह है कि सिरे से बदरंग अपने इस विषाक्त माहौल में सही जनप्रतिनिधियों को हम कैसे पैदा करेंगे? हमारे स्कूल-कॉलेज डॉक्टर, इंजीनियर, वकील, शिक्षक, लेखक-पत्रकार, अधिकारी-कर्मचारी आदि पदों के योग्य उम्मीदवार तो पैदा करते हैं, लेकिन बेहतर राजनेता पैदा नहीं करते। सच्चाई यह है कि जो उम्मीदवार किसी योग्य नहीं होता वही राजनीति में आता है। अपनी इस बुनियादी प्रक्रिया में हमें अपेक्षित बदलाव करना होगा। आदर्श, नैतिकता और चरित्र-निर्माण के जिस पाठ को रूढ़िग्रस्त और संकीर्ण समझ हम छोड़ते जा रहे हैं, उन्हें नये सिरे से अपनाने की जरूरत है। वैश्वीकरण की आँधी में बहते अपने लोगों को रोकना होगा। साम्राज्यवादियों की चाल समझनी होगी। दुनिया में जहाँ कहीं भी लोकतन्त्र अपनी बेहतरी के रूप में है, वहाँ की व्यवस्था में मानवीय भावनाओं को उसने सर्वोपरि स्थान दिया है। अपने मानवीय अधिकारों और मानवीय भावनाओं के प्रति आश्वस्त व्यक्ति ही लोकतन्त्र की बेहतरी का भागीदार और समर्थक हो सकता है। वैश्वीकरण और बाजारवाद ने अपना पहला हमला हमारी संस्कृति पर किया है...। आश्चर्य है कि वैश्वीकरण के संचालक देशों ने अपनी उन्मुक्तता और भोगवादिता के बावजूद अपनी संस्कृति नहीं खोयी है, जबकि हमें हमारे पारम्परिक मार्ग से हटाने की उनकी पुरजोर कोशिश जारी है...। अपने प्रति इस बाहरी छल से सावधान रहकर तथा आन्तरिक अनुशासन का माहौल बनाकर ही हम यह समर जीत सकते हैं...।"

इस पर आकाशरंजन ने गुस्से के स्वर में अपनी पृथक् राय व्यक्त की—"मुझे नहीं लगता कि इस व्यवस्था में किसी आदर्श के द्वारा सुधार सम्भव है...। हमारी व्यवस्था अराजकता के जिस मुकाम पर पहुँच गयी है उसमें अब सिर्फ एक बड़ी क्रान्ति की जरूरत है। कोई भी दूसरा माध्यम इसे नहीं बदल सकता...। यहाँ एक बड़े विस्फोट को अब आना ही है। गृहयुद्ध का माहौल यहाँ बन गया है। गर्म होते जल का तापमान जब एक सीमा से आगे बढ़ता है तो पानी को खौलने से नहीं रोका जा सकता। वातावरण में जब उमस बढ़ती है तो उसे उड़ा ले जाने के लिए आँधी आती ही है...। हम सबको इस क्रान्ति का घटक बनना चाहिए। क्रान्तिकारी शक्तियों की एकजुटता की आज सबसे अधिक जरूरत है...! नासूर बनते ज़ख्म के लिए एक बड़ा ऑपरेशन आवश्यक है...।"

जनार्दन ने अब तपाक् से आगे बढ़कर आकाशरंजन की बात को यहीं थाम लिया—"क्रान्ति के अपने मार्ग को भी हमें समझना होगा दोस्त...। हमारे देश का जनतन्त्र फीजी का जनतन्त्र नहीं हो सकता कि चन्द जातिवादी गुण्डों का आतंक उस पर हावी हो जाए...! हमारे लोकतन्त्र की जड़ें अब गहरी हो गयी हैं। यहाँ

कोई शासक अपनी स्वेच्छाचारिता के बल पर अधिक समय तक काबिज नहीं रह सकता...। अपनी प्रकृति के अनुकूल हमारा लोकतन्त्र शासकों और उनकी पार्टियों को सत्ता से बेदखल करता रहा है। जो शासन को अपना बपौती समझते रहे हैं यहाँ की जनता ने उन्हें उठाकर धूल में फेंक दिया है। लेकिन सत्ता के चरित्र में जो बुनियादी बदलाव होना चाहिए, वह राजनेताओं और उनकी पार्टियों के बदलने से नहीं हो रहा है। अपने प्रयास से इस बदलाव को ही हमें सार्थक अंजाम देना है। यह समय की माँग है कि विभिन्न विचारों के बुद्धिजीवियों को उद्देश्य की अपनी एकता के तहत साझे कार्यक्रमों पर सक्रिय होना चाहिए। हमारे आपसी तालमेल और समन्वय से ही प्रतिगामी शक्तियाँ पराजित हो सकती हैं। सत्ता और जनता का संघर्ष इधर बढ़ा है जो हमारे पक्ष में नियामक और निर्णायक हो सकता है। यह बात हमारी सफलता के भविष्य का संकेत है कि इधर हम लिखने-पढ़ने वालों के बीच ही लोकतन्त्र की बेहतरी की लड़ाई शुरू नहीं हुई है, खेतों और शहरों में काम करनेवाले मजदूरों की चेतना से भी यह आवाज उठने लगी है। किसी समस्या पर जब बेचैनी से लोगों का ध्यान केन्द्रित होने लगे तो यह तय है कि उस समस्या को जाना है...! हमारे लिए सुखकर पक्ष यह भी है कि प्रतिगामी पार्टियों का आपसी द्वन्द्व इधर और बढ़ा है। उनका यह द्वन्द्व और आपसी समर भी हमारे जनतन्त्र को बहाल करने में मदद पहुँचाएगा...!''

जनार्दन अभी अपनी बात कहने ही जा रहा था कि एक जेल कर्मचारी ने आकर उसे बताया—''आपके मुलाकाती आये हैं।''

उस कर्मचारी के हाथ से स्लिप ले जनार्दन देखने लगा। देखते ही उसका चेहरा खिल उठा। उसका दोस्त घनश्याम अपने कुछ साथियों के साथ पहुँचा था। अपने इन नये मित्रों से विदा ले वह तत्क्षण चल पड़ा। उसके ये नये मित्र भी उसके साथ ही उसके कमरे से बाहर निकले। फिर वे अपने-अपने कमरों की ओर बढ़ गये। जनार्दन मुलाकाती फाटक की ओर चल पड़ा।

घनश्याम कॉलेज के अपने कुछ सहकर्मियों तथा कुछ शोध छात्रों के साथ आया था। मीडिया की सूचना पर उसके सहकर्मी और छात्र भी उससे मिलने से अपने को रोक नहीं पाये थे। जनार्दन अपने जिगरी दोस्त घनश्याम को देखते ही खुशी से उछल उठा। सलाखों के बिल्कुल करीब पहुँच घनश्याम के हाथों को उसने अपने हाथों में ले लिया। एक दूसरे को स्नेहसिक्त नजरों से क्षण भर वे निहारते रहे। फिर उनकी बातें शुरू हो गयीं। उन दोनों का प्रेम देख साथ के लोग अभिभूत हो उठे। अब उन लोगों ने भी अपनी शाबाशी और शुभकामनाएँ जनार्दन को देनी शुरू कर दी। घनश्याम के साथ के वे लोग सिर्फ मौखिक शाबाशी के साथ ही नहीं पहुँचे थे। जनार्दन के लिए फल और मिठाइयाँ भी लाये थे। जनार्दन ने इन

भेंट-सामग्रियों को लौटाना चाहा—"यहाँ हमें किसी चीज की जरूरत नहीं। हम ठीक हैं...। आप लोगों का यह स्नेह-समर्थन ही काफी है...।"

लेकिन घनश्याम ने उन्हें रख लेने का संकेत किया—"इन्हें सिर्फ फल और मिठाइयाँ भर ही मत समझो जनार्दन! इनमें इन लोगों के समर्थन की भावनाएँ और तुम्हारे प्रति इनका प्रेम निहित है...। कोई अपने किसी उद्देश्य या मकसद के तहत कुछ देता है तो मैं भी उसे ग्राह्य नहीं मानता। लेकिन श्रद्धा और प्रेम का उपहार तो सर्वोत्तम होता है...।"

घनश्याम की बात जनार्दन को जँची। उसने इन खाद्य-सामग्रियों को स्वीकार कर लिया। जेल के अपने मित्रों के साथ इन्हें मिल-बाँट कर खायिएगा। अभी घनश्याम और उसके साथियों से वह बात कर ही रहा था कि बीस-पच्चीस की संख्या का एक काफिला उससे मिलने आ पहुँचा। कल भी ऐसा ही हुआ था। अपने माँ-पिताजी एवं मित्रों से अभी वह मिल ही रहा था कि एक स्वयंसेवी संगठन का जत्था आ गया था। उसने इन नये आगन्तुकों को देखा, अच्छे रंग-रूप और लिबास में वे उसे सभ्य-सम्भ्रान्त जान पड़े। उसे लगा, समाचारपत्र की सूचना पर बेहतरी के इच्छुक ये शहरी भी उसे शाबाशी देने पहुँचे होंगे। अपने अनुमान के अनुसार उसने पाया भी कि सभी आगन्तुकों ने गर्म जोशी से उससे हाथ मिलाया तथा जेल से उसकी शीघ्र मुक्ति की कामना की! अब उनमें से एक भव्य दिखनेवाले व्यक्ति ने वकालतनामा का एक पेपर उसकी ओर बढ़ाया—"मेरा नाम टी. के. चन्द है। यहाँ का एडवोकेट हूँ। आप जल्द-से-जल्द जमानत पा जाएँ, इसके लिए हम प्रयत्नशील हैं। इस पर अपना हस्ताक्षर कर दीजिए, ताकि आपके वकील के रूप में कार्य करने का मुझे वैधानिक अधिकार मिल सके...!"

उस टी. के. चन्द के इस आग्रह पर जनार्दन उसकी ओर देखता रह गया। उसके ऐसे समर्थक भी हैं जो उसके लिए कानूनी लड़ाई लड़ने को तैयार हैं। शायद अनुभवी टी. के. चन्द जनार्दन का आशय समझ गया। उसने अब चट कहा—"आप इस मुकदमे के खर्च की बात सोच रहे हैं...। आपके लिए बहुत सारे लोग उठ खड़े हुए हैं। आपको वह सब नहीं सोचना। हम जल्द-से-जल्द इस फाटक से आपको बाहर कर दें, बस इसके लिए आपका हस्ताक्षर चाहिए...!"

इस बार जनार्दन के कुछ कहने और सोचने से पूर्व ही घनश्याम ने कहा, "हस्ताक्षर कर दो जनार्दन। लोकतन्त्र की इस लड़ाई में हमारे साथ जो आ रहे हैं उन सबका स्वागत हमें करना है...। हमें सबके साथ आगे बढ़ना है...। हमारे सहयोगी और समर्थक ही हमारी शक्ति हैं...!"

अपने मित्र घनश्याम की बात पर जनार्दन ने अब तनिक भी देर नहीं की। तत्क्षण अपना हस्ताक्षर बना दिया। अब टी. के. चन्द अपने लोगों के साथ उसकी

मुक्ति की कामना प्रकट करते हुए चल पड़े—"आप जल्द-से-जल्द बाहर आ जाएँगे। आपको हम बाहर करके मानेंगे...। आप पर लगे अभियोगों में दम नहीं...। आपकी रिहाई के सारे प्रमाण हमारे पास हैं...।"

वे जिस तेजी से आये थे, उसी तेजी से वापस हो गये। जनार्दन को ऐसा लगा, जैसे वे उसका हस्ताक्षर लेने ही आये हों! उनकी इस जल्दीबाजी और व्यस्तता पर अपने मन की शंका, वह घनश्याम से व्यक्त करना ही चाहता था कि उनके जाते ही घनश्याम ने चौंकते हुए कहा—"तुम्हें पता है, टी. के. चन्द कैसा वकील है?"

"कुछ नाम सुना जरूर है। लेकिन पूरी तरह नहीं जानता...!"

"तो जान लो। टी. के. चन्द अदालत का मशहूर वकील है। वकालत के पेशे का महारथी....! उसने अब तक जिन मुकदमों को अपने हाथ में लिया उसे विजयी बनाकर ही छोड़ा। उसकी एक बहस की फीस लाखों रुपये है। मुझे आश्चर्य है और खुशी है कि बिना कोई फीस लिए उसने तुम्हारा मुकदमा अपने हाथ में ले लिया है...। यह सामान्य खुशी की बात नहीं है जनार्दन! इसे तुम अपने संघर्ष की एक बड़ी उपलब्धि समझो...।"

घनश्याम की इस बात पर जनार्दन के चेहरे पर भी सुखद आश्चर्य के भाव कौंध उठे। अब वहाँ उपस्थित एक जेल कर्मचारी ने जनार्दन की ओर मुखातिब होते हुए कहा—"मान गये भाई कि तुम भी कुछ हो...। टी. के. चन्द स्वयं आकर तुम्हारा हस्ताक्षर ले गया। बस, अब समझ लो कि तुम इस फाटक से बाहर हो...!"

इस अवसर पर घनश्याम के साथ आये उसके एक प्रोफेसर मित्र ने भी अपनी प्रतिक्रिया जाहिर की—"लोग समझते हैं कि यहाँ बेहतरी के समर्थक नहीं। लेकिन ऐसी बात नहीं। बिल्ली के गले में घण्टी कौन बाँधे की तरह यहाँ लोग नेतृत्व की प्रतीक्षा में हैं। इन्हें जैसे ही लगता है कि बेहतरी के लिए कोई मैदान में कूद आया है तो उसके समर्थन में आगे बढ़ आते हैं। बुराई के आतंक से लोग भले ही त्रस्त हों, लेकिन अच्छाई सामने आने पर उसका साथ देने से अपने को रोक नहीं पाते। विख्यात वकील टी. के. चन्द का यहाँ जेल में आकर आपका हस्ताक्षर ले जाना बदतरी पर बेहतरी की जीत का ही संकेत है...!"

इस ऊर्जस्वित माहौल में घनश्याम और उसके मित्रों के साथ जनार्दन की कुछ और बातचीत हुई। लेकिन अब सारी बातचीत टी. के. चन्द के आसपास ही मँडराती रही...। जनार्दन से मिलकर जाते हुए घनश्याम और उसके मित्रों के चेहरे अब आशान्वित और उल्लसित थे। घनश्याम ने कहा भी—"चलो, ठीक ही हुआ है, लोकेन्द्रियों ने तुम्हें गिरफ्तार करवाया...। तुम्हारी गिरफ्तारी के बाद ही तुम्हारा पक्ष जनता के सामने आया है।"

घनश्याम की इस बात से जनार्दन सहमत था। इस पक्ष को वह स्वयं शिद्दत से महसूस कर रहा था। जेल के अन्दर आने पर उसने पाया कि टी. के. चन्द द्वारा उसका हस्ताक्षर ले जाने की खबर अन्दर पहुँच चुकी थी। उसके नये मित्रों ने भी इस खबर को गर्मजोशी से लिया। पीताम्बर परेश ने कहा—"यह असाधारण बात है कि स्वयं टी. के. चन्द ने जेल के फाटक पर पहुँचकर तुम्हारा मुकदमा अपने हाथ में लिया। वाकई तुम भाग्यशाली हो...। तुम्हारे समर्थन में 'पहुँचे हुए' लोग भी आने लगे हैं...।"

लेकिन प्रो. नायर ने अपनी पृथक् राय जतायी—"यहाँ प्रश्न यह उठता है कि टी. के. चन्द ने ऐसा क्यों किया? कहीं इसी के बहाने वह राजनीति में तो नहीं आना चाहता? बेशुमार सम्पत्ति एकत्रित करने वाले की आखिरी ख्वाहिश राजनीति में आनी भी होती है। राजनीति में आकर ही वे अपनी सम्पत्ति की रक्षा कर सकते और अपेक्षित यश पा सकते हैं!"

इस पर आकाशरंजन ने कहा—"मुझे तो इसमें कोई रहस्य जान पड़ता है। अवश्य टी. के. चन्द ने कोई बड़ा गेम खेला है। यह उसकी चाल हो सकती है। वह तो व्यावसायिक मनोवृत्ति का आदमी है। बगैर पैसा लिए कभी कोई मुकदमा लड़ा ही नहीं। अचानक बिल्ली चली हज करने! मुझे उसकी मंशा सही नहीं जान पड़ती...!"

यह सुन यदुशरण ने कहा, "किसी पूर्व धारणा के तहत किसी पर विचार करना उचित नहीं होता। मैंने एक से एक लोगों को देखा है जो क्या थे और आगे के दिनों में क्या हो गये? किसी के चरित्रगत बदलाव और परिवर्तन से इनकार नहीं किया जा सकता है...। सम्भव है, टी. के. चन्द में यह बदलाव आया हो, जिसका हमें स्वागत करना चाहिए...!"

दिन का खाना खाने के बाद जनार्दन अपने कमरे में आराम करने लगा। लेकिन उसके मन में यह अन्तर्द्वन्द्व बना रहा, क्या वाकई टी. के. चन्द ने अपने चरित्र के परिवर्तन के तहत उसकी बेहतरी के प्रयासों का समर्थन किया है या वह उसकी कोई चाल है? जेल के मित्रों की टिप्पणियों के अनुसार चाहते हुए भी वह किसी निष्कर्ष पर नहीं पहुँच पा रहा था। सम्भव है, यह टी. के. चन्द का हार्दिक समर्थन हो। सम्भव है, इसके पीछे कोई कारण या रहस्य हो...। उसा मित्र घनश्याम उस क्षण उपस्थित नहीं होता और नहीं कहता तो वह हस्ताक्षर नहीं करता। लेकिन देर तक इस ऊहापोह की स्थिति में वह नहीं रह सका। शीघ्र ही एक जेल कर्मचारी ने आकर उसे सूचना दी—"आपके कुछ और मुलाकाती आये हैं...।"

जनार्दन ने स्लिप देखी, 'देशमुक्ति पार्टी' के सदस्य थे। उसका ध्यान अब टी. के. चन्द से अलग हो गया। उसे लगा, अवश्य 'जनदेश' और 'भोजलोक' की

तरह 'देशमुक्ति' के लोग भी उसे अपनी पार्टी में शामिल करने आये होंगे। हालाँकि आगन्तुकों में उनकी पार्टी प्रमुख आर. अण्डमान का नाम नहीं था। शायद स्वयं न आकर आर. अण्डमान ने अपनी पार्टीजनों को ही इस सौदेबाजी के लिए भेजा हो। बड़े-बड़े गुरू घण्टाल ऐसा ही करते हैं। पर्दे के पीछे से ही अपनी भूमिका का संचालन करते हैं।

वह कुछ आवेश की मुद्रा में चल पड़ा कि इन 'देशमुक्ति' वालों को भी इनकी हैसियत बता दे...। अपने प्रति आर. अण्डमान के समर्थन का जब वह विरोध कर रहा था तो अंजलि ने उसे रोक दिया था जब सीधे-सीधे वह कोई सौदेबाजी नहीं कर रहा तो अपनी ओर बढ़े उसके हाथ को हमें नहीं झटकना...! अंजलि की उस बात का उसके मित्रों ने भी समर्थन किया था। तब चाहते हुए भी वह विरोध नहीं कर सका था। अब देशमुक्ति वालों को वह बता देगा कि वह क्या है और उसकी सम्बद्धता कहाँ है?

जनार्दन ने मुलाकाती फाटक पर पहुँचकर देखा, उनकी संख्या पन्द्रह-बीस के आसपास थी। वे अच्छी शारीरिक स्थिति और अच्छे कपड़ों में थे। किसी जमीनी पार्टी के धूल-धूसरित सदस्यों से बिल्कुल पृथक्। जनार्दन पर नजर पड़ते ही उस टुकड़ी के प्रमुख ने आगे बढ़कर कहा—"शाबाश जनार्दन जी! बहुत अच्छा। हम आपका हार्दिक समर्थन करते हैं। हम 'देशमुक्ति' से आये हैं। हमारी पार्टी आपकी गिरफ्तारी को सर्वथा अनुचित, गलत और षड्यन्त्र की कार्रवाई मानती है। बेहतरी के आपके इस प्रयास की हम सराहना करते हैं। आज की राजनीति में आप जैसे युवाओं की आवश्यकता को हम अनिवार्य मानते हैं। जोगीपुर संसदीय क्षेत्र के आपके परिवर्तनकारी कार्यों की पूरी जानकारी हमने एकत्रित की है। आपके प्रति लोकेन्द्र की साजिश का सुराग भी हमें मिला है। लोकेन्द्र का कच्चा चिट्ठा अब हम जल्द ही जनता के सामने प्रस्तुत करनेवाले हैं...!"

जनार्दन गौर से उसकी बात सुन रहा था कि जैसे ही देशमुक्ति में सम्मिलित होने को वह कहे, उसकी बात बीच में ही रोककर वह अपने मन की भड़ास निकाल दे। पर उस टुकड़ी प्रमुख ने अभी तक ऐसा कुछ भी नहीं कहा। उसका कथन जारी था—"हम आपको इस फाटक से बाहर देखना चाहते हैं। हमारे नेता आर. अण्डमान साहब ने अपने वकील टी. के. चन्द को आज सुबह भेजा था। अण्डमान साहब के पसन्दीदा वकील हैं टी. के. चन्द। आपको तत्काल और बेहतर न्याय दिलाने के लिए अण्डमान साहब कृत संकल्प हैं।"

हठात् जनार्दन को लगा, तो यह बात है? टी. के. चन्द स्वयं नहीं आया था। आर. अण्डमान ने उसे भेजा था। वह ध्यान से सुनता जा रहा था। उसने आगे कहा—"अण्डमान साहब दक्षिण भारत के अपने चुनाव दौरे पर गये हैं। परसों

लौटेंगे। परसों ही वे उत्तर भारत के अपने प्रचार-दौरे पर निकलेंगे...। लेकिन आपसे मिलकर ही जाएँगे। अपने सेल फोन से उन्होंने स्पष्ट कहा है कि परसों आपसे मिलकर ही आगे बढ़ेंगे...। हम सिर्फ यह सूचित करने आये हैं कि हम आपके साथ हैं। आप जिन उसूलों के लिए लड़ रहे हैं, उनके प्रति हमारा आन्तरिक समर्थन है। हम आपको यथाशीघ्र इस जेल से बाहर कर देंगे...!''

उस टुकड़ी-प्रमुख की बात समाप्त हो गयी। जनार्दन चाहते हुए भी उसे नहीं दबोच सका। 'देशमुक्ति' और उसके नेता आर. अण्डमान को फटकारने की बात तो दूर, उनकी पहलकदमी के रहस्य ने उसे अब और उलझा दिया। वह अपने को किसी सुरंग में पा रहा था। सम्भव है, आर. अण्डमान ने टी. के. चन्द की फीस अदा की हो, उसके मुकदमे के सारे खर्च की जिम्मेवारी ली हो...। लेकिन ऐसा क्यों? आखिर आर. अण्डमान चाहता क्या है? लोकेन्द्र के अपने विरोध के चलते उसका ऐसा प्रबल पक्ष कोई लेगा, उसने सोचा तक न था। लोकतन्त्र के इस पक्ष पर भी उसे नये सिरे से विचार करना था। आर. अण्डमान ने अभी तक अपनी पार्टी में उसे सम्मिलित करने का कोई प्रस्ताव नहीं भेजा, फिर किस आधार पर वह आर. अण्डमान के इस सहयोग का विरोध करे? अंजलि और उसके मित्र उसके इस निखालिस विरोध पर अपनी सहमति नहीं जताएँगे...। अंजलि ने तो उस दिन स्पष्ट कहा था कि उसने जब अपने पत्ते नहीं खोले तो वे अपना पत्ता क्यों खोलेंगे?

देशमुक्ति की उस टुकड़ी से मिलकर जनार्दन अन्दर चल पड़ा। कुछ आवेशित मुद्रा में टी. के. चन्द का द्वन्द्व लेकर वह मुलाकाती फाटक पर पहुँचा था। अब आर. अण्डमान का उससे बड़ा द्वन्द्व लेकर वापस हो रहा था...।

इस नयी जानकारी पर जेल के उसके मित्रों ने अपनी त्वरित प्रतिक्रिया जाहिर की। शीघ्र बोलने के आदी पीताम्बर परेश ने ही शुरुआत की—''तो यह बात है? आपका भाग्यनियन्ता टी. के. चन्द नहीं, आर. अण्डमान बन रहा है। तब तो आर. अण्डमान की पार्टी 'देशमुक्ति' में सम्मिलित होने का प्रस्ताव भी आपको मिला होगा...?''

जनार्दन ने स्पष्ट किया—''एकदम नहीं। ऐसा होता तब तो उसकी उदारता का कारण मैं समझ जाता। तब मेरा जवाब भी उसे मिल जाता...। लेकिन उसने कहीं से भी ऐसा नहीं किया है। सिर्फ अपना सहयोग और समर्थन व्यक्त किया है...। और इस बात ने ही मुझे द्वन्द्व में डाल दिया है...। उसने ऐसा क्यों किया? मेरी नजर में लोकेन्द्र से आर. अण्डमान की पार्टी देशमुक्ति का चरित्र बहुत भिन्न नहीं है!''

जनार्दन जेल के अपने इन प्रबुद्ध मित्रों की राय जानना चाह रहा था। अपने

द्वन्द्व की वैज्ञानिक समझ का मार्ग तलाश रहा था। इस बार आकाशरंजन, प्रो. नायर से पहले ही बोल उठा—"टी. के.चन्द के हस्ताक्षर कराने पर मुझे जिस रहस्य की आशंका हुई थी वह सही साबित हुई। टी. के. चन्द माध्यम था। यह आर. अण्डमान ही गेम खेल रहा है...। आर. अण्डमान एक पहुँचा हुआ कुटिल और चतुर राजनीतिज्ञ है...। छोटी मछली फँसाने के लिए वंशी नहीं फेंका है, महाजाल लगाया है! बड़े सौदागर छोटे व्यवसायियों जैसा सौदा नहीं करते...। आपको पता भी नहीं चलेगा और धीरे-धीरे वह आपको खरीद लेगा...!"

युवा छात्र आकाशरंजन की इस बात पर जनार्दन चुप नहीं रह सका—"ऐसा नहीं होगा आकाश! उस आर. अण्डमान ने अच्छे घर बायन दिया है। उसे भी हमारे जैसे लोगों से अभी पाला नहीं पड़ा। वह मुगालते में है। वह जिसे खरीदना चाहता है, उसकी खरीद उसके वश की बात नहीं...। एक ही लकड़ी से सबको हाँकना इस बार उसे महँगा पड़ेगा...।"

अब प्रो. नायर ने कहा, "मैं कह रहा था कि अवश्य यह राजनीति की बात है...। टी. के. चन्द की न सही, आर. अण्डमान की राजनीति अब जाहिर हो गयी...। आर. अण्डमान ने अपनी राजनीति को ही पुख्ता बनाने की यह चाल चली है...। तुम देशमुक्ति में सम्मिलित होगे तब भी और नहीं सम्मिलित होगे तब भी, तुम्हारे समर्थन का लाभ तो वह पा ही जाएगा। लोकतन्त्र में कब, कहाँ, कैसे और किस आधार पर कोई पार्टी अपना जनाधार कायम कर ले, इसे सीधे-सीधे नहीं समझा जा सकता। अब तक हमारे संसदीय लोकतन्त्र में सत्तारूढ़ पार्टी को पराजित कर दूसरी पार्टियाँ जिस सामयिक लहर और अवसरवादी रुझान के तहत सत्ता हासिल करती हैं, वह ऐसी ही पार्टियाँ हैं। यह ठीक है कि अपनी कमजोर बुनियाद के चलते अधिक समय तक ये सत्ता पर काबिज नहीं रह पाती हैं। लेकिन सत्ता लूट की दौड़ में तो ये अव्वल साबित होती हैं... !"

इस पर जनार्दन ने कहा, "वह दिन भी आएगा जब सामयिक और अवसरवादी लहर से अलग टिकाऊ जनाधार पर जमीनी पार्टियाँ सत्ता में आएँगी, तब सत्ता लूट का यह खेल खत्म हो जाएगा...। हमारा संघर्ष निरर्थक नहीं हो सकता...। यहाँ की जनता और लोकतन्त्र को तिकड़मों के आधार पर देर तक भरमाया नहीं जा सकता...!"

अब तक चुपचाप सुन रहे यदुशरण ने अपनी भी बात रख दी—"हम जिस तरह व्यवस्था के बदलाव की बात कर रहे हैं, सत्ता के परिवर्तन में जिस तरह हमारा विश्वास है। उसी तरह व्यक्ति के परिवर्तन को भी हमें नजरअन्दाज नहीं करना चाहिए। मैंने टी. के. चन्द का हृदय परिवर्तन लक्षित किया था। सच्चाई सामने आने

के बाद वह हृदय-परिवर्तन टी. के. चन्द का नहीं, आर. अण्डमान का हुआ है। कोई व्यक्ति गलत और उसकी पार्टी खराब हो तो यह मान लेना कि वह कभी सही नहीं होगा तथा उसकी पार्टी ठीक नहीं होगी, सही दृष्टिकोण नहीं...। जो अमीर हों उन्हें सीधे-सीधे सुविधाभोगी और शोषक मान लिया जाए और जो गरीब हों उन्हें वंचित और शोषित, यह कहाँ उचित है? किसी के अच्छे कार्यों के पीछे भी उसकी साजिश हम ढूँढ़ते रहें, ऐसी नुक्ताचीनी हमें आगे नहीं बढ़ा सकती...। आर. अण्डमान के इस कदम का हमें स्वागत करना चाहिए। अवसर और परिस्थितियाँ ही किसी को राम से रावण और रावण से राम बनाती हैं...!''

जेल के अपने मित्रों से बातचीत के बाद भी जनार्दन अपने कमरे के एकान्त में अपने द्वन्द्व से पार पाने का रास्ता तलाशता रहा। जेल के बौद्धिक मित्रों ने भी किसी स्पष्ट मार्ग का संकेत उसे नहीं किया। इस बिन्दु पर वह समझ नहीं पा रहा था कि आर. अण्डमान के इस सहयोग को वह स्वीकारे या नकारे? कभी उसे लगता, चुपचाप मौन भाव से उसे स्वीकार कर ले! सम्भव है। यह आर. अण्डमान का परिवर्तन हो...। लोकतन्त्र का दबाव हो...! फिर उसे लगता, नहीं, गलत हाथों का सहयोग-समर्थन स्वीकारना उचित नहीं। आर. अण्डमान जो दूर की चाल चल रहा है, उसकी वह चाल उसे बेनकाब कर देनी चाहिए...। वह समझ रहा है कि उसकी पहेली वह नहीं बुझा रहा। उसे समय रहते बुझा देना चाहिए...। उसके जिस मुकदमे को वह लड़ने जा रहा है, उसे, उसे अमान्य करार दे देना चाहिए। टी. के. चन्द को चुपके से भेजकर उसका हस्ताक्षर ले लिया...। उसकी मंशा पारदर्शी होती तो ऐसा वह हर्गिज नहीं करता...। मीडिया के माध्यम से अब अपनी बात उसे जाहिर कर देनी चाहिए...। समाचारपत्रों एवं टी. वी. चैनलों के लोग उसकी नयी बात जानने के लिए रोज पहुँचते हैं। उसे अब सब कुछ बता देना चाहिए! लेकिन यहाँ उसके मित्र आड़े आ गये। क्या बगैर अपने मित्रों से राय-मशविरा लिये वह ऐसा कर सकेगा? शायद नहीं...। अपने मित्रों से अलग अकेले की उसकी ईमानदारी और संघर्ष इस बिन्दु पर सही नहीं! अकेली ईमानदारी की आवाज को लोकतन्त्र की इस लड़ाई में घुटते हुए उसने देखा है? एक से एक ईमानदार, चरित्रवान और आदर्शवादी सूरमा पैदा हुए, लेकिन कारगर संगठन के अभाव में निरुद्देश्य बैलून की तरह उड़े कहीं से और खो कहीं गये। जमीन से उनका ऊपर उड़ना तो सबने देखा, पर हवा के वायुमण्डलीय दबाव में उनका विलीन हो जाना नहीं जान सके...। उसे वह अज्ञात बैलून नहीं बनना। मित्रों की सांगठनिक शक्ति ने ही उसकी इस गिरफ्तारी को राजनीति की राष्ट्रीय घटना बना दिया है। उसे कोई भी फैसला मित्रों की सामूहिक राय के तहत ही करना है...।

उस दिन जनार्दन दिन-भर अन्यमनस्क बना रहा। इस अन्तर्द्वन्द्व में खोये हुए ही जेल जीवन के समय की नियमबद्धता से गुजरता रहा। रात में उसे अच्छी नींद भी नहीं आयी। जब भी आँख लगती कि आर. अण्डमान की इस गुत्थी का मानसिक दबाव उसे जगा देता। सुबह तैयार होकर चाय-नाश्ते के बाद अनमने भाव से अखबार देखने लगा। आज के अखबार में भी प्रथम पृष्ठ की सुर्खी में वह था। लेकिन आज की खबर में जेल पहुँचकर 'देशमुक्ति' पार्टी के लोगों का उससे मिलना तथा प्रसिद्ध एडवोकेट टी. के. चन्द द्वारा उसका मुकदमा लड़ा जाना मुख्य खबर थी। इस खबर से सम्बन्धित पत्रकारों ने आर. अण्डमान की मंशा का विश्लेषण भी किया था। उनका विश्लेषण जनार्दन के अन्तर्द्वन्द्व को ओर बढ़ानेवाला ही था।

वह समाचारपत्र की अन्य खबरों को भी पढ़ने लगा। एक राज्य में लोकतन्त्र की राजनीति की एक बेहद हैरतअंगेज खबर छपी थी। आकाशवाणी आदि माध्यमों से रात में ही इस खबर के संक्षिप्त रूप से वह अवगत था। पर समाचारपत्र में अब विस्तार से उसे पढ़ रहा था। वह अनुभव कर रहा था कि हिन्दुस्तान जैसे एक बड़े लोकतान्त्रिक देश की विडम्बना अपने विभिन्न राज्यों की सरकारों को एक लोकतान्त्रिक अनुशासन में न बाँध पाने की भी रही है। इस सम्बन्ध में उसका दृढ़ निश्चय था कि केन्द्र में जब तक लोकतन्त्र की धुरी मजबूती से स्थापित नहीं हो जाएगी तब तक विभिन्न राज्यों की लोकतान्त्रिक प्रणाली पर सकारात्मक प्रभाव कायम नहीं हो सकेगा। जनार्दन का मन आर. अण्डमान के अन्तर्द्वन्द्वों में घिरा था, इसीलिए नये समाचारों के विश्लेषण में उसकी चेतना रम नहीं पा रही थी। सिर्फ सूचना के स्तर पर ही वह उन्हें ग्रहण कर रहा था। उस राज्य की राजनीति की इस अजीबोगरीब हरकत से वह अपने द्वन्द्व को कम नहीं पा रहा था। अचानक इसी वक्त उसके जेल के मित्र आ पहुँचे। उसने अनुभव किया, समाचारपत्र की खबरों से वे अवगत थे और अपनी प्रतिक्रिया व्यक्त करने के लिए उत्तेजित भी। प्रो. नायर ने बैठते ही कहा, "सुन लिया न जनार्दन, क्या स्थिति आ गयी! यहाँ अब लोकतन्त्र की बेहतरी की लड़ाई कोई क्या लड़ेगा? कैसा वाकया है कि अदालत ने जिसे अपराधी घोषित किया, चुनाव आयोग ने जनप्रतिनिधित्व की सामान्य उम्मीदवारी के भी जिसे अयोग्य माना, उसे उसकी पार्टी ने अपना नेता चुना तथा राज्यपाल ने बहुमत के आधार पर मुख्यमन्त्री के रूप में उसे आसीन किया। समस्या यह है कि सब अपनी-अपनी जगह पर सही हैं। भारतीय लोकतन्त्र की इस अवधारणा को समझ पाना सचमुच मुश्किल है। न्यायालय द्वारा अपराधी घोषित किये जाने का निर्णय यहाँ सर्वमान्य है। चुनाव आयोग के फैसले के पालन से भी किसी को इनकार नहीं। उसका पालन होना ही है। बहुमत के आधार पर राज्यपाल द्वारा मुख्यमन्त्री बनाये जाने की घटना

भी संविधान सम्मत है। तब फिर यह सारा खेल कहाँ खेला जा रहा है कि तमाम सख्ती और नाकेबन्दी के चतुर खिलाड़ी हर बार यहाँ विजयी हो जाते हैं...। मुझे तो लगता है कि लोकतन्त्र की यह नयी घटना यह संकेत बनकर आयी है कि देखो, अभी आगे क्या-क्या होता है? लोकतन्त्र के इस मायावी घोड़े की लगाम थामना आसान मत समझो...!''

जनार्दन को लगा कि प्रो. नायर ने उसको लक्ष्य करके ही ऐसा कहा है। लोकतन्त्र की बेहतरी की उसकी लड़ाई के परिप्रेक्ष्य में चुनौती के रूप में इस नयी घटना को प्रस्तुत किया है। जनार्दन के पास इसका जवाब था। वह बोलने के लिए उन्मुख भी हुआ। लेकिन यदुशरण उससे पहले ही बोल उठे—''ऐसी परिस्थितियों में संविधान में क्या लिखा है और क्या नहीं लिखा है, यह व्याख्याओं पर निर्भर है। अगर व्याख्याकार सक्षम है तो फिर वही होना है जो हो रहा है। संविधान के सूत्र भाषा में बँधे हैं और भाषा के उसके भाष्यकार हर बार अपने पक्ष में बेहतर अर्थ निचोड़ लेते हैं। यहाँ असली खेल शीर्ष पर जारी है। जमीन की अपनी लड़ाई से हम उन्हें पराजित नहीं कर सकते...। शीर्ष पर पहुँचे हुए व्यक्ति यहाँ कभी भी और कुछ भी कर सकते हैं...। लोकतन्त्र पर सवारी साधने का अचूक नुस्खा उन्होंने ईजाद कर लिया है...।''

यदुशरण की बात समाप्त होते ही आकाशरंजन ने अपने स्वभाव के मुताबिक कहा, ''इसीलिए यहाँ एक बड़ी क्रान्ति की आवश्यकता पर मैं बार-बार जोर देता रहा हूँ। जिस देश का 'लोक' अपने 'तन्त्र' की समझ से वंचित हो, वहाँ लोकतन्त्र की परिकल्पना कभी बेहतरी को प्राप्त नहीं कर सकती।''

जनार्दन अपनी प्रतिक्रिया व्यक्त करने के लिए आतुरता का अनुभव करते हुए भी दम साधे रहा। जब तीन मित्रों की राय वह जान चुका तो अब चौथे मित्र पीताम्बर परेश को सुनकर ही उसे बोलना है। अपने अन्य मित्रों की भाँति अपनी बात कहने के लिए बेचैन पीताम्बर परेश अवसर मिलते ही फट पड़े—''यहाँ सवाल नैतिकता और स्वविवेक का है। ऐसे मसलों पर व्यक्ति की नैतिकता और उसके स्वविवेक की भूमिका अहम होती है। संविधान के लिखित-अलिखित प्रावधानों की प्रासंगिकता जनप्रतिनिधियों की नैतिकता और स्वविवेक के बिना सम्भव नहीं। प्रथम प्रधानमन्त्री पं. जवाहरलाल नेहरू ने तो संविधान के निर्माण पर स्पष्ट रूप से कहा था कि हर बात के लिए हम लिखित प्रावधान बनाएँ यह सम्भव नहीं। यहाँ उनका इशारा नैतिकता और जनप्रतिनिधियों के स्वविवेक को लेकर ही था। यहाँ स्वविवेक का तात्पर्य लोकसम्मत मान्यताओं और विकासोन्मुख परिपाटियों से है। दरअसल, संविधान निर्माताओं के समक्ष उस वक्त यह प्रश्न पैदा ही नहीं हुआ होगा कि कभी

ऐसी त्रिशंकु स्थिति भी उत्पन्न हो सकेगी...। फिर वे इसके खिलाफ परिनियम कैसे बनाते? यहाँ कुछ लोग यह दलील दे रहे हैं कि सारी बात अब लिखित रूप में होनी चाहिए तभी लोकतन्त्र का आदर्श बचा रह पाएगा। पर भविष्य की जिन कारगुजारियों का किसी को आभास तक न हो उन्हें नियन्त्रित-अनुशासित करने के लिए परिनियम कैसे बनाया जा सकता है? परिनियम तो व्याकरण की तरह भाषा के पीछे-पीछे चलते हैं। व्याकरण के परिनियमों से भाषा प्रवाहित नहीं होती!''

जेल के अपने इन चारों मित्रों की राय जान चुकने के बाद जनार्दन ने अब सधे हुए शब्दों में अपना विश्वास व्यक्त किया—''यह स्थिति क्यों पैदा हुई है, इसकी जड़ में प्रवेश किए बगैर इसका समाधान हम नहीं पा सकेंगे...। बगैर वास्तविक समाधान के भविष्य में भी ऐसी स्थितियाँ पैदा होती रहेंगी। हमारा मानना है कि लोकतन्त्र में लोक सेवक और उसके पार्टी-संगठन को बुनियादी उसूलों की आचार-संहिता में बाँध कर ही हम ऐसी स्थितियों से निजात पा सकते हैं...। मेरे कहने का अभीष्ट यह कि लोकसेवक और पार्टी-संगठन को सही अर्थों में लोकतान्त्रिक होना पड़ेगा। स्वतन्त्रता-प्राप्ति के बाद से अब तक जो होता रहा वह हममें से किसी से छिपा नहीं है। हमारे जनप्रतिनिधित्व के अन्दर राजशाही की धारणा का अवशेष बने रहने का ही यह परिणाम है। लोकसेवक राजा नहीं होता। पर हमारे लोकसेवक सदियों की राजशाही की भावना से मुक्त कहाँ हो सके हैं! जनप्रतिनिधि बनने के बाद पद और अधिकार पाते ही उनकी भावनाओं की राजशाही मूर्त हो उठती है। यह उसी का इंजाम है कि एक बार सत्ता पा जाने वाला जनप्रतिनिधि अपनी असफलताओं और पराजय के बाद भी बार-बार सत्ता पाना चाहता है। राजशाही की तरह सत्ता-प्राप्ति के इस खेल में अपनी वंश परम्परा का मार्ग भी वह प्रशस्त कर जाता है। इस सन्दर्भ में उसके पार्टी-संगठन को भी हम उसका अनुचर पाते हैं। यहाँ के अधिकांश पार्टी-संगठन राजशाही की इस अमूर्त धारणा से ही परिचालित हैं। जनता में भी पुराने जनप्रतिनिधि या उसके वंश के नाम पर कायम हुई चुनावी लहर को आप देख सकते हैं। यहाँ की कई बड़ी पार्टियों की सांगठनिक भूमिका और जनाधार राजशाही के इस अलिखित और अघोषित एजेण्डे से ही परिचालित हैं। लोकतान्त्रिक प्रणाली के तहत किसी पार्टी के नेतृत्व में वंशवादी परम्परा राजशाही का अवशेष नहीं तो और क्या है? किसी जनप्रतिनिधि के असफल, अयोग्य और दोषी घोषित होने के बावजूद उसके प्रति उसकी पार्टी की अन्धभक्ति राजशाही की मनोवृत्ति से परिचालित नहीं तो क्या है? हमारा सैद्धान्तिक और व्यावहारिक पक्ष इसके बिल्कुल खिलाफ़ है। मूल्य आधारित पार्टी से किसी भी व्यक्ति को हम बड़ा नहीं मानते। लोकतन्त्र के भीतर राजशाही के बचे हुए इस अवशेष से ही हमारी मुख्य लड़ाई है।

राजशाही के इस अवशेष को समाप्त करके ही जनप्रतिनिधियों, पार्टी संगठनों और जन सामान्य के मानस में लोकतान्त्रिक मूल्यों की मजबूत स्थापना की जा सकती है। हम यह हवाई घोषणा तो नहीं कर सकते कि ऐसा हम कर सकेंगे। पर हमारे संघर्ष और अभियान का प्रस्थान बिन्दु यही है।''

जनार्दन की इस प्रतिक्रिया ने क्षण-भर के लिए जेल के उसके मित्रों को निरुत्तर कर दिया। पर तर्कों में पारंगत उसके ये बौद्धिक मित्र जल्द हथियार डालनेवाले नहीं थे। पीताम्बर परेश ने अब लोकतन्त्र के एक दूसरे संकट का एहसास कराते हुए जनार्दन के विश्वास को संशय में डालने की कोशिश की—''लोकतन्त्र के संघर्ष के संकटों में अब तक जिन संकटों को हम चिह्नित करते आये हैं उन सबकी तुलना में इधर जो बड़ा संकट उपस्थित हुआ है वह वैश्वीकरण का है। मुझे ताज्जुब है कि लोकतन्त्र इस वैश्वीकरण को अपना शत्रु भी नहीं मानता। वैश्वीकरण के विस्तार के लिए उसी ने मार्ग प्रशस्त किया। शायद किसी दूसरी शासन व्यवस्था में साम्राज्यवादियों के वैश्वीकरण की यह चाल सफल नहीं हो पाती। पर लोकतन्त्र का मैदान तो उनके लिए बेहतर चरागाह है। बीसवीं शताब्दी में जैसे लोकतन्त्र की नयी परिकल्पना ने संसारवासियों को आकृष्ट किया था, वैसे ही अब वैश्वीकरण उसका विकल्प बनकर आ गया है। लेकिन लोग समझ नहीं पा रहे हैं कि यह कैसा वैश्वीकरण है और किनका वैश्वीकरण है? लोकतन्त्र की जड़ को नेस्तनाबूद करते इस वैश्वीकरण का समाधान जब तक हम नहीं पा सकेंगे, तब तक लोकतन्त्र की हमारी सारी लड़ाई हाशिये की लड़ाई साबित होगी... ।''

प्रो. नायर अपने मनमाफिक यह प्रश्न सुन पूरी तत्परता और तल्खी से बोल उठे—''वैश्वीकरण के इस संकट का उल्लेख मैं अक्सर करता हूँ, पर इस आपदा को बहुत से लोग वरदान मानकर चल रहे हैं। हमारे लोकतन्त्र के लिए यह वैश्वीकरण साधक है या बाधक, इसकी विभाजक रेखा खींचनी ही पड़ेगी। कठिनाई यह है कि विज्ञान के घोड़े पर सवार वैश्वीकरण के इस दिग्विजयी रथ को रोकने की क्षमता का अभाव लोग महसूस कर रहे हैं। विज्ञान के चमत्कारिक प्रयोगों, परिणामों और सफलताओं को साधन बनाकर हमारे लोकतन्त्र पर कब्जा जमाना इसने शुरू कर दिया है। अपने जीवन, समाज और व्यवस्था तक को वैश्वीकरण के चंगुल में हम घिरते पा रहे हैं। परेश जी के इस कथन से मैं बिल्कुल सहमत हूँ कि यह लोकतन्त्र का सबसे बड़ा संकट है। मुझे तो लगता है कि वे फिर से हमें अपना उपनिवेश बना रहे हैं। उनकी इस उपनिवेशवादी मानसिकता के खिलाफ समय रहते लोगों को जागरूक बनाना अब हमारी पहली प्राथमिकता होनी चाहिए। हमारे संघर्ष का नया प्रस्थान बिन्दु अब यह हो!''

पीताम्बर परेश की बात को प्रो. नायर ने जैसे विस्तार दिया, यदुशरण अब उस विस्तार का भाष्य करने लगे—"लोकतन्त्र में लोक उपकरणों का संचालन लोकतान्त्रिक व्यवस्था के तहत होना चाहिए, लेकिन इधर जिस तरह से लोक उपकरणों का संचालन बहुराष्ट्रीय कम्पनियों को दिया जा रहा है, वह लोकतन्त्र पर वैश्वीकरण का सीधा हमला है। समस्या यह है कि अपने इस हमलावर को हमने स्वयं आमन्त्रित किया है और उसे अधिकार प्रदान करते जा रहे हैं। ताज्जुब इस बात को लेकर है कि यह सब कुछ लोकतन्त्र के दायरे में घट रहा है। एक ओर हम स्वदेशी की बात भी कर रहे हैं, दूसरी ओर विदेशी उपक्रमों को स्वदेशी की नाकेबन्दी के लिए अवसर भी दे रहे हैं। आर्थिक उदारीकरण के तहत देश के ग्लोबल होने का यह कैसा नक्शा बन रहा है? हमारे कल-कारखाने और छोटे-बड़े उद्योग अब क्या खाकर अपने को बचा पाएँगे जब एक सुनियोजित साजिश के तहत बहुराष्ट्रीय कम्पनियों की व्यावसायिक प्रतिस्पर्धा में बन्द होते जाना उनकी नियति बनती जा रही है। एक उदाहरण मैं सामने रखना चाहूँगा। हमारे उद्योग ने अपनी जिस वस्तु का मूल्य दस रुपये निर्धारित किया है, बहुराष्ट्रीय कम्पनियाँ उसी वस्तु को एक रुपये में बेचने आ गयी हैं। जाहिर है, उनकी मंशा हमारे उद्योग धन्धों को बन्द कर देना है। घाटे में हमारे उद्योग अपना अस्तित्व कायम नहीं रख सकेंगे। फिर उनके बन्द होते ही उसी वस्तु को बहुराष्ट्रीय कम्पनियाँ बीस रुपये में बेचेंगी। तब यह महँगी खरीद हमारी विवशता होगी। यह भारत में ईस्ट इण्डिया कम्पनी के आगमन के इतिहास की नये परिप्रेक्ष्य में वापसी है। तब उनका सीधा उद्देश्य हमें गुलाम बनाना था। अब हमें विश्व का सबसे बड़ा बाजार बनाकर लूटना और आत्मनिर्भर होने से वंचित बनाये रखना है। शत्रु अब सीमा पार नहीं, हमारे घर के अन्दर है। हमारे जीवन की दैनन्दिन आवश्यकताओं में बाजार और उपभोक्ता के रूप में विभाजित हो गया है। बाजार के माध्यम से उनके इस आक्रमण से मुकाबले के लिए हमें नयी रणनीति बनानी होगी। वैश्वीकरण के इस दैत्य से निपटने के लिए हमारे पुराने अस्त्र कारगर नहीं हो पाएँगे... ।"

आकाशरंजन ने अब यदुशरण की बात का अन्तिम सिरा थामते हुए कहा, "इस बाजार का हमला सिर्फ आर्थिक स्तर पर ही होता तब इसकी काट हमारे पास थी। उनकी आर्थिक नाकेबन्दी की स्वीकृति-अस्वीकृति की नब्ज हम समझ रहे थे। हमारे लोकतन्त्र के लिए तब वे उतना बड़ा खतरा नहीं बनते। लेकिन आर्थिक मोर्चा खोलने के साथ-साथ हमारे खिलाफ उन्होंने अपना सांस्कृतिक मोर्चा भी खोल रखा है। हमारे युवकों की एक बड़ी संख्या अपनी संस्कृति और उसके सरोकारों, संस्कारों से कट कर जिस तरह लुम्पने बनती जा रही है, वह उनके सांस्कृतिक हमले का

ही परिणाम है। वे हमारे बीच अपनी जमात पैदा कर रहे हैं, जैसे अँग्रेजों ने भारतीय अँग्रेज पैदा किये थे, इसीलिए मेरा मानना है कि अब जरूरत सीधे आक्रमण के आह्वान की है। लोकतन्त्र की पैंतरेबाजियों से हम उन्हें नहीं पछाड़ सकते।''

जनार्दन को लगा, जेल के उसके इन चारों मित्रों ने इस वैश्वीकरण के मामले में उसे घेरना चाहा है। सम्भवतः उसके अभियान एवं संघर्ष के रास्ते की सफलता के तहत मनोवैज्ञानिक स्तर पर उनकी व्यक्तिगत प्रतिस्पर्धाएँ हों। पर जनार्दन का विश्वास इन जटिल प्रश्नों से भी नहीं डिगा। उसने मजबूत शब्दों में अपनी आस्था व्यक्त करते हुए कहा, ''वैश्वीकरण के जिस बाजार को अविजित दैत्य माना जा रहा है, हम उसे वैसा नहीं मानते। मानवीय संघर्ष में समय-समय पर प्रतिगामी दैत्यों का मारा जाना ऐतिहासिक सच रहा है। हम इस विश्वास के प्रति दृढ़ हैं कि इस बाजार रूपी दैत्य का भी अन्त होना है। मुख्य प्रश्न यह है कि हमारे यहाँ इस दैत्य को खुलकर खेलने का अवसर किसने दिया और किस विवशता के तहत दिया? सारी समस्याओं की जड़ एक बेहतर लोकतन्त्र के अभाव में ही निहित है। मैं बात स्पष्ट कर देना चाहता हूँ कि लोकतन्त्र के नाम पर हम जिस लोकतन्त्र को झेल रहे हैं, वह प्रकारान्तर से बाजार-तन्त्र का ही एक हिस्सा है, जिसकी साँठगाँठ विश्व बाजार से है। घर के भेदिये को अनुशासित किये बिना ऐसी लड़ाइयाँ हम नहीं जीत सकते। 'एकै साधे, सब सधै' की भाँति केन्द्र में लोकतन्त्र की बेहतरी को स्थापित करके ही इन सारी समस्याओं से हम निजात पा सकेंगे। अपने लोगों को विज्ञान और आधुनिक बाजार से हम वंचित करना नहीं चाहते। पर सब कुछ हमारे अधिकार और संस्कृति के दायरे में नियन्त्रित हो। उन्मुक्त बाजार और स्वेच्छाचारी संस्कृति को हम हरगिज बर्दाश्त नहीं कर सकते। यह लड़ाई अब कुछ जटिल जरूर हो गयी है, क्योंकि अपने लोकतन्त्र के तिकड़मियों की तरह विश्वबाजारियों से भी हमें लड़ना है। अपनी इस लड़ाई में जमीनी स्तर पर मूल्य आधारित पार्टियों और कार्यकर्ताओं की समर्पित भूमिका ही हमें विजयी बनाएगी। अभी इसके अतिरिक्त कोई दूसरा मार्ग मुझे नजर नहीं आ रहा...।''

जेल के अपने इन मित्रों से जब तक जनार्दन बातचीत करता रहा, तब तक आर. अण्डमान के अन्तर्द्वन्द्व से बचा रहा। पर जेल के इन मित्रों के हटते ही फिर उस अन्तर्द्वन्द्व के बीच आ घिरा। उसने अनुभव किया कि आर. अण्डमान के इस अप्रत्याशित सहयोग के स्वीकार एवं नकार का जब तक निर्णयात्मक समाधान वह नहीं पा जाएगा, तब तक इस अन्तर्द्वन्द्व से मुक्त नहीं हो सकेगा...!

जनार्दन के साथ कई बार ऐसा हुआ था कि जिस आवश्यकता की कामना के तहत वह व्यग्र हुआ था उस आवश्यकता की पूर्ति जल्द ही हो गयी थी। हालाँकि

किसी भाग्यवादिता में इसका विश्वास नहीं था। पर ऐसे प्राकृतिक संयोगों का वह भुक्तभोगी था। इस बार भी उसके साथ ऐसा ही हुआ। अपने मित्रों से विमर्श के लिए उसके अन्दर जैसे ही बेचैनी बढ़ी, उधर से सूचना लेकर जेल कर्मचारी आ गया—"आपके जोगीपुर के मित्र आये हैं...!"

सूचना से जनार्दन हर्षित हो उठा। उसे विश्वास था, आज उसके मित्र आएँगे। बस, वह तेजी से उनसे मिलने चल पड़ा। उसने तय कर लिया, आर. अण्डमान के बारे में मित्रों से आज निर्णायक बात करेगा।

मुलाकाती फाटक पर पहुँचकर जनार्दन ने देखा, अंजलि वासन्ती परिधान में थी। शरारती आँखें और विहँसता चेहरा। विजय, गणेश, राजू, उमेश आदि सभी मित्र साथ थे। सबके चेहरे प्रसन्न और आशान्वित दिख रहे थे। उसे लगा, शायद लोगों के व्यापक समर्थन और मीडिया की पक्षधरता ने उनके अन्दर यह आश्वस्ति और सुकून पैदा कर दी हो! जो हो, उसके कुछ पूछने से पहले ही विजय बोल उठा—"अब हमारी लड़ाई रास्ते पर आ गयी जनार्दन। टी. के. चन्द को अपना हस्ताक्षर देकर तुमने अच्छा किया। आर. अण्डमान हमारा पूरा मुकदमा लड़ रहा है! टी. के. चन्द ने तुम्हारे बारे में जो जानकारी हमसे चाही है, हमने मुहैया करा दी है। तुम दो-तीन दिनों के अन्दर अब बाहर आ जाओगे...। अपने संगठन को अब जल्द ही हम व्यापक और कारगर बना लेंगे...!"

विजय की यह बात सुन जनार्दन सन्न रह गया। उसके मित्र सब कुछ जान चुके हैं। लेकिन उसकी तरह आर. अण्डमान के इस सहयोग पर तनिक भी चिन्तित और विचलित नहीं...। क्षण-भर के लिए वह समझ नहीं पाया कि उसके मित्रों को यह हो क्या गया है? क्या अन्य पार्टियों और सत्ता-लोलुप राजनेताओं की तरह ऐसे समझौते स्वीकार करने के लिए वे तैयार हैं? अब अपने को प्रकृतिस्थ करते हुए उसने पूरी गम्भीरता से विजय से कहा, "तुम इसे हमारी जीत समझ रहे हो विजय, पर हमें यह नहीं भूलना चाहिए कि आर. अण्डमान का सहयोग हमारी जनता का सहयोग नहीं है, इस रूप में भी यह हमारा इस्तेमाल ही कर रहा है!"

यह सुन विजय से पहले ही अंजलि सामने आ गयी—"कौन किसका इस्तेमाल कर रहा है, यह तो आने वाला समय बताएगा! हमसे तो आर. अण्डमान के लोगों ने कोई सौदेबाजी नहीं की। क्या तुमसे इस मुकदमे के एवज में अपनी पार्टी ज्वायन करने के लिए कहा है या कोई शर्त रखी है?"

"नहीं!"—जनार्दन ने जवाब दिया। उसे झूठ बोलना हरगिज पसन्द नहीं था। बस, अंजलि उस पर हावी हो गयी—"तो फिर किस आधार पर तुम इस सहयोग को नकारना चाहते हो? यह न तो उचित है और व्यावहारिक।"

जनार्दन ने अब अंजलि को समझाने की कोशिश की—"अंजलि, आर. अण्डमान और उसकी पार्टी देशमुक्ति को हमें लोकेन्द्र और नन्दिता से पृथक् नहीं समझना है। हमारा समर्थन उसकी दूरगामी चाल है। उसके सहयोग के इस जाल में हमें नहीं फँसना है!"

इस पर उमेश ने कहा, "जब तक अपने सहयोग का स्पष्ट रिटर्न वह हमसे नहीं माँगता, तब तक उसके सहयोग को हम लोकतन्त्र का दबाव भी तो मान सकते हैं...! भारतीय लोकतन्त्र में कौन, कब और क्यों किसी को सहयोग करने लग जाय, इसे स्थूल रूप में नहीं समझा जा सकता है। हमने इस विषय पर काफी बातचीत की है और इस निष्कर्ष पर पहुँचे हैं कि हमारी अपनी राह में कोई हमारी शर्तों पर सहयोग कर रहा है तो उसे हमें नहीं झटकना...!"

उमेश की बात से उत्साहित अंजलि ने पुनः जोर देकर कहा—"यह समय की माँग है। समय के दबावों के तहत ही आर. अण्डमान के इस परिवर्तन को हमें लेना है...। सम्भव है अपनी छवि सुधारने के लिए उसने ऐसा किया हो और मुझको तो लगता है कि उसने ऐसा ही किया है। इस स्थिति में उसके सहयोग के प्रति हमारी आपत्ति कतई वाजिब नहीं...!"

जवाब में जनार्दन ने अब जोर देकर कहा, "ऐसा नहीं हो सकता अंजलि। आर. अण्डमान जैसे लोग नहीं बदलते...! हमारा मुकदमा लड़ हमारे जनमत को वह हथियाना चाहता है। हमें अँधेरे में रख हमारे नाम की सारी सहानुभूति बटोर लेगा!"

इस पर गणेश बोल उठा—"सिर्फ अटकलों और सम्भावनाओं पर हमें नहीं चलना है जनार्दन। तुम्हारा यह कहना सही है कि वह अपना दूरगामी आधार बना रहा है। लेकिन उसके इस कार्य से उससे पहले तथा उससे अधिक लाभान्वित तो हम हो रहे हैं। पहली बात तो यह कि तुम जेल से बाहर आ जाओगे। दूसरी बात यह कि हम अपने अभियान में पुनः लग जाएँगे। जब तक घोषित रूप से हम उसका समर्थन नहीं करते, तब तक हमारे समर्थक उसका पक्ष नहीं लेंगे! हमें अपना ध्यान उसके इस सहयोग की ओर नहीं अपने मकसद की ओर केन्द्रित रखना है। पहली बार मीडिया ने हमारी भूमिका को राष्ट्रीय स्तर पर रेखांकित किया है। अपने संगठन को अब हमें नयी शक्ति और व्यापक आधार देना है...!"

जनार्दन ने अब पूरी व्यग्रता से कहा, "एक गलत व्यक्ति और भ्रष्ट पार्टी से जेल की मुक्ति के लिए चुपचाप सहयोग प्राप्त कर लेने को हमारे समर्थक हमारी अवसरवादिता भी तो समझ सकते हैं। दूसरे लोगों और पार्टियों की अवसरवादिता का जब हम विरोध करते हैं, तो स्वयं यह अवसरवादिता हमें क्यों स्वीकार्य होनी चाहिए...?"

जवाब में राजू ने इस बार तल्खी से कहा, "तुम इस प्रकरण को उलटकर क्यों सोच रहे हो? तुम्हारे पास आने से पहले इस विषय पर हम एक राउण्ड बातचीत कर चुके हैं। तुम अपनी बात के अनुसार ही इसे इस रूप में भी ले सकते हो कि आर. अण्डमान सच्चे अर्थों में हमारी मदद के लिए आगे नहीं बढ़ा है, लोकेन्द्र के प्रति अपने चरम द्वेष के कारण ही वह ऐसा कर रहा है। पूरे मीडिया में लोकेन्द्र से घोषित तौर पर उसकी एक सूत्री लड़ाई है। हमारे मामले में लोकेन्द्र को पराजित करने के लिए ही वह हमारी मदद कर रहा है। अपने स्रोतों से वह जान चुका है कि हम उसके हाथों बिकने वाले नहीं, इसीलिए ऐसा कोई प्रस्ताव भी नहीं किया है। इस स्थिति में हमें यह मानकर चलना है कि हमारे प्रति उसका समर्थन लोकेन्द्र विरोध का ही एक रूप है...। उसके इस समर्थन को हमें नहीं झटकना...!"

अंजलि ने अब आगे बढ़कर राजू की बात पर जनार्दन को कायम रखने की कोशिश की—"तुम तो स्वयं मानते हो कि विपक्षी पार्टियों की चरम आपसी प्रतिद्वन्द्विता के बीच से भी लोकतन्त्र का मार्ग प्रशस्त होता है। समझ लो, हमारे लिए यह ऐसा ही मार्ग है...!"

अंजलि के इस तर्क पर जनार्दन अब निरुत्तर था। उसने स्वयं अंजलि से कहा था, "सत्तालोलुप पार्टियों की परस्पर टकराहट भी लोकतन्त्र की बहाली में सहायक होती है...!"

विजय ने जनार्दन की मौन सहमति लक्ष्य कर अब उसे निर्णायक स्वरूप प्रदान कर दिया—"समर्थकों और विरोधियों के अपने निजी कारण हैं, इसीलिए कौन हमारा विरोध कर रहा है और कौन समर्थन, इससे अधिक महत्त्व हमारे लिए अपने मार्ग का विकास और विस्तार है...!"

विजय के इस कथन के बाद अब यह प्रसंग यहीं समाप्त हो गया। अब एक-दूसरे का कुशल-समाचार वे पूछने लगे। मित्रों से मिलने पर जो पहले होना चाहिए था, वह अब बाद में हो रहा था। जनार्दन की उद्विग्नता अब शान्त थी। मित्रों के सामूहिक निर्णय ने अब उसे आश्वस्त कर दिया था। उससे मिलकर मित्र जब चलने लगे तो अंजलि ने मधुर उपालम्भ ,भी दिया—"अब अपने चेहरे की गम्भीरता खत्म कर हँसते हुए हमें विदा करो। अब जल्द ही हम तुम्हें साथ लेकर जाएँगे...!"

अंजलि की इस बात पर जनार्दन के साथ सभी मित्र हँस उठे। जनार्दन को ऐसा लगा, जैसे जेल के फाटक से नहीं, जोगीपुर की अपनी किसी बैठक से वे एक-दूसरे से विदा ले रहे हों! जाते हुए अपने मित्रों को जनार्दन निहारता रहा। उसके मित्र भी मुड़-मुड़ कर उसे देखते रहे। इसके ठीक दो दिन बाद देशमुक्ति के उस

टुकड़ी प्रमुख के कथनानुसार जनार्दन से मिलने के लिए आर. अण्डमान भी आ पहुँचा। उसके साथ उसके भक्तों, अनुचरों और छुटभैये नेताओं की एक बड़ी फौज थी। अपने कमरे से ही जनार्दन को उस फौज के नारे सुनाई पड़े–

'लोकतन्त्रप्रहरी आर. अण्डमान!'

'जिन्दाबाद! जिन्दाबाद!'

'युवाशक्ति का समर्थक आर. अण्डमान!'

'जिन्दाबाद! जिन्दाबाद!'

'गरीबों का नेता आर. अण्डमान!'

'जिन्दाबाद! जिन्दाबाद!'

अपने मित्रों के निर्णय के अनुसार जनार्दन न तो विचलित हुआ और न उत्तेजित ही। इस क्षण निन्दा और स्तुति से परे वह स्थितप्रज्ञ की भूमिका में आ गया। जेल कर्मचारी की सूचना पर यन्त्रचालित मशीन की भाँति चल पड़ा। जेल के फाटक के समीप पहुँच उस फौज ने नारे बन्द कर दिये थे। शायद जेल अधिकारियों ने जेल अधिनियम के तहत उन्हें शान्त करा दिया था। जनार्दन ने देखा, अपनी फौज के आगे खड़ा आर. अण्डमान उसे एकदम पूर्ववत् लगा, जैसा वर्षों पहले राव मानवेन्द्र बाबू के यहाँ की एक कवि गोष्ठी में उसने देखा था। नर गैण्डे की एकदम वही आकृति! खान-पान एवं महँगी औषधियों से ठहरा स्वास्थ्य। उसके गले में चमकती सोने की मोटी जंजीर, ज़िसकी कीमत जनार्दन को अपने जैसे एक अभावग्रस्त मछुआरे कृषक परिवार की पूरी सम्पदा से भी अधिक जान पड़ी। उसके दोनों हाथों की दसों अँगुलियों में हीरे-मोती और सोने-मूँगे की अँगूठियाँ भरी थीं। शायद रत्नों की सिद्धियों का प्रयोगकर्ता और ज्योतिषियों के आदेशों का पालनकर्ता व्यक्ति वह था। उसके ललाट पर रोली का एक टीका लगा था। सम्भवतः किसी सन्त का 'विजयी भवः' का आशीर्वाद हो! जनार्दन को देखते ही किसी नदी के सैलाब की तरह वह बह उठा–"शाबाश नौजवान! हम तुम्हारी बहादुरी की दाद देते हैं! हम तुम्हारी बेहतरी के साथ हैं। तुम्हारे कार्यों एवं संघर्षों की हमें पूरी जानकारी है। राव मानवेन्द्र की उस लौंडिया और लोकेन्द्र ने तुम पर कहर ढाना चाहा है। हम उन पतितों की दाल नहीं गलने देंगे। उनकी ईंट का जवाब पत्थर से देंगे। लोकतन्त्र आज खतरे में है। अब देश को तुम्हारे जैसे नौजवानों की जरूरत है। लोकतन्त्र का गला घोंटनेवाले लोकेन्द्रियों को हमें नेस्तनाबूद करना है...! तुम्हारी जमानत की सारी तैयारी हमने कर ली है। टी. के. चन्द ने मुझे आश्वस्त किया है कि अब एक-दो दिनों के अन्दर हम तुम्हें मुक्त करा लेंगे। तुम्हारी जमानत का आदेश लेकर मैं स्वयं आता और अपने हाथों से इन सीखचों से तुम्हें बाहर करता।

लेकिन उत्तर भारत के चुनाव-दौरे के अपने पूर्व निर्धारित कार्यक्रम के चलते मुझे जाना पड़ रहा है। अपने पार्टीजनों को मैंने बोल दिया है, जमानत आदेश आते ही तुम्हारी मुक्ति के स्वागत में वे यहाँ आ जाएँगे...!"

जनार्दन की इच्छा हुई कि यहाँ बीच में ही आर. अण्डमान को रोककर अपनी आपत्ति जाहिर कर दे—"ऐसा हरगिज मत कीजिएगा। ऐसे भोंड़े प्रदर्शनों में हमारा कोई विश्वास नहीं।" लेकिन मित्रों की बातों को याद कर वह मौन बना रहा...। आर. अण्डमान अब अपनी बात के अन्तिम छोर पर था—"हम अब और देर तक नहीं रुक सकते नौजवान! हमारा प्रचार-हेलीकॉप्टर प्रतीक्षा में खड़ा है। अपने दौरे से लौटने के बाद अब तुम्हें मैं जेल से बाहर देखूँगा। बस, समझ लो युवाशक्ति के प्रोत्साहिन के लिए मैं संकल्पित हूँ। तुम्हारे जैसे युवकों पर मुझे फख्र है। एक बार फिर तुम्हारी बहादुरी के लिए शाबाशी देता हूँ! अपने इस नेक इरादे के लिए लड़ते रहो...! सहयोग के लिए तुम जब भी पलटकर देखोगे, इस आर. अण्डमान को अपने साथ पाओगे!"

आर. अण्डमान एकदम छूटती बन्दूक की तरह आया था। गोली दागा और चल पड़ा। लेकिन जनार्दन के दृष्टि पथ में उसकी ये बातें और उसकी फौज नहीं, अपने मित्र तथा अपने नये संगठन के अधूरे कार्य थे...। मुलाकाती फाटक से अन्दर वापस होने से पहले उसने एक नजर बाहर देखा। जेल के इस फाटक तक बाहर से आनेवाली सड़क के दोनों किनारों पर इमारतें खड़ी थीं। अचानक एक इमारत की दीवार पर उसकी निगाह टिक गयी। उस दीवार पर एक बड़ा-सा पोस्टर चिपका था। पोस्टर ताजा था। शायद कुछ ही समय पूर्व किसी ने वहाँ चिपकाया था। लेकिन पोस्टर के नीचे का आधा भाग फटा था, सम्भवतः चिपकाकर जानेवाले के बाद किसी ने आकर उसे नोच दिया था। अब यह पता नहीं चल पा रहा था कि वह पोस्टर किसी पार्टी के प्रचार-अभियान का हिस्सा था या संसदीय लोकतन्त्र के सूचना एवं जनसम्पर्क विभाग की विज्ञप्ति! जो भी हो, पोस्टर ने जनार्दन का ध्यान अपनी ओर खींच लिया! पोस्टर में अंकित मोटे-मोटे अक्षरों की लिखावट उसे साफ दिखाई पड़ रही थी—

हमारा लोकतन्त्र महान है।

भारत विश्व का सबसे बड़ा लोकतान्त्रिक देश है।

अपने लोकतन्त्र को हमें मजबूत बनाना है।

जनार्दन अब इन पंक्तियों को बार-बार पढ़ने लगा तथा इनका निहितार्थ समझने की कोशिश करने लगा! ठीक इसी समय सामने से अंजलि और उसके मित्र आते दिखाई पड़े! बस, पोस्टर से अलग उसकी निगाहें अब अपने मित्रों पर चली

गयीं। पिछली बार की तरह उसके मित्र प्रसन्न और उत्साहित दिख रहे थे। अंजलि आज फिर हरे रंग की साड़ी में थी। वसन्ती बयार में उसकी साड़ी का पल्लू उसकी हर चाल पर लहराता आ रहा था। राजू और उमेश अपनी चिरपरिचित अदा में हाथ भाँजते हुए आ रहे थे। विजय और गणेश की चाल पूर्ववत् सधी हुई थी। अपने मित्रों को देख जनार्दन हुलसित-पुलकित हो उठा। शायद मित्रों ने भी उसे देख लिया...। अब बूँद और समुद्र की तरह एक-दूसरे से एकाकार होने के लिए वे मचल उठे...।

●●●